윌리엄 셰익스피어 William Shakespeare

1564년 잉글랜드 스트랫퍼드어폰에이번(Stratford-upon-Avon)에서 비교적 부유한 상인의 아들로 태어났다. 엘리자베스 여왕 치하의 런던에서 극작가로 명성을 떨쳤으며, 1616년 고향에서 사망하기까지 37편의 작품을 발표했다. 그의 희곡들은 현재까지도 가장 많이 공연되고 있는 '세계 문학의 고전'인 동시에 현대성이 풍부한 작품으로, 전 세계 사람들의 마음을 사로잡고 있다. 크게 희극, 비극, 사극, 로맨스로 구분되는 그의 극작품은 인간의 수많은 감정을 총망라할 뿐 아니라, 인류의 역사와 철학까지도 깊이 있게 통찰하고 있다고 평가받는다. 고대 그리스 비극의 전통을 계승하고, 당시의 문화 및 사회상을 반영하면서도, 수백 년이 지난 지금까지 독자들의 공감과 사랑을 받는, 시대를 초월한 천재적인 작품들인 것이다. 그가 다루었던 다양한 주제가 이렇듯 깊은 감동을 이끌어 내는 데에는 그의 시적인 대사도 큰 역할을 한다. 셰익스피어가 남겨 놓은 위대한 유산은 문학뿐 아니라 영화, 연극, 뮤지컬, 오페라와 같은 문화 형식, 나아가 심리학, 철학, 언어학 등 다양한 학문에서도 수없이 발견되고 있다.

옮긴이 최종철

연세대학교 영어영문학과를 졸업하고 연세대학교와 미네소타 대학교에서 문학 석사 학위, 미시건 대학교에서 문학 박사 학위를 받았다. 셰익스피어와 희곡 연구를 바탕으로 다수의 논문을 발표하였으며 현재 연세대학교 영어영문학과의 명예교수이다. 1993년부터 셰익스피어 작품을 운문 형식으로 번역하는 데 매진하여, '셰익스피어 4대 비극'인 『햄릿』, 『오셀로』, 『맥베스』, 『리어 왕』과 『로미오와 줄리엣』, 『한여름 밤의 꿈』, 『베니스의 상인』 등을 번역 출간했다.

셰익스피어 전집 5

비극 II

셰익스피어 전집 5

비극 II

윌리엄 셰익스피어
최종철 옮김

민음사

셰익스피어 전집의 운문 번역을 시작하며

셰익스피어가 그의 극작품에서 사용하는 언어는 형식상 크게 운문과 산문으로 나뉜다. 산문은 주로 희극적인 분위기나 신분이 낮은 인물들(꼭 그렇지는 않지만), 저급한 내용, 편지나 포고령, 또는 정신 이상 상태 등을 드러낼 때 쓰이고, 운문은 주로 격식을 갖추어 사상과 감정을 표현할 때 쓰인다. 여기에서 운문이라 함은 시 한 줄에 들어가는 음보의 수에 따라 몇 가지 종류가 있지만, 셰익스피어가 주로 사용하는 것은 소위 '약강 오보격 무운시'라 불리는 형식이다. 알다시피 영어에는 우리말과 달리 강세가 있으며, 강세를 받지 않는 음절 다음에 바로 강세를 받는 음절이 따라올 때 이 두 음절을 합쳐 '약강 일보'라 말하고, 이런 약강 음절이 시 한 줄에 연속적으로 다섯 번 나타날 때 이를 '약강 오보'라 부른다. 그리고 '무운'이란 각운을 맞추지 않는다는, 즉 연이은 두 시행의 끝에서 같은 음이 되풀이되지 않는다는 뜻이다. 모든 운문 형식 가운데 이 '약강 오보격 무운시'가 영어의 자연스러운 리듬에 가장 가까우며 셰익스피어가 그 대표적인 사용자이다. 그리고 산문은 이러한 규칙을 지키지 않는 대사를 말한다. 또한 두 형식은 시각적으로도 구분되는데, 일정한 음보 수가 넘치면 시 한 줄이 끝나고 다음 줄로 넘어가는 운문과 달리 산문은 좌우 정렬로 인쇄되어 지면을 꽉 채우도록 배열된다. 극작품마다 운문과 산문의 사용 비율은 각기 다르지만 대부분은 운문이 전체 대사의 절반 이상을 차지하고 그 비율이 80퍼센트 이상인 희곡도 총 38편 가운데 22편이나 된다. 예를 들면 우리가 익히 아는 4대 비극의 경우, 운문과 산문 두 형식의 배분율 퍼센트는

『햄릿』이 75, 25, 『오셀로』가 80, 20, 『리어 왕』이 75, 25, 『맥베스』가 95, 5이다.

이렇게 셰익스피어 연극 대사의 대부분을 차지하는 운문을 어떻게 처리하느냐는 그의 극작품을 우리말로 옮길 때 매우 중요한 고려 사항이다. 시 형식으로 쓴 연극 대사를 산문으로 바꿀 경우 시가 가지는 함축성과 상징성 및 긴장감이 현저히 줄어들고, 수많은 비유로 파생되는 상상력의 자극이 둔화되며, 이 모든 시어의 의미와 특성을 보다 더 정확하고 아름답게 그리고 효율적으로 전달하는 도구인 음악성이 거의 사라지기 때문이다. 이 말은 물론 산문 번역으로는 이런 효과를 전혀 낼 수 없다는 뜻은 아니다. 하지만 시와 산문은 그 사용 의도와 용도 그리고 효과가 많이 다르기 때문에 어느 쪽을 택하느냐에 따라 그 결과는 상당히 다르게 나타날 수 있다. 일반적으로 산문 번역은 정확성을 기하는 데는 좋지만, 시적 효과와 긴장감이 떨어지고, 말이 길어지는 경향 때문에 공연 대본으로 쓰일 경우 공연 시간을 필요 이상으로 늘릴 가능성이 있다. 따라서 가장 이상적인 선택은 셰익스피어 극작품의 운문 대사를 시적 효과와 음악성을 살리면서 동시에 정확성도 확보하는 우리말 번역일 것이다.

그렇다면 셰익스피어 연극 대사의 대부분을 차지하는 영어의 '약강 오보격 무운시'를 그에 상응하는 우리말 시 형식으로 어떻게 옮겨 올 수 있을까? 두 언어가 여러 가지 면에서 다르기 때문에 영어의 음악과 리듬을 우리말로 꼭 그대로 재생할 수는 없다. 그러나 모든 언어는 나름대로의 소리를 배열하여 고유의 리듬을 만들어 낼 수 있는 기본 능력을 갖추고 있다. 그렇기에 영어 음악성의 100퍼센트 복제가 아니라 그와 유사한 그러나 우리말에 독특한 리듬의 재생을 목표로 한다면 방법이 없는 것도 아니다. 이에 역자는 그 해결책으로 우리말의 자수율을 생각해 보았다. 그리고 영어 원문의 '무운시' 번역에 우리 시의 기본 운율인 삼사조와 그것의 몇 가지 변형을 적용해 보았다. 즉, 우리말 대사 한 줄의 자수를 최소 열두 자에서 최대 열여덟 자로 제한하고 그 안에서 적절한 자수율을 찾아보았다. 그 결과 셰익스피어의 '오보'에 해당되는 단어들의 자모 숫자와 우리말 12~18자에 들어가는 자모 숫자의 평균치가 거의 비슷하다는 사실을 알게 되었다. 사람이 한 번의 호흡으로 한 줄의 시에서 가장 편하게 전달할 수 있는 음(의미)의 전달 양은 영어와 한국어가 별로 차이가 없다는 사실을 발견한 셈이다. 이는 또한 셰익스피어 극작품의 시행 한 줄 한 줄이 시로서만 가치를 가지는 것이 아니라, 처음부터 배우들이 말하는 연극 대사로서의 기능을 염두에 두고 쓰였다는 사실을 고려해 볼 때 더욱 자연스러운 발견이었다. 이렇게 우리말의 자수율로 영어의 리듬을 대체할 수 있었을 뿐만 아니라 우리말 시 한 줄의 길이 제한 안에서 영어 원문의 뜻 또한 최대한 정확하게, 거의 뒤틀림 없이 담을 수 있었다.

역자는 이 방법을 1993년 『맥베스』 번역(민음사)에 처음 사용하였고 그 후 지금까지 같은 식으로, 그러나 상당한 변화와 개선을 거치면서 『햄릿』, 『오셀로』, 『리어 왕』, 『로미오와 줄리엣』, 『한여름 밤의 꿈』, 그리고 가장 최근에는 『베니스의 상인』 번역(모두 민음사 세계문학전집)에 사용하였다. 또한 이번 셰익스피어 전집도 극작품은 모두 같은 방법으로 번역하였고 앞으로 출간될 나머지 작품들 또한(소네트와 시는 원래 시 형식으로 쓰였기 때문에 말할 것도 없이) 같은 식으로 번역할 것이다.

끝으로 이러한 우리말 운문 대사가 실제로 어떤 효과를 내는지 궁금한 독자들은 해당 부분을 소리 내어 읽어 보면 그 리듬을 쉽게 느낄 수 있을 것이다. 그리고 이 번역과 다른 셰익스피어 번역을 비교해 보면(대부분 산문 또는 시행의 길이 제한을 두지 않는 불완전한 운문 형식으로 되어 있는데) 그 차이점을 바로 알아차릴 수 있을 것이다.

2014년 봄

최종철

차례

일러두기

1. 번역에 사용한 저본 및 참고본은 각 작품의 「역자 서문」에 밝혀 두었다.

2. 고유명사의 표기는 국립 국어원의 외래어표기법을 따르는 것을 원칙으로 하였다. 다만 이미 굳어져 널리 쓰이고 있는 표기 등은 예외를 두었다.

3. 원문에서 의도적으로 어법에 맞지 않게 쓴 표현은 그대로 살려 번역하거나 일부 방언을 사용하였고 각주로 표시하였다.

4. 독자의 편의를 위해 대사의 행수를 5행 단위로 표기하였으며, 이는 원문의 길이와 전체적으로는 거의 같지만 완벽하게 일치하지는 않는다. 한 행이 계단식 배열로 표시된 것은 1) 한 인물이 같은 행을 나누어 말하거나 2) 둘 이상의 인물이 같은 행을 나누어 말하는 경우이다.

5. 막의 구분 없이 장면의 연속으로만 진행되었던 셰익스피어 당시의 공연 관행을 반영하기 위하여 막과 장의 숫자만 명기하고 장소는 각주에서 설명하였다.

오셀로

Othello

역자 서문

윌리엄 셰익스피어(1564~1616)는 『티투스 안드로니쿠스』(1593~1594)를 시작으로 『아테네의 티몬』(1607~1608)까지 총 10편의 비극을 썼다. 이들 비극은 그 내용이 다양하여 한마디로 정의하기는 어렵다. 그러나 이들이 비극으로 분류되는 이유는 적어도 두 가지 공통 요소를 갖추고 있기 때문이다. 우선 이들은 우리 관객이나 독자들에게 전체적으로 기쁨보다는 슬픔을 준다. 그 슬픔의 성격이 단순하거나 복잡할 수도 있고 그 정도가 약하거나 강할 수도 있지만 어쨌든 우리의 마음을 가라앉히지 들뜨게 하지는 않는다. 둘째, 극의 시작은 비록 가볍거나 희극적일 수 있어도 그것은 곧 타협할 수 없는 갈등으로 치닫고 결국에는 주인공의 죽음으로 마무리된다. 이것이 『셰익스피어 전집 4, 5』에 실린 일곱 극작품이 비극이란 장르로 묶여 있는 까닭이다. 그러면 이제부터 이 일곱 극작품을 비극의 두 핵심 요소 가운데 하나인 죽음이란 공통분모를 통하여 간략하게 소개해 보기로 하자.

넷째 작품인 『오셀로』(1604)에서는 네 명의 등장인물이 죽는다. 이들은 모두 5막에서 죽는데 그 순서는 로데리고, 데스데모나, 에밀리아, 오셀로이다. 이 가운데 로데리고는 데스데모나에게 구애하는 또 하나의 남자로서 오셀로의 연적 역할을 한다. 물론 로데리고는 능력이나 인품이나 지위에 있어서 오셀로에 대적할 만한 인물이, 연적으로 부를 만한 인물이 전혀 못 된다. 그러나 이 둘은 두 가지 점에서 같은 역할을 한다. 둘 다 데스데모나를 사랑하고, 둘 다 이아고의 꾐에 빠져 죽는다는 사실이다. 한 사람은 그녀에게 구애하기 위해 온갖 보물을 바쳤으나 하나도 그녀에게 전달되지 않고 모두 이아고의 손으로 들어갔으며, 결과적으로 그녀와는 말도 한 번 못 해 보고 이아고의 칼에 맞아 가련한 생을 마감한다. 그리고 다른 한 사람 역시 이아고의 교묘하고 끈질긴 질투심 유발 계획에 넘어가 아내를 죽이고 결국 자신도 자결하는 운명을 맞이한다. 이처럼 로데리고는 진짜 바보로서 처음에는 바보가 아닌 것 같았던 오셀로와 대조되면서 끝에 가서는 오셀로 역시 같은 인물임을 강조하는 역할을 한다.

로데리고와 더불어 에밀리아의 죽음 역시 오셀로의 바보짓을 폭로하고 강조하기 위한 장치이다. 그녀는 우연히 오셀로가 데스데모나에게 준 손수건을 주워 자기 남편 이아고에게 넘긴다. 그리고 이 손수건이 오셀로의 질투심을 일으키는 결정적인 증거의 역할을 한다. 그래서 에밀리아는 의도하지는 않았지만 본인도 모르는 사이에 데스데모나의 죽음에 크게 일조한다. 그리고 그 사실을 알았을 때 자신의 실수를(그 손수건은 카시오가 데스데모나에게서 받은 게 아니라 자신이 주워 남편 이아고에게 줬다는 사실을) 밝힌 뒤 이아고의 칼에 살해된다. 그녀는 죽기 직전 오셀로의 바보짓을, 그가 데스데모나라는 천사를 아내로 둘 자격이 눈곱만큼도 없음을 만천하에 알리면서 죽는다. 이처럼 로데리고와 에밀리아는 그들의 죽음으로 오셀로의 데스데모나 살해가 얼마나 어리석은 짓인지를 몸을 바쳐 증언한다. 그러므로 『오셀로』의 모든 사건은 오셀로가 왜 데스데모나를 죽이고 스스로 죽을 수밖에 없는지에 초점을 맞추면서 진행되고 핵심 주제 또한 이 두 죽음의 과정과 의미를 통해 전달된다.

『오셀로』의 핵심 주제는 질투심이다. 오셀로의 피부색 때문에 생기는 인종 문제, 그리고 그가 이슬람에서 기독교로 개종한 것처럼 보이기 때문에 생기는 종교 문제가 있기는 하지만 이 둘은 오셀로의 질투심을 강화하는 장치이지 핵심 주제는 아니다.

왜냐하면 오셀로는 다른 어떤 이유보다도 질투심 때문에 데스데모나를 죽이고 아무런 죄도 없는 그녀를 죽였다는 사실을 알고 난 다음에는 스스로 죽는 수밖에 다른 결말을 생각할 수 없기 때문이다.

그렇다면 오셀로는 왜, 어떤 과정을 통해 데스데모나를 죽일 만큼 강력한 질투심을 일으키게 되었을까? 이에 대한 논의의 시발점으로 이 문제에 대한 그 자신의 생각부터 들어 보자. 오셀로는 자결하기 직전 로도비코를 비롯하여 자신의 불행한 범죄의 전말을 알게 된 극 중 청중들에게 다음과 같이 말한다. 그는 로도비코가 자신의 행적과 인간성을 베네치아 정부에 고할 때 자신을 "있는 그대로" 그리고

무엇을 줄이거나
악의로 적지도 마시오. 그러면 당신은
분별없이 너무 많이 사랑했던 사람을
질투를 쉽게 하진 않지만 하도록 만들면
극도로 혼란되는 사람을, 제 손으로
자기네 부족보다 더 값진 진주를 던져 버린
비천한 인도인 같은 자를, 차분한 두 눈은
기분 따라 쉬 녹진 않지만 아라비아 나무가
약용 진액 흘리듯 눈물을 줄줄 쏟는 사람을
말해야만 할 것이오. (5.2.345~354)

라고 말한다. 여기에서 우리가 가장 주목해야 할 말은 질투이다. 왜냐하면 그 밖의 감정과 행위는 모두 질투와 연결되어 의미를 갖기 때문이다. 그가 데스데모나에게 품은 지나친 사랑은 그와 같은 크기의 질투심을 일으켰고, 그 결과 어리석게도 "자기네 부

족보다 더 값진 진주"인 아내를 죽여 버렸으며, 그 사실을 안 지금 자신의 행위를 뉘우치며 아라비아 나무가 진액을 흘리듯 눈물을 줄줄 쏟고 있기 때문이다. 그렇다면 이제 우리는 질투심에 대한 오셀로의 자기 평가가 과연 올바른지 따져 봐야 할 것이다. 만약 그것이 옳다면 그의 살인죄는 약간은 정상 참작이 될 것이고, 그렇지 않다면 그것은 죽기 직전 자신의 이미지를 좋게 하기 위한 변명에 지나지 않는 것으로서 그의 죄를 더욱 가중시킬 것이기 때문이다.

그는 쉽게 질투하지 않는 사람일까? 그의 사랑 표현만 보면, 그리고 3막 3장에서 벌어지는 이아고의 유혹 장면 전까지 드러나는 그의 성품만 보면 그는 쉽게 질투하지 않을 사람처럼 보인다. 특히 그가 이아고에게 자신의 자유보다 데스데모나를 더 사랑한다고 밝히는 장면(1.2.25~28)이라든지, 한밤중에 자신을 찾아온 브라반티오 일행과 자신을 지키려는 수하 군인들이 동시에 칼을 빼들었을 때 그들 모두를 단 한마디로 제압하는 용기와 위엄(1.2.59)이라든지, 베네치아 원로원 위원들 앞에서 자기와 데스데모나 사이에 있었던 사랑의 전 과정을 "솔직하고 꾸밈없이"(1.3.91) 밝히는 정직성과 당당함이라든지, 그리고 그가 폭풍을 뚫고 미리 키프로스 해안에 도착한 데스데모나를 만났을 때 느낀 황홀감을 보면 그는 결코 질투 따위의 감정을 일으킬 사람 같지 않아 보인다. 특히 마지막에 언급된 그의 사랑 표현은 질투와는 거리가 아주 먼 것처럼 보인다.

오, 내 영혼의 기쁨이여,
폭풍 뒤에 언제나 이런 평온 깃든다면
바람은 죽음을 일으킬 때까지 불고 불어
고생하는 돛단배를 바다 언덕 저 위로

올림포스만큼 올렸다가 천국에서 지옥 가듯
다시 내리꽂아라. 난 지금 죽어도 지금이
가장 행복할 것이오, 왜냐하면 내 영혼은
절대 만족 맛봤기에 이 같은 안락이
미지의 운명 속에서도 이어질 것인지
염려하기 때문이오. (2.1.182~191)

물론 여기 오셀로의 감동적인 언어에게 우리는 위험의 징조를 좀 느낄 수도 있다. 그것은 바로 그의 감정이 극단으로 치닫는 경향이 있다는 사실이다. 그의 사랑이 천국과 지옥을 오갈 듯이 말한다거나, 그가 지금 당장 죽어도 가장 행복한 시간에 죽는다고 장담하는 태도가 그런 경향을 드러낸다. 하지만 이는 만약 그에게 질투심이 일어났을 경우 위험이 확대될 가능성이 있다는 말이지 그 이전에는 그의 사랑의 심도와 강도를 효과적으로 전하는 비유일 뿐이다. 그러므로 지금까지 오셀로의 사랑 표현이나 인간 됨됨이에서 우리는 그가 쉽게 질투에 빠질 사람이라고 판단할 근거를 찾지 못한다.

그런데 저 유명한 이아고의 유혹 장면(3막 3장)에서 오셀로가 그의 속임수에 넘어가는 과정을 지켜보면 우리는 그가 쉽게, 너무 쉽게 질투심에 혼을 빼앗기는 인물임을 알 수 있다. 여기에서 '쉽다.'라는 말은 그가 질투라는 감정에 빠지는 과정상의 용이함이나 경박함보다는(그런 점도 없지 않지만) 오히려 이아고가 제기하는 의문이나 증거가 너무나 하찮을 뿐만 아니라 그 근거가 너무나 희박하여 만약 정상적인 남녀 간의 구애 과정을 조금이라도 거친 사람이라면 그 이면의 진실을 쉽사리 알아채거나 알아낼 수 있음을 뜻한다. 그래서 오셀로는 이아고가 카시오와 데스데모나의 관계를 의심하는 발언을 했을 때 곧바로 카시오의 정직성에 의문을 가지기 시작한다.(3.3.106~120) 왜냐하면 조금 전에 데스데모나가 그에게 카시오의 복직을 간절히 요구했고 그 복직 요청의 사유로 그녀는 카시오가 오셀로의 구애 과정에서 했던 역할을 언급했기 때문이다. 즉, 오셀로가 카시오와 더불어 데스데모나를 자주 만났고, 그런 자리에서 그녀가 오셀로를 "헐뜯었을 때" 카시오가 항상 그를 편들어 주었다고(3.3.71~75) 했기 때문이다. 만약 데스데모나가 카시오가 있는 데서 오셀로를 헐뜯었다면 그것은 십중팔구 농담이거나 그녀가 그의 사랑을 확인해 보려고 그랬을 가능성이 가장 크다. 그리고 이는 사랑하는 남녀 사이에 아주 흔한 일이다. 그러나 이런 일에 무지한 오셀로는 곧바로 카시오를 의심하기 시작한다. 그래서 오셀로는 이아고가 "베네치아에서는 여자들이 남편들에게는/감히 못 보여 주는 못된 짓을 하느님은/보시게 한답니다. 그들의 최고 도덕 관념은/안 하는 게 아니라 안 들키는 거랍니다."(3.3.209~212)라고 하면서 이것이 자국 여성들의 보편적인 성향임을 주장했을 때 그의 말에 솔깃해하면서 — "그렇단 말이지?"(3.3.213) — 데스데모나를 의심하기 시작한다. 왜냐하면 그는 이방인으로서 이곳 베네치아 사정, 특히 여성들의 취향에 대해서는 아무런 경험이나 지식이 없기 때문이다. 하지만 만약 그가 이런 일에 무지하더라도 그 진위를 확인할 방법은 그럴 뜻만 있으면 언제나 얼마든지 그리고 손쉽게 찾아낼 수 있을 것이다. 그가 보통 남자로서 '정상적인' 사랑을 하는 사람이라면 말이다.

이렇게 한 발짝씩 이아고의 속임수에 빠져들기 시작한 오셀로는 이아고가 지적하는 데스데모나의 이상 행동, 즉 "자신과 같은 나라, 피부색과 신분의/많은 혼인 자리를 좋아하지 않고서"(3.3.239~240) 자신을 선택한 일을 그녀의 가장 썩고 추하고 부자연스러운 욕망으로 간주하고, 급기야는 자신의 가장 결정적인 약점이랄 수 있는 인종과 나이와 연애 경험 부족까지 언급한다.

아마 내가 검은 데다
안방 출입 한량들의 부드러운 사교술이
없기 때문이거나 내 나이가 황혼기에
들었기 때문에 — 깊이 든 건 아닌데 —
그녀는 떠났어. 난 상처를 입었고 그 위안은
증오심이 돼야 한다. (3.3.272~277)

그런데 오셀로가 데스데모나를 의심할 만한 근거로 이아고가 제시한 모든 이유(인종과 나이 차이, 경험 부족과 낯선 문화, 장인 브라반티오의 반대와 사회적 편견 등등)는 만약 오셀로가 볼 수 있는 눈과 들을 수 있는 귀가 있었다면 데스데모나의 말 한마디로 사라졌어야 마땅할 것들이다. 왜냐하면 데스데모나는 앞서 1막 2장에서 원로원 위원들 앞에 자신과 오셀로의 관계를 다음과 같이 천명했기 때문이다.

제가 이 무어인과 살려고 사랑한 사실이
거침없는 제 폭거와 운명 조롱 행위로
온 세상에 퍼지기를. 제 가슴은 주인님의
바로 그 성품에 철저히 정복당했답니다.
오셀로의 얼굴을 전 그의 마음에서 보았고
또 그의 영예와 용맹스러운 자질에
제 영혼과 운명을 헌납하였습니다. (1.3.249~255)

이것이야말로 오셀로가 걱정하고 이아고가 미끼로 던진 모든 이유에 대한 데스데모나의 명확한 답변이 아니고 무엇인가.

"거침없는 제 폭거"란 아버지와 나라와 베네치아의 온갖 귀족 혼처를 버리고 피부색이 검은 이방인 오셀로를 선택한 과감한 결정을 가리키는 게 아니고 무엇이란 말인가, 게다가 그것이 사회의 규범을 어기는 행위이기에 폭거라고 했고, 이는 동시에 데스데모나가 그런 결정을 의도적으로, 의식적으로 내렸다는 말이 아니고 무엇인가. 오셀로의 성품을 얼굴이 아닌 마음에서 보았다. 세상에 이보다 더 아름다운, 인종 차별을 넘어서는 말이 어디에 있는가. 그런데 오셀로는 데스데모나의 이 말을 들었음에도 듣지 않았다. 왜냐하면 그는 그녀의 입에서 이런 말이 나온 과정과 거기에 담긴 그녀의 마음을 전혀 읽지 못했으니까.

그래서 오셀로는 이아고의 손수건 함정에 쉽게 빠진다. 그가 조금만 정신을 차렸다면 이아고가 문제의 손수건으로 카시오가 수염을 닦는 걸 보았다고 했을 때 그것을 떨어뜨린 사람은 데스데모나였지만 그녀더러 그것을 줍지 않고 "버려둬요. 자, 당신과 함께 들겠소이다."(3.3.297)라고 했던 사람은 바로 자기 자신이라는 사실을 알았을 것이다. 그래서 손수건을 잃은 책임은 그녀가 아니라 사실은 자신에게 있다. 그런데도 이미 질투심에 미친 그는 최악의 상상을 마다하지 않았고 드디어는 카시오가 그녀와 잤다고, 그것도 셀 수 없이 여러 번 잤다고 확신하고 결국에는 자기 아내를 목 졸라 죽이는 지경에 이르게 된다. 이것이 쉽게 질투심을 일으키는 사람이 아니라면 누가 그런 사람일까? 그가 질투에 빠지는 과정 전체는 꽤 길다고 할 수 있지만 그가 이아고의 속임수에 넘어가는 매 단계마다 그는 너무 쉽게 이아고의 조작된 증거를 받아들인다. 그러고는 결국 돌이킬 수 없는 파국으로 자신을 몰아간다.

그렇다면 오셀로는 왜 이렇게 비극적인 질투심을, 그것도 너무 쉽게 품게 되었는가? 그 원인은 크게 두 가지로 볼 수 있다. 첫째는 데스데모나를 향한 오셀로의 사랑에 내재하는 본질적 허점이다. 1막 2장 원로원 장면에서 오셀로는 자신의 온갖 기이한 인생 여정을 배경으로 깔면서 자신과 데스데모나가 서로의 사랑을 확인하는 과정을 설명하고 다음과 같이 끝을 맺는다.

> 그녀는 제가 겪은 위험 땜에 절 사랑하였고
> 전 그녀가 그걸 정말 동정해서 사랑했죠.
> 이것이 제가 쓴 유일한 마법이랍니다. (1.3.168~170)

여기에서 오셀로가 말하는 "마법"은 그가 비유적으로 쓴 말이지만 실제로는 그가 데스데모나의 사랑을 얻게 된 방법을 정확하게 설명한다. 마법은 실제 일어나지 않은 일을 일어나는 것처럼 보이게 만드는 속임수인데, 데스데모나가 사랑한 것은 오셀로라는 사람이 아니라 그가 겪은 위험이고 그것은 실제가 아니라 이야기 속의, 허구 속의 위험이다. 이것이 오셀로가 생각하는 그녀의 사랑의 실체이다. 따라서 그가 쓴 마법과 그가 얘기한 허구는 둘 다 실재하지 않지만 실재와 같은 효과를 낸다는 점에서 같다고 할 수 있다. 물론 오셀로가 자기 인생 여정에서 말한 사건들이 모두 진실일 수도 있다. 아마도 데스데모나는 그것을 사실로 받아들이고 감동을 받았을 것이다. 만약 오셀로의 얘기가 모두 진실이라면 문제는 그다음 단계에 있다. 왜냐하면 오셀로는 데스데모나를 그녀 자체로 사랑한 것이 아니라 그녀가 자신의 이야기 속 위험을 정말로 동정해서 사랑했기 때문이다. 즉, 사람이 아니라 그의 위험에 대한 그녀의 동정을 사랑했다는 말이다. 그런데 이 동정은 오셀로의 얘기, 그 가운데서도 과거의 얘기에 의존하기 때문에 얘기가 달라지거나 사라지면 동정도 바뀌거나 사라진다. 그리고 바로 여기에 오셀로가 처음에는 의식하지 못했던 그의 사랑의 존재론적인 허점이 있고, 바로 거기에서 데스데모나에 대한 그의 의심과 불안감이 생겨난다. 왜냐하면 우리가 보았듯이 오셀로가 데스데모나와 결혼한 뒤로 생긴 일들은 그의 예전 경험과는 판이하게 다르기 때문이다. 기이하기는 마찬가지이지만 동정심을 불러일으키기는커녕 엄청난 질투심과 살인을 불러오는 사건들의 연속이기 때문이다.

오셀로가 쉽사리 질투심에 빠지게 되는 두 번째 원인은 이아고의 기만 작전이 아주 적절하고 유효하기 때문이다. 오셀로는 오직 얘기 하나로 데스데모나의 마음을 사로잡았기 때문에 보통 사람들의 연애 과정에서 일어날 수 있는 중간 단계를 모두 건너뛴 채 비밀 결혼까지 갔다. 오셀로 본인은 적어도 3막 3장의 유혹 장면까지는 그렇게 믿고 있다. 그래서 둘 사이에 다리를 놓아 준 카시오의 존재라든지 약간의 사랑싸움과 비슷한 실랑이(헐뜯기)는 우리가 앞서 보았듯이 오셀로 본인이 아닌 데스데모나에 의해 언급된다.(3.3.71~74) 그리고 그제야 오셀로는 카시오의 중매 사실을 인정한다. "마이클 카시오가 당신의 사랑을/알았어요?"라는 이아고의 질문에 오셀로는 "알았지. 처음부터 끝까지."라고 하면서 카시오가 데스데모나와 안면이 있었을 뿐만 아니라 중매역을 "퍽 자주 했"다는 사실까지 처음으로 밝힌다.(3.3.95~102) 그러고 나서 오셀로는 우리가 앞서 보았듯이 그동안 숨겨 왔거나 억눌러 놓았던 자신의 약점과 데스데모나에 대해 자연스럽게 생길 수 있는 의문과 그에 따른 그녀의 변심이나 다른 선택을 떠올리게 된다. 그리고 결국 자기의 피부색과 사교술 부족과 나이 때문에 그녀가 자기를 떠났다고 결론짓는다.(3.3.272~277) 이는 오셀로가 보통 남자들의 일반적인 구애 과정을 거치지 않았다고 해서 그런 과정과 관련된 감정이 아예 없는 것이 아니라 잠시 동안 그것들을 마음속 깊은 곳에 묻어 놓았을 뿐이라는 사실을 드러낸다. 한마디로 사랑에 관한 한 그도 결국 보통 남자이고 누구나 보는 것을 보았으며 누구나 느끼는 것을 느꼈다. 흑색과 백색 피부의 명확한 대조, 나이와 문화와 삶의 방식의 차이, 사랑과 성에 대한 태도의 차이 등등을 말이다. 그는 이러한 차이점을 보았지만 무시하거나 억눌러 놓았을 뿐이다. 아니, 자기들의 사랑은 특히 자신의 사랑은 그런 것들을 초월했다고 자부했다.

그러나 이아고는 바로 이런 차이점과 그런 차이점에 기초한 남녀 관계에서 생길 수 있는 일반적이고 보편적인 문제점에 주목한다. 그리고 그것을 일단 로데리고를 설득하는 데 반복적으로 사용한다. 이아고는 로데리고가 사랑이라 부르는 고상한 감정이 실은 욕정에 지나지 않음을 설파한다. 그리고 인간은 이 욕정을 조정할 수 있는 이성의 능력이 있다고 말한다.

> 우리의 삶이라는 저울에서 한쪽의 이성이 다른 쪽의 욕정과 균형을 맞춰 주지 않는다면 우린 본성의 저급한 욕정에 이끌려 참으로 어처구니없는 결과를 맞을 거야. 하지만 우리에겐 이성이 있어서 발광하는 충동, 색욕의 자극, 무절제한 쾌락을 식혀 주는데, 내가 보기엔 당신이 사랑이라 부르는 것도 이런 것들 가운데 한 줄기나 가지야. (1.3.326~332)

여기에서 이아고의 표현은 매우 거칠고 부정적이지만 그 대강은 일반론적으로 타당하다. 인간의 내면에 이성과 욕정이 서로 다투고 있으며 어느 쪽이 우세하느냐에 따라 인간이 될 수도 짐승이 될 수도 있다는 것은 누구나 받아들일 수 있는 명제이다. 그런 다음 이아고는 이 일반론을 오셀로와 데스데모나의 관계에 적용한다. 두 사람에게는 이성이 있기 때문에 "데스데모나가 이 무어인을 계속 오래 사랑한다는 건 있을 수 없어. (중략) 그도 마찬가지고. 그녀로선 격정적인 출발이었으니까 그에 걸맞은 결별을 보게 될 거야. (중략) 이 무어인들은 욕심이 변하는 자들인데 (중략) 지금은 그에게 캐롭처럼 맛있는 음식도 머지않아 땡감처럼 떫은맛이 날 거야. 그녀는 그를 젊은 남자와 바꿔야 해. 그의 몸에 물리게 되면 잘못된 선택이었음을 알 테고 사람을 바꿔야만 해. 반드시. (중략) 자네가 그녀를 즐길 거야."(1.3.340~355)라고. 그리고 이런 이아고의 주장은 로데리고에게 먹힌다. 그것은 단지 로데리고가 바보 같은 신사여서가 아니라 이아고의 말이 일반론적으로 설득력을 갖기 때문이다. 이아고의 말에서 과장과 어둡고 추한 색채를 걷어 내면 그의 요지는 분명하다. 인간은 마음이 변하는 존재이고 그 변화는 욕심이 좌우하며 따라서 데스데모나와 오셀로 사이처럼 분명한 차이가 나는 결합은 그 열기가 식을 경우 당연히 깨어지게 되어 있다. 이는 남녀 관계에서 흔히 있을 수 있는 일이다.

그렇다면 문제는 오셀로와 데스데모나의 관계가 특수하여 이아고가 설정한 남녀 관계의 일반적인 틀을 벗어날 수 있느냐이다. 3막 3장의 유혹 장면까지는 그럴 수 있는 것처럼 보인다. 그러나 3막 3장에서 드러나는 오셀로의 강력한 질투심은 이아고의 가정이 근거 없지 않음을 보여 준다. 그리고 이때 우리 청중이나 독자에게 오셀로의 급격한 변화를 좀 더 빨리 좀 더 쉽게 받아들이게 만드는 것은 다름 아닌 이아고가 로데리고를 통해 반복적으로 강조한 그래서 관객들에게 천천히 알게 모르게 주입시킨 남녀 관계의 일반론이다. 우리는 오셀로의 화려한 사랑 표현 때문에 이아고의 '불편한 진실'을 멀리했지만 오셀로가 드디어 로데리고와 꼭 같은, 아니 그보다 더 못한 바보가 되어 데스데모나를 죽이는 지경에 이르렀을 때 그것의 위력을 실감한다.

우리가 지금까지 살펴본 바처럼 오셀로는 쉽게 질투하는 사람이면서 또한 쉽게 질투하지 않은 사람이다. 그러나 만약 그의 질투가 그의 사랑에 내재한 존재론적인 결함과 이아고의 뛰어난 속임수에 근본적인 원인이 있다면 그는 쉽사리 질투하는 사람이 아니다. 따라서 그가 사태의 전모를 파악하고 났을 때 자신을 칼로 찌른 행위는 그가 데스데모나를 죽인 바보 같고 수치스러운 죄를 깨끗이 씻어 줄 수는 없지만 어느 정도의 속죄는 된다. 그리고 그는 이 자결로 자신의 사랑이 순수했음을 그리고 질투심으로 그녀를 죽일 만큼 강렬했음을 몸으로 보여 줌으로써 상당한 고귀함과 위엄을 되찾으며 죽는다.

끝으로 이번 번역은 E. A. J. 호니그만(E. A. J. Honigmann) 편집의 아든(The Arden Shakespeare) 판 『오셀로(Othello)』를 기본으로 하고, G. 블레이크모어 에번스(G. Blakemore Evans) 편집의 리버사이드 셰익스피어(The Riverside Shakespeare) 판과 조너선 베이트와 에릭 라스무센(Jonathan Bate and Eric Rasmussen) 편집의 RSC(The Royal Shakespeare Company) 판을 참조하였다.

등장인물

오셀로	무어인, 베네치아 정부에 고용된 장군
브라반티오	데스데모나의 아버지, 베네치아 원로원 의원
카시오	정직한 부관, 오셀로의 부하
이아고	악한, 오셀로의 기수
로데리고	속임수에 빠진 베네치아 신사
공작	베네치아의 군주
원로원 의원들	
몬타노	키프로스의 오셀로 전임 총독
신사들	키프로스인
로도비코	베네치아 귀족, 데스데모나의 사촌
그라티아노	베네치아 귀족, 데스데모나의 삼촌
선원	
광대	
데스데모나	오셀로의 아내, 브라반티오의 딸
에밀리아	이아고의 아내
비앙카	매춘부, 카시오의 연인

사자, 전령, 관원, 신사, 악사 및 시종들

장소　제1막 베네치아, 제2막~제5막 키프로스

1막 1장

이아고와 로데리고 등장.

로데리고 쳇, 말도 안 돼, 참말로 섭섭해 이아고,
내 지갑을 마음대로 여닫는 자네가
이번 일 같은 건 알고 있었어야지.

이아고 제기랄, 말도 안 들어 보고 그러시네.
제가 만약 그런 일을 꿈이라도 꿨다면
저를 혐오하세요.

로데리고 바로 자네 입으로
그자를 미워한다, 그랬어.

이아고 사실이 아니라면
절 경멸하세요. 이 도시의 거물급 세 명이
그의 부관감으로 저를 몸소 천거하며
모자를 벗었고, 진실에 맹세코
제 몸값은 그 자리 못잖다고 압니다.
근데 그는 자만에 찬 제 복안만 챙기면서
지독하게 전쟁 냄새 팍팍 나는 말투로
에둘러 허풍 떨며 확답을 피하다가
결론적으로는
그분들을 퇴짜 놨죠. '사실은 난 이미
장교를 골랐소.'라고 했으니까요.
그게 누구냐고요?

1막 1장 장소
베네치아. 브라반티오의 저택 바깥 길거리.
3행 이번 일
보통 오셀로의 결혼을 가리킨다고 말하나 확실치 않다. 셰익스피어는 두세 명의 인물이 등장하여 극의 내용과 관계없는 대화를 주고받는 것으로 극을 시작하는 경우가 있으니까. (아든)

참말이지, 위대하신 탁상공론가로서
마이클 카시오라는 피렌체 출신으로
예쁜 아내 만나서 신세 조질 녀석인데
전장에 부대를 배치한 적도 없고
전열에 관해서는 개뿔도 몰라요. —
예복 입은 로마의 집정관도 그자만큼
탁월하게 펼 수 있는 책 속의 이론만
빼놓고 말입니다. 무경험에 순 떠버리,
그의 자질 전붑니다. — 근데 그는 선택받고
로도스와 키프로스, 그 밖에도 기독교와
이교도 전장에서 자신의 두 눈으로
증거를 확인한 이 몸은 회계사 녀석에게
밀리고 밟혀야만 합니다. 수판알 튀기는
이자는 때맞춰 부관 되고, 빌어먹을,
이 몸은 이 무어 어른의 기수여야 한다고요!

로데리고 원 참, 나라면 차라리 그의 목을 매달겠네.

이아고 별수 없죠, 이게 바로 군복무의 저주니까.
각각의 후임자가 선임자를 이어받는
오래된 연공제가 아니라 추천과 정실로
승진이 된답니다. 자 이제 판단해 보세요,
어떤 점이 타당해서 제가 이 무어인을
사랑해야 되는지.

28행 로도스와 키프로스
이 비극의 배경이 되고 있는 십자군 전쟁에 대한 최초의 언급이다. (뉴케임브리지) 특히 키프로스는 제2막부터 이 비극의 무대가 되는 곳이다. 터키는 1570년에 그곳을 차지하였고 이 작품의 창작 시기라고 생각되는 1601~1604년경에는 전 유럽을 공포에 몰아넣을 정도로 세력을 떨치고 있었다.

로데리고 나라면 섬기지 않겠네.

이아고 아, 진정하십시오!
제 목적을 이루려고 그를 섬기니까요.
우리가 다 상전은 될 수 없고, 또 모든 상전을
충실히 섬기지도 않지요. 주목하시겠지만
공손하게 절하는 수많은 녀석들이
스스로 순종하는 속박에 푹 빠져서
주인의 나귀와 흡사하게 여물만 얻어먹고
세월을 보내다가 늙으면, 쫓겨나죠.
이런 착한 놈들에겐 채찍을! 또 다른 부류는
복종하는 태도와 안색을 보이지만
속마음은 자기네 자신들만 보살피며
주인들께 봉사하는 시늉만 낸 다음
그들을 이용하여 번성하고 실속을 차렸을 땐
자신들만 예우하죠. 이자들이 기백 있고
저도 분명 그런 사람입니다. 왜냐하면
당신이 로데리고인 것이 확실하듯
제가 무어인이면 이아고는 아닐 테니까요.
전 그를 섬기면서 자신을 섬기는 것뿐인데
하늘에 맹세코 사랑과 복종이 아니라
그런 걸 가장한 개인 목적 때문이죠,
왜냐하면 제 마음 본래의 움직임과 의도가
외적인 행동으로 드러나게 된다면
전 머잖아 속마음을 만천하에 까발리고

39행 무어인
오셀로는 여기에서 처음으로 그의 인종을 지칭하는 무어인으로 불린다.

멍청이들까지도 알게 할 테니까요.
지금의 제 모습은 제가 아니랍니다.

로데리고 이걸 성사시키면 입술 굵은 그치는
운수 대통이잖아!

이아고 그녀의 아버지를
깨우고 뒤쫓고 그 기쁨에 독을 타고,
길에서 그를 막 헐뜯고 그녀 친척 약 올리며
그가 비록 풍요로운 나라에 산다 해도
파리가 들끓게 하라고요! 그의 이번 환희가
환희라 하더라도 짜증나게 만들어
김새게 해 버려요.

로데리고 이게 그녀 아버지 집인데 큰 소리로 불러야지.

이아고 예, 인구 많은 도시에서 소홀한 밤중에
불길을 보았을 때처럼 겁먹은 어조와
절박한 고함으로 그렇게 하세요.

로데리고 여보시오! 브라반티오, 브라반티오 어르신!

이아고 일어나요! 브라반티오! 도둑, 도둑, 도둑이야!
집 안을 돌아봐요 당신 딸과 돈 자루도.
도둑이야, 도둑이야!

브라반티오 창문에 등장.

브라반티오 이렇게 무섭게 불러내는 이유가 무언가?
거 무슨 일인가?

81행 무대 지시문, 창문
대부분의 엘리자베스 시대 무대에는 발코니 또는 위층에 연기 공간이 있었고, 몇몇 무대에서는 출입구 위쪽의 뒷면 발코니 옆으로 창문이 있었던 듯하다. (뉴케임브리지)

로데리고 어르신, 식구가 다 집 안에 있습니까?

이아고 문은 다 잠겼어요?

브라반티오 왜? 뭣 때문에 묻는가?

이아고 젠장, 강도가 빼어 가요, 창피하니 옷 입어요!
당신 가슴 터지고 영혼 반쪽 잃었어요.
지금 막, 지금요, 바로 지금, 늙고 검은 숫양이
당신의 흰 암양에 올라타요! 일어나요, 일어나,
코고는 시민들을 종소리로 깨워요,
안 그럼 마왕 덕에 손자 보게 될 테니까,
일어나시라고요!

브라반티오 뭐, 당신 정신 나갔어?

로데리고 존경하는 의원님, 제 목소리 아시지요?

브라반티오 모르겠네, 누군가?

로데리고 로데리고입니다.

브라반티오 더더욱 잘못 왔네!
내 문간 근처엔 얼씬대지 말라 했지.
솔직하고 분명한 내 말을 들었잖나,
내 딸은 안 된다고. 근데 이젠 미쳐서
저녁과 속 뒤집는 술을 잔뜩 퍼먹고
심술궂은 만용으로 내 평온을 깨려고
이리 왔단 말인가?

로데리고 저, 저, 저 —

브라반티오 하지만 확실히 해 두건대
이 일로 자네는 내 성격과 지위의 위력을
쓰디쓰게 맛볼 거야.

91행 마왕 오셀로. 악마들은 검다고 생각되었기 때문이다. (아든)

로데리고 　　　　　　　　참으세요, 어르신!

브라바티오 뭐, 도둑을 맞았다고? 여기는 베네치아야,
내 집은 농가도 아니고.

로데리고 　　　　　　　　지엄하신 브라반티오,
전 단순한 마음으로 당신께 왔습니다. —

이아고 젠장, 어르신, 당신은 악마가 시키면 하느님조차도 섬기지 않을 사람이군요. 우린 당신을 도우려고 왔는데 우리를 불한당이라 생각하니까 당신 딸이 아랍 말과 교접하는 일이 생길 겁니다. 이제 당신 손자들은 당신에게 힝힝댈 것이고 조랑말을 조카로, 청색 말을 친척으로 가지게 될 겁니다!

브라반티오 입버릇 더러운 넌 누구냐?

이아고 어르신, 전 당신 딸과 무어인이 지금 배를 맞추고 있다는 말씀을 드리려고 온 사람입니다.

브라반티오 네놈은 악당이다!

이아고 　　　　　　　　당신은 의원입죠!

브라반티오 이건 네가 책임져라. 너를 안다, 로데리고!

로데리고 예, 뭐든 책임지지요. 하지만 간청컨대
당신 뜻과 참으로 현명하신 동의 아래
약간은 그런 줄 압니다만, 고우신 따님이
자정을 방금 넘긴 한산한 이 밤중에
싸구려 천한 일꾼 곤돌라 뱃사공의
받으나마나 한 호위밖에 못 받으며

117행 당신은 의원입죠

이 대사를 전달하는 두 가지 방법은 1)이아고가 좀 불손한 이름을 내뱉을 뻔하다가 삼키고는 '의원입죠'로 바꾸거나, 2)반어적으로 공손하게 말함으로써 지위 높은 브라반티오의 존엄성을 의심케 만드는 것이다. (뉴케임브리지)

음탕한 무어인의 저속한 품 안으로
운반된 거라면 — 만약 이걸 아셨고
허락도 하셨으면 저희가 오만불손했습니다.
근데 만약 모르시면 제 예법으로는
꾸지람을 잘못하셨습니다. 제가 예의범절을
모두 다 저버리고 이렇게 어르신을
가지고 논다고 믿지는 마십시오. 따님은
만약에 당신의 허락이 없었다면
다시 말씀드리지만, 자신의 도리와 미모와
지성과 행운을 여기저기 온 사방을 떠도는
이방인 놈에게 맡기면서 엄청난 반역을
일으켰습니다. 즉각 확인하십시오,
그녀가 자신의 방이나 집 안에 있다면
이렇게 현혹시킨 대가로 국법의 처벌을
제게 내리십시오.

브라반티오 여봐라, 불을 켜라.
촛불을 가져와라, 하인들을 다 불러라.
이 사건은 내 꿈과 다르지 않구나,
그걸 믿는 마음이 이미 나를 짓누른다.
불, 불을 가져와라! (위에서 퇴장)

이아고 작별해요, 전 가야 하니까.
제 처지에 무어인의 반대편에 서는 건
머물면 그리될 터인데, 알맞지도 이롭지도
않을 것 같습니다. 왜냐하면 이 정부는
제가 잘 알지만 이 일로 그를 좀 견책하여
얼마든지 부아를 돋울 순 있으나
안전하게 해고할 순 없답니다, 왜냐하면

그는 지금 한창인 키프로스 전쟁에
너무나 요란한 지지를 받으며 나가는데
그것을 지휘해 그들의 영혼을 구해 줄 역량의
딴 인물은 전혀 없기 때문이죠. — 그 점에서
제가 그를 지옥의 고통처럼 미워해도
당장의 생계에 필요하기 때문에
사랑의 깃발과 표시를, 순전히 표시지만
보여야만 한답니다. 그를 꼭 찾으려면
소집된 수색대를 사지타로 데려가요,
전 거기에 그와 함께 있지요. 그럼 잘 있어요. (퇴장)

잠옷 걸친 브라반티오와 횃불 든 하인들 등장.

브라반티오 진짜 나쁜 짓이다. 딸애는 사라졌고
역겨운 내 인생에 다가올 것이라곤
쓰라림뿐일 거다. 그런데 로데리고,
어디서 걔를 봤지? — 오, 불행한 내 딸아! —
무어인과 함께라고? — 누가 애비 노릇 한담? —
그 앤 줄 어떻게 알았나? — 오, 걔는 나를
감쪽같이 속였어! — 뭐라던가? — 횃불 더 가져와.
친척을 다 깨워라. 그들이 결혼했다, 생각해?
로데리고 정말로 했다 생각합니다.
브라반티오 허 참, 어떻게 나갔지? 오, 혈육의 배신이여!
— 지금부터 애비들은 딸들의 마음을

158행 사지타
여관 또는 개인 주택의 이름. (아든 2) 사지타 또는 사지타리우스는 켄타우로스라고도 불리는 신화적인 인물로 허리 위는 인간을, 그 아래는 말의 모습을 닮았다.

그들의 행동을 보고는 믿지 마오. —
어린 처녀 심성을 나쁜 길로 빠뜨리는
묘약이 있잖던가? 로데리고, 그런 걸
읽어 본 적 없는가?

로데리고 　　　　예, 정말로 있습니다.

브라반티오 내 동생을 불러라. — 오, 자네가 걜 가졌으면!
몇 명은 이 길로, 몇 명은 저 길로. — 어디서
그 애와 무어인을 체포할지 아는가?

로데리고 든든한 호위를 데리고 저와 함께 가시면
제가 그를 찾아낼 수 있다 생각합니다.

브라반티오 인도해 주게나. 집집마다 뒤져야지,
대부분 내 명을 따를 걸세. 여봐라!
무기를 지참하고 야경 별동대원도 깨워라.
앞서게 로데리고, 수고는 보답하지. (모두 퇴장)

1막 2장

오셀로, 이아고 및 횃불 든 시종들 등장.

이아고 제가 비록 실전에선 사람을 죽였지만
계획된 살인은 않는 게 양심의 본질이라
여기고 있답니다. 전 때로 저에게 이로운
사악함이 모자라죠. 한 열 번쯤 놈을 여기
갈빗대 밑으로 콱 쑤실까 생각했답니다.

오셀로 그대로 두는 게 좋겠지.

1막 2장 장소 사지타 여관 바깥 길거리.

이아고 그렇긴 하지만
그놈은 장군님 험담을 너무나 비열하고
도발조로 지껄여
경건한 마음이 조금밖에 없는 저는
참느라 엄청 애를 먹었죠. 하지만 장군님,
단단히 결혼하셨습니까? 명심하십시오,
그 귀인께서는 사랑을 많이 받고
공작의 두 표에 버금가는 잠재력을
가지고 있어서 당신을 이혼시키거나
법이 허용하는 한 자신의 강제력을
모조리 동원하여 그 무엇으로든 당신을
제약하고 괴롭힐 겁니다.

오셀로 심술을 부리라 해,
그 불평은 원로원에 내가 봉사한 것으로
막을 수 있을 테니. 알려지진 않았어도 —
그 사실을 자랑함이 명예임을 알게 될 때
공표하겠지만 — 나는 내 생명과 존재를
왕족으로부터 받았으며 내 공훈은
내가 얻은 이 커다란 행운에 조금도
꿀릴 게 없다네. 알아 두게, 이아고,
데스데모나 님에 대한 내 사랑만 아니어도
걸림 없는 내 자유에 제한을 두는 일은
바닷속 보물을 다 준다 하여도
없었을 테니까. 근데 봐, 저게 웬 횃불이지?

12행 그 귀인 브라반티오를 가리킨다. 지금까지 이아고가 '놈'이라고 얘기한 사람은 로데리고였다.

카시오, 관원들 및 횃불 든 이들과
함께 등장.

이아고 저것은 깨어난 아버지와 친구들이니까
피하는 게 상책이죠.

오셀로 아니, 그들을 만나야 해.
내 천품과 권리와 완벽한 내 영혼이
올바르게 나를 드러낼 것이다. 그들인가?

이아고 야누스에 맹세코, 아니네요.

오셀로 공작의 하인들이? 그리고 내 부관이?
친구들, 모두들 좋은 밤 맞이하길!
무슨 소식이라도?

카시오 장군님, 공작께서 인사하고
부리나케 출두하라 요청하셨습니다,
바로 지금 말입니다.

오셀로 뭔 일인 것 같은가?

카시오 제가 추측하건데 키프로스 건인데
좀 긴박한 일입니다. 바로 오늘 저녁에
여러 척의 군함에서 열두 명의 전령을
줄줄이 꽁무니를 이어서 보냈으며
많은 의원님들이 일어나 만난 뒤 공작 댁에
이미 와 있습니다. 당신도 화급히 불렀는데
숙소엔 없다는 걸 알고서 원로원에서는
당신을 찾으려고 수색대 세 팀을

33행 야누스 로마 신화에 등장하는 두 얼굴을 지닌 신으로 성과 집의 문을 지킨다. 전쟁과 평화를 상징한다.

이리저리 보냈지요.

오셀로 자넬 만나 다행이군.
난 여기 집 안에 들어가 몇 마디만 나누고
자네와 함께 가지. (퇴장)

카시오 기수, 그가 왜 여기 있지?

이아고 아, 오늘 밤 땅 위의 보물선을 덮쳤는데
합법적인 나포이면 평생 팔자 고치셨죠.

카시오 뭔 소리야?

이아고 결혼을 하셨어요.

카시오 누구와?

이아고 그 상대는 —

오셀로 등장.

자, 대장님, 가실까요?

오셀로 그러지.

카시오 여기에 당신 찾는 부대가 또 왔군요.

브라반티오, 로데리고,
횃불과 무기 든 이들과 함께 등장.

이아고 브라반티옵니다. 장군님, 조심하십시오,
나쁜 뜻을 품었어요.

50행 보물선
데스데모나를 빗대어 하는 말.
52행 누구와
오셀로에 의하면(3막 3장 102행) 카시오는 이 결혼을 처음부터 알고 있었던 것 같다. 그렇다면 그는 여기에서 시치미를 떼고 있는 셈이다. (아든)

오셀로 　　　　　　　　여봐라, 멈춰라!

로데리고 의원님, 무어인입니다.

브라반티오 　　　　　　　　　저 도둑놈 잡아라!

(양편 모두 칼을 뽑는다.)

이아고 로데리고, 덤벼라, 내가 상대하겠다.

오셀로 빛나는 칼 거두어라, 밤이슬에 녹슬 테니.
의원님, 무기보단 나이로 명령하면
더 나으실 것입니다.

브라반티오 오, 이 더러운 도둑놈, 내 딸 어디 뒀느냐?
저주받은 놈 같으니, 넌 걔를 호렸어,
왜냐하면 상식이 있다면 다 물어볼 테니까,
그 애가 마법의 사슬에 묶이지 않고서야
그렇게 부드럽고 아름답고 행복하며
그렇게도 결혼에 반대하여 이 나라 부잣집의
곱슬머리 총각들을 멀리했던 처녀가
대중의 비웃음을 사려고 보호를 박차고
너 같은 잡것의 숯 검댕 가슴으로 달려간 적
있었는지 말이다. 겁나서지 기뻐서가 아니다.
세상이여 판정하라, 네놈이 걔에게
추악한 마법 쓰고 그 예민한 어린 것을
혼미하게 만드는 약이나 광물로 더럽힌 게
명백하지 않은지. 그걸 문제 삼을 테다.

58행 로데리고
이아고가 특히 로데리고를 지목하는 이유는 가능하다면 자신의 물주인 그를 이런 우발적인 싸움에서 잃고 싶지 않아서일 터이다. (아든)

59행 밤이슬에
즉, 피로 녹스는 것이 아니라. 오셀로는 직업적인 투사로서 민간인 싸움꾼들을 조소하고 있다. (뉴케임브리지)

그건 그럴듯하고 이치가 분명해.
그러므로 난 너를 세상을 속이는 자,
금지된 무허가 사술을 쓰는 자로
체포하고 구속한다. 이자를 붙잡아라.
만일 저항한다면 위해를 주더라도
제압하라!

오셀로 너희들의 그 손을 멈추어라,
내 편은 물론이고 나머지 사람들도.
싸워야 할 계제라면 귀띔이 없었어도
알아챘을 것이다. 제가 어느 곳으로
당신이 제기한 고소에 응하기 위하여
가길 원하십니까?

브라반티오 감옥으로 가야지,
알맞은 때 정상적인 절차 따라 법이 너를
부르기 전까지는.

오셀로 제가 복종한다면
공작께선 그것을 어찌 납득하실까요?
그분의 사자들이 나라의 당면 문제 때문에
저를 데려가려고 바로 여기 제 곁에
와 있는데?

관리 맞습니다, 최고위 의원 나리,
공작께선 회의 중이시고 의원님도 분명히
부르셨을 것입니다.

브라반티오 뭐? 공작이 회의 중?
이 밤중, 이 시각에? 이자를 데려가라,
내 사건도 사소한 건 아니다. 공작 자신
또는 내 동료 의원 누구라도 이것을

자신의 치욕처럼 안 느낄 수 없을 거다.
이따위 행위가 자유롭게 허용되면
이 나라 정치는 노예와 이교도가 할 테니까.

(모두 퇴장)

1막 3장

공작과 원로원 의원들 등장,
시종들이 둘러서고 불을 밝힌 탁자에 앉는다.

공작 여기 이 소식에는 우리가 믿을 만한
일관성이 없소이다.

의원 1 정말로 숫자가 다르오.
내 편지엔 군함이 일백칠 척이군요.

공작 내 편지엔 일백사십이고.

의원 2 난 이백이군요.
정확한 숫자는 비록 들쑥날쑥해도 —
이렇게 추측해서 보고하는 경우에는
자주 차가 나는데 — 이 모든 편지에서
터키의 함대와 키프로스 방향은 확증됐소.

공작 예, 충분히 그렇게 판단할 수 있으며
나도 그 숫자상의 오류를 과신한 나머지
그 주된 내용을 두려운 마음으로
안 받아들이는 건 아니오.

선원 (안에서) 이봐요, 이봐요!

1막 3장 장소 회의실.

선원 등장.

관원 군함에서 보낸 전령입니다.

공작 그런데? 용건이 무언가?

선원 터키 군이 로도스로 움직이고 있다고
정부에 보고하란 안젤로 어른의
명을 받았습니다.

공작 바뀐 걸 어떻게 생각하오?

의원 1 있을 수 없지요,
그 어떤 논리로도. 이것은 허세이며
눈가림입니다. 키프로스가 터키에게
중요하단 사실을 고려할 때 터키는
로도스보다는 거기에 더 관심 있고
또 적게 싸우고도 차지할 수 있음을
우리가 다시 한 번 헤아려 봅시다,
그곳은 군사적인 방어가 튼튼치 못하여
우리가 로도스에 갖춰 놓은 역량에
훨씬 못 미치니까. 이것을 염두에 둔다면
터키가 최우선 사업을 맨 뒤로 돌리고
쉽고도 득이 많은 공격을 무시한 채
쓸데없는 위험을 자초할 정도로
판단력이 부족하다 생각해선 안 됩니다.

공작 그렇소, 확신컨대 로도스는 아니오.

관원 소식이 더 왔습니다.

16행 안젤로
아마도 전함의 지휘관인 것처럼 보인다. 그에게 이름을 부여하는 것은 뒤에 나오는 루시코스의 경우만큼이나 작품의 내용과 무관한 듯하다. (아든 2)

전령 등장.

전령 존경하는 의원님들, 오스만 터키인들이
로도스 섬 쪽으로 키를 잡고 항해 중
그곳에서 뒤따르는 함대와 합류하고 —

의원 1 그렇지, 내 생각대로야. 추정하는 숫자는?

전령 삼십여 척으로 현재는 항로를 되돌려
공공연히 목표인 키프로스 쪽으로
접근하고 있습니다. 믿음직하시고
최고로 용감하신 충복인 몬타노 어른께선
기꺼이 봉사하며 이같이 통지하고
구원병을 보내 달라 간청하셨습니다.

공작 그렇다면 키프로스가 확실하군.
마르쿠스 루시코스가 시내에 있지 않소?

의원 1 지금은 피렌체에 있지요.

공작 짐의 글을 전하라, 지급에 지급으로.

의원 1 브라반티오와 용감한 무어인이 오는군요.

브라반티오, 오셀로, 카시오, 이아고,
로데리고 및 관리들 등장.

공작 용감한 오셀로, 공공의 적 오스만에
맞서서 싸우는 데 그대를 써야만 하겠소.
(브라반티오에게) 못 알아봤소이다. 잘 오셨소, 의원님,

45행 마르쿠스 루시코스 안젤로보다 더 수수께끼 같은 인물. (아든 2)
49행 공공의 모든 기독교 국가들과 기독교인들의 입장에서.

오늘 저녁 도움과 조언을 얻고 싶었소이다.

브라반티오 나도 그랬소이다. 공작께선 용서하오,
내가 잠을 깬 것은 지위 때문이거나
뭔 사건을 들었기 때문도 아니며
공적인 걱정에 사로잡혀서도 아니고
사적인 비탄이 봇물처럼 나를 내리눌러서
그 밖의 슬픔들을 뒤덮어 삼키고도
여전하기 때문이오.

공작 왜 무슨 일이오?

브라반티오 내 딸이, 오 내 딸이!

모두 죽었소?

브라반티오 내게는 그렇소.
그 애는 돌팔이에게서 산 부적과 약물로
정신을 뺏기고 납치되어 더렵혀졌소이다.
결핍이나 눈멂, 마비된 감각도 없는데
그토록 황당하게 본성을 어기는 건
마법 없인 불가능하니까요.

공작 이 추악한 방법으로 딸에게선 그녀 자신,
또 당신에게선 딸애를 이렇게 속여 뺏은
그자가 누구이든 살벌한 법전을
당신의 뜻에 따라 조목조목 가혹하게
읽게 해 드리겠소, 예, 비록 짐의 친아들이
소송을 당했어도.

브라반티오 각하께 감사드리옵니다.
이 사람, 이 무어인이오, 나랏일 때문에
각하의 특명으로 지금 이리 온 것처럼
보이긴 합니다만.

모두 그거 아주 유감이오.

공작 (오셀로에게) 그대는 이에 대해 무슨 말을 할 수 있소?

브라반티오 없겠지, 그렇다는 것 말고는.

오셀로 최고로 강력하고 존엄하신 의원님들,
대단히 고귀하고 존중받는 주인님들,
제가 이 노친의 따님을 데려간 건
정말 사실입니다. 사실 전 그녀와 결혼했고
바로 그게 제 범죄의 최고 최대치로서
그 이상은 없습니다. 제 말씨는 거칠고
부드러운 평화 시의 어법은 모릅니다.
왜냐하면 제 팔뚝을 일곱 살 적 힘 가진 뒤
약 아홉 달 전까지는 천막 친 전장에서
최고로 소중하게 사용했기 때문에
다툼과 싸움에 관련된 눈부신 행위 말고
이 넓은 세상 얘긴 할 게 없기 때문이죠.
그래서 자기변호에서도 제 주장을 조금도
미화 않으렵니다. 하지만 인내해 주신다면
솔직하고 꾸밈없이 제 사랑의 전 과정을
얘기해 드리지요, 무슨 약물 무슨 주문
무슨 요술 부리기와 무슨 막강 마력으로 —
그러한 수단을 썼다고 기소되었으니까 —
이 따님을 얻었는지.

브라반티오 대담한 적 절대 없고
너무나 조용하고 과묵하여 미동에도
얼굴을 붉히던 처녀였다. 근데 걔가
본성, 연령, 나라, 평판, 모든 차이 무시하고
겁나서 못 쳐다보던 것과 사랑에 빠졌다고?

완벽한 그 애가 본성의 뭇 법칙을
그토록 어길 수 있다고 자인하는 판단은
마비됐을 뿐더러 가장 불완전하니
왜 이리된 것인지 간교한 지옥의 술책을
밝혀야만 합니다. 그래서 다시 단언하건대
이자는 피를 크게 자극하는 합성 약물
아니면 그 비슷한 효능 가진 마약을
그 애에게 썼습니다.

공작 단언은 증명이 못 되오,
그에 맞서 내놓으신 엉성한 겉치레와
상투적인 모습 띤 희박한 가능성보다 더
확실하고 명백한 증거가 없다면 말이지요.

의원 1 하지만 말해 보오, 오셀로.
그대는 비뚤어진, 강압적인 방법으로
이 어린 처녀의 애정을 짓밟고 먹칠했소?
아니면 영혼과 영혼이 주고받는 간청과
순수한 대화로 얻었소?

오셀로 부탁드리옵건대
사지타로 숙녀를 부르러 보내고
자기 부친 앞에서 제 얘기를 시키시죠.
그녀의 답변에서 제가 정말 더러우면
제게 주신 여러분의 신뢰와 공직을
빼앗을 뿐 아니라 사형까지 제 목숨에
내리게 하십시오.

공작 데스데모나를 이리로 데려오라.

오셀로 (이아고에게) 기수가 안내하게, 그곳을 가장 잘 아니까.
전 그녀가 올 때까지 하늘에 고하듯

(시종 두셋과 이아고 퇴장)

제 핏속의 악덕을 진실하게 고백하고
또 제가 어떻게 이 고운 숙녀와
서로의 사랑을 키웠는지 충실하게
진술하겠습니다.

공작 　말해 보오, 오셀로.

오셀로 　그녀의 부친은 저를 아껴 여러번 불렀고
제 인생 얘기를 한 해 한 해 짚어 가며
늘 물어보셨지요. — 전투, 공성, 운명 같은
제 과거 경험을요.
저는 그걸 저 소싯적에서 얘기를 명받은
바로 그 순간까지 쭉 훑어 나갔지요.
그러면서 불길한 우연과 물과 또한
뭍에서 벌어진 돌변하는 사건들과
임박한 죽음의 돌파구를 겨우 빠져나온 일,
오만한 적에게 잡힌 뒤 노예로 팔렸다가
그러한 상황에서 구출된 일과 같은
고달픈 제 이력서의 행위들을 말했지요.
그러면서 거대한 동굴과 메마른 사막들
험악한 돌산과 하늘 닿은 바위와 언덕을
얘기할 기회였고 — 그렇게 진행했죠. —
또 서로를 잡아먹는 식인종들이며
인육 호식인들과 머리가 어깨 아래쪽으로
자라는 인간들도 말했지요. 이것을 듣고자
데스데모나는 진지하게 마음이 쏠렸지만
늘 집안일 때문에 자리에서 물러났고
그걸 급히 처리할 수 있었을 땐 언제나

되돌아온 다음 굶주린 듯 제 담화를
경청하곤 했습니다. 전 그걸 알아채고
한번은 적당한 시간 잡고 알맞은 방법 찾아
그녀의 진지한 마음의 기도를 끌어냈죠,
그녀가 조금씩은 뭔가를 들었으나
주의 깊게 못 들었던 제 인생 순례를
쭉 펼쳐 달라고 하게끔. 저는 동의하였고
젊었을 때 겪었던 괴로움 가득한
삶의 타격 얘기로 그녀의 눈물을 여러 번
정말 훔쳐 냈습니다. 제 얘기가 끝났을 때
수고의 대가로 그녀는 세상 한숨 다 쉬었고
참으로 이상해요, 대단히 이상해요, 불쌍해요,
놀랍도록 불쌍해요, 라고 장담했으며
얘기를 안 들었길 바랐지만 그래도 하늘이
자기를 그런 남자 만들길 바랐죠. 그녀는
감사하며 이르기를, 그녀를 사랑하는
제 친구가 있다면 제 얘길 가르치는 것만으로
자기를 얻을 거라 했지요. 이 귀띔에 말했는데,
그녀는 제가 겪은 위험 땜에 절 사랑하였고
전 그녀가 그걸 정말 동정해서 사랑했죠.
이것이 제가 쓴 유일한 마법이랍니다.

데스데모나, 이아고 및 시종들 등장.

숙녀가 왔으니 이것을 증언케 하십시오.

공작 이 얘기면 내 딸도 얻을 것 같소이다.
브라반티오 의원, 깨진 그릇 최대한 맞춥시다.

맨주먹보다야 부서진 무기라도
쓰는 게 낫지요.

브라반티오 　재 말을 들어 봐 주시오.
구애의 절반은 자기가 했다고 고백하는데도
그릇된 책망을 남자에게 내린다면
내가 벼락 맞겠소! 규수는 이리 와라.
넌 이 모든 귀인들 중 누구에게 최고로
순종할 의무가 있다고 보느냐?

데스데모나 　아버님,
전 이제 도리가 양분되었음을 봅니다.
전 당신께 생명과 양육의 은혜를 입었는데
그 생명과 양육으로 당신을 존경하는
방법도 배웠죠. 당신은 제 도리의 주인이고
전 여태껏 딸이었죠. 근데 여긴 남편이고
어머니가 장인보다 당신을 앞세우며
당신께 보여 주신 도리와 꼭 같은 만큼이
제 주인 무어인의 몫임을 공언할 수 있도록
요구하겠습니다.

브라반티오 　잘 가라, 내 일은 끝났소.
각하께선 국사를 돌보시기 바랍니다.
자식을 낳느니 차라리 입양이 더 낫겠다.
이리 오게 무어인,
진심으로 난 자네가 이미 갖지 않았다면
진심으로 자네에겐 안 넘기고 싶은 걸
자네에게 주겠네. 보배야, 너 때문에
딴 자식이 없다는 게 지극히 기쁘구나,
네 도주로 말미암아 독재를 배우고

족쇄를 채웠을 테니까. 끝났어요, 각하.

공작 의원과 내 처지를 바꾸어 한마디 한 다음
내 말이 씨가 되어 두 연인이 의원의 호의를
얻게 해 주시오.
치유책이 없을 때는 최악 사태 봄으로써
희망 뒤에 매달렸던 슬픔들이 끝나는 법.
지나가고 끝나 버린 가해 행위 슬퍼함은
새로운 가해 행위 불러오는 길이 되고
운명 여신 앗아 갈 때 지킬 수가 없는 것은
그 손해를 참으면서 그 여신을 조롱하며
빼앗기고 웃는 자는 강도 것을 되 훔치고
쓸데없이 슬픈 자는 그 자신을 뺏는다오.

브라반티오 그렇다면 터키인들 키프로스 사취할 때
웃음 짓고 있는 한은 잃지 않은 셈이군요.
뻔한 말씀 들으면서 부담 없는 위로밖엔
견딜 것이 없는 자는 그 말씀을 잘 견디나
짧은 인내 동원하여 큰 비탄을 삭이는 길,
그것밖에 없는 자는 말씀 슬픔 다 견디오.
각하께서 하신 말씀 병이 되든 약이 되든
양쪽 모두 강력하여 소화하기 나름이오.
그렇지만 말은 다 말, 상처 입은 속마음을
귀를 통해 치료했단 얘기는 통 못 들었소.
공손히 청컨대 국사를 돌보도록 하십시오.

공작 터키가 아주 막강한 군대를 이끌고 키프로스로 향하고 있소이다. 오셀로, 그곳의 군사력은 그대가 가장 잘 알고, 또, 비록 우리가 최고로 자격 갖춘 대리인을 그곳에 두고 있지만 그래도 결과의 최고 조정권자인 여론에 따라 그대가 더 안전하다는 판단을 내렸소. 그러므로 그대는 새로 얻은 이 빛나는 행운에 먹칠하는 거칠고 난폭한 이번 원정에 만족해야만 되겠소.

오셀로 근엄하신 의원님들, 전 습관의 강압으로
전장의 차갑고 딱딱한 잠자리를
최고로 부드러운 털 침대로 여깁니다.
역경에 처했을 때 찾아내는 제 고유의
즉각적인 기민함이 있음을 상기하고
오스만에 맞서는 이 전쟁을 떠맡겠습니다.
그러므로 고관들께 참으로 겸허하게
고위직에 허리 숙여 간청컨대 아내에게
적절한 조치와 지위 배려 그리고 수당을
그녀의 교육에 어울리는 수준의
숙소 및 벗과 함께 원합니다.

공작 아, 친정집이 있지 않소.

브라반티오 난 그렇게 못 하겠소.

오셀로 저도 못 하겠습니다.

데스데모나 저 또한 거기에 머물면서
아버지 눈에 띄어 심기를 불편하게
해 드리긴 싫습니다. 관대하신 공작님,
제 말씀을 호의를 베풀어 들으시고
직접 인가하시어 저의 어리석음을
지원해 주십시오.

공작 무엇을 원하느냐, 데스데모나.

데스데모나 제가 이 무어인과 살려고 사랑한 사실이
거침없는 제 폭거와 운명 조롱 행위로
온 세상에 퍼지기를. 제 가슴은 주인님의

바로 그 성품에 철저히 정복당했답니다.
오셀로의 얼굴을 전 그의 마음에서 보았고
또 그의 영예와 용맹스러운 자질에
제 영혼과 운명을 헌납하였습니다.
그런데 의원님들, 그이는 전장으로 나가고
전 평온한 나방처럼 뒤에 남아 있다면
둘이 나눌 사랑의 의식을 빼앗기고
그이의 가혹한 부재로 어려운 시간을
견뎌야 할 것입니다. 함께 가게 해 주세요.

오셀로 그녀를 지지해 주십시오.
하늘을 증인 삼아 저는 이런 부탁을
제 욕심의 혓바닥을 즐겁게 해 주거나
제게는 퇴화된 젊은 열정, 음욕과
그 적절한 충족에 응하려는 게 아니라
그녀의 마음에 관대해지려고 합니다.
또 그녀가 제 곁에 있다 해서 여러분의
중대한 업무를 소홀히 할 거란 생각은
하늘이 금할 테니 마십시오. 예, 만약에
날개 달린 큐피드의 경박한 희롱에
저의 시각 기관이 방탕으로 흐려지고
그래서 놀이로 제 할 일을 썩히고 망친다면
주부더러 제 투구를 냄비로 쓰게 하고
부끄럽고 추잡한 역경은 모조리
제 명성을 향하여 돌진토록 하십시오!

공작 그녀가 가든 남든 그 결정은 그대가
사적으로 내리시오. 사태가 긴박하여
빨리 대처해야겠소.

의원 1 오늘 밤 떠나야 하겠소.

데스데모나 각하, 오늘 밤에?

공작 이 밤이다.

오셀로 기꺼이 가지요.

공작 우린 아침 10시에 여기 다시 모입니다.
오셀로, 장교 누구 하나를 남기면
그가 짐의 위임장과 그 밖의 물건들
그대와 관련된 계급 또는 지위를
전달할 것이오.

오셀로 괜찮으시다면 제 기수를.
정직하고 믿음직한 사람이랍니다.
그에게 아내의 호송을 맡깁니다,
각하께서 필요성을 고려해 나중에 보내실
그 밖의 것들과 함께요.

공작 그리하오.
모두들 편안히 쉬시오. 그리고 의원 어른,
미덕에도 기쁨 주는 아름다움 없잖다면
의원님의 이 사위는 검기보단 훨씬 희오.

의원 1 잘 가요, 무어 용사, 데스데모나에게 잘해요.

브라반티오 눈 있거든 이 애를 살펴보게, 무어인,
아버지를 속였으니 자네를 속일지도.

(공작, 브라반티오, 의원들, 장교들 함께 퇴장)

오셀로 그녀의 정절에 이 목숨을. 정직한 이아고,
데스데모나를 자네에게 맡겨야만 되겠네.

294행 무대 지시문
브라반티오가 몸을 돌려 퇴장하려 할 때 데스데모나는 아버지의 축복을 받으려고 무릎을 꿇도록 연출하는 경우가 종종 있다. 그가 거절한다는 사실은 그녀에게 또 하나의 충격이다. (아든)

자네 처가 시중들게 해 주길 바라고
가장 좋은 때를 골라 그녀를 데려오게.
이리 와요, 데스데모나, 그대와 함께할
사랑과 세상일과 지시에 쓸 시간은
한 시간뿐이라오. 시의에 따라야 한다오.

(오셀로와 데스데모나 함께 퇴장)

로데리고 이아고!

이아고 왜 그러나, 이 양반아?

로데리고 난 어떡할까, 자네 생각은?

이아고 뭐, 가서 잠이나 자지.

로데리고 난 못 참고 바로 물에 빠져 죽을 거야.

이아고 그럭하면 난 다시는 자넬 좋아하지 않을 거야. 어리석은 신사 같으니라고, 왜?

로데리고 사는 게 고문일 땐 사는 게 어리석은 짓이지. 그리고 죽음이 우리의 의사가 되었을 땐 죽으라는 처방을 받은 셈이고.

이아고 오, 치사하다! 내가 이 세상을 칠 년씩 네 번이나 살면서 이익과 손해를 구분할 수 있게 된 뒤로 자기 자신을 아낄 줄 아는 사람은 단 하나도 못 봤어. 나라면 뿔닭 암컷 한 마리에 대한 사랑 때문에 빠져 죽겠다고 말하기 전에 차라리 내 인간성을 개코원숭이와 바꾸겠네.

로데리고 난 어떡해야지? 이토록 반하는 게 수치란 건 고백해.

295행 그녀의…이아고
한 줄의 시행에 데스데모나에 대한 오셀로의 무조건적인 신뢰와 이아고의 정직성에 대한 그의 마찬가지로 무조건적인 확신을 병치하는 데에 아이러니가 있다. (아든)

312~313행 칠…살면서
왜 셰익스피어는 이아고의 나이를 이토록 정확하게 지적할까? 이아고는 오셀로보다는 아래고, 어린 로데리고(5막 1장 11행)보다는 위다. (아든)

하지만 난 천성적으로 그걸 못 고쳐.

이아고 천성? 씹이다! 우리가 이리되고 저리되는 건 다 우리한테 달렸어. 우리 몸은 정원이고 우리의 의지는 그 정원사야. 그래서 우리가 쐐기풀을 심거나 상추씨를 뿌리거나, 꿀풀은 꽂아 놓고 백리향은 뽑아 버리며 한 가지 약초로 거기를 채우거나 여러 가지를 마구 심어 놓거나, 태만을 부려 불모로 만들거나 부지런히 비료를 주거나 간에 — 글쎄, 그렇게 할 힘과 바로잡을 권한은 우리의 의지에 있다네. 우리의 삶이라는 저울에서 한 쪽의 이성이 다른 쪽의 욕정과 균형을 맞춰 주지 않는다면 우린 본성의 저급한 욕정에 이끌려 참으로 어처구니없는 결과를 맞을 거야. 하지만 우리에겐 이성이 있어서 발광하는 충동, 색욕의 자극, 무절제한 쾌락을 식혀 주는데, 내가 보기엔 당신이 사랑이라 부르는 것도 이런 것들 가운데 한 줄기나 가지야.

로데리고 그럴 리가 없어.

이아고 그건 순전히 피 끓는 성욕이고 욕심이 허락한 결과야. 자, 남자답게 굴어! 빠져 죽어? 고양이와 갓 난 강아지나 빠뜨려. 난 내가 자네 친구임을 공언했고 고백건대 이 몸이 쇠밧줄에 묶이더라도 자네가 보답을 꼭 받게 해 주겠네. 내가 자네에게 지금보다 더 쓸모 있을 순 없어. 지갑에 돈을 넣고 이번 전쟁을 좇아가, 가짜 수염으로 얼굴을 바꾸고 그렇지, 지갑에 돈을 넣어. 데스데모나가 이 무어인을 계속 오래 사랑한다는 건 있을 수 없어. — 지갑에 돈을 넣어 — 그도 마찬가지고. 그녀로선 격정적인 출발이었으니까 그에 걸맞은 결별을 보게 될 거야. — 지갑에 돈을 넣어. 이 무어인들은 욕심이 변하는 자들인데 — 지갑을 돈으로 채워. 지금은 그에게 캐롭처럼 맛있는 음식도 머지않아 땡감처럼 떫은맛이 날 거야. 그녀는 그를 젊은 남자와 바꿔야 해. 그의 몸에 물리게 되면 잘못된 선택이었음을 알 테고 사람을 바꿔야만 해. 반드시. 그러니까 지갑에 돈을 넣어. 지옥에 떨어질 필요가 있거든 빠져 죽는 것 말고 좀 더 세련된 방법으로 해 봐. — 모을 수 있는 돈은 다 모아. 만약 이 떠돌이 야만인과 이 닳고 닳은 베네치아 여자 사이의 허례와 덧없는 맹세가 내 재주로도 또 지옥의 모든 족속들도 깨지 못할 만큼 굳은 게 아니라면, 자네가 그녀를 즐길 거야. — 그러니까 돈을 모아. 빠져 죽긴, 염병할! 얼토당토않아. 빠져 죽어서 그녀를 못 차지하느니 차라리 환락을 성취하면서 목매달려 죽겠다고 해.

로데리고 내가 그 결말을 기다리면 희망을 꼭 이루게 해 줄 텐가?

이아고 날 굳게 믿게 — 가, 돈을 모아. 자네에게 자주 말했지만 그리고 다시, 또 다시 말하지만 난 이 무어인을 미워해. 그 이유는 내 가슴에 맺혔고 자네도 못지않은 까닭이 있으니 우리 복수할 때 서로 내통하세. 자네가 그에게 오쟁이를 지울 수만 있다면 그건 자네에겐 쾌락이고 내겐 오락이야. 시간의 자궁 속엔 태어날 사건들이 많이 들어 있어. 앞으로, 가, 돈을 마련해. 이 얘긴 내일 더 하고. 잘 가.

로데리고 아침엔 어디서 만날까?

이아고 내 숙소에서.

346행 캐롭 초콜릿보다 더 달콤하고 맛있는 열매.

로데리고 일찍 가겠네.

이아고 허 참, 잘 가게. — 알아들었어, 로데리고?

로데리고 뭐라고?

이아고 빠져 죽는 얘기 안 하는 거, 알아들었어?

로데리고 난 마음을 바꿨어. 땅을 다 팔 거야.

이아고 허 참, 잘 가게, 지갑에 돈을 충분히 넣어.

(로데리고 퇴장)

난 항상 이렇게 바보를 내 돈줄로 만든다.
저따위 멍청이와 시간을 보내는 게
내 재미와 내 이득 때문이 아니라면
난 내가 애써 얻은 지식과 경험을
모독하는 셈이지. 나는 이 무어인을 미워해.
그리고 쫙 퍼진 소문으론 그가 내 침대에서
남편 일을 했다는데 사실인진 모른다.
하지만 난 그런 일엔 혐의만 가지고도
확실한 것처럼 행동해. 그는 날 좋게 본다.
그래서 내 의도가 더 잘 먹혀들 거야.
카시오는 멋쟁이야. 그러니 어디 보자,
그 자리를 차지하고 내 뜻도 다 이루는
이중의 악행이라. 어, 어떻게? 어디 보자,
좀 있다가 오셀로의 귀를 속여 카시오가
제 아내와 지나치게 친하다고 해 볼까.
그는 풍채 좋은 데다 몸가짐이 점잖아서
의심받게, 여자가 바람나게 생겼고
무어인도 수수하고 탁 트인 성품이라
겉만 정직한데도 속까지 그렇다고 여긴다.
그래서 코뚜레로 부드럽게 끌 수 있어,

나귀처럼 말이다.
알았다, 떠올랐다! 지옥과 밤 둘이서
이 끔찍한 착상이 빛을 보게 해야 한다. (퇴장)

2막 1장

몬타노, 두 신사와 함께 등장.

몬타노 갑 건너 바다에 무얼 식별할 수 있나?
신사 1 전혀 아무것도요. 풍랑이 솟구치며
하늘과 저 대양 사이에 배라곤 한 척도
찾아낼 수 없습니다.
몬타노 바람은 내륙에서 울부짖는 것 같은데
이 흉벽을 더 세게 뒤흔든 강풍은 없었다네.
그게 바다에서도 이렇게 난폭한 짓 했다면
어떤 참나무 배가 산더미 파도가 덮치는데
온전할 수 있겠나? 무슨 소식 듣게 될까?
신사 2 터키의 함대가 흩어졌단 소식이요.
거품 이는 해변에 서 있기만 해 보십쇼,
겁먹은 파도는 구름을 때리는 것 같고
바람 받은 파도는 드높고 기괴한 갈기로
불타는 작은 곰에 물 끼얹어 영원히 붙박인
북극성의 호위별을 꺼 버릴 것 같으니까.
격랑 이는 바다가 저리 부대끼는 건
본 적이 없습니다.

2막 1장 장소 키프로스의 항구.

몬타노　　터키의 함대가
대피소나 만에 들지 못했다면 수장됐어.
이걸 견뎌 낸다는 건 불가능해.

셋째 신사 등장.

신사 3　　여보게들, 소식이네, 전쟁은 끝났어!
지독한 태풍이 터키인들을 강타하여
그들의 기도가 멈췄어. 웅장한 베네치아 함선이
대부분 무참히 깨지고 망가진 그 함대를
봤다고 한다네.

몬타노　　뭐라고? 사실인가?

신사 3　　그 배는 이곳에 들었는데
베로나 소속이고, 마이클 카시오가
늠름한 무어인 오셀로의 부관으로
해안에 올랐으며 항해 중인 무어인 자신은
키프로스 이곳의 전권을 위임받았답니다.

몬타노　　그거 기쁜 일이네, 훌륭한 총독이지.

신사 3　　근데 이 카시오가 터키군의 파멸은

카시오 등장.

위안조로 말하지만 무어인의 안전만은
슬프게 빈답니다, 그들은 격렬한 태풍으로
헤어졌기 때문이죠.

몬타노　　하늘에 안전을 빌어야지,
난 그를 섬겨 봤고 완벽한 군인처럼

통솔하는 분이니까. 이보게들, 해안으로!
들어온 선박을 볼 뿐만 아니라
대양과 저 푸른 하늘을 분간 못 할 때까지
우리의 눈을 던져 용감한 오셀로를
찾으려고 해 보세.

신사 3 자, 그렇게들 합시다,
더 많이 도착할 것이라는 예상은
시시각각 할 수 있을 테니까.

카시오 고맙소, 무어인을 이토록 칭찬해 주시는
이 늠름한 섬의 용사들이여. 오, 전 그분을
위험한 바다에서 잃었으니 하늘은
비바람을 막아서 그를 보호해 주소서.

몬타노 좋은 배에 타고 있나?

카시오 그 범선은 단단한 목재로 건조됐고
선장은 명수로 입증된 터이므로
제 희망은 죽을 만큼 부풀진 않았기에
감히 살길 바랍니다.

목소리 (안에서) 배다! 배다! 배다!

카시오 이 무슨 소리지요?

신사 2 마을은 텅 비었고 바닷가 벼랑 끝에
뭇사람이 모여 서서 배라고 외칩니다.

카시오 총독일 것이라는 희망이 생깁니다. (포 소리)

신사 2 저렇게 예포를 발사하고 있으니
적어도 아군이오.

카시오 당신이 좀 가서
도착한 게 누군지 알려 주면 좋겠소.

신사 2 그러지요. (퇴장)

몬타노　근데 부관, 장군께선 아내를 두셨는가?
카시오　참으로 운 좋게요. 묘사와 날뛰는 소문을
능가하는 아가씨를 얻으셨답니다.
그녀는 기발하게 뽐내는 찬사를 뛰어넘고
속속들이 창조의 옷을 입은 그녀의 모습은
작가를 지치게 하지요.

둘째 신사 등장.

그런데, 누가 왔죠?
신사 2　이아고란 사람으로 장군의 기숩니다.
카시오　참으로 순조롭고 다행하게 빨리 왔군.
태풍 자체, 높은 바다, 울부짖는 바람도
물밑에서 죄 없는 용골을 역적처럼 붙잡는
갈라진 바위와 쌓여 있는 모래도
미인을 알아본 듯 치명적인 영향력을
잊고 쓰지 않은 채 데스데모나 선녀를
곱게 보내 주었군요.
몬타노　그녀가 누군가?
카시오　말씀드린 그녀는 저희들 대장의 대장으로
대담한 이아고의 호위받아 떠났는데
이곳 땅을 밟은 건 우리의 예상보다
이레나 빠릅니다. 조브여, 오셀로를 보호하고
그대의 강력한 숨결로 그의 돛을 부풀려

77행 조브
주피터라고도 불리는 로마 신계의 주신. 그리스 신화의 제우스에 해당한다.

그가 이 항구를 큰 배로 축복하게,
데스데모나의 품에서 사랑 숨을 헐떡이게,
소멸된 우리 혼에 새 활기를 불어넣어
키프로스 전체를 위무하게 하소서! —

데스데모나, 이아고, 로데리고와 에밀리아 등장.

오, 보시오,
배에 있던 보화가 해안으로 올랐어요.
키프로스인 여러분, 무릎을 꿇으시오!
부인 만세! 그리고 하느님의 은총이
그대의 앞과 뒤와 또 모든 방향에서
그대를 감싸 주길!

데스데모나 고마워요, 용감한 카시오.
나에게 일러 줄 주인님 소식은요?

카시오 도착은 아직 않으셨지만 무사하며
곧 이리로 오신다는 것밖엔 모릅니다.

데스데모나 오, 하지만 내 걱정은…… 어찌 헤어졌나요?

카시오 바다와 하늘이 격돌하는 바람에
동행이 갈라졌죠. (안에서 목소리, '배다, 배다!')
그런데 소리가! 배군요!

(포 소리가 들린다.)

신사 2 그들이 요새를 향하여 예포를 쏩니다.
이 또한 아군이오.

카시오 소식을 확인하오. (신사 퇴장)
기수, 잘 왔네.
(에밀리아에게) 잘 왔어요, 에밀리아 씨.

여보게 이아고, 내 예절이 넘친다고
못 참고 화내진 말게나. 교육받은 그대로
이렇게 과감히 예의를 표하니까. (그녀에게 키스한다.)

이아고 그녀가 저에게 놀려 댄 혀만큼 여러 번
자신의 입술을 부관님께 드린다면
질리실 겁니다.

데스데모나 저런! 여인은 말이 없네.

이아고 실은 너무 많지요!
전 자고 싶을 때도 항상 말을 들으니까.
참, 마님 계신 앞에서 시인하는 바이지만
이 여자는 혓바닥은 가슴에 좀 묻어 두고
생각으로 바가질 긁어요.

에밀리아 그렇게 말해야 할 이유가 없잖아.

이아고 이봐, 이봐, 당신네는 문밖에선 그림 같고
현관에선 딸랑 방울, 부엌에선 살쾡이,
남 해칠 땐 성자이고 화났을 땐 악마이며
집안일은 놀며 하고 잠자리에서는……
선수잖아!

데스데모나 오, 이 꼴불견 험담꾼 같으니!

이아고 예, 사실이 아니라면 전 터키 놈입니다.
당신네는 깨서 놀고 자러 가서 일하잖아.

에밀리아 내 칭찬은 않겠네.

이아고 음, 안 하게 해 줘라.

데스데모나 나를 칭찬한다면 뭐라 하고 싶은가?

이아고 오, 사모님, 그리하게 만들진 마십시오,
트집 잡지 않으면 저는 시체니까요.

데스데모나 어디, 시도해 봐. 누군가 항구로 갔는가?

이아고　예, 마님.

데스데모나　난 즐겁진 않지만 그런 척함으로써
현재의 내 마음을 딴 데로 돌려야지.
자, 날 어떻게 칭찬할 셈인가?

이아고　해 볼 참입니다만 사실 제 작품은
골통에서 나올 때 종이에 붙은 엿 떨어지듯
뇌수까지 다 달고 나옵니다. 하지만
제 뮤즈는 산고 끝에 이런 걸 낳았어요.
여자가 예쁘고 똑똑하면 미모와 기지인데
미모는 쓸모 있고 기지는 미모를 써먹죠.

데스데모나　잘 칭찬하였네. 검은데 기지가 있다면?

이아고　여자가 검은 데다 기지를 갖췄다면
검은 자기 덮어 줄 흰 남자 찾겠지요.

데스데모나　점점 더 나빠지네.

에밀리아　예쁜데 바보이면 어떨까?

이아고　예쁜데 바보 같은 여자는 절대 없지,
바보짓조차도 자식 낳게 해 주니까.

데스데모나　이건 선술집에서 바보들을 웃기려고 지어낸 낡아 빠진 궤변이야. 추한 데다가 바보 같은 여자에겐 어떤 비참한 칭찬을 해 줄 텐가?

이아고　아무리 추하고 게다가 바보래도
예쁘고 똑똑한 여자들의 추한 장난
저지르지 않는 여잔 없답니다.

데스데모나　오, 무식이 막심하네, 자넨 최악을 최고로 칭찬하고 있어. 하지만 진짜로 가치 있는 여성에겐 어떤 찬사를 부여할 수 있겠는가? 자기 진가의 권위를 빌려 악심 바로 그 자체의 증언까지도 당당하게 재촉한 여성 말일세.

이아고 언제나 예쁘고 절대로 오만하지 않으며
뜻대로 말하나 절대로 시끄럽지 않으며
한 번도 궁한 적 없었지만 절대로 사치 않고
소원대로 안 했지만 '해 볼까.' 말하는 여자와
화난 일을 복수할 기회가 다가와도
원망을 멈추고 분노를 날려 버린 여자와
대구의 머리를 연어의 꼬리와 바꿀 만큼
분별력이 약하진 절대 않은 여자와
마음속 생각을 절대 아니 밝히는 여자는
돌아보지 않아도 구혼자가 따르지요.
만약에 그런 사람 있다면 그 여자는 —

데스데모나 할 일이 무얼까?

이아고 바보 아기 젖먹이고 젓가락 세는 거죠.

데스데모나 오, 참으로 빈약하고 무기력한 결론이군. 에밀리아, 그가 자네 남편이긴 하지만 그에게 배우진 말게. 카시오, 당신은 어떻게 생각해요? 이 사람은 참으로 불경스럽고 거리낌 없는 떠버리가 아닐까요?

카시오 마님, 그는 정곡을 찔렀습니다만 그를 학자라기보다는 군인으로 평가하시는 게 좋을 것입니다.

이아고 (방백) 녀석이 그녀의 손바닥을 잡는구나. 그래, 잘했어, 속삭여. 이런 조그만 거미줄로 카시오란 커다란 파리

155행 대구의…만큼
어리석은 교환을 한다는 대의는 분명하지만 거기에 도달하는 과정은 분명치 않다. 당시 사람들의 미각과 선호도에 따라 두 부위의 순서가 바뀔 수 있을 것이다. 그러나 이아고가 화자라는 점을 고려할 때 한 가지 거의 분명한 점은 대구의 머리(남자의 성기)와 연어의 꼬리(여자의 성기)의 상징적인 의미를 염두에 둔 말장난이란 사실이다. (아든)

를 사로잡을 테니까. 그래, 그녀에게 미소를 지어, 그러라고. 네 예절로 널 옭아맬 테니까. 맞는 말씀이야, 진짜 그래. 그런 재주를 부리다가 부관 자리를 빼앗기게 된다면 네 손가락 셋에다 그렇게 자주 키스를 않는 게 좋을 텐데 다시 그 손가락으로 멋쟁이 신사 흉내를 잘도 내는구먼. 아주 좋아, 키스 한번 잘했고 예절 만점이야. 진짜 그래! 그런데 또다시 네 입술에 손가락을 가져가? 널 위해 그게 관장약 튜브였으면 좋겠다!

(안에서 나팔)

무어인! 나팔 소리입니다!

카시오 정말로 그렇군.

데스데모나 영접토록 합시다.

오셀로와 시종들 등장.

카시오 저 봐요, 오십니다!

오셀로 오, 내 고운 무사여!

데스데모나 사랑하는 오셀로!

오셀로 내 앞의 당신을 여기서 보다니 만족만큼
놀라움도 크다오! 오, 내 영혼의 기쁨이여,
폭풍 뒤에 언제나 이런 평온 깃든다면
바람은 죽음을 일으킬 때까지 불고 불어
고생하는 돛단배를 바다 언덕 저 위로

173행 네…키스
신사가 자기 손에 키스를 하는 것은 숙녀에게 예절을 보이는 아주 정상적인 몸짓이었다. (아든)

178행 나팔 소리
각각의 지휘관은 식별 가능한 자신의 신호가 있었다. (뉴케임브리지)

올림포스만큼 올렸다가 천국에서 지옥 가듯
다시 내리꽂아라. 난 지금 죽어도 지금이
가장 행복할 것이오, 왜냐하면 내 영혼은
절대 만족 맛봤기에 이 같은 안락이
미지의 운명 속에서도 이어질 것인지
염려하기 때문이오.

데스데모나 그건 당치 않아요,
하늘은 우리 사랑, 안락을 우리 나날 늘어나듯
키워 주실 거예요.

오셀로 신령들은 그러소서!
이 만족을 말로는 다하지 못하겠소,
여기가 막히오, 기쁨이 너무 커서.
이것과 또 이것이 우리 마음 사이에 (둘이 키스한다.)
앞으로 생겨날 가장 큰 불화이길!

이아고 (방백) 오, 지금은 당신이 잘 조율됐지만 줄을 풀어
그 화음이 깨지게 만들겠다, 내 아무리
정직해도 말이다.

오셀로 자, 성으로 갑시다.
여러분, 전쟁은 끝났고 터키 놈들 수장됐소.
이 섬의 옛 친구들, 어떻게 지냈소?
여보, 키프로스가 당신을 잘 대접할 것이오,
그들의 사랑이 크다는 걸 알았소. 오, 여보,
내가 마구 지껄이며 자신의 안락에만
푹 빠져 있구려. 부탁이네, 이아고,
만으로 내려가서 내 짐을 부려 주게.

186행 올림포스 그리스 신화에서 신들의 거주지로 알려진 전설적인 산.

그리고 선장을 요새로 데려오게,
훌륭한 자이고 자신의 가치로 큰 존경을
받을 만하니까. 갑시다, 데스데모나,
다시 한 번 키프로스에서 잘 만났소.

(이아고와 로데리고만 남고 모두 퇴장)

이아고 (퇴장하는 수행원 하나에게) 자넨 좀 있다가 항구에서 나와 만나. (로데리고에게) 이리 오게. 자네가 용감하다면 — 천한 남자들도 사랑에 빠지면 고귀한 성품을 타고난 것보다 더 많이 보인다는데 — 들어 봐. 부관이 오늘 저녁 초소에서 경계를 선다네. 우선 이것부터 말해야겠어. 데스데모나는 분명 그자와 사랑에 빠졌어.

로데리고 그자와? 아니 그건 불가능해.

이아고 손가락을 이렇게 입에 대고, 영혼 교육을 좀 받아. 그녀가 그를 처음에 얼마나 격렬하게 사랑했는지 주목해 봐, 무어인이 뽐내면서 황당한 거짓말을 해 준 것뿐인데. — 그래서 그가 떠벌린다고 그녀가 계속 사랑해? 자네의 신중한 마음으로 그런 생각은 말게. 그녀는 눈이 즐거워야 하는데 마왕을 쳐다보고 무슨 기쁨을 느끼겠어? 재미를 보고 나서 욕정이 둔해졌을 때 그걸 다시 불태우고 포만감 뒤에 새롭게 육욕을 돋우려면 매력적인 용모, 비슷한 나이, 예절과 아름다움이 있어야 하는데 이 모든 게 무어인에겐 결여되어 있잖아. 이제 그런 필요조건들이 부족하니까 감수성이 예민한 그녀는 속았음을 알 것이고 무어인에게 욕지기를 느끼고 식상하며 그를 혐오하기 시작할 테지. — 본능 자체가 그렇게 가르칠 테고 제2의 선택을 강요할 거야. 이제 봐요, 이게 사실이라면 — 참으로 의미심장하고 무리 없는 가정인데 — 이 행운의 계단을 카시오만큼 높이 오른 자가 누구냐고요? 그는 아주 유창하고 꽁꽁 숨겨 놓은 자신의 음탕한 욕정을 더 잘 채우기 위해서라면 양심에 아무런 거리낌도 없이 겉으로만 점잖고 인간적인 모습을 보일 수 있는 놈인데. 그야 없죠, 그야 없어. 미꾸라지같이 살살 빠지는 놈, 기회만 노리는 녀석, 진정한 이점은 있지도 않은데도 이점들을 조작해 낼 수 있는 눈썰미를 가진 위인 — 악마 같은 놈이죠. 게다가 놈은 잘생겼고 젊으며 어리석고 미숙한 애들이 좋아하는 필수조건들을 다 갖췄어요. 아주 불쾌하고 완전 나쁜 놈인데 이 여자가 벌써 놈을 점찍었어요.

로데리고 그녀가 그랬다고는 믿을 수 없어, 최고로 축복받은 마음씨로 가득 찬 여성인데.

이아고 축복은 무슨 씹할! 그 여자가 마시는 포도주도 포도로 만들었어. 그녀가 축복을 받았다면 무어인을 절대 사랑하지 말았어야지. 축복은 무슨 개뿔! 그녀가 놈의 손바닥을 만지작거리는 거 못 봤어? 그거 유의하지 않았어?

로데리고 봤지만 그건 예의였을 뿐이야.

이아고 음란 행위지, 이 손에 맹세코. 정욕과 추잡한 생각 담은 사극을 가리키는 색인이자 서문이지. 그들은 입술이 서로 닿을 만큼 가까이 만나 숨결로 서로를 포옹했어. 상스러운 생각이야, 로데리고. 이런 수작질로 길을 닦으면 곧바로 주요 기본 행사인 살 섞기에 이른다고.

255행 색인 당시의 책에서 색인은 지금처럼 뒤가 아니라 앞에 있었다. (아든)

흥! 하지만 이봐요, 내 말대로 해요. 내가 당신을 베네치아에서 데려왔잖아요. 오늘 밤 깨 있어요. 지시를 내리는 건 당신에게 맡길게요. 카시오는 당신을 모르고 나도 멀지 않은 곳에 있을 테니 카시오의 화를 돋울 기회를 찾아내요, 아주 크게 떠든다든지 그의 훈련을 헐뜯는다든지, 아니면 뭐든 당신 좋을 대로 다른 빌미를 찾아내요, 그런 건 때에 따라 안성맞춤으로 생겨날 테니까.

로데리고 글쎄.

이아고 이봐요, 그자는 무모하고 아주 급작스레 화를 터뜨리니까 혹시 곤봉으로 당신을 칠지도 몰라요. 그렇게 하도록 부추기는 겁니다. 그런 일만 생겼다 하면 내가 키프로스인들 사이에 반란을 일으키고 그들을 진정시켜 진정한 믿음을 되찾으려면 카시오를 자를 수밖에 없게 만들 테니까. 그리되면 당신의 욕망에 이르는 여정은 더 짧아질 겁니다, 그때 가서 내가 마련할 수단을 통하여 그리고 장애물은 아주 유리하게 제거된 상태에서. 안 그러면 우리의 성공은 예상도 못 합니다.

로데리고 그렇게 하겠어, 뭐든 호기를 잡을 수 있게 해 준다면야.

이아고 그건 장담하지. 요새에서 곧 나를 만나. 난 그의 필수품들을 해안으로 날라야 해. 잘 가.

로데리고 안녕. (퇴장)

이아고 카시오의 그녀 사랑, 난 분명히 믿는다.
그녀의 사랑도 적절하고 크게 믿을 만하다.
무어인은 내가 그를 아무리 못 참아도

278행 그의 오셀로의.

변함없고 정 많고 고귀한 본성을 가졌으며
감히 생각하건대 그녀에겐 참으로 소중한
남편이 될 거다. 근데 나도 그녀를 사랑한다.
순전히 욕정에 의해서가 아니라 —
난 아마도 그 큰 죄로 벌받을지 모르지만 —
얼마간은 복수심을 채우기 위해서다.
왜냐하면 이 음탕한 무어인이 내 안장에
올라탔단 의심이 부쩍 들고 그 생각이
유독성 광물처럼 내 속을 갉아먹어
마누라엔 마누라로 공평해질 때까지
내 영혼의 만족은 있지도 오지도 않을 테고
또 그렇게 안 될 땐 적어도 이 무어인에게
판단력으로는 치유 못 할 정도의
강렬한 질투심을 일으키리. 그러기 위하여
이 딱한 베네치아의 쓰레기가 — 빠른 사냥 못 하게
놈을 좀 말렸는데 — 자극받아 뛰어 주면
난 마이클 카시오를 마음대로 주무르고
놈을 음탕하다고 무어인에게 욕하며 —
카시오도 내 잠옷을 입었단 의심이 드니까 —
무어인 자신을 지독한 멍청이로 만들고
미쳐 버릴 때까지 평정을 교란한 대가로
나에게 사랑, 감사, 보답을 하도록 만들 테다.
계략은 여깄지만 아직까진 흐릿하다,
악행의 전모를 범행 전엔 못 보니까. (퇴장)

2막 2장

오셀로의 전령, 포고문을 가지고 등장.

'고귀하고 용맹스러운 우리 오셀로 장군께서는 방금 도착한, 터키 함대의 전멸을 전하는 확실한 소식을 접하시고 모두에게 축하연을 즐기라고 하셨다. 일부는 춤추고 일부는 화톳불을 피우라. 각자 마음에 끌리는 오락이나 잔치를 벌여라. 왜냐하면 이런 유익한 소식 외에도 장군님의 혼인 축하가 있으니까.' — 그분의 기쁨이 지극하여 공표키로 하셨다. 모든 창고를 개방하고 지금 5시부터 11시 종이 울릴 때까지 최대한 먹고 마실 자유를 준다. 하늘은 키프로스 섬과 우리 오셀로 장군님께 축복을 내리소서! (퇴장)

2막 3장

오셀로, 카시오, 데스데모나 등장.

오셀로 이보게 마이클, 오늘 밤 경계를 맡아 주게.
우리가 분별없이 놀지는 않도록
명예롭게 자제하는 방법을 배우세.

카시오 이아고에게 할 일을 지시했습니다만
그럼에도 불구하고 제 눈으로 반드시
살펴보겠습니다.

2막 2장 장소 키프로스. 길거리.
2막 3장 장소 키프로스. 성채.

오셀로 이아고는 참 정직해.
마이클, 잘 자게. 내일 아침 가장 일찍
나와 얘기 나누세. 자 여보, 이리 와요,
과일을 샀으니 먹는 일이 남았구려,
당신과 난 아직 그 맛을 못 봤잖소.
잘 자게. (오셀로와 데스데모나 퇴장)

이아고 등장.

카시오 어서 오게 이아고, 우린 경계를 서야 해.

이아고 이 시간엔 아닙니다, 부관님, 아직 10시가 안 된걸요. 우리 장군님은 데스데모나에 대한 사랑 때문에 우릴 이렇게 일찍 내쫓았어요. — 그렇다고 나무라진 맙시다, 아직 그녀와 야한 밤을 보내지 못하셨고 게다가 그녀는 조브의 희롱감이니까요.

카시오 매우 빼어난 숙녀이지.

이아고 또한 장담컨대 밤일도 잘하겠죠.

카시오 정말이지 매우 신선하고 우아한 여자야.

이아고 그런 눈이 있을까! 제 생각에 그건 도발을 향한 협상나팔 같습니다.

카시오 유혹적인 눈이야. 그래도 알맞게 정숙하다고 생각해.

이아고 그리고 그녀가 말을 할 때면, 사랑에겐 그게 경종 아닙니까?

카시오 그녀는 진짜로 완벽해.

이아고 그럼, 그분들 잠자리에 행복을! 자, 부관님, 여기 포도주 한 통이 있고 밖에는 키프로스 한량 한 쌍이 와 있는데 검은 오셀로 장군의 건강을 위해 기꺼이 축배를 들겠답니다.

카시오 여보게 이아고, 오늘 밤은 안 되겠네, 내 머리는 불행히도 술에 아주 약하거든. 다른 접대 관습을 만들어 예의를 표하게 해 주면 좋으련만.

이아고 아, 우리 친구들인데요. 딱 한 잔만, 제가 부관님 대신 마시지요.

카시오 난 오늘 저녁에 딱 한 잔만 했는데, 그것도 잔꾀를 부려서 물을 탄 술인데도 여기에 나타난 격변을 보라고! 난 불행하게도 이런 결함이 있어서 내 약점을 감히 더 이상 시험하지 않으려네.

이아고 뭘 그러세요, 잔칫날 밤이고 한량들이 원하는 건데.

카시오 그들은 어디에 있는가?

이아고 여기 문간에요, 들어오라고 하시지요.

카시오 그러지, 하지만 마음이 내키진 않는군. (퇴장)

이아고 그에게 딱 한 잔만 더 안길 수 있으면
오늘 저녁 기왕에 마신 술과 더불어
그는 어린 아가씨의 버릇없는 개처럼
툭하면 싸우고 화낼 거다. 그런데 상사병 든
바보 로데리고는 사랑으로 거의 다 뒤집어져
오늘 밤 데스데모나를 위하여
통술을 통음하고 경계를 설 판이다.
난 자기네 명예를 조심스레 살피는
전투적인 이 섬의 정예 분자들이자
도도한 기상의 키프로스 귀족 청년 세 명을
오늘 밤 넘치는 잔으로 들쑤셔 놓았고
그들 또한 경계 선다. 이제 이 취객들 가운데
우리의 카시오가 이 섬을 욕보일 행동을

하도록 만들 테다.

카시오, 몬타노 및 신사들 등장.

근데 여기 그들이 왔구나.
만일에 결과가 내 꿈과 맞아떨어진다면
내 배는 순풍에 돛 달고 물 따라 흐른다.

카시오 어이구, 전 이미 됫술을 받아 마셨습니다.

몬타노 뭘, 작은 잔이었겠지, 한 홉도 안 되는 걸로, 뻔해.

이아고 야, 포도주 가져와!
(노래한다.)

쨍강쨍강 내 술잔 맞추시오,
쨍강쨍강 내 술잔 맞춰요.
군인도 인간이고
인생은 순간이니
군인이야 어이 아니 마시리오.

얘들아, 포도주 가져와!

카시오 거참, 빼어난 노래야.

이아고 이건 영국에서 배웠습니다만 거기야말로 마시는 데는 막강하죠. 당신네 덴마크인, 당신네 독일인, 배불뚝이 네덜란드인도 — 자, 듭시다! — 영국인에 비하면 아무것도 아니랍니다.

카시오 영국인의 음주가 그렇게 기막힌가?

이아고 그야, 덴마크인이 뻗을 때까지는 쉽게 마시니까요. 독일인을 자빠뜨리는 데는 땀도 안 흘리고 두 번째 큰 잔을 채우기도 전에 네덜란드인을 토하게 만듭죠.

카시오 우리 장군님께, 건배!

몬타노 나도 건배하지, 부관. 맞수가 되어 주지.

이아고 오, 아름다운 영국이여!

(노래한다.)

스티븐 국왕은 훌륭한 분이셨지,
　　금화 한 닢으로 바지 하나 해 입고선
그것이 조금은 비싸다고 생각하고
　　그놈의 양복쟁이 상놈이라 하셨지.
그분의 명성은 대단히 높았고
　　자네의 출신은 저만치 낮다네,
사치로 말미암아 나라가 망한다니
　　자네도 헌 옷을 입는 게 어떻겠나.

야, 포도주 가져와!

카시오 거참, 저번 것보다 더 기막힌 노래군!

이아고 다시 들으시렵니까?

카시오 아냐, 난 그 따위 짓을 하는 자는 높은 자리에 앉을 자격이…… 없다고 생각하니까. 글쎄, 하느님이 알아서 하시겠지만 구원받아야 할 인간도 있고 구원받지 말아야 할 인간도 있는 법이지.

이아고 사실입니다, 부관님.

카시오 나로서는 장군님이나 다른 지체 높은 분들에겐 죄송하지만 구원받고 싶네.

이아고 저도 그렇습니다, 부관님.

카시오 음, 그래도 미안하지만 나보다 앞서면 안 돼. 기수에 앞서 부관이 먼저 구원받게 되어 있으니까. 우리 이런 얘

92~93행 자격이…없다고
카시오는 직업상의 비행을 어렴풋이 의식하지만 그것을 딱 부러지게 밝히거나 자기 생각을 완결 짓기에는 너무 취한 상태에 있다. (아든 3)

긴 그만두고 임무로 돌아가세. 하느님, 우리 죄를 용서하소서! 신사분들, 우리의 본분을 살핍시다. 제가 취했다고, 신사분들, 생각 마십시오. 이건 제 기수이고, 이건 제 오른손, 이건 제 왼손입니다. 지금은 취하지 않았소. 몸도 충분히 잘 가눌 수 있고, 말도 충분히 잘할 수 있답니다.

모두 뛰어나게 잘하지요.

카시오 그럼, 아주 좋습니다. 제가 취했다고, 그럼, 생각해선 안 됩니다. (퇴장)

몬타노 여러분, 포대로 갑시다. 자, 보초를 세웁시다.

이아고 어른께선 앞서 나간 이 친구 보셨지요.
시저의 옆에 서서 지시를 내릴 만한
군인이랍니다. 근데 그의 악덕만 보시면
춘추분 밤낮처럼 미덕과 정확한 대칭으로
길이가 꼭 같지요. 그에겐 애석한 일인데
그가 몸이 약해진 이 뜻밖의 시각에
오셀로가 그를 믿기 때문에 이 섬이 흔들릴까
걱정이 됩니다.

몬타노 하지만 자주 저래?

이아고 저건 항상 수면의 전주곡이지요.
술에만 안 먹히면 시계 두 바퀴라도
자지 않고 경계를 선 답니다.

몬타노 장군께서
이 사실을 염두에 두시는 게 좋겠군.

113~114행 시저…군인 시저의 오른팔 역할을 하는 사람, 또는 과장법으로 '시저를 자기 부하처럼 취급하다.'라는 의미일 수도 있다. (아든)

그걸 못 보거나 아니면 본성이 선량하여
카시오에게 나타나는 미덕만 칭찬하고
악행은 안 쳐다보시겠지. 그게 사실 아닌가?

로데리고 등장.

이아고 (방백) 웬일이오, 로데리고?
부탁인데 부관 뒤를 쫓아가요! (로데리고 퇴장)
몬타노 또한 크게 애석한 건 이 고귀한 무어인이
고질을 앓고 있는 사람에게 위험하게
자신의 차석 같은 지위를 맡겼단 점일세.
이 무어인에게 그런 말을 해 주는 게
정직한 행동일걸.
이아고 전 아뇨, 고운 이 섬 다 줘도.
카시오를 정말 많이 사랑하고 제 힘껏
(안에서 '살려 줘요, 살려 줘!' 외치는 소리)
이 악습을 치료해 주렵니다. 근데 뭔 소리죠?

카시오가 로데리고를 쫓으면서 등장.

카시오 젠장, 이 불량배! 이 깡패야!
몬타노 부관, 이 무슨 일인가?
카시오 네놈이 내게 임무를 가르쳐! 이놈을 곤죽이 되도록 두들겨 패 줄 테다!
로데리고 나를 팬다고?
카시오 불량배가 주둥아릴 놀려?
몬타노 안 되네, 부관! 이보게, 제발 그 손을 멈추게.

카시오 놔요, 안 그럼 당신 골통을 깨 놓겠소.

몬타노 자, 자, 당신은 취했어.

카시오 취해요? (둘이서 싸운다.)

이아고 (로데리고에게 방백) 어서 빨리 나가서 폭동 났다 외쳐요.

(로데리고 퇴장)

그만둬요 부관님. 세상에, 보십시오,
도와줘요! — 부관님! — 저 — 몬타노 — 어른 —
여러분 도와줘요, 참말로 경계 한번 잘 서네.

(종이 울린다.)

저 종을 울리는 게 누구지? 하, 악마야!
온 마을이 일어나요, 세상에, 부관님, 멈춰요,
영원히 창피를 당하실 겁니다!

오셀로와 시종들 등장.

오셀로 이 무슨 일이냐?

몬타노 젠장, 피가 계속 나는군,
치명상을 입었다. 죽어라! (카시오에게 돌진한다.)

오셀로 멈춰라, 목숨 걸고!

이아고 멈춰요! 부관님! — 저 — 몬타노 — 신사분들 —
지위와 의무감을 다 잊으셨습니까?
멈춰요, 장군님 말씀이오, 창피하니 멈춰요!

오셀로 아니, 왜, 하? 어쩌다 이런 일이 생겼느냐?
우리가 터키인이 된 거야? 그래서 스스로
하늘이 오스만들에게 금한 일을 하려고?
이 야만 소동을 그쳐라, 기독교인의 창피다.
맘대로 분 풀려고 다음 순간 날뛰는 자,

자신의 영혼을 깔봤고 움직이면 죽는다.
저 무서운 경종을 잠재워라, 이 섬의 안정을
공포로 앗아 간다. 웬일이요, 여러분?
정직한 이아고, 비통해서 죽을상을 짓는데
말하라, 누가 시작했는가? 충정을 건 명령이다.

이아고 모릅니다. 방금도 지금도 모두가 친구로서
행동과 말에서 신랑과 신부가 자려고
옷 벗는 것 같았는데, 그런데 바로 지금
마치 어떤 행성이 사람 혼을 빼놓은 듯
살벌하게 적대하며 칼들을 빼어 들고
서로의 가슴을 겨눴죠. 이 치졸한 싸움이
시작된 경위를 밝힐 수가 없으며
날 데려와 거기에 끼게 만든 이 두 다리
영광스러운 전투에서 잃었으면 좋겠어요.

오셀로 마이클은 왜 그렇게 자제력을 잃었나?

카시오 죄송합니다만 말할 수 없습니다.

오셀로 몬타노 어르신, 당신은 늘 예의가 발랐고
나이 젊은 당신의 진중함과 침착함은
세인의 주목을 받았으며 최고 평자들에게도
당신의 이름은 유명하오. 무슨 일로
밤 왈패란 이름을 얻으려고 이렇게
명망의 지갑 열어 당신의 드높은 평판을
허비한단 말입니까? 답을 해 보시오.

몬타노 오셀로 어르신, 난 위험할 정도로 다쳤소.
당신 부하 이아고가 내가 아는 모든 것을
난 지금 기분 나빠 말을 삼가겠는데,
알려 줄 수 있답니다. 또 오늘 밤 내 언동에

잘못된 건 없는 줄로 알고 있소, 만약에
자애심이 때로는 악덕이 된다거나
난폭한 공격을 받았을 때 자기방어 자체가
죄가 되지 않는다면 말이오.

오셀로 원 세상에,
혈기가 치솟아 이성을 누르기 시작하고
격정이 내 최상의 판단을 흐려 놓고
앞장서려 하는구나. 젠장, 내가 움직이거나
이 팔을 드는 순간 여기서 최고수도
내 질책에 꺾이리라. 이 추한 소동이
어떻게 시작됐고 누가 부추겼는지 알려라.
이 건으로 유죄가 입증되는 사람은
비록 나와 쌍둥이로 같이 출생했더라도
나를 잃을 것이다. 아니, 주둔군 마을에서
아직도 어지럽고 민심에 두려움이 그득한데
사사로운 집안싸움을 벌인단 말인가?
밤중에, 그것도 안전 구역 경계 중에?
어처구니없구나. 이아고, 누가 시작한 건가?

몬타노 자네가 편들거나 동료애에 얽혀서
진실을 늘이거나 줄여서 말한다면
군인이 아니네.

이아고 그렇게 다그치지 마십시오.
제 입으로 마이클 카시오를 해치느니
차라리 이 혀를 잘라 내고 싶습니다.
그렇지만 진실을 말해도 무해할 거라고
자신을 설득해 봅니다. 이랬어요, 장군님.
몬타노 어른과 제가 얘기 나누던 중

도움을 외치면서 한 녀석이 나타났고
카시오는 그자에게 칼 쓰기를 작심한 듯
뒤따라왔지요. 이 어른이 개입하여
카시오 부관에게 멈출 것을 간청했고
저 자신은 소리치는 그 녀석을 쫓았지요,
그자의 소란에 온 마을이 놀라지 않도록,
실제로 그랬지만 말입니다. 그자의 발이 빨라
목적을 못 이루고 더더욱 빨리 돌아왔는데
그 이유는 칼들이 부딪히는 소리와
이 밤까진 절대 없던 카시오의 심한 욕을
들었기 때문이죠. 돌아와서 보니까
잠깐 새에 두 사람이 맞붙어 있었어요,
장군님이 직접 둘을 떼 놓은 뒤 그들이
다시 치고 찔렀던 때처럼.
더 이상 이 일을 보고할 순 없습니다.
하지만 사람은 다, 최고라도 발끈할 때가 있죠.
카시오가 이분에게 약간 해를, 격분해서
최고로 호의적인 사람을 때리듯이 입혔지만
그렇지만 카시오는 분명히, 전 믿는데,
달아난 자로부터 무언가 못 참아 줄
이상한 모욕을 받았겠죠.

오셀로 알았네, 이아고,
자네는 정직과 사랑으로 답을 얼버무렸어,
카시오를 감싸려고. 카시오, 난 자넬 사랑해,

데스데모나 수행원과 함께 등장.

하지만 더 이상 내 부하는 안 되겠네.
봐, 온화한 내 사랑이 일어나지 않았나!
자네를 본보기로 삼을 거야.

데스데모나 여보, 이게 웬일이죠?

오셀로 이젠 다 해결됐소, 여보.
잠자리로 갑시다. — 몬타노 당신의 상처엔
나 자신이 의사가 되겠소. 모셔 가라.

(몬타노를 데리고 나간다.)

이아고, 마을을 주의 깊게 살펴보고
이 고약한 소동으로 들뜬 자를 가라앉혀.
갑시다, 데스데모나. 싸움질 때문에
향기로운 잠에서 깨는 게 군인의 삶이라오.

(이아고와 카시오만 남고 모두 퇴장)

이아고 아니, 다쳤어요, 부관님?

카시오 음, 수술도 못 할 지경으로.

이아고 저런, 하느님 맙소사!

카시오 명성, 명성, 명성! 오, 난 내 명성을 잃어버렸어, 나 자신의 불멸하는 부분을 잃어버렸어. — 그 나머진 짐승에게나 어울려. 내 명성 말이야, 이아고, 내 명성!

이아고 제가 정직한 사람이니까 제 생각에 당신은 몸에 상처를 약간 입었고 아픈 느낌은 명성보다 거기가 더 크지요. 명성이란 근거 없고 아주 헛된 짐이며 자주 공로도 없이 얻었다가 까닭 없이 잃어버린답니다. 당신은 명성을 잃은 게, 스스로 잃은 사람임을 자처하지 않는다면 전혀 아니랍니다. 아니, 봐요, 장군님을 되찾는 길이 있어요. 지금은 그분의 기분 때문에 쫓겨난 것뿐인데 악의보다는 정책적인 처벌이죠, 마치 도도한 사자를 겁주려고 죄 없는 개를 패는 것과 꼭 같이요. 다시 청하면 들어주실 겁니다.

카시오 이렇게 하찮은 주정뱅이 경솔한 부하가 그렇게 훌륭한 지휘관을 속이느니 차라리 경멸해 달라고 청하겠네. 취해? 앵무새처럼 말하고? 다투고? 떠벌리고? 욕하고? 자기 그림자와 헛소리를 주고받아? 오, 보이지 않는 술 귀신아, 너를 구별할 이름이 없다면 악마라고 불러 주마!

이아고 당신이 칼을 들고 따라왔던 그 사람은 누구였어요? 당신한테 무슨 짓을 했나요?

카시오 모르겠는데.

이아고 그럴 수가?

카시오 많은 일이 기억나지만 분명한 건 하나도 없다네. 싸움이 있었지만 그 까닭은 전혀 몰라. 오, 하느님, 인간들이 자기네 적을 입안으로 집어넣고 정신을 빼어 가게 하다니! 기쁨과 즐거움, 잔치와 칭찬으로 우리 스스로 짐승이 되다니!

이아고 아니, 그런데 지금은 말짱하잖아요. 어떻게 그렇게 회복됐습니까?

카시오 주정뱅이 악마가 기분이 좋아서 분노의 악마에게 자리를 내줬어, 나의 불완전한 점이 잇따라 드러나 내가 나 자신을 터놓고 경멸하라고.

이아고 자, 그건 너무 가혹한 교훈입니다. 때와 장소와 이 나라의 정세로 보건대 전 이번 일이 벌어지지 않았기를 진심으로 바라지만, 사정이 그리됐으니 본인에게 좋도록 바로잡아 보시지요.

카시오 내 자리를 다시 주십사고 부탁하면 그분은 내가 주정뱅이라고 하시겠지. 그런 대답이면 내 입이 히드라처럼 많다 해도 다 막힐 거야. 당장은 양식 있는 사람인데 곧 바보가 되고 잇달아 짐승이 된다니까! 오, 이상하다! — 분수를 모르는 술잔은 다 불행하고 그 내용물은 악마야.

이아고 자, 자, 좋은 술은 적당히 마시면 좋고도 친한 놈이니 더 이상 나쁘다고 외치진 마십시오. 그런데 부관님, 제 생각에 당신은 제가 당신을 사랑한다고 생각하십니다.

카시오 그야 내가 분명히 확인했지, 그럼. 내가 취해?

이아고 당신 또는 살아 있는 누구든지 때론 취할 수 있답니다. 어떻게 하실 건지 알려 드리지요. 우리 장군의 부인이 이제 장군이십니다. 이 점에서 그리 말할 수 있는데, 즉 그분은 그녀의 자질과 매력을 골똘히 생각하고 주목하고 밝혀내는 데 자신을 완전히 바쳤단 말입니다. 그녀에게 솔직히 털어놓고 그 자리에 다시 앉게 해 달라고 조르십시오. 그녀는 성품이 너무 너그럽고 너무 친절하고 너무 기민하고 너무 거룩해서 요청받은 것보다 더 많이 못 해 주는 것을 자신의 선심 가운데 하나의 악덕으로 여긴답니다. 당신과 그녀의 남편 사이에서 부러진 이 관절에 부목을 대달라고 간청하십시오. — 그러면 제 재산을 그 어떤 유명한 판돈이라도 맞서 걸고 맹세컨대, 이번에 금간 둘 사이의 사랑은 전보다 더욱 단단해질 겁니다.

289행 히드라
그리스 신화에서 머리가 여럿 달린 괴물 같은 뱀. 그것을 죽이는 것이 헤라클레스의 과업 가운데 하나였다. 머리 하나를 자르면 그 자리에서 두 개가 자라났다고 한다. (아든)

카시오 좋은 충고일세.

이아고 단언합니다, 진지한 사랑과 정직한 친절로요.

카시오 나도 기탄없이 생각하네. 그래서 내일 아침 일찍 후덕한 데스데모나에게 이 사건을 맡아 달라고 간청하려고 해. 운명이 나를 여기서 가로막는다면 난 절망적일세.

이아고 맞는 말씀입니다. 안녕히 주무십시오, 부관님, 전 경계서러 가야 합니다.

카시오 잘 자게, 정직한 이아고. (퇴장)

이아고 근데 누가 나더러 악역 한다 말하지?
내가 하는 충고가 너그럽고 정직하고
그럴듯한 생각이며 무어인을 다시 얻는
확실한 길인데? 왜냐하면 정직한 청으로
유순한 데스데모나를 굴복시키는 것은
최고로 쉬우니까. 그녀는 넉넉한 자연처럼
풍요롭게 빚어졌다. 그래서 무어인의
승낙을 얻는 일은, 그가 자기 세례와
속죄의 확인 및 상징물을 다 포기한대도
그 영혼이 그녀의 사랑에 너무나 꽉 붙잡혀
그녀가 쥐락펴락 맘대로 할 수 있다,
그녀를 지향한 욕망이 그의 약한 본능 위에
신처럼 굴 테니까. 그러면 카시오의 이익과
직결되는 이 노선을 권하는 내가 왜
악당이란 말인가? 지옥의 신학이여!
악마들이 가장 검은 죄악을 부추길 때
처음엔 지금의 나처럼 천국의 모습으로
넌지시 말한다. 이 정직한 바보가
행운을 되찾아 보려고 데스데모나를 조르고

그녀가 그의 청을 이 무어인에게 강권할 때
난 그의 귓속에 독을 부어 넣을 테다,
그녀가 육욕 땜에 그를 다시 부른다고.
그러면 그녀는 그에게 잘해 주려 하는 만큼
무어인의 신뢰를 잃게 될 것이며 —
그래서 난 그녀의 미덕에 먹칠할 것이고
그녀의 선심으로 그들을 모조리 옭아맬
그물을 만들 테다.

로데리고 등장.

웬일인가, 로데리고?

로데리고 난 이번 사냥에서 뛰지도 못하고 무리나 채워 주려고
따라다니는 개 같은 신세지 뭐야. 돈은 거의 바닥이 났
고 오늘 저녁엔 아주 흠씬 두들겨 맞았어, 그래서 내가
생각하는 결론은 고생한 만큼 많은 경험을 얻고 나서,
그래서 돈은 한 푼도 없지만 정신은 좀 더 차려서 베네
치아로 되돌아가는 거야.

이아고 못 참는 인간들은 얼마나 딱한가!
단번에 치유되는 상처가 어디 있나?
자네는 우리가 마술 아닌 기지로 일하며
기지는 느림보 시간에 의존함을 알고 있네.
잘되고 있잖아? 카시오가 자네를 때렸고
그 작은 상처 덕에 자넨 그를 확 파면시켰어.
딴것들은 햇빛 받고 잘 자라겠지만
먼저 꽃 핀 과일이 먼저 익을 것이네.
잠시만 진정하게. 원 이런, 아침이군.

쾌락과 행동 중엔 시간이 짧아지지.
물러나서 배정받은 숙소로 가 보게,
아, 어서, 나중에 더 알려 줄 테니까.
아니, 가라니까. (로데리고 퇴장)
두 가지 할 일이 남았는데
아내가 카시오 편에서 마님에게 조르도록
내가 부추겨야지.
그런 한편 무어인을 옆으로 불러내어
카시오가 자기의 아내에게 조르는
바로 그때 보게 하자. 그래 바로 그거다!
계략을 차갑게 미루어 김새게 하지는 마! (퇴장)

3막 1장

카시오와 악사 몇 명 등장.

카시오 여기서 연주 좀 해 주게, 수고는 보답하지.
짧은 걸로 장군님께 아침 인사 드려 주게.
(악사들 연주한다.)

광대 등장.

광대 아니 악사님들, 악기가 나폴리 뒷골목에 갔다 오셨습니까? 왜 그렇게 코 썩은 소리를 내는데요?

3막 1장 장소 키프로스. 성채.
2행 아침 인사 신혼의 밤을 보낸 신랑과 신부를 깨우는 전통적인 아침 노래. (아든)

악사 1　거, 무슨 말이오?

광대　이것들이 저, 바람으로 소리 내는 악깁니까?

악사 1　예, 바로 맞혔습니다.

광대　아, 가까이에 고추가 달렸군요.

악사 1　어디에 고추가 달렸다고요?

광대　그야, 바람으로 소리 내는 악기 근처에 달린 줄로 압니다만. 하지만 악사님들, 이 돈 받아요, 그리고 장군님께선 당신들 음악을 너무 좋아하셔서 사랑 때문에라도 그 소리 그만 내길 바라십니다.

악사 1　알았어요, 안 내지요.

광대　들리지 않는 음악이 있다면 다시 해요. 하지만 음악 듣는 거라면 장군님께선 시쳇말로 크게 즐겨 하지 않으십니다.

악사 1　그런 음악은 없는데요.

광대　그럼 나팔을 챙겨 넣으시지, 난 갈 테니까. 가, 썩 꺼져, 어서! (악사들 모두 퇴장)

카시오　정직한 친구, 말 좀 들어 보겠나?

광대　아뇨, 전 정직한 친구 말이 아니라 당신 말을 듣는데요.

카시오　제발 말꼬리를 잡진 말게나. 여기 적지만 금화 한 닢이 있네. — 장군님의 아내를 모시는 시녀가 일어났으면 카시오란 사람이 할 말이 좀 있다고 전해 주게. 그렇게 해 줄 텐가?

광대　그녀는 일어나고 있는데, 만일 이쪽으로 일어나면 통지할 것처럼 해 보지요.

3~4행 나폴리…내는데요
광대는 나폴리 병이라 불리는 성병을 말하고 있으며 코가 썩는 것은 그 증상 중 하나이다. 이 비유를 음악으로 풀어내면 악기가 맑고 밝은 소리 대신 코맹맹이 소리를 낸다는 뜻이다. (아든)

이아고 등장.

카시오 친구여, 그래 주게. (광대 퇴장)
때마침 잘 만났네, 이아고.

이아고 그러면 한잠도 못 잤단 말입니까?

카시오 음, 우리가 헤어지기도 전에 날이 샜지.
이아고, 자네 처를 부르려고 염치없이
사람을 보냈다네. 나의 청은 그녀가
후덕한 데스데모나에게 내가 접근하도록
주선 좀 해 달라는 것이네.

이아고 곧 보내 드리죠,
그리고 당신이 무어인의 방해 없이
좀 더 자유롭게 대화하고 일 보도록
방책을 궁리해 보지요.

카시오 겸허하게 고맙네. (이아고 퇴장)
피렌체 출신 중에
보다 더 친절하고 정직한 사람은 못 봤어.

에밀리아 등장.

에밀리아 안녕하세요, 부관님. 호의를 잃으신 건
미안한 일이지만 분명코 다 잘될 거예요.
장군님과 부인께서 그 일을 얘기하시는데
그녀는 당신을 비호하고 무어인의 응답은
당신이 해친 분은 키프로스에서 명망 높고
고위층과 친척이라
신중한 판단에서 당신을 거절할 수밖에

없다고 하시지만, 단언컨대 당신을 아끼며
좋아한단 그 사실만으로도 별도의 간청 없이
기회의 신 앞머리를 최적기에 붙잡고
다시 부르신답니다.

카시오 그래도 부탁인데
적절하다 여기거나 가능한 일이면
데스데모나와 홀로 잠시 대화 나눌
기회를 주시오.

에밀리아 안으로 들어와요,
당신의 속마음을 시간 갖고 시원하게
말할 곳에 모시지요.

카시오 대단히 감사하오. (함께 퇴장)

3막 2장

오셀로, 이아고 및 신사들 등장.

오셀로 이아고, 이 편지 묶음을 선장에게 전하고
그를 통해 나라에 경의를 표하도록.
그런 다음, 난 성곽을 둘러볼 테니까
그곳으로 오게나.

이아고 예, 장군님, 그러지요.

오셀로 여러분, 요새를 한번 살펴볼까요?

신사 1 장군님을 따르겠습니다. (함께 퇴장)

50행 기회의…앞머리
기회의 신의 앞머리는 숱이 많지만 뒤는 대머리라고 한다. (아든)
3막 2장 장소 성채.

3막 3장

데스데모나, 카시오, 에밀리아 등장.

데스데모나 안심해요, 카시오. 당신을 위하여
내 모든 능력을 다할게요.

에밀리아 그러세요, 마님, 제 남편도 이게 분명
자신의 일인 양 슬퍼한답니다.

데스데모나 오, 거 정직한 사람이네. 믿어요, 카시오,
당신과 남편을 이전처럼 친하게
만들어 줄 테니까.

카시오 인심 좋으신 마님,
마이클 카시오가 어떻게 되든 간에
당신의 진실된 하인일 뿐입니다.

데스데모나 알아요, 고마워요. 당신은 남편을
사랑하고 오래 알고 지냈으니 분명코
그이가 당신을 아무리 낯설게 대해도
현명한 거리두기 이상으로 멀어지진
않으실 거예요.

카시오 예, 그렇지만 사모님,
그러한 현명함이 너무 오래가거나
하찮고 빈약한 이유로만 유지된다거나
너무나 엉뚱한 사건으로 비화하면
저는 안 보이고 제 자리는 채웠으니
장군님은 제 사랑과 봉사를 잊으실 겁니다.

데스데모나 그런 걱정 마세요, 에밀리아 앞에서

3막 3장 장소 성채 안의 정원.

당신의 자리를 보장해요. 안심해요,
전 우정을 맹세하면 그것을 철두철미
실행할 거예요. 남편은 절대로 못 쉴 테고
안 재워서 길들이며 못 견디게 얘기하고
침대는 학교로, 식탁은 고해실로 보이게끔
그이의 모든 일과 카시오의 요청을
엮어 놓을 거예요. 그러니 힘내요, 카시오,
당신의 변호인은 당신 청을 버리느니
차라리 죽고 말 거예요.

오셀로와 이아고 등장.

에밀리아 마님, 주인님이 오십니다.
카시오 부인, 전 물러나겠습니다.
데스데모나 아니, 남아서 내 말을 들어 봐요.
카시오 지금은 아닙니다. 맘이 아주 불안하여
제 목적에 맞지가 않습니다.
데스데모나 그럼, 재량껏 하세요. (카시오 퇴장)
이아고 하, 저건 좋지 않은데.
오셀로 그게 무슨 말이냐?
이아고 아뇨, 장군님, 혹시나 — 모르겠습니다.
오셀로 내 아내와 헤어진 게 카시오 아니었어?
이아고 카시오요? 분명코 아니죠, 그이가 저렇게
죄인처럼 튀었다곤 생각할 수 없습니다,
장군님이 온 걸 보고.
오셀로 틀림없이 그였어.
데스데모나 여보 어쩐 일이세요?

전 여기서 당신이 싫어하기 때문에
풀 죽은 탄원자와 얘기하고 있었어요.

오셀로　그것이 누구란 말이오?

데스데모나　그야 당신 부관인 카시오죠. 여보,
당신을 움직일 애교나 힘이 제게 있다면
그에 대한 호의를 당장 회복해 주세요.
왜냐하면 그가 진정 당신을 사랑하며
고의 아닌 무식으로 실수한 게 아니라면
정직한 얼굴을 제가 판단 못 하기 때문이죠.
제발 다시 부르세요.

오셀로　그가 방금 떠났소?

데스데모나　그럼요. 너무나 기가 죽어
슬픔의 일부를 남겨 놓고 떠났기에
저도 같이 아파요. 여보, 다시 부르세요.

오셀로　고운 데스데모나, 지금 말고 나중에.

데스데모나　하지만 곧이요?

오셀로　당신 땜에 빨리 하지.

데스데모나　오늘 저녁 식사 때요?

오셀로　오늘 밤은 안 되오.

데스데모나　그럼 내일 점심은요?

오셀로　밖에서 먹을 거요.
요새에서 대장들과 모임이 있다오.

데스데모나　그럼 내일 저녁이나 화요일 아침이나
화요일 낮이나 밤이나 수요일 아침에요.
부탁인데 시간을 알려 줘요, 하지만
사흘을 넘기진 마세요. 그는 정말 뉘우쳐요,
하지만 그의 죄는 상식으로 봤을 때

— 병법엔 최고를 본보기로 삼아야 한다는
그런 얘기 외에는 — 개인적인 견책 받을
잘못조차 아니에요. 언제 오면 될까요?
말해 줘요, 오셀로. 맘속 깊이 궁금한데
당신의 요청에 제가 뭘 거절한다거나
그렇게 망설이겠어요? 아니, 구애할 때
당신과 함께 와서 제가 그리 여러 번
당신을 헐뜯었을 때에도 편들어 주었던
마이클 카시오를 다시 불러오는 게
이렇게 힘들어요? 맙소사, 저라면 뭐든지! —

오셀로 제발 그만. 아무 때나 오라 해요, 당신에겐
뭐든 거절 않을 테니.

데스데모나 아니 이건 청탁이 아니라
마치 제가 당신께 장갑을 끼라든가
좋은 음식 들라든가, 몸 따뜻이 하라든가
당신 몸에 특별히 좋은 일을 하시라고
간청하는 일과 같죠. 아뇨, 제가 진정
당신의 사랑을 시험해 보려고 청을 할 때
그것은 중대하고 어려워서 허락하기
무서우실 거예요.

오셀로 당신에겐 뭐든 거절 않겠소.
그에 따라 간청컨대 이것만 허락하오,
잠시만 날 혼자 있게 해 줘요.

데스데모나 제가 거절할까요? 아니죠, 여보 안녕.

오셀로 안녕, 데스데모나. 당신 곁에 곧 가리다.

데스데모나 가, 에밀리아. — 당신의 변덕대로 하세요.
어떻게 하시든 복종할 거예요.

(데스데모나와 에밀리아 퇴장)

오셀로　빼어나게 몹쓸 것! 그대 사랑 않는다면
내 영혼은 파멸되고! 그대 사랑 않을 때
혼돈은 다시 오리.

이아고　고귀하신 장군님 —

오셀로　뭔 일인가, 이아고?

이아고　당신께서 부인의 사랑을 구했을 때
마이클 카시오가 당신의 사랑을
알았어요?

오셀로　알았지, 처음부터 끝까지.
왜 묻나?

이아고　제 생각을 확인해 보려는 것뿐이고
나쁜 뜻은 없습니다.

오셀로　왜 자네 생각을?

이아고　전 그가 부인과 안면이 없었다고 생각했죠.

오셀로　오, 있었지, 중매 역을 퍽 자주 했으니까.

이아고　정말로요?

오셀로　정말로? 암, 정말로. 뭐 짚이는 게 있는가?
정직하지 않은가?

이아고　정직해요, 장군님?

오셀로　정직해요? 암, 정직 말이야.

이아고　장군님, 제가 아는 바로는.

92~93행 그대…오리
태초의 혼돈으로부터 나온 최초의 신은 사랑이라는 고대 그리스의 전설을 떠올리게 하는 말. (뉴케임브리지)
94행 고귀하신 장군님
여기에서 그 유명한 유혹 장면이 시작된다. 이아고의 재주는 명백하다. 하지만 그가 쓰는 술책의 다양함은 항상 충분한 주목을 받지 못하는 게 아닐까 생각한다. 이아고는 몇 가지 질문을 하고 그 질문의 함축된 뜻을 마지못해 밝히는 것으로 유혹을 시작한다. (아든)

오셀로 자넨 어찌 생각하나?

이아고 생각해요, 장군님?

오셀로 생각해요, 장군님? 원 참, 내 말을 따라하네,
마치 그 생각 속에 보기엔 너무 추한
괴물이 든 것처럼. 자넨 뭔가 할 말 있어,
방금도 카시오가 내 아내를 떠났을 때
좋잖다고 한 말을 들었어. 뭐가 안 좋은데?
또 나의 전 구애 과정에 그가 내 상담 역을
맡았다고 했을 때도 '정말로요?'그랬고
그 순간 끔찍한 상상을 머릿속에 가둔 듯
눈살 당겨 찌푸렸어. 진정 날 아낀다면
그 생각을 보여 주게.

이아고 당신은 제 사랑 아십니다.

오셀로 날 사랑한다고 생각해.
그리고 자네가 사랑과 정직이 가득하고
말 무게를 달아 보고 내뱉음을 알기에
이런 머뭇거림에 더욱더 놀랐다네.
그런 짓이 거짓되고 불충한 놈에겐
습관적인 속임수이지만 정의로운 사람에겐
진심에서 우러나와 감정으론 못 누르는
은밀한 암시니까.

이아고 마이클 카시오는
감히 맹세하건대 정직하다 생각해요.

오셀로 나도 그래.

이아고 사람은 안팎이 같아야죠.
안 그런 자들은 헛것으로 보였으면.

오셀로 분명해, 사람은 안팎이 같아야지.

이아고 그렇다면 카시오는 정직하다 생각해요.

오셀로 아냐, 여기엔 뭔가가 더 있어.
생각하는 것들을 제발 내게 말해 주게,
되새겨 본 뒤에 최악의 생각을 표현하게,
최악의 언어로.

이아고 장군님, 용서해 주십시오.
제가 모든 의무엔 매여 있는 몸이지만
뭇 노예도 자유로운 것에는 안 매였습니다. —
생각을 발설해요? 그것이 천하고 나쁘면요?
가끔씩 더러운 게 침입 않는 궁궐이
어디에 있답니까? 불결한 관념들이
합법적인 명상과 영주처럼 같이 앉아
재판하지 않을 만큼 깨끗한 가슴을
누가 가졌답니까?

오셀로 이아고, 자네는 친구가 천대를 받았다
생각만 하면서 그 생각을 귀띔 안 해 준다면
그에게 음모를 꾸미는 셈이네.

이아고 간청컨대
어쩌면 제 짐작이 틀릴 수도 있지만
— 결점을 파헤치고 제 열성 때문에
없는 결함 만드는 게 제 본성의 고질임을
고백합니다만 — 장군께선 지혜롭게
너무나 서툴게 상상하는 자의 말은
주의도 마시고, 그런 자의 마구잡이
모호한 관찰로 고민도 마시기 바랍니다.
제 생각을 알리는 건 당신의 평안과 이익과
저 자신의 인간됨, 정직성과 지혜에도

안 좋은 일입니다.

오셀로 젠장! 그게 무슨 뜻이야?

이아고 장군님, 남녀에게 훌륭한 이름은
그들의 영혼과 직결된 보물이죠.
제 지갑을 훔친 자는 쓰레기를 훔쳤는데 —
별것 아닌 헛것으로 내 것에서 그의 것,
노예처럼 수많은 사람들의 것이었죠. —
하지만 훌륭한 제 이름을 탈취해 가는 자는
스스로 부자는 못 되지만 없으면 전 정말
가난해지는 걸 빼앗죠.

오셀로 기필코 그 생각을 알 테다!

이아고 제 심장을 손안에 쥐었대도 못 하시고
제가 그걸 보관하고 있는 한 안 됩니다.

오셀로 하!

이아고 오, 장군님, 질투심을 조심해요! 그것은
희생물을 비웃으며 잡아먹는 푸른 눈의
괴물이랍니다. 오쟁이 진 자가 운명을 꼭 믿고
가해자를 사랑하지 않으면 지복 속에 살지요,
하지만, 오, 혹했는데 의심하고 수상한데
그래도 강렬히 사랑하면 그자는 얼마나
저주받은 분초를 헤아리겠습니까!

오셀로 오, 비참하다!

이아고 가난하나 족하면 부자에다 넉넉한 부자지만
가난해질까 봐 언제나 두려운 사람에게
한없는 재산은 겨울처럼 가난한 법이죠.
선하신 하느님, 우리 친족 모두의 영혼을
질투 않게 지키소서.

오셀로 왜 — 왜 그러나?
자넨 내가 질투하며 살 거라고 생각하나?
언제나 변하는 달을 따라 새로운 의심을
일으키며 말이지? 아냐, 만일에 의심하면
단번에 해결이야. 자네의 추정에 들어맞는
그따위 엉터리 불어 터진 억측을
내 영혼의 본분으로 삼는 일이 생긴다면
염소와 날 교환하게. 내 아내가 아름답고
잘 먹고 친구들 좋아하고 자유롭게 말하고
노래와 연주와 춤 재주가 있다 해서 질투 안 해.
이런 건 미덕이 있으면 덕을 높여 주니까.
또한 내게 매력이 메말라 있다 해서
좀이라도 두렵거나 배신을 염려 안 해,
그녀는 두 눈 뜨고 날 택했으니까. 아냐, 이아고,
난 의심에 앞서 보고, 의심하면 입증하고
증거가 있으면 이렇게 할 수밖에 —
사랑 아님 질투를 당장에 없앨 거야!
이아고 이거 반갑습니다, 이제야 당신께 품고 있는
사랑과 복종심을 조금 더 솔직히 보여 드릴
이유가 생겼으니까요. 그러니 받으시죠,
드리게 돼 있는 걸. 아직은 증거가 아니지만
부인을 카시오와 더불어 잘 지켜보십시오,
눈빛은 이렇게, 질투도 과신도 않으면서.
너그럽고 귀한 분이 선심 땜에 속는 것은
제가 원치 않으니 유념해 주십시오.
자국인의 성향을 저는 잘 압니다. —
베네치아에서는 여자들이 남편들에게는

감히 못 보여 주는 못된 짓을 하느님은
보시게 한답니다. 그들의 최고 도덕 관념은
안 하는 게 아니라 안 들키는 거랍니다.

오셀로 그렇단 말이지?

이아고 그녀는 당신과 결혼해서 아버질 속였고
당신의 표정에 떨면서 겁먹은 듯했을 때
가장 좋아했습니다.

오셀로 그랬지.

이아고 아, 그럼요,
너무 어린 여자가 그렇게 시치미를 뚝 떼고
아버지의 두 눈을 속여서, 새카맣게 —
그는 그걸 마술로 여겼죠. 하지만 제 잘못이
너무나 큽니다. 당신을 너무 사랑했으니
겸허히 용서를 빕니다.

오셀로 자네에게 영원히 빚을 졌네.

이아고 이 일로 심적인 타격이 좀 있어 보입니다.

오셀로 전혀, 전혀, 아니네.

이아고 사실은 있을까 겁납니다.
제가 한 말, 사랑에서 나왔던 것임을
고려해 주십시오. 근데 정말 흔들려 보입니다.
제 말을 더 뻔한 결론이나 의혹을 넘어서
더 넓은 범위로 비틀지는 마시길
기도해야겠습니다.

오셀로 안 그러지.

이아고 만약 그리하신다면 장군님,
제 말은 목표 삼지 않았던 사악한 결과를
불러올 겁니다, 카시오는 제 귀한 친구니까.

장군님, 흔들린 게 보여요.

오셀로　　　　　　　　　　　　　　　　아냐, 많인 아냐.
난 데스데모나가 정숙지 않다곤 생각 안 해.

이아고　그런 그녀, 그리 생각하시는 당신 만세!

오셀로　그렇지만 빗나간 본성이 어떻게 —

이아고　예, 그게 요점입니다. 감히 말씀드리자면
그녀는 인간이 만사에서 저절로 지향하는
자신과 같은 나라, 피부색과 신분의
많은 혼인 자리를 좋아하지 않고서 —
흥! 우리는 그러한 욕망에서 가장 썩고
추한 모순, 부자연한 생각을 냄새 맡죠.
하지만 용서하십시오, 그녀를 꼭 집어
이런 주장 하는 건 아니나 그래도 그녀가
더 나은 판단력을 되찾아 이 나라 남자와
당신을 비교하며 혹 후회할 순 있다고
걱정은 됩니다.

오셀로　　　　　　　　　잘 가게, 잘 가게.
더 알아내는 게 있거든 알려 주고
자네 처가 관찰토록 해 주게. 가 보게, 이아고.

이아고　장군님, 전 물러갑니다.

오셀로　　　　　　　　　　　　　　내가 왜 결혼했지?
정직한 이 녀석은 드러내는 것보다
틀림없이 더 많이 — 훨씬 많이 — 보고 알아.

이아고　장군님, 이 일을 더 이상 뜯어 보지 마시길
간절히 바라고 싶습니다. 시간에 맡기세요.
카시오가 그 자리에 앉는 건 적절하나
분명코 대단한 능력을 발휘하니까요,

그래도 잠시 그를 멀리해 보신다면
그와 그의 수단을 감지하실 것입니다.
부인께서 강하게 아니면 격렬히 조르면서
그를 환대 않는지 주목하면 거기에서
많은 게 보이실 겁니다. 그동안엔 이 몸을
걱정거리 캐묻기 좋아한다 생각해 주시고
— 충분한 이유가 있다고 걱정이 되니까 —
부인은 결백하다 여기시길 꼭 간청드립니다.

오셀로 내 처신은 걱정 말게.

이아고 다시 한 번 물러가겠습니다. (퇴장)

오셀로 이 친구는 정직성을 넘칠 만큼 지녔고
인간사의 본질을 학구적 기질로 다 안다.
그녀가 야생의 매라는 게 입증되면
그것의 발목 끈이 소중한 내 심금일지라도
난 그녀를 바람 따라 휙 날려 버리고
운에 맡겨 살게 하리. 아마 내가 검은 데다
안방 출입 한량들의 부드러운 사교술이
없기 때문이거나 내 나이가 황혼기에
들었기 때문에 — 깊이 든 건 아닌데 —
그녀는 떠났어. 난 상처를 입었고 그 위안은
증오심이 돼야 한다. 오, 결혼의 저주여,
섬세한 이것들의 욕망 아닌 몸만을
우리 거라 부르다니! 난 차라리 한 마리
두꺼비가 된 다음 동굴의 이슬로 살지언정

271행 휙…버리고
매로 하여금 먹이를 뒤쫓게 할 때는 휘파람 소리와 더불어 바람을 거슬러 날리고, 놓아줄 때는 바람 따라 보낸다. 즉 데스데모나는 길들이기에는 너무나 거칠다. (아든)

아끼는 물건을 남들이 쓰도록 한구석만
차지하진 않으리라. 근데 이건 천민들보다도
특전을 적게 받은 고관들의 재앙이고
죽음처럼 피치 못할 숙명인데 — 우리가
잉태됐을 바로 그때 이 오쟁이 질 재앙은
운명으로 주어졌다.

데스데모나와 에밀리아 등장.

그녀가 오는구나.
그녀가 배신하면, 오, 하늘은 자신을 비웃고
난 그걸 못 믿으리.

데스데모나 뭐 하셔요, 오셀로님?
저녁상과 초대받은 섬의 귀족분들이
당신의 참석을 기다리고 있어요.

오셀로 내 탓이야.

데스데모나 왜 그렇게 목소리가 약해요?
편치가 않으세요?

오셀로 이마에 통증이 좀 있구려, 여기에.

데스데모나 정말, 못 자서 그런 건데 없어질 거예요.
머릴 묶어 드릴게요. 한 시간도 안 돼서
좋아지실 거예요.

오셀로 손수건이 너무 작군.

282~283행 근데…재앙이고
오셀로의 생각은 얼토당토아니하다는 해석과, 고관들은 임무 때문에 집을 떠나 있는 경우가 많기 때문에 더 위험하다는 해석이 있다. (아든)

293행 이마에 통증
오쟁이 진 남편의 이마에 돋는다고 생각되었던 뿔을 염두에 두고 하는 말.

(그녀가 손수건을 떨어뜨린다.)

버려둬요. 자, 당신과 함께 들겠소이다.

데스데모나 당신이 편찮아서 정말로 안됐어요.

(오셀로와 데스데모나 함께 퇴장)

에밀리아 손수건을 우연히 줍게 되어 기쁘네.
무어인이 마님께 준 첫 번째 선물인데
고집 센 내 남편이 훔치라고 백번이나
애걸을 했지만 그녀는 이 정표를 너무 아껴
— 항상 간직하라고 그가 당부했으니까 —
언제나 자기 몸에 지니면서 거기에다
키스하고 말을 건다. 이 무늬를 베껴서
이아고한테 줘야지. 어디에다 써먹을지
하늘만 아시고 난 몰라,
그이의 변덕밖엔 아는 게 없지 뭐야.

이아고 등장.

이아고 웬일이야! 여기서 혼자 뭐해?

에밀리아 나무라지만 마, 당신에게 줄 게 있어. —

이아고 나에게 줄 게 있어? 어리석은 아내처럼 —

에밀리아 하?

이아고 흔해 빠진 거겠지.

에밀리아 오, 말 다했어? 바로 그 손수건 값으로
이제 뭘 줄 건데?

이아고 무슨 손수건인데?

에밀리아 무슨 손수건인데?
그야, 무어인이 데스데모나에게 처음 준 거,

당신이 입 닳도록 훔쳐 오라 했던 거.

이아고 그것을 훔쳐 냈어?

에밀리아 아니 실은 그녀가 부주의로 떨어뜨렸는데
내가 운 좋게도 여기에 있다가 주웠어.
봐, 이거야.

이아고 우리 착한 아기씨, 이리 줘.

에밀리아 이걸 뭣에 쓸려고 그렇게 애타게
슬쩍해 오랬는데?

이아고 (가로채며) 왜, 그게 뭔 상관인데?

에밀리아 무언가 중요한 목적이 아니라면
도로 줘. 딱한 마님, 없다는 걸 알게 되면
미치게 되실 거야.

이아고 모르는 척하라고,
쓸데가 있으니까. 가, 혼자 있게. (에밀리아 퇴장)
카시오의 숙소에 이 손수건을 놔두고
그가 줍게 해야지. 질투하는 사람에겐
공기처럼 가볍고 하찮은 물건도 성경처럼
강력한 확증이다. 이게 일을 벌이겠지.
무어인은 내 독으로 이미 달라지고 있다.
위험한 상상은 그 본질이 독약인데
처음엔 역겨움을 거의 못 느끼다가
약간씩 핏속으로 퍼지기 시작하면
유황처럼 타오른다.

오셀로 등장.

그렇다고 했잖아.

저것 봐, 그가 왔어. 어떤 아편, 수면제나
이 세상의 졸음 오는 모든 물약 다 마셔도
어저께 당신에게 찾아왔던 달콤한 잠
다시는 못 잘 거다.

오셀로 하! 하! 날 배신해?

이아고 아니, 장군님, 어떻게? 그 얘긴 그만둬요.

오셀로 가, 꺼져 버려, 넌 나를 고문대에 올려놨어!
맹세코, 조금만 아는 것보다는 심하게
속는 편이 더 낫다.

이아고 장군님, 어쩐 일로?

오셀로 그녀의 은밀한 욕정의 시간을 내가 느껴?
보지도 생각지도 않았고, 해도 없어,
이튿날 저녁에도 잘 자고 먹었고 명랑했어,
그녀의 입술에서 카시오의 키스도 못 봤고.
도둑을 맞은 자가 빼앗긴 걸 모를 때
알려 주지 않으면 전혀 도둑 안 맞았어.

이아고 이런 말을 듣게 되어 슬픕니다.

오셀로 난 공병과 군인들 모두가 그녀의 달콤한
육체를 맛봤어도 아무것도 몰랐으면
행복했을 것이다. 오, 고요한 마음이여,
이제는 영원히 잘 가라. 만족이여, 잘 가라!
깃털 투구 부대와 야망을 미덕으로 만드는
커다란 전쟁이여, 잘 가라. 오, 잘 가라,
잘 가라, 말 울음과 날카로운 나팔과

353행 공병 당시에는 가장 저급한 종류의 군인으로 생각되었다. 병사들은 때로 벌로서 공병 복무의 형을 받곤 했다. (뉴케임브리지)

투혼을 깨우는 북소리, 귀청 찢는 고적과
화려한 깃발과 영광스러운 전쟁의 특징인
온갖 과시, 장대함 그리고 의식이여!
오 너희 치명적인 대포여, 그 거친 목청으로
조브의 무서운 천둥소리 흉내 냈지,
잘 가라. 오셀로의 직업은 사라졌다!

이아고 장군님, 이럴 수가?

오셀로 나쁜 놈, 내 사랑 그녀가 창녀임을 입증해라,
확실히 해, 가시적인 증거를 내놔라.
안 그러면 영원한 인간의 영혼에 맹세코
깨어난 내 분노에 답하느니 넌 출생이
개였으면 좋았을 것이다.

이아고 이 지경이 됐어요?

오셀로 내가 보게 해 주거나 아니면 적어도
의심할 구석이나 틈새 하나 없을 만큼
입증을 못 할 땐 슬픈 삶을 각오해라!

이아고 고귀하신 장군님 —

오셀로 네놈이 그녀를 중상하고 나를 고문했으면
기도를 멈추고 후회를 다 포기해라.
가공할 범죄를 높이 쌓아 올려라,
하늘을 울리고 온 땅이 놀랄 행동 다 해라,
그래도 네놈의 영벌에 그것보다 더 크게
보탤 건 없을 테니!

이아고 오, 신은 용서하소서!
당신이 남자요? 영혼이나 의식이 있어요?
전 갑니다, 제 직위 받으세요. 오, 딱한 바보,
정직한 게 흠이 될 정도로 사랑을 하다니!

오 끔찍한 세상이다! 세상은 주목하라, 주목해,
사람이 바르고 곧으면 안전치 못하단다.
이런 교훈 주셔서 고맙고 지금부턴
사랑은 이런 화를 부르니 친구 사랑 않겠어요.

오셀로 아니, 멈춰라. 넌 정직해 보인다.

이아고 현명해야 하겠지요, 정직하면 바보고
위해 준 그 사람을 잃으니까.

오셀로 세상에 맹세코
난 아내가 정숙하다, 그렇잖다, 생각하고
네놈 말이 맞는다, 그렇잖다, 생각해.
증거를 찾고야 말 테다. 디아나의 안색처럼
깨끗했던 그녀의 이름이 이젠 내 얼굴처럼
검댕 칠로 시커멓다. 밧줄이나 칼이나,
독이나 불이나 숨 막히는 격류가 있다면
난 참지 않을 테다. 확신해 봤으면!

이아고 장군님, 격정에 휘둘리고 계시군요.
제가 그걸 일으켜서 정말 후회됩니다.
확신하고 싶으세요?

오셀로 싶어? 아니, 할 거야!

이아고 하실 수도 — 근데 어찌? 어떻게 확신하죠?
구경하듯 야비하게 입 벌리고 바라봐요?
밑에 깔린 그녀를?

오셀로 이런 죽어 지옥 갈! 오!

이아고 그들이 그런 꼴을 보이게 만드는 건

394행 디아나
달과 순결의 여신.
396~398행 밧줄이나…테다
여기에서 오셀로가 자살을 생각하고 있는지, 아니면 살인을 염두에 두고 있는지는 분명치 않다. (아든)

생각건대 지겹게 어렵겠죠. 그렇다면
배 맞추고 있는 게 언젠가 발각되면
영벌을 내리시죠. 그럼 뭘? 그럼 어찌?
뭐라고 말할까요? 확신은 어디 있죠?
당신이 그것을 본다는 건 불가능합니다,
그들이 염소의 정력에 원숭이처럼 몸 달고
발정한 늑대처럼 음란하고 술 취한 무식처럼
우둔한 바보라 할지라도. 하지만 말이죠,
만약에 귀책과 정황 증거 이용하여
곧바로 진실의 문 앞에 이르는 것으로
확신이 되신다면 그건 할 수 있습니다.

오셀로 그녀가 부정하단 생생한 이유를 내놔라.

이아고 이 임무를 좋아하진 않습니다.
하지만 여태까지 이 일에 관여해 왔으니
어리석은 정직성과 사랑에 자극받아
계속하죠. 제가 최근 카시오와 누웠는데
욱신욱신 쑤셔 대는 이빨 하나 때문에
잠을 못 이뤘지요. 속마음 단속이
너무나 허술하여 자면서 자기 일을 내뱉는
부류가 있는데 — 카시오도 이 부류에 속하죠.
자다가 들었는데 그자가 '귀여운 데스데모나,
둘이서 조심하고 사랑을 감추자.' 그랬고
그런 다음 제 손을 꼭 잡고 쥐어짜며
'오, 귀여운 것!' 외친 다음 제 입술에 키스를
거기서 자라는 키스를 뿌리째 뽑아내듯
열렬히 했으며, 다리를 제 허벅지에 걸치고
한숨짓고 키스한 다음에 외쳤죠, '몹쓸 운명,

널 무어인에게 주다니!'
오셀로 오, 섬뜩하다! 섬뜩해!
이아고 아뇨, 꿈이었을 뿐인데요.
오셀로 하지만 앞선 일이 있었다는 표시잖아.
이아고 기분 나쁜 의심이죠, 꿈이었을 뿐이지만,
게다가 희미하게 드러난 그 밖의 증거를
굳히는 데에는 도움이 되겠지요.
오셀로 그녀를 갈가리 찢을 테다!
이아고 아뇨, 아직은 신중히, 아직은 행위도 못 봤고
그녀는 아직 정숙할지도. 이것만 말해 줘요.
때때로 딸기 무늬 새겨진 손수건을
부인의 손에서 보신 적 없습니까?
오셀로 그런 걸 하나 줬지, 나의 첫 선물로.
이아고 그건 몰랐습니다만 그런 손수건으로
부인 것이 분명한데 제가 오늘 카시오가
수염을 닦는 걸 봤습니다.
오셀로 만약에 그거라면 —
이아고 그것이든 그녀의 다른 어떤 것이든
다른 증거 합쳐 볼 때 그녀에겐 나쁘죠.
오셀로 오, 그놈의 모가지가 사천 개였으면!
내 복수에 한 개는 너무 적고 너무 약해.
이제야 사실을 알았어. 이보게, 이아고,
내 바보 사랑을 다 이렇게 하늘로 날리네.
사라졌어!
너 검은 복수여, 텅 빈 지옥에서 일어나라,
오, 사랑이여, 그대의 왕관과 마음속 옥좌를
폭군인 증오에게 넘겨 줘라! 살무사 혀 가득한

가슴아 부풀어라!

이아고 아직은 진정하십시오!

오셀로 오, 피, 피, 피를! (무릎을 꿇는다.)

이아고 참으세요, 제발, 마음이 바뀔지도 몰라요.

오셀로 절대로 안 그런다, 이아고. 흑해의
어름처럼 찬 물결과 강압적인 진로가
한 번도 퇴조 않고 마르마라 바다로,
다르다넬스 해협으로 곧바로 나아가듯
피비린 내 생각도 맹렬한 걸음으로
더 막강한 복수심에 빨려 들 때까지는
절대로 뒤돌아보거나 겸손한 사랑으로
퇴조하지 않을 거다. 이제 저 대리석 하늘 걸고,
신성한 맹세에 적합한 경외의 마음으로
난 여기서 약속한다.

이아고 아직 서지 마십시오.

(이아고, 무릎을 꿇는다.)

항상 타는 천상의 빛들이여, 증언하라,
우리들 주변을 둘러싼 자연의 힘들이여,
이아고가 머리, 손, 마음의 활동을
상처 입은 오셀로를 돕기 위해 여기에
내놓으니 증언하라. 그의 명령이라면
그 어떤 피비린 일이라도 복종은 나에게
연민이 될 것이다.

오셀로 난 자네의 사랑을
공허한 감사 아닌 풍성한 승낙으로 맞이하고
지금 즉시 그것을 시험에 붙이겠다.
사흘 안에 카시오가 살아 있지 않단 말을

나에게 들려주게.

이아고 제 친구는 죽습니다.
됐어요. — 요청대로. 하지만 그녀는 살려요.

오셀로 망할 년, 음탕한 년, 오, 망할 년! 망할 년!
자, 같이 나가. 난 이 고운 악마를 빨리 죽일
수단 찾아 물러나네. 이제 내 부관은 자네야.

이아고 전 영원히 당신 것입니다. (함께 퇴장)

3막 4장

데스데모나, 에밀리아, 광대 등장.

데스데모나 이보게, 카시오 부관이 어디에 사는지 아는가?

광대 어디에서 산다는 말씀은 감히 못 드리죠.

데스데모나 왜 그런데?

광대 그는 군인인데 누가 군인을 산다고 말하면 그건 칼 맞을 일입니다요.

데스데모나 원 참, 묵는 데가 어디냐고?

광대 그가 묵는 데로 말씀드리자면 제가 먹는 곳이란 말씀이죠.

데스데모나 도대체 그게 무슨 말이냐?

광대 전 그가 묵는 데를 모르는데 그가 먹는 데를 꾸며 내어 여기서 먹는다, 또는 저기서 먹는다고 말씀드리는 건 새빨간 거짓말을 먹이는 일입죠.

데스데모나 그에 대해서 물어보고 소문의 가르침을 받을 순 있겠나?

3막 4장 장소 성채 앞.

광대 그에 대한 문답을 이 세상과 해 보겠습니다요, 즉 질문을 하고 그걸로 답을 얻는단 말씀입죠.

데스데모나 그를 찾아내어 이리로 오라 하게. 내가 그를 위해 남편을 재촉했고 다 잘되길 바란다고 말해 주게.

광대 그렇게 하는 건 인간 지능의 범위 안에 있으므로 제가 그 실시를 시도해 보겠습니다요. (퇴장)

데스데모나 에밀리아, 내가 그 손수건을 어디서 잃었지?

에밀리아 마님, 전 모르겠네요.

데스데모나 정말이지 난 차라리 십자 금화 가득한
지갑을 잃었으면 좋겠어. 고귀한 무어인이
마음이 올곧고 질투하는 자들처럼
천하지 않기에 망정이지 나쁜 생각 일으키기
충분한 사건이야.

에밀리아 질투하지 않으셔요?

데스데모나 누구, 그이? 태어나신 그곳의 태양에
그러한 체액은 다 말랐다 생각해.

오셀로 등장.

에밀리아 오시네요.

데스데모나 카시오가 불리어 올 때까지 지금은 저이를
떠나지 않겠어. 여보, 기분이 어떠세요?

오셀로 좋아요, 부인. (방백) 오, 꾸며 대기 힘들구나! —
데스데모나 당신은 어떻소?

데스데모나 좋아요, 주인님.

22행 십자 금화 십자가가 새겨진 포르투갈 주화. (아든)

오셀로 손 좀 줘요. 좀 습한 손이군요, 부인.

데스데모나 아직은 세월도 슬픔도 겪지 않았답니다.

오셀로 이것은 풍요와 아낌없는 마음을 뜻하오.
덥고, 덥고, 습하니까. 당신의 이 손은
방종을 멀리 떠나 금식과 기도와
수많은 채찍질과 경건한 예배가 필요하오.
여기에 예사로 반항하는, 젊으며 땀 흘리는
악마가 있으니까. 이것은 친절하고
관대한 손이오.

데스데모나 정말로 맞는 말씀이에요,
제 마음을 드린 건 바로 그 손이니까.

오셀로 아낌없는 손이지. 옛적엔 맘과 손을 줬지만
새로운 방식은 마음 아닌 손이라오.

데스데모나 그런 건 몰라요. 자, 자, 당신 약속.

오셀로 무슨 약속, 꼬꼬댁?

데스데모나 당신과 얘기하게 카시오를 불렀어요.

오셀로 콧물이 끈질기게 날 귀찮게 하는구려.
당신의 손수건 좀 빌려 줘요.

데스데모나 여보, 여기요.

오셀로 내가 준 것 말이오.

데스데모나 지금은 안 가지고 있어요.

오셀로 안 가졌어?

데스데모나 예, 여보, 정말로.

오셀로 잘못이오. 바로 그 손수건은
이집트인 하나가 어머니께 준 것인데

36행 덥고 욕정이 넘치고 색을 밝힌다는 뜻으로 읽힐 수 있다. (아든)

그녀는 마법사로 사람의 마음을 거의 다
읽을 수 있었소. 그녀는 어머니가 그것을
지키는 한 예뻐서 아버지의 사랑을
독차지하지만, 만약에 그것을 잃거나
선물로 줘 버리면 아버지의 눈빛은
그녀를 혐오하고 그 마음은 새로운 연정을
좇을 거라 말해 줬소. 어머니는 임종 때
내가 만약 운명 따라 아내를 맞으면
그걸 주라 하셨소. 난 그리했으니 — 주의해요!
애지중지해요, 당신의 보배 같은 눈처럼! —
만약에 잃거나 줘 버리면 그 무엇도
필적 못 할 파멸이 올 것이오.

데스데모나 그럴 수가?

오셀로 사실이오, 그 직물엔 마술이 들어 있소.
이 세상에 살면서 태양 공전 주기를
이백여 번이나 헤아렸던 한 무녀가
예언자의 광기로 그 작품을 수놓았소.
그 비단을 생산했던 누에들은 신성했고
염색은 전문가가 처녀들의 심장 녹인
진액으로 하였다오.

데스데모나 정말 사실이에요?

오셀로 참으로 진실이오, 그러니 잘 간수하시오.

데스데모나 그럼 아예 그걸 보지 않았으면 좋았을걸!

오셀로 하! 뭣 때문에?

데스데모나 왜 그렇게 펄쩍 뛰며 급하게 말하세요?

오셀로 잃었소? 사라졌소? 없어졌단 말이오?

데스데모나 원 세상에!

오셀로 그래요?

데스데모나 잃지는 않았지만 만약 그랬다면요?

오셀로 어떻게?

데스데모나 잃진 않았다니까요.

오셀로 가져와, 보여 줘요.

데스데모나 글쎄, 그럴 순 있지만 지금은 안 할래요.
이건 저의 청을 따돌리려는 장난이죠.
부탁인데 카시오를 다시 받아 주세요.

오셀로 그 손수건 가져와요, 내 마음이 불안하오.

데스데모나 자, 자,
더 능력 있는 사람 절대로 못 만나요.

오셀로 그 손수건!

데스데모나 부탁인데 카시오 얘기 해요.

오셀로 그 손수건!

데스데모나 일생 동안 당신의 사랑 위에
자신의 행운을 쌓아 온 사람이며
당신과 위험을 나누었던 —

오셀로 그 손수건!

데스데모나 참말로, 당신 잘못이에요.

오셀로 젠장! (퇴장)

에밀리아 이 남자가 질투를 안 해요?

데스데모나 절대로 이런 적 없으셨어.
분명 그 손수건에 놀라운 게 있나 봐.
그것을 잃었으니 난 참으로 불행하지.

에밀리아 남자를 한두 해를 가지고는 몰라요.
그들은 다 배 속이고 우린 모두 음식인데
허기진 듯 집어먹고 일단 배가 부르면

우리를 내뱉어요.

이아고와 카시오 등장.

카시오와 제 남편이 오네요.

이아고 달리 방법 없어요. 그녀가 해야만 하는데
저 봐요, 운 좋네! 가서 졸라 보십시오.

데스데모나 웬일이죠, 카시오? 무슨 소식 있나요?

카시오 마님, 앞서 드린 청입니다. 간청컨대
마님의 효험 있는 수단으로 제가 다시
존재하고 온 마음의 기능을 다하여
전적으로 받드는 그분의 사랑받는 일원이
되게 해 주십시오. 밀리는 건 싫습니다.
저의 죄가 너무나 치명적인 종류라서
과거의 공헌이나 현재의 슬픔이나
미래의 목표로 삼고 있는 공로로도
그분의 사랑을 되찾을 수 없다면
그것을 아는 것만으로도 득이 될 것이고
그럼 전 억지로 만족한 기색 띄고
운명 여신 동냥 얻을 다른 길에 이 몸을
바치려 합니다.

데스데모나 아, 세 겹으로 순하셔라.
카시오, 지금은 제 변호가 안 먹혀요.
제 남편은 제 남편이 아니고 겉모습이
기분처럼 변했다면 누군지 몰라볼 거예요.
그러니 신령한 혼들은 다 도와주소서,
당신을 위하여 최선 다해 말했는데

그런 자유 발언으로 그이의 불쾌감의
표적이 됐으니까. 잠시만 참아야 되겠어요.
제가 할 수 있는 일은 할 것이고 저를 위해
감히 하는 것보다 더 할 테니 만족해요.

이아고 장군님이 화났어요?

에밀리아 방금 여길 나가셨고
분명히 이상하게 불안정한 상태셨어.

이아고 그분이 화낼 수가? 대포가 부하들을
공중으로 날리고 바로 그의 팔에 안긴 동생을
악마처럼 훅 불어 버린 것도 봤는데 — 화날 수가?
그럼 뭔가 큰 일이. 제가 가서 만나 보죠,
그분이 화났다면 정말이지 심상치 않네요.

데스데모나 제발 그래 주게나. (이아고 퇴장)
분명 뭔가 나랏일이,
베네치아 일이거나 키프로스 현지에서
감춰졌던 음모가 그이에게 발각되어
해맑은 정신이 흐려졌고 그럴 때면
인간의 본성은 목표는 위대해도
저급한 것들과 씨름해. 그래 바로 그거야,
손가락을 깨물면 꼭 같은 통증이
건강한 다른 부위에서도 생기니까.
그래 우린 남자들을 신으로 여겨도 안 되고
신혼에나 어울리는 자상한 마음씨를
기대해도 안 된다. 난 아주 못됐어, 에밀리아,
무사 같은 재주도 없으면서 그이를
내 영혼과 둘이서 불친절로 고발했어.
하지만 이젠 내가 그 증인을 교사한 걸 알았고

그인 잘못 기소됐어.
에밀리아 마님의 생각대로
그게 나랏일이지 마님과 관계된 공상이나
질투 어린 망상은 아니기를 빌어요.
데스데모나 어쩌나, 난 절대 원인 제공 안 했어!
에밀리아 질투하는 이들에게 그건 답이 아니에요.
그들은 원인이 있어서가 아니라
질투하기 때문에 질투해요. 그것은
스스로 생기고 태어나는 괴물이랍니다.
데스데모나 그 괴물, 오셀로 마음에 못 들게 하소서!
에밀리아 마님, 아멘.
데스데모나 그이를 찾을게요. 카시오, 근처를 걸어요.
그이가 괜찮으면 당신 청을 해 보고
최선을 다하여 효과가 나도록 할게요.
카시오 부인께 겸허히 감사드리옵니다.
(데스데모나와 에밀리아 함께 퇴장)

비앙카 등장.

비앙카 안녕, 카시오 친구야!
카시오 집에 있지 왜 나왔어?
곱고 고운 비앙카, 어떻게 지냈어?
사실 난 자기네 집으로 가던 길이었어.
비앙카 나도 자기 숙소로 가던 길이었어, 카시오.
뭐, 일주일을 건너뛰어? 일곱 낮과 또 밤을?
백육십팔 시간을? 연인 없는 시간은
시계보다 일백육십 배나 더 지겨운데!

오 계산하기 따분해라!

카시오 용서해 줘, 비앙카,
그동안 난 납처럼 무거운 생각에 눌렸지만
앞으로 조금만 더 한가한 때가 오면
못 만난 빚을 다 갚을게. 귀여운 비앙카,
(데스데모나의 손수건을 주면서)
이 무늬 좀 베껴 줘.

비앙카 오, 카시오, 어디서 난 거야?
이것은 새로운 여자가 준 정표야!
이별을 느꼈는데 이제 그 원인을 느끼네.
이렇게 된 거야? 이런, 이런.

카시오 관둬, 이 여자야.
그 더러운 추측은 악마 입에 도로 던져,
그곳에서 나왔을 테니까! 넌 지금 질투해,
그게 어떤 애인이 준 선물이랍시고.
아니야, 날 믿어, 비앙카.

비앙카 그럼, 누구 건데?

카시오 모르겠어, 내 방에서 발견한 물건이야.
무늬가 썩 맘에 들어. 임자가 찾기 전에
그러기 십상인데, 옮겼으면 좋겠어.
가져가서 해 주고 이번에는 물러나 줘.

비앙카 물러나, 뭣 때문에?

카시오 난 여기서 장군님을 기다리고 있는데
딸린 여자 보이는 건 신용에도 소원에도
보탬이 되지 않아.

비앙카 왜 그런지 말해 봐?

카시오 널 사랑 않아선 아니야.

비앙카 하지만 날 사랑 않아서야.
부탁인데, 조금만 바래다줘, 그리고
밤에 곧 자기를 보게 될지 말해 줘.

카시오 조금밖에 바래다 줄 수 없어, 여기가
기다리는 데니까. 하지만 곧 보러 갈게.

비앙카 잘 알았어, 난 상황에 따라야만 하니까. (함께 퇴장)

4막 1장

이아고와 오셀로 등장.

이아고 그리 생각하세요?

오셀로 그리 생각하느냐고?

이아고 뭣을요,
몰래 키스하는 거요?

오셀로 금지된 키스이지.

이아고 또는 남자 친구와 벌거벗고 침대에서
악의 없이 한 시간 좀 넘어 있는 거요?

오셀로 벌거벗고 침대에서, 이아고, 악의 없이?
그것은 악마를 속여 먹는 위선이야.
뜻은 고결한데도 그리하는 자들은
악마가 그들의 미덕을, 그들은 하늘을 시험해.

이아고 아무 짓도 않는 한 가벼운 실수지요.
하지만 아내에게 손수건을 줬는데 —

4막 1장 장소 성채 앞.
6행 그것은…위선이야
악을 감추기 위하여 선을 가장하는 것이 신에 대한 위선이라면 미덕을 가장하는 악행은 그 반대의 경우 즉 '악마를 속여 먹는 위선'이다. (뉴케임브리지)

오셀로　그런데?

이아고　아니 그럼, 그녀 거죠, 장군님, 그러니까
아무 남자에게나 선사해도 되겠지요.

오셀로　그녀는 정절도 지켜야 할 터인데
그걸 줄 수 있겠어?

이아고　그녀의 정절은 안 보이는 실재인데
안 가진 여자들이 아주 자주 갖고 있죠.
그렇지만 손수건은 —

오셀로　맹세코, 참 흔쾌히 잊으려고 했는데!
자네가 말했지. — 오, 기억에 떠올랐어,
까마귀가 모두에게 예언하며 역병 생긴
집 위로 날아오듯. — 그가 내 손수건을 가졌어.

이아고　예 그게 어때서요?

오셀로　이젠 그리 좋지 않아.

이아고　그가 당신 욕하는 걸 봤단 말씀 드리면요?
아니면 들었단 걸 — 이 세상엔 본인이
끈덕지게 졸랐거나 애인이 스스로 혹하여
여자들을 덮치거나 만족시킨 다음에
지껄이지 않고는 못 배기는 놈들이
널려 있으니까요. —

오셀로　그가 뭔 말을 했어?

이아고　했습니다, 장군님, 하지만 안심하십시오,
취소할 수 있는 것만 했으니까.

오셀로　뭐랬어?

이아고　실은, 했다고요. — 뭔지는 모릅니다. 했는데 —

오셀로　뭔데? 뭔데?

이아고　잤답니다.

오셀로 그녀와?

이아고 와나 위나 좋으실 대로요.

오셀로 그녀와 잤다고? 그녀 위에서 잤다고? 여자를 헐뜯을 때 우린 그녀와 자 봤다고 그래! 그녀와 잤다고! 젠장, 역겹구나! — 손수건! 고백! 손수건! — 고백하고 수고한 대가로 목이나 매달려라! 먼저 목을 매달리고 그런 다음 고백해라. 치 떨리는 일이다. 본성이 아무런 지시도 없는데 이렇게 어두운 격정에 사로잡히진 않을 터. 내가 그깟 말 때문에 이렇게 떨진 않아. 흥! 둘이서 코와 귀와 입술을. 이럴 수가? 고백? 손수건? 오, 악마여!

(혼수상태에 빠진다.)

이아고 쭉 들어라,
내 약아, 들어라! 쉬 믿는 바보들은 이렇게 잡히고
수많은 멋지고 정숙한 귀부인도 꼭 이렇게
아무런 죄도 없이 욕을 본다. — 이봐요! 장군님!
장군님, 제발요! 오셀로!

카시오 등장.

카시오, 웬일이죠?

카시오 거 무슨 일인가?

이아고 장군님이 간질로 쓰러지셨습니다.
두 번째 발작인데 어제 한 번 있었지요.

카시오 그 관자놀이를 문질러 드리지.

이아고 아닙니다.

41~42행 코와…입술 대리 성기의 이미지. (아든)

이 혼수상태는 조용히 지나가게 해야지
안 그러면 입으로 게거품을 내뿜고
곧 사나운 광기에 빠집니다. 봐요, 움직여요.
잠시 동안 저리로 물러나 계십시오,
장군님은 곧 회복되실 거고 떠나신 뒤
당신과 중요한 얘기를 나누고 싶습니다. (카시오 퇴장)
장군님 어떠세요? 머리는 안 다치셨어요?

오셀로 날 놀려?

이아고 놀려요? 아닙니다, 맹세코!
불운을 남자답게 견디시면 좋겠어요!

오셀로 뿔 달린 남자는 괴물이고 짐승이야.

이아고 그렇다면 대도시엔 수많은 짐승들이
괴물 같은 시민들이 많습니다.

오셀로 그가 그걸 고백했어?

이아고 저, 남자답게 구십시오,
결혼의 멍에 진 턱수염 난 친구들이
다 같이 끈다고 생각하십시오. 수백만이
독점을 장담하나 제 것 아닌 침대로
지금도 밤마다 자러 가요. 당신은 나아요.
오, 의심 없는 침상에서 탕녀와 키스하고
그녀를 정숙하다 상상하게 만드는 건
지옥의 분풀이고 사탄의 으뜸가는
조롱이랍니다. 안 되죠, 제게 알려 주시면
전 지금의 절 아니까 그녀의 미래도 압니다.

58행 머리는
오쟁이 진 남편의 이마에 돋는다고 생각했던 뿔을 빗대어 하는 말.

오셀로 오, 자네는 현명해, 그것은 확실해.

이아고 잠시만 비켜서 계십시오.
가능한 한 자제력을 벗어나진 마십시오.
장군님이 조금 전 여기서 비탄에 눌렸을 때 —
그건 참 어울리지 않는 격정이었는데 —
카시오가 이리 왔죠. 전 그를 옆으로 데려가
혼절하신 이유는 적당히 둘러대었으며
곧 돌아와 여기서 얘기를 나누자 말했고
그는 약속했답니다. 숨어서 살펴만 보십시오,
그의 얼굴 구석구석 모든 곳에 깔려 있는
야유와 조롱과 뚜렷한 경멸을. 왜냐하면
그가 얘길 다시 하게 제가 만들 테니까요,
부인을 어디서 어떻게 얼마나 여러 번
얼마 전에 그리고 언제 다시 접할 건지.
몸짓을 지켜만 보십시오. 저런, 참으시죠,
안 그럼 울화만 가득하지 조금도 남자답지
못하다고 할 겁니다.

오셀로 알겠나, 이아고?
난 아주 교묘하게 참겠지만 — 알겠지? —
아주 잔인할 테야.

이아고 빗나간 건 아니지만
다 때를 맞추세요. 물러나시겠어요? (오셀로 물러난다.)
난 이제 카시오에게 비앙카 얘기를 물어야지.
그 계집은 자신의 욕망을 팔아서

75행 잠시만…계십시오 코미디의 상투 수단. 피해자에게 술수를 써서 그가 들었으면 하는 것을 엿듣게 만든다. (아든)

먹을 빵과 입을 옷을 사는데 고것이
카시오에게 혹했다. — 많은 사람 속이고
하나에게 속는 것이 그 갈보의 저주니까.
카시오는 그녀 얘길 들으면 넘치는 웃음을
참지 못할 것이다. 저기 그가 오는군.

카시오 등장.

그가 지을 미소에 오셀로는 미칠 테고
무식한 질투심을 품었으니 불쌍한 카시오의
미소와 몸짓과 경박한 행동을 완전히
오해할 수밖에 없다. 부관님, 기분이 어때요?

카시오 내 직위를 불러 주니 더욱 나빠지는군,
그게 없어 죽을 지경이니까.

이아고 데스데모나를 다그치면 확보하실 겁니다.
(낮은 목소리로)
그런데 이 청이 비앙카의 능력에 달렸다면
얼마나 빨리 성공하겠어요!

카시오 아, 딱한 천것!

오셀로 봐, 놈이 벌써 웃고 있어!

이아고 남자를 그토록 사랑하는 여자는 못 봤어요.

카시오 아, 딱한 잡것, 정말 날 사랑하는 것 같아.

오셀로 이젠 그걸 살짝 부인하면서 웃어 넘겨.

이아고 들었어요, 카시오?

오셀로 이젠 그가 그 얘기를
해 달라고 조르네. 허 참, 잘했다, 잘했어.

이아고 당신이 자기와 결혼할 거라고 하는데

그럴 작정이세요?

카시오 하, 하, 하!

오셀로 환희한단 말이지, 로마인아, 환희해?

카시오 내가 결혼해! 뭐, 고객이! 제발 내 판단력을 자비롭게 봐 주게, 너무 부실하다고 생각하진 말게나. 하, 하, 하!

오셀로 그래, 그래, 이긴 자가 웃는다.

이아고 사실, 소문에는 결혼하실 거랍니다.

카시오 제발, 올바로 말하게!

이아고 아니라면 제가 정말 나쁜 놈입니다.

오셀로 네놈이 내 씨를 뿌렸어? 글쎄.

카시오 이건 고 원숭이가 스스로 퍼뜨린 말이야. 내가 자기와 결혼할 거라고 믿는데, 자기가 좋아하고 우쭐한 때문이지 내 약속 때문은 아냐.

오셀로 이아고가 신호하네. 놈이 이제 그 얘길 시작해.

카시오 고것이 방금도 여기 있었는데, 아무 데나 날 쫓아다녀. 그저께는 내가 해안에서 베네치아 사람 몇 명과 얘기하고 있었는데 그곳으로 이 싸구려가 와 가지고 참말로 내 목을 이렇게 붙잡고는 —

오셀로 외쳤겠지, 이를테면 '오, 사랑하는 카시오!'라고. 몸짓에 그런 뜻이 담겼어.

카시오 이렇게 매달려 늘어지면서 울고 이렇게 끌면서 당기잖아! 하, 하, 하!

오셀로 이제 놈은 그녀가 자기를 어떻게 내 방으로 낚아챘는지 얘기한다. 오, 네놈 코는 보이지만 그걸 던져 줄 개는 아직 안 보인다.

카시오 글쎄, 난 그녀와 관계를 끊어야겠어.

이아고 어이쿠! 그녀가 어디 왔나 보세요!

비앙카 등장.

카시오 이런 족제비는 다 마찬가지야. 허 참, 냄새가 나잖아. 뭔 생각으로 날 이렇게 쫓아다녀?

비앙카 악마 연놈이나 당신을 쫓아다니라고 해! 방금 내게 그 손수건을 준 건 무슨 뜻이었어? 그걸 받다니 난 완전 바보였어. — 그 무늬를 전부 베껴야 한다고! 그럴듯한 얘기지, 방에서 발견했는데 누가 놓고 갔는지는 모른단 말이지! 이건 어떤 음탕한 년의 정표야. 그런데 내가 그걸 베껴야 해? 자, 그 쌍년한테 돌려줘. 누구한테서 받았건 난 아무 무늬도 안 베껴!

카시오 왜 그래, 고운 비앙카, 왜 그래, 왜 그래?

오셀로 맹세코, 저건 내 손수건이 틀림없어!

비앙카 오늘 밤에 저녁 먹으로 올 테면 오고, 안 그러면 다음에 준비되거든 와. (퇴장)

이아고 따라가요, 따라가.

카시오 실은 그래야겠어, 안 그럼 거리에서 악담할걸.

이아고 거기서 저녁 하실 겁니까?

카시오 실은 그럴 생각이야.

이아고 그럼, 볼 기회가 있겠네요, 아주 기꺼이 얘기하고 싶으니까.

카시오 제발 와 주게, 그럴 텐가?

이아고 원 참, 말은 그만해요. (카시오 퇴장)

오셀로 놈을 어떻게 살해하지, 이아고?

이아고 그가 자기 악행을 듣고 어떻게 웃었는지 감지하셨어요?

144행 족제비 안 좋은 냄새와 색정으로 악명 높은 짐승. (아든)

오셀로 오 이아고!

이아고 그리고 그 손수건도 보셨어요?

오셀로 내 거였어?

이아고 예, 이 손에 맹세코요. 게다가 그가 당신 부인, 그 어리석은 여자를 평가하는 꼴이라니! 그녀는 그걸 그에게 줬고 그는 그걸 자기 창녀에게 줬죠.

오셀로 놈을 구 년에 걸쳐 죽였으면. 멋진 여자, 아름다운 여자, 감미로운 여자야!

이아고 아뇨, 그건 잊으셔야 합니다.

오셀로 맞아, 오늘 저녁에 썩어 없어지게, 지옥에 떨어지게 해야지, 살려 두지 않을 테니까. 암, 내 가슴은 돌이 됐어. 거길 치니까 내 손이 아프구나. 오, 이 세상에 더 감미로운 존재는 없어. 그녀는 황제 곁에 누워 그에게 임무를 부여할 수 있어.

이아고 아뇨, 그쪽 길은 아닙니다.

오셀로 목매단다, 난 다만 그녀가 어떤 사람인지 말할 뿐이야. 바느질 솜씨는 그만이고 감탄할 만한 음악가지. 오, 그녀의 노래라면 곰도 야수성을 잃을 거야! 고도의 머리와 풍부한 창의력을 가졌어!

이아고 그 모든 것 때문에 더욱더 나쁘지요.

오셀로 오, 천 배나, 천 배나 더 그렇지. 그런데 성품은 또 얼마나 온순한데.

이아고 예, 지나치게 온순하죠.

오셀로 그럼, 그건 분명해. 그렇지만 참 안됐어, 이아고. — 오, 이아고, 참 안됐어, 이아고!

이아고 그녀의 사악한 행동이 그렇게도 마음에 드시면 죄지을 면허를 주시죠, 당신만 안 아프면 다칠 사람 없을 테니까요.

오셀로 그녀를 산산조각 낼 테다! 날 오쟁이 지웠어!

이아고 오, 더러운 짓입니다.

오셀로 내 부하 장교와!

이아고 그건 더욱더 더럽죠.

오셀로 독약 좀 갖다 주게, 이아고, 오늘 밤에. 난 그녀와 길게 얘기하진 않을 거야, 그녀의 몸과 미모에 다시 마음을 빼앗기면 안 되니까. 오늘 밤이야, 이아고.

이아고 독약으로 하지 말고 침대에서 목을 조르시죠. — 그녀가 오염시킨 바로 그 침대에서요.

오셀로 좋아, 좋아, 그 정당성이 마음에 들어. 아주 좋아!

이아고 그리고 카시오는 제가 처치하게 해 주시고. 자정쯤 더 알려 드리지요.

오셀로 아주 좋아. (안에서 나팔) 저건 무슨 나팔이지?

이아고 장담컨대 베네치아 일입니다.

로도비코, 데스데모나 및 수행원들 등장.

이 사람은 로도비코, 공작님이 보내셨죠. 보세요, 함께 온 부인도.

로도비코 장군께 신의 가호 있기를.

오셀로 진심으로 고맙소.

로도비코 베네치아 공작님과 의원들이 인사하오. (편지를 준다.)

오셀로 그분들의 뜻이 담긴 문서에 키스하오.

204행 좋아, 좋아 이 장면에서 되풀이되는 몇몇 단어들로 보건데 오셀로의 마음은 절반쯤 넋이 나간 상태에 있는 것 같다. (아든)

(편지를 열고 읽는다.)

데스데모나 무슨 소식인데요, 로도비코 사촌 오빠?

이아고 어른을 뵙게 되어 대단히 기쁩니다.
키프로스에 잘 오셨습니다.

로도비코 고맙네. 카시오 부관은 어떠신가?

이아고 살아 있답니다.

데스데모나 오빠, 그와 남편 사이에 부자연스러운
틈새가 생겼지만 오빠가 다 잘되게 할 —

오셀로 그거 확실한가요?

데스데모나 주인님?

오셀로 (읽는다.) '이 일을 어김없이 하시오, 그리할 테지만 — '

로도비코 부르지 않으셨어. 서류 읽기 바쁘셔.
장군님과 카시오 사이에 불화가 있다고?

데스데모나 아주 불행하게도요. 둘을 화해시키는 데
진력하고 싶어요, 카시오에게 품은 사랑으로.

오셀로 저런 육시랄!

데스데모나 주인님?

오셀로 당신 제정신이오?

데스데모나 아니, 저이가 화났어요?

로도비코 편지 때문이겠지,
내 생각에 그들은 그에겐 귀국을 명하고
카시오를 총독으로 임명했으니까.

데스데모나 정말 기쁜 일이네요.

오셀로 진짜로!

데스데모나 주인님?

오셀로 난 기쁘오……. 당신이 미쳐서.

데스데모나 왜요, 오셀로 님?

오셀로 이 악마야! (그녀를 때린다.)

데스데모나 이런 대접 부당해요.

로도비코 장군님, 베네치아에서는 봤다고 맹세해도
믿지 않을 일이오. 너무 지나쳤으니
좀 달래 주시오, 울고 있소.

오셀로 오 악마, 악마여!
대지가 여자들의 눈물로 잉태할 수 있다면
그녀의 눈물은 방울방울 악어가 될 것이오.
썩 꺼져!

데스데모나 남아서 성가시게 안 할래요.

로도비코 진실로 순종하는 부인이군.
그녀를 다시 불러 주시길 간청하오.

오셀로 마나님!

데스데모나 주인님?

오셀로 그녀를 어찌하시렵니까?

로도비코 제가요, 장군님?

오셀로 그렇소. 돌아오게 해 달라고 했잖소.
보시오. 그녀는 돌고 또 돌다가 가다가
또다시 돌아서, 울 수도, 울 수도 있답니다.
그리고 순종해요, 말씀처럼 순종하죠.
퍽이나 순종해요. — 당신은 계속 울어 보시지.
보시오, 이 건은 — 오, 감정 한번 잘 꾸민다! —
난 귀국을 명받았소. — 당신은 저리 가.

235행 지시문
몇몇 배우들은 편지로 데스데모나를 때렸지만 269행을 보면 오셀로는 손으로 그녀를 때리는 것 같다. 편지의 내용이 그의 격정을 불러일으켰을 수도 있지만 그 원인은 데스데모나의 순진한 말임이 분명하다. (아든)

곧 부를 테니까. — 전 지령에 복종하고
베네치아로 돌아가겠습니다. — 썩 없어져!

(데스데모나 퇴장)

카시오가 제 자리에 앉을 거요. 저, 그리고
오늘 저녁 식사를 함께하길 청합니다.
키프로스에 잘 오셨소. 염소와 원숭이들! (퇴장)

로도비코 이 고결한 무어인을 우리의 원로원 전체가
전적으로 자격 있다 했는가? 저것이
격정에도 끄떡없는 성품이고? 우발 총격,
우연의 화살로도 그 단단한 덕성을 긁지도
뚫지도 못한다 했던가?

이아고 많이 변하셨습니다.

로도비코 정신은 온전한가? 머리가 돌진 않고?

이아고 있는 그대로지요. 그가 어찌 될지는
제가 판정 못 합니다. 어찌 된 게 아니라면
맹세코 예전과 같았으면!

로도비코 뭐! 아낼 때려?

이아고 예, 별로 좋진 않았지만 이번의 구타가
최악임을 알았으면!

로도비코 이게 그의 습관인가?
아니면 편지가 그분의 혈기를 자극하여
새롭게 생겨난 결함인가?

이아고 아, 슬프다!
이제껏 제가 보고 아는 것을 말하는 건
정직하지 못합니다. 관찰해 보시면

259행 염소와 원숭이 정력이 세기로 유명한 동물들.

그분만의 행실이 드러날 것이고
전 말을 아낄 수 있겠지요. 따라가서
어찌 계속하시는지 잘 보세요.

로도비코 그분을 잘못 알고 있어서 유감이네. (함께 퇴장)

4막 2장

오셀로와 에밀리아 등장.

오셀로 아무것도 못 봤단 말이지?

에밀리아 듣거나 의심한 것조차 없어요.

오셀로 있지, 봤잖아, 카시오와 그녀가…… 함께한 걸.

에밀리아 그렇지만 나쁜 짓 하는 건 못 봤고
둘 사이에 오간 말은 모조리 들었어요.

오셀로 뭐, 속삭인 적 없었어?

에밀리아 절대로요, 주인님.

오셀로 자네를 내보낸 적도 없고?

에밀리아 절대로요.

오셀로 부채, 장갑, 가면을 찾거나, 그냥도 안 내보내?

에밀리아 절대로요, 주인님.

오셀로 이상하군.

에밀리아 주인님, 마님의 정절을 감히 서약합니다,
제 영혼을 걸고서요. 달리 생각하신다면
그런 생각 버리세요, 그 가슴을 속여요.
어떤 후레자식이 머릿속에 넣어 준 거라면

4막 2장 장소 성채.

하늘은 그놈에게 뱀의 저주 내리소서.
왜냐하면 마님이 정숙, 순결, 진실치 않다면
행복한 남잔 없죠. 최고로 깨끗한 아내라도
험담처럼 더러워요.

오셀로 　이리로 오라 하게. 가.

(에밀리아 퇴장)

말은 꽤 한다만 이 여자는 단순한 뚜쟁이로
중요한 건 말 못 해. 이쪽은 닳고 닳은 창녀야,
자물쇠와 열쇠 갖춘 사악한 비밀의 금고야.
그래도 무릎 꿇고 기도해, 난 그걸 봤다고.

데스데모나와 에밀리아 등장.

데스데모나 　여보, 왜 부르셨어요?

오셀로 　꼬꼬댁, 이리 좀 와 봐요.

데스데모나 　왜 그러시는데요?

오셀로 　당신 눈 좀 봅시다.
날 똑바로 보시오.

데스데모나 　이 무슨 끔찍한 망상이죠?

오셀로 　(에밀리아에게) 아줌마는 맡겨진 일을 하게,
교접할 사람들은 놔두고 문을 닫아.
누가 오면 기침을 하거나 기척 내고.
네 직업, 직업에 충실해. 허, 서둘러! (에밀리아 퇴장)

데스데모나 　무릎 꿇고 빌건대 그게 무슨 뜻이에요?
당신 말씀 가운데 격노는 알겠으나

30행 직업　뚜쟁이

말씀은 몰라요.

오셀로 도대체 넌 누구냐?

데스데모나 당신 아내, 진실하고 충실한 당신의 아내요.

오셀로 자, 그것을 맹세하고 스스로 영벌받아,
네가 천사 같아서 악마들이 겁을 먹고
안 잡으면 안 되니까 순결을 맹세하고
이중으로 영벌받아.

데스데모나 하늘은 진실을 아세요.

오셀로 하늘은 진실로 아시지, 지옥 같은 네 배신을.

데스데모나 여보, 누구에게? 누구와? 어떻게 배신해요?

오셀로 오, 데스데모나, 저리! 저리! 저리 가!

데스데모나 아아, 슬픔에 찬 날이다. 왜 우세요?
이 눈물의 원인이 저예요, 주인님?
혹시나 당신을 소환하는 장본인이
아버지가 아닐까 의혹이 짙더라도
저를 원망 마세요. 당신이 그분을 잃었다면
저도 잃었잖아요.

오셀로 저 하늘이 뜻하여
고난으로 날 시험하려고 맨머리 위에다
갖가지 피부병과 치욕을 쏟아붓고
이 몸을 가난 속에 턱 밑까지 빠뜨리며
나와 내 최고의 희망을 포로로 넘겼대도
난 내 영혼 어디선가 한 줌의 인내심을
찾아냈을 것이다. 하지만, 아, 나를

39행 이중으로 첫째 간음과 둘째 위증으로. (아든)
48~54행 저…것이다 욥의 고난을 지칭한다. (아든 3)

천천히 움직이는 시계 침이 가리키는
붙박이 숫자 같은 웃음거리 만들다니!
하지만 난 그것도 잘, 아주 잘 견디리라.
그렇지만 내 심장을 갈무리해 둔 곳,
거기서 살거나 삶을 지탱 못 하게 되는 곳,
생명수가 계속 흘러나오거나 아니면
마르게 되는 샘 — 거기서 쫓겨난다거나
그곳을 더러운 두꺼비들 뒤엉켜 알 까는
웅덩이로 지킨다면! 장밋빛 입술의
어린 천사 인내심아, 거기서 얼굴 돌려
그래, 여기서 지옥 같아 보여라!

데스데모나 고귀한 당신은 제가 정숙하다고 여기시죠.

오셀로 오 그럼, 슬자마자 바로 까고 나오는
여름날 푸줏간 파리처럼. 오, 아플 만큼
곱고 아름다우며 단내 나는 잡초여,
넌 아예 태어나지 않았으면 좋았을걸!

데스데모나 아, 제가 무슨 죄악을 모르고 범했나요?

오셀로 이 고운 종이를, 이 최고로 좋은 책을
'창녀' 적어 넣으려고 만들었나? 허, 범했어!
간통을 범했다고? 오, 뭇사람의 노리개야!
나는 네 행위를 말하는 것만으로 나의 뺨을
불타는 용광로로 바꾸어 예절을 깡그리
불태워 버려야만 할 것이다. 허, 범했어!
이 일은 하늘도 코를 막고 달님도 눈을 감고

71행 범했나요
데스데모나가 불운하게 선택했고 오셀로가 격분하여 되풀이하는 단어 '범하다.'의 의미는 목적어 없이 '간통을 범하다.'라는 엘리자베스 시대의 용법에 달려 있다. (아든)

만나는 모든 것에 입 맞추는 음탕한 바람도
지구의 깊은 동굴 속에서 숨죽이며
들으려 하지 않을 것이다. 허, 범했어!
뻔뻔스러운 갈보야!

데스데모나　　맹세코, 잘못하십니다.

오셀로　갈보가 아니라고?

데스데모나　예, 저는 기독교인이니까요.
남편을 위하여 더럽고 추한 불법 접촉은
무엇이든 피하며 이 몸을 지키는 게
갈보가 아니라면 전 그게 아니에요.

오셀로　뭐, 창녀가 아니야?

데스데모나　　예, 구원받을 테니까요.

오셀로　이럴 수가?

데스데모나　오 하느님, 우릴 용서하소서!

오셀로　　그렇담 죄송하오,
난 당신을 오셀로와 결혼한 베네치아의
영악한 창녀인 줄 알았소. 거기 자네! 시녀!

에밀리아 등장.

성자인 베드로와 정반대의 임무 띠고
지옥문을 지키는 너 — 너, 너, 그래, 너!
우린 한탕 뛰었어. 수고비를 줄 테니까
문을 좀 열어 주고 비밀은 지켜 줘.　(퇴장)

에밀리아　아, 저 어른이 무슨 상상 하셨을까?
어떠세요, 마님? 어떠세요, 착한 아씨?

데스데모나　혼이 반쯤 나갔어.

에밀리아 착한 마님, 주인님께 무슨 일 있어요?

데스데모나 누구라고?

에밀리아 제 주인님 말이에요, 마님.

데스데모나 누가 네 주인인데?

에밀리아 마님의 주인님이지요.

데스데모나 난 주인 없단다. 나한테 얘기 마, 에밀리아.
물로써 전할 것밖에는 울 수도 없으며
대답할 말도 없어. 부탁인데 오늘 저녁
결혼 때 시트를 깔아 줘. 기억하고
자네 남편 불러 주게.

에밀리아 이건 진짜 변화야! (퇴장)

데스데모나 난 이런 취급을 받아 싸다, 아주 싸다.
내 행동이 어땠기에 나의 가장 큰 잘못에
가장 적은 악평조차 내리실 수 있을까?

이아고와 에밀리아 등장.

이아고 왜 부르셨어요, 마님? 기분이 어떠세요?

데스데모나 알 수 없네. 아기들을 가르치는 사람은
부드러운 방식으로 쉬운 일을 시키지.
그이도 그렇게 꾸중할 수 있었어, 사실 난
꾸중을 모르는 아기니까.

이아고 뭔 일이죠, 마님?

에밀리아 아, 이아고, 주인님이 마님을 창녀처럼
욕지거리해 대고 참된 사람이라면 도저히
못 참을 악담과 독설을 퍼부었다니까.

데스데모나 그게 내 이름인가, 이아고?

에밀리아 뭔 이름요, 마님?
데스데모나 주인님이 나에게 썼다고 그녀가 말한 것.
에밀리아 마님을 창녀라 불렀어. 술 취한 거지라도
자기 계집년에게 그런 말은 쓸 수 없어.
이아고 그가 왜 그러셨죠?
데스데모나 난 몰라, 난 분명 그런 여잔 아니야.
이아고 울지 마요, 울지 마요. 이 일을 어쩌지!
에밀리아 아씨께서 창녀 소리 들으려고 그렇게
수많은 귀족 댁 혼처와 아버지와 나라와
친구를 다 버렸어? 그런데도 안 울어?
데스데모나 비참한 내 운명이야.
이아고 딱하신 양반이네,
왜 그런 착각이 생겼죠?
데스데모나 도대체 알 수 없어.
에밀리아 내 목을 매, 만약 어떤 극악한 악당 놈
쓸데없이 참견하고 비위나 맞추는 놈
속이고 사기 치는 새끼가 한자리 얻으려고
이 험담을 지어낸 게 아니라면 내 목을 매!
이아고 에이, 그런 자는 없다고, 그것은 불가능해.
데스데모나 만약에 있다면 하늘은 용서해 주소서.
에밀리아 목매달아 용서하고 지옥에서 썩어져라!
마님을 왜 창녀라 해? 누가 함께했는데?
어느 장소, 어느 시간, 어떤 모습, 뭘 근거로?
무어인은 최고로 포악한 놈에게 속았어,
천하고 악명 높은 놈에게, 치사한 자식에게.
오 하느님, 그런 놈들 찾아내 주시고
정직한 모든 손에 채찍을 들린 다음

이 세상 끝에서 끝까지 그 불한당 놈들의
알몸을 치면서 가게 해 주소서!

이아고 소리 낮춰.

에밀리아 오, 나쁜 놈들! 그 비슷한 한량 놈이
당신의 정신머리 까뒤집어 놓고선
나와 이 무어인을 의심하게 만들었어.

이아고 바보 소리 그만해.

데스데모나 오, 하느님, 이아고,
내가 뭘 어떡해야 주인님을 다시 얻지?
이보게, 그이에게 가 봐 줘, 해님에 맹세코
어떻게 잃었는지 모르니까. 여기서 무릎 꿇고
만약에 사고 과정에서나 실제 행동에서나
내 의지로 그이 사랑 어긴 적이 있다면
내 눈이나 귀 또는 다른 어떤 감각이
다른 어떤 모습에서 즐거움을 취했다면
그리고 — 그이가 날 떨쳐 버리고 이혼하여
거지 신세 되더라도 — 그이를 극진히
아직도 전에도 앞으로도 사랑하지 않는다면
위안이여, 날 버려라! 무정은 큰 문제고
그이의 무정은 내 생명을 꺾을 수 있지만
내 사랑은 못 해친다. 창녀란 말 난 못 해.
지금 그 말 하고 나니 진저리가 다 나네.
이 세상 헛된 것들 다 뭉쳐 준대도
그런 이름 얻을 만한 행동은 안 할 거야.

이아고 제발 걱정 마세요, 그분의 기분일 뿐이니.
나랏일 때문에 그분이 속상해서
마님과 다투시게 되었죠.

데스데모나 다른 게 아니라면 —

이아고 그뿐임을 장담해요. (나팔 소리)

잘 들어 보십시오, 저녁 식사 나팔인데
베네치아의 사절들이 음식을 기다려요,
들어가요, 울지 말고, 다 잘될 겁니다.

(데스데모나와 에밀리아 퇴장)

로데리고 등장.

웬일이오, 로데리고?

로데리고 자넨 날 올바르게 대하는 것 같지 않아.

이아고 뭐가 잘못된 거죠?

로데리고 자넨 매일 뭔가 수를 써서 날 따돌리네, 이아고, 그리고 최소한의 희망을 주기는커녕 지금 내가 보기엔 기회를 다 쫓아 버리는 같아. 난 정말 더 이상 참지 않을 테고 또한 이미 바보처럼 당한 일들을 조용히 입 닥치고 있을 마음도 아직은 없어.

이아고 내 말 좀 들어 볼래요, 로데리고?

로데리고 실은 너무 많이 들었지. 그리고 자네 말과 실천은 형제간이 아냐.

이아고 당신의 문책은 참으로 부당합니다.

로데리고 진실일 뿐이지. 난 재산을 탕진해 버렸어. 자네가 데스데모나에게 전해 주겠다고 내게서 가져간 보석들이면 수녀라 하더라도 반쯤은 타락시켰을 거야. 자넨 그녀가 그것들을 받았다고 했고 내게 즉각적인 관심과 보답을 뜻하는 기대와 격려를 보여 줄 거라고 했지만 아무것도 없었어.

이아고 좋아요, 뭐, 아주 좋아요.

로데리고 '아주 좋아요.', '뭐'라고! 이봐, 난 뭣도 못 해 보고 아주 좋지도 않아. 이 손에 맹세코 이건 아주 야비하다고 생각해, 그래서 속았다는 걸 깨닫기 시작했어.

이아고 아주 좋아요.

로데리고 아주 좋지 않다니까! 난 데스데모나한테 날 알릴 거야. 그녀가 내 보석들을 돌려주면 난 구혼을 그만두고 이 불법 구애를 뉘우칠 테지만, 안 그러면 자네에게 보상을 요구할 테니 확실히 알아 둬.

이아고 이제야 할 말 하셨군요.

로데리고 암, 실천할 의도를 단언한 것밖에는 말하지 않았어.

이아고 아니, 이제야 자네에게 성미가 있다는 걸 알았네, 그래서 바로 지금부터 자네를 그 어느 때보다도 더 낫게 평가할 작정이야. 우리 악수하세, 로데리고. 자넨 내게 아주 정당한 반론을 제기했어. — 그렇지만 항의하건대 난 자네 일을 아주 똑바로 처리했어.

로데리고 그렇게 보이지 않았는데.

이아고 진짜 그렇게 보이지 않았다고 인정해. 또한 자네의 의심에는 기지와 분별력이 없진 않아. 하지만 로데리고, 만일 자네가 내면에 그 어느 때보다도 지금 가졌다고 내가 믿을 만한 이유가 있는 걸 진짜로 가졌다면 — 즉 목표와 용기와 무용 말인데 — 오늘 저녁에 그걸 보여 주게. 만일 내일 저녁에 자네가 데스데모나를 즐기지 못한다면 날 배신하여 이 세상에서 없애 버리고 내 생명을 앗아 갈 계략을 꾸미게.

로데리고 글쎄 — 뭔가? 이치와 능력에 닿는 일인가?

이아고 보시게, 베네치아로부터 특명이 와서 오셀로의 자리에 카시오를 임명했다네.

로데리고 사실인가? 아니 그럼 오셀로와 데스데모나는 베네치아로 되돌아가잖아.

이아고 아니지, 그는 모리타니로 가고 아름다운 데스데모나를 데려가, 만일 무슨 사고로 이곳 체재 기간이 연장되지 않는다면 말인데 — 그리되는 데에는 카시오의 제거보다 더 결정적인 건 있을 수 없다네.

로데리고 그게 무슨 뜻이야, 제거라니?

이아고 그야, 놈이 오셀로 자리에 못 앉게 만드는 거지, 머리를 까부숴 가지고.

로데리고 근데 그걸 내가 해 줬으면 한다고!

이아고 예, 만일 당신에게 득이 되면서 옳은 일을 감행하겠다면. 그는 오늘 저녁 창녀 하나와 저녁을 먹을 거고 나도 그리로 갈 거요. 그는 아직도 자신의 드높은 행운을 모르고 있어요. 당신이 그가 떠나는 걸 기다리고 있으면 — 12시와 1시 사이가 되도록 해 줄 테니까 — 당신 맘대로 처치할 수 있을 거요. 나도 근처에 있다가 당신의 습격을 거들 테고 그는 우리 둘 사이에서 쓰러질 겁니다. 자, 놀래서 서 있지만 말고 나와 함께 가요, 그의 죽음이 당신에게 얼마나 필수적인지 얘기해 주면 죽이지 않을 수 없다고 생각할 거요. 지금은 저녁이 한창일 땐데 밤은 헛되이 지나가고 있어요. 시작해요.

로데리고 그 이유를 좀 더 들어 봐야겠어.

이아고 그러면 만족할 겁니다. (함께 퇴장)

222행 모리타니
북아프리카 무어인들의 고향. 만약 이것이 거짓말이라면 이아고가 얻는 바는 무엇일까? 모리타니에 있는 데스데모나는 로데리고의 손이 닿지 못할 것이므로 그는 지금 행동해야만 한다. (아든)

4막 3장

오셀로, 로도비코, 데스데모나, 에밀리아 및
수행원들 등장.

로도비코 장군님, 더 이상 신경 쓰지 마십시오.

오셀로 거 무슨 말씀을, 저한테는 걷는 게 좋지요.

로도비코 부인, 안녕히 계십시오. 정말 고맙습니다.

데스데모나 천만의 말씀을요.

오셀로 가시겠습니까?
오, 데스데모나 —

데스데모나 주인님?

오셀로 잠자리로 가시오,
지금 즉시, 난 곧바로 돌아올 것이오.
시녀는 내보내요. 꼭 그렇게 하시오.

데스데모나 예, 주인님. (오셀로, 로도비코, 시종들 함께 퇴장)

에밀리아 이젠 무슨 일이죠? 전보다 부드러워 보이셔요.

데스데모나 지체 없이 곧바로 돌아온다 하셨어.
날더러 잠자리로 가라고 명하셨고
자네를 내보내라 하셨어.

에밀리아 저를 내보내요?

데스데모나 그이의 명이었어. 그러니까 에밀리아,
잠옷을 꺼내 주고 우리 서로 작별해.
지금 그일 불쾌하게 해 드려선 안 되지.

에밀리아 예. — 마님이 그분을 보지 않았더라면!

데스데모나 난 아냐. 내 사랑은 그이를 너무나 찬양하여

4막 3장 장소 성채.

거친 성품, 질책과 찡그린 얼굴조차 —
이 핀 좀 뽑아 줘 — 고상하고 매력 있어.

에밀리아 말씀하신 시트를 침대에 깔았어요.

데스데모나 상관없어, 정말이야. 마음은 참 바보 같아!
내가 혹시 자네 앞서 죽거든 그 시트로
내 몸을 감싸 주게.

에밀리아 에이, 그걸 말씀이라고.

데스데모나 어머니에게는 바바리란 하녀가 있었는데
사랑에 빠졌고 사랑하던 남자가 미쳐서
그녀를 버렸어. 그녀는 버들 노랠 알았지,
옛것이었지만 그녀의 운명을 나타냈고
부르면서 죽었어. 오늘 저녁 그 노래를
마음속에 품을 거야. 고개를 푹 숙이고
불쌍한 바바리처럼 노래하지 않으려면
난 많이 노력해야 할 거야. 서두르게.

에밀리아 마님의 실내복을 가지러 갈까요?

데스데모나 아냐, 여기 핀 좀 뽑아 줘.

에밀리아 이 로도비코란 분 잘생긴 남자예요. 아주 멋진 분이셔요.

데스데모나 말씀을 잘하셔.

에밀리아 제가 아는 베네치아 아가씨 하나는 이분의 아랫입술에 키스 한 번 하려고 팔레스티나까지라도 맨발로 걸어갔을 거예요.

데스데모나 (노래한다.)
딱한 처녀 한숨 쉬며 무화과 곁에 앉아

40행 무화과 전통적으로 이 나무와 실연한 사람들은 연관성이 없다. (아든)

애오라지 푸른 버들 노래했네.
손은 가슴, 머리는 무릎에 올려놓고
버들아, 버들아, 노래했네.
맑은 시내 흐르면서 그녀 신음 읊조리고
버들아, 버들아, 노래했네.
짠 눈물 떨어져 바윗돌 녹여 주고
버들아, 버들아, 노래했네.
(말한다.) 이것 좀 치워 주게.
버들아, 버들아 —
(말한다.) 이제 어서 가 보게. 곧 오실 거야.
내 화환은 애오라지 푸른 버들, 노래했네.
아무도 그이 비난 마셔요, 멸시도 좋아요 —
(말한다.) 어, 이 가사가 아닌데. 쉿 누가 두드리지?

에밀리아 바람이랍니다.

데스데모나 (노래한다.)
애인을 배신자라 불렀더니 뭐라고 했냐고요?
버들아, 버들아, 노래했네.
내가 여자 더 꾄다면 넌 남자랑 더 잘 거야.
(말한다.) 그러니 가 보게, 잘 자게. 내 눈이 가렵네,
이게 울 징조인가?

에밀리아 아무 관계 없어요.

데스데모나 있다고 들었어. 오, 남자들, 남자들!
자기네 남편들을 — 말해 봐, 에밀리아 —

41행 버들
버드나무는 보답 없는 사랑 또는 실연으로 인한 슬픔의 상징이다. (아든)
53행 가사가 아닌데
프로이트적인 말실수.(그녀는 무의식적으로 오셀로가 비난받지 않도록 막으려는 것일까?) (아든)

그렇게 추잡한 방식으로 속이는 여자들이
정말로 있다고 생각해?

에밀리아　　그야 분명 있지요.

데스데모나　세상을 다 준다면 그런 짓을 할 텐가?

에밀리아　　그럼, 안 하실 거예요?

데스데모나　　음, 저 달님에 맹세코!

에밀리아　　저도 않을 거예요, 저 달님에 맹세코,
어둠 속에서라면 할지도 모르지만.

데스데모나　세상을 다 준다면 그런 짓을 할 텐가?

에밀리아　　세상은 거대하고 작은 죄의 대가로는
매우 큰 상이지요.

데스데모나　　정말 자넨 않을 거라 생각해.

에밀리아　　정말로는 할 거라고 생각해요. 그리고 일을 끝낸 다음 취소해 버리죠. 참, 전 그런 일을 쌍가락지 때문에 하지는 않을 거고 비단 몇 필이나 저고리나 치마나 모자 또는 그 비슷한 선물을 준대도 않을 거예요. 하지만 이 세상 전부를요? 가여워라, 자기 남편을 왕으로 만드는데 그에게 오쟁이를 지우지 않을 여자가 어디 있어요? 저라면 그 때문에 연옥도 감히 갈 거예요.

데스데모나　내가 만일 이 세상 전부를 바라고
그런 비행 범한다면 못됐지!

에밀리아　　글쎄요, 그런 비행도 이 세상 안의 비행일 뿐이잖아요. 수고의 대가로 이 세상을 차지했다면 그건 자기 세상 안의 비행이니까 재빨리 바로잡을 수 있잖아요.

데스데모나　그런 유의 여자가 있다곤 생각 안 해.

에밀리아　　있어요, 수십 명이, 게다가 그들이 놀고 얻은
이 세상을 채우고도 남을 만큼 많이요.

하지만 전 아내들의 타락은 남편들의
잘못이라 생각해요. 그들이 임무에 소홀하며
우리의 보물을 딴 여자 허벅지에 싼다든지
아니면 유치한 질투심을 터뜨리고
우릴 구속하거나 또는 우릴 때리거나
악심 품고 용돈을 줄이면, 원 참,
우리도 성깔이 있잖아요. 덕도 좀 있지만
복수심도 좀 있죠. 남편들은 아내들도
같은 감각 있는 줄 알아야죠. 남편처럼
보고 또 냄새 맡고 단 것 신 것 다 맛보는
혓바닥을 가졌어요. 그들이 우리를
딴 여자와 바꿀 때 뭘 하죠? 재미 봐요?
그렇다고 생각해요. 그 시작은 애욕이고?
그런 거라 생각해요. 그런 실수, 약해서요?
그도 맞죠. 그럼 우린 애욕이 없나요?
놀고 싶은 욕망도? 남자처럼 약함도 없나요?
그러니 우리한테 잘해야죠. 안 그러면
우리 잘못, 그들에게 배웠단 걸 알아야죠.

데스데모나 잘 자게, 잘 자게. 신은 제게 내리소서,
악행 본떠 악행 않고 선행하는 습관을! (함께 퇴장)

5막 1장

이아고와 로데리고 등장.

이아고 여기 이 가게 뒤에 서 있어, 그가 곧 올 거야.
그 멋진 단검을 뽑았다가 푹 찔러.

빨리, 빨리, 겁먹지 마, 내가 곁에 있을게.
우리의 흥망이 달렸다, 그렇게 생각하고
결심을 최고로 단단히 굳히라고.

로데리고 가까이 있어 줘, 실패할지 모르니까.

이아고 여기 곁에 있잖아, 용감하게 자릴 지켜. (물러난다.)

로데리고 이 행위에 커다란 애착은 없지만
그가 내게 납득할 이유를 말해 줬다.
사람 하나 가는 거지. 칼 뽑으면 그는 죽어.

이아고 저 어린 뾰루지를 쓰릴 만큼 긁었더니
성을 낸다. 이제 그가 카시오를 죽이든지
카시오가 그를 또는 서로를 죽이든지
모두가 내 이득이다. 로데리고가 살게 되면
데스데모나에게 줄 선물이란 구실로
그를 속여 내가 뺏은 황금과 보석을
큼직이 변상하라 요구할 것이다.
그건 안 돼. 카시오가 살아남게 된다면
그의 삶이 보이는 일상적인 매력으로
내 꼴은 추해진다. 게다가 무어인은 그에게
날 폭로할지도 모른다. — 그건 아주 위험해.
암, 죽어야 해. 그래야지! 그가 오는 소리다.

카시오 등장.

로데리고 걸음을 아는데, 그자다. 악당아, 죽어라!
(카시오를 찌른다.)

5막 1장 장소 성채.

카시오 찌르는 걸 보니까 적임에 틀림없다.
하지만 내 조끼는 네가 아는 것보단 더 낫다.
네 것을 시험하자. (칼을 뽑아 로데리고를 해친다.)

로데리고 오 나는 살해됐다!

(이아고가 뒤에서 카시오의 다리를 찌르고 퇴장한다.)

카시오 아, 난 평생 불구자다, 사람 살려! 살인이야!

오셀로 등장.

오셀로 카시오의 목소리다. 이아고가 약속을 지켰어.

로데리고 오, 난 정말 악당이다!

오셀로 그건 과연 그렇다.

카시오 오, 사람 살려! 횃불! 의사!

오셀로 놈이다. 오 멋진 이아고, 정직하고 공평하며
친구의 피해를 그토록 고귀하게 느끼다니!
자넨 날 가르쳤어. 못된 것, 네 애인은 죽었고
박복한 네 운명도 서둔다. 내가 간다, 갈보야.
네 눈의 마력은 내 맘에서 지워졌고
욕망 물든 네 침대에 욕망의 피 튀길 거다. (퇴장)

로도비코와 그라티아노 등장.

카시오 뭐, 보초도 통행인도 하나 없나? 살인이야!

그라티아노 뭔 사고야, 목소리가 아주 무시무시해.

29행 그건…그렇다
오셀로는 로데리고의 한탄을 카시오의 자백으로 오해한다.

카시오 오, 사람 살려!

로도비코 들어 봐요!

로데리고 오, 불운한 악당이여!

로도비코 두세 명이 신음해요. 캄캄한 밤이고
이들이 가짜일지 모르니 별다른 도움 없이
외친 데로 가는 건 위태롭다 봐야죠.

로데리고 아무도 안 오네. 그럼 난 피 흘리고 죽겠지.

이아고 횃불 들고 등장.

로도비코 들어 봐요!

그라티아노 누가 잠옷 바람에 횃불과 무기 들고 오는군.

이아고 게 누구요? 살인을 외치는 게 누구요?

로도비코 우리는 모르오.

이아고 외친 소리 못 들었소?

카시오 여기, 여기, 제발 살려 주시오!

이아고 거 무슨 일이오?

그라티아노 이건 내가 알기에 오셀로의 기수야.

로도비코 맞습니다, 대단히 용맹한 친구지요.

이아고 그렇게 비통하게 외치는 당신은 누구요?

카시오 이아고! 오, 난 악당들 때문에 죽게 됐어.
날 좀 도와주게.

이아고 오 이런, 부관님이! 웬 놈들이 그랬어요?

카시오 놈들 중 하나는 근처에 있는 것 같은데,
도망치진 못했어.

이아고 오, 역적 같은 악당 놈들!
거긴 뭐요? 들어와서 도움 좀 주시오.

로데리고 오, 여기 날 살려 줘요!

카시오 저게 그중 하나야.

이아고 오, 흉악한 놈! 오 악당!

(로데리고를 찌른다.)

로데리고 오, 괘씸한 이아고! 오, 냉혹한 개새끼!

이아고 캄캄한데 사람 죽여? 잔인한 도둑놈들 어딨지?
마을은 왜 이리 조용해! 여기 살인, 살인이야!
당신들은 누구요? 좋고 나쁜 어느 편입니까?

로도비코 자네가 우리를 아는 대로 평가하게.

이아고 로도비코 어르신?

로도비코 그렇다네.

이아고 죄송한데 악당들이 카시오를 해쳤어요.

그라티아노 카시오를!

이아고 좀 어때요, 형님?

카시오 다리가 두 동강 나 버렸어.

이아고 원, 하느님 맙소사!
신사분들, 이 불 좀, 제 옷으로 싸매지요.

비앙카 등장.

비앙카 거 무슨 일이에요? 외친 게 누구예요?

이아고 외친 게 누구예요?

비앙카 오, 자기, 카시오,
내 사랑 카시오! 오, 카시오, 카시오, 카시오!

59행 들어와서
이아고는 카시오를 도우려고 가게(1행) 안에 들어와 있다. (아든)

이아고 오, 소문난 갈보다! 카시오, 당신을 이렇게
난도질해 놓은 게 누군지 짐작해요?

카시오 모르겠네.

그라티아노 이런 꼴 보게 돼서 안됐소.
당신을 찾고 있던 참이었소.

이아고 붕대 좀 빌려 줘요. 자. — 그를 쉽게 데려갈
들것이 있으면 좋으련만!

비앙카 아, 기절했어! 오, 카시오, 카시오, 카시오!

이아고 모든 신사 여러분, 저는 이 쓰레기가
이 부상과 관련 있단 의심이 확 듭니다.
잠시만 참으세요, 카시오. 어디, 어디,
불 좀 줘요. 이게 아는 얼굴인가, 아닌가?
아, 친구이자 사랑하는 동포인 로데리고?
아닌가? — 분명 맞아, 오 하느님, 로데리고!

그라티아노 뭐, 베네치아인?

이아고 맞습니다, 아시는지?

그라티아노 아느냐고? 그렇다.

이아고 그라티아노 어르신? 제발 용서하십시오.
유혈 사건 때문에 어른을 몰라보는
무례를 저질렀습니다.

그라티아노 만나서 반갑네.

이아고 괜찮아요, 카시오? 오, 들것을 가져와라!

그라티아노 로데리고?

이아고 그, 그, 그입니다. (들것이 들어온다.)
오, 거 잘했어, 들것이군.
몇 사람이 조심해서 그를 실어 나가라,
난 장군님 의사를 데려오마. (비앙카에게) 언니는

애쓰지 않아도 돼. — 카시오, 살해된 이 사람은
절친한 제 친군데 둘 사이에 악의라도?

카시오 전혀 없어, 알지도 못하는 사람인데.

이아고 (비앙카에게) 뭐야, 창백해? — 오, 그에게 찬바람 쐬지 마.
— 기다려요, 신사분들. 창백해, 언니야?
— 두 분은 공포에 찬 이 여자 눈 보셨어요?
— 암, 네가 응시한다면 우린 곧 더 듣겠지.
— 그녀를 잘 보세요, 쳐다보시라고요.
보입니까, 신사분들? 예, 혓바닥이 굳어도
죄의식은 탄로 날 겁니다.

에밀리아 등장.

에밀리아 아유, 뭔 일이야?
여보, 무슨 일이 있었어?

이아고 카시오가 여기 어둠 속에서 습격을 당했어,
로데리고와 함께 튄 녀석들이 그랬어,
살해당할 뻔했고 로데리곤 죽었어.

에밀리아 아, 훌륭한 신사분이! 아, 훌륭한 카시오!

이아고 창녀와 논 결과야. 에밀리아, 넌 가서
카시오가 어디서 저녁을 먹었는지 알아봐.
뭐야, 그 말에 몸을 떨어?

비앙카 내 집에서 먹었지만 그래서 떨진 않아.

이아고 오, 그랬어? 명령인데, 같이 가.

107행 네가…듣겠지 응시는 죄책감의 표시이고 그래서 우리는 네가 죄를 고백하는 걸(그리하게 만들 테니까) 곧 듣게 될 것이다. (아든)

에밀리아 오, 더러운 것, 갈보야!

비앙카 난 갈보 아니고
정숙하게 살고 있어, 그렇게 날 욕하는
당신만큼.

에밀리아 나만큼? 흥, 더러운 것 같으니!

이아고 신사분들, 불쌍한 카시오의 치료실로 가시죠.
자 언니, 우리한텐 이실직고해야지.
에밀리아, 당신은 요새로 뛰어가서
장군님과 부인께 벌어진 일 말씀 드려.
— 가시겠습니까? — 흥하느냐 망하느냐,
오늘 밤에 확실히 판가름 날 것이다. (함께 퇴장)

5막 2장

오셀로 촛불 들고 등장.

오셀로 이건 이유 있단다, 이유가 있단다, 내 영혼아,
저 순결한 별들에게 밝히진 않겠지만
이건 이유 있단다. 그래도 난 피를 흘리거나
눈보다 더 희고 설화 석고 묘상처럼
매끄러운 그 살결에 흠을 내진 않으리라.
그래도 죽어야 해, 많은 남자 속일 테니.
불을 끄자 그리고 그다음 불을 끄자!
타오르는 불꽃아, 내가 너를 꺼 버려도
그 일을 뉘우치면 너의 그 옛 빛을

5막 2장 장소 성채.

되살릴 수 있단다. 하지만 빼어난 조물주의
절묘한 걸작인 네 빛을 한 번 끄면
그 빛을 다시 살릴 프로메테우스의 열기가
어딨을지 모르겠다. 이 장미를 꺾으면
성장의 활력을 다시 주진 못할 테니
시들 수밖에 없다. 나무에서 냄새 맡자.
오, 향기로운 숨결이여, 정의의 여신조차
설득당해 칼을 꺾을 만하구나. 다시, 다시.
죽어서도 이렇다면 난 너를 죽인 다음
사랑할 것이다. 또다시, 이게 마지막이다.

(냄새 맡고 키스한다.)

이런 맹독 향기는 없었어. 난 울어야 하지만
내 눈물은 잔인하다. 이 슬픔은 천벌로서
사랑과 아픔을 함께 주네. 깨는구나.

데스데모나 누구예요? 오셀로?

오셀로 그렇소, 데스데모나.

데스데모나 침대로 오시겠어요, 주인님?

오셀로 오늘 저녁 기도했소, 데스데몬?

데스데모나 예, 주인님.

오셀로 하늘의 자비를 구하지 못한 죄가
남아 있다 생각거든 곧바로 기도하여
용서를 구하시오.

12행 프로메테우스
셰익스피어는 프로메테우스에 관한 다른 두 신화를 합성한 것 같은데, 하나는 그가 인류에게 불을 주었다는 것이고 다른 하나는 그가 인류의 창조자란 것이다. (아든)

16~17행 정의의…칼
칼과 저울은 정의의 여신의 상징물이었다. (아든)

21~22행 이…주네
잠언 3장 12절('여호와께서 그 사랑하시는 자를 징계하시기를…….') 참조.

데스데모나 아, 주인님, 무슨 말을 하시려는 거예요?

오셀로 글쎄, 해, 짤막하게, 난 옆에서 걸을 테니.
준비 안 된 네 영혼을 죽이고 싶진 않아.
당치 않지, 네 혼을 죽이고 싶진 않아.

데스데모나 죽인단 말이에요?

오셀로 그렇다.

데스데모나 그렇다면 하늘은
자비를 베푸소서!

오셀로 전적으로 동감이야!

데스데모나 그런 말씀 하시면서 죽이진 않겠지요.

오셀로 흠!

데스데모나 그래도 겁나요, 당신이 두 눈을 굴릴 때면
살기가 도니까요. 겁내야 할 이유는 몰라요,
죄의식을 모르니까. 그렇지만 겁이 나요.

오셀로 네 죄를 생각해 봐.

데스데모나 당신을 사랑한 것이죠.

오셀로 맞아, 그 때문에 죽는 거야.

데스데모나 사랑을 핑계 삼아 죽이는 건 이상해요.
아, 왜 그렇게 아래쪽 입술을 깨무세요?
잔인한 격정이 당신의 온몸을 뒤흔들고
이게 그 전조예요. 하지만 저에게 닥치진
않았으면, 않았으면.

오셀로 조용해, 꼼짝 말고.

데스데모나 그럴게요. 자, 근데 뭐가 문제예요?

오셀로 넌 내가
그렇게 아끼다가 네게 준 손수건을
카시오에게 줬어.

데스데모나 목숨과 영혼 걸고 아녜요,
불러와서 물어봐요.

오셀로 귀여운 것, 조심해,
위증을 조심해. 넌 죽기 직전이야.

데스데모나 제가요? — 하지만 아직은 아녜요!

오셀로 맞아, 곧.
그러니까 네 죄를 솔직히 고백해,
그것을 조목조목 맹세하고 부인해도
괴롭게 신음하는 강한 내 신념을 없애거나
멎게 할 순 없을 테니. 넌 죽게 돼 있다.

데스데모나 그렇다면 주님은 자비를 베푸소서!

오셀로 아멘.

데스데모나 당신께도 자비를. 저는 평생 당신께
죄지은 적 없고 카시오를 절대 사랑 않았고
하늘의 일반적 보증받아 제가 해도 괜찮은
사랑만 했어요. 정표 준 일 절대로 없어요.

오셀로 맹세코, 그자의 손에서 손수건을 보았어!
오 위증한 여인아, 넌 돌 같은 심장으로
내 의도를 살인이라 부르게 하는구나,
난 그걸 희생이라 생각하고 있었는데.
손수건을 보았어.

데스데모나 그럼 그가 주은 거지
저는 절대 안 줬어요. 이리로 불러와서
진실을 고백하라 그래요.

오셀로 그자가 고백했어.

데스데모나 무엇을요?

오셀로 그가 널 — 죽일 놈! — 가졌다고.

데스데모나 어떻게요? 불법으로?

오셀로 그래.

데스데모나 그런 말 못 할걸요.

오셀로 못 하지. 그 입을 막았어. 정직한 이아고가
조치를 취했어.

데스데모나 오, 내 해석이 무섭구나!
뭐, 죽었어요?

오셀로 그 목숨이 머리털 숫자라도
나의 큰 복수심은 다 먹어 치웠을 것이다.

데스데모나 아, 그는 배신, 난 파멸을 당했구나.

오셀로 헉, 갈보야, 내 앞에서 그놈 땜에 울음을?

데스데모나 오, 주인님, 절 내쫓되 죽이진 마세요!

오셀로 누워라, 갈보야!

데스데모나 아침에 죽이세요. 오늘 밤엔 살려 줘요.

오셀로 아니, 버둥대면 —

데스데모나 반 시간만!

오셀로 도중에 멈추진 못한다. —

데스데모나 기도 한 번 할 틈만!

오셀로 이미 너무 늦었다.

데스데모나 오, 주님! 주님! 주님! (그가 그녀의 목을 조른다.)

에밀리아 (안에서) 주인님, 주인님! 이보세요, 주인님! 주인님!

오셀로 뭔 소리지? 안 죽었나? 완전히 안 죽었어?
내 비록 잔인해도 자비로운 사람이다.
고통 속에 머물러 있진 않게 하겠다.
자, 자.

에밀리아 (안에서) 이보세요! 주인님! 주인님!

오셀로 게 누구냐?

에밀리아 (안에서) 오, 주인님, 당신께 드릴 말씀 있어요.
오셀로 맞아. 에밀리아다. —
(에밀리아에게) 곧 가마. — 이 여잔 죽었어.
저 여잔 카시오의 죽음을 전하러 온 것 같다,
큰 소리가 났었지. 하, 더 이상 안 움직여?
무덤처럼 조용하다. 들라 해? 괜찮을까?
다시 움직이나 봐. 아냐. — 무엇이 최선일까?
들어오면 분명코 내 아내에게 말 걸 거다.
내 아내, 내 아내! 웬 아내? 아내가 없는데.
오, 견딜 수 없구나, 오 가혹한 시간이여!
거대한 일식과 월식이 지금 당장 일어나
그 변화에 크게 놀란 지구가 입을 딱
벌려야 할 것만 같구나.
에밀리아 (안에서) 정말로 간청컨대
당신과 얘기하게 해 주세요! 오, 주인님!
오셀로 자넬 깜박했구나. 오, 들어와, 에밀리아.
잠깐만, 곧 가마. 커튼을 쳐 놓자.
어딨느냐? 자네가 지금 웬일인가? (문을 딴다.)

에밀리아 등장.

에밀리아 오, 주인님, 저쪽에 더러운 살인이 났어요!
오셀로 뭐? 지금?
에밀리아 방금요, 주인님.
오셀로 그건 바로 달의 이탈 때문이야.
보통 때보다도 지구에 더 가깝게 내려와
사람들이 미쳤어.

에밀리아 주인님, 카시오가
로데리고라는 베네치아 젊은이를 죽였어요.
오셀로 로데리고가 죽어? 카시오도 죽었고?
에밀리아 아뇨, 카시오는 안 죽고요.
오셀로 안 죽어, 카시오가?
그러면 살인은 화음 잃고 감미로운 복수는
거칠게 변했군.
데스데모나 오, 잘못, 잘못, 살해됐다!
에밀리아 어, 저게 무슨 소리죠?
오셀로 저거? 뭐?
에밀리아 아이고머니나! 저건 마님 목소리야.
(침대 커튼을 젖힌다.)
살려 줘요, 살려 줘! 오, 마님, 또 말해요,
착한 데스데모나, 오, 착한 마님, 말해요!
데스데모나 난 죄도 없는데 죽는다.
에밀리아 오, 이런 짓을
누가 했죠?
데스데모나 아무도 안 했어. 내가 했어. 안녕.
친절한 주인님께 안부나 전해 줘. — 오, 안녕! (죽는다.)
오셀로 아니, 그녀가 어떻게 살해됐지?
에밀리아 아, 누가 알죠?
오셀로 내가 한 건 아니란 자백을 들었잖아.
에밀리아 그랬지요. 전 진실을 보고해야겠어요.
오셀로 불타는 지옥에 간 거짓말쟁이 같으니.
죽인 건 바로 나야.
에밀리아 오, 그녀는 더욱더 천사 같고
당신은 더욱더 시커먼 악마예요!

오셀로 그녀는 음란에 빠졌고 창녀였어.

에밀리아 넌 그녀를 헐뜯는다, 그리고 넌 악마다.

오셀로 그녀는 물처럼 지조가 없었어.

에밀리아 그런 말 하는 넌
불처럼 급하다. 오, 그녀는 하늘처럼 정숙했다!

오셀로 카시오가 올라탔어. 남편에게 물어봐, 아닌지.
오, 정당한 근거 없이 내가 만일 이러한
극형까지 갔다면 지옥 심연 맨 밑에서
저주를 받으리라. 네 남편은 다 알고 있었다.

에밀리아 내 남편이?

오셀로 네 남편이.

에밀리아 그녀가 배신했고?
혼약을 깼다고요?

오셀로 그래, 카시오와. 그녀가 정숙했더라면
하늘이 나에게 또 하나의 세상을
순수하고 완벽한 황옥으로 빚어 줘도
그녀를 팔지는 않았을 것이다.

에밀리아 내 남편이?

오셀로 그래, 그가 처음 그녀에 대해서 말해 줬어.
사람이 정직해서 추잡한 행위에 들러붙는
진흙을 미워하지.

에밀리아 내 남편이!

오셀로 뭣 때문에
이렇게 반복해, 이 여자야? 네 남편이라고.

에밀리아 오, 마님, 악행이 사랑을 막 조롱했어요!
내 남편이 그녀가 배신했다고 해?

오셀로 그래, 여자야,

네 남편이라고. 뭔 말인지 알아들어?
내 친구, 네 남편, 정직하고 정직한 이아고.

에밀리아 만일에 그랬다면 그 사악한 영혼은
하루에 반 톨씩 썩어져라! 새빨간 거짓말.
그녀는 이 추잡한 혼약을 너무 좋아하셨어.

오셀로 하!

에밀리아 맘대로 해,
너의 이 행위는 네가 그녀 값을 못 하듯
하늘 값을 못 한다.

오셀로 닥치는 게 좋을걸!

에밀리아 네가 나를 해칠 힘은 내가 견딜 아픔의
절반도 못 된다. 오, 얼간이, 오, 멍청이,
흙처럼 무식해! 네가 한 이 행위는

(그가 칼로 그녀를 위협한다.)

— 네 칼 따윈 겁 안 나, 스무 번 죽더라도
네 정체를 알리겠다. 살려 줘요, 살려 줘!
무어인이 마님을 죽였어요, 살인, 살인이야!

몬타노, 그라티아노, 이아고 및
다른 사람들 등장.

몬타노 이 무슨 일이냐? 장군께선 어떻게?

에밀리아 오, 이아고, 당신 왔어? 잘하고 다녔어,
남들의 살인을 덮어쓰게 됐으니까.

모두 이게 무슨 일인가?

에밀리아 당신이 남자라면 이 악당의 거짓을 밝혀 줘.
제 아내의 배신을 당신이 말해 줬다는데

안 그런 줄로 알아, 당신은 그런 악당 아니야.
말해 봐, 내 가슴은 꽉 찼어.

이아고　내 생각을 말해 줬고 그 자신이 알기에도
있을 법한 사실 그 이상은 말 안 했어.

에밀리아　하지만 마님이 배신했다 말한 적은?

이아고　있었지.

에밀리아　거짓을 말했어, 역겹고 저주받을 거짓을!
영혼 걸고, 거짓말, 사악한 거짓말이에요!
그녀가 카시오와 배신을? 카시오라고 했어?

이아고　카시오와, 아줌마야. 이봐, 입 다물어.

에밀리아　다물지 않을래, 말을 할 수밖에 없어.
마님이 침대에서 살해된 채 누웠어요.

모두　오, 하느님 맙소사!

에밀리아　그리고 이 살인은 당신 말이 부추겼어.

오셀로　여러분, 노려보지 마시오, 진짜로 사실이오.

그라티아노　이상한 사실이군.

몬타노　오, 흉악한 행동이다!

에밀리아　악행, 악행, 악행이다!
생각해 보니까 냄새 난다. 오, 악행이다!
그때도 그렇게 생각했다. 슬퍼서 죽겠다!
오 악행, 악행이다!

이아고　뭐야 당신 미쳤어? 집으로 가, 명령이야.

에밀리아　신사분들, 말할 수 있도록 해 주세요.
복종해야 맞아요. — 하지만 지금은 아니에요.
아마도, 이아고, 난 영영 집에 못 가.

오셀로　오! 오! 오!　(침대에 넘어진다.)

에밀리아　그래, 엎어져 울부짖어.

여태껏 눈을 쳐든 가장 곱고 순결한 여인을
네가 죽였으니까.

오셀로
오, 그녀는 더러웠다.
못 알아봤습니다, 처삼촌. 질녀는 저기 있고
이 손으로 방금 숨을 끊은 게 사실이며
이 행동이 끔찍하고 무섭게 보일 줄 압니다.

그라티아노
딱한 데스데모나, 네 아비가 죽어서 기쁘다.
그에게 네 혼인은 치명적인 일이었고
순전한 슬픔으로 늙은 명줄 끊어졌어.
그가 지금 살아서 이 광경을 본다면
절망적인 행동으로 내몰리게 될 것이고
그렇지, 선한 천사 저주하고 멀리하여
신의 버림 받을 거다.

오셀로
그건 애석하지만 이아고가 알기로
그녀는 카시오와 수치스러운 행위를
수천 번 범했어요. 카시오가 고백했고
그녀는 제 사랑의 표시이자 약속으로
처음 준 물건을 가지고 그의 호색 행위에
보답했답니다. 그의 손에 있는 걸 봤는데
손수건이랍니다. 그것은 오래된 정표로
아버지가 어머니께 드렸지요.

에밀리아
오 하느님, 오 하느님!

이아고
젠장, 입 다물어.

에밀리아
밝혀진다, 밝혀진다! 입 다물어?
아니 난 북풍처럼 자유롭게 말할 거야.
하늘과 인간과 악마들 모두가, 모두가
다 내게 창피를 주더라도 말할 거야.

이아고 정신 차려, 그리고 집으로 가.

에밀리아 안 갈 거야. (이아고가 에밀리아를 찌르려고 한다.)

그라티아노 허! 여자에게 칼을 들어?

에밀리아 오, 어리석은 무어인아, 네가 말한 손수건은
우연히 내가 주워 남편에게 건네줬어,
왜냐하면 여러 번, 엄숙하고 진지하게
— 사실은 그 하찮은 물건에 걸맞잖게 —
훔쳐 달라 졸라 댔으니까.

이아고 치사한 창녀야!

에밀리아 마님이 카시오에게 줘? 아, 아냐, 내가 주워
남편에게 넘겨줬어.

이아고 이 쌍년, 거짓말 마!

에밀리아 하늘 걸고 아니에요, 아니에요, 여러분.
오, 이 살인한 멍청이야, 너 같은 바보에게
그 좋은 아내가 웬일이야?

(오셀로가 이아고에게 달려든다.
이아고는 에밀리아를 찌른다.)

오셀로 저 하늘에 벼락 말곤
천둥 칠 게 없습니까? 지독한 악당 놈!

그라티아노 여자가 쓰러졌다. 분명코 자기 아낼 죽였어.

에밀리아 예, 예. 오, 마님 곁에 저를 뉘여 주세요. (이아고 퇴장)

그라티아노 놈은 도망쳤는데 그 아내는 살해됐어.

몬타노 분명한 악당이오. 이 무기를 받으시오,
제가 여기 무어인에게서 회수했답니다.
자, 문밖에서 경계하고 그를 죽이더라도
못 나가게 막아요. 저는 저 악당을 뒤쫓겠소,
가증스러운 놈이니까. (몬타노와 그라티아노 퇴장)

오셀로 난 용감하지도 못하고
온갖 작은 송사리가 내 칼을 가져가네.
하지만 정직성 없는 명망, 왜 지키지?
다 버리자.

에밀리아 마님의 노래가 무슨 전조였지요?
쉿, 제 목소리 들려요? 이 몸은 백조 되어
노래하며 죽을래요. (노래한다.) 버들아, 버들아.
— 무어인아, 그녀는 깨끗했고 너를 사랑했단다,
이 잔인한 무어인아. 그래서
진실을 말하니까 내 영혼은 복받으리!
그래서 생각대로 말하면서, 아, 난 죽는다. (죽는다.)

오셀로 이 방에 무기가 또 하나 있는데
얼음물로 담금질한 스페인제 검이지.
오 여깄다. 처삼촌, 전 나가야 합니다.

그라티아노 (안에서) 그렇게 한다면 대가가 클 것이네.
무기가 없으니까 별수 없이 참아야지.

오셀로 그럼, 저를 좀 보신 다음 저와 얘기 하십시오,
안 그러면 맨몸이라 할지라도 공격할 것이오.

그라티아노 등장.

그라티아노 왜 그러나?

오셀로 보십시오, 무기가 있습니다.
군인의 허벅지에 이보다 더 나은 게
오른 적은 없었지요. 이 작은 팔뚝과
이 멋진 검으로 당신이 막고 있는 것보다
스무 배나 두터운 장애물을 뚫고 나간

그런 날도 있었지요. 하지만, 오, 헛된 자랑,
자기 운명 누가 다스립니까? 지금은 못 하죠.
제가 무길 지녔다고 두려워 마십시오.
여기가 제 여정의 끝이고 목표이며
가장 먼 항해의 바로 그 표적이랍니다.
움츠리며 물러서요? 근거 없는 공포지요.
오셀로의 가슴을 갈대로 찔러 봐요,
그는 물러납니다. 오셀로는 어디로 가야죠?
그런데 지금 그대 모습은? 오, 불운한 아기씨,
속옷처럼 창백하네. 이런 모습 때문에
최후의 심판 날에 우리 둘이 만난다면
내 영혼은 천국에서 곤두박질칠 것이고
악마들이 낚아챌 것이다. 그대 정절만큼이나
차디찬 내 임아. 오, 저주, 저주받은 노예야!
악마들아, 채찍질로 날 쫓아라,
이 거룩한 모습을 간직하지 못하도록!
바람 속에 팽개치고 유황불에 태우며
불타는 심연 속에 깊이깊이 처넣어라!
오, 데스데몬! 죽었다, 데스데몬. 죽었어! 오, 오!

로도비코, 몬타노, 죄수 이아고와 장교들 및
들것에 앉은 카시오 등장.

로도비코 성급하고 지극히 불행한 이 사람은 어딨소?
오셀로 그것은 옛적의 오셀론데? 난 여깄소.
로도비코 그 독사는 어딨느냐? 악당을 대령하라.
오셀로 놈의 발을 쳐다봤자 미신일 뿐이고

네놈이 악마라면 죽일 수도 없겠지. (이아고를 해친다.)
로도비코 그의 칼을 빼앗아라.
이아고 피만 나고 안 죽었소.
오셀로 애석하진 않구나, 살려 놓고 싶으니까.
지금 내 심정으론 죽는 건 행복이야.
로도비코 오, 한때는 그렇게도 훌륭했던 오셀로가
저주받을 천한 놈의 간계에 빠지다니,
당신을 뭐라고 말할까요?
오셀로 뭐 아무렇게나,
괜찮다면 명예로운 살인자라 하지요,
미움 아닌 명예를 위하여 모든 걸 했으니까.
로도비코 이 잡놈이 악행의 일부를 고백했소.
놈과 함께 카시오를 죽이는 데 동의했소?
오셀로 그렇소.
카시오 장군님, 저는 절대 원인 제공 않았어요.
오셀로 그 말을 믿으니까 용서해 주게나.
제발 저 반쯤 악마 인간에게 물어봐 주겠소,
왜 그렇게 내 영육을 덫에 몰아넣었는지?
이아고 요구하지 마시오. 당신이 아는 건 알 테니까.
나는 이 시각부터 한마디도 않을 거요.
로도비코 뭐, 기도도 않는다고?
그라티아노 고문하면 입 열겠지.
오셀로 흠, 잘 놀고 있구나.
로도비코 제 생각엔 그동안 무슨 일이 있었는지

288행 놈의…쳐다봤자
악마는 발굽이 갈라진 발을 가졌다는 미신을 근거로 하는 말.

장군이 모르니 알리지요. 여기 이 편지는
살해당한 로데리고 주머니에서 나왔고
여기에 또 한 통이 있는데 그중 한 곳에서
카시오의 죽음이 적혀 있소, 처치할 사람은
로데리고이고.

오셀로 오, 악당!

카시오 가장 야만스럽고 가장 기괴하구나!

로도비코 불만에 찬 편지가 여기에 또 있는데
이 역시 로데리고 주머니에서 나왔고
저주받은 이놈에게 보낼 생각이었는데
아마도 이아고가 때마침 들어와
납득시킨 것 같소.

오셀로 오, 저 사악한 불한당!
카시오, 자네는 내 아내의 손수건을
어떻게 가지게 되었나?

카시오 제 방에서 주웠지요.
바로 지금 이놈이 실토를 했는데
특별한 목적으로 그걸 거기 떨구었고
소원대로 됐답니다.

오셀로 오, 바보, 바보, 바보다!

카시오 그 밖에도 로데리고는 자신의 편지에서
경계 중인 저에게 대들게 한 일로
이아고를 호되게 꾸짖는데 그 건으로
전 쫓겨났지요. 또한 죽은 것처럼 보인 지
한참 뒤인 바로 지금 아아고가 자기를
해쳤고 부추겼다 말했어요.

로도비코 이 방을 나서서 함께 가야 되겠소.

당신의 권한과 명령권을 박탈하고
카시오가 키프로스를 통치하오. 이놈에겐
고문은 심하나 오랫동안 살려 놓을
교묘하고 잔인한 방법이 있다면
쓰게 할 것이오. 당신은 베네치아 정부가
이 과오의 실상을 알아낼 때까지
엄중히 가둬 둘 것이오. 자 그를 데려가라.

오셀로 잠깐만, 당신들이 가기 전에 한두 마디.
난 정부에 공헌이 좀 있고 그들도 아는 바요.
그 일은 그만두고. 부탁인데 당신이
이 불행한 행위들을 편지로 보고할 때
나를 있는 그대로 말하시오. 무엇을 줄이거나
악의로 적지도 마시오. 그러면 당신은
분별없이 너무 많이 사랑했던 사람을
질투를 쉽게 하진 않지만 하도록 만들면
극도로 혼란되는 사람을, 제 손으로
자기네 부족보다 더 값진 진주를 던져 버린
비천한 인도인 같은 자를, 차분한 두 눈은
기분 따라 쉬 녹진 않지만 아라비아 나무가
약용 진액 흘리듯 눈물을 줄줄 쏟는 사람을
말해야만 할 것이오. 그렇게 적으시오,
거기에 덧붙여 한번은 알레포 시에서
머리에 터번 두른 심술궂은 터키 놈이

351행 인도인
사절판(Folio)은 '인도인', 이절판(Quarto)은 '유대인'으로 되어 있다. 어느 쪽을 택하느냐에 따라 해석이 크게 달라지기 때문에 많은 논란을 불러일으키는 부분이다.

352행 아라비아 나무
미르라 나무로, 그 진액은 약으로 쓰였다.

베네치아인을 때리고 그 나라를 욕했을 때
내가 그 할례한 개새끼의 목을 잡아
찔렀다고 하시오. — 이렇게! (자신을 찌른다.)

로도비코 오 피비린 마침표다!

그라티아노 모든 말이 헛되구나.

오셀로 죽이기 전에도 키스했지. 이 길밖에,
자살하고 키스하며 죽을 수밖에 없다.
(데스데모나에게 키스하고 죽는다.)

카시오 의기가 높았던 분이라 이걸 염려했지만
무기가 없다고 생각했소.

로도비코 (이아고에게) 오, 스파르타 개놈아,
넌 고뇌와 굶주림과 바다보다 잔인하다.
저 침대에 실려 있는 비극을 보아라,
네놈의 소행이다. 눈 버리는 광경이니
감추어라. 그라티아노 어른, 이 집을 지키고
무어인의 재산을 압수토록 하십시오,
어른에게 상속될 테니까. 그리고 총독님께
지옥 같은 이 악당의 판결을 넘깁니다,
시간과 장소와 고문까지. 오, 강제하십시오!
저는 곧장 배에 올라 이 무거운 행위를
무거운 마음으로 정부에 고하리다. (모두 퇴장)

355행 알레포 시
이곳에서 기독교인이 터키인을 때리는 것은 사형을 받을 수 있는 범죄였다. (뉴케임브리지) 또한 그곳은 동서간의 중요한 무역 거점이었으며 (베네치아처럼) 영국의 대리인이 살고 있었다. (아든)

리어 왕

King Lear

역자 서문

윌리엄 셰익스피어(1564~1616)는 『티투스 안드로니쿠스』(1593~1594)를 시작으로 『아테네의 티몬』(1607~1608)까지 총 10편의 비극을 썼다. 이들 비극은 그 내용이 다양하여 한마디로 정의하기는 어렵다. 그러나 이들이 비극으로 분류되는 이유는 적어도 두 가지 공통 요소를 갖추고 있기 때문이다. 우선 이들은 우리 관객이나 독자들에게 전체적으로 기쁨보다는 슬픔을 준다. 그 슬픔의 성격이 단순하거나 복잡할 수도 있고 그 정도가 약하거나 강할 수도 있지만 어쨌든 우리의 마음을 가라앉히지 들뜨게 하지는 않는다. 둘째, 극의 시작은 비록 가볍거나 희극적일 수 있어도 그것은 곧 타협할 수 없는 갈등으로 치닫고 결국에는 주인공의 죽음으로 마무리된다. 이것이 『셰익스피어 전집 4, 5』에 실린 일곱 극작품이 비극이란 장르로 묶여 있는 까닭이다. 그러면 이제부터 이 일곱 극작품을 비극의 두 핵심 요소 가운데 하나인 죽음이란 공통분모를 통하여 간략하게 소개해 보기로 하자.

다섯째 작품인 『리어 왕』(1605)에서는 일곱 명의 등장인물이 죽는다. 그들은 모두 4막의 끝부분과 5막에서 죽는데 그 순서는 오즈월드, 글로스터, 고너릴, 리건, 에드먼드, 코델리아 그리고 리어 왕이다. 이 가운데 오즈월드는 고너릴의 집사장으로서 별 의식 없이 자기 여주인의 악행을 돕다가, 즉 "살인 호색가들의 불경스러운 파발꾼"(4.6.263) 노릇을 하다가 에드거의 손에 의해 죽는다. 그리고 그가 "호색가" 에드먼드에게 전달하려던 고너릴의 밀서가 에드거의 손에 떨어졌기 때문에 에드거는 거기에 적힌 흉계를 근거로 동생 에드먼드와 결투하여 그를 이기고 결국 죽음에 이르게 한다. 그 결과 에드먼드는 자기 형과 아버지 글로스터와 코델리아 및 리어 왕에게 저지른 죄에 대한 응분의 벌로서 아무도 주목하지 않는 죽음을 맞는다. 그리고 글로스터는 에드거가 에드먼드와 결투하러 나가기 직전 그에게 눈먼 자신을 그때까지 돌보아 왔던 사람이 바로 자기가 부당하게 버린 아들 에드거라는 사실을 알고 기쁨과 슬픔의 양극을 한꺼번에 감당하지 못한 채 심장이 터져 죽는다. 다음으로 고너릴과 리건은 에드먼드를 독차지하려는 욕심으로 경쟁을 벌이다가 고너릴이 리건을 독살하고 본인도 자결함으로써 아버지에 대한 배은망덕의 죗값을 치른다. 따라서 이들의 죽음은 모두 리어와 코델리아를 죽음으로 몰아가는 과정에서 생긴 하나의 부작용 또는 부산물이라고 할 수 있다. 그리고 이 비극의 핵심 주제는 원줄거리의 주인공인 리어 왕과 부줄거리의 주인공인 글로스터가 왜 죽을 수밖에 없는지 그리고 그 과정에서 드러나는 그들의 죽음의 의미는 무엇인지를 중심으로 펼쳐진다.

『리어 왕』의 핵심 주제는 사랑이다. 좀 더 구체적으로는 부모 자식 간의 사랑, 그 가운데서도 리어 왕과 글로스터가 보이는 어리석은 자식 사랑, 그리고 고너릴, 리건, 에드먼드가 보이는 거짓된 아버지 사랑과 코델리아와 에드거가 보이는 진실된 아버지 사랑, 이 세 유형의 사랑 사이의 갈등과 대조를 통해 드러나는 참사랑이다. 그리고 이 핵심 주제는 주로 세 가지 경로를 통해 전달되는데, 그것들은 눈멂에서 눈뜸, 선악의 싸움, 아버지와 자식 간의 갈등과 화해이다. 그러면 이제 이 가운데 가장 두드러진 경로인 두 아버지가 두 자식의 진실된 효심에 눈 뜨는 과정을 통해 이 비극의 핵심 주제인 참사랑을 밝혀 보기로 하자.

이 비극은 글로스터가 두 아들에게 보이는 편향된 애정에서 시작된다. 서막이 열리면 리어 왕의 두 신하인 글로스터 백작과 켄트 백작이 앞으로 있을 왕국의 분할에 대해 얘기한다. 그러면서 글로스터는 자신의 서자인 에드먼드를 켄트에게 소개하면서 이 아들의 출생에 대해 솔직한 심정을 토로한다. 자신이 본부인을 두고 에드먼드의 어미와 정을 통했으며 그래서 "그 여잔 배가 불렀고, 글쎄, 침대 속에서 남편을 맞이하기도 전에 요람 속에 아들 하나를 갖게 되었"(1.1.13~15)다고 말한다. 하지만 그에게는 이 천출 신분의 에드먼드보다 한두 살이 더 많은 적자 에드거가 있으며 그는 이 둘을 공평하게 사랑한다고, 그의 표현에 의하면 적자를 천출보다 "더 귀여워하진 않"(1.1.20)는다고 말한다. 그러나 이는 말뿐이라는 사실이 곧 밝혀진다. 왜냐하면 그는 천출 에드먼드를 지난 9년 동안 집 안에 들이지 않았고 또다시 내보낼 작정이기 때문이다.(1.1.31) 여기에서 에드먼드가 글로스터에게 느낄 법한 모욕감과(그가 만약 자기 아버지가 자기 어머니와 자신의 출생을 묘사하면서 쓰는 언어를 곁에서 들었다면) 그를 또다시 집 밖으로 내쫓으려는 아버지의 차별 대우는 그가 아버지를 속이고 그를 파멸로 이끄는 결정적인 계기가 된다.

그 첫 단계가 에드먼드가 형 에드거가 쓴 것처럼 꾸민 가짜 편지 사건이다. 1막 2장이 열리면서 에드먼드는 천출을 푸대접하는 관습에 강력하게 반발한다. 그는 적출이나 천출이나 같은 아버지의 자식인데 왜 형 에드거는 정실부인의 소생이란 이유 때문에, 그리고 자기보다 한두 살 많다는 이유 때문에 재산권과 지위를 보장받고 자기는 천출로 낙인찍혀야 하는지 도저히 이해할 수 없다. 그래서 형의 편지를 조작하여 아버지를 속이고 그의 지위를 차지할 계략을 세우고 바로 실천에 옮긴다. 그는 아버지가 나타났을 때 가짜 편지를 황급히 그러나 의도적으로 들키면서 주머니에 쑤셔 넣었고 그것을 눈치챈 글로스터는 그에게 "뭔가 읽고 있던 게 있었느냐?"(1.2.30)라고 묻고, "없습니다."라는 에드먼드의 대답에 "없음의 본질은 그 자체를 숨길 필요가 없는 법. 어디 보자."(1.2.33~34)라고 하면서 그 편지를 강제로 빼앗아 읽게 된다. 그러고는 그 편지 내용에 나타난 에드거의 재산권에 대한 불만과 자신을 죽여서라도 상속을 받으려는 그의 계획에 불같이 화를 내면서 바로 에드거 체포를 에드먼드에게 명령한다.

이렇게 에드먼드가 글로스터를 속이는 과정에서 두드러지게 나타나는 사실은 바로 글로스터의 눈멂이다. 그는 에드먼드의 악한 의도와 방법에 대해서 한 치의 의심도 품지 않는다. 그는 그 편지가 '없는' 사실을 가짜로 만들어 낸 것임을 새카맣게 모른다. 왜냐하면 그는 자기 눈으로 보고 있는 그 편지의 '있음'에 너무 의존하기 때문이다. 물론 그 내용은 그럴듯하다. 장성한 자식이 아버지의 재산을 욕심내는 것은 있을 수 있는 일이다. 그러나 에드거는 그가 사랑하는, 그것도 적장자이다. 또한 그 아들의 인간 됨됨이가 어떤지는 평소의 그의 언행으로 충분히 짐작할 수 있는 일이다. 그런데도 그는 순간적인 오판에 의해, 눈앞에 내민 에드먼드의 편지만 보고 커다란 실수를 저지른다. 그래서 그는 두 눈을 뜨고 있었음에도 자기를 진정으로 사랑하는 아들 에드거를 불러 진위를 확인하려는 노력조차 하지 않은 채 — 이 확인은 오히려 에드먼드가 먼저 제안하여 다시 한 번 아버지를 속이는 기회로 활용한다. — 마치 눈먼 사람처럼 행동했고 그 결과 커다란 아픔과 시련을 겪으며 마지막에는 죽음을 맞이한다.

그러나 글로스터의 눈멂은 리어의 눈멂을 주제로 한 변주곡이다. 이 사실은 우선 이 작품의 독특한 구성, 즉 원줄거리와 부줄거리의 이중 구조에서 드러난다. 원줄거리가 아버지 리어와 세 딸의 얘기라면 부줄거리는 아버지 글로스터와 두 아들의 얘기이다. 그리고 이 두 얘기는 두 아버지의 군신 관계로 연결되어 있을 뿐만 아니라 글로스터의 서자 에드먼드가 리어의 두 딸과 연인 관계로 발전하면서 더 밀접해지고, 에드거가 복잡하게 얽힌 사태의 해결사 역할을 하면서 뗄 수 없이 서로에게 영향을 주고받는다. 그리고 두 줄거리 간의 이런 밀접한 관계는 글로스터와 리어의 눈멂의 문제에서도 마찬가지로 드러난다. 특히 두 사람이 자식들에게 쓰는 공통 용어에서 두드러지게 드러난다. 그런데 그들이 무의식적으로 공유하는 이 말은 바로 “없음”이다.

극중의 리어 왕은 지금 여든이 넘은 나이이다. 국사에 지친 그는 왕국을 세 딸에 맞춰 삼등분한 다음 그들에게 나눠 주고 자신은 “가벼운 마음으로 죽음 향해 천천히/기어갈 결심을 굳”(1.1.39~40)힌 상태이다. 이는 그의 나이와 육체적, 정신적 능력을 감안할 때 충분히 있을 수 있는 일이다. 그러나 문제는 영토를 어떻게 세 딸에게 넘겨주느냐 하는 방식에 있다. 리어 왕은 그들 각자에게 자신을 얼마나 사랑하는지 물어본 다음 그 대답의 흡족함에 따라 왕국의 약간씩 다른 삼분의 일을 나눠 주려고 한다. 그래서 그는 큰딸 고너릴에게 먼저 묻고, 현란한 수사로 가득한 그녀의 대답은 즉각적으로 나온다. “전 전하를 말로 표현 못할 만큼 사랑하고/시력이나 걸림 없는 자유보다 소중하게/가장 값지다거나 희귀한 것 이상으로 (중략) 사랑하옵니다.”(1.1.54~60) 이로써 그녀의 효성과 자격은 리어 왕에게 입증되었고 그녀는 남편 올버니와 함께 왕국의 비옥한 삼분의 일을 물려받는다. 그리고 둘째 딸 리건도 언니가 사랑하는 만큼 사랑하지만 그보다 더 깊이, 더 많이 사랑한다는 말로 자기 남편 콘월과 함께 또 하나의 삼분의 일을 차지한다.

그런 다음 리어 왕은 잔뜩 기대에 부풀어 막내 딸 코델리아에게 묻는다. “언니들의 것보다 더 비옥한 삼분의 일,/그걸 위해 네가 할 수 있는 말은”(1.1.84~85) 무엇이냐고. 사실 그는 자신의 노후를 그녀에게 맡기려고 했기 때문에 가장 비옥한 삼분의 일을 남겨 두고 있었다. 그런데 예상 밖으로 “없습니다.”라는 답을 듣는다. 그리고 놀란 그는 "없습니다?"라고 되물으며 다시 "없습니다."라는 답을 듣고 또다시 "없음은 없음만 낳느니라. 다시 해 봐."라고 주문하여 겨우 다음과 같이 약간 더 긴 그러나 내용은 "없음"과 같은 대답을 듣는다.

> 소녀 비록 불운하나 제 마음을 입에 담진
> 못하겠나이다. 전 전하를 도리에 따라서
> 사랑하고 있을 뿐, 더도 덜도 아닙니다. (1.1.90~92)

이 대답에도 만족할 수 없는 리어 왕은 다시 코델리아를 재촉하여 좀 더 긴 답을 얻어 내지만 그 요지는 여전히 '사랑을 말로 할 수는 없음'이다. 그녀는 자신의 아버지 사랑은 언니들의 대답처럼 말이 아니라 자식 된 도리의 당연한 발로이며 그것은 오직 행동으로 그 실체가 드러나는 것이지 말로 옮기는 순간 그것은 실체와 분리되어 헛말이 된다고 항변한다. 그것도 최소한의 언어를 동원하여. 왜냐하면 코델리아는 사랑의 표현 자체를 위선으로 생각하기 때문이다. 이런 그녀의 반응은 단순히 언니들의 화려한 수사에 대한 반감에서 생긴 것만은 아니다. 그것은 오히려 그녀의 착한 본성, 거짓으로 무엇을 꾸며 내거나 포장하지 못하는 성품을 드러내는 것이며, 이는 앞선 그녀의 반응에서 이미 그 단초를 드러낸 바 있다. 언니 고너릴의 거짓말 뒤에 코델리아는 방백으로 "코델리안 뭐라 하지? 사랑으로 침묵하라."(1.1.61)라고 자기 진심을 밝혔으며, 리건의 거짓말 뒤에도 "내 사랑은/분명히 내 입보다 더 무거우니까."(1.1.76~77)라고 재차 자신의 마음을 우리에게 확인시켜 주었다. 즉, 자신의 말 "없음"은 사랑의 없음이 아니라 사랑의 표현할 수 없음, 다시 말하면 그것의 '있음'을 가장 정확하고 진실되게 표현하는 말이라고. 그러나 리어 왕은 이런 코델리아의 말뜻을 정반대의 의미로 받아들인다. 그녀에게는 아버지에 대한 사랑이 하나도 없기 때문에 그것을 말로 표현하지 못한다고. 그리고 말로 표현하지 않거나 못하는 사랑은 사랑이 아니라 "솔직함"이라는 "오만함"이라고.(1.1.128) 그런 다음 그는 코델리아와의 혈연관계를 부인하고 그녀의 몫을 나머지 두 딸에게 다시 나누어 준 다음 그녀를 지참금 없이 프랑스 왕에게 넘겨주고 퇴장한다.

여기에서 우리는 앞서 글로스터의 경우처럼 리어 왕의 눈멂을 뚜렷하게 볼 수 있다. 그는 고너릴과 리건의 사랑 표현이 거짓이라는 사실을 전혀 눈치채지 못한다. 그들의 말을 액면 그대로 받아들이며 그들의 사랑의 크기를 수사법의 크기로 가늠하여 왕국을 분할한다. 그리고 가장 정확하고 정직하게 말한 코델리아는 내친다. 게다가 그의 충신 켄트가 사태의 본질을 직시하고(1.1.150~153) 왕에게 "더 똑똑히 보시오, 리어"(1.1.157)라고 충고했음에도 자신의 결정을 바꾸지 않는다. 리어 왕은 이런 바보 같은 행동을 아마도 그의 성격이 고너릴의 지적처럼 성급하기만 해서(1.1.292), 아니면 코델리아에 대한 강한 사랑만큼이나 강한 미움이 갑자기 일어나서, 아니면 리건의 말처럼 늙어 망령이 나서(1.1.290) 했을 수 있다. 어쨌든 리어 왕은 격정에 눈이 멀어 막내딸의 참사랑을 알아보지 못하고 많은 사람에게 특히 그 자신에게 엄청난 고통과 종국에는 그녀와 자신의 죽음까지 불러오는 실수를 저지른다.

리어 왕과 글로스터, 두 노인이 저지른 실수의 대가는 본인들은 물론 관객들의 예상을 훨씬 더 뛰어넘는다. 우선 글로스터는 두 눈을 뽑히는 고통을 당한다. 코델리아가 이끄는 프랑스 군대가 리어 왕의 왕권 회복을 위해 브리튼에 상륙했을 때 딸들에게 쫓겨난 리어 왕의 처지를 불쌍히 여긴 글로스터는 자신의 현재 주군인 리건과 콘월 공작의 명을 어기고 왕의 편을 들고 그를 돕는다. 그런데 이 사실을 안 에드먼드는 자신의 아버지를 프랑스 군과 내통하는 스파이라고 콘월 공작에게 고해바친다. 그것도 아버지 글로스터가 프랑스 편으로부터 받았다고 자신에게만 알려 준 비밀 편지를 증거로 제시하며. 그 결과 글로스터는 콘월 앞으로 끌려와 리건에게 수염을 뽑히는 모욕을 당하며 결국 콘월의 구둣발에 두 눈을 다 잃고 자기 집 밖으로 쫓겨나는 신세가 된다.

그러나 글로스터가 이렇게 두 눈을 빼앗기는 순간은 동시에 그가 새로운 눈을 얻는 순간이기도 하다. 그는 육신의 눈을 잃는 대신 진실에 눈을 뜬다.

콘월 빠져라 못된 눈깔,
이제 네 밝은 빛은 어딨느냐?
글로스터 다 암울해졌어? 내 아들 에드먼드 어딨지?
에드먼드, 효성의 온 힘 모아 이 폭거의
원수를 갚아 다오.
리건 닥쳐라, 역적 놈아,
자기를 미워하는 사람을 부르다니.
네놈의 역적모의 고발한 건 바로 그야,
너를 동정하기엔 너무 착해.
글로스터 오 나의 바보짓! 그럼, 에드거가 당했어?
신들은 저를 용서하시고 걔를 번성시키소서!
(3.7.83~92)

이 순간부터 글로스터는 육체적, 심리적 고통에 시달린다. 에드먼드의 술수를 알아채지 못한 데 대한 자책감, 진정으로 자신을 사랑하는 에드거를 살인 미수 죄인으로 몰아간 데 대한 죄책감, 그리고 이제는 사태를 바로잡을 그 어떤 수단도 능력도 없어진 자신에 대한 절망감으로 글로스터는 자살을 기도한다. 그럴 목적으로 그는 우연히 만난 거지 미치광이 행색의 에드거에게 자신을 도버의 절벽으로 인도해 달라고 부탁한다.

이때부터 에드거는 아버지에 대한 참사랑이 무엇인지를 행동으로 보여 준다. 그는 무엇보다도 우선 아버지의 자살 충동을 치유하고자 노력한다. 그럴 목적으로 아버지의 현 상태, 즉 앞을 보지 못하는 장님 상태를 최대한 활용한다. 그리하여 평지를 걸으면서 가파른 언덕을 오르고 있노라고 아버지를 속인 뒤 드디어 절벽 끝에 서 있다는 착각을 하게끔, 그리고 그곳에서 뛰어내려 자살할 수 있다고 믿게끔 만든다. 이때 글로스터는 우선 신들에게 자신의 결심을 고한다. "오, 막강한 신들이여,/저는 이 세상을 포기하고 당신들 앞에서/침착하게 큰 고난을 떨치려 합니다." 그리고 에드거의 행복을 염원한다. "에드거가 살았다면, 오, 축복을!"(4.6.34~40) 그런 다음 평지에서, 평평한 무대 위에서 앞으로 쓰러진다, 높은 곳에서 떨어지고 있다고 착각하면서. 그런 다음 의식을 회복한 글로스터는 곁에서 줄곧 지켜보고 있던 에드거의 충고로 자기가 되살아난 것은 기적이며 하늘의 뜻이라고 믿고 다시는 절망적인 행동을 하지 않고 그 어떤 고난이든 삶이 끝나는 날까지 견디겠노라고 다짐한다. 이런 글로스터를 에드거는 끝까지 보살피며 그의 암울한 인생 여정의 길잡이 노릇을 한다. 그가 에드먼드와 결투를 앞두고 승리를 바라되 확신은 못 하면서 무장을 끝냈던 약 반시간 전까지는 "절대로 자신을 — 아, 실수로! — 안 밝힌 채."(5.3.193)

그렇다면 왜 에드거는 아버지에게 자신의 정체를 "실수"인 줄 알면서, 여태껏 밝히지 않은 것일까? 그는 아버지의 죄책감과 그로 인한 절망감을 처음부터 너무나 잘 알고 있었을 뿐만 아니라 자신이 살아 있다는 사실을 알면 그가 얼마나 기뻐할 것인지도 너무 잘 알고 있다. 더군다나 그는 두 사람이 처음 만났을 때 글로스터가 하는 다음 말을 들었다. "오, 내 아들 에드거,/속임수에 넘어간 네 아비의 분노의 희생물,/살아생전 널 한 번 만질 수만 있다면/난 눈을 되찾았다 말하리."(4.1.23~26) 이토록 간절한 아버지의 소망을 에드거는 왜 끝까지 들어주지 않았을까? 이에 대한 대답으로 우선 에드거가 아버지에게 느끼는 원망을 생각할 수 있다. 아무런 죄도 없는 자기를 성급하게 역적으로 몰아 지명 수배를 내렸으니까. 하지만 이 작품 어디에도 에드거가 그런 감정을 품었다는 증거는 없다. 그보다는 오히려 에드거는 아버지를 진정으로 사랑하기 때문에, 그리고 현재 자신의 처지로 볼 때 그 사랑을 표현할 구체적인 수단이 아무것도 없기 때문에 코델리아처럼 침묵한다고 생각된다. 그도 코델리아처럼 말로만 하는 사랑은 진정한 사랑이 아님을 잘 알고 있고 그에 따라 지금 할 수 있는 일이 말뿐이라면 차라리 자신이 누구라는 말을 하지 않는 것이 아버지를 덜 아프게 하는, 진정으로 위하는 길이라고 생각한다. 따라서 그는 아버지와 고난을 같이하며 늘 옆에 있었음에도 마치 부재하는 사람처럼 행동했고, 그의 사랑을 구체적으로 보여 줄 가능성이 영영 사라질지도 모르는 순간까지 그의 침묵은 계속되었다. 그리고 드디어 자신이 에드거임을 밝혔을 때 그 결과는 글로스터에게 치명적이었다. 그의 약화된 심장이 에드거가 살아 있음을 알고 느끼는 강렬한 기쁨과 그의 불쌍한 처지에 대해 느끼는 강렬한 슬픔을 한꺼번에 견디지 못하고 터져 버렸기 때문이다.(5.3.196~198)

글로스터가 육신의 눈을 잃고 심안을 뜬다면 리어 왕은 광기를 경험하고 여태까지 경험해 보지 못했던 새로운 세계에 눈뜬다. 또한 글로스터가 눈을 잃는 고통을 통해 알게 된 것이 주로 에드거의 효성이라면, 리어 왕이 광기의 아픔을 통해 얻는 혜안은 훨씬 더 넓고 깊고 다양하다. 그러면 이제부터 그 과정과 결과를 살펴보기로 하자.

극의 서두에서 사랑을 표현하지 않는다고 코델리아의 사랑을 "없음"으로 판정한 리어 왕은 왕권을 내려놓은 뒤 머물게 된 첫 행선지인 고너릴의 저택에서도(1막 3장) 자신의 판단이 여전히 유효하다고 생각한다. 그러나 아버지의 성급한 기질과 허약함, 성마름, 그리고 완고한 변덕을 잘 알고 있는 고너릴은(1.1.292~296) 그를 참아 줄 마음이 전혀 없다. 그에 따라 이미 1막 3장에서부터 그녀는 이런저런 구실을 들어 자신의 본심을 드러낸다. 그녀에게 왕국을 분할했을 때 아버지에게 표현한 사랑은 헛말일 뿐이었고 자신의 진심은 권력을 독차지하는 것인데 이제는 아버지뿐만 아니라 그에게 남은 약간의 권한조차도 자신의 목표를 방해하는 걸림돌에 지나지 않는다. 이렇게 리어 왕을 무시하는 고너릴의 마음은 결국 그가 대동하는 기사 수의 감축으로 나타난다. 그래서 고너릴에게 자신의 종자 오십 명을 "단칼에"(1.4.276) 잘린 리어 왕은 그녀에게 온갖 저주(코델리아에게 쏟아 놓았던 것보다 더 무서운)를 퍼부은 다음 둘째 딸인 리건의 저택으로 향한다. 왜냐하면 그녀는 자기 기사 백 명을 유지해 주리라고 기대하기 때문이다. 그리고 거기에서 차꼬라는 저급한 벌을 받고 있는 자기 심부름꾼 켄트(변장한)를 보고 둘째 딸의 대접 또한 첫째 딸과 다를 바 없다는 눈치를 채야 하지만(바보는 이 사실을 알고 이미 그에게 귀띔해 준 바 있다.) 둘째 딸에 대한 기대를 접지 않는다. 하지만 바보의 예언은 사실로 드러나고 두 딸은 경쟁적으로 아버지의 기사 수를 줄이더니 드디어는 하나도 남기지 않은 채 싹 없애 버린다.

리어 뭐, 스물에 다섯만 데리고
너한테 가야 해? 그렇게 말했느냐, 리건?

리건 다시 말씀드리지만 더 이상은 안 돼요.

리어 사악한 것들도 아직 예뻐 보이는군,
더 사악한 게 있을 땐. 최악이 아니란 게
칭찬을 좀 받는구나. (고너릴에게) 너와 함께 가겠다.
네 오십은 스물하고 다섯의 두 배니까
사랑 또한 두 배다.

고너릴 제 말 들어 보세요.
스물다섯, 왜 필요한데요? 열이나, 다섯은?
그 두 배의 하인들이 당신을 돌보도록
명령받는 집안에서?

리건 하나는 왜 필요해요? (2.4.248~258)

리어 왕의 사랑 셈법은 여기에서 완전히 무너진다. 백에서 출발한 고너릴과 리건의 '완전한' 사랑은 그 절반인 오십을 거쳐 또 그 절반인 이십오에서 마지막에는 영으로 변해 흔적 없이 사라진다. 그에 따라 딸들의 사랑을 숫자와 동일시하던 리어의 계산은 설 자리를 잃는다. 코델리아의 없음은 이제 있음으로 판정 났고 고너릴과 리어의 있음은 이제 순전한 없음으로 드러났다. 그리고 그런 계산에 전적으로 의지했던 리어의 삶, 구체적으로 그의 사고방식 또는 이성은 그 바탕이 허물어진다. 이 딸들의 텅 빈 사랑, 또 그것을 아무런 거리낌 없이 공표하는 그들의 배은망덕은 이제 그에게 너무나 커다란 충격이고 그 사실을 도저히 받아들일 수 없는 리어 왕은 정신을 잃기 시작한다. "오, 바보야, 난 이제 미치련다."(2.4.280)

리어 왕의 광기는 글로스터의 경우처럼 아무런 소득 없는 고통만은 아니다. 그는 미치기 전후 그리고 미친 가운데서도, 아니 차라리 미칠 지경 또는 미쳤기 때문에 정상적인 상태에서 그리고 모두가 그에게 아첨하던 시절에는 도저히 알 수 없었던 진실에 새롭게 눈뜬다. 예를 들면, 리어는 이 세상에 헐벗고 굶주린 사람이 많다는 사실을 처음으로 깨닫고 그들에게 동정심을 느낀다.(3.4.28~36) 또한 리어는 누더기만 걸친 에드거를 보고는 인간의 감춰진 본질을 꿰뚫어본다, "넌 물 그 자체이고. 문명을 떨쳐버린 인간은 바로 너처럼 불쌍한 알몸의 두발짐승에 지나지 않아."(3.4.99~100)라고 하면서. 그리고 인간의 출생과 그 의미에 대한 슬프고도 감동적인 설교도 한다. "넓고 넓은 바보들의 무대로 나왔다고/우리는 태어날 때 운다네."(4.6.174~175)라고 하면서.

그러나 리어 왕의 이런 깨달음은 그가 얻은 지혜 가운데 가장 중요한 것 한 가지가 있을 때에만 빛을 발하고 그것을 배경으로 했을 때만 의미를 갖는다. 그것은 그가 눈을 뽑히는 것보다 더 큰 아픔을 통해, 오직 광기의 고통을 통해 알게 된 코델리아의 진심이다. 리어 왕은 자기가 코델리아에게 잘못했다는 사실을 이미 1막 4장에서부터 어렴풋이 느끼기 시작한다. 기사 하나가 "막내 아가씨께서 프랑스로 떠나신 이후 바보가 몹시 초췌해졌답니다."라고 했을 때 리어 왕은 "그 얘긴 그만해라."(1.4.67~69)라고 그녀를 의식하고 있음을 드러낸다. 그런 다음 고너릴을 꾸짖는 장면에서 좀 더 진전된 자세를 보인다. 그는 코델리아의 말실수를 "오, 지극히 작은 잘못"(1.4.248)이라 부르고 자신의 지나쳤던 반응을 뉘우치기 시작한다, 그 잘못이 얼마나 추하게 보였기에 인정을 버리고 분노만 표하게 되었느냐고 물으면서.(1.4.249~252) 이후로 리어 왕은 코델리아에 대한 언급을 더 이상 하지 않는다. 왜냐하면 막내딸에 대한 그의 "압도적인 수치심"(4.3.43)은 나머지 딸들의 배은망덕과 대조되었을 때 그 차이가 너무나 뚜렷하고 자신의 죄책감은 그에 비례하여 너무나 커진 결과 그는 그 아픔과 그 무게를 의식 차원에서 절대 감당할 수 없기 때문이다.

하지만 한동안 감춰졌던 리어 왕의 진심은 그가 광기에서 깨어나, 그러나 아직 또렷한 의식을 찾지 못한 상태에서 코델리아와 대면한 순간 극명하게 드러난다. 잠에서 깨어난 리어 왕은 코델리아에게

> 무덤에서 날 꺼낸 건 잘못한 일이오.
> 그대는 열락 속의 영혼이나 이 몸은
> 불 수레에 매달려 눈물이 납 물처럼
> 나를 지지는구려. (4.7.45~48)

라고 말한다. 그녀는 축복받은 천사, 자신은 지옥 불 속에서 신음하는 죄인, 이것이 리어 왕의 진정한 마음이다. 그것은 처음부터 인정하기 어려워 의식 저 밑바닥으로 눌러 놓았던 수치심과 죄책감이 그녀의 빛나는 사랑의 도움으로 그의 의식의 표면으로 떠오른 결과이다. 그런 다음 리어 왕은 그동안 하고 싶었으나 못했던 말을 한다. "나에게 독약을 준대도 마시겠다./날 사랑 않는 줄 알고 있어. 언니들은 (중략) 나에게 잘못했어,/이유 없이, 너는 좀 있지만." 그러나 코델리아는 대답한다. 아무 이유 "없어요, 없어요."라고.(4.7.72~75) 이것이 코델리아가 맨 처음 아버지에게 했던 대답, "없습니다."의 진정한 내용이다.

그리고 우리는 곧바로 리어 왕과 코델리아의 죽음으로 직행한다. 왜냐하면 이렇게 뜨거운 납 물처럼 자기 몸을 지지는 눈물로 확인한 딸의 사랑을 그는 머지않아 잃어야 하기 때문이다, 영원히. 코델리아가 이끌고 온 프랑스군과 올버니 공작이 이끄는 브리튼군의 싸움은 싱겁게 끝난다. 그것은 "리어 왕이 패했고 딸과 함께 잡혔어요."(5.2.6)라는 에드거의 말로 요약되어 신속히 처리된다. 그런 다음 전쟁에 진 리어 왕과 코델리아는 감옥으로 보

내지고 리어는 감옥 속에서라도 둘의 사랑과 용서의 시간을 원한다.(5.3.8~11) 그러나 이 시간은 곧이어 에드먼드가 휘하 대장에게 내리는 사형 명령 때문에 길지 않을 것임을 알 수 있다. 하지만 극중 인물들은 연달아 벌어지는 중요한 사건들 때문에 리어 왕과 코델리아의 행방을 잊는다. 에드먼드와 에드거가 결투하고, 에드거가 전하는 아버지 글로스터의 죽음과 켄트 백작의 행적이 보고되고, 고너릴과 리건의 죽음이 알려지는 동안 그들은 모두 리어 왕과 코델리아 존재를 잊고 있다. 그러다가 켄트가 등장하여 리어 왕께 작별 인사를 하고자 했을 때 올버니 공작은 "큰일을 잊었구나!"(5.3.235)라고 하며 둘의 소재를 에드먼드에게 묻고 그는 그 둘에게 내린 사형 명령을 고백한다. 그런 다음 감옥에서 자객에게 죽임을 당한 코델리아를 안고 나타난 리어 왕은 이 비극에서 가장 애절한 대사를 말한다.

> 불쌍한 내 바보가 죽었다. 생명이 없다 없어!
> 왜 개나 말이나 쥐는 살아 있는데
> 넌 숨조차 못 쉬느냐? 넌 다시 못 돌아와
> 절대로, 절대로, 절대로, 절대로, 절대로. (5.3.304~307)

이때 숨이 찬 리어 왕은 곁에 있는 사람에게 "제발 이 단추 좀 끌러 줘. 고맙네."라고 한 다음 마지막 말을 한다. "이게 보여? 얘를 봐. 입술을, 보라고,/여길 봐, 여길 봐!"(5.3.308~310) 그리고 그는 죽는다.

그는 과연 바보라는 애칭으로 불리는 코델리아의 입술에서 무엇을 보는 것일까? 무엇을 봤기에 죽는 것일까? 답은 두 가지이다. 그가 만약 그녀의 입술에서 생명의 빛을 보았다면 그는 환희에 넘쳐 죽은 것이고, 그 반대로 죽음의 빛을 보았다면 그는 절망에 넘쳐 죽는 셈이다. 어느 쪽일까? 그가 본 것은 생명의 표시일 가능성이 가장 크다. 그런 것이 없더라도 있다고 생각해서 죽는다고 본다. 왜냐하면 리어 왕은 첫 등장에서 마지막 죽는 순간까지 한 번도, 수많은 고통과 분노와 죄책감과 수치심에 시달리면서도 그리고 결국 광기에 빠졌음에도, 한 번도 죽겠다는 말이나 그런 심정을 토로한 적이 없다. 그는 에드거의 표현처럼 모든 극한 감정을 "최고로 견디"(5.3.324)면서 느끼는 삶을 살았다. 딸들이 미우면 저주를 퍼붓고 사랑스러우면 천사라고 부르며 심지어 상상 속의 지옥에서도 죽음이 아니라 납 물에 지짐을 당하는 고통을 말하였다. 그러나 관객이 보는 것은, 아는 것은 코델리아의 죽음이다. 리어 본인의 말처럼 우리는 "사람이 죽었는지 살았는지"(5.3.258) 안다. 그러므로 리어의 생에 대한 희망과 우리의 죽음에 대한 현실, 이 둘의 동시성과 그 사이에 존재하는 괴리에 리어 왕의 진정한 비극이 있다. 이것이 그의 죽음의 의미이다.

끝으로 이번 번역은 R. A. 포크스(R. A. Foakes) 편집의 아든(The Arden Shakespeare) 판 『리어 왕(King Lear)』을 기본으로 하고, G. 블레이크모어 에번스(G. Blakemore Evans) 편집의 리버사이드 셰익스피어(The Riverside Shakespeare) 판, J. L. 할리오(J. L. Halio) 편집의 뉴케임브리지 셰익스피어(The New Cambridge Shakespeare) 판, 조너선 베이트와 에릭 라스무센(Jonathan Bate and Eric Rasmussen) 편집의 RSC(The Royal Shakespeare Company) 판을 참조하였다. 그리고 케네스 뮤어(Kenneth Muir) 편집의 아든 총서 2판 『리어 왕(King Lear)』도 참조하였다.

등장인물

리어	브리튼 왕
고너릴	그의 맏딸
리건	둘째 딸
코델리아	막내딸
올버니 공작	고너릴의 남편
콘월 공작	리건의 남편
프랑스 왕	
버건디 공작	
글로스터 백작	
에드거	글로스터의 손위 아들
에드먼드	글로스터의 손아래 서자
켄트 백작	
바보	리어의 수행원
오즈월드	고너릴의 집사장
커런	글로스터의 종자
노인	글로스터의 소작인

전령, 대장, 장교, 기사, 신사, 시종, 하인 및 사자들

장소　브리튼

1막 1장

켄트, 글로스터, 에드먼드 등장.

켄트 전 국왕께서 콘월 공작보다는 올버니 공작을 더 총애하신다고 생각했는데요.

글로스터 우리에겐 항상 그렇게 보이셨지요. 하지만 이제 왕국을 나눔에 있어서는 어느 공작을 더 높이 평가하시는지 모르겠소이다. 두 몫이 너무나 꼭 같아서 아무리 따져 봐도 어느 쪽도 상대방의 몫을 선택할 순 없으니까요.

켄트 이 사람은 백작의 아드님 아닙니까?

글로스터 걔 양육비는 내가 부담했지요. 근데 놈을 인정할 때마다 얼굴을 붉히다 보니 난 이제 철면피가 다 되었습니다그려.

켄트 무슨 말씀이신지?

글로스터 걔 어미와 정을 통했단 말씀이지요. 그래서 그 여잔 배가 불렀고, 글쎄, 침대 속에서 남편을 맞이하기도 전에 요람 속에 아들 하나를 갖게 되었지 뭡니까. 잘못된 낌새를 채겠소?

켄트 그런 잘못이 없었기를 바라진 않겠습니다, 저렇게 멋진 결실을 보았으니.

글로스터 하지만 내겐 합법적이고 쟤보다 한두 살 많은 아들이, 그렇다고 걔를 더 귀여워하진 않지만 하나 더 있답니다. 이 녀석은 부르기도 전에 좀 건방지게 이 세상에 나오긴 했지만 그 어미가 고왔고, 또 녀석을 만들 때 재

1막 1장 장소 리어 왕궁.

미도 많이 보았으니 이 잡놈을 인정해야겠지요. 에드먼드, 고결하신 이 어른을 아느냐?

에드먼드 아뇨, 백작님.

글로스터 켄트 백작이시다. 지금부터 내가 존경하는 친구분으로 기억해 두어라.

에드먼드 백작님께 봉사하겠습니다.

켄트 자네를 아껴 주고 더 잘 알게 되길 바라네.

에드먼드 눈에 들도록 하겠습니다.

글로스터 얘는 구 년 동안 나가 있었는데 또다시 내보낼 겁니다. 국왕께서 오십니다.

트럼펫 소리. 작은 관을 든 사람에 이어 리어, 콘월, 올버니, 고너릴, 리건, 코델리아 및 시종들 등장.

리어 글로스터, 프랑스와 버건디, 두 분을 모셔라.

글로스터 예, 전하. (퇴장)

리어 짐은 그동안에 숨은 뜻을 밝히려 하노라.
그 지도를 가져오라. 짐은 이 왕국을
셋으로 나누었고, 노년의 걱정거리
힘 좋은 어깨 위로 훌훌 털어 넘겨주고
가벼운 마음으로 죽음 향해 천천히
기어갈 결심을 굳혔노라. 짐의 사위 콘월과
못지않게 사랑하는 사위인 올버니여,

31행 또다시…겁니다
아마도 글로스터의 운명은 이 말 때문에 결정되는 것인지도 모른다. (아든)
36행 지도
글로스터나 켄트가 처음부터 이 지도를 가지고 들어와서 왕국의 분할에 대해 얘기하도록 연출할 수도 있다. (뉴케임브리지)

짐은 이제 앞날의 분쟁을 막기 위해
딸들의 지참금 각각을 지금 공표하기로
마음을 정했노라. 오랫동안 이 궁정에
구애하며 체류했던 막내딸의 두 연적,
프랑스와 버건디의 뛰어난 두 군주도
답을 듣게 될 것이오. 말해 봐라, 딸들아 —
짐은 이제 통치권과 영토의 소유권 및
국사의 근심을 떨치려 하니까. —
누가 짐을 이를테면 가장 사랑하는지,
그래서 효성과 자격 갖춰 요구하는 딸에게
최고상을 내릴 수 있도록. — 짐의 맏딸,
고너릴이 먼저 하라.

고너릴 전 전하를 말로 표현 못 할 만큼 사랑하고
시력이나 걸림 없는 자유보다 소중하게
가장 값지다거나 희귀한 것 이상으로
은총, 건강, 미와 명예 갖춘 삶에 못지않게
일찍이 자식은 사랑하고 아버지는 받은 만큼
입 열고 말하면 빈약해질 사랑으로
온갖 비교 다 넘어 전하를 사랑하옵니다.

코델리아 (방백) 코델리안 뭐라 하지? 사랑으로 침묵하라.

리어 이 모든 영토에서 이 선부터 이 선까지
그늘진 산림과 풍요로운 들판에다
풍부한 강, 드넓은 평야가 있는 땅을

46행 프랑스…군주
이 극을 썼을 때 셰익스피어는 프랑스가 통일된 왕국이 아니기 때문에 버건디 공작은 프랑스 왕과 같은 지위를 누린다고 가정한다. 두 사람을 코델리아의 연적으로 만든 것은 셰익스피어가 꾸며 낸 이야기이다. (뉴케임브리지)

네 소유로 해 주마, 너와 네 올버니의 자식들이
영원히 상속도록. 짐의 둘째, 콘월 부인,
짐이 가장 사랑하는 리건은 뭐랄 테냐?

리건 전 언니와 타고난 자질이 같사오니
사랑도 같은 값이옵니다. 진심으로
언니는 제 사랑을 조목조목 밝혔어요.
근데 다만 크게 부족한 것은 저는 제 감각의
핵심부에 들어 있는 다른 모든 기쁨을
적이라 공언하고 오로지 전하의
소중한 사랑 속에서만 행복해진다는
사실이옵니다.

코델리아 (방백) 그렇다면 불쌍한 코델리아,
하지만 안 그래, 왜냐하면 내 사랑은
분명히 내 입보다 더 무거우니까.

리어 너와 네 후손에게 영구히 세습으로
고너릴이 하사받은 땅보다 크기나 값어치,
기쁨 또한 못지않은 짐의 고운 왕국의
방대한 삼분의 일 남으리라. — 자 이제,
막내지만 내 즐거움, 네 사랑과 인연을
프랑스는 포도로 버건디는 우유로 맺자는데
언니들의 것보다 더 비옥한 삼분의 일,
그걸 위해 네가 할 수 있는 말은? 말하라.

코델리아 없습니다, 전하.

리어 없습니다?

86행 없습니다 '없습니다.'와 그 명사형인 '없음'은 이 극에서 다양한 의미로 대단히 중요하게 쓰인다.

코델리아 없습니다.
리어 없음은 없음만 낳느니라. 다시 해 봐.
코델리아 소녀 비록 불운하나 제 마음을 입에 담진
못하겠나이다. 전 전하를 도리에 따라서
사랑하고 있을 뿐, 더도 덜도 아닙니다.
리어 뭐, 뭐라고, 코델리아? 말을 좀 고쳐 봐라,
네 행운을 망치지 않으려면.
코델리아 전하께선
저를 낳아 기르시고 사랑해 주셨기에
저는 그에 합당한 의무로 보답코자
복종하고 사랑하며 가장 존경합니다.
언니들이 당신만 사랑한다 말할 거면
남편들은 왜 있지요? 제가 만일 결혼하면
제 서약을 받아들일 그이는 제 사랑과
걱정과 임무의 절반을 가져갈 것입니다.
전 언니들처럼 아버지만 사랑하는 결혼은
분명코 절대로 않겠어요.
리어 하지만 네 마음도 그러하냐?
코델리아 예, 전하.
리어 그렇게 어린데 그렇게 무정하냐?
코델리아 이렇게 어린데도, 전하, 진실하옵니다.
리어 그래라. 그럼 네 진실이 네 지참금이다,
왜냐하면 태양의 성스러운 광명과
헤카테의 은밀한 의식과 밤에게 맹세코
우리가 존재하고 없어지는 근원인

109행 헤카테 지옥과 마법의 여신.

저 모든 천체들의 영향력에 맹세코
나는 네 부모로서 걱정 근심 모두와
근친 혈연관계를 여기에서 부인하고
지금부터 영원히 너를 나와 내 마음의
이방인 취급할 테니까. 스키타이 야만족
아니면 자신의 식욕을 채우려고
제 새끼를 잡아먹는 놈이라도 내 가슴엔
지난날의 딸자식, 너만큼 가까울 것이며
내 동정과 구원을 얻으리라.

켄트 주상 전하 —

리어 켄트는 입 다물라,
분노한 용의 일에 끼어들려 하지 마라!
난 쟤를 가장 사랑했었고 그 따뜻한 보살핌에
다 맡길까 생각했다. (코델리아에게)
가, 내 눈에 띄지 마라!
아비 마음 이제는 다른 데 줄 것이니
내 안식은 무덤이리. 프랑스를 불러라. 뭐 해?
버건디를 불러라. (시종들 서둘러 나간다.)
콘월과 올버니는
두 딸의 지참금에 셋째 것을 흡수하라.
저 애는 솔직함이라는 오만함과 결혼하고.
난 자네들에게 내 권력과 최고 직위,
왕권에 따르는 화려한 표상들 모두를
공동 부여하노라. 짐은 매번 한 달씩

115행 스키타이
서양 고대로부터 야만적인 관습으로 알려진 아시아 민족 가운데 하나.

자네들 부담으로 백 명의 기사를 보유하고
순번 따라 거처를 정하겠다. 짐은 단지
왕이라는 이름과 경칭만 다 가지고
통치권과 조세권, 그 나머지 집행권은
사랑하는 사위인 자네들의 것이며
그것을 확인하는 뜻으로 이 관을
두 쪽으로 나누노라.

켄트 리어 왕이시여,
소신이 언제나 국왕으로 존경했고
어버이로 사랑하였으며 주인으로 따랐고
제 기도의 커다란 후원자로 생각했던 —

리어 활은 굽어 당겨졌다, 화살을 피해라.

켄트 차라리 쏘십시오, 갈라진 살촉이
제 심장을 뚫더라도. 리어가 미쳤을 땐
켄트가 무례하죠. 뭘 어쩌려고요, 노인이?
권력이 아첨에 굴복할 때 신하가 두려워서
말 못 할 줄 아시오? 주상이 우둔할 땐
직언이 명예로운 법이오. 보위를 지키고
끔찍하게 경솔한 이 행동을 최대한
숙고하여 멈추시오. 목숨 걸고 판단컨대
막내딸의 사랑은 가장 적지 아니하며
사람들이 조용하게 공허한 말 않는다고
인정 없진 않습니다.

리어 목숨이 아깝거든 그만해.

145행 노인이 켄트는 공손한 말씨를 버리고 직설적인 하오체를 쓴다. 이는 물론 리어 왕에게는 상상 밖의 말투이다.

켄트 제 목숨은 당신의 적과 싸울 담보물
그뿐이라 생각했고 당신의 안전 때문이라면
잃는 것도 안 두렵소.

리어 내 눈에 띄지 마라!

켄트 더 똑똑히 보시오, 리어, 그리고 저를 항상
당신 눈의 참된 표적 삼으소서.

리어 아폴로에 맹세코 —

켄트 아폴로에 맹세코, 왕이시여,
당신 맹세 헛소리요.

리어 이 쌍놈이! 발칙하다!

(칼자루에 손을 댄다.)

올버니·콘월 참으십시오, 전하.

켄트 그래요, 당신 의사 죽이고 더러운 병에게
사례비를 내리시오. 상속을 취소해요,
안 그러면 목청이 터지도록 외치겠소,
당신은 악행을 범한다고.

리어 들어라, 비열한 놈,
충성심이 있다면 들어라!
너는 짐이 절대로 깨지 않을 언약을
깨게 하려 하였고 오만심이 지나쳐
짐이 내린 판결과 권한에 간섭하려 했는데
그건 짐의 기질이나 지위로는 못 참는바
짐의 권능 발동하여 너에게 보답하마.

159행 아폴로
아폴로는 셰익스피어가 이 극에서 설정한 기독교 이전 시대의 영국, 즉 브리튼 왕국 시절에 알맞은 신으로 그는 사수의 신, 태양의 신, 혜안의 신이며 또 질병과 치유의 신이기도 하다. (아든, 뉴케임브리지)

너에게 닷새를 주겠노라. 그동안에
세상 재난 막아 줄 생필품을 구해라.
그리고 엿새째엔 미움받는 등을 돌려
이 왕국을 떠나거라. 만약에 그다음 날
추방된 그 몸통이 짐의 영토 안에서 발견되면
그 순간 넌 죽는다. 가라! 주피터에 맹세코
취소하지 않을 테다.

켄트 왕이시여 안녕히. 당신 뜻이 그렇다면
자유는 여기 없고 추방은 여깄군요.
(코델리아에게) 신들은 아가씨를 보호해 주소서,
바르게 생각하고 가장 옳게 얘기한 분.
(고너릴, 리건에게) 당신들의 미사여구 행동으로 입증되어
사랑한단 말로부터 좋은 결과 생겨나길.
자, 켄트는 경들에게 안녕을 고하고
새로운 나라에서 옛길 걸어가렵니다. (퇴장)

팡파르. 글로스터, 프랑스 왕과 버건디 공작 및
수행원들과 함께 등장.

글로스터 전하, 프랑스와 버건디가 왔습니다.

리어 버건디 공작,
짐의 딸을 얻으려고 이 왕과 경쟁한
당신에게 먼저 말을 하겠소. 최소한의
즉석에서 요구하는 지참금은 무엇이오,

177행 주피터
조브라고도 불리는 로마 신계의 주신. 그리스 신화의 제우스에 해당한다.

아니면 구애를 그치겠소?

버건디 국왕 전하,
제의하신 것 이상은 애걸하지 않사오며
그 이하는 아니 주시겠지요?

리어 버건디 공,
그녀가 짐에게 귀했을 땐 그랬지만
이젠 값이 떨어졌소. 여자는 저기 있소.
꾸밀 줄 모른다는 저 물건의 일부가
또는 그 전부가 공작 맘에 든다면
추가된 건 오직 짐의 불쾌감일 뿐인데
저기 저 여자는 당신 거요.

버건디 할 말이 없군요.

리어 공작께선 결점은 많은데 친구는 하나 없고
새로이 짐의 미움 샀으며 저주라는
지참금에 더하여 의절당한 여자를
맞을 거요 말 거요?

버건디 죄송합니다만
그런 조건이라면 선택할 수 없습니다.

리어 그렇다면 관두시오. 조물주에 맹세코
그녀 재산 그게 다요.
(프랑스 왕에게) 위대한 프랑스 왕,
난 내가 미운 데서 당신 짝을 찾을 만큼
아끼는 당신을 저버리진 않을 테니 간청컨대
조물주가 창피해서 자신의 작품으로
인정조차 않으려는 저것보다 나은 데로
호감을 돌려 보오.

프랑스 참으로 놀랍군요.

바로 지금까지도 당신께서 최고로 아꼈고
칭찬의 주제요 노년의 위안이며
최고 최상이었던 그녀가 눈 깜짝할 사이에
엄청난 어떤 일을 저질러 겹겹의 총애를
잃어버리다니요. 그녀의 죄상은 분명코
천륜에 어긋나는 추악한 것이거나
아니면 당신께서 앞서 공언하셨던 애정이
변질된 모양인데, 그녀 죄를 믿는 것은
기적 없이 이성만으로는 절대로 저에게
있을 수 없습니다.

코델리아
그래도 전하께 간청컨대,
의도 없이 말로만 기름 치는 기술이
저에게 없다 해서 — 좋은 뜻이 있으면 전
말에 앞서 실천하니까요 — 이건 밝혀 주십시오,
전하의 은총을 제게서 앗아 간 건
사악한 오점이나 살인 또는 추잡함,
부정한 행위나 천한 짓이 아니라
그것이 없기에 제가 더욱 부자인
늘 조르는 눈빛과, 못 가져서 전하의
호감을 잃었지만 안 가져서 저는 기쁜
혀라는 사실을.

리어
나를 더 즐겁게 못 했으니
넌 아니 태어난 것만도 못하니라.

프랑스
이뿐이란 말입니까? — 천성이 느린 탓에
하려고 하는 일을 얘기 않고 놔두는
그런 성향 말입니까? 버건디 공작께선
어찌하시렵니까? 본질에서 벗어나

이런저런 계산에 얽혀 버린 사랑은
사랑이 아닙니다. 그녀를 맞이하시겠소?
그녀는 그 자체로 지참금입니다.

버건디 왕이시여,
스스로 제안하신 그 몫만 주십시오,
그러면 제가 여기 손을 잡은 코델리아,
버건디 공작부인입니다.

리어 없소이다. 맹세했고 확고하오.

버건디 미안하오, 이렇게 부친을 잃었으니
남편 또한 잃게 됐소.

코델리아 염려하지 마세요.
버건디의 사랑은 재산을 고려하니
난 그의 아내 되지 않겠어요.

프랑스 가장 고운 코델리아, 가난하나 최고 부자,
버림 멸시 받았으나 최고 선택 사랑 받은
그대와 그대 미덕 이제 내가 취하리다,
내버린 걸 줍는 게 합법적인 일이라면.
이럴 수가! 신들의 무관심은 차디찬데
내 사랑은 존경심에 불타다니 이상하지.
왕이시여, 우연히 내게 온 무일푼 그대 딸은
짐과 백성, 아름다운 프랑스의 왕빕니다.
저 물 많은 버건디의 모든 공작 다 합쳐도
이 값없이 소중한 내 아가씨 못 사 가요.
코델리아, 몰인정한 그들과 작별하오.
더 나은 곳 찾으려고 이곳을 잃는다오.

리어 그녀를 얻었소, 프랑스 왕. 당신 걸로 합시다,
짐에게 그런 딸은 없으며 그 얼굴도

다신 보지 않을 테니. 그러므로 짐의 은총
짐의 사랑, 짐의 축복, 못 받은 채 떠나시오.
갑시다, 버건디 공.

(팡파르. 리어와 버건디, 콘월, 올버니, 글로스터, 에드먼드 및 시종들 함께 퇴장)

프랑스 언니들과 작별하오.

코델리아 아버지의 두 보물을 이 코델리아는
울면서 떠납니다. 난 둘의 정체를 알아요,
그래서 자매로서 둘의 잘못 그대로 부르긴
정말로 싫답니다. 아버지를 많이들 아껴 줘요.
공언한 두 언니의 가슴에 그분을 맡겨요,
하지만, 아, 그분의 은총을 잃지만 않았어도
더 나은 곳으로 모시고 싶답니다.
그럼 둘 다 잘 있어요.

리건 우리 임무 지시 마라.

고너릴 네가 힘써 챙길 일은
네 남편의 만족이다, 운명의 보시로
널 받았으니까. 복종을 게을리한 너는
네게 없어 원했던 것들을 잃어 싸다.

코델리아 시간은 숨어 있는 흉계를 드러내고
감춰진 잘못을 창피 주며 비웃지요.
잘해 봐요.

프랑스 갑시다, 고운 나의 코델리아.

(프랑스와 코델리아 함께 퇴장)

고너릴 동생, 우리 둘과 아주 밀접한 관련이 있는 일로 내가 해

279행 시간 의인화된 시간.

야 될 말이 적지 않아. 내 생각에 우리 아버진 오늘 저녁 여길 떠날 거야.

리건 그건 아주 분명해, 언니와 함께. 다음 달엔 우리와 함께.

고너릴 늙은이 변덕이 얼마나 심한지 봤지. 우리가 관찰한 것만 해도 적지 않았어. 아버진 언제나 동생을 가장 많이 사랑했어, 근데 얼마나 서투른 판단으로 이제 걔를 내쫓았는지, 너무 뻔히 보여.

리건 늙어서 망령이 난 거야, 하기는 전에도 아버지는 자신을 조금밖엔 알지 못했어.

고너릴 최고로 건강했던 시절에도 아버지는 성급하기만 했어. 그러니까 우리는 그의 노년에 오랫동안 몸에 밴 기질상의 결함뿐만 아니라 여러 해에 걸친 허약함과 성마름 때문에 생기는 완고한 변덕까지도 예상해야지 돼.

리건 켄트 추방과 같은 갑작스러운 발작증을 우리에게도 보일 것 같아.

고너릴 그와 프랑스 왕 사이에 작별 인사가 더 있어. 부탁인데 우리 같이 움직이자. 우리 아버지가 지금 성미 그대로 권한을 행사하고 다닌다면 최근에 그걸 포기한 건 우리에게 해가 될 뿐이야.

리건 그건 좀 더 생각해 보자.

고너릴 우린 뭔가 해야 돼, 단김에 말이다. (함께 퇴장)

1막 2장

서자 에드먼드, 편지 들고 등장.

에드먼드 자연이여, 그대는 내 여신이고 내 활동은
그대의 법칙만 따르오. 내가 무엇 때문에
고질적인 관습에 묶이어 내 권리를
까다로운 국법이 빼어 가게 놔두지?
형보다 한 열두 달, 열네 달쯤 뒤졌다고?
천출은 또 뭐야? 뭣 때문에 천하지?
내 몸매는 정숙한 부인의 자식과
다름없이 잘 빠졌고 기상은 고귀하며
모습도 빼 닮았는데? 왜 우릴 천하다고
천함과 천출로 낙인찍지? 천해, 천해?
우리는 자연의 은밀한 욕정에 힘입어
지루하고 맥 빠지고 싫증난 침대에서
잠결에 생겨난 멍청이 한 부족을 낳는 데
들어가는 것보다 더 많은 자질과
맹렬한 정기를 부여받았는데도? 그렇다면
적출인 에드거, 네 땅을 가져야만 되겠다.
아버지는 적출이나 천출인 이 에드먼드나
꼭 같이 사랑해. 적출이라, 참 멋진 말이다!
그럼 내 적출이여, 이 편지가 성공하고
내 계략이 적중하면 이 천한 에드먼드
적출 위에 오를 거다 — 난 자라고 번성한다.
신들이여, 천출 위해 발기해 주소서!

글로스터 등장.

1막 2장 장소 글로스터 백작의 저택.

글로스터 켄트가 그렇게 추방돼? 프랑스는 화난 채 떠났고? 국왕께선 이 밤에 가셨어? 권력을 제한하고 수당만 받으신다? 모든 일이 벌어진 게 순식간? — 아, 에드먼드, 무슨 소식 있느냐?

에드먼드 (편지를 주머니에 넣으며) 죄송한데 백작님, 아뇨.

글로스터 왜 그렇게 열심히 그 편지를 넣으려 하느냐?

에드먼드 소식을 모릅니다, 백작님.

글로스터 뭔가 읽고 있던 게 있었느냐?

에드먼드 없습니다, 백작님.

글로스터 없어? 그럼 뭣 때문에 그걸 그리도 무섭게 주머니에 급히 집어넣었느냐? 없음의 본질은 그 자체를 숨길 필요가 없는 법. 어디 보자. — 자, 아무것도 없다면 내 안경은 필요치 않을 게다.

에드먼드 청컨대 용서해 주십시오. 이건 형이 보낸 편진데 다 읽진 못했습니다만 제가 정독한 곳까지는 조사해 보시기에 적합하지 않은 줄로 압니다.

글로스터 그 편지 이리 줘.

에드먼드 갖고 있든 드리든 화내실 것입니다. 내용이 제가 부분적으로 이해하건대 크게 비난받을 만합니다.

글로스터 어디 보자, 어디 보자.

에드먼드 형을 변호하자면, 이건 그가 저의 덕성을 시험하거나 점검해 보려고 썼을 뿐이기 바랍니다.

23행 프랑스는…떠났고
리어와 프랑스 왕이 작별할 때 프랑스 왕이 화났다는 얘기는 극중에 없다. 그러나 1막 1장 299행에 또 다른 작별 인사가 있다는 말이 있고 그때 프랑스 왕은 코델리아에 대한 새로운 모욕에 화가 나서 떠났으며, 올버니와 콘월로부터 그녀의 몫을 강제로 빼앗으려는 결심을 했을지도 모른다. (아든)
33행 없음
글로스터도 리어와 같은 말을 사용한다.

글로스터 (읽는다.) '이 노인 존중 정책 때문에 우리 생애 최고의 시절에도 이 세상은 괴롭고 우리의 재산은 늙어서 즐길 수 없을 때까지 묶여 있다. 나는 힘이 있어서가 아니라 참아 주기 때문에 지배하는 이 늙은 독재자의 억압이 쓸데없고 어리석은 예속임을 느끼기 시작했다. 내게 와라, 이 일을 좀 더 얘기할 수 있도록. 만일 우리 아버지가 내가 깨울 때까지 잠잔다면 넌 그의 수입 절반을 영원히 차지하고 형의 사랑을 받으며 살 것이다. 에드거.' 흠! 음모다! '내가 깨울 때까지 잠잔다, 그의 수입 절반을 차지한다.' — 내 아들 에드거가 제 손으로 이걸 썼단 말이지? 제 마음과 머리로 이걸 꾸며 내고? 언제 받았어? 누가 가져왔느냐?

에드먼드 누가 가져온 게 아닙니다, 백작님, 그게 교활한 거지요. 제 방 여닫이창 안으로 던져 넣은 걸 제가 발견했답니다.

글로스터 넌 이게 형의 필첸 줄 알고 있지?

에드먼드 좋은 일이라면 백작님, 과감히 그렇다고 맹세하겠지만 내용을 고려할 땐 아니었으면 좋겠습니다.

글로스터 그의 거지?

에드먼드 형의 글씹니다, 백작님. 그러나 그의 마음은 그 내용 안에 있지 않길 바랍니다.

글로스터 이 일로 그가 널 떠본 적은 한 번도 없었느냐?

에드먼드 절대로요, 백작님. 그러나 그가 맞는다고 주장하는 걸 여러 번 들었는데, 즉 아들 나이가 꽉 찼고 아버지가 노쇠하면 아버진 아들의 피보호자가 되고 수입은 아들이 관리해야 된다고요.

글로스터 오 악당, 악당이다! 편지에 있는 바로 그 생각이야. 혐오스러운 악당! 몰인정하고 고약하며 짐승 같은 악당! — 짐승만도 못한 놈! 이봐, 놈을 찾아. 체포하겠다. 가증스러운 악당, 어딨느냐?

에드먼드 잘 모르겠습니다, 백작님. 아무쪼록 형에 대한 진노를 멈추시고 그의 의도에 대해 더 나은 증언을 본인으로부터 얻어 내시려면 확실한 순서를 밟으셔야 합니다. 반면에 그의 동기를 오해하여 과격하게 일을 진행하시면 백작님 명예에 커다란 흠이 생기고 그의 복종심은 산산조각 날 것입니다. 그를 위해 제 목숨을 저당 잡히고 말씀드리지만, 그는 백작님에 대한 제 효심을 떠보려고 이걸 썼지 다른 위험한 의도는 없다고 봅니다.

글로스터 그렇게 생각해?

에드먼드 적절하다고 판단하시면 저희 형제가 이 문제를 의논하는 것이 들리는 곳에 모시겠으니 청각적인 확인으로 의문을 푸십시오, 그것도 더 시간 끌지 않고 바로 오늘 저녁에요.

글로스터 걔가 그런 괴물일 순 없어.

에드먼드 아니에요, 분명히.

글로스터 그렇게 다정하게 전적으로 자기를 사랑하는 아비에게. 천지신명이시여! 놈을 찾아, 에드먼드. 그의 속내를 넌지시 알아봐, 부탁이다. 재주껏 일을 꾸며. 충분히 해명된다면 내 지위와 재산도 버리겠다.

에드먼드 곧바로 형을 찾고 방법을 알아내는 대로 일을 처리한 다음 알려 드리겠습니다.

글로스터 최근의 일식과 월식은 우리에게 좋은 징조가 아냐. 자연과학 지식으로 그걸 이러쿵저러쿵 설명할 순 있어도 인간계는 결과적으로 홍역을 치르니까. 사랑이 식고 친구가 배신하며 형제가 갈라서고, 도시엔 폭동이 시골엔 불화가 궁정엔 반역이 그리고 아들과 아비 사이의 인연이 깨어졌어. 내 자식 놈도 그 예언대로 됐어. — 아비와 적대하는 아들이잖아. 국왕께선 자연스러운 본능에서 빗나가셨어. — 자식과 적대하는 아비잖아. 우리의 최고 시절은 지나갔어. 술책과 허위, 배신과 온갖 파괴적인 재앙들이 무덤으로 가는 우리 뒤를 걱정스럽게 따라와. 이 악당을 찾아내라, 에드먼드. 네가 손해 볼 건 없을 거다. 조심스럽게 해. — 그런데 고결하고 충성스러운 켄트가 추방됐어, 죄목은 정직이야! 이상해, 이상해! (퇴장)

에드먼드 이건 세상 사람들의 순전한 바보짓인데, 우리가 불운에 빠졌을 때 — 그건 종종 우리 자신의 행동이 지나쳤기 때문인데 — 우린 그 재난을 태양이나 달이나 별들의 탓으로 돌린단 말이야. 마치 우리가 불가피하게 악당이 되고 하늘이 강요해서 바보가 되고 천체의 우열로 나쁜 놈 도둑놈 배신자가 되며, 행성의 영향력에 강제로 복종당해 주정뱅이, 거짓말쟁이, 간통범이 되기나 하는 것처럼, 그리고 우리의 못된 점은 죄다 하늘이 떠맡긴 것처럼. 자신의 호색하는 기질을 별 하나의 탓으로 돌리다니 색골 인간의 경탄할 오리발이로다. 내 아버지는 어머니와 강교점 아래에서 합궁했다, 그래서 내 출생은 큰곰 좌 아래였다, 그러므로 난 거칠고

96행 일식과 월식
1605년 9월 27일의 월식과 10월 2일의 일식을 암시할 가능성이 있다. (뉴케임브리지)

120행 강교점
천체가 북쪽에서 남쪽으로 내려가면서 황도면을 지나는 점. 여기에서는 달이 이 지점에 도달한 때.

색정적이다. 쳇! 이 천출 자식을 만들 때 가장 순결한 처녀별이 저 창공에 반짝였다 하더라도 난 지금의 나였을 것이다.

에드거 등장.

때 맞춰 나오는군, 구식 희극의 파국처럼. 내 역할은 지독한 우울증에다 미친 거지 탐처럼 한숨짓는 거다. — 오, 이번 월식과 일식은 이러저러한 분열을 예고하나니. 파, 솔, 라, 미.

에드거 웬일이냐, 에드먼드 동생? 무슨 명상을 그리 심각하게 하느냐?

에드먼드 형님, 어저께 읽은 예보를 생각하고 있는데 이번 월식과 일식에 따라올 일이요.

에드거 넌 그깟 일에 신경을 다 쓰느냐?

에드먼드 불행히도 그가 써 놓은 결과가 나타날 거라고 약속드립니다. 예를 들면 부모 자식 간의 몰인정함이라든지 죽음, 기근, 오랜 우호 관계의 와해, 국가의 분열, 왕과 귀족들에 대한 위협과 악담, 불필요한 의심, 지지자들의 추방, 군대 해산, 파혼 그리고 제가 알 수 없는 것들까지도요.

에드거 점성술 추종자 노릇 한 지 얼마나 오래됐어?

에드먼드 자, 자, 언제 아버지를 마지막으로 뵀어요?

126행 탐
이는 당시 미친 거지들이 일반적으로 쓰던 이름이다. (아든)

128행 파…미
에드먼드는 에드거가 다가오는 것을 모르는 체하면서, 아마도 점성술 책을 읽으면서 이 음들을 노래한다. (뉴케임브리지)

에드거 그야, 간밤이지.

에드먼드 말씀을 나눴어요?

에드거 그래, 두 시간 동안이나.

에드먼드 기분 좋게 헤어졌어요? 말씀이나 안색으로 봐서 불쾌해 보이진 않으셨습니까?

에드거 전혀 아니셨어.

에드먼드 그분의 심기를 상하게 해 드린 일이 없는지 생각해 보십시오. 그리고 제 간청을 받아들여 시간이 좀 지나 그분의 불쾌한 열기가 식을 때까지 만나 뵙지 마십시오. 지금은 그 불쾌감이란 놈이 그분 안에서 너무나 사납게 날뛰어 형님 몸이 상한대도 조금도 누그러지지 않을 겁니다.

에드거 어떤 악당이 날 모함했어.

에드먼드 저도 그게 걱정입니다. 격노의 속도가 좀 줄어들 때까지 꾹 참고 피하세요. 그리고 제 숙소로 함께 물러나도록 하시지요. 거기 있다가 적당한 때에 그분께 데려가서 말씀을 듣도록 하겠습니다. 제발 가요. 이게 그 열쇱니다. 밖으로 나다니려면 무장하십시오.

에드거 무장하라고, 동생!

에드먼드 형님, 최상의 충고입니다. 형님에 대한 선의가 조금이라도 있다면 전 정직한 인간이 아닙니다. 제가 보고 들은 바를 얘기했어요. 하지만 어렴풋하게, 끔찍한 실상과는 전혀 다르게요. 제발, 어서 가요!

에드거 곧 소식을 들려줄 테냐?

에드먼드 이번 일엔 전 형님 편입니다. (에드거 퇴장)
쉽게 믿는 아버지에 고결한 형인데
이 형의 본성은 해악과는 너무나 동떨어져

누구도 의심 안 해. — 바보 같은 올곧음은
계책을 쓰기엔 안성맞춤. 갈 길이 보인다.
출생으로 안 된다면 꾀를 내어 땅을 갖자.
내 목적에 맞는다면 뭔 일이든 상관없다. (퇴장)

1막 3장

고너릴과 그녀의 집사장, 오즈월드 등장.

고너릴 아버지가 내 신사를 때렸단 말이지, 자기 바보를 꾸중했다고?

오즈월드 예, 마님.

고너릴 밤낮으로 그는 나를 모욕해. 매시간
이런저런 어이없는 범죄를 저질러
우리들 모두를 다투게 해. 난 못 참아.
그의 수하 기사들은 소란을 피우고 그 자신도
사사건건 짐을 욕해. 사냥에서 돌아오면
그와는 말 않겠다. 아프다고 얘기해라.
네가 만약 전보다 임무에 더 소홀하면
잘하는 일일 거다. 그 책임은 내가 지마.

(안에서 뿔 나팔 소리)

오즈월드 오십니다, 마님, 소리가 들려요.

고너릴 너와 네 동료들은 역겨운 게으름을
마음대로 피워라, 문제되게 하고 싶다.
그런 게 싫으면 동생한테 가라지.

1막 3장 장소 고너릴과 올버니의 저택.

난 알아, 걔 마음과 내 마음은 하나인데
지배받지 않겠단 것이지. 멍청한 노인아,
아직도 자기가 주어 버린 권력을
휘두르려 하다니. 목숨 걸고 말하지만
늙은이 바보들은 다시 애가 됐으니까
망상에 빠졌을 땐 추어주며 눌러야 해.
내가 한 말 명심해라.

오즈월드 아무렴요, 마님.

고너릴 또 그의 기사들을 차갑게 대해라,
결과는 상관없다. 동료들한테도 그리 일러.
기회를 만들어 내 얘기를 하고야 말 테다.
곧바로 동생에게 내 방식을 좇으라는
편지를 써야지. 저녁을 준비하라. (함께 퇴장)

1막 4장

변장한 켄트 등장.

켄트 만약에 목소리를 달리하여 내 말씨도
흐릴 수 있다면 겉모습을 지우게 된
나의 좋은 의도를 끝까지 완벽하게
살릴 수 있으리라. 자, 추방된 켄트여,
사형 선고 받은 데서 섬길 수 있다면
사랑하는 주인님은 네 노고가 많음을
언젠가는 아실 날 있으리라.

1막 4장 장소 고너릴과 올버니의 저택.

안에서 뿔 나팔 소리.

리어, 시중드는 기사들 네댓 명과 함께 등장.

리어 한순간도 지체 말고 저녁상을 내오너라. 가서 준비하라. (켄트에게) 여봐라, 넌 뭐냐? (기사 1 퇴장)

켄트 사람입죠.

리어 자칭하는 업종이 뭐냐? 짐에게 무슨 볼일이라도 있느냐?

켄트 겉보기 이하는 아니라고 자칭합죠. 즉, 저를 믿어 주시는 분에게 참되게 봉사하고 정직한 분을 사랑하며, 현명하여 말수가 적은 분과 어울리고 심판을 두려워하며, 피할 수 없을 땐 싸우는데 — 생선은 안 먹습니다.

리어 넌 뭐냐?

켄트 매우 정직한 마음을 가졌으며 국왕만큼이나 가난한 사람입죠.

리어 네가 백성으로서 그 사람이 왕으로서 가난한 만큼 가난하다면 매우 그렇구나. 원하는 게 뭐냐?

켄트 봉사입니다.

리어 누구에게 봉사하려느냐?

켄트 당신이요.

리어 나를 아느냐?

켄트 아뇨. 그러나 당신 거동에는 제가 기꺼이 주인님이라고 부르고 싶은 게 있습니다.

리어 그게 뭔데?

켄트 권위요.

15행 생선은…먹습니다

두 가지 설명이 있다. 첫째는 그가 충실한 신교도라는 뜻이고 — 신교도들은 금요일에 생선을 먹지 않는다는 점에서 — 둘째는 그가 약골이 아니라는 뜻이다. (아든)

리어 어떤 봉사를 할 수 있느냐?

켄트 전 명예로운 비밀을 지킬 수 있으며, 타고 뛰고 복잡한 이야기는 하다가 망쳐 놓고 분명한 전갈은 솔직히 전할 수 있으며, 보통 사람에게 맞는 일이라면 저도 자격이 있는데 가장 훌륭한 점은 근면입죠.

리어 나이가 몇이냐?

켄트 여자가 노래 부른다고 좋아할 만큼 젊지는 않지만 아무 짓이나 해도 빠질 만큼 늙지도 않았죠. 등에 사십팔 년을 지고 있습니다.

리어 나를 따르라, 봉사하게 해 주마. 저녁 식사 후에도 널 지금만큼 좋아하면 너와 곧 헤어지진 않겠다. 야, 저녁이다, 저녁! 내 바보, 이 녀석 어디 갔어? 가서 내 바보를 불러와라. (기사 2 퇴장)

오즈월드 등장.

이봐라, 내 딸은 어딨느냐?

오즈월드 실례합니다만 — (퇴장)

리어 저 녀석이 뭐라 했지? 저 멍청이를 도로 불러.

(기사 3 퇴장)

내 바보 어딨어? 허어, 온 세상이 잠든 것 같군.

기사 3 등장.

그래, 그 잡종은 어딨어?

기사 3 전하, 그가 말하기를 따님이 편찮으시답니다.

리어 그 종놈은 내가 불렀는데 왜 오지 않았어?

기사 3 전하, 그는 가장 노골적인 말투로 오지 못하겠다고 대답했습니다.

리어 오지 못하겠다고?

기사 3 전하, 이유가 뭔지는 모르겠습니다만 제 판단으로는 전하께서 늘 받으시던 예의 바르고 애정 어린 대접을 받지 못하고 계십니다. 또한 하인 전반뿐만 아니라 공작 자신과 따님의 친절도 크게 감소된 것으로 보입니다.

리어 하? 그렇단 말이지?

기사 3 제가 만약 틀렸다면 용서하시기 바랍니다, 전하. 전하께서 부당한 취급을 받으실 땐 입 다물 수 없는 것이 제 의무이기 때문입니다.

리어 너는 단지 내가 가진 생각을 일깨워 주었을 뿐이야. 나도 최근에 대단히 늘어진 무관심을 감지했지만 그걸 의도적인 불친절이라기보다는 나 자신의 지나친 과민함 탓으로 돌렸어. 좀 더 깊이 들여다보도록 하지. 그런데 내 바보는 어디 갔어? 요 이틀 동안 보지 못했는데.

기사 3 전하, 막내 아가씨께서 프랑스로 떠나신 이후 바보가 몹시 초췌해졌답니다.

리어 그 얘긴 그만해라, 나도 잘 알고 있다. 넌 가서 딸에게 내가 얘기 좀 하고 싶다고 전해라. (기사 3 퇴장)
넌 가서 바보를 이리로 불러와라. (기사 4 퇴장)

67~69행 막내…있다 이 섬세한 필치로 셰익스피어는 우리에게 코델리아와 리어 그리고 바보의 성격을 엿볼 수 있게 해 준다. (아든)

오즈월드 등장.

오, 자네, 자네, 이리 좀 와 보게. 내가 누구던가?

오즈월드 제 마님의 아버지요.

리어 제 마님의 아버지? 네 주인의 잡놈, 이 상놈의 개자식, 이 노예, 이 똥개 놈이!

오즈월드 전 그런 놈이 아닙니다, 전하, 용서하십시오.

리어 나와 눈싸움하자는 거야, 이 깡패가? (그를 때린다.)

오즈월드 매 맞지 않겠습니다, 전하.

켄트 딴죽 걸리지도 않겠지, 축구나 하는 천한 놈.

(그의 다리를 건다.)

리어 고맙다, 이 녀석. 내게 봉사했으니 널 아껴 주마.

켄트 이봐, 일어나, 꺼져. 신분의 차이를 가르쳐 주지. 가, 어서. 그 어설픈 몸뚱이가 얼마나 긴지 다시 재어 보고 싶으면 남아 있고 아니면 꺼져. 어라, 정신 있어? 그렇지!

(그를 밀어낸다.)

리어 그래, 친절한 녀석아, 고맙다. 이건 네 봉사료 선금이다. (켄트에게 돈을 준다.)

바보 등장.

바보 그 사람 나도 좀 씁시다. (켄트에게 자기 모자를 내밀며) 내 수탉 모자 여깄어.

리어 잘 있었어, 귀염둥이, 기분이 어때?

79행 축구 셰익스피어 당시에 축구는 천한 경기로 간주되었으며, 할 일 없는 애들이 길거리에서 벌이는 경기로 시민들에게 커다란 골칫거리였다. (아든)

바보 (켄트에게) 이봐, 내 수탉 모자를 받는 게 좋을걸.

켄트 왜, 바보야?

바보 왜냐고? 총애를 잃은 사람 편을 드니까 그렇지. 아니, 바람 부는 쪽으로 미소 짓지 못하면 넌 머지않아 찬밥 신세가 될 거야. 자, 내 수탉 모자를 받아. 글쎄, 이 친구는 자기 딸을 둘은 추방하고 셋째에겐 본의 아니게 축복을 내렸단 말씀이야 — 그를 따르려면 넌 내 모자를 꼭 써야 해. (리어에게) 잘 있었어, 아저씨? 내게 수탉 모자 둘과 딸 둘이 있었으면 좋겠는데.

리어 왜, 얘야?

바보 재산은 딸들에게 다 줘도 수탉 모자는 안 내놓을 거야. 이건 내 거야, 딸들에게 하나 구걸해 봐.

리어 조심해 너, 채찍 맞아.

바보 진실은 개 같으니까 개집으로 가야지. 아줌마 암캐는 난롯가에서 구린내를 풍기는데 진실은 채찍 맞고 쫓겨나야 한다니까.

리어 고약한 쓸개 맛이군.

바보 이봐, 내가 한마디 가르쳐 주지.

리어 그래라.

87행 수탉 모자
직업 재담가인 바보의 모자. 이 모자는 약간씩 다르기는 하지만 붉은 플란넬로 만든 수탉 볏 모양의 장식이 두드러진 특징이다. 또 거기에는 종과 당나귀의 귀 그리고 깃털이 달려 있을 수도 있다. (뉴케임브리지)

94~95행 셋째에겐…말씀이야
코델리아를 추방함으로써 리어는 그녀를 프랑스 왕비로 만들어 주었고 버건디 공과의 결혼을 막아 주었다. (아든)

101행 채찍
당시 바보들은 흔히 채찍을 맞았다고 한다.

105행 고약한…맛이군
세 가지 설명이 있다. 1)여기에서 리어는 오즈월드의 무례한 행동을 생각하고 있거나, 2)코델리아에게 범한 자신의 잘못을 뉘우치기 시작했거나, 3)바보의 뼈아픈 농담에 반응을 보이고 있다. (아든)

바보 아저씨, 잘 들어 봐.

가진 거 다 보여 주지 말고
아는 거 다 말하지 말고
있는 거 다 빌려 주지 말고
걷느니 말 타고 다니고
듣는 거 다 믿지 말고
단판에 승부를 걸지 말고
술과 계집 버리고
집 안에만 처박혀 있으면
스물 내고 이십보다
더 많이 남길 거야.

켄트 이건 아무 뜻도 없잖아, 바보야.

바보 그럼 그건 사례금 안 받고 하는 변호사 말씀과 같구먼, 당신은 그 대가로 나한테 아무것도 안 줬잖아. (리어에게) 아저씨, 없음을 이용할 줄 알아?

리어 글쎄 몰라, 없음에선 없음만 나오니까.

바보 (켄트에게) 그에게 말 좀 해 줘, 자기 땅 소작료가 그 지경에 이르렀다고. 바보 말은 안 믿어.

리어 신랄한 바보 녀석.

바보 얘, 신랄한 바보와 친절한 바보의 차이점을 아니?

리어 몰라, 가르쳐 줘.

바보 당신 땅을 내주라고 조언한 신하 불러
내 곁에 세우고 당신이 그이를 대신하면
친절한 바보와 신랄한 바보는 바로 보여,
얼룩 옷 바보는 여기에, 또 하나는 거기에.

리어 넌 나를 바보라고 부르니, 얘야?

바보 다른 칭호는 다 줘 버렸잖아, 그건 당신이 가지고 태어났고.

켄트 이거 온통 바보는 아닌데요, 전하.

바보 당연하지, 귀족들과 고관들이 허락하지 않을 거야. 내가 바보 독점권을 따내면 자기들도 한몫 끼려 할 텐데. 마나님들도 내가 온갖 바보짓을 혼자 하도록 내버려 두진 않을 테고 낚아채려들 하시겠지. 아저씨, 계란 하나 주면 왕관 둘을 주지.

리어 무슨 왕관이 둘인데?

바보 글쎄, 계란의 중간을 자른 다음 속을 파먹고 나면 계란 껍질 왕관이 둘이지. 당신이 왕관의 한가운데를 쪼개 양쪽을 다 줘 버렸을 때 당신은 나귀를 등에 업고 흙길을 걸었어. 금관을 줘 버렸을 때 그 대머리 관 속에 지혜라곤 조금도 없었단 말이지. 내가 이번 일을 바보처럼 말하거든 그 사실을 맨 처음 발견한 사람이 채찍을 맞으라고 해.

(노래한다.) 올해는 바보들 최악의 불경기다,
똑똑한 이들이 멍청해져
머리를 어떻게 쓰는지도 모르고
등신처럼 흉내만 내니까.

리어 이봐, 넌 언제부터 그렇게 노래를 많이 불렀어?

바보 당신이 딸들을 어머니 삼은 뒤로 줄곧 연습했어, 아저씨. 당신이 그들에게 회초리를 내주고 바지를 내렸을 때

138행 독점권
엘리자베스 여왕이 통치 말기에 독점권 금지령을 선포했음에도 불구하고 그녀의 후계자인 제임스 1세는 궁한 조신들에게 그것을 끊임없이 나누어 주었고, 그 결과 대중들의 격렬한 항의가 있었다. (아든)

145~146행 당신은…걸었어
바보는 이솝 우화에서 사람들의 비난을 염려하여 당나귀를 지고 가는 아버지와 두 아들의 얘기를 언급하고 있다.

148행 맨…사람
그는 다른 사람이 아닌 리어 본인이다.

(노래한다.) 그들은 깜짝 놀라 기쁨에 울었고
난 슬픔의 노래를 불렀지,
그토록 훌륭한 왕께서 바보들과
술래잡기 놀이 하게 됐노라고.

아저씨, 제발 이 바보에게 거짓말 가르쳐 줄 선생 하나 붙여 줘, 나 거짓말 배울래.

리어 거짓말만 해 봐라, 채찍을 맞힐 테니.

바보 난 당신과 딸들의 촌수가 궁금해. 그들은 내가 진실을 말하면 채찍을 맞히겠다고 하고 당신은 내가 거짓을 말하면 채찍을 맞히겠다고 해, 게다가 난 때로 침묵을 지킨다고도 채찍을 맞아. 난 차라리 바보 말고 아무거나 다른 게 됐으면 좋겠어. 그래도 아저씨, 당신은 안 될래. 당신은 정신머리 양쪽을 잘라 버리고 가운덴 아무것도 안 남겨 뒀거든. 여기 잘라낸 것 가운데 하나가 오네.

고너릴 등장.

리어 딸애야, 어떠냐? 이마에 그 띠는 왜 맸어? 넌 요새 눈살을 너무 많이 찌푸리는 것 같구나.

바보 그녀의 찌푸린 눈살에 신경 쓸 필요가 없었을 때 당신은 괜찮은 친구였는데 이젠 값없는 숫자 영이 됐어. 난 지금 당신보다 낫다고, 난 바보지만 당신은 없음이니까. (고너릴에게) 예, 그럼요, 입 다물지요. 말은 없지만 당신 얼굴이 다물라고 명령하네요. 쉿, 쉿!
빵 껍질 빵 쪼가리 다 지겨워
버리는 사람도 좀은 필요할 거야.

(리어를 가리키며) 저건 깐 콩깍지랍니다.

고너릴 전하, 모든 직언 허락된 이 바보뿐만 아니라
당신의 또 다른 무례한 종자들도
거칠고 참지 못할 소란을 피워 대며
매시간 트집 잡고 싸웁니다. 전하,
전 이 일을 당신께 똑똑히 알려 드려
확실히 고쳐 볼까 생각했습니다만
당신의 아주 최근 언동으로 보건대 본인이
이러한 방식을 보호하며 허락해 부추기니
이젠 두렵습니다. 만약 그리하신다면
그 잘못은 견책을 못 면하고 치유책도
잠만 자진 않을 텐데, 안녕 위해 그걸 쓰면
당신에게 해가 되어 다른 때 같았으면
제가 창피하겠으나 불가피할 경우엔
신중한 처사라 하겠지요.

바보 아저씨는 알고 있지,
　　　지빠귀가 뻐꾸기 너무 오래 키웠더니
　　　그 새끼가 자기 머리 쪼아 먹은 사실을.
그래서 촛불은 꺼지고 우린 어둠 속에 남았었지.

리어 네가 짐의 딸이냐?

고너릴 당신 속에 가득한 것으로 알고 있는
훌륭한 지혜를 활용해 주시고, 최근에
당신의 참모습을 앗아 가는 이러한 성질은
버리시면 좋겠어요.

바보 마차가 말을 끄는데 모르는 바보가 있을까? 아이고 언니야, 난 네가 좋아.

리어 여기 날 아는 사람? 이건 리어 아니다.

리어가 이리 걷고 말하나? 두 눈은 어딨어?
그의 지적 능력이 줄었거나 분별력이
마비된 상태다. — 하! 깨 있어? 그건 아냐.
내가 누구인지를 말해 줄 수 있는 사람?

바보 리어의 그림자지.

리어 그걸 알고 싶구나, 왜냐하면 왕권의 표상과 지식과 이성에 맹세코 난 딸들이 있다는 거짓 설득을 당해야만 할 테니까.

바보 그들은 그를 순종하는 아버지로 만들 거야.

리어 고운 부인이시여, 성함은?

고너릴 전하, 이러한 감탄은 당신의 새로운 장난과
꼭 같은 종류예요. 간청컨대 제 의도를
올바로 이해해 주시기 바랍니다,
나이가 드셔서 현명하실 테니까요.
당신께서 여기 둔 기사 향사 백 명은
너무나 무질서한 데다 방탕하고 거만하여
그 태도에 오염된 짐의 이 궁정이
난잡한 여인숙 같습니다. 탐식과 욕정으로
근엄한 궁궐이라기보다는 술집이나
창녀촌과 다름없습니다. 이러한 창피는
즉각 시정돼야지요. 따라서 다른 때엔
부탁한 건 손에 넣는 여자가 요청컨대
수행원의 숫자를 조금만 줄이고

205~206행 아이고…좋아
위협적인 몸짓을 보이는 고너릴에게 바보가 보이는 우스개 조의 반응.

213행 그걸
바로 앞의 바보의 말에 대한 반응일 수도 있지만, 211행의 자기 질문 가운데 '내가 누구인지'를 가리킬 수도 있다.

계속해서 당신에게 의지할 나머지는
그 나이에 어울리고 자신들과 당신을
좀 아는 사람들을 쓰십시오.

리어 천하에 못된 것!
말안장을 얹어라, 시종들을 불러 모아.
타락한 천출 년아, 널 귀찮게 않겠다,
난 아직 딸 하나가 더 있어.

고너릴 당신은 내 종자를 때리고 무질서한 당신 패는
상관들을 하인처럼 부려요.

올버니 등장.

리어 슬프다, 너무 늦게 뉘우친 자! — 오, 왔는가?
이게 자네 뜻인가? 말하게. — 말들을 준비하라.
배은망덕, 너 대리석 심장의 악마여,
자식에게 나타날 땐 바닷속 괴물보다
더욱 흉악하구나.

올버니 참으십시오, 전하.

리어 (고너릴에게) 흉악한 솔개야, 거짓이다.
나의 수행원들은 임무의 모든 면을
상세히 알고 있는 엄선된 인재들로
본인들의 명성에 따르는 품위를
철저히 지킨다. 오, 지극히 작은 잘못,
코델리아 안에서 넌 얼마나 추하게 보였기에
마치 무슨 기계처럼 확고한 내 인정을
뽑아내 버리고 가슴속 사랑을 다 짜내어
담즙과 뒤섞어 놓았나. 오 리어, 리어야!

(머리를 치며) 어리석음 들이고 소중한 판단력을 내보낸
이 대문을 때려라. 내 사람들은 가라, 가.

(켄트, 기사들, 시종들 함께 퇴장)

올버니 전하, 전 죄가 없습니다, 당신께서 노하신
이유를 모르듯이.

리어 그럴지도 모르겠네.
자연은 들으소서, 소중한 여신은 들으소서.
이것에게 많은 자식 점지해 줄 의향이
정말로 있었으면 그 계획을 멈추소서.
이 여자의 자궁에 불임증을 옮기고
생식 기관 모두를 싹 말려 버리며
그 썩은 몸에서 그녀를 존중할 아기는
절대로 못 나오게 하소서. 생산할 팔자라면
독 품은 자식 낳고 그것이 살아남아
비꼬이고 인정 없는 애물 되게 하소서.
그것으로 말미암아 젊은 이마 주름지고
쏟아지는 눈물이 뺨 위에 골을 파며
어미의 뭇 고생과 보람을 비웃음과
경멸로 바꾸어 은혜 잊은 자식을 두는 게
독사의 이빨보다 얼마나 더 날카로운지
느끼게 해 주소서. 떠나자, 떠나자!

(리어와 바보 함께 퇴장)

올버니 숭배하는 신들에게 맹세코 웬일이오?

고너릴 절대로 괴롭게 더 알려 하지 말고
망령이 뻗는 대로 분풀이를 하도록
내버려 두세요.

리어, 뒤따르는 바보와 함께 등장.

리어 뭐라고, 내 종자 오십 명을 단칼에?
보름도 안 됐는데?

올버니 무슨 일이십니까, 전하?

리어 말해 주지. (고너릴에게) 난 죽고 싶도록 부끄럽다,
네 힘으로 내 남성을 이렇게 흔들다니,
내 너를 부득이 흐르는 이 더운 눈물에
값하게끔 만들다니. 역병에나 걸려라!
아비의 저주라는 불치의 상처가
네 모든 감각에 사무치게 되리라.
어리석고 늙은 눈아, 이 일로 다시 울면
내 너를 뽑은 다음 쏟아지는 눈물 섞어
흙 반죽을 만들리라. 아니, 이 지경이 되었어?
하? 그래 좋아. 난 딸이 또 하나 있는데
그 애는 틀림없이 친절하고 편안해.
그 애가 이 소식을 들으면 손톱으로
네 늑대 면상을 긁을 거다. 넌 알게 될 거다,
내가 영영 버렸다고 생각했던 그 모습을
다시 찾은 사실을. (퇴장)

고너릴 저 말 잘 들었어요?

올버니 고너릴, 당신에게 품은 사랑 크다 해서
내가 이리 편파적일 수는 없—

고너릴 부탁인데, 됐어요. 여봐라, 오즈월드!
(바보에게) 너, 바보라기보다는 종놈아, 주인을 쫓아가.

바보 아저씨, 리어 아저씨, 잠깐만. 이 바보 데려가요.
사로잡은 여우와 저런 딸은

목을 달아매야지요,
내 모자로 교수형 밧줄을
살 수만 있다면요.
그럼 이 바보는 따라가요. (퇴장)

고너릴 이 사람은 조언을 잘 받았어. — 기사가 백이야!
그에게 무장 기사 백 명을 보유케 한 것은
신중하고 안전했어! 맞았어, 그래서
꿈마다 소문마다, 변덕, 불평, 미움마다
그들의 힘으로 자기 노망 보호하고
우리 목숨 좌우할 셈으로. 오즈월드 없느냐!

올버니 글쎄, 지나친 두려움도 있지 않소.

고너릴 지나친 믿음보단 안전해요.
언제나 해 입지 않을까 겁내느니 언제나
그 원인을 없애야죠. 그의 마음 알아요.
그가 뱉은 말들을 동생에게 전했어요.
그와 기사 백 명을 동생이 부양하면
폐단을 지적해 줬는데도 —

오즈월드 등장.

오즈월드 왔느냐?
그래, 동생에게 보낼 편지 썼느냐?

오즈월드 예, 마님.

고너릴 몇 사람을 데리고 말을 타고 떠나거라.
각별한 내 걱정을 상세히 통지하고
거기에다 그것을 더욱더 강화해 줄
너 자신의 이유도 덧붙여라. 어서 가

그리고 서둘러 돌아와. (오즈월드 퇴장)
아니, 아니, 여보,
우유처럼 부드러운 당신의 이 방식을
나무라진 않지만 죄송한 말인데
당신은 해로운 관용으로 칭찬받기보다는
분별력 부족으로 훨씬 더 비난을 받아요.

올버니 당신 눈이 어디까지 보는진 모르지만
더 좋게 만들려다 잘된 걸 망친다오.

고너릴 아니 그럼 —

올버니 글쎄요, 결과를 봅시다. (함께 퇴장)

1막 5장

리어와 변장한 켄트 및 바보 등장.

리어 (켄트에게) 넌 이 편지들을 가지고 앞서서 글로스터에게 가거라. 내 딸이 편지를 읽고 물어보는 것 외에는 네가 아는 걸 아무것도 알려 주지 말고. 부지런히 속력을 내지 않으면 내가 먼저 거기에 닿을 거야.

켄트 편지를 전달할 때까지는 전하, 잠을 자지 않겠습니다.
(퇴장)

바보 사람 머리가 발뒤꿈치에 달렸다면 동상에 걸릴 위험

1막 5장 장소
고너릴과 올버니의 저택 바깥.
1행 글로스터
사람이 아니라 지명, 즉 '글로스터 읍'을 가리킬 수도 있다. 편지를 주고받는 대상이 불명확하여 혼선을 일으키는 대목이지만 셰익스피어는 단순히 다음 장면을 앞당겨 보고 이렇게 썼을 수도 있다. (아든)

이 있잖을까?

리어 물론이지.

바보 그럼 제발 기뻐해, 당신 정신머리는 동상 때문에 실내화 신지는 않을 테니까.

리어 하, 하, 하.

바보 이번 딸은 당신을 친절하게 대접할 테니까 두고 봐, 이 여자와 그 여자는 사과와 능금처럼 닮았지만 그래도 내가 할 수 있는 말은 할 수 있으니까.

리어 뭔 말을 할 수 있는데, 얘야?

바보 이 여자와 그 여자는 두 능금의 맛이 같은 것처럼 같을 거야. 당신은 사람 코가 왜 얼굴 중간에 있는 줄 알아?

리어 몰라.

바보 그야 코 양쪽에 눈을 두자는 거지, 그래서 냄새로 알아내지 못하는 건 들여다볼 수 있게끔.

리어 걔한테 잘못했어.

바보 굴 껍질이 어떻게 생기는지 알아?

리어 몰라.

바보 나도 몰라. 하지만 달팽이에게 왜 집이 있는지는 알아.

리어 왜?

바보 그야 자기 머릴 집어넣으려고, 그걸 딸들에게 줘 버리고 자기 뿔 넣을 데가 없으면 안 되니까.

리어 난 천륜을 잊을 테다. 그렇게도 친절한 아비를! 말들은 준비됐어?

바보 당신 졸개들이 하고 있어. 북두칠성에 별이 일곱 개밖

21행 걔한테 잘못했어 리어는 코델리아에 대한 자신의 처사를 골똘히 생각하고 있다. 그러나 '걔'는 고너릴을 가리킬 수도 있다. (뉴케임브리지)

에 없는 이유는 참 그럴듯하지.

리어 여덟이 아니니까.

바보 맞았어, 당신은 훌륭한 바보가 되겠어.

리어 강제로 그걸 다시 뺏어 — 흉악한 배은망덕!

바보 아저씨, 당신이 내 바보라면 너무 빨리 늙었다고 매 맞게 할 텐데.

리어 어째서?

바보 당신은 현명해지기 전까진 늙지 말았어야 했어.

리어 오, 하늘이여, 미치지 않도록 해 주소서! 평정을 주소서, 미칠 마음 없나이다.

신사 등장.

그래, 말들은 준비되었느냐?

신사 됐습니다, 전하.

리어 얘야, 가자. (리어와 신사 함께 퇴장)

바보 내가 갈 때 웃는 처녀 곧 처녀를 잃을 거야, 물건이 다 잘리지 않는다면 말씀이야. (퇴장)

2막 1장

에드먼드와 커런 따로 등장.

에드먼드 커런, 잘 지냈어?

44~45행 내가…말씀이야
바보의 농담에서 우스갯소리만 듣고 리어가 비극적인 여정을 겪게 될 것임을 모르는 처녀는 멍청하기 때문에 어떻게 자기 처녀성을 지켜야 할지 모를 것이다. (아든)

커런 도련님도요. 제가 주인어른과 함께 있었는데 콘월 공작과 리건 부인께서 오늘 밤 이곳으로 오실 거라고 통지해 드렸습니다.

에드먼드 어인 일로?

커런 모르겠습니다. 떠도는 소문은 들으셨습니까? — 속삭임 말입니다, 아직은 귓전을 스치는 얘깃거리일 뿐이니까요.

에드먼드 못 들었어. 말해 줘, 그게 뭔데?

커런 곧 전쟁이 있을 거란 얘기 못 들으셨어요? 콘월과 올버니, 두 공작 사이에 말입니다.

에드먼드 한마디도 못 들었어.

커런 그럼, 앞으로 들으실 겁니다. 안녕히 계십시오. (퇴장)

에드먼드 공작이 오늘 밤 여기에? 잘됐어 — 최고야!
이것은 내 일과 엮일 수밖에 없다.
아버지는 형을 잡을 보초를 세웠고
난 한 가지 까다로운 문제가 있는데
행동에 옮겨야지. 빨리 오라, 행운이여!
형, 한마디만. 내려와요, 형, 어서요!

에드거 등장.

아버지가 감시해요. 오, 형님, 여길 떠요!
형님이 숨은 곳이 발각되긴 했지만
지금은 밤이라는 이점이 있습니다.
콘월 공작을 나쁘게 말 한 적 없어요? —

2막 1장 장소 글로스터의 저택.

이리로 옵니다, 지금 이 밤중에, 급하게
리건도 함께요. 그분의 편에 서서
올버니 공작을 나쁘게 말한 적 없어요?
생각 좀 해 봐요.

에드거 분명코 없었어, 한마디도.

에드먼드 아버지가 오는 소리 들립니다. — 죄송하나
속임수로 형님에게 칼을 뽑겠습니다.
뽑아요, 방어하는 척하고. 자 이젠 붙어요.
(크게) 항복해, 아버지 앞으로 가! 여봐라, 불! 여기다!
(에드거에게)
달아나요, 형님. (크게) 횃불! 횃불! —
(에드거에게) 잘 가요.

(에드거 퇴장)

내가 피를 흘린다면 격렬한 싸움을
했다고 믿을 거다.
(자기 팔을 벤다.) 술꾼들이 장난삼아
더한 짓 하는 것도 보았다. 아버지, 아버지!
서라, 서! 누구 없나?

글로스터와 하인들 횃불 들고 등장.

글로스터 그런데 에드먼드, 악당은 어딨어?

에드먼드 날 선 칼 뽑아 들고 어둠 속에 서 있었죠,
악한 주문 중얼대며 달에게 마법 걸어
수호 여신 돼 달라면서요.

글로스터 근데 놈은 어딨어?

에드먼드 저, 피가 나요.

글로스터 악당은 어딨냐고, 에드먼드?

에드먼드 저리 튀었습니다, 절대로 안 되는 걸 —

글로스터 여봐라, 뒤쫓아라! 따라가. (하인 몇 명 퇴장)
— 절대로 뭘?

에드먼드 저에게 백작님 살해를 설득했답니다,
부친 살해범에게는 복수하는 신들이
모든 벼락 내렸음을 그에게 말해 주고
부자간의 유대가 얼마나 깊고도 강한지를
얘기해 줬는데도. 백작님, 그는 결국
제가 그의 비정한 목적을 얼마나
혐오하고 있는지 알고서는 꺼낸 칼로
무방비의 제 몸에 무서운 일격을
깊숙이 가하다가 제 팔을 긁었어요.
하지만 이 옳은 싸움에 자극받아 용감해진
제 기백이 최고로 깨어난 걸 보고서는
아니면 제가 지른 소리에 질렸는지
황급히 달아났답니다.

글로스터 멀리 도망치라고 해,
이 나라 안에서는 안 잡힐 수 없을 거고
찾아내면 — 처형이다! 나의 주군 공작님,
나의 최고 후원자가 오늘 저녁 오신다.
그분의 권한으로 공포할 것이야,
그놈을 발견하여 흉악한 비겁자를
형장으로 끌고 가게 해 주면 사례 받고

39~40행 악한…달라면서요
에드먼드는 글로스터의 미신을 자극하고 있다. (아든)

숨겨 주면 죽는다고!

에드먼드 그에게 계획을 멈출 것을 권했으나
결행할 것임을 알고 전 독한 말로
폭로하겠노라고 위협했죠. 대답은 이랬어요,
'이 무일푼 천출 놈아, 내가 널 반박하면
네게 무슨 신뢰나 미덕이나 가치 있어
네 말이 믿기겠냐? 암, 이번 일을 포함하여
내가 부인할 것과, 그래, 네가 비록
내 필적을 내놓아도 난 모두를 네 사주와
음모와 추악한 책략으로 돌릴 테다.
또한 날 죽이려는 강력한 동기가
내 죽음에 따라올 네 이득임을 이 세상이
모를 거라 생각하면 넌 분명 사람들을
멍청이로 아는 거야.' (안에서 나팔 소리)

글로스터 오, 유별나게 비정한 놈!
자기 편질 부인해? 내 자식이 아니다.
쉬, 공작의 나팔이야. 왜 오는지 모르겠다.
항구를 다 막으리라, 놈이 탈출 못 하게.
공작께서 그건 허락해야지. 그 밖에도
왕국 안의 모두가 식별할 수 있도록
그의 얼굴 그림을 원근에 보내고 내 땅은
충직하고 인정 많은 네가 물려받도록
방도를 찾아보마.

콘월, 리건 및 시종들 등장.

콘월 어떻게 된 거요, 백작? 내가 여기 오고 나서

그건 바로 지금인데, 이상한 소식을 들었소.
리건 그게 사실이라면 아무리 복수해도
모자랄 것이오. 기분이 어때요, 백작?
글로스터 오, 마님, 늙은 이 가슴이 깨졌어요, 깨졌어.
리건 아니, 아버지의 대자가 당신 목숨 노렸어요?
아버지가 이름을 지어 준 에드거가?
글로스터 오, 마님, 마님, 부끄러워 숨기고 싶습니다.
리건 아버지를 시중드는 난잡한 기사들과
한패가 아니었던가요?
글로스터 모릅니다, 마님. 너무너무 못됐어요.
에드먼드 예 마님, 그들과 어울렸답니다.
리건 그럼, 나쁜 영향 받았다고 놀랄 건 없군요.
노인의 재산을 흥청망청 날리려고
그에게 살인을 부추긴 건 그들이오.
바로 오늘 저녁에 언니를 통하여
그들에 대해서 잘 알았고 그들이 내 집에
묵으러 온다면 거길 떠나 있으라는
주의를 받았어요.
콘월 나도 분명 떠나겠소, 리건.
에드먼드, 자넨 아버지에게 자식 된 도리를
다했다고 들었네.
에드먼드 제 의무였습니다.
글로스터 그가 놈의 음모를 폭로했고 붙잡으려다가
두 분이 보시는 이 상처를 입었지요.
콘월 뒤쫓고 있습니까?
글로스터 예, 공작님.
콘월 그자가 붙잡히면 다시는 나쁜 짓 할

염려 없을 것이오. 내 권한을 어찌 쓰든
복안대로 하시오. 에드먼드 자네는
이번에 보여 준 미덕과 복종으로
천거되고 남으니 짐의 사람 만들겠네.
깊이 믿을 인물들이 짐은 꼭 필요해.
짐이 자넬 선점하네.

에드먼드 섬기겠습니다, 다른 건 몰라도 진실되게.

글로스터 자식 대신 감사드립니다.

콘월 우리가 방문한 이유를 모르지요?

리건 이렇게 때 아니게, 어두운 밤 헤매며.
글로스터 백작, 꽤 중대한 사태가 벌어져
백작의 권고를 들어야만 되겠어요.
아버지가 다툰 일로 편지를 썼는데 —
언니도 썼지만 — 집을 떠나 답하는 게
최선이라 생각했답니다. 사신들이 제각기
급파되길 기다려요. 오랜 친구께서는
이 일은 즉각적인 처리가 요구되니
기운을 내신 다음 필요한 조언을
해 주기 바랍니다.

글로스터 분부를 따르겠습니다.
두 분을 정말 환영합니다. (함께 퇴장)

2막 2장

변장한 켄트와 오즈월드 따로 등장.

오즈월드 어이 친구, 좋은 새벽 맞이하게. 이 집 사람인가?

켄트 그렇다.

오즈월드 말들을 어디다 매면 될까?

켄트 진창에다.

오즈월드 부디 날 아낀다면 말해 주게.

켄트 난 널 아끼지 않아.

오즈월드 뭐야, 그럼 나도 너에게 관심 없어.

켄트 너를 내 이빨로 깨물고만 있어도 나에게 관심 갖게 해 줄 텐데.

오즈월드 왜 이런 식으로 날 대접하지? 나는 널 모르는데.

켄트 이봐, 난 널 알고 있어.

오즈월드 나를 뭐로 아는데?

켄트 나쁜 녀석, 불량배, 음식 찌꺼기나 먹는 놈. 천하고 오만하며 얄팍하고 거지꼴에 옷 세 벌과 수입은 백 파운드, 더러운 데다가 모직 양말 신은 녀석. 벼룩이 간보에 법이나 들먹이는 잡놈, 상놈, 거울 찾고 과잉 충성하며 까탈 부리는 불한당. 트렁크 하나 물려받은 불상놈. 주인을 잘 섬긴답시고 포주 노릇까지 할 놈. 나쁜 녀석, 거지, 겁쟁이, 뚜쟁이, 암 똥개 기질을 물려받은 개새끼 따위를 합쳐 놓은 잡종에 지나지 않은 놈. 네놈이 이들 호칭 가운데 한 글자라도 부인해 봐라, 시끄럽게 징징 짤 때까지 패 줄 테니.

오즈월드 아니, 이런 괴이한 자가 있나, 안면도 없고 알지도 못

2막 2장 장소
글로스터의 저택 바깥.
14행 옷…벌
하인들에게는 일 년에 세 벌의 옷이 주어진 것 같다. (아든)
14~15행 백 파운드
하인의 수입치고는 큰 액수이지만 아마도 제임스 1세가 돈을 받고 기사를 양산한 것에 대한 공격처럼 보인다. (뉴케임브리지)
15행 모직 양말
신사들은 비단 양말을 신었다. (아든)

하는 사람에게 이렇게 욕설을 퍼붓다니!

켄트 이런 뻔뻔스러운 녀석 봤나, 네가 날 안다는 사실을 부인해? 국왕 앞에서 네놈의 다릴 걸고 때려 준 지 이틀도 안 됐는데? 칼을 뽑아라, 이 불한당아, 밤이기는 하지만 달빛은 있다. (자기 칼을 뽑는다.) 네놈을 벌집 만들어 달빛 들게 하겠다. 이 상놈의 겉멋만 든 불한당아! 칼을 뽑아!

오즈월드 저리 가, 난 너하고 아무 상관없어.

켄트 뽑아라, 불량배 놈! 넌 국왕에게 불리한 편지를 가져왔고 그녀의 부왕 전하에게 적대하는 허영이란 이름의 꼭두각시 편을 들고 있어. 뽑아라, 이 악한아, 안 그러면 네 정강이 살로 산적을 만들겠다. — 뽑아라, 이 불량배 놈, 덤벼라!

오즈월드 사람 살려! 살인이야! 사람 살려!

켄트 싸워 봐, 이 잡종아. 서라, 악한아, 서. 이 겉멋만 든 놈아, 싸우라고! (그를 때린다.)

오즈월드 사람 살려! 살인이다! 살인!

단검을 든 에드먼드, 콘월, 리건, 글로스터 및
하인들 등장.

에드먼드 원 이런, 이게 무슨 일이냐? 떨어져라!

켄트 (에드먼드에게) 그렇지, 당신 같은 애송이가 일이란 말씀이오. 자, 한 수 가르쳐 드리지. 덤벼 봐요, 도련님.

글로스터 무기? 칼? 이게 무슨 일이냐?

콘월 목숨이 아깝거든 멈춰라. 한 번만 더 찌르면 죽는다. 이 무슨 일이냐?

리건 언니와 국왕이 보낸 사자들이군요.

콘월 (켄트에게) 무슨 일로 싸웠느냐? 말하라.

오즈월드 전 숨이 끊어질 것 같습니다, 공작님.

켄트 놀랄 것 없지, 용기를 너무 과하게 냈으니까. 이 겁쟁이 불량배야, 조물주는 너하고 관계없대 — 넌 양복쟁이가 만들었어.

콘월 이상한 녀석이군. 양복쟁이가 사람을 만들어?

켄트 예, 양복쟁이요. 석수나 화가라면 자기 업종에 두 해만 있었어도 녀석을 저렇게 못 만들진 않았을 겁니다.

콘월 (오즈월드에게) 그래도 말해 봐. 왜 싸우게 되었나?

오즈월드 이 늙어 빠진 무법자가, 공작님, 흰 수염으로 애걸하여 목숨을 살려 주었더니만 —

켄트 이런 상것, 이런 쓸모없는 개똥 같으니! 공작님, 허락만 해 주신다면 이 줏대 없는 악당을 밟아 부숴 회반죽을 만든 다음 변소의 벽을 바르겠습니다. 내 흰 수염을 살려 줘, 너 할미새가?

콘월 이봐, 조용해! 이 짐승 같은 놈, 넌 어른도 모르느냐?

켄트 압니다만 화났을 땐 특권이 있습니다.

콘월 왜 화가 났느냐?

켄트 이따위 잡놈이 정직성은 없으면서
칼은 차고 있어서요. 실실 웃는 이놈들은
풀 수 없이 묶여 있는 신성한 인연을
쥐처럼 두 동강 내 놓고 주인의 본성에서
이성을 거역하는 감정을 모조리 추어주며

62행 할미새 몸이 길고 가늘며 특히 길쭉한 꽁지를 습관적으로 위아래로 흔든다. 따라서 오즈월드의 아첨을 비유하는 데 쓰였다.

불에는 기름을, 찬 기분엔 흰 눈을 대령하고
자기네들 주인의 변화와 바람 따라
물총새 아가리를 예, 아니오, 놀리면서
개처럼 오로지 따를 줄만 압니다.
(오즈월드에게) 일그러진 그 상판은 염병에나 걸려라.
내가 마치 바보인 양 내 말에 웃고 있어?
이 거위 같은 놈, 들판에서 널 만나면
꽥꽥대는 너를 잡아 술안주로 만들겠다.

콘월 뭐라고, 미쳤어, 이 늙은 녀석아?

글로스터 왜 맞붙게 되었는지 그걸 말해.

켄트 저와 이런 악당 놈 사이보다 더 심한 반감은
어떠한 상극에도 없습니다.

콘월 왜 그를 악당이라 하느냐? 뭘 잘못했는데?

켄트 이자의 용모가 마음에 안 듭니다.

콘월 나나 백작, 부인의 용모도 그럴 테지.

켄트 공작님, 솔직한 게 제 습관입니다.
저도 한땐 지금 제 앞에 있는 어깨 위의
그 어떤 얼굴보다 더 나은 얼굴들을
본 적이 있습니다.

콘월 바로 이런 녀석이
무뚝뚝하다는 칭찬을 받고 나서
일종의 오만한 거칢을 흉내 내며
직언의 본질을 왜곡해. 그는 아첨 못 하지, 암,
마음이 정직해서 진실을 말해야 돼.

73행 물총새 이 새의 꼬리나 부리를 잡고 있으면 풍향계처럼 바람 부는 방향을 알 수 있었다고 한다. (뉴케임브리지)

받아 주면 좋은 거고 아니면 솔직하지.
이런 유의 악당들은 내가 아는 바로는
그 솔직함 이면에 우습게 굽실거리면서
꼼꼼히 임무를 다하려는 시종 스무 명보다
더 많은 술수와 불순한 목적을 품고 있어.

켄트 공작님, 진정으로, 거짓 없는 진실로
위대하신 용안의 허락을 받잡고,
그 위광은 명멸하는 태양신 이마 위의
찬란한 불꽃 관 같은바 —

콘월 이게 무슨 뜻이야?

켄트 그토록 달갑지 않게 여기셨던 제 말투에서 벗어나려고요. 전 압니다, 제가 아첨꾼이 아니란 걸. 솔직한 말로 당신을 속인 자가 있었다면 그는 솔직한 악당이었을 텐데 전 그런 놈은 되지 않으렵니다, 되겠다고 애원해서 괘씸죄에 걸릴 수는 있겠지만.

콘월 (오즈월드에게) 자네는 그에게 무슨 죄를 지었느냐?

오즈월드 어떤 죄도 지은 적 없습니다.
그의 주인 국왕께서 오해로 말미암아
아주 최근 황공하옵게도 저를 때리셨는데
그때 그는 그분의 불쾌감에 영합하며
뒤에서 제 다리를 걸었고 넘어진 저를 두고
뽐내면서 욕 퍼붓고 사나이 기질을
영웅처럼 발휘하며 자제하는 사람을
공격한 대가로 국왕의 칭찬을 받았는데
그 가공할 위업에 고무되어 여기에서
제게 다시 칼을 뽑았습니다.

켄트 허허,

이따위 건달과 겁보들이 맹장 아이아스를
바보로 만드는군.

콘월 　　　　차꼬를 가져와라!
이 난폭한 영감쟁이, 허풍 떠는 늙정이야,
가르쳐 주겠다.

켄트 　　　　배우기엔 너무 늙었습니다.
차꼬를 채우지 마십시오. 전 국왕을 섬기고
그분의 용무로 당신께 왔습니다.
저를 차꼬 채운다면 왕권과 옥체를
존중하지 않으며 너무나 불손한 악의를
드러내는 것입니다.

콘월 　　　　차꼬를 가져와라!
내 목숨과 명예 걸고 정오까지 앉히리라.

리건 정오까지! 여보, 밤까지, 밤이 샐 때까지.

켄트 아니 마님, 부친의 개라도 그런 대접
않으실 겁니다.

리건 　　　　종이니까 하겠다. (차꼬가 나온다.)

콘월 이 녀석은 우리의 처형이 말한 자와
꼭 같은 부류요. 자, 차꼬를 이리로.

글로스터 공작님께 청하오니 그리하지 마십시오.
크게 잘못했으니까 그의 주인 국왕께서
꾸중하실 겁니다. 의도하신 천한 벌은
최고로 비천하고 경멸받는 놈들에게

119행 아이아스
콘월은 켄트가 자기를 쉽게 속아 넘어가는 바보 같은 그리스의 장군 아이아스(『트로일로스와 크레시다』 참조)와 동일시한다고 믿기 때문에 그가 내뱉은 불평조의 말에 격렬한 반응을 보인다. (뉴케임브리지)

절도와 아주 속된 범죄들을 처벌할 때
쓰이는 것입니다. 국왕께선 자신이 이토록
하찮게 평가되어 사자가 묶인 것을
안 좋게 생각하실 겁니다.

콘월 내가 책임지겠소.

리건 언니는 자기의 집사가 자기 일 보느라고
욕보고 폭행당한 사실을 훨씬 더 나쁘게
받아들일 거예요. 다리를 집어넣어.

(켄트를 차꼬에 앉힌다.)

콘월 자 백작, 갑시다. (글로스터와 켄트만 남고 모두 퇴장)

글로스터 안됐네, 친구여. 이것은 공작의 뜻인바
그분의 성미는 온 세상이 잘 알듯이
바꾸지도 막지도 못하지. 간청해 보겠네.

켄트 마십시오. 뜬눈으로 힘든 길을 왔습니다.
얼마간 자다가 나머진 휘파람 불지요.
착한 사람 발에도 옴 붙을 수 있답니다.
좋은 아침 맞으시죠.

글로스터 이 일은 공작의 책임이다, 예감이 안 좋아. (퇴장)

켄트 왕이시여, 하늘의 축복을 마다하고
뙤약볕에 나선다는 속담이 맞음을
입증하시다니요.
솟아라, 그대 이 지상의 등대여,
그대의 위안되는 빛으로 이 편지를
판독할 수 있도록. 비참한 사람들만

155행 속담 좋은 곳에서 나쁜 곳으로 옮겨 간다는 의미의 속담.
157행 지상의 등대 태양. 때는 새벽이다.

기적을 보는구나. 코델리아 공주께서
이걸 보내셨는데 참말로 운 좋게도
내 잠행을 보고받고, (읽는다.) '이 엄청난 사태를
수습할 시간을 낸 다음 손실의 복구'에
힘쓰실 것이다. 너무 지쳐 못 잤으니
무거운 눈이여 기회다, 부끄러운 잠자린
쳐다보지 말거라.
운명아 잘 자라, 다시 웃고 바퀴를 돌려라. (잔다.)

2막 3장

에드거 등장.

에드거 나에 대한 포고령을 들었다.
그런데 때마침 나무에 구멍이 있어서
추적을 피했다. 항구는 다 막혔고
어디서나 나를 체포하려고 지키며
유별난 경계를 펴고 있다. 피할 수 있는 한
몸을 보전하리라. 그래서 여태껏
가난이 인간을 경멸하여 동물로 전락시킨
최고로 천하고 최고로 볼품없는 형상을
취하리라 생각했다. 얼굴엔 똥칠하고
허리엔 담요를 두르고 쑥대머리에다
맨살을 다 보이도록 드러낸 채
바람과 하늘의 박해에 대항하리.

2막 3장 장소 글로스터의 저택 바깥.

그 증거와 선례로 미치광이 거지들이
이 나라에 있으니, 그들은 고함을 지르며
쇠침과 나무 대못, 못과 찔레 가지를
마비되어 감각 없는 맨 팔뚝에 찔러 넣고
그 끔찍한 모습으로 누추한 농가와
가난한 촌 동네, 움막과 물방앗간에서
때로는 미치광이 저주로, 때로는 기도로
동냥을 강요한다. 딱한 걸신, 딱한 탐,
그런 건 있어도 나 에드거는 없음이다. (퇴장)

2막 4장

리어, 바보 및 기사 한 명 등장.

리어 이상하다, 그들이 이렇게 집을 떠나
내 사자를 안 돌려보내다니.

기사 제가 아는 바로는
어제 밤까지도 이렇게 옮기려는 계획은
있지 않았습니다.

켄트 (깨면서) 문안드립니다, 주인님.

리어 하? 이 창피가 오락이냐?

켄트 아닙니다, 전하.

바보 하, 하! 이 사람 좀 봐, 가혹한 대님을 매고 있네. 말은 머리를, 개나 곰은 목을, 원숭이는 허리를 그리고 사람은 다리를 잡아매는 법이지. 다리 힘 좋다고 싸돌아다

2막 4장 장소 글로스터의 저택 바깥.

니면 목제 양말을 신게 된다니까.
리어 네 지위를 이토록 잘못 알고 너를 여기
앉힌 자가 누구냐?
켄트 그와 그녀, 전하의
사위와 따님이요.
리어 아냐.
켄트 맞아요.
리어 아니라니까.
켄트 맞는다니까요.
리어 아니 아냐, 못 그래.
켄트 아뇨, 그랬어요.
리어 주피터에 맹세코, 아냐.
켄트 주노에 맹세코, 맞아요.
리어 감히 못 해,
할 수 없지, 안 할 거야 — 살인보다 더 나빠,
국왕의 체면에 이렇게 폭행을 가하다니.
해명하라, 적당히 서둘러, 어떻게 그들이
짐이 보낸 널 이렇게 처우하고 넌 그걸
달게 받게 되었는지.
켄트 전하, 그들의 집에서
전하의 편지를 제가 올려 드린 다음
경의를 표하려고 무릎 꿇은 자리에서
일어서기도 전에 김 나는 파발꾼이
허둥지둥 땀에 절어 반쯤은 죽은 듯이
여주인 고너릴의 인사를 헐떡여 토하고는

20행 주노 로마 최고의 여신.

저를 가로막으며 편지를 전했는데
그들은 곧장 그걸 읽었고 그에 따라
가솔들을 소집하여 바로 말에 올랐으며
저에게는 따라와서 천천히 대답을
기다리라 명하고 차가운 표정을 지었죠.
그런데 여기에서 그를 환대하느라고
저를 냉대했다고 느꼈던 사자를 만났는데
최근에 전하께 시건방진 태도를 보였던
바로 그 녀석이라 분별력보다는
용기가 많은 저는 칼을 뽑았습니다.
그자는 겁쟁이 큰 소리로 집 안을 깨웠고
전하의 사위와 따님은 그 죄가 이런 치욕
받아 마땅하다고 여겼지요.

바보 기러기 그쪽으로 날아가면 겨울 아직 안 끝났어.
넝마 걸친 아비는
자식들이 눈 돌리나
주머니 찬 아비는
자식들이 친절하지.
최고 창녀 운명 여신
거지에겐 문 안 열어.
그러나 이 모든 것에도 불구하고 당신은 딸들 때문에
일 년 내내 셀 수 있는 통한이 있을 거야.

리어 오, 울화통이 내 심장을 치받고 올라온다!
화병이여, 차오르는 슬픔이여, 내려가라,
네 자리는 저 아래다. 이 딸은 어딨느냐?

켄트 백작과 저 안에 있습니다.

리어 따라오지 말고 여기서 기다려. (퇴장)

기사 얘기한 것 말고는 아무 죄도 안 지었소?

켄트 그렇소. 국왕을 따라온 사람 수가 어찌 저리 적지요?

바보 그런 질문을 했기 때문에 차꼬를 차게 되었다면 넌 그걸 차는 게 당연해.

켄트 왜, 바보야?

바보 우린 널 개미한테 공부하러 보내서 겨울엔 일을 안 한다는 걸 가르쳐 줄 거야. 코를 따르는 자들은 장님을 빼놓고는 다 눈에 의지하는데 썩은 내 나는 사람을 냄새 맡지 못하는 코는 스무 개 가운데 하나도 없어. 큰 바퀴가 언덕 아래로 구를 때는 따라가다가 목이나 분지르지 않으려면 손을 떼야지. 그러나 큰 사람이 위로 올라갈 때는 그가 널 이끌도록 해. 더 나은 조언을 해 주는 현자가 있거든 내 건 도로 줘. 나쁜 놈들이나 내 말을 따르게 할 테야, 바보가 해 주는 말이니까.

이득을 챙기려고 봉사하고
걸만 보고 따르는 자,
비 오기 시작하면 짐 싸들고
폭풍 속에 널 버려도
난 기다려, 이 바보는 남는다고,
똑똑한 놈 가게 하고.
도망가는 나쁜 놈 바보 되도
이 바보는 나쁜 놈 절대 안 돼.

켄트 그건 어디서 배웠냐, 바보야?

바보 차꼬 차곤 안 배웠지, 바보야.

63행 개미
개미는 여름 동안 많은 식량을 저장하는데, 이제 리어의 운세가 겨울로 바뀌어 그에게서 아무것도 얻을 것이 없기 때문에 추종자들이 모두 그를 버렸다는 사실을 암시한다. (아든)

리어와 글로스터 등장.

리어 나와 얘길 거부해? 아프다고, 지쳤다고,
밤새 여행했다고? — 핑계에 불과해, 맞아,
반역과 도주와 아주 닮은 행동이야.
더 나은 대답을 받아 와.
글로스터 주상 전하,
공작의 불같은 성미를 아시지 않습니까,
얼마나 요지부동으로 자신의 방침을
고집하고 있는지.
리어 복수다, 재앙이다, 죽음과 혼란이다!
불같아? 무슨 성미? 아니, 글로스터, 글로스터,
콘월 공작 부부와 얘기하고 싶다니까.
글로스터 글쎄요, 전하, 그렇게 통지했습니다.
리어 통지해? 이봐, 내 말뜻을 이해하나?
글로스터 예, 전하.
리어 국왕이 콘월과 얘기하고 싶다니까.
사랑하는 아버지가 딸과 얘길 하고 싶고
봉사를 명령하고 기다린단 말일세.
그들이 이걸 알아? 숨차고 피가 끓어!
불같아? 불같은 그 뜨거운 공작에게 말 —
하지만 아직 아냐, 안 좋을 수도 있지.
허약하면 건강할 땐 필수였던 임무도
다 게을리하는 법. 심신이 억눌려
우리 몸과 마음이 함께 고통받을 땐
정신을 못 차리게 되니까. 참겠다.
그러고 보니까 내 격한 충동에 화가 난다,

싫증 나서, 병이 나서 폭발시킨 감정을
건강하다 여겼으니.
(켄트가 눈에 띈다.) 내 왕권이 죽었어!
왜 그가 여기 앉아? 이 행위로 보건대
공작과 그녀가 나타나지 않은 건
계책일 뿐이라 믿는다. 내 하인을 꺼내 놔.
가서 공작 부부에게 내가 지금 당장에
얘기하고 싶다고 해. 나와서 내 말 듣지 않으면
그들 침실 앞에서 북 두들겨 잘 생각은
죽여 주겠노라고 해.

글로스터 사이가 좋아지길 바랍니다. (퇴장)

리어 아, 내 심장! 심장이 솟구친다! 하지만 내려가라!

바보 심장에게 소리쳐 봐, 아저씨, 팔푼이 아줌마가 뱀장어들을 산 채로 국 솥에 넣었을 때처럼. 그녀는 막대기로 놈들의 대가리를 두들기며 '내려가, 짓궂은 것들아, 내려가!' 소리쳤대. 그 아줌마 남동생은 있잖아, 자기 말에게 순수한 친절을 베푼답시고 건초에 버터를 발랐대.

콘월, 리건, 글로스터 및 하인들 등장.

리어 둘 다 잘 잤는가?

117행 팔푼이 아줌마
아마도 잊힌 이야기에 나오는 여자 같은데, 그녀는 뱀장어를 죽여서 요리해야 한다는 사실을 몰랐기 때문에 이런 일을 당한다. (아든)
121~122행 건초…발랐대
마부들이 흔히 쓰는 속임수 중의 하나는 건초에 버터를 바르는 것이었다. 말은 기름 묻은 풀을 먹기 싫어하므로 마부들은 남은 풀을 훔칠 수 있었다. 그러나 이 아줌마의 동생은 순수한 마음으로 그렇게 했다. (아든)

콘월 어서 오십시요, 전하.

(켄트가 풀려난다.)

리건 전하를 뵙게 되어 기쁩니다.

리어 그럴 거라 생각한다, 리건. 그럴 만한
이유도 알고 있다. 네가 아니 기쁘다면
난 간통한 네 어미가 묻혀 있는 무덤엔
근처에도 안 갈 테다. (켄트에게) 오, 풀려났는가?
그 일은 나중에. — 사랑하는 리건,
네 언닌 사악해. 오, 리건, 그 애는 날카로운
불친절의 이빨을 독수리처럼
(가슴에 손을 얹으며) 여기에 박았다.
너에겐 말도 못 꺼낸다. 넌 믿지 못할 거야,
얼마나 불량한 태도로 — 오, 리건!

리건 전하 제발 참으세요. 전 언니가 임무를
꺼렸다기보다는 당신께서 언니의 진가를
평가할 줄 모르셨기 바랍니다.

리어 뭐? 어째서?

리건 전 언니가 책무를 저버렸을 것이라곤
조금도 생각할 수 없습니다. 전하, 혹시
언니가 당신의 종자들의 소란을 눌렀다면
모든 비난 해소해 줄 든든한 이유와
유익한 목적이 있었겠죠.

리어 그년을 저주해.

리건 오, 당신은 늙었어요.

127행 간통한
리건이 기쁘지 않다면 자기 딸이 아닐 것이라는 가정에서 하는 말이다.

생명력이 바로 그 한계점에 왔다고요.
당신보다 당신의 상태를 더 잘 식별하는
사려 깊은 사람의 다스림과 지도를
받으셔야 합니다. 그러니 간청컨대
짐의 언니에게로 꼭 좀 되돌아가
잘못했다 말하세요.

리어 걔에게 용서를 구한다?
이것이 가문에 얼마나 어울리나 보겠어?
(무릎 꿇으며) 따님이여, 이 몸은 늙었음을 고백하나이다.
노인은 쓸모없소. 무릎 꿇고 간청컨대
저에게 의복과 침대와 음식을 내리소서.

리건 전하, 그만. 이런 장난 꼴사납습니다.
언니에게 돌아가요.

리어 (일어서며) 절대로 안 간다, 리건.
걔는 내 수행원을 절반으로 줄였으며
독하게 날 쳐다보고 혓바닥을 휘둘러
바로 이 심장을 꼭 뱀처럼 후려쳤다.
저 하늘에 쌓인 복수, 은혜 잊은 그녀에게
다 쏟아져 내려라! 병 옮기는 바람이여,
그년 태아 불구로 만들어라!

리건 어머, 어머!

리어 민첩한 번개여, 눈멀게 할 불꽃을
비웃는 그년 눈에 쏘아라! 강렬한 태양이
빨아 올린 늪 안개여, 그년 미모 오염시켜
물집으로 뒤덮어라!

리건 오, 신들은 맙소사!
급한 감정 올라오면 제게도 퍼붓겠죠.

리어 아냐, 리건, 넌 절대 나의 저주 안 받는다.
천성이 고운 넌 난폭한 짓 할 생각은
품지도 않을 거다. 걔 눈은 사납지만
네 눈은 편안하며 타지 않아. 내 뜻을
들어주기 싫어하고 수행원을 막 자르며
말대꾸 급히 하고 내 수당을 줄이며
결국에는 들어오지 못하게 문 잠그는
그런 일을 너라면 안 할 거야. 넌 인간
본연의 임무와 자식 된 도리와 예의범절,
감사의 표시를 걔보다 더 잘 알아.
너에게 내가 내린 왕국의 절반을
잊지는 않았겠지.

리건 전하, 용건은요. (안에서 나팔 소리)

리어 내 사람을 누가 차꼬 채웠느냐?

오즈월드 등장.

콘월 저 나팔은?

리건 언니 것이에요. 곧 여기로 오겠다는
편지가 맞았네요. (오즈월드에게) 마님이 오셨느냐?

리어 이 노예의 쉬 빌린 자만심은 이놈이 따르는
그 여자의 변덕스러운 호의에서 나왔어.
썩 꺼져라, 썩을 놈아!

콘월 무슨 말씀이신지?

고너릴 등장.

리어 누가 내 하인을 차꼬에 앉혔느냐? 리건 넌
몰랐으면 좋겠다. 이 누구야? 오, 신들이여,
당신들이 노인을 아끼고 천상의 통치에도
복종을 인정하며 당신네도 늙었다면
이번 일엔 천벌 내려 내 편을 드시오!
(고너릴에게) 이 수염을 쳐다보기 부끄럽지 않으냐?
오 리건, 그 애와 손잡으려 하느냐?

고너릴 왜 손을 못 잡죠? 제 잘못이 뭔데요?
경솔하고 노망들어 죄라 하는 모두가
다 죄는 아닙니다.

리어 오, 너무 질긴 내 가슴아!
아직도 버티느냐? 내 사람이 차꼬는 왜 찼어?

콘월 제가 채웠습니다만 범법으로 훨씬 더
나쁜 상을 받아야 했습니다.

리어 뭐? 자네가?

리건 아버지, 약하시니 약하게 보이세요.
달이 찰 때까지 수행원 절반을 떼 버리고
언니네 집으로 되돌아가 머문 다음
제게로 오세요. 전 지금 집을 떠나 있어서
접대를 하는 데 필요한 물품들을
조달하지 못하는 실정이랍니다.

리어 걔한테 돌아가? 오십 명을 떼 버리고?
아냐! 난 차라리 모든 집 다 버리고
적의 품은 대기와 싸움을 택하리라. —
늑대와 부엉이의 동료가 되리라. —

196행 상 반어법.

매서운 궁핍의 고통이여! 저 애와 함께 가?
허, 난 오히려 지참금 없이도 막내를 데려간
다혈질의 프랑스 왕 옥좌 앞에 무릎 꿇고
종자나 된 것처럼 연금을 구걸하여
천한 목숨 유지하리. 저 애와 함께 가?
차라리 날 설득하여 혐오스러운 저 종놈의

(오즈월드를 가리키며)

마부나 되라고 해.

고너릴 좋을 대로 하세요.

리어 딸애야 제발 빈다, 날 미치게 하지 마라.
얘야, 널 귀찮게 않으마. 잘 가라.
우린 다시 만나지도 보지도 않을 거야.
하지만 넌 내 살, 내 피, 내 딸, 아니 넌 오히려
내 것이라 해야 하는 몸 안의 질병이고
내 썩은 피가 만든 부스럼, 페스트 발진이나
부풀은 옹이다. 하지만 널 꾸짖진 않겠다.
치욕이 올 테면 오라고 해, 난 아니 부르마.
천둥 가진 신에게 치라고 하거나
높은 심판 조브에게 고자질도 않으마.
고칠 수 있을 때 고쳐 봐, 여유 있게 개선해.
난 참을 수 있단다, 나와 기사 백 명은
리건 집에 묵을 수 있단다.

리건 꼭 그렇진 않아요.
전 아직 당신을 예상도, 제대로 맞이할

223행 조브
주피터라고도 불리는 로마 신계의 주신. 그리스 신화의 제우스에 해당한다.

준비도 못 했어요. 언니 말 들으세요.
당신의 격정을 이성으로 판단하는 이들은
당신이 늙었다고 할 수밖에, 그래서 —
하지만 언니는 알아서 처신해요.

리어 말 다했어?

리건 그렇고말고요. 아니, 시종이 오십 명?
됐잖아요? 더 있을 필요가 뭐예요?
예, 그렇게 많이요? 수가 너무 많으면
비용 위험 둘 다 큰데? 한 집에서 많은 이가
두 가지 명령받고 어떻게 화목을
지킬 수 있겠어요? 어렵고 거의 불가능해요.

고너릴 전하, 동생에게 딸려 있는 하인이나
제 하인의 시중을 받으시면 안 될까요?

리건 전하, 왜 안 되죠? 만약에 그들이 소홀하면
우리가 통제할 수 있고요. 저에게 오시려면 —
이제는 위험을 엿봤으니 — 간청컨대
스물에 다섯만 데려와요. 그 이상은
자리도 못 내주고 인정도 않겠어요.

리어 너희에게 다 주었다. —

리건 때맞춰 주셨지요.

리어 너희를 내 관리인, 수탁자로 만들고
그만한 숫자의 시중을 받도록
단서를 두었다. 뭐, 스물에 다섯만 데리고
너한테 가야 해? 그렇게 말했느냐, 리건?

리건 다시 말씀드리지만 더 이상은 안 돼요.

리어 사악한 것들도 아직 예뻐 보이는군,
더 사악한 게 있을 땐. 최악이 아니란 게

칭찬을 좀 받는구나. (고너릴에게) 너와 함께 가겠다.
네 오십은 스물하고 다섯의 두 배니까
사랑 또한 두 배다.

고너릴 제 말 들어 보세요.
스물다섯, 왜 필요한데요? 열이나, 다섯은?
그 두 배의 하인들이 당신을 돌보도록
명령받는 집 안에서?

리건 하나는 왜 필요해요?

리어 오, 필요를 따지지 마! 가장 천한 거지들의
가장 값싼 물건에도 넘치는 게 있는 법.
인간에게 본능만 채우라고 한다면
그 목숨 값, 짐승처럼 싸겠지. 넌 귀부인이다.
따뜻한 것만이 화려한 것이라면, 그래,
네가 입은 화려한 건 필요 없지, 널 따뜻이
보호도 못 하는데. 근데 진정 필요한 건 —
하늘은 저에게 인내를 주소서, 인내가 필요하오!
신들이여, 여기 이 불쌍한 노인이 보이지요,
나이만큼 근심 많고 양쪽으로 비참한데
아비에게 반항토록 이 딸들을 선동한 게
당신들이라면 저 또한 바보처럼 순하게
참지 않게 하소서. 고귀한 분노 내려
이 남자의 두 뺨을 여자들의 무기인 눈물로
더럽히지 마소서. 그래, 이 무정한 마녀들아,
내 너희 둘에게 복수하여 온 세상이 —
난 할 테다. — 뭘 할진 모르지만 그것은
지상의 공포가 되리라! 내가 울 것 같아도
아냐, 난 안 울어. (폭풍우 소리)

울 이유는 충분하나 울기 전에 이 심장이
천 갈래 만 갈래로 찢어질 것이다.
오, 바보야, 난 이제 미치련다.

(리어, 글로스터, 켄트, 바보 및 기사 함께 퇴장)

콘월 자, 들어갑시다, 폭풍이 올 거요.

리건 이 집은 좁아서 이 노인과 종자들을
묵게 하기 힘들어.

고너릴 본인의 잘못이지. 스스로 휴식을 피하니
자기 어리석음을 자기가 맛봐야 돼.

리건 혼자라면 기꺼이 받아들이겠지만
시종은 하나도 못 받아.

고너릴 나도 그리 결심했어.
글로스터 백작은 어디에 있지요?

글로스터 등장.

콘월 노인을 따라갔소. — 이제 돌아왔군요.

글로스터 국왕께서 격노하셨습니다.

콘월 어디로 가고 있소?

글로스터 말을 찾으셨으나 방향은 모르겠습니다.

콘월 내버려 두는 게 최고요, 뜻대로 하니까.

고너릴 (글로스터에게) 백작, 절대로 머물라고 간청하지 마시오.

글로스터 아 이런, 밤이 오고 있는 데다 큰 바람이
세차게 붑니다. 여러 마일 주변에는
숲조차 없습니다.

리건 백작, 고집불통들에겐
자기들 스스로 불러오는 피해가

스승이 되어야만 합니다. 문 거세요.
그에겐 무모한 시종들이 딸려 있어
속기 쉬운 귀를 가진 그에게 무슨 일을
부추길지 모르니 두려움이 현명해요.

콘월 문을 닫아거시오, 백작, 사나운 밤입니다.
우리 리건 충고대로 폭풍을 피합시다. (모두 퇴장)

3막 1장

폭풍은 계속된다. 변장한 켄트와 기사 한 명 따로 등장.

켄트 더러운 날씨 말고 게 누구요?

기사 날씨처럼 맘이 아주 불안정한 사람이오.

켄트 당신을 압니다. 국왕은 어디에 계시오?

기사 사나운 자연과 싸우고 계십니다.
바람에게, 땅을 바닷속으로 다 불어 넣든지
큰 파도로 육지 덮어 만물을 바꾸거나
멈추게 하라고 명령하고, 맹렬한 강풍이
맹목적인 분노로 광포하게 붙잡아
버릇없이 흩날리는 흰 머리칼 뜯으면서
밀고 또 밀리는 비바람의 싸움을
소우주의 폭풍으로 이기려 하십니다.
젖먹이는 곰도 쉬고 사자와 굶주린 늑대도

303행 문을 닫아거시오 글로스터는 왕에 대한 동정심에도 불구하고 콘월의 이 명령을 따른다. (아든)

3막 1장 장소 황야.

털을 말릴 이 밤에 맨머리로 내달리며
막판이다, 하십니다.

켄트 누가 함께 있지요?

기사 바보 혼자 농담으로 그 가슴의 상처를
씻어 주려 애쓰고 있답니다.

켄트 당신을 잘 압니다,
그래서 제 관찰을 보증 삼아 당신에게
중한 일을 맡깁니다. 올버니와 콘월 새에
분열이 있답니다, 아직은 그 실상이
서로의 교활함에 가리어져 있지만.
또 그들이 둔 하인들은 (옥좌에 오를 만큼
높이 뜬 큰 별치고 안 둔 사람 없겠지만)
하인처럼 보여도 우리 나라 정보를 — 예컨대
두 공작이 드러내는 노여움과 계략들
아니면 그들이 착하고 늙으신 국왕을
심하게 박대한 일, 혹은 뭔가 더 깊은 일,
이것들은 어쩌면 겉치장에 불과하고 —
프랑스에 전하는 첩자들일 뿐이오.
자 이제 당신에게.
만약에 저를 믿고 서둘러 도버로 갈
용기를 내기만 한다면 국왕께서 얼마나
비인간적이고 미칠 듯한 슬픔을 호소할
이유가 있는지를 제대로 보고한 당신에게
감사해할 분을 만나실 것입니다.

11행 소우주의 폭풍
리어의 내면세계에서 벌어지는 격렬한 감정의 소용돌이를 가리킨다.

저 또한 혈통과 교양 갖춘 신사이며
상당한 지식과 확신을 가지고
이 임무를 제안하오.

기사 당신과 더 얘기해 보겠소.

켄트 아뇨, 마십시오.
제가 이 겉으로 드러난 모습보다 훨씬 더
낫다는 확증으로 이 지갑을 연 다음
안에 든 걸 가지시오. 코델리아를 뵙거든 —
못 볼 염려 없지만 — 이 반지를 보이시오,
그러면 당신이 아직도 모르는 이 사람이
누군지 말해 주실 겁니다. 우라질 폭풍이군.
전 국왕을 찾겠소.

기사 우리 악수합시다.
더 하실 말씀은 없습니까?

켄트 거의 다 했소만
무엇보다 중요한 건 국왕을 찾았을 때,
그 일로 당신은 저리 가고 난 이리로,
먼저 보는 사람이 소리치는 겁니다. (따로 퇴장)

3막 2장

폭풍은 계속된다. 리어와 바보 등장.

리어 바람아 불어라, 뺨 터지게! 사납게 불어라!

3막 2장 장소 황야.
1행 바람 옛 지도에 그려진 것과 같은 의인화된 바람.

하늘과 바다의 폭풍우야, 첨탑들이 잠기고
풍향계가 물에 빠질 때까지 내뿜어라!
참나무 쪼개는 벼락의 선구자,
생각보다 더 빠른 유황색 번갯불아,
내 흰머리 태워라! 만물을 뒤흔드는 천둥아,
둥글게 꽉 찬 세상 납작하게 깨부숴라!
조물주의 틀을 깨고 배은의 인간 빚는
모든 씨앗 한꺼번에 엎질러라!

바보　오, 아저씨, 마른 집 안의 알랑방귀 소리가 집 밖의 빗물 소리보다 낫다니까. 착한 아저씨, 안으로 들어가서 딸들의 축복을 구해 봐. 이런 밤엔 현자도 바보도 동정받지 못해.

리어　실컷 울부짖어라! 불 내뿜고 비 쏟아라!
비, 바람, 천둥이나 번개도 내 딸은 아니다.
난 너희 자연력을 불친절로 고발 안 해.
왕국을 준 일도, 자식이라 부른 일도 없었고
충성할 일도 없다. 그러니 너희들 맘대로
끔찍이 쏟아져라. 난 너희 노예로 여기 섰다,
불쌍하고 허약하며 경멸받는 노인으로.
하지만 너희를 비굴한 앞잡이라 부르겠다,
이처럼 흰머리 늙은이와 싸우려고
하늘에서 소집한 대군을 사악한 두 딸과
합치려고 하니까. 암, 그건 더러워.

바보　자기 머리를 넣어 둘 집이 있는 자는 훌륭한 머리통을 가졌어.

머리 집도 구하지 못하면서
불알 집 찾는 놈은

그 머리 그 몸에 이가 끓고
계집 많은 거지 되지.
심장으로 삼아야 할 부분을
발가락 삼는 놈은
티눈 박여 슬피 울며
잠 못 들고 깨 있을걸.
왜냐하면 예쁜 여자치고 거울 앞에서 입을 쫑긋거려 보지 않은 여자는 없었으니까.

변장한 켄트 등장.

리어 아냐, 난 모든 인내의 표본이 되리라,
아무 말도 않으리라.

켄트 게 누구냐?

바보 어이쿠, 여기 왕과 불알 가리개, 즉 현명한 사람과 바보가 있답니다.

켄트 아 전하, 여기에 계셨어요? 야행성 동물도
이런 밤은 싫답니다. 분노에 찬 하늘이
어둠 속을 떠도는 짐승들을 겁주어
굴 안에 머물게 합니다. 이 같은 때 벼락,
이렇게 섬뜩한 천둥과 이렇게 포효하는
비바람의 신음 소린 제가 어른 된 뒤로
들은 적 없습니다. 인간은 이런 고통, 공포를

27~34행 머리…있을걸
전반부 4행시에서 바보는 무분별하게 욕망을 쫓는 자의 위험한 말로에 대해 촌평을 하고 있고, 후반부에서는 중요한 부분을 그렇지 않은 부분과 혼동하는 또 하나의 가치 전도와 그에 따른 불행을 말하고 있다. (뉴케임브리지)

견딜 수 없습니다.

리어 우리들 위에서
이 무서운 소동을 벌이는 위대한 신들은
지금 적을 찾으시라. 떨리지, 너 이놈,
폭로 안 된 범죄들을 몸 안에 지니고
정의의 채찍을 안 맞은 놈. 숨어라, 살인자,
위증한 자, 그리고 근친상간하면서
고결한 척하는 자. 죽도록 떨어라,
교묘히 감춰진 위선 뒤로 비겁하게
사람 목숨 노린 자야. 밀폐된 죄의식은
벽을 깨고 나와서 이 무서운 포졸들께
자비를 구하라. 난 지은 죄보다는 덮어쓴 게
더 많은 사람이다.

켄트 아 이런, 맨머리로?
주상 전하, 가까이에 움집이 있는데
태풍에 대비할 도움을 줄 겁니다.
거기서 쉬시는 동안에 저는 이 무정한 집 —
그걸 지은 돌덩어리보다 더 무정하게
바로 좀 전에도 전하를 찾아간 저를 막은 —
그곳으로 되돌아가 인색한 예우나마
강요해 보렵니다.

리어 내 머리가 막 돌기 시작해.
(바보에게) 얘, 이리 와. 얘, 넌 어떠냐? 추우냐?
나도 추워. (켄트에게) 이보게, 그 헛간은 어디 있지?
궁핍이란 이상한 재주가 있어서 천한 것을
귀하게 만들 수 있단다. 자, 움집으로.
(바보에게) 불쌍한 바보야, 네 녀석이 가엾단 마음이

아직은 좀 남아 있어.

바보 재주가 쪼끔밖에 없는 자는
어야디야, 비바람이 불어도
팔자대로 만족하고 살아야지,
날이면 날마다 비가 내리더라도.

리어 맞다, 얘야. 자, 우리를 움집으로 데려가라.

(리어와 켄트 퇴장)

바보 기생 마음 식히기에는 참 좋은 밤이다. 내 가기 전에 예언 하나 하지.

신부들이 실속 없이 말 많을 때
양조업자 맥주 물 타 망칠 때
귀족들이 양복쟁이 가르칠 때
창녀 찾는 배신자만 몸이 썩고
법정의 모든 소송 올바를 때
빚진 종자, 궁한 기사 없어지며
험담이 입안에서 못 살고
군중 속에 소매치기 안 보일 때
고리업자 공공연히 돈을 세고
포주와 창녀들이 교회 여럿 지을 때
앨비언 왕국은
대혼란에 빠지리라.
그때 살아 볼 수 있는 자들에겐
발로 걷는 시절이 올 것이다.

이 예언은 마술사 멀린이 할 거야, 난 그에 앞서 살고

84행 썩고 사랑하는 사람을 버리고 창녀를 찾아가 성병을 옮은 결과.
91행 앨비언 영국의 또 다른 이름.

있으니까. (퇴장)

3막 3장

글로스터와 에드먼드 횃불 들고 등장.

글로스터 원 참, 원 참, 에드먼드, 난 이런 비인간적인 처사를 좋아하지 않아. 내가 그분을 동정할 수 있도록 허락을 구했을 때 그들은 내 집 사용권을 빼앗았고 영원히 그들의 노여움을 사지 않으려거든 그분에게 말을 걸거나 그분을 위해 간청하거 나 또는 어떤 식으로든 보살펴 드리지 말 것을 명령했다.

에드먼드 아주 사납고 비인간적이군요.

글로스터 맞아. 넌 아무 말도 하지 마. 공작들 사이에 분열이 있단다, 그리고 그보다 더 나쁜 일도. 오늘 밤 편지 한 통을 받았는데 얘기하긴 위험하여 벽장 속에 넣고 잠가 뒀다. 국왕께서 지금 당하고 계신 여러 가지 모욕은 철저히 되갚아질 거야. 군대의 일부가 이미 상륙했어. 우린 국왕 편을 들어야 해. 난 그분을 찾아 은밀히 구조하겠다. 넌 가서 공작과 얘기를 계속해라, 그가 내 자선을 눈치채지 못하도록. 만약 그가 날 찾으면 아파서 침대로 갔다고 해. 내가 이 일로 죽는 한이 있더라도 — 바로 그런 협박을 받고 있다만 — 옛 주군이신 국왕을 구조해야만 되겠다. 이상한 일들이 벌어지려고

95행 멀린 아서 왕의 전설에 등장하는 옛 브리튼 왕국의 유명한 마법사이자 예언가.

3막 3장 장소 글로스터의 저택.

한다, 에드먼드. 제발, 조심해. (퇴장)

에드먼드 당신에겐 금지된 이런 식의 호의를
공작에게 곧바로 알릴 테요, 그 편지도.
이건 포상감인데 아버지가 잃은 걸
내가 얻게 해 줄 거다, 모조리 말이다.
늙은이가 쓰러질 때 젊은이가 일어선다. (퇴장)

3막 4장

리어, 변장한 켄트와 바보 등장.

켄트 전하, 여깁니다. 안으로 드시지요, 전하.
들판의 이 밤은 인간이 견디기엔
너무 가혹합니다. (폭풍 계속)

리어 날 내버려 두어라.

켄트 전하, 이쪽으로 드십시오.

리어 내 가슴을 찢고 싶어?

켄트 차라리 제 가슴을 찢지요. 전하, 드십시오.

리어 너는 이 호전적인 폭풍이 피부까지 침투해
힘들다고 생각하지. 너에겐 그렇다.
하지만 큰 병이 자리를 잡았을 땐
작은 건 못 느껴. 넌 곰을 피하겠지,
근데 네 도망길이 포효하는 바다라면
곰에게 정면으로 맞설 거다. 마음이 편해야

3막 4장 장소 황야의 움집.
1행 여깁니다 3막 2장 61행에서 말한 움집.

몸이 민감해지는데 내 마음의 태풍은
거기에서 고동치는 자식의 배은망덕,
그 느낌만 빼놓고 모든 감각 앗아 갔어.
그건 마치 음식을 넣는다고 이 입이 이 손을
자르는 셈이잖아? 하지만 난 엄벌하리.
그래, 난 울지 않을 테다. 이런 밤에
날 쫓아내? 계속해서 쏟아져라, 견딜 테다.
오늘 같은 밤중에? 오, 리건, 고너릴,
친절한 늙은 아빈 관대하게 다 줬는데. —
아, 그럭하면 난 미친다, 그 길은 피하련다.
그 얘긴 그만하자.

켄트 전하, 여기로 드시지요.

리어 제발 너나 들어가 휴식을 찾아봐라.
이 태풍은 내가 더 상처받을 일들을
숙고하게 놔두지 않을 거야. 하지만 들겠다.
(바보에게) 얘, 너 먼저 들어가. 집 없이 가난한 —
아냐, 들어가. 난 기도한 다음에 자련다. (바보 퇴장)
(무릎을 꿇는다.) 무정하게 강타하는 이 폭풍을 견디는
불쌍하고 헐벗은 자들아, 너희가 어디 있건
쉴 곳 없는 머리와 먹지 못한 허리와
숭숭 뚫린 누더기로 이 같은 계절에
어떻게 몸을 보전하느냐? 아, 이런 일에
난 너무 소홀했다. 허식이여, 치료를 받아라,
자신을 노출시켜 가엾은 자들을 느껴라,
그래서 넘치는 건 그들에게 떼어 주고

15행 그건 고너릴과 리건의 배은망덕.

하늘이 더 정당함을 보여 줄 수 있도록.

바보, 움집에서 나오듯이 등장.

에드거 (안에서) 한 길 반, 한 길 반이다! 불쌍한 탐!

바보 여긴 들어오지 마, 아저씨, 귀신 있어. 사람 살려, 사람 살려!

켄트 내 손 잡아. 게 누구냐?

바보 귀신이야, 귀신. 이름은 불쌍한 탐이래.

켄트 거기 짚 덤불 속에서 웅얼거리는 건 뭐냐? 이리 나와.

불쌍한 탐으로 변장한 에드거 등장.

에드거 저리 가, 더러운 악마가 날 쫓아와. 날카로운 가시나무 사이로 찬바람은 불고. 흠, 넌 침대로 가서 몸을 데워.

리어 너도 모든 걸 딸들에게 줘 버렸어? 그래서 이 지경이 됐어?

에드거 불쌍한 탐에게 누가 뭘 주나? 더러운 악마가 그를 불 속으로 화염 속으로, 여울과 소용돌이 속으로, 습지와 늪지대 위로 몰고 다녔어. 그의 베개 밑엔 칼을 넣고 의자 위엔 목매는 줄을, 죽 그릇 옆엔 쥐약을 놓았다고. 그의 마음을 오만으로 부풀려 반 뼘 크기의 다리 위를 적갈색 조련마를 타고 건너게 했고, 자기 그림자를 역적이라고 뒤쫓게도 했어. 넌 정신 차려, 탐은 추워. 오,

37행 한길 반 폭우와 연관시켜서 하는 말. 에드거는 파선했거나 해적들에게 노략질 당한 뱃사람 흉내를 내고 있다. (아든)

덜덜, 덜덜, 덜덜. 회오리바람, 사악한 별 바람과 감염을 조심해. 불쌍한 탐, 더러운 악마가 괴롭히는 탐에게 자선 좀 해 줘. 지금 여기에서 놈을 잡을 수 있었는데, 그리고 여기, 또 여기, 여기에서. (폭풍 계속)

리어 네 딸들이 널 이렇게 궁지로 몰았어?
아무것도 안 남겼어? 다 주고 싶었어?

바보 아냐, 담요 한 장은 남겼어, 안 그랬으면 우린 모두 창피할 뻔했어.

리어 (에드거에게) 자 이제 인간의 죄악 위에 운명처럼
떠도는 전염병은 다 너의 딸들에게 옮아라.

켄트 전하, 그에겐 딸들이 없습니다.

리어 사형이다, 이 역적 놈! 불효하는 딸들 말곤
아무것도 기력을 이렇게 죽일 순 없는 법.
버림받은 아비들의 몸뚱이가 이토록
푸대접받는 게 유행이란 말이냐?
사려 깊은 벌이로다, 부모 피 빨아 먹는
펠리컨 딸 낳은 건 이 몸이야.

에드거 횃대 오른 수탉이 암탉 위에 앉았다.
와, 와, 우, 우!

바보 이 추운 밤에 우린 모두 바보, 미치광이가 될 거야.

에드거 더러운 악마를 조심하고 부모에게 순종하며 약속을 올바로 지키고 함부로 맹세하지 말며, 남자와 혼약 맺은 처녀와 간통하지 말고 애인에겐 화려한 옷을 입히지 마. 탐은 추워.

70행 펠리컨 이 새는 새끼들에게 자신의 살과 피를 먹이는 것으로, 그리고 새끼들은 부모에게 잔인한 것으로 유명하다. (뉴케임브리지)

리어 넌 뭐 하는 사람이었냐?

에드거 거만한 마음을 가진 연인이었어. 머리를 말아 올리고 모자엔 장갑을 달았으며 애인의 마음속에 있는 욕정을 채워 주고 그녀와 어둠의 짓을 했었지. 내뱉은 말만큼이나 많은 맹세를 하고서는 고운 하늘이 무색하게 그것들을 깨 버렸으며, 욕정 채울 일을 궁리하며 잠을 자고 깨어나서는 실천하는 자였어. 포도주 굉장히 좋아했고 도박 크게 했고 여자는 터키인 뺨치게 많았지. 그릇된 마음, 가벼운 귀, 피비린 손에다 게으름은 돼지, 도적질은 여우, 탐욕은 늑대, 광기는 개, 약탈은 사자와 같았어. 신발 끄는 소리나 비단옷 스치는 소리 때문에 가엾은 네 마음을 여자에게 넘겨주지 마. 발은 사창가에서, 손은 치마끈에서, 펜은 대출 장부에서 멀리 두고 더러운 악마는 무시해. 가시나무 사이로 언제나 찬바람은 불고, 쌩쌩, 휭휭. 자, 자, 준마야, 정지! 그 말 지나가게 해 줘. (폭풍 계속)

리어 벌거숭이 몸으로 극도로 매서운 하늘과 맞서느니 넌 차라리 무덤 속으로 들어가는 게 낫겠다. 인간이 이것밖에 안 된단 말이냐? 얘를 잘 관찰해 봐. 넌 누에에게 비단도, 동물에게 가죽도, 양에게 양털도, 고양이에게 사향도 빚진 게 없구나. 하! 여기 우리 셋은 변질됐어, 넌 물 그 자체이고. 문명을 떨쳐 버린 인간은 바로 너처럼 불쌍한 알몸의 두발짐승에 지나지 않아. 벗자 벗어, 빌린 것들을! 자, 여기 단추 좀 끌러 다오.

(옷을 찢어 벗는 것을 켄트와 바보가 제지한다.)

바보 아저씨, 제발 그만. 헤엄치기엔 해로운 밤이라니까. 그런데 황량한 들판에 보이는 작은 불빛은 늙은 색골의 심장 같아, 몸의 나머지 부분은 다 차가운데도 깜박이는 조그만 불꽃 말이야. 저 봐, 불빛이 이쪽으로 걸어와.

글로스터, 횃불 들고 등장.

에드거 저건 더러운 플리버티지빗 악마야. 놈은 통금에서부터 첫닭이 울 때까지 걸어 다녀. 백내장을 옮기고 사팔뜨기 눈과 언청이를 만들며, 다 익은 밀에 곰팡이를 슬게 하고 땅 위의 불쌍한 생명을 해치는 놈이야.

수호성인, 고원을 세 번 돌아
잠 귀신과 그녀 새끼 아홉 만나
내리라 명령하고 약속을 다짐받고
물러가, 마녀야, 물러가, 소리쳤어.

켄트 괜찮으십니까, 전하?

리어 저 사람은 뭐냐?

켄트 (글로스터에게) 누구요? 무엇을 찾고 있소?

글로스터 거기 있는 사람들은 누구요? 이름은?

에드거 불쌍한 탐인데 헤엄치는 개구리 두꺼비 올챙이, 땅 도마뱀과 물 도마뱀을 잡아먹어. — 더러운 악마가 발광할 때면 광분하여 생채 요리로 소똥을 먹기도 하고, 늙은 쥐와 도랑 속의 죽은 개를 삼키며 썩은 웅덩이에 뜬 푸른 찌꺼기를 마시기도 해. 이 마을 저 마을로 채찍 맞으며 쫓겨 다니고 차꼬를 차기도 하며 옥에 갇히기도

107행 플리버티지빗
이 악마와 다른 악마들의 이름은 셰익스피어가 하스넷(Harsnett)의 책에서 빌려온 것으로 그 괴기한 낯섦을 유지하기 위하여 발음 나는 대로 옮겨 적었다.

해. — 등에 걸칠 옷은 셋이고 몸에 걸칠 셔츠는 여섯이며
　　타는 말과 찰 무기는 있었지만
　　긴 세월 칠 년 동안 탐의 밥은
　　생쥐와 들쥐 같은 작은 짐승뿐이었어.
날 따르는 영물을 조심해. 조용해, 스멀킨! 조용해, 이 악마야.

글로스터 아니! 전하께선 이런 동행밖에 없으십니까?

에드거 어둠의 왕자는 신사야. 그의 이름은 모도 그리고 마후야.

글로스터 전하, 우리의 혈육이 너무나 야비해져
낳아 준 부모를 미워하고 있답니다.

에드거 불쌍한 탐은 추워.

글로스터 안으로 드십시오. 따님들의 비정한 명령에
복종하는 것만이 제 임무는 아닙니다.
그들은 저에게 문을 걸고 포악한 이 밤이
전하를 덮치게 놔두라는 지시를 했지만
전 위험을 무릅쓰고 전하를 찾은 다음
불과 음식 준비된 곳으로 모시려고 왔습니다.

리어 먼저 이 철학자와 얘기 좀 하고 싶다.
(에드거에게) 천둥의 원인은 뭐지요?

켄트 　　　　　　　　　　　　　　　　전하,
이분 청을 받아들여 집 안으로 드시지요.

리어 이 테베의 학자와 한마디 나누겠다.

130행 스멀킨
영물 혹은 악마의 이름.
146행 테베의 학자
아마도 견유학파 철학자이자 디오게네스의 추종자인 '테베인 크라테스'인 것 같다. 그렇다면 169행의 '훌륭한 아테네인'은 디오게네스 자신일 것이다. (아든)

무슨 공부 하시나요?

에드거 악마를 예방하고 벌레 잡는 방법을.

리어 사적으로 한마디만 물읍시다.

켄트 (글로스터에게) 나리, 다시 한 번 가자고 졸라 보십시오.
정신이 불안정하십니다.

글로스터 그게 전하 탓이야? (폭풍 계속)
딸들이 죽이려 한다고. 아, 착한 켄트,
이렇게 될 거라고 말했어, 추방된 그 사람이.
자네는 국왕이 미쳤다고 했지만, 이보게,
나도 거의 미쳤다네. 내 아들 하나가
이젠 의절했지만 내 목숨을 노렸어,
최근에 말일세, 최근에. 난 그를 아꼈어,
그 어떤 아비보다 더 끔찍이. 사실 난
슬픔으로 정신이 이상해. 이 무슨 밤이야?
(리어에게) 전하께 간청하옵니다.

리어 아, 죄송하오.
(에드거에게) 고매한 철학자여, 동행해 주시지요.

에드거 탐은 추워.

글로스터 이봐 거기, 움집으로 들어가, 몸을 덥혀.

리어 자, 다 같이 들어가자.

켄트 전하, 이리로.

리어 함께 간다,
나는 이 철학자와 항상 함께 있겠다.

켄트 나리, 왕을 달래 이자를 데려가게 하십시오.

글로스터 자네가 데려가게.

켄트 얘, 이리 와, 우리와 함께 가자.

리어 갑시다, 훌륭한 아테네인.

글로스터 말은 그만, 말은 그만. 쉬.

에드거 어둠의 탑으로 온 소년 기사 롤랑은
언제나 꼭 같은 암호를 썼었지,
'피 포 펌, 브리튼 사람의 피 냄새다.' (함께 퇴장)

3막 5장

콘월과 에드먼드 등장.

콘월 난 그의 집을 떠나기 전에 복수할 것이다.

에드먼드 공작님, 제가 이렇게 효성을 버리고 충성심을 택해서 무슨 욕을 먹을지 생각하면 좀 두렵습니다.

콘월 이제 알고 보니 단지 자네 형이 악질이라서 그를 죽이려 한 게 아니라 형의 의협심이 그의 괘씸한 악성분에 자극받아 발동한 때문이었군.

에드먼드 이 얼마나 얄궂은 운명입니까, 의로운 일에 자책감을 느껴야 하다니요? 이게 그가 말한 편지인데 그가 프랑스에 유리한 정보를 건네는 첩자임을 증명해 줍니다. 오, 하늘이시여! 이런 반역이 없었거나 제가 그걸 간파하지 않았으면.

콘월 나와 함께 공작부인에게 가세.

에드먼드 이 편지의 내용이 확실하다면 공작님 눈앞에 큰일이 닥쳤습니다.

콘월 참이든 거짓이든 이번 일로 자네는 글로스터 백작이

171~173행 어둠의…냄새다 엉터리 시구. 아마 『롤랑의 노래』의 주인공 롤랑과 관련이 있는 망실된 가요의 일부일지도 모른다. (아든)

3막 5장 장소 글로스터의 저택.

되었네. 우리가 즉각 체포할 수 있도록 자네 아비가 있는 곳을 찾아내도록 하게.

에드먼드 (방백) 그가 국왕을 도와주고 있는 걸 찾아낸다면 공작의 의심은 훨씬 더 굳어질 것이다. (크게) 이번 일로 제 핏줄과 갈등이 심하더라도 변함없는 충성을 바치겠습니다.

콘월 난 자네를 신뢰할 것이며 자네는 나의 총애 안에서 소중한 아버지 한 분을 얻을 걸세. (함께 퇴장)

3막 6장

변장한 켄트와 글로스터 등장.

글로스터 바깥보단 여기가 나으니 고맙다고 생각하게. 내가 할 수 있는 일은 무엇이든 해서 더 편안하게 모실 걸세. 곧 돌아오겠네.

켄트 그분의 정신력이 견디다 못해 다 무너졌습니다. 친절하신 나리께 신들의 보답이 있기를. (글로스터 퇴장)

리어, 불쌍한 탐으로 변장한 에드거 및 바보, 등장.

에드거 프라테레토 악마가 날 불러 이르기를 네로는 어둠의 호수에서 낚시꾼이었대. 기도해, 순진한 것아, 그리고 더러운 악마를 조심해.

3막 6장 장소 글로스터 저택 근처의 딴채.
6행 네로 로마를 불태우고 자기 어머니를 죽인 로마 황제.

바보 아저씨, 미친 사람이 신사인지 향사인지 알아맞혀 볼 테야?

리어 왕이야, 왕.

바보 아냐, 그는 신사 아들을 둔 향사였어. 왜냐하면 아들이 자기보다 먼저 신사가 되는 꼴을 보는 향사는 미친 사람이거든.

리어 붉게 타는 쇠꼬챙이 손에 든 일천 악마
휙휙 날아 그들을 덮치면!

에드거 더러운 악마가 내 등을 물어.

바보 늑대의 양순함, 말의 건강, 소년의 사랑이나 창녀의 맹세를 믿는 자는 미쳤어.

리어 그래야지, 그들을 곧바로 심문한다.
(에드거에게) 자, 최고 재판관은 여기에 앉으시고
(바보에게) 현자께선 여기에. 그래 이 암여우들 —

에드거 저기 서서 노려보는 저 여자 좀 봐! 재판에 관중이 필요하세요, 마님?
개울 건너 내게 와요, 아가씨.

바보 그녀 배가 물이 새,
그래서 말을 못 해,
왜 감히 네게 못 가는지.

에드거 더러운 악마가 소쩍새 목소리로 불쌍한 탐을 괴롭혀. 호프단스 악마가 탐의 배 속에서 흰 정어리 두 마리 달라고 소리 지르네. 꾸르륵거리지 마라, 검은 천사야, 너

9행 향사
신사보다 한 계급 아래인 사람. 셰익스피어는 향사였던 아버지에게 신사의 문장을 얻게 해 주었다.

29행 더러운…괴롭혀
에드거는 소쩍새 목소리를 내는 것이 바보로 변장한 악마인 체한다. (아든)

한테 줄 밥은 없단다.

켄트 어떠십니까, 전하? 망연자실 마시고
방석 위에 누워서 좀 쉬시겠습니까?

리어 재판을 먼저 연다. 증인들을 데려오라.
(에드거에게) 법복 입은 판관은 자리를 잡으시오.
(바보에게) 그리고 공평한 동료 판사 그대는
그 옆에 좌정하고, (켄트에게) 선임받은 당신도
앉으시죠.

에드거 공정하게 처리하자.
자느냐 깨었느냐, 즐거운 목동아,
네 양 떼가 밀밭 속에 있단다.
작은 입 벌리고 세찬 소리 지르면
양 떼는 다치지 않을 거야.
야옹, 고양이는 회색이야.

리어 고너릴을 먼저 심문하라, 이 여자는 존경하는 여러분 앞에서 맹세컨대 불쌍한 국왕인 아버지를 차 버렸습니다.

바보 이리 와요, 아줌마. 이름이 고너릴인가요?

리어 부인할 수 없을 거다.

바보 죄송해요, 난 당신이 걸상인 줄 알았어요.

리어 여깄다, 뒤틀린 모습에서 그 마음 됨됨이가
확연히 드러나는 또 한 여자. 붙잡아라!
무장하라, 칼, 횃불, 이 자리도 썩었다!
엉터리 판사님들, 왜 여잘 도망치게 두었소?

에드거 넌 정신 차려라.

켄트 아, 슬프다! 그렇게 자주 자랑하시던
전하의 인내심은 지금 어디 있습니까?

에드거 (방백) 내 눈물이 그를 너무 편들기 시작하여
내 가짜 흉내를 망치네.

리어 작은 개들 모두가
멍멍이, 흰둥이, 예쁜이가 날 보고 짖어 대.

에드거 탐이 혼내 줄 테다. 썩 꺼져라, 개새끼들!
흰 주둥이 또는 검은 주둥이,
깨물면 독 오르는 이빨도
황소 개, 사냥개, 잡종 개,
털 복숭이, 암놈 수놈 사냥개
긴 꼬리 짧은 꼬리 개라도
이 탐이 울부짖게 만들 테야.
이렇게 내가 혼을 내 주면
문지방 뛰어넘어 다 도망가니까.
덜덜, 덜덜. 정지! 자, 밤샘 잔치와 장터와 읍네 상가로 나아가자. 불쌍한 탐, 네 뿔잔이 비었어.

리어 다음엔 리건을 해부해서 심장 근처에 뭐가 자라는지 보라고 해. 이런 돌 같은 심장이 생기는 무슨 자연적인 이유라도 있나? (에드거에게) 이보시오, 난 당신을 내 사람 백 명 가운데 하나로 받아들이겠소. 근데 단지 그 복장이 마음에 안 듭니다. 당신은 페르시아식이라고 하겠지만 갈아입어요.

켄트 전하, 이제 여기 누워서 좀 쉬시지요.

리어 시끄럽게, 시끄럽게 굴지 마. 휘장을 쳐. 그렇지, 그렇지. 우린 아침에 저녁 먹으러 갈 거야. (잠든다.)

80행 휘장 리어는 자신이 화려한 휘장이 달린 침대 위에서 시종들에게 명령을 내린다고 상상한다. (뉴케임브리지)

바보 난 정오에 잠자러 갈 거고.

글로스터 등장.

글로스터 이보게, 나의 주군 국왕은 어디 계셔?
켄트 여기요, 괴롭히지 마십시오, 정신이 나갔어요.
글로스터 이보게, 제발 왕을 자네 팔에 안게나.
이분을 죽이려는 음모를 엿들었어.
탈것을 준비해 놨으니 거기 눕혀
도버로 향하게. 그곳에 도착하면
환영과 보호를 받을 거야. 안아 올려.
반시간만 헛되이 보내면 이분 목숨,
자네와 이분을 지키려는 모든 이의 목숨은
꼼짝없이 사라져. 어서, 어서, 안아 올려
그리고 날 따라와, 여장 갖출 곳으로
곧 인도할 테니까.
켄트 심신이 짓눌려 주무신다.
이번의 휴식으로 당신의 요절난 신경이
아물 수도 있지만 호기를 놓치면
치유하기 어렵겠죠.
(바보에게) 자, 네 주인을 같이 모셔.
넌 뒤에 남으면 안 된다.
글로스터 자, 어서 가자!

82행 난…거고
바보의 마지막 말은 여러 가지 뜻으로 해석할 수 있다. 1)잠을 죽음으로 해석하여 다가오는 바보의 죽음을 예고한다. 2)리어가 실제 세계에서 환각의 세계로 들어감을 뜻한다. 3)바보는 이제 자기 주인을 더 도와줄 수가 없으므로 그를 버릴 의향을 표시한다. (뉴케임브리지)

(켄트와 바보, 왕을 부축하면서
에드거만 남고 모두 함께 퇴장)

에드거 윗분들이 우리 고난 견디는 걸 보노라면
우리의 비참함을 적으로만 볼 수 없다.
혼자서 아플 때는 느긋한 것, 복된 모습
포기했단 사실이 가장 가슴 아프지만
비통함이 짝을 얻고 인내심이 친구 두면
마음은 큰 고통을 진정으로 건너뛴다.
날 굽히게 만든 것이 왕을 굴복시켰으니
이제 내 고통은 참 가볍고 견딜 만하잖은가.
그는 자식, 난 아버지, 같은 처지. 가자, 탐.
널 욕하는 못된 생각 정직으로 판명되어
추방은 철회되고 화해 또한 이뤄질 때
중대사를 주목한 뒤 너 자신을 드러내라.
오늘 밤 무슨 일이 더 있든 왕은 잘 피신하길!
숨자, 숨어! (퇴장)

3막 7장

콘월, 리건, 고너릴, 에드먼드 및 하인들 등장.

콘월 (고너릴에게) 부군 공작에게 서둘러 달려가서 이 편지를 보여 주시오, 프랑스군이 상륙했소이다. (하인들에게) 역적 글로스터를 찾아내라.

109행 화해 아버지 글로스터와.
3막 7장 장소 글로스터의 저택.

리건 즉각 교수형에 처해요! (하인 몇 명 퇴장)

고너릴 눈을 뽑아 버려요!

콘월 그자는 불쾌한 나에게 맡겨 주시오. 에드먼드, 자네는 우리 처형과 함께 가게, 역심 품은 자네 아비에게 우리가 해야 할 복수를 쳐다보는 건 적절치 않을 테니까. 가거든 거기 계신 공작에게 급히 서둘러 준비하라고 말씀드려, 우리 역시 그렇게 할 테니까. 우리 둘 사이에 빠른 파발마를 두어 정보를 나눌 것이네. 잘 가시오, 처형. 잘 가게, 글로스터 백작.

오즈월드 등장.

그래, 국왕은 어딨느냐?

오즈월드 글로스터 백작께서 호송해 갔습니다.
왕의 기사 서른대여섯 명이 그분 뒤를
화급히 추적하여 대문에서 만났고
백작님의 다른 종자 몇 명과 합류하여
그분과 더불어 도버로 갔는데 거기에는
잘 무장된 우군이 있다고 자랑했답니다.

콘월 마님 말을 준비하라. (오즈월드 퇴장)

고너릴 안녕히 계세요, 공작님, 그리고 동생도.

콘월 잘 가게, 에드먼드. (고너릴과 에드먼드 함께 퇴장)
(하인들에게) 역적 글로스터를 찾아서
도둑처럼 팔을 꺾어 우리 앞에 대령하라.
(하인들 퇴장)
형식상의 정의 없이 우리가 그에게
사형은 못 내리나 분노를 만족시킬

권한은 있으니까 사람들이 비난해도
막을 순 없으리라. 누구냐? 역적이냐?

글로스터, 두세 명의 하인들에게 이끌려 등장.

리건 은혜 잊은 여우 같으니라고! 그자예요.
콘월 마른 팔을 꽉 묶어라.
글로스터 어찌하시려고요?
친구분들, 제 손님이란 걸 유념하십시오.
추한 짓은 마시오, 친구분들.
콘월 묶으라고 했다. —
(하인들이 그의 팔을 묶는다.)
리건 세게, 세게. 오, 더러운 역적 놈!
글로스터 무자비한 부인 같으니라고, 난 아니오.
콘월 이 의자에 묶어라.
(글로스터에게) 악당 놈, 넌 알게 될 —
(리건이 그의 수염을 뽑는다.)
글로스터 신들에게 맹세코 내 수염을 뽑다니
참으로 비열한 짓이오.
리건 이렇게 하얀데, 그렇게 역적이야?
글로스터 악한 부인,
내 턱에서 강탈해 간 그 수염은 되살아나
당신을 고발할 것이오. 난 이 집 주인인데
강도의 손으로 친절한 호의를 이렇게
구기지는 마시오. 어떠하실 참이오?
콘월 자, 프랑스에서 최근에 무슨 편지 받았어?
리건 솔직하게 대답해, 사실을 다 아니까.

콘월 최근에 이 왕국 땅을 밟은 역적들과
무엇을 공모했지?

리건 그리고 그들 손에
미치광이 국왕을 보내 줬다. 말하라.

글로스터 추측으로 쓴 편지 한 통을 받았는데
중립을 지키는 사람이 보냈으며
적대자는 아니오.

콘월 교활하다.

리건 거짓이고.

콘월 국왕을 어디로 보냈지?

글로스터 도버로.

리건 뭣 때문에 도버로? 우리가 엄명을 내리 —

콘월 뭣 때문에 도버로? 대답하라 하시오.

글로스터 난 말뚝에 매인 몸, 공격을 받아야지.

리건 뭣 때문에 도버로?

글로스터 잔인한 당신 손톱 불쌍한 노인의 눈을 뽑고
흉포한 당신 언니 기름 부은 옥체를
곰 이빨로 긁는 꼴 보고 싶지 않아서요.
바다라도 그분이 지옥같이 검은 밤
맨머리로 견디었던 그런 폭풍 만났다면
불타는 별들을 솟아올라 껐을 텐데
불쌍한 노인은 폭우에 눈물을 더하였소.
그 험한 시각에 늑대들이 문 앞에서 울었대도
당신은 '문지기야, 열어 줘라.' 해야 했고

53행 난…받아야지
글로스터는 혼잣말로 자신을 곰 놀리기에서 개들의 공격을 받는 곰에 비유하고 있다. 곰 놀리기는 연극 구경과 더불어 당시에 성행하던 놀이였다. (아든)

그 어떤 야수라도 같은 말을 했을 거요.
하지만 난 복수 혼이 그 같은 자식들을
날아가 붙잡는 걸 보고야 말 것이오.

콘월 그건 절대 못 본다. 이봐, 의자를 꽉 잡아.
그 눈알을 이 발로 짓밟아 주겠다.

글로스터 늙어 죽을 때까지 살고 싶은 사람은
날 살려 주시오! — 오, 잔인하다! 오, 신들이여!

리건 한쪽이 다른 쪽을 비웃을 테니까 — 저쪽도.

콘월 복수 혼을 만나거든 —

하인 1 그 손을 멈추십쇼.
전 어릴 적부터 공작님을 모셨지만
지금 이 멈추라는 말보다 더 나은 봉사는
해 드린 적 없습니다.

리건 뭐라고, 개자식이?

하인 1 만약에 당신 턱에 수염이 달렸다면
싸우면서 흔들겠소. 어쩌실 겁니까?

콘월 종놈이? (둘이서 칼을 뽑고 싸운다.)

하인 1 그렇다면 덤비시오, 어찌 되나 봅시다.
(콘월에게 상처를 입힌다.)

리건 (다른 하인에게) 그 칼을 이리 줘. 촌놈이 이렇게 반항해?
(칼을 받아 뒤에서 그를 찌른다.)

하인 1 오, 난 죽었다. 나리, 한쪽 눈이 남았으니
그에게 해 입힌 걸 보십시오. 오! (죽는다.)

콘월 더 못 보게 할 테다. 빠져라 못된 눈깔,
이제 네 밝은 빛은 어딨느냐?

글로스터 다 암울해졌어? 내 아들 에드먼드 어딨지?
에드먼드, 효성의 온 힘 모아 이 폭거의

원수를 갚아 다오.

리건 닥쳐라, 역적 놈아,
자기를 미워하는 사람을 부르다니.
네놈의 역적모의 고발한 건 바로 그야,
너를 동정하기엔 너무 착해.

글로스터 오 나의 바보짓! 그럼, 에드거가 당했어?
신들은 저를 용서하시고 걔를 번성시키소서!

리건 (하인에게) 데려가서 문밖으로 밀어 버려, 냄새 맡고
도버로 가라고 해. 여보, 어때요? 괜찮아요?

콘월 상처를 입었소. 부인, 날 따라오시오.
(하인들에게) 눈 없는 그 악당은 쫓아내고 이 노예는
똥 더미에 버려라. 리건, 난 출혈이 심하오.

(하인들, 시체 들고 글로스터 함께 퇴장)

때 아닌 상처를 입었소. 나를 좀 잡아 주오.

(콘월과 리건 함께 퇴장)

하인 2 저 남자가 잘된다면 사악한 짓이라도
내 맘대로 할 거야.

하인 3 저 여자가 오래 살고
마지막엔 제 명대로 죽음을 맞는다면
여자들은 모조리 괴물이 될 거야.

하인 2 백작 노인 따라가서 미치광이 거지더러
그분이 원하는 곳으로 이끌게 해 주자,
떠돌이 광인이니 뭔 짓 해도 괜찮아.

하인 3 가 보게. 난 아마포, 계란 흰자 가져와
피 흐르는 그 얼굴에 붙일 테니. 하늘은
이제 그를 도우소서! (함께 퇴장)

4막 1장

불쌍한 탐으로 변장한 에드거 등장.

에드거 늘 멸시받으면서 아첨받는 것보다는
이렇게 알면서 멸시를 받는 게 더 낫다.
운명이 포기한 최악의 밑바닥 것들은
언제나 희망 품고 공포 속에 살진 않아.
통탄할 변화는 최상에서 멀어지는 것이고
최악은 웃음으로 돌아간다. 그러면 불어라,
내 가슴에 안기는 실체 없는 바람이여,
최악으로 떠밀려 간 비참한 이 몸은
너에게 빚진 게 없단다.

노인이 이끄는 글로스터 등장.

근데 이 누구야? 아버지가 초라한 안내자와?
세상, 세상, 오, 세상이여!
기묘한 네 변천이 얄밉지만 않아도
아무도 늙을 사람 없으리라.

노인 오, 주인 나리!
저는 지난 팔십 년간 나리의 소작인,
나리의 아버지의 소작인이었어요. —

글로스터 저리 가, 가 보게. 어서 가, 이 친구야.
자네의 도움은 아무 소용 없다니까,

4막 1장 장소
글로스터의 저택에서 좀 떨어진 곳.
11~13행 세상이여…없으리라
세상이 워낙 이상하게 변하기 때문에 사람들은 그것이 미워서 늙음과 죽음을 마다 않고 받아들인다.

자네를 해칠지도 모른다고.

노인 원 저런, 길을 못 보십니다.

글로스터 갈 길이 없으니 눈은 필요 없다네.
보았을 땐 넘어졌어. 자주 눈에 띄지만
우리는 있으면 자만하고 순전한 결핍도
쓸모가 있는 법. 오, 내 아들 에드거,
속임수에 넘어간 네 아비의 분노의 희생물,
살아생전 널 한 번 만질 수만 있다면
난 눈을 되찾았다 말하리.

노인 근데 이 누구야?

에드거 (방백) 맙소사! 그 누가 '난 지금 최악이다.' 할 수 있지?
난 더 나쁜 적 없었다.

노인 (글로스터에게) 미친 거지 탐이에요.

에드거 (방백) 하지만 더 나빠질 수도 있어. '최악이다.'
그렇게 말할 수 있는 한 최악은 아니다.

노인 (에드거에게) 녀석아, 어디 가니?

글로스터 그 사람 거지인가?

노인 미친놈이지요, 거지도 맞고요.

글로스터 정신은 좀 있겠지, 안 그러면 구걸 못 해.
지난밤 폭풍 속에 그런 녀석 보고 나서
인간은 벌레라고 생각했지. 그때 내 아들이
마음에 걸렸지만 녀석과는 못 친했어.
그 뒤로 많은 걸 들었지. 신들은 인간을
짓궂은 소년들이 파리 잡듯 다룬다네,
그들은 장난 삼아 우릴 죽여.

에드거 (방백) 어떻게 이럴 수가?
슬픔 두고 해야 하는 바보 행각, 좋지 않아,

양쪽 다 화나니까. (글로스터에게) 조심해요, 주인님.
글로스터 이게 그 헐벗은 녀석인가?
노인 예, 나리.
글로스터 그럼 자넨 제발 가 봐. 만약에 나를 위해
여기서 도버 읍내 쪽으로 한두 마일
우릴 따라 가겠다면 옛정으로 그래 주고
이 헐벗은 영혼에겐 입을 것 좀 갖다 주게,
길 인도를 부탁할 참이야.
노인 저런, 나리, 미쳤는데.
글로스터 광인의 맹인 인도, 이 시절의 재앙이야.
자네는 시킨 대로 하거나 맘대로 해.
뭣보다도 어서 가 봐.
노인 내가 가진 젤 좋은 옷 가져다줄 거야,
뭔 일이 일어나든. (퇴장)
글로스터 이봐, 헐벗은 녀석아.
에드거 불쌍한 탐은 추워. (방백) 더는 못 감추겠다. —
글로스터 이리 와, 녀석아.
에드거 (방백) 그래도 감춰야 해.
(글로스터에게) 눈 좀 돌봐, 피가 나네.
글로스터 너, 도버로 가는 길 알아?
에드거 층계, 관문, 승마 길과 도보 길 다 알아. 불쌍한 탐은 놀라서 정신이 싹 나갔어. 양반집 도련님, 더러운 악마를 조심해요! 다섯 악마가 불쌍한 탐의 몸 안에 한꺼번에 있었는데 욕정의 오비디컷, 멍청한 왕자 호비디던스, 도둑질하는 마후, 살인하는 모도, 찡그리고 인상 쓰는 플리버티지빗이 그들이야. 마지막 놈은 나중에 청소하는 아가씨, 아줌마들을 꽉 잡았어. 그러니 조심해요,

주인님.

글로스터 자, 이 지갑을 가져라. 넌 하늘의 저주로
세상 풍파 다 겪는다. 내가 이리 비참한 게
너에겐 복이다. 하늘은 늘 그리하소서!
과소유와 쾌락 좇아 당신 명령 홀대하며
자신이 못 느끼면 안 보려는 인간은
당신 힘을 재빨리 느끼게 하소서,
그리하여 넘치는 건 공평하게 분배하고
각자가 충분히 가지도록. 너, 도버 알아?

에드거 예, 주인님.

글로스터 거기에 높은 머리 굽히고 갇힌 바다
무섭게 내려다보고 있는 절벽이 있단다.
바로 그 끝자락에 날 데려가기만 해,
그러면 궁핍한 네 신세를 고쳐 주마,
내가 지닌 귀중한 물건으로. 거기서부터는
날 인도할 필요 없다.

에드거 팔을 이리 주세요,
거지 탐이 인도할 테니까. (함께 퇴장)

4막 2장

고너릴, 에드먼드, 그 뒤에 오즈월드 등장.

고너릴 잘 왔어요, 백작. 놀랍군, 순한 우리 남편이

4막 2장 장소
고너릴과 올버니의 저택 근처.

1행 잘 왔어요
고너릴은 자신의 성에 온 에드먼드를 환영하는 뜻으로 이렇게 말한다.

마중을 안 나와.
(오즈월드에게) 그래, 주인어른 어딨느냐?

오즈월드 안에요, 마님. 하지만 그렇게 변할 수가.
군대가 상륙했단 말씀을 드렸더니
미소를 지으셨고 마님이 오신다 했더니
'나빠졌군.' 하셨어요. 글로스터의 반역과
그 아들의 충직한 봉사에 대하여
통지해 드렸더니 절 멍청이라고 부르며
거꾸로 짚었다고 말씀하셨습니다.
최고로 싫으신 건 유쾌하고 좋으신 건
불쾌한 것 같았어요.

고너릴 (에드먼드에게) 그럼, 더 갈 것 없군요.
이건 감히 책임을 못 지는 그 사람의
비겁한 공포인데 갚아야 할 모욕이면
못 본 체하지요. 오면서 말했던 우리 소망
이뤄질 수 있겠네요. 제부에게 돌아가
그의 징집 서두르고 그 병력을 지휘해요.
난 집에서 역할 바꿔 남편 손에 바느질을
넘겨줘야겠어요. 믿음직한 이 하인이
우리 둘 사이를 오고 갈 것이며 머지않아 —
당신이 자신을 위하여 모험을 하겠다면 —
애인 명령 들을 거요. 이걸 차요.
(목걸이를 걸어준다.) 말은 말고
머리를 숙여요. 이 키스는 만약 말을 한다면
그대의 정기를 하늘로 치솟게 만들 거요.
알아듣고 잘 가요 —

에드먼드 열락 속에 죽으리다. (에드먼드 퇴장)

고너릴 — 참 소중한 글로스터.
오, 남자와 남자가 이렇게 다르다니!
여자가 몸 바칠 남자는 당신인데
바보가 내 침대를 점령했소.

오즈월드 마님, 주인님이 오십니다. (퇴장)

올버니 등장.

고너릴 나도 한땐 휘파람 불 만했죠.

올버니 오, 고너릴,
당신은 그 얼굴을 때리는 무례한 바람 속의
먼지만도 못하오. 당신의 성정이 두렵소.
자신의 근원을 경멸하는 성품은
확실한 경계 안에 갇혀 있질 못하오.
자기 몸을 영양분을 공급하는 나무에서
잘라 내는 여자는 틀림없이 시들어
땔감으로 사용될 것이오.

고너릴 어리석은 설교는 그만둬요.

올버니 지혜와 선함도 악당에겐 악하게 보이며
개 눈엔 똥만 뵈지. 뭔 짓을 하였소?
딸이 아닌 호랑이들, 뭔 짓을 저질렀소?
부친이자 자비로운 노인을, 성질난 곰조차도
핥아 드릴 어르신을 최고로 잔학하고
최고로 타락한 당신네가 미치게 만들었소.
착한 내 동서가 그냥 보고 있었소?
그분 은혜 그토록 입은 사람, 그 공작이?
하늘에서 신령들이 재빨리 내려와

이런 악한 죄상들을 다스리지 않더라도
때가 올 것이요,
깊은 바다 괴물처럼 인류가 스스로를
잡아먹을 수밖에 없을 때가.

고너릴 간이 작아
때리고 욕하면 뺨과 머리 다 내밀고
명예와 치욕을 식별할 줄 아는 눈을
갖추지 못한 사람. 악당들의 악행을
사전에 처벌하면 바보나 동정한단 사실을
모르고 있는 사람. 당신 북은 어딨어요?
조용한 이 나라에 프랑스 왕이 깃발 펴고
깃털 달린 투구로 위협하고 있는데
바보 같은 도덕군자 당신은 가만 앉아
'그가 왜 그럴까?' 하는군요.

올버니 악마야, 너를 봐라.
흉측함이 마귀에겐 어울려도 여자에겐
더 끔찍해 보인다.

고너릴 오, 멍청한 바보 양반!

올버니 변형되어 본성을 감춘 것아, 창피하다,
괴물 같은 모습은 그만둬라. 이 손을
내 피가 끓는 대로 쓰는 게 맞는다면
네 살과 뼈마디를 뽑고 찢을 준비는
충분히 되었다만 아무리 악귀라도
여자라는 탈 때문에 보호를 받는구나.

54행 악당들 고너릴은 자기와 적대하는 리어와 글로스터 그리고 코델리아를 가리키는 것 같다. (아든)

고너릴　어머나, 사나이다우셔라, 야옹!

사자 등장.

올버니　새 소식은?

사자　오, 공작님, 콘월 공작님이 죽었어요.
글로스터의 눈 뽑다가 자신의 하인에게
살해당했습니다.

올버니　글로스터의 눈을?

사자　그가 키운 하인이 연민의 가책받아
그 행위에 반대하며 자신의 주인에게
칼끝을 돌렸는데 격노한 공작님은
그에게 달려들고 혼전 중 그는 쓰러졌지만
중상을 이미 입으셨는지라 결국에는
목숨을 잃었어요.

올버니　이야말로 위에 계신
당신네 판관들이 지상의 죗값을 신속히
갚아 준단 증거다. 근데 오, 불쌍한 글로스터,
남은 눈도 잃었어?

사자　다, 둘 다요, 공작님.
(고너릴에게) 마님, 이 편지에 빨리 답장하십시오.
동생이 보내신 겁니다.

고너릴　(방백) 한편으론 잘됐다.
그러나 과부가 내 글로스터 옆에 있어
사랑의 공든 탑이 나의 미운 인생 위로
무너질 수도 있다. 달리 보면 이 소식은
그렇게 떫진 않아.

(사자에게) 읽어 보고 답하겠다.

올버니 그가 눈을 빼겼을 때 그 아들은 어딨었지?

사자 마님과 이곳으로 왔습니다.

올버니 여긴 없어.

사자 예, 공작님. 돌아가는 그를 제가 만났어요.

올버니 사악한 그 짓을 알고 있어?

사자 예, 공작님, 고발한 건 그이였으니까요.
그러고는 일부러 집을 떠났답니다,
그들이 마음 놓고 벌하도록.

올버니 글로스터,
국왕에게 보여 준 충정에 감사하고
눈에 대한 복수는 꼭 하리다. 친구는
이리 와서 아는 걸 더 들려주게. (함께 퇴장)

4막 3장

변장한 켄트와 신사 한 명 등장.

켄트 프랑스 국왕께서 왜 그렇게 갑자기 되돌아갔는지 이유를 아시오?

신사 나랏일에 무언가 불완전한 게 있었는데 떠난 뒤에 생각이 났고 그 일은 왕국에 너무나 커다란 공포와 위험을 예고하는지라 국왕이 몸소 시급히 귀국하실 수밖에 없었답니다.

켄트 대장으로 누구를 남겨 놓았나요?

4막 3장 장소 도버 근처.

신사 프랑스의 라 파 원수요.

켄트 왕비께선 당신의 편지에 자극받아 무슨 슬픔이라도
표출하셨나요?

신사 예. 그녀는 그걸 받아 제 앞에서 읽으셨고
가끔씩 큰 눈물이 부드러운 뺨 위로
주르르 흘렀죠. 그녀는 그녀의 왕 되려는
참으로 역적 같은 감정을 다스리는
여왕처럼 보이셨죠.

켄트 오 그럼, 감동받으셨나요?

신사 격분까진 안 가셨죠. 인내와 비탄은
최고의 표현 놓고 다퉜는데 해와 비를
한꺼번에 본 것처럼 미소와 눈물은
사이좋은 것 같았죠. 그녀의 익은 입술
그 위를 노니는 행복한 미소는 손님들이
눈에 온 줄 모르는 것 같았는데 그들은
진주가 금강석 떠나듯 떨어졌죠. 한마디로
모두가 슬픔을 그녀처럼 빛낼 수 있다면
진귀한 것으로서 큰 사랑을 받겠지요.

켄트 구두로 질문은 없으셨소?

신사 참, 한두 번 왕비께선 아버지란 이름을
숨 가쁘게 가슴이 짓눌린 듯 발음했고
'언니들, 언니들, 창피해요, 언니들!
켄트, 아버지, 언니들! 뭐, 폭풍 속에, 밤중에?
동정심을 누가 믿어!' 그렇게 외치셨죠.
바로 그때 하늘 같은 눈에서 성수가 떨어져
그 외침을 적셨고 비탄을 홀로 처리하려고
뛰어나가셨어요.

켄트 우리들의 성품은
저 별들, 우리 위의 별들이 결정한다.
아니라면 꼭 같은 부부가 그렇게 다른 자식
낳았을 리가 없다. 대화는 더 없었나요?

신사 없었어요.

켄트 이것이 국왕의 귀국 전이었소?

신사 아뇨, 후요.

켄트 그런데 지친 왕 리어가 읍내에 머물면서
가끔씩 정신이 맑을 땐 무슨 일로
우리가 왔는지 기억하나 따님은 절대로
안 보려 하십니다.

신사 왜 그러시지요?

켄트 압도적인 수치심에 너무 세게 떠밀려서.
그녀를 무정하게, 축복도 안 내리고
외국의 재난으로 내쫓고 소중한 그녀 몫을
개 같은 심보의 딸들에게 넘긴 일이
마음을 격렬히 찔러서 불타는 수치심에
코델리아 가까이 못 가시오.

신사 아, 가여운 분.

켄트 올버니와 콘월의 군대 얘긴 못 들었소?

신사 들었지요, 움직이고 있답니다.

켄트 자, 우리 주군 리어에게 당신을 데려가서
시중들게 하리다. 난 중요한 이유로
한동안 신분을 감춘 채 지낼 거요.
내가 옳게 알려질 때 당신이 나와 맺은
이 친분을 후회하진 않으실 것입니다.
부탁인데 나와 함께 갑시다. (함께 퇴장)

4막 4장

고수들과 기수들을 데리고 코델리아,
신사, 장교 및 군인들 등장.

코델리아 아 슬프다, 그분이야. 방금 누가 뵀는데
성난 저 바다처럼 미쳐서 크게 노래 부르며
무성한 구름 풀, 고랑 잡초, 수레 국화,
독 당근, 쐐기풀, 황새 냉이, 독 보리와
주식인 밀밭에 자라는 온갖 잡초 엮은 관을
쓰셨다 하더구나. (장교에게) 백 명을 내보내라.
들판의 높은 풀밭 샅샅이 뒤져 보고
짐 앞으로 모셔 오라. 인간의 지식으로
그분의 감각 손실 복구할 수 있다면
도와주는 사람에겐 내 재산을 다 주리라.

(장교, 군인들을 데리고 퇴장)

신사 마님, 방법이 있습니다.
우리를 기르고 보살펴 주는 건 휴식인데
그게 부족하시므로 그런 데 효험 있는
여러 가지 약초로 격렬한 통증 눈을
잠재울 수 있답니다.

코델리아 이 땅에 숨어 있는
신비로운 효능 가진 모든 비밀 약재는
내 눈물로 솟아나라, 착한 분의 고뇌를
협력하여 치유하라. 날뛰는 광기로
넋이 나간 그분 생명 소멸되지 않도록

4막 4장 장소 도버 근처의 프랑스군 진영.

찾고 또 찾으라.

사자 등장.

사자 마님, 브리튼 군대가 이리로 진군한단 소식이 왔습니다.

코델리아 알고 있던 일이다. 배치된 우리 군도 예상하고 기다린다. 오, 사랑하는 아버지, 제가 애를 쓰는 건 아버지의 일이에요. 그래서 프랑스 왕께서는 애원하는 제 눈물을 동정하셨답니다. 군대를 일으킨 건 허황된 야심이 아니라 오직 사랑, 소중한 사랑과 늙으신 아버지의 권리 때문이에요. 곧 뵈올 수 있기를. (함께 퇴장)

4막 5장

리건과 오즈월드 등장.

리건 그런데 형부의 군대는 출발했어?

오즈월드 예, 마님.

리건 형부가 몸소 왔어?

오즈월드 고심하신 끝에요, 마님. 언니분이 더 나은 군인이십니다.

리건 에드먼드 백작은 네 주인과 집에서 대화 않고?

4막 5장 장소 글로스터의 저택.

오즈월드 예, 마님.

리건 언니가 그이에게 무슨 일로 편지할까?

오즈월드 모릅니다, 마님.

리건 참, 그이는 중한 일로 급히 여길 떠났지.
눈 빠진 글로스터를 살려 둔 건 큰 실수야,
발 닿는 곳마다 민심을 우리에게
등 돌리게 만들어. 내 생각에 에드먼드는
그자의 불행을 동정하여 저문 인생
속히 처리하려고 나갔어. 또 적의 세력을
염탐도 해 볼 겸.

오즈월드 편지 들고 그의 뒤를 좇아가야 합니다.

리건 우리 부댄 내일이면 출발해. 여기 있지,
길이 위험하니까.

오즈월드 그럴 순 없습니다,
마님께서 제 임무를 명심하라 하셨어요.

리건 언니는 에드먼드에게 왜 편지를 썼을까?
자네가 그녀 뜻을 말로는 못 전해? 아마도 —
뭔지는 모르지만 — 자네를 총애하마.
편지 좀 뜯어 보자.

오즈월드 마님, 차라리 저더러 —

리건 난 알아, 네 마님은 남편을 사랑 안 해,
난 그걸 확신해. 게다가 최근 여기 왔을 땐
에드먼드 백작에게 이상한 추파와
대단히 의미 있는 표정들을 보였어.
난 알아, 자네는 언니의 신뢰를 받고 있어.

6행 그이 에드먼드.

오즈월드 제가요?

리건 눈치채고 말한 거야. 받는 걸 난 알아.
그래서 정말 충고하는데 이 점을 주목해.
내 남편은 죽었어. 에드먼드와 난
얘기를 끝냈고 그는 네 마님보단
나에게 더 잘 맞아. 그다음은 추측해 봐.
그를 찾아내거든 이걸 꼭 전하고
네 마님은 너에게서 이만큼 듣고 나서
제발이지 정신 좀 차렸으면 좋겠어.
그럼 잘 가.
네가 만약 그 눈먼 역적의 소식을 듣거든
놈을 베는 사람은 발탁될 줄 알아라.

오즈월드 만날 수만 있다면 제가 어느 편인지
보여 주겠습니다, 마님.

리건 잘 가라. (함께 퇴장)

4막 6장

글로스터와 농부 차림에 지팡이 든
에드거 등장.

글로스터 바로 그 언덕의 꼭대기엔 언제 닿지?

에드거 오르고 있으셔요. 얼마나 힘든데요.

34행 이걸
리건이 오즈월드에게 주는 것이 무엇인지는 분명치 않다. 그것은 반지나 그 밖의 정표일 것이며 편지는 아닌 것 같다. 왜냐하면 오즈월드의 주머니를 뒤진 후 에드거가 읽는 편지는 한 통뿐이기 때문이다. (뉴케임브리지)

4막 6장 장소 도버 근처.

글로스터 평평한 것 같은데.

에드거 끔찍이 가팔라요.
쉬, 바닷소리 들리세요?

글로스터 안 들려, 정말이야.

에드거 그렇다면 눈의 고통 때문에 그 밖의 감각이
둔해졌나 봅니다.

글로스터 정말로 그럴 수도 있겠다.
근데 넌 목소리가 바뀌고 이전보다
더 나은 내용과 말투로 얘기하는 것 같아.

에드거 현혹되신 거지요, 제 의복 말고는
변한 게 없는데요.

글로스터 말씨가 나아진 것 같아.

에드거 자 나리, 여깁니다. 가만 서 계십시오.
저리 깊이 아랠 보니 참 무섭고 어지럽네.
중간쯤에 날고 있는 까마귀, 부리까마귀들은
풍뎅이만 하게도 안 보여요. 저 반쯤 아래로
회향 풀 캐는 자가 걸렸는데, 무서워라!
자기 머리보다도 큰 것 같지 않네요.
해변 위를 걷고 있는 고기 잡는 사람들은
쥐처럼 보이고 저 멀리 닻을 내린 큰 배는
작은 배, 작은 배는 식별하기 어려운
부표의 크기로 줄었어요. 수많은 자갈과
쓸데없이 부딪히며 웅얼대는 파도 소린
너무 높아 안 들려요. 더는 보지 않겠어요,

7~8행 넌…같아
글로스터의 관찰은 옳다. 에드거는 미친 거지 탐의 말씨와 행동을 버렸고 따라서 그의 말투도 다르다. 그는 이제 운문으로 얘기한다. (뉴케임브리지)

머리가 빙빙 돌고 시력이 떨어져
거꾸로 처박히지 않으려면.

글로스터 날 거기 세워 줘.

에드거 손을 이리 주세요. 한 발짝만 더 나가면
낭떠러지 끝이에요. 이 세상을 다 준대도
저는 뛰지 않겠어요.

글로스터 내 손을 놓아라.
친구여, 이 지갑도 받아 둬. 안에 든 건
가난한 이에겐 큰 값의 보석이야. 그걸로
요정들과 신들이 널 잘살게 해 주길.
뚝 떨어져 인사하고 간단 기척 들려 다오.

에드거 그러면 안녕히 가세요.

글로스터 기꺼이 그러겠다.

에드거 (방백) 이분의 절망을 이렇게 가벼이 다루는 건
그것을 고치려 함이다.

글로스터 (무릎 꿇고) 오, 막강한 신들이여,
저는 이 세상을 포기하고 당신들 앞에서
침착하게 큰 고난을 떨치려 합니다.
제가 더 오랫동안 견디면서 당신들의
저항 못 할 큰 뜻에 반항하지 않더라도
제 삶의 역겨운 심지 끝은 타 없어집니다,
저절로요. 에드거가 살았다면, 오, 축복을!
자, 녀석아, 잘 가라. (넘어진다.)

에드거 갔어요. 잘 가세요.

30행 요정들 감춰진 보석을 지키는 요정들. 그들은 보석을 발견한 사람에게 기적처럼 그 숫자를 늘려 준다는 미신이 있다. (아든)

(방백) 하지만 생명이 스스로 약탈에 응할 땐
상상으로 생명 보물, 내줄지도 모르잖아.
그가 만약 생각했던 그곳에 있었다면
이걸로 갔다는 생각을 했겠다.
(글로스터에게) 살았소, 죽었소?
이보시오! 친구분, 들려요? 말해 봐요! —
(방백) 이렇게 진짜로 갈 수도. 하지만 소생했다. —
당신은 뭡니까?

글로스터 저리 가, 죽게 해 줘.

에드거 당신이 얇은 천, 깃털이나 공기라면 모를까
수십 길 아래로 곤두박질쳤다면 계란처럼
박살이 났을 텐데 여전히 숨을 쉬고
무게 있고 피 안 나고 말을 하며 온전하오.
돛대 열을 이어도 당신이 수직으로
떨어진 고도에는 못 미칠 것입니다.
당신 생명, 기적이오. 다시 말해 보시오.

글로스터 근데 내가 떨어졌소, 아니오?

에드거 이 백악 절벽의 무서운 정상에서 떨어졌죠.
위를 봐요, 목청 좋은 종달새도 여기까진
안 보이고 안 들려요. 쳐다보시라니까.

글로스터 맙소사, 난 눈이 없소이다.
비참한 사람은 죽음으로 자신을 끝장낼
혜택도 못 받나요? 불행한 사람이
폭군의 진노를 자살로 따돌리고
오만한 그의 뜻을 꺾을 수 있다는 건
약간의 위안이었답니다.

에드거 팔을 이리 주시오.

일어나요. 어때요? 설 수 있소? 섰군요.

글로스터 너무너무 쉽게요.

에드거 이건 불가사의요.
절벽 꼭대기에서 당신과 헤어진 게
무슨 물체였지요?

글로스터 가엾고 불행한 거지였소.

에드거 제가 이 아래에서 보았을 때 그의 눈은
두 보름달 같았어요. 코는 일천 개였고
뒤틀린 뿔들은 격노한 바다처럼 굽이쳤죠.
놈은 악마였으니 운 좋은 아버님은
인간에겐 불가능한 일들로 존경받는
광명한 신들이 지켜 줬다 생각하십시오.

글로스터 이제 기억나는군요. 지금부턴 견디겠소,
고난이 '됐다, 됐어.' 외친 다음 스스로
사라질 때까지. 난 당신이 얘기한 그놈을
사람이라 생각했소. 여러 번 '악마다, 악마다.'
그렇게 말하며 그곳으로 날 인도하였소.

에드거 걸림 없는 인내심을 가지세요.

미친 리어, 들꽃 관을 쓰고 등장.

근데 이 누구죠?
온전한 정신으로 자신을 저렇게 꾸미진
절대로 않을 거다.

73행 아버님 에드거는 자신의 정체를 드러낼 위험이 있는 호칭을 쓰지만 글로스터는 그 뜻을 알아채지 못한다. 그는 앞으로 같은 말을 여러 번 쓴다.

리어　안 되지, 금화를 찍었다고 날 건드릴 순 없지. 내가 바로 국왕이야.

에드거　오, 가슴 찢는 광경이다!

리어　그 점에선 자연이 기술보다 위야. 모병 자금 여깄다. 저 친구는 활을 허수아비처럼 다루는군. 끝까지 당겨 봐. 저 봐, 저 봐, 생쥐야. 쉿, 쉿, 이 튀긴 치즈 한 조각이면 될 거야. 내 도전장 받아라, 거인과 맞선대도 증명하겠다. 창수들을 데려와라. 오, 잘 날았다, 매야, 적중했다, 적중했어! 휴우! 암호를 대라.

에드거　향기로운 박하.

리어　통과.

글로스터　내가 아는 목소리다.

리어　하! 흰 수염 난 고너릴? 그들은 나에게 개같이 아첨하며 내 턱에 검은 털이 나기도 전에 흰 털이 났다고 했어. 내가 '그렇다, 아니다.'라고 하는 모든 것에 '예, 예.'라고 하는 건 올바른 신학이 아니었어. 비가 내려 날 적시고 바람이 날 덜덜 떨게 했을 때, 천둥이 내 명령에 입 다물지 않았을 때 난 그들을 알아봤지, 냄새를 맡았어. 그들 말은 믿을 게 못 돼. 그들은 내가 전능하다고

87행 그…위야
리어는 에드거의 말에 반응하여 자연은 인공(예술)보다 가슴 찢는 광경을 더 많이 보여 줄 수 있다고 말할 수도 있고, 아니면 신의 권능을 부여받은 자연(조물주)의 자격으로 돈을 찍는 자신이 가짜 돈을 찍는 인공(기술)보다 낫다고 말할 수도 있다. 미친 리어의 말은 166행에서 에드거가 지적하듯이 의미와 무의미가 뒤섞여 있다. (아든)

90행 될 거야
잡을 수 있을 거야.

91~92행 오…적중했어!
매는 날아가는 도중에 화살로 바뀌는 것 같다.

98~99행 내가…아니었어
이 부분은 마태복음 5장 36절과 37절의 내용에서 암시받았을 가능성이 있다. (뉴 케임브리지)

했지만 거짓말, 난 오한도 못 막아.

글로스터 저 목소리, 저 억양, 너무 잘 기억난다.
국왕이 아니신지?

리어 암, 속속들이 왕이다.
내가 노려보니까 백성들이 떠는 거 봐.
저자를 살려 준다. 죄목이 뭐라고?
간통이야?
죽이지 않겠다. — 간통으로 죽는다? 아냐!
굴뚝새도 그 짓 하고 조그만 쉬파리도
눈앞에서 간음한다. 성교를 장려하라,
글로스터의 서자가 적법한 내 딸들보다
자신의 아비에게 더 친절했으니까.
욕정아 난교하라, 난 군인이 필요하다.
선웃음 치는 저 부인 좀 봐,
가랑이 사이의 얼굴은 찬 눈을 예고하고
정숙한 채 내숭 떨며 쾌락 얘기 들으면
고개를 막 젓지만 —
방탕한 색욕으로 그 짓을 하는 데는 족제비도 살 오른 말도 못 당해. 그들은 허리 아래로는 짐승이야, 그 위로는 다 여자지만. 허리띠까지만 신들이, 그 아래는 모조리 악마들이 소유했어. 거기엔 지옥이, 어둠이, 유황불 구덩이가 있어, 타고, 지지고, 악취, 부패! 퉤, 퉤, 퉤! 파, 파! 사향 한 숟갈만 줘라, 약제사야, 내 상상력을 향기롭게 하련다. 돈 여깄다.

글로스터 오, 그 손에 입 맞추게 해 주시오!

116행 가랑이…얼굴 여자의 음부.

리어 닦기부터 합시다, 죽음 냄새 나니까.

글로스터 오, 파괴된 대자연의 걸작이여, 이 우주도
그렇게 무너지리. 저를 아시겠어요?

리어 그 눈을 아주 잘 기억해. 날 삐딱이 쳐다봐?
멋대로 해, 눈먼 큐피드, 난 사랑 않을래.
이 도전장 읽어 봐, 필체를 잘 보라고.

글로스터 글자가 다 해라도 한 자도 못 봅니다.

에드거 (방백) 얘기 듣곤 믿지 않았겠지만 실제니까
내 가슴이 찢어진다.

리어 읽어 봐.

글로스터 아니, 이 눈구멍으로요?

리어 오 호, 그렇단 말이지요? 당신 머리엔 눈알이 없고 지갑 속엔 돈이 없어요? 당신 눈은 무거운 처지에, 지갑은 가벼운 처지에 있네요, 그래도 세상 돌아가는 모습은 보는군요.

글로스터 그건 느낌으로 봅니다.

리어 뭐야, 미쳤어? 눈이 없어도 세상 돌아가는 건 볼 수 있어. 귀로 보란 말이야. 저기 저 재판관이 저기 저 좀도둑에게 얼마나 호통치고 있는지 봐. 잘 들어. 자리를 바꾸면, 짚어 봐, 누가 재판관이고 누가 도둑놈이지? 넌 농부의 개가 거지에게 짖는 걸 본 적 있지?

글로스터 예, 전하.

128행 대자연의 걸작 리어 왕.

131행 눈먼…큐피드
큐피드는 사창가의 표지판을 장식했다고 한다. 눈에 붕대를 감은 글로스터는 리어에게 사창가의 사랑을 연상시킨다. (뉴케임브리지)

146행 짚어 봐
리어는 어느 손에 들어 있는지 알아맞히는 놀이를 흉내 내고 있다.

리어 또 녀석이 개를 피해 도망치는 것도. — 넌 거기에서
권위의 위대한 모습을 볼 수 있었어. 지위 있는 개는 사람도 복종해.
너 이놈 형리야, 피비린 손 멈추어라!
그 창녀를 왜 때려? 옷 벗으면 너란 놈도
채찍 치는 이유와 꼭 같은 욕망에 그녀를
뜨겁게 쓰려 한다. 고리업자, 사기꾼을 목맨다.
넝마 옷 사이로는 작은 악덕 보이지만
법복과 털외투면 다 덮여. 죄에다 금칠하면
정의의 강한 창도 힘 못 쓰고 부러지나
누더기로 무장하면 난쟁이의 밀짚도 뚫는다.
아무도 죄가 없다, 없다 없어. 복권하마.
내 말 들어 이 친구야, 고소인의 입을 막을
힘이 내겐 있으니까. 넌 유리 눈 해 넣고
치사한 모사꾼처럼 보지도 못하는 걸
마치 보는 것처럼 해. 자, 자, 자, 자,
장화를 벗겨라. 더 세게, 더 세게. 그렇지.

에드거 (방백) 오, 의미와 무의미가 뒤섞이고
광기 중에 분별력이 있구나.

리어 내 운명에 울려거든 내 눈을 가져가게.
자네를 아주 잘 안다네, 이름은 글로스터.
참아야 해. 우리는 울면서 여기 왔어,
알다시피 공기 냄새 처음으로 맡았을 때
앙앙대며 울었어. 설교할 테니까 잘 들어.

155행 고리업자…목맨다 당시에는 고리업자들이 존경을 받았고 목사들과 시인들의 반대에도 불구하고 치안 판사와 같은 공직에 임명되었다. (뉴케임브리지)

글로스터 아아, 슬픈 날이다!

리어 넓고 넓은 바보들의 무대로 나왔다고
우리는 태어날 때 운다네. 이거 좋은 모잔데.
이 천으로 말에게 신발을 만들어 신기면
기막힌 계략이 될 거야. 시험 한번 해 보고
요 사위 놈들에게 조용히 다가간 다음에
죽여, 죽여, 죽여, 죽여, 죽여, 죽여!

신사, 시종 둘과 함께 등장.

신사 아 여기 계신다, 이분을 붙잡아라.
전하, 귀하신 따님께서 —

리어 안 구해 줘? 뭐, 죄수야? 나야말로 운명의
노리개로 태어났다. 나를 잘 대접해 줘,
몸값을 챙길 테니. 의사를 불러 줘,
머리가 찢어졌어.

신사 뭐든 해 드리겠습니다.

리어 보조 없어? 나 혼자야?
허, 이러다간 사람이 짠 눈물 사람이 되겠어,
두 눈알은 정원의 물 단지로 써먹고.
암, 가을의 먼지도 잠재우고.

신사 전하,

리어 난 말쑥한 신랑처럼 용감하게 죽겠다.
뭐라고? 당당하게 굴 거야. 자, 자,
난 왕이오, 여러분, 그건 알고 계시지?

신사 당신은 왕이시고 저흰 복종합니다.

리어 그렇다면 희망 있어. 자, 붙잡고 싶으면

뛰어야 잡을 거야. 여기, 여기, 여기, 여기.
(뛰면서 퇴장. 시종들 뒤따른다.)

신사 최하층민이라도 정말 딱한 광경인데
왕이야 더 할 말 있으랴. 둘이서 불러온
인류의 원죄를 속죄하는 딸 하나가
당신께 있습니다.

에드거 나리, 복 많이 받으십쇼.

신사 가호를 빕니다. 용건은?

에드거 다가올 전투 얘기
들으신 게 있는지요?

신사 명확한 상식이오.
목소리만 분간하면 누구나 듣지요.

에드거 하지만 죄송하나 다른 군댄 가깝나요?

신사 가깝고도 발이 빨라 주력 부대 발견은
매시간 예상되오.

에드거 고맙습니다, 나리.
그것뿐입니다.

신사 왕비께선 특별한 이유로 이곳에 계시지만
그녀의 군대는 이동했소.

에드거 고맙습니다, 나리. (신사 퇴장)

글로스터 늘 친절한 신들이여, 제 목숨 맡으소서.
악귀가 또 유혹하여 천명 없이 죽지는
않도록 하소서!

에드거 기도 잘하셨어요, 아버님.

197행 둘 그 첫 번째 '둘'은 아담과 이브이지만 여기에서는 그들에 앞서 좀 더 직접적으로 두 여자, 고너릴과 리건을 말한다. (아든)

글로스터 그런데 당신은 누구시오?

에드거 대단히 불쌍하며 운명의 타격에 길들고
슬픔을 겪고 또 느낀 결과 올바른 동정을
베풀려는 사람이오. 손을 이리 주시오,
묵을 데로 모시리다.

글로스터 진심으로 고맙소.
하늘의 포상과 축복이 그대에게 내리고
또 내리길.

오즈월드 등장.

오즈월드 현상범이구나. 운수대통이다!
눈 빠진 그 머리는 내가 출세하라고 뭉쳐진
최초의 살덩이다! 불행한 노 역적아,
짧게 죄를 뉘우쳐라. 너를 파멸시켜야 할
칼은 이미 뽑았다.

글로스터 그럼, 우정 어린 그 손에
힘을 잔뜩 넣으시오.

오즈월드 불손한 촌놈아,
공포된 역적 편을 왜 드느냐? 물러나,
그자의 악운이 너에게 옮겨 붙어
같은 꼴 되지 않으려거든. 그 팔 놔라.

에드거 안 놀 거시여, 행씨, 다른 이유 업스믄.

오즈월드 놔, 노예야, 안 그럼 넌 죽는다.

에드거 착한 신사 양반, 갈 길 가시고 촌놈들 지나가게 해 주슈. 기렇게 으름장 논는다고 이 목숨 끝날 기라면 한 보름도 못 살았을 것이라요. 아이, 노인 가까이 오지 마슈. 학실이 하것는디 떨어지라우. 아이면 당신 골통이 센지 내 작대기가 센지 볼 기라요. 여러 말 하지 안 컷 시오.

오즈월드 비켜라, 똥 더미야. (그가 칼을 뽑고 둘이 싸운다.)

에드거 이빨 빼놀 거여, 행씨. 덤비요, 찔러 밧자지.

(오즈월드가 쓰러진다.)

오즈월드 쌍놈아, 네가 날 죽였어. 야, 지갑이다.
언젠가 잘살게 되거든 나를 묻고
내 몸에서 찾아내는 편지를 에드먼드,
글로스터 백작에게 전해라. 영국군 편에서
그분을 찾아내라. 오, 때 이른 죽음, 죽음! (죽는다.)

에드거 난 너를 잘 알아. 부지런한 악당이지,
불량한 소원만큼 네가 섬긴 여주인의
악덕에 충실했어.

글로스터 뭐, 그자가 죽었소?

에드거 앉으시죠, 아버님. 쉬세요. —
주머니를 뒤져 보자. 그가 말한 편지가
도움 될지 모른다. 죽었구나. 처형자가
달리 없어 미안할 뿐이다. 어디 보자,
봉인아 실례한다. 예법도 나무라지 마시라.
적들의 마음을 알고자 심장도 찢는데
그들의 편지쯤은 더 합법적이지.
(편지를 읽는다.) '주고받은 우리의 맹세를 잊지 말아요. 당신이 그를 해치워 버릴 기회는 많이 있고 의지가 모자라지 않는다면 시간과 장소 또한 효과적으로 제공될 거랍니다. 그가 승리하여 돌아오면 만사 헛일이에요. 그럼 난 죄인이고 그의 침대는 내 감옥이니 나를 그

역겨운 온기에서 구해 주고 수고한 대가로 그 자리를
채우세요. 당신의 (아내라고 말하고 싶은) 애정 깊은
하녀, 고너릴.'
오, 한없이 펼쳐지는 여자의 욕정이여!
덕 높은 남편의 목숨과 내 동생을
바꾸겠단 계략이다. 여기 이 모래밭에
살인 호색가들의 불경스러운 파발꾼
네놈을 묻어 놓고 때가 무르익으면
무례한 이 편지로 살해의 표적인 공작 눈을
번쩍 띄게 하리라. 네 죽음과 이 음모를
전해 줄 수 있는 게 공작에겐 다행이다.
(시체를 끌고 퇴장)

글로스터 국왕은 미쳤는데 내 몹쓸 감각은
얼마나 무디기에 선 채로 거대한 슬픔을
의식한단 말인가? 혼 빠진 게 더 낫겠다,
그러면 내 생각은 슬픔과 분리되어
망상으로 생겨난 비탄 그 자체를
알지 못할 테니까. (멀리서 북소리)

에드거 등장.

에드거 손을 이리 주세요.
멀리서 북소리가 들리는 것 같습니다.
자, 아버님을 친구 집에 모시겠습니다. (함께 퇴장)

4막 7장

코델리아, 변장한 켄트 및 신사 등장.

코델리아　오, 착한 켄트! 난 어떻게 살고 또 노력해야
공만큼 착해지죠? 내 삶은 너무 짧고
어떻게 비교해도 난 모자랄 테지요.

켄트　마마, 인정받는 것만도 과분한 상입니다.
제 모든 보고는 꾸밈없는 진실이며
더도 덜도 아닙니다.

코델리아　더 잘 입으시오.
이런 옷은 험한 때를 기억나게 합니다.
제발, 벗으시오.

켄트　마마, 용서해 주십시오.
알려지면 제 계획에 지장이 있습니다.
적절할 때까지는 모르는 체해 주시길
간청하는 바입니다.

코델리아　그러지요, 켄트 공.
(신사에게) 국왕께선 어떠신가?

신사　마마, 아직 주무십니다.

코델리아　오, 친절하신 신들이여!
학대받아 크게 다친 이분 심신 고치소서.
자식이 바꿔 놓은 아버지의 불화하는 감각을
오, 조율해 주소서.

신사　왕비께서 좋으시면
왕을 깨워 드릴까요? 오래 주무셨습니다.

4막 7장 장소　도버 근처의 프랑스군 진영

코델리아 자신의 지식을 따르고 자신의 뜻대로
진행토록 하게나. 옷은 입혀 드렸는가?

하인들이 나르는 교자에 탄 리어 등장.

신사 예 마마. 깊은 잠에 드셨을 때 저희들이
새로운 의복으로 갈아입혀 드렸어요.
왕비 마마, 깨울 때 옆에 서 계십시오,
틀림없이 정상이실 것입니다.

코델리아 그러겠네.

신사 가까이 오십시오. 음악을 크게 하라.

코델리아 오, 사랑하는 아버지, 회복의 약 기운을
제 입술에 싣고서 당신께 입 맞추니
두 언니가 지존께 입혔던 격심한 피해가
지워지기 바랍니다.

켄트 다정하신 공주 마마!

코델리아 자기들 아버지가 아니어도 이 백발은
동정심을 일으켰을 것이다. 이 얼굴로
싸움 거는 바람과 맞서셨단 말이에요?
강렬하고 무서운 천둥에 대항하셨어요?
최고로 끔찍하고 민첩한, 찢으며 내려치는
빠른 번개 속에서. 불쌍한 보초처럼
맨머리로 경계를 서셨어요? 그런 밤엔
나를 깨문 적의 개도 난로 곁에 뒀을 텐데
불쌍한 아버진 돼지와 처량한 떠돌이와
썩은 밀짚 얇게 깔린 움집에서 기꺼이
함께 묵으셨어요? 맙소사, 맙소사!

영육이 한꺼번에 요절나지 않았다니
놀라운 일이군요. 깨셨네. 말 건네게.

신사 마마께서. 가장 적격이십니다.

코델리아 어떠세요, 국왕 전하? 전하께선 어떠신지?

리어 무덤에서 날 꺼낸 건 잘못한 일이오.
그대는 열락 속의 영혼이나 이 몸은
불 수레에 매달려 눈물이 납 물처럼
나를 지지는구려.

코델리아 전하, 저를 아시는지요?

리어 천사라고 알고 있소. 어디서 죽었나요?

코델리아 여전히, 여전히 멀리 계셔.

신사 아직 덜 깨셨으니 잠시 홀로 두시지요.

리어 난 어디 있었지? 여기는 어디고? 대낮이야?
난 몹시 당했어. 나 같은 사람 보면
가엾어 죽고 말 것이다. 할 말을 모르겠네.
이게 내 손이라고 장담 못 해. 어디 보자. —
찌르니까 아프구나. 내 상태가 어떤지
확신할 수 있었으면.

코델리아 (무릎 꿇고) 오, 절 바라보세요, 전하,
그리고 손을 들어 축복해 주세요!
(무릎을 꿇으려는 그를 말린다.)
꿇으시면 안 됩니다.

리어 제발 날 놀리지 마시오.
난 대단히 어리석고 멍청한 노인이오,

46~48행 그대는…지지는구려 리어는 자기 딸 코델리아는 천국에 있고 자기는 지옥에 떨어진 자의 여러 고문 가운데 한 가지를 받고 있다고 상상한다. (아든)

한 시간도 안 빼놓고 팔십이 넘었소.
그리고 솔직히 말하면
온전한 정신이 아닐까 봐 두렵소.
당신과 이 사람을 알아봐야 하는 건데
그게 의심스럽소, 이곳이 어딘지
도무지 모르겠고 내 모든 재주를 다해도
이런 옷은 기억에 없으며 간밤에 묵은 곳도
모르기 때문이오. 비웃지 마시오,
내가 남자이듯이 이 부인은 내 자식
코델리아 같으니까.

코델리아 맞아요, 저예요, 저.

리어 눈물에 젖었느냐? 그렇구나. 울지 마라.
나에게 독약을 준대도 마시겠다.
날 사랑 않는 줄 알고 있어. 언니들은
분명히 기억건대 나에게 잘못했어,
이유 없이, 너는 좀 있지만.

코델리아 없어요, 없어요.

리어 프랑스에 있는가?

켄트 전하의 왕국에 계십니다.

리어 속이지 마.

신사 걱정하지 마십시오, 마마. 큰 광기는
보셨듯이 죽었지만 잃어버린 시간을
다 찾아 드리는 건 아직 위험합니다.
듭시라고 권하고 더 안정될 때까진
성가시게 마십시오.

64행 이 사람 카이우스로 변장한 켄트.

코델리아 전하, 걸어 보시겠어요?

리어 날 참아 줘야 해. 제발 잊고 용서해라,
난 늙고 어리석다. (켄트와 신사만 남고 함께 퇴장)

신사 보시오, 콘월 공작이 그런 식으로 살해됐다는 건 사실입니까?

켄트 확실합니다.

신사 그의 백성들의 지휘관은 누구지요?

켄트 소문대로 글로스터의 서자랍니다.

신사 들리는 얘기로는 그분의 추방된 아들 에드거가 켄트 백작과 함께 독일에 있답니다.

켄트 소문은 변할 수 있지요. 주위를 살펴볼 때입니다. 왕국의 군대들이 빠르게 다가오고 있어요.

신사 결전은 아마도 피비린내 날 것 같습니다. 안녕히 계십시오. (퇴장)

켄트 내 목숨과 목표는 오늘의 전투가
승리냐 패배냐에 전적으로 달려 있다. (퇴장)

5막 1장

고수 및 기수들과 함께 에드먼드, 리건,
신사들 및 군인들 등장.

에드먼드 (한 신사에게) 공작님께 최근의 결심이 그대론지
그 뒤로 무언가에 설득당해 방침을
바꿨는지 알아보라. 변심과 자책감에

5막 1장 장소 도버 근처.

폭 빠져 계신다. 그분의 결단을 알아 오라. (신사 퇴장)

리건 언니네 사람은 분명 변을 당했어요.

에드먼드 그게 두렵습니다, 마님.

리건 자, 백작님,
당신께 베풀려는 내 선심은 알고 있죠?
말해 봐요 진실되게, 오로지 진실만을.
언니를 사랑하죠?

에드먼드 떳떳한 사랑을 합니다.

리건 하지만 형부만의 금단의 구역으론
한 번도 안 갔나요?

에드먼드 욕된 생각이십니다.

리건 난 당신이 언니와 가슴으로 합일하여
송두리째 그녀 것이 되었을까 두려워요.

에드먼드 명예 걸고 아닙니다.

리건 난 언니를 절대로 못 참아요. 백작님,
그녀와 친하지 마세요.

에드먼드 걱정 마십시오. —

고수 및 기수들과 함께 올버니, 고너릴 및
군인들 등장.

언니와 언니 남편 공작이오.

고너릴 (방백) 저 동생이 그와 나를 갈라놓게 하느니
전투에 지는 게 더 낫겠다.

10행 금단의 구역
고너릴의 침대는 간음을 금하는 계율에 따라 출입이 금지된 곳이다.

올버니　대단히 사랑하는 짐의 처제, 잘 만났소.
이보게, 듣기로는 국왕이 우리의 학정에
반대할 수밖에 없었던 자들과 더불어
딸에게 갔다 하네. 난 정직할 수 없을 땐
절대로 용감하지 않았지만 이번 일엔
마음이 움직이네. 프랑스가 국왕과 더불어
참으로 정당하고 심각한 이유로
우리와 맞선다고 염려되는 자들을
격려만 하지 않고 우리 땅을 범하니까.

에드먼드　고상한 말씀이오.

리건　그런 걸 왜 따져요?

고너릴　적군에 대항하여 하나로 뭉칩시다,
집안의 사적인 말다툼은 여기에서
중요치 않으니까.

올버니　그렇다면 노장들과
우리의 작전을 짜 보도록 합시다.

에드먼드　공작님 막사로 곧 동행하겠습니다.

리건　언니, 우리와 함께 가지?

고너릴　아니.

리건　그게 가장 적절해. 제발 우리 함께 가.

고너릴　아하, 그 수수께끼를 알겠어. 갈게.

(에드먼드, 리건, 고너릴 및 양쪽 군대 함께 퇴장)

올버니가 나갈 즈음 변장한 에드거 등장.

에드거　이렇게 불쌍한 사람과 얘기해 보셨다면
한마디만 들으시죠.

올버니 (자기 군인들에게) 곧 따라잡겠다.
(에드거에게) 말하라.

에드거 전투가 있기 전에 이 편지를 여십시오.
승리하면 그것을 가져온 사람을 부르는
나팔을 부십시오. 제가 비록 초라해 보이지만
거기에서 주장한 걸 입증해 줄 투사를
내놓을 수 있습니다. 만약에 패한다면
이 세상 당신 일은 그렇게 끝나고
음모도 중단될 것입니다. 무운을 빕니다.

올버니 다 읽을 때까지 남으라.

에드거 금지된 일입니다.
때맞춰 전령에게 명령만 내리시면
전 다시 나타날 것입니다. (퇴장)

올버니 그럼, 잘 가라. 글은 읽어 보겠다.

에드먼드 등장.

에드먼드 적군이 보입니다, 병력을 모으시죠.
(문서를 주면서) 여기에 주의 깊은 정찰로 추산해 낸
적의 실제 군세가 있습니다. 하지만
서두셔야 합니다.

올버니 시의에 따르겠네. (퇴장)

에드먼드 난 두 자매 모두에게 사랑을 맹세했고
그들은 독사에 물린 자가 독사 보듯
서로를 경계한다. 이들 중 누구를 가질까?
둘 다? 하나만? 다 버려? 둘 다 살면
어느 쪽도 못 갖고 놀겠지. 과부를 가지면

언니인 고너릴이 약 올라 미칠 테고
그 남편이 살았으니 내 약속을 이행하긴
대단히 힘들 거다. 그럼 그의 권위는
전투에만 이용하고 상황이 끝나면
없애고 싶어 하는 그녀더러 신속히 제거할
수단을 찾게 하자. 리어와 코델리아에게
그가 베풀 작정인 자비는 전투가 끝나고
그들이 우리 손에 떨어지면 사면으로
절대 연결 안 될 거다. 왜냐하면 내 지위는
따져 볼 게 아니라 지켜야 할 것이니까. (퇴장)

5막 2장

안에서 경종. 고수 및 기수들과 함께
리어, 코델리아, 군인들이 등장한 다음
무대를 가로질러 함께 퇴장.

농부 차림의 에드거와 글로스터 등장.

에드거 여기요, 아버님, 이 나무 그늘을
훌륭한 피난처 삼으시죠. 옳은 편이 흥하도록
기도해 주십시오. 제가 다시 돌아오면
위안을 가져다 드리죠.

글로스터 은총이 함께하길. (에드거 퇴장)

5막 2장 장소 도버 근처.

안에서 경종 및 퇴각. 에드거 등장.

에드거 갑시다, 노인, 손을 이리 주세요, 어서요!
리어 왕이 패했고 딸과 함께 잡혔어요.
제 손을 잡으세요. 자, 어서!

글로스터 안 가겠소. 여기서도 썩을 수 있소이다.

에드거 뭐라고요, 또 나쁜 생각을? 인간은
가는 것도 온 것처럼 견뎌야만 합니다.
다 때가 있지요. 자, 어서.

글로스터 그 또한 사실이오. (함께 퇴장)

5막 3장

고수 및 기수들과 함께 승리한 에드먼드,
포로가 된 리어와 코델리아, 군인들 및
대장 한 명 등장.

에드먼드 장교 몇은 이들을 데려가라. — 잘 감시해,
심판을 내리게 될 분들의 더 큰 뜻이
알려질 때까지.

코델리아 최선의 의도로
최악을 부른 건 우리가 처음은 아니에요.
억눌린 왕이시여, 전 당신 때문에 풀 죽었지
혼자라면 엉터리 운명의 인상쯤 우스워요.
이 딸들과 언니들을 만나 보실 건가요?

5막 3장 장소 도버 근처.

리어 아냐, 아냐, 아냐, 아냐. 자 우리, 감옥 가자.
우리 둘만 새장 속의 새들처럼 노래할 거야.
네가 나의 축복을 원하면 난 무릎 꿇고서
용서를 구하마. 그렇게 우린 살고
기도하고 노래하고 옛이야기도 하고
금빛 나비 보며 웃고 불쌍한 녀석들의
궁정 소식 들을 거야, 얘기도 나눌 거고. —
누가 지고 이기는지, 총애 받고 못 받는지. —
우린 또한 신들의 밀정이나 된 것처럼
세상 신비 해명하고 깊은 감옥 속에서
달처럼 찼다가 기우는 고관들 패거리를
견디어 낼 거야.

에드먼드 (군인들에게) 그들을 데려가라.

리어 그러한 희생은, 코델리아, 신들이 스스로
향을 태워 기린단다. 내가 너를 잡았어?

(그녀를 포옹한다.)

우릴 떼어 놓으려면 하늘의 불 막대로
여우처럼 몰아내야 하리라. 눈물을 닦아라.
그놈들이 우리를 울게 하기 이전에
호시절이 해마다 놈들을 통째로 삼킬 거다!
놈들이 먼저 굶어 죽을 거야. 가자.

(리어와 코델리아, 호위받으며 함께 퇴장)

에드먼드 대장, 이리 오게. 잘 들어.

13행 금빛 나비
문자 그대로 화려한 나비를 뜻하거나 혹은 멋지게 차려입은 궁정의 조신들을 가리킨다. (RSC)

23행 여우처럼
여우 굴 입구에서 불을 지피면 열기와 연기 때문에 여우가 밖으로 튀어나온다.

이 문서를 가지고 감옥으로 그들을 따라가.
자네를 한 계급 올렸어. 만약에 자네가
거기 적힌 지시대로 한다면 커다란
부귀를 얻을 거야. 이 사실을 알아 둬,
사람은 시류를 따라야 해. 연약한 마음은
칼잡이에게는 안 맞아. 자네가 할 큰일은
질문을 용납 못 해. 하겠다고 말하거나
달리 출세하라고.

대장 제가 하겠습니다.

에드먼드 착수하고 일 끝내면 행운이라 여기게.
주목해, 바로 하란 말이야. 또 내가
적어 놓은 그대로 처리해.

대장 전 마차를 끌지도 귀리를 먹지도 못합니다.
사나이의 일이라면 제가 하겠습니다. (퇴장)

팡파르. 올버니, 고너릴, 리건 및 군인들,
나팔수와 함께 등장.

올버니 자넨 오늘 가문의 용맹성을 보여 줬고
행운의 인도를 받았네. 오늘의 싸움에서
적이었던 포로들을 붙잡고 있을 텐데
그들의 가치와 우리의 안전을
공정하게 평가하여 대우하기 위하여
그들을 요구하네.

39행 마차를…못합니다 전 말이 아닙니다. 저는 전쟁 후에 할 수 없이 농사꾼이 되고 싶지는 않습니다. (아든)

에드먼드 비참한 늙은 왕을
적당한 장소로 보내어 감금하고
간수를 두는 것이 적절하다 여겼는데
그 나이에, 왕권은 더하지만, 마력이 있어서
민심을 그쪽으로 확 끌어당기고
징집한 창검을 명령하는 우리들 눈으로
돌리게 만듭니다. 마찬가지 이유로
왕비도 그와 함께 보냈는데 그들은
공께서 심문하실 장소에 내일 또는 언제든
곧바로 나타날 것입니다. 지금은 우리가
피와 땀을 흘리며 친구는 친구 잃고
최선의 싸움도 열기가 식기 전엔
그 아픔을 느끼는 자들의 저주를 받지요.
코델리아와 그 아버지 문제는 더 적절한
장소가 필요하오.

올버니 자네에겐 실례지만
전쟁에서 난 자넬 부하로만 생각했지
형제로는 아니네.

리건 그건 짐이 높이기 나름이죠.
당신은 사전에 짐의 뜻을 물을 수도
있었다고 생각하오. 그는 짐의 군대의
지휘를 맡았고, 내 지위와 권한 가진
제이인자였으니까 형제라고 부르는 데
손색이 없지요.

고너릴 그렇게 열 내지 마!
그는 네 직함보다 스스로의 장점으로
자신을 드높였어.

리건 내가 준 내 권리로
그이는 최고와 대등하게 되었어.

올버니 처제의 남편이 된다면 최상일 테지요.

리건 농담이 진담 되곤 한답니다.

고너릴 이봐, 이봐!
눈이 삐었으니까 그렇게 들리지.

리건 부인, 난 몸이 불편해요, 안 그러면
노기 등등 응수했을 거라고요. (에드먼드에게) 장군,
내 군인과 포로와 세습 재산 넘겨받아
그들을, 나를 처분하시오. 이 몸은 당신 거요.
이 세상을 증인으로 여기에서 당신을
나의 주인 삼겠어요.

고너릴 그를 갖고 놀겠다고?

올버니 당신의 호의로는 금지하지 못하오.

에드먼드 당신도 못 하오.

올버니 한다, 이 배다른 녀석아.

리건 (에드먼드에게) 북을 울려 나의 권리 양도를 입증해요.

올버니 멈춰라, 이유를 들으라. 에드먼드, 난 너를
대역죄로 체포하고
(고너릴을 가리키며) 화려한 이 독사도
너와 함께 고발한다.
(리건에게) 처제의 요구는
내 아내의 이해관계 때문에 못 들어주겠소.
그녀는 이 귀족과 이차 계약 맺었고

81행 배다른 녀석 서자이므로, 그리고 부모 가운데 한쪽만 귀족 혈통이므로. 올버니는 에드먼드의 '당신'이란 호칭에 반발한다. (아든)

난 그녀 남편으로 당신 혼사 반대하오.
결혼을 하려거든 내게 구애하시오,
내 부인은 예약됐소.

고너릴 이 무슨 촌극이람!

올버니 글로스터, 넌 이미 무장했다. 나팔을 불게 하라.
흉악하고 명백하며 수많은 네 반역죄를
네 몸에 입증해 줄 사람이 안 나오면
내가 도전하겠다. (장갑을 던진다.)
네 심장을 걸고서
넌 내가 공포한 바로 그런 자임을
식사 전에 밝히겠다.

리건 아프다, 아, 아프다!

고너릴 (방백) 안 그러면 독약은 절대 믿지 않겠다.

에드먼드 이렇게 답하겠소. (장갑을 던진다.)
역적으로 날 모는 게
누군지는 모르나 악당 같은 거짓이오.
나팔로 부르시오. 감히 다가온다면
그자든 당신이든 누구든 내 진실과 명예를
굳건히 지키겠소.

올버니 여봐라, 전령을 불러라!

전령 등장.

(에드먼드에게) 자력으로 맞서야 돼, 너의 편 군인들은
모두 내 이름으로 징집됐고 또한 내 이름으로
해산되었으니까.

리건 아픔이 점점 더 커지네.

올버니 부인이 편찮다, 내 막사로 모셔라.

(리건, 부축 받으며 퇴장)

전령은 이리 오라. 나팔을 불라 하고
이 글을 읽어라. (나팔 소리가 난다.)

전령 (읽는다.) '만약 군인의 명부 가운데 신분이나 계급 있는 사람이 글로스터 백작이라 추정되는 에드먼드가 다방면에 걸친 역적임을 증명하겠다면 세 번째 나팔 소리에 나타나도록 하라. 그는 용감하게 자신을 변호하고 있다.' (첫째 나팔)

다시! (둘째 나팔)

다시! (셋째 나팔)

(안에서 나팔 소리가 응답한다.)

무장한 에드거 등장.

올버니 목적을 물어라, 왜 이 나팔 소리에
나타나게 되었는지.

전령 당신은 누구인가?
이름은? 계급은? 그리고 지금 이 소환에
왜 응답하였는가?

에드거 내 이름은 잃었소,
반역의 이빨에 뜯기어 말살되었으니까.
그렇지만 난 내가 맞닥뜨릴 상대만큼
고귀한 신분이오.

올버니 그 상대는 누구인가?

에드거 글로스터 백작, 에드먼드의 대변인이 누구요?

에드먼드 본인이다. 할 말이 무어냐?

에드거 그 칼을 뽑아라,
내 말이 고귀한 마음에 거슬리면 무기로
화를 풀 수 있도록. 내 칼은 여기 있다. (칼을 뽑는다.)
보라, 이건 내 기사의 명예와 맹세와
선서의 특권이다. 너의 힘과 젊음과
드높은 지위와 신분에도 불구하고
승자의 칼, 신품 행운, 용맹심과 상관없이
나는 네가 역적임을 엄숙하게 선언한다.
신들과 네 형과 네 부친께 거짓되고
고명한 이 군주께 모반을 꾀했으며
위로는 네 머리끝에서 아래로는
네 발밑의 흙에 이르기까지 철저하게
독두꺼비 역적임을. 아니라고 해 봐라,
이 칼과 이 팔뚝과 사력을 다하여
네 거짓을 나의 대화 상대인 네 심장에
입증할 것이다.

에드먼드 이름을 묻는 게 현명하나
겉모습이 참 멋지고 늠름해 보이며
입에선 교육받은 냄새가 좀 나는지라
난 기사도 법에 따라 안전하게 신중히
지연시킬 권리를 경멸하며 차 버린다.
나는 이 반역 죄목들을 네 머리에 던지고
지옥처럼 미운 그 거짓말로 네 심장을 으깨리라.
죄목들은 날 지나쳐 상처 하나 못 냈지만
이 칼로 즉각 길을 뚫어 주면 네 심장엔
영원토록 남으리라. 나팔을 불어라.

(경종. 둘이 싸우고 에드먼드 쓰러진다.)

올버니 (에드거에게) 살려라, 그를 살려!

고너릴 계략이오, 글로스터.
당신은 결투의 예법 따라 모르는 상대와
싸울 필요 없었어요. 패배한 게 아니라
기만당한 것이오.

올버니 입 닥쳐라, 이 여자야,
안 그러면 이 편지로 막을 테다.
(에드먼드에게) 받아라,
지독히 몹쓸 인간, 네 악행을 읽어 봐.
(고너릴에게) 찢지는 마시고, 부인. 알아보시는군.

고너릴 안다 해도 법은 내 것, 당신 것은 아니오.
누가 날 고발해요? (퇴장)

올버니 참으로 섬뜩하다! 오!
(에드먼드에게) 그 편지를 알겠지?

에드먼드 아는 걸 묻지 마오.

올버니 (고너릴을 뒤따르는 장교에게)
뒤따르라. 자포자기 상태다, 관리하라.

에드먼드 당신이 고발한 일들을 내가 했소,
더 많이, 훨씬 많이. 시간 가면 드러날 것이오.
그건 지난 일이오, 나처럼.
(에드거에게) 그런데 요행히
날 이긴 넌 누구냐? 고귀한 사람이면
용서해 주겠다.

에드거 우리 서로 선심을 주고받자.
내 혈통도 너만 못지않단다, 에드먼드.
더 낫다면 넌 내게 더욱더 잘못했어.
내 이름은 에드거, 네 아버지 아들이다.

신들은 정당하여 우리가 즐기는 악덕을
우리를 징벌하는 도구로 삼는단다.
너를 만든 어둡고 부도덕한 장소가
그의 눈을 앗아 갔어.

에드먼드 맞는 말씀, 사실이오.
운명은 한 바퀴를 다 돌았고 난 여깄소.

올버니 (에드거에게) 자네 거동 자체가 왕족의 고귀함을
예시한다 생각했네. 포옹해야 되겠어.
내가 정말 자네나 부친을 미워한 적 있다면
내 가슴은 슬픔으로 찢어지네.

에드거 압니다, 공작님.

올버니 어디에 숨었었나?
부친의 불행은 어찌 알게 되었나?

에드거 그것을 보살피면서요. 짧게 말씀드리고
얘기가 끝났을 때, 오, 가슴이 터졌으면!
저를 바싹 뒤쫓아 온 가혹한 포고령을
피하려는 목적으로 — 오, 생명은 달콤하여
우리는 한 번에 죽기보다 죽음의 고통을
매시간 당하려 하지요! — 미치광이 넝마로
제 옷을 갈아입고 개들조차 경멸하는
몰골을 하게 됐죠. 전 그런 차림으로
눈 보석을 방금 잃고 둥글게 피 흘리는
아버지를 만났고 안내인이 된 다음
인도하고 구걸하며 절망에서 구했지요,
이 좋은 결말을 바라되 확신은 못 하면서
제가 무장 끝냈던 약 반시간 전까지는
절대로 자신을 — 아, 실수로! — 안 밝힌 채.

그때 전 축복을 구했고 우리의 순례 역정
처음부터 끝까지 다 말씀드렸는데
그의 금간 심장은, 가엾어라, 기쁨 슬픔
두 감정의 극한 갈등 견디기엔 너무 약해
웃으면서 터졌어요.

에드먼드 나는 이 얘기에 감동했고
좋은 일이 생길지도. 하지만 계속해요,
무언가 할 말이 더 있는 것 같군요.

올버니 더 있다면 더 비통할 테니까 그만하게,
왜냐하면 자네 얘기 듣고 나서 난 거의
까무러칠 지경이네.

에드거 슬픔이 싫다는 이에게
이 얘기는 하나의 마침표와 같겠지만
또 다른 슬픔은 부풀리면 점점 커져
극단을 넘어설 것입니다.
제가 울부짖었을 때 한 남자가 들어와
최악의 상태인 저를 보고 혐오감에
교제하길 꺼렸지만 그렇게 견딘 게
누군지 알고서는 강한 팔로 제 목을
꽉 붙잡아 안은 다음 하늘을 찢을 듯이
고함을 질렀고, 아버지 몸 위에 엎어지며
한 번도 못 들어 본 리어와 자신의
정말로 가엾은 얘기를 들려주는 도중에
비탄이 점점 커져 그의 심장 근육이
끊어지기 시작했죠. 그때 전 두 번째 나팔에
얼빠진 그를 두고 나왔죠.

올버니 근데 그게 누구였나?

에드거 공작님, 켄트, 추방된 켄트요. 변장한 채
원수 같은 왕을 따라 노예라도 하지 못할
봉사를 했습니다.

신사 한 명, 피 묻은 칼을 들고 등장.

신사 도와줘요, 도와줘!
에드거 어떻게?
올버니 말을 하게.
에드거 칼에 피는 왜 묻었소?
신사 뜨겁고 김이 나는
이건 바로 그 심장 — 오, 그녀가 죽었어요!
올버니 누가 죽어? 말을 해 봐.
신사 부인이요, 부인. 그 동생은 부인 손에
독살을 당했고, 부인께서 자백하셨습니다.
에드먼드 그 둘과 난 약혼했소. 이제 셋 모두가
한순간에 결혼하오.
에드거 켄트가 오는군요.

켄트 등장.

올버니 살았든 죽었든 그들을 꺼내 오라.
(고너릴과 리건의 시체가 들려 나온다.)
이 하늘의 심판에 우리가 떨리긴 하지만
동정심은 안 생긴다. — 오, 이게 그 사람인가?
격식 따라 예의를 갖춰야 되겠으나
상황이 허락하질 않는군요.

켄트 제 주상께
영원한 저녁 인사 드리러 왔습니다.
여기 안 계신가요?

올버니 큰일을 잊었구나!
에드먼드, 국왕은 어디 계셔? 코델리아는?
이 광경이 보입니까, 켄트?

켄트 저런, 어쩌다가?

에드먼드 에드먼드는 어쨌든 사랑을 받았다,
한쪽이 나를 위해 다른 쪽을 독살한 뒤
자결했으니까.

올버니 과연 그래. 얼굴을 덮어라.

에드먼드 숨이 가빠 옵니다. 제 본성에 상관없이
좋은 일을 해 볼까 하는데 재빨리 —
지체 말고 — 성으로 사람을 보내시오,
리어와 코델리아 목숨에 칙령을 내렸소.
자, 늦기 전에 보내요.

올버니 뛰게 뛰어, 오, 뛰어.

에드거 누구에게, 공작님? 그 임무를 맡은 자는?
(에드먼드에게) 유예의 징표를 보내야지.

에드먼드 잘 생각하였소. 내 칼을 가져가서
대장에게 주시오.

에드거 (신사에게) 목숨 걸고 서둘러요. (신사 퇴장)

에드먼드 그는 당신 아내와 내게서 명을 받아
감옥에서 코델리아의 목을 달아매고는
그렇게 된 책임을 그녀의 절망으로
돌리게 되어 있소.

올버니 신들은 그녀를 지키소서. 그를 잠시 옮겨라.

(에드먼드는 들려 나간다.)

리어, 코델리아를 안고 신사와 함께 등장.

리어 통곡, 통곡, 통곡하라! 오, 돌 같은 인간들아!
내가 너희 눈과 혀를 가졌다면 천장이
깨지라고 울 것이다. 얘는 영영 가 버렸어.
사람이 죽었는지 살았는지 난 알아.
앤 흙처럼 죽었어. (그녀를 내려놓는다.)
돋보기 좀 빌려 줘.
숨기로 유리에 김이나 얼룩이 생기면
그래 그럼, 살아 있어.
켄트 약속된 종말이 이건가?
에드거 아니면 그 공포의 모습인가?
올버니 무너져 멈춰라.
리어 깃털이 움직인다, 살았어. 그렇다면
이건 내가 여태껏 겪어 온 슬픔을 모두 다
보상해 줄 기회다.
켄트 오, 저의 주군이시여!
리어 제발, 저리 가!
에드거 전하 친구, 켄트 백작입니다.
리어 염병에나 걸려라, 이 살인자 역적 놈들.
구할 수 있었는데 이젠 영영 가 버렸어.
코델리아, 코델리아, 잠시만 머물러라. 하?
뭐라고? 얘 음성은 언제나 부드럽고
상냥하고 조용했어, 여자에겐 빼어난 것이지.
널 목매던 그 상놈을 내가 죽여 버렸어.

신사 사실이오, 여러분.

리어 이봐 내가 해치웠지?
나도 한땐 그놈을 날카로운 언월도로
펄쩍 뛰게 할 수도 있었어. 이제는 늙었고
이런 시련 때문에 망가졌어. (켄트에게) 누군가?
내 눈이 썩 좋진 않아, 솔직히 말하지.

켄트 운명이 아끼고 미워한 둘을 자랑한다면
여기에 그 하나가 있습니다.

리어 눈이 침침하구나. 켄트가 아닌가?

켄트 맞습니다,
하인 켄트. 하인 카이우스는 어딨지요?

리어 참 좋은 녀석이야, 그 말은 할 수 있어.
공격도 해, 잽싸게 말이야. 죽어서 썩었어.

켄트 아뇨 전하, 제가 바로 그 사람 —

리어 그건 곧 알아보마.

켄트 전하께서 변하고 기울기 시작한 때부터
그 슬픈 발길을 따랐던 —

리어 여기로 잘 왔네.

켄트 바로 그입니다. 다 어둡고 죽음과 같군요.
큰 따님 두 분은 자신들을 해친 뒤에
절망해서 죽었고요.

리어 음, 그렇게 생각해.

올버니 무슨 말씀 하시는지 모르니까 우리가
신분을 밝혀도 헛일이오.

신사 등장.

에드거 아무 쓸모 없습니다.

신사 에드먼드가 죽었어요, 공작님.

올버니 예서 그건 하찮은 일일뿐.
여러 경들, 친구들께 짐의 뜻을 밝히겠소.
이 노쇠한 대왕께 위안되는 일이라면
뭐든지 해 드릴 것입니다. 노왕께서
살아 계신 동안은 짐이 가진 절대권을
양도할 것이오. (에드거와 켄트에게)
두 분에겐 복권에다
상금과 칭호를 더하겠소, 두 분의 공로가
받고 남을 만하니까. 모든 아군들에겐
무용의 대가를, 모든 적군들에겐
당연한 처벌을 내리리라. 오, 봐요, 봐!

리어 불쌍한 내 바보가 죽었다. 생명이 없다 없어!
왜 개나 말이나 쥐는 살아 있는데
넌 숨조차 못 쉬느냐? 넌 다시 못 돌아와
절대로, 절대로, 절대로, 절대로, 절대로.
제발 이 단추 좀 끌러 줘. 고맙네.
이게 보여? 얘를 봐. 입술을, 보라고,
여길 봐, 여길 봐! (죽는다.)

에드거 기절하셨어요. 전하, 전하!

켄트 가슴아 터져라, 제발 터져.

에드거 쳐다보십시오, 전하.

켄트 혼을 그만 괴롭히고 가시게 해 주시오.

304행 내 바보
코델리아의 애칭. 그러나 코델리아와 바보를 동시에 가리킬 가능성도 있다.

험한 세상 형틀에 더 묶어 두려 하면
미워하실 것입니다.

에드거 정말로 가셨어요.

켄트 그렇게 오랫동안 버티신 게 놀랍지요,
허울만 살아 계셨답니다.

올버니 이분들을 모셔 가라. 우리에게 닥친 일은
전반적인 애도이다.
(켄트와 에드거에게) 내 영혼의 친구인 두 분은
왕국을 다스리며 상한 이 나라를 받쳐 주오.

켄트 저는 곧 여행을 떠나야만 합니다.
주인님이 부르셔서 거절은 안 됩니다.

에드거 이 슬픈 시국의 무게를 감당해야 합니다.
해야 할 말은 두고 느끼는 걸 말하시오.
최고령 노인이 최고로 견디셨소. 젊은 우린
그만큼 보지도 살지도 절대 못할 것입니다.

(죽음의 행군을 하며 모두 퇴장)

맥베스

Macbeth

역자 서문

윌리엄 셰익스피어(1564~1616)는 『티투스 안드로니쿠스』(1593~1594)를 시작으로 『아테네의 티몬』(1607~1608)까지 총 10편의 비극을 썼다. 이들 비극은 그 내용이 다양하여 한마디로 정의하기는 어렵다. 그러나 이들이 비극으로 분류되는 이유는 적어도 두 가지 공통 요소를 갖추고 있기 때문이다. 우선 이들은 우리 관객이나 독자들에게 전체적으로 기쁨보다는 슬픔을 준다. 그 슬픔의 성격이 단순하거나 복잡할 수도 있고 그 정도가 약하거나 강할 수도 있지만 어쨌든 우리의 마음을 가라앉히지 들뜨게 하지는 않는다. 둘째, 극의 시작은 비록 가볍거나 희극적일 수 있어도 그것은 곧 타협할 수 없는 갈등으로 치닫고 결국에는 주인공의 죽음으로 마무리된다. 이것이 『셰익스피어 전집 4, 5』에 실린 일곱 극작품이 비극이란 장르로 묶여 있는 까닭이다. 그러면 이제부터 이 일곱 극작품을 비극의 두 핵심 요소 가운데 하나인 죽음이란 공통분모를 통하여 간략하게 소개해 보기로 하자.

여섯째 작품인 『맥베스』(1606)에서는 여섯 명의 등장인물이 죽는다. 그들을 죽는 순서대로 말하면 덩컨 왕, 맥더프 부인과 어린 아들, 맥베스 부인, 시워드 청년, 그리고 맥베스이다. 이 가운데 이 비극의 비교적 앞부분(2막 3장)에서 나타나는 덩컨 왕의 죽음은 앞으로 있을 맥베스의 죽음을 담보하는 사건이다. 맥베스는 그를 죽임으로써 자신의 죽음을 예약하기 때문이다. 그리고 맥더프 부인과 그 아들의 죽음은 맥베스의 잔인함과 맥더프의 복수를 강화하는 요인으로 작용하고 맥베스 부인의 죽음은 곧이어 다가올 맥베스의 죽음과 그것의 의미를 미리 보여 주는 역할을 한다. 그리고 극의 막바지에 나오는 시워드 청년의 죽음은 맥베스가 마녀들로부터 들은 예언, 즉 "여자가 낳은 자는 아무도/맥베스를 못 해칠"(4.1.82~83) 것이라는 사실을 잠시 입증해 주는 역할을 한다. 하지만 곧이어 등장한 맥더프가 자신은 제왕 절개로 태어났다고 말함으로써 맥베스의 기를 꺾어 놓는다. 이렇게 등장인물들의 죽음을 요약했을 때 이 비극에서 가장 중요한 죽음은 주인공 맥베스의 것이고, 그 핵심 주제는 그가 덩컨을 죽이고 본인도 죽게 되는 과정에서 드러난다.

『맥베스』의 핵심 주제는 야망으로 표현되는 권력욕이다. 권력욕은 모든 인간에게 공통된 욕망이다. 인간에게는 누구든지 타인 위에 군림하고 싶은, 자기가 더 힘센 존재라는 사실을 드러내고 싶은, 그래서 존경과 선망과 추앙을 받고 싶은 욕망이 있는데 이를 포괄적으로 권력욕이라 말한다. 그리고 이 욕망의 만족은 우리에게 커다란 기쁨을 주기 때문에 우리 모두는 권력욕을 의식적, 무의식적으로 표현하면서 그것을 만족시키려고 한다. 물론 그것을 적당한 범위에서 정상적이고 자연스러운 방법으로, 자신의 능력으로, 그리고 타인에게 피해를 주지 않는 방식으로 채워야 함은 두말할 필요가 없을 것이다. 그런데 그것이 때로는 한 인간을 너무나 갑자기, 너무나 강력하게 사로잡아 그의 이성의 통제력이 무너질 때 그것은 그로 하여금 비정상적인 수단과 방법을 쓰게 만들면서 모든 법적 도덕적 제약을 넘어 목적을 달성하도록 만든다. 또한 권력욕에 넘어간 사람에게는 죄를 짓게 되는 첫걸음이 어렵지 일단 빠지면 헤어나기가 쉽지 않다. 그래서 지난 죄를 뉘우치고 돌아가려고 해도 쌓인 죄의 무게 때문에 자포자기하고 오히려 바닥을 침으로써 끝장을 보려 한다. 그런데 지금까지 설명한 한 인간의 비극적인 예시가 바로 우리의 주인공 맥베스이다.

맥베스는 5막 8장의 마지막에서 맥더프의 손에 의해 죽는다. 그는 어떤 인물보다도 맥더프를 피하려고 했다. 그가 왕이 되는 과정에서 그리고 그 이후로도 여러 인물을 죽였지만 그 가운데서도 가장 불필요한 그리고 가장 관객들의 동정심을 크게 불러일으킨 사건이 바로 맥더프의 성을 급습하여 그의 부인과 어린 아들을 무자비하게 죽게 만드는 일이었다. 따라서 맥베스의 영혼은 본인의 말 그대로 맥더프의 피로 "너무 꽉 차 있다."(5.8.5~6) 따라서 "표현을 못 할 만큼/잔인한"(5.8.7~8) 맥베스가 맥더프의 손에 의해 죽는 것은 어쩌면 당연한 인과응보이다. 그리고 그의 수급은 맥더프가 들고 나와 그 초라하고 비참한 최후를 모두에게 전시한다. 또한 극중 인물 가운데 어느 누구도 그의 죽음을 슬퍼하거나 애석해하지 않는다. 새롭게 왕으로 추대된 맬컴은 심지어 그를 가리켜 "백정"(5.9.34)이라 부른다. 이것이 그에 대한 모두의 평가이고 관객이나 독자들도 대충 거기에 동의한다. 한마디로 그의 죽음에는 아무런 의미가 없어 보인다. 이는 다른 비극의 주인공들의 죽음과 비교해 보면 그 특이함을 금방 알 수 있다. 예를 들면 햄릿의 영혼은 호레이쇼가 천상으로 인도하고, 리어 왕은 자신과 운명을 같이하다 먼저 간 코델리아를 안고 죽으며, 죄 없는 자기 아내 데스데모나를 죽인 오셀로조차 자신을 찌른 다음 그녀에게 키스하며 죽음으로써 속죄 의식을 치른다. 그런데 맥베스는 죽는 순간 보여 준 용기 — "난 끝까지 해 보겠다."(5.8.32) — 말고는 그의 죽음에 아무런 긍정적인 의미가 없는 것처럼 보인다.

그렇다면 그 이유는 무엇일까? 그것은 그가 야심의 유혹에 넘어간 순간부터 인간의 삶을 삶답게 만드는 주요 요소를 하나씩 약화시키거나 없애 버림으로써 그의 마지막 죽음을 단순히 하나의 육체적인 현상으로, 아무런 가치도 의미도 없는 사건으로 전락시켰기 때문이다. 그래서 우리는 그의 죽음의 의미를 그가 죽는 순간과 그 후의 평가에서 찾을 게 아니라 오히려 그가 살아 있는 동안 소멸시킨 삶의 핵심 요소에서 찾아야만 한다.

맥베스가 권력욕에 사로잡혀 그것을 만족시키는 과정에서 첫 번째로 희생당한 제물은 바로 그의 양심이다. 인간의 삶에서, 특히 그의 도덕적인 삶에서 가장 중요한 덕목은 양심이고, 이것이 없는 사람은 죄인이거나 동물 수준의 삶을 살거나 아니면 비유적으로 죽은 사람이라고 할 수 있다. 그런데 맥베스는 이 양심을 죽여 버린다. 이는 물론 맥베스의 양심이 처음부터 약하거나 없었다는 말은 아니다. 오히려 그 반대로 맥베스의 비극은 그의 양심이 그의 야심에, 그리고 그가 야심을 이루려는 수단과 방법에 강력하게 반발하기 때문에 우리에게 더 아프게 다가온다. 예를 들면 맥베스는 마녀들의 세 가지 환영 인사 — "맥베스를 환영하라! 글래미스 영주시다! (중략) 코도의 영주시다! (중략) 왕이 되실 분이다." (1.3.48~50) — 가운데 첫째는 자신의 현 직위로서 사실에 부합하지만 둘째는 타인의 것으로 불가능했는데 왕의 전령으로 온 로스에 의해 그것이 현실로 밝혀지자 야심이 발동하기 시작한다. 마녀들이 앞선 두 직위를 알아맞힌 일을 "진실"(1.3.127)로 해석하면서 세 번째도 같은 진실이 되는 꿈을 꾸면서. 그러나 이 꿈은 그의 양심으로부터 커다란 저항을 받는다. 왜냐하면 왕이 되는 상상으로 그리고 그 수단으로 살인을 떠올리는 그에게 그의 양심은 그의 머리칼을 쭈뼛하게, 심장은 갈비뼈를 두드리게, 온몸은 뒤흔들리게, 그리고 그의 심신의 기능은 억측으로 소멸되어 "없음밖에 있는 건 아무것도 없"게 만들기 때문이다.(1.3.135~42) 다시 말하면 양심은 그가 꿈꾸는 살인에 그것의 온몸을 던져 저항한다. 그 결과 그는 악한 마음을 접으려고 한다. 그가 구태여 살인을 저지르지 않아도 운명으로 예정된 일은 저절로 실현되리라고 기대하면서, "운에 따라

왕 될 거면, 글쎄, 운에 따라/관을 쓰게 되겠지."(1.3.144~145)라고 하면서.

그러나 그의 이런 주저는 그리 오래가지 못한다. 1막 7장에서 자신의 성을 방문한 덩컨을 그야말로 손에 넣은 맥베스는 다시 살인을 떠올린다, 그리고 야심과 양심 사이에서 갈등한다. 그런데 이 갈등의 주원인은 그가 계획하는 살인에 반대하는 양심의 힘이 아주 강력하여 그런 행위가 내포하는 부도덕성을 너무나 생생한 이미지로 떠올리게 만드는 데 있다.

게다가 이 덩컨은
너무나 겸손하게 왕권을 행사하고
권좌가 너무나 깨끗하여 그의 여러 덕행은
극도의 영벌 받을 이 암살에 맞서서
천사처럼 나팔 불어 그를 변호할 것이며
연민은 벌거숭이 갓난아기 모습으로
돌풍에 걸터앉아, 아니면 케루빔들처럼
형체 없는 기류의 말 등에 올라앉아
이 끔찍한 행위로 모든 눈을 자극하여
눈물이 바람을 잠재우리. (1.7.16~25)

천사처럼 나팔 불며 그 존재를 만방에 알리는 덩컨 왕의 덕행, 벌거숭이 갓난아이 또는 모든 눈을 자극하여 눈물을 흘리게 만드는 케루빔 같은 모습의 연민, 이것들을 그려 보게 만드는 힘은 맥베스의 강력한 상상력이다. 그러나 하필이면 이런 도덕적이고 종교적인 이미지를 떠올려 야심의 준동을 누그러뜨리려 하는 힘은 그의 양심 말고는 달리 없다. 이런 양심의 힘 앞에 맥베스는 다시 한 번 무너지면서 덩컨 왕이 그에게 내린 영예와 "온갖 사람들의 금빛 찬사"(1.7.33)를 핑계로 자기 부인에게 이번 거사를 취소하자고 말한다.

그러나 그의 양심의 보루는 부인의 질책(왕권에 대한 희망은 취했고 잠자느냐), 멸시(욕망만큼 행동력과 용맹심을 같이 가진 사람이 되는 게 두려우냐), 자극(생애 최고 장식물을 가지고 싶으냐), 그리고 놀림(비겁자로 살 것이냐)(1.7.35~45)에 결국 무너지고 덩컨 왕을 죽이기로 최종 결정을 내린다. 이제 맥베스의 양심이 그의 야심에 굴했을 때 그를 저지할 더 이상의 힘은 남아 있지 않다. 이제 그의 앞길을 가로막는 것은 그의 행동을 억제하는 이미지가 아니라 그것을 부추기는 이미지뿐이다. 그래서 그는 덩컨 왕의 방으로 향하던 길에 자신의 행위를 암시하는 허공의 단검을 보게 되고 곧이어 그 날과 자루에 묻은 "핏방울까지도"(2.1.45) 보게 된다, 마치 그의 살인을 앞당겨 보여 주며 빨리 결행하기를 재촉이라도 하는 듯이. 그런 다음 맥베스는 드디어 덩컨 왕을 시해하고 만다.

하지만 이때 그가 죽인 것은 덩컨 왕뿐만이 아니었다. 그는 이 시해와 더불어 우리의 삶에서 없어서는 안 되는 필수 요소인 잠을 죽여 버렸다. 잠이 없는 삶은 불가능하며 만약 그것이 가능하다면 그는 영원히 깨어 있는 천사이거나 영원히 잠 못 자는 귀신일 것이다. 맥베스는 바로 이런 "순진한 잠,/엉클어진 근심의 실타래를 푸는 잠,/하루하루 삶의 죽음, 중노동을 씻는 목욕,/상한 맘의 진정제, 대자연의 일품요리,/이 삶의 향연에서 주식"(2.2.35~39)을 죽여 버렸다는 외침을 듣는다. 따라서 덩컨을 죽인 순간부터 맥베스의 삶은 삶이 아닌 깨어 있는 죽음의 연속인 셈이다. 만약 우리가 그의 삶에 대해 약간의 동정심이라도 가지게 된다면 그것은 바로 그가 "잠을 죽여 버렸다."라는 말을 들었다고 말할 때일 것이다.

따라서 맥베스가 덩컨의 죽음이 밝혀진 뒤 여러 사람이 모였을 때 공개적으로 한 말은 자신이 저지른 살인죄를 감추는 게 주 목적이지만 동시에 어느 정도의 진심을 담고 있다고 할 수 있다.

> 이 사건 한 시간 전에만 죽었어도
> 난 축복받았을 것이오, 지금 이 순간부터
> 삶에서 중요한 건 전혀 없을 테니까.
> 만사가 하찮고 명예와 미덕은 죽었소.
> 삶의 즙은 다 빠지고 남아 있는 자랑거린
> 찌꺼기들뿐이오. (2.3.83~88)

그가 이미 죽여 버린 양심과 잠, 거기에 더해 이제 명예와 미덕까지 죽였으니 지금부터 맥베스의 삶에 남은 것은 그야말로 찌꺼기들뿐이다. 그런데 아이러니한 것은 그가 덩컨 왕을 시해하고 왕의 자리에 올라 누리려고 했던 것들이 바로 깨끗한 양심으로 편하게 누워 자고 명예와 미덕을 누리려고 한 것이라는 점이다. 그런데 그가 그 꿈을 달성한 순간 그 꿈의 중요한 내용물을 모두 잃었으니 그는 진정 헛꿈을 꾸고 있는 것이 분명하다.

이렇게 살인으로 왕이 된 맥베스의 삶에 남은 것은 불안밖에 없다. 그리고 자신의 불안감을 잠재우기 위해 살인에 살인을 거듭할 수밖에 없다. 따라서 그에게 깊어지는 것은 죄의식이며 점점 멀어지는 것은 진정한 만족과 행복이다. 그의 불안의 가장 커다란 원인은 바로 뱅쿠오의 존재이다. 뱅쿠오는 맥베스와 함께 마녀들을 만났을 때 그들의 "호의나 미움을/부탁도 두려워도 하지 않"(1.3.60~61)았다. 그렇게 당당하게 처신한 그에게 마녀들은 "왕은 아닐지라도 왕을 낳을 분이시다."(1.3.67)라는 예언을 들려주었다. 그런 뱅쿠오는 맥베스의 눈에 제왕 같은 성품을 가졌을 뿐만 아니라 매우 과감하고 "불굴의 기질에 덧붙여/용맹심을 이끌면서 안전하게 행동하는/지혜 또한 가졌다."(3.1.51~53) 따라서 맥베스에게 두려운 존재는 오직 그 하나다. 그런데 이 두려움을 제거하는 방법은 뱅쿠오를 그리고 미래의 뱅쿠오가 될 그의 아들 플리언스도 함께 죽이는 길뿐이다. 그래서 자객을 시켜 둘을 죽이도록 했으나 뱅쿠오만 죽고 그 아들은 도망친다. 그 결과 당장의 불안은 해소되었으나 미래의 불안은 여전하다. 왜냐하면 마녀들의 예언이 맞는다면 그는 자신의 왕관을 뱅쿠오의 후손에 의해 탈취당할 테니까. 게다가 죽은 줄 알았던 뱅쿠오는 유령으로 맥베스의 연회에 나타나 그의 불안을 가중시킨다.

그래서 맥베스는 그의 불안을 근본적으로 잠재우기 위해 지난번에 만났던 마녀들을 다시 찾아 자신의 미래를 알고자 한다. 그런데 그들은 맥베스에게 이중적인 뜻의 예언을 말한다. 한편으로는 "맥더프를 조심하라,/파이프 영주를 조심해."(4.1.73~74)라고 하면서 다른 한편으로는 "여자가 낳은 자는 아무도/맥베스를 못 해칠"(4.1.82~83) 것이라고 한다. 이는 그가 맥더프를 두려워할 필요다 없다는 뜻의 격려로 읽힌다. 또한 마녀들은 "버남의 큰 수풀이 던시네인 언덕으로/맥베스를 대적하여 다가오기 전에는" 아무도 그를 정복하지 못할 것이라고 예언한다.(4.1.94~96) 이런 불가능한 예언에 용기를 얻은 맥베스는 결국 마녀들에게 가장 궁금한 일을 물어본다. 뱅쿠오의 후손들이 언젠가 이 나라를 통치할 것이냐고. 그리고 마녀들은 그렇다는 답으로 왕관을 쓴 수많은 뱅쿠오의 후손들을 연달아 보여 준다. 이에 절망한 맥베스는 그런 미래를 막기 위한 가장 확실한 방법을 쓰려고 결심한다. 그것은 바로 자신과 뱅쿠오의 후손들 사이에서 그들이 왕이 될 징검다리 역할을 할 맥더프를 죽이는 일이다. 자신이 죽어야 뱅쿠오의 후손들이 왕이 될 것인데 지금 그에게 가장 위협적인 존재는 맥더프이고 그가 사라지면 자신이 우려하는 미래 또한 사라질 것이기 때문이다. 물론 마녀들이 여자의 몸에서 난 인간은 맥베스를 해칠 수 없노라고 예언했지만 맥베스는 그 예언을 더 확실하게 만들 생각으로 맥더프를 죽이려고 작정한다. 그런데 때마침 맥더프가 영국으로 도망쳤다는 소식에 맥베스는 그를 죽이는 대신 그의 성을 기습하여 영지를 강탈하고 "그자의 처자식과/대를 이을 불운한 영혼들을 모조리/칼날에 바치겠다."(4.1.152~155)고 결심한다. 이렇게 피는 피를 부르고 불안은 불안을 불러온다.

그 결과 맥베스의 삶은 의미 없는 일상의 반복, 곧 꺼지는 짧은 촛불, 잠시 무대에 등장했다가 곧 그림자처럼 사라지는 배우, 그리고 무의미한 백치의 이야기로 전락했다.

> 내일과 또 내일과, 내일과 또 내일이
> 이렇게 쩨쩨한 걸음으로, 하루, 하루,
> 기록된 시간의 최후까지 기어가고
> 우리 모든 지난날은 죽음 향한 바보들의
> 흙 되는 길 밝혀 줬다. 꺼져라, 꺼져라, 짧은 촛불!
> 인생이란 움직이는 그림자일 뿐이고
> 잠시 동안 무대에서 활개치고 안달하다
> 더 이상 소식 없는 불쌍한 배우이며
> 소음, 광기 가득한데 의미는 전혀 없는
> 백치의 이야기다. (5.5.19~28)

이런 삶이 죽음보다 낫다면 어떤 점에서 그런가? 왕비의 죽음을 접한 맥베스가 일생의 동반자, 야심의 공동 소유자를 떠나보내면서 읊는 이 독백은 인간의 삶에서 의미와 가치가 다 빠져나갔을 때 어떤 상태가 되는지를 가장 극명하고도 허무하게 밝혀 준다. 우리가 만약 맥베스의 죽음에서 어떤 의미를 찾는다면 그것은 위와 같은 독백에서 그가 진실하게, 뼈아프게 전달하는 그의 삶의 무의미에서 찾아야 할 것이다.

끝으로 이번 번역은 케네스 뮤어(Kenneth Muir) 편집의 아든(The Arden Shakespeare) 판 『맥베스(Macbeth)』를 기본으로 하고, G. 블레이크모어 에번스(G. Blakemore Evans) 편집의 리버사이드 셰익스피어(The Riverside Shakespeare) 판과 조너선 베이트와 에릭 라스무센(Jonathan Bate and Eric Rasmussen) 편집의 RSC(The Royal Shakespeare Company) 판을 참조하였다.

등장인물

덩컨	스코틀랜드 왕
도널베인 맬컴	덩컨 왕의 두 아들
맥베스 뱅쿠오	덩컨 왕의 장군들
맥더프 레녹스 로스 멘티스 앵거스 케이스니스	스코틀랜드 귀족들
플리언스	뱅쿠오의 아들
시워드	노섬벌랜드 백작이며 잉글랜드 군사령관
시워드 청년	시워드의 아들
세이턴	맥베스의 수행 장교
소년	맥더프의 아들
잉글랜드 어의	
스코틀랜드 어의	
군인	
문지기	
노인	
맥베스 부인	
맥더프 부인	
시녀	맥베스 부인을 모시는 숙녀
헤카테	
세 마녀	

귀족, 신사, 장교, 병사, 자객, 시종 및 전령들
뱅쿠오의 유령과 다른 혼령들

장소　　스코틀랜드 및 잉글랜드(4막 3장)

1막 1장

천둥과 번개. 세 마녀 등장.

마녀 1　언제 다시 우리 셋이 만날까?
천둥, 번개, 아니면 빗속일까?
마녀 2　난리 소리 멈췄을 때
싸움이 판가름 났을 때.
마녀 3　그때는 해 지기 전일 거야.
마녀 1　장소는 어딘데?
마녀 2　황야야.
마녀 3　그곳에서 맥베스를 만날 거야.
마녀 1　간다니까 괭이야!
마녀 2　두꺼비가 부르네.
마녀 3　곧 갈게!
모두　고운 건 더럽고 더러운 건 곱다.
탁한 대기, 안개 뚫고 날아가자.　(함께 퇴장)

1막 2장

안에서 경종. 덩컨 왕, 맬컴, 도널베인,
레녹스, 시종들과 함께 등장,
피 흘리는 대장을 만난다.

덩컨　피투성이 저 사람은 누구냐? 드러난

1막 1장 장소
트인 곳.
8~9행 괭이…두꺼비
각각 첫째와 둘째 마녀의 영물이다.
1막 2장 장소
스코틀랜드. 진영.

상태를 보아하니 반란의 근황을
말해 줄 수 있겠구나.

맬컴 바로 이 장교가
강인한 병사처럼 소자가 잡히지 않도록
싸워 주었습니다. — 반갑네, 용사여!
난동의 상황을 떠났을 때 그대로
왕께 말씀드리게.

대장 불분명했습니다,
헤엄치던 두 사람이 지쳐 엉겨 붙어서
실력 발휘 못 하듯이. 무자비한 맥도널드가
(역적이 될 만하죠, 인간의 악한 점은
모조리 그놈에게 들러붙어 번식하고
우글거리니까요.) 서해 열도 곳곳에서
용병들과 기마병을 지원받은 데에다
운명의 여신도 그자의 괘씸한 싸움에
추파를 던지며 역적 놈의 창녀가
된 것 같았습니다. 하지만 역부족이었죠,
왜냐하면 용감한 맥베스가 (명성에 걸맞게)
운명을 무시하고 피비린 살상으로
김이 서린 칼 휘둘러 용맹의 총아처럼
길을 뚫고 나아가 몹쓸 놈과 맞섰고
악수나 작별의 인사도 한 번 없이
그놈의 배꼽에서 턱주가리까지

12행 서해 열도
이 비극의 주 무대인 스코틀랜드 서쪽에 있는 헤브리디스 제도를 가리킨다.

13행 용병들과 기마병
용병은 가난한 아일랜드 출신의 보병들을 말하고 기마병 역시 아일랜드 사람들로 날카로운 도끼로 무장하였다. (아든)

실밥을 확 자르고 그자의 모가지를
우리의 성벽 위에 꽂아 놓았으니까요.

덩컨 오, 용맹스러운 사촌이여! 훌륭한 신사로다!

대장 태양이 비치기 시작하는 곳에서
난파의 폭풍과 불길한 천둥이 터지듯이
안도의 샘물이 솟을 법한 곳에서
불안이 터졌죠. 왕께선 잘 들어 보소서,
용맹으로 무장한 정의의 사자가
이 날뛰는 용병들을 내닫게 하자마자
기회를 간파한 노르웨이 국왕이
무기를 정비하고 신병들을 공급받아
새 공격을 시작했답니다.

덩컨 우리 대장
맥베스와 뱅쿠오가 겁먹지 않았나?

대장 먹었죠,
독수리가 참새 또는 사자가 토끼 본 듯이요.
참말이지 두 분은 화약을 두 배로
과도하게 장전한 대포와 같았는데
그런 채로
적에게 타격을 두 배로 배가했답니다,
피를 뿜는 상처로 멱 감으려 했는지
또 하나의 골고다를 남기려 했는지는

25행 사촌
넓은 범위에서 친척이라는 뜻으로 쓰이지만 덩컨과 맥베스는 모두 맬컴 왕의 손자들이기 때문에 여기서는 실제 친족 관계를 나타낸다. (아든)

42행 골고다
'해골 곳'이라는 뜻을 가진 고대 팔레스타인 지역의 처형장. 예수가 이곳에서 십자가에 매달려 죽음으로 유명해졌다.

알 수가 없지만 —
어지럽고 베인 곳을 돌봐야겠습니다.

덩컨 상처처럼 그대에게 어울리는 보고로다,
둘 다 명예롭다. — 의사를 불러 줘라.

(대장, 부축 받으며 퇴장)

로스와 앵거스 등장.

저 사람은 누구냐?

맬컴 로스의 영줍니다.

레녹스 얼마나 서두르는 눈빛인가! 저 모습은
괴변을 말하려는 듯합니다.

로스 국왕 만세!

덩컨 어디서 오셨소, 로스 영주?

로스 파이프에서요,
그곳은 하늘을 비웃는 노르웨이 깃발로
백성들이 떤답니다. 노르웨이 왕이 몸소
대군을 이끌고
불충한 대 반역자 코도 영주의 도움으로
불길한 싸움을 시작은 하였으나
벨로나의 서방님이 무적 갑옷 차려입고
호적수로 맞부딪쳐 칼날에는 칼날로
반역의 팔뚝에는 팔뚝으로 맞서서
그자의 호기를 꺾어 놨고 그래서 마침내

56행 벨로나의 서방님
맥베스를 말하며, 벨로나는 전쟁의 여신이다.

아군이 승리하였습니다. —
덩컨 경사로다!
로스 그래서 지금은
노르웨이 왕 스웨노가 강화를 애걸하나
우린 그가 세인트 콤스 인치에서
공금 일만 달러를 지불하기 전에는
전사자 매장을 허락 않을 것입니다.
덩컨 다시는 그 코도 영주가 짐의 깊은 마음을
오도하지 못할 거요. — 그를 즉시 사형하고
그의 예전 직함으로 맥베스를 맞으시오.
로스 분부대로 시행하겠나이다.
덩컨 그자가 잃은 것을 맥베스가 얻었도다. (모두 퇴장)

1막 3장

천둥. 세 마녀 등장.

마녀 1 동생은 어딨었어?
마녀 2 돼지 잡고 있었지.
마녀 3 언니는?
마녀 1 뱃사람 마누라가 무릎 위의 알밤을
아삭아삭 씹기에 '나 좀 줘.' 그랬지. —

63행 세인트…인치
현재는 인치콤이라 불리는 스코틀랜드 에든버러 협만에 있는 작은 섬.
64행 달러
이 극의 역사적인 시간보다 근 500년 후인 1518년쯤에 처음으로 주조된 화폐이다. 셰익스피어 극에는 가끔 시대착오적인 사실이 나타나지만 중요한 것은 동시대 관객들의 지식이다.
1막 3장 장소 황야.

'물러가, 요 마녀야!' 썩을 년이 외치잖아.
그 서방은 선장인데 알레포로 떠났어.
하지만 난 체를 타고 거기로 가
꼬리 없는 쥐처럼
할 테야, 할 테야, 또 할 테야.

마녀 2　바람 한번 불어 줄게.

마녀 1　친절한 마음씨야.

마녀 3　나도 한번 불어 줄게.

마녀 1　나머지 바람은 다 내 거야,
바람 부는 바로 그 항구들도
선원의 지도 위에 나타나는
바람 가는 구역도 다 내 거야.
건초처럼 그놈을 말릴 테야.
초가집 지붕 같은 눈꺼풀에
밤낮으로 잠은 아니 올 거야.
금단의 인간으로 살 것이고
아홉에 아홉 번 지겨운 일곱 밤에
깡말라 비틀어질 것이야.
그놈 배를 빠뜨릴 순 없어도
폭풍우로 뒤흔들고 말 테야.
이것 좀 봐.

마녀 2　어디 봐, 어디 봐.

7행 알레포
시리아 서북부의 도시로 예로부터 아시아와 유럽 간의 교역상의 요지였다.
10행 할 테야
그녀가 무슨 일을 할지는 그다음의 대사에서(18~25) 구체적으로 묘사된다. 특히 수면 상실과 폭풍에 시달리는 선장의 모습은 앞으로 다가올 맥베스의 처지와 비슷하다.

마녀 1 이것은 키잡이의 엄지란다,
고향으로 오다가 파선했어. (안에서 북소리)

마녀 3 북소리다, 북소리!
맥베스가 다가왔어.

모두 바다와 육지의 파발마,
운명의 자매들이
손잡고 돌아간다, 돌아가,
이쪽 세 번 저쪽 세 번
또 세 번, 아홉 번에
쉬! — 마법이 걸렸어.

맥베스와 뱅쿠오 등장.

맥베스 이렇게 더럽고 고운 날은 본 적이 없구려.

뱅쿠오 포레스까지는 멀었소? — 이게 뭐야,
이렇게 시들고 옷차림이 난잡하여
지상의 거주자가 아닌 것 같으면서
땅 위에 서 있다니? 산 것이냐 아니면
질문해도 되는 거냐? 말라 빠진 입술에
갈라 터진 손가락을 즉시 대는 걸 보니
내 말을 아는 것 같구나. 분명히 여잔데
수염이 달려서 그렇다는 해명을
못 하겠다.

맥베스 말하라, 가능하면. — 누구냐?

46행 수염 마녀들은 성별뿐만 아니라, 그 존재 자체가 불안정하여 '숨결처럼/바람 속에 녹아 들어'(1.3.81~82) 없어질 수 있다.

마녀 1 맥베스를 환영하라! 글래미스 영주시다!

마녀 2 맥베스를 환영하라! 코도의 영주시다!

마녀 3 맥베스를 환영하라! 왕이 되실 분이다.

뱅쿠오 장군, 왜 그리 놀라서 이렇게 고운 일을
두려워하시는 것 같소? — 진실로 묻건대
너희는 환영이냐, 아니면 정말로
겉보기 그대로냐? 내 동료는 당신들이
현재의 작위와 예견된 고귀한 지위와
왕권의 희망을 주면서 맞이하여
넋이 나간 것 같은데 나에겐 말이 없다.
당신들이 시간의 씨앗을 살펴보고
자랄지 못 자랄지 알아낼 수 있다면
나에게 말하라, 당신들의 호의나 미움을
부탁도 두려워도 하지 않을 테니까.

마녀 1 환영하라!

마녀 2 환영하라!

마녀 3 환영하라!

마녀 1 맥베스보다는 작지만 더 크시다.

마녀 2 운은 좀 덜 좋지만 훨씬 더 좋으시다.

마녀 3 왕은 아닐지라도 왕을 낳을 분이시다.
그러니 맥베스와 뱅쿠오를 환영하라!

마녀 1 뱅쿠오와 맥베스를 모두들 환영하라!

맥베스 멈춰라, 이것은 미흡하니 더 말하라.
사이늘의 사망으로 난 글래미스의 영주이다.

71행 사이늘 맥베스의 아버지의 이름. '글래미스 영주'는 그의 직위였으며 지금은 맥베스가 물려받아 쓰고 있다.

하지만 코도는? 코도의 영주는 살아 있고
잘나가는 신사이며 또한 왕이 된다는 건
믿을 만한 가망성이 코도 되는 것만큼
희박한 일이다. 이 괴이한 정보를
어디서 얻었는지 말할 테냐? 또는 왜
이 메마른 황야에서 예언의 인사말로
우리 길을 막는지도? — 말하라, 명령이다.

(마녀들이 사라진다.)

뱅쿠오 물처럼 땅에도 거품이 있는데
이들이 그것이오. — 어디로 사라졌지?

맥베스 공중으로. 육신처럼 보이던 게 숨결처럼
바람 속에 녹아 들어갔군요. 머물렀더라면!

뱅쿠오 우리가 말하는 것들이 여기에 있었소,
아니면 우리가 독초를 먹은 다음
이성이 감금당해 미치게 되었소?

맥베스 후손들이 왕이 되오.

뱅쿠오 장군이 왕이 되오.

맥베스 게다가 코도의 영주까지. 안 그렇소?

뱅쿠오 왜 아니겠어요, 영락없소. 이 누구죠?

로스와 앵거스 등장.

로스 맥베스, 국왕께선 장군의 승전보를
기쁘게 접하셨고 역적과의 싸움에서
장군의 개인적인 모험을 읽었을 땐
경탄과 칭찬의 두 마음이 앞을 다퉈
어쩔 줄 모르셨소. 그래서 조용히

그날의 나머지 전과를 훑어보고
장군이 저 탄탄한 노르웨이 진중에서
몸소 만든 이상한 죽음의 형상들을
조금도 두려워 않았음을 아시었소.
우박처럼 전령들이 달려왔고 그 모두가
장군의 큰 호국에 찬사를 품고 와서
전하 앞에 쏟아 놨소.

앵거스 고마움을 전하려고
전하께서 우리를 보내셨습니다.
그래서 장군을 어전으로 안내할 뿐
이것이 보상은 아닙니다.

로스 그리고 보다 큰 영예의 계약금 명목으로
장군을 코도의 영주로 칭하라 명하셨소.
그 칭호로 환영하오, 당신 것이니까,
최고의 영주시여.

뱅쿠오 뭐! 악마가 진실을?

맥베스 코도의 영주는 살아 있소. 빌려 온 예복을
왜 내게 입히시오?

앵거스 옛 영주는 살았지만
엄중한 벌을 받고 잃어야 할 목숨을
부지하고 있는데 노르웨이 반군과
결탁을 했는지, 역적에게 은밀히
도움과 편의를 줬는지, 아니면 양쪽으로
나라를 망치려고 애썼는지 난 모르오.
하지만 자백하고 입증된 대역죄로
그는 거꾸러졌소.

맥베스 (방백) 글래미스, 코도 영주,

그다음엔 대권이다.
(로스와 앵거스에게) 수고하셨습니다. —
(뱅쿠오에게) 후손들이 왕이 되길 바라지 않으시오?
코도를 내게 준 것들이 못지않은 약속을
그들에게 했지 않소?

뱅쿠오 그들 말을 다 믿다간
장군이 코도 영주 외에도 왕관을
탐할지도 모르겠소. 하지만 이상하죠,
어둠의 수족들은 우리를 해치려고
가끔씩 우리에게 진실을 말해 주고
소소하게 정직한 것들로 유인한 뒤
중대한 결말에서 배반하죠. —
친척들께 한 말씀만.

맥베스 (방백) 두 진실이 밝혀졌다,
왕권을 주제로 한 웅대한 연극의
상서로운 서막으로. — 여러분, 고맙소. —
(방백) 이 불가사의한 간청은 나쁠 수도
좋을 수도 없구나. — 나쁜 것이라면
진실에서 출발하는 성공의 계약금을
왜 내게 주었을까? 난 코도 영주이다.
좋다면 왜 내가 끔찍한 모습을 띤
유혹에 빠져들어 머리칼이 쭈뼛하고
안정된 내 심장이 정상을 벗어나

127행 두 진실
자기가 글래미스 영주와 더불어 코도의 영주가 되었다는 사실.

130행 간청
맥베스의 주관적인 해석. 그는 마녀들이 마치 자신에게 왕이 되어 달라고 호소라도 했다는 듯이 말하고 있다.

갈비뼈를 두드리지? 눈앞의 공포보다
끔찍한 상상이 더 무서운 법이다.
살인은 아직도 환상에 지나지 않건만
그 생각이 내 온몸을 거세게 뒤흔들어
심신의 기능이 억측으로 소멸되니
없음밖에 있는 건 아무것도 없구나.

뱅쿠오 보시오, 내 동료가 넋을 잃고 있소이다.

맥베스 (방백) 운에 따라 왕 될 거면, 글쎄, 운에 따라
관을 쓰게 되겠지.

뱅쿠오 그에게 새 영예가 찾아와
생소한 의복처럼 입어 버릇 않고는
몸에 맞지 않답니다.

맥베스 (방백) 올 테면 오라고 해,
날이 암만 험악해도 세월은 흐른다.

뱅쿠오 장군, 우리가 기다리고 있소이다.

맥베스 용서해 주시오. 잊었던 일들로
둔한 내 머리가 복잡했소. 두 분의 노고는
마음에 적어 두고 책장을 넘기며
매일매일 읽으리다. — 자, 국왕께 갑시다. —
(뱅쿠오에게) 뜻밖의 이 일을 좀 생각해 보시오,
한동안 시간을 가지고 검토한 뒤
속마음을 털어놓아 봅시다.

뱅쿠오 흔쾌히요.

맥베스 그때까진 됐습니다. — 갑시다, 친구분들. (함께 퇴장)

1막 4장

팡파르. 덩컨, 맬컴, 도널베인, 레녹스 및 시종들 등장.

덩컨 코도의 처형은 끝났느냐, 아니면
책임자가 아직도 안 돌아왔느냐?

맬컴 전하,
아직 오지 않았습니다만 코도가
죽는 것을 본 사람과 얘기를 했는데
그는 자기 역모를 솔직히 고백하고
폐하의 용서를 빌면서 깊이 참회했다는
말을 들었습니다. 코도의 삶에서
삶과의 이별보다 그에게 더 어울리는 건
없었다고 합니다. 그는 마치 죽음을
외우며 연습해 온 사람처럼 죽었고
가장 귀한 소유물을 하찮은 물건처럼
팽개쳤다 합니다.

덩컨 사람의 얼굴에서
마음씨를 알아내는 기술은 없구나.
그는 내가 전적으로 굳게 믿고 의지했던
신사였다. —

맥베스, 뱅쿠오, 로스 및 앵거스 등장.

오, 최고로 훌륭한 사촌이여!

1막 4장 장소 포레스. 왕궁.

배은망덕, 그 중죄가 바로 지금까지도
내 가슴을 눌렀소. 그대는 너무나 앞서 있어
가장 빠른 보답의 날개로도 느려서
못 따라잡겠소. 공로가 좀 적었으면
내가 해 줄 감사와 보상의 비례를
맞출 수 있을 텐데! 모든 걸로 갚아도
그대 몫을 못 갚는다, 그 말만 하겠소.

맥베스 제가 빚진 봉사와 충성은 실천으로
청산이 되옵니다. 전하의 역할은
존경받는 것이고 저희들의 도리는
자식과 하인처럼 왕권과 왕위를 위하고
전하의 안위에 필수적인 모든 일을
다하는 것입니다.

덩컨 이곳으로 잘 왔소.
내 그대를 심어 놓고 최고로 자라도록
힘써 줄 것이오. — 뱅쿠오 그대도
공이 적지 않으며 적다고 알려져도
아니 될 것이니 그대를 포옹하고
가슴에 품게 하오.

뱅쿠오 소신이 자라면 그 수확은
전하의 것입니다.

덩컨 크나 큰 내 기쁨이
차올라 넘치면서 슬픔의 물방울 속으로
숨으려 하는구려. — 왕자, 친척, 영주들과
가까이 서 있는 여러분은 들으시오,
짐은 장자 맬컴을 왕세자로 봉하고
지금부터 컴벌랜드 왕자라 부르겠소.

이 영예를 그만 홀로 받아선 아니 되고
공신들 모두에게 별처럼 고위직이
빛나게 할 것이오. — 자, 인버네스로 가서
우리의 결속을 더 다집시다.

맥베스 휴식도 전하 위해 안 쓴다면 노동이니
저 스스로 전령이 된 다음 아내가 즐겁게
전하의 행차 소식 듣도록 하고자
삼가 물러가옵니다.

덩컨 훌륭한 코도 영주!

맥베스 (방백) 컴벌랜드 왕자라! — 내 길을 막았으니
이건 내가 걸려 넘어지든지 아니면
넘어야 할 계단이다. 별들이여, 숨어라!
검고 깊은 내 욕망을 비추지 말거라.
눈은 손을 못 본 척하지만 끝났을 때
눈이 보기 두려워할 그 일은 일어나라. (퇴장)

덩컨 뱅쿠오 장군, 그는 실로 용감무쌍하다오.
그에 대한 칭찬 듣고 내 배가 부르니
내겐 그게 향연이오. 우리를 맞으려고
앞서 간 그의 뒤를 따라가 봅시다.
누구도 필적 못 할 친척이요. (나팔 소리. 함께 퇴장)

39행 컴벌랜드 왕자
스코틀랜드의 왕위는 원래 세습제가 아니었다고 한다. 왕이 살아 있을 동안 후계자가 발표되면 그에게 컴벌랜드 왕자란 칭호를 부여하여 그 사실을 알렸다고 한다. (아든)

42행 인버네스
맥베스의 성이 있는 스코틀랜드의 마을.

1막 5장

맥베스 부인, 편지를 읽으며 등장.

맥베스 부인 ‘그들은 나를 승전의 날에 만났고 난 가장 완벽한 정보를 통하여 그들이 인간보다 더 많은 지식을 가졌단 사실을 알아냈소. 내가 더 물어보고 싶은 욕망에 불타고 있었을 때 그들은 공기로 화하여 그 속으로 사라져 버렸소. 내가 놀라움에 넋을 잃고 서 있었을 때 국왕으로부터 사자들이 와서 나를 ‘코도 영주’로 만세 환영했는데, 같은 직위로 운명의 자매들이 앞서 나를 맞았으며 나를 지명하여 앞으로 다가올 때에 ‘왕이 되실 분이다, 환영하라!’고 했소. 이 사실을 (내가 가장 아끼는 권력의 동반자) 당신에게 알려 당신이 어떤 권력을 약속받았는지 몰라서 환희할 권리를 잃진 않도록 하는 게 좋겠다고 생각했소. 이걸 명심하시오. 그럼, 이만.’

당신은 글래미스, 코도이고 약속받은 것 또한
될 겁니다. — 하지만 그 성품이 걱정돼요.
최고로 빠른 길을 택하기엔 너무나
인정미가 넘쳐요. 당신은 위대해지고 싶고
야심도 없지는 않지만 그에 따른
사악함이 없어요. 꼭 하고 싶은 것을
경건하게 바랍니다. 속임수는 안 쓰지만
부정하게 얻고 싶죠. 위대한 글래미스,
당신은 그걸 갖고 싶으면 ‘이렇게 해야만 돼.’
이렇게 외치고 있는 걸 갖고 싶고

1막 5장 장소 인버네스. 맥베스의 성.

없었기를 바라기보다는 실행이 두려운
그 일을 하고 싶죠. 어서 이리 오세요,
그래서 당신 귀에 내 혼을 불어넣고
용맹스러운 내 혀로 운명과 초자연 덕분에
당신이 쓸 것처럼 보이는 금관에
당신의 접근을 방해하는 모든 것을
꾸짖을 수 있도록.

사자 등장.

그래 무슨 소식이냐?

사자 국왕께서 저녁에 오십니다.

맥베스 부인 미친 소리.
네 주인이 그와 함께 있잖으냐? 그렇다면
준비를 하라고 알리셨을 터인데.

사자 죄송하나 사실이고 영주님도 오십니다.
제 동료 하나가 어르신을 앞질러 와
숨이 가빠 죽을 듯이 겨우 그 전갈만
마무리했습니다.

맥베스 부인 그를 돌봐 주어라,
굉장한 소식을 가져왔다. (사자 퇴장)
까마귀도 쉰 소리로
내 흉벽 안으로 들어올 덩컨의 운명을
울부짖고 있구나. 자 너희 악령들아,
흉계 따라 나를 지금 탈성시킨 다음에
최악의 잔인성을 머리에서 발끝까지
가득히 채워 다오! 내 피를 탁하게 만들어

동정심의 접근과 통로를 막아 다오,
양심의 가책으로 잔인한 내 목표가
흔들리게 되거나 이루어지기 전에
마음 편치 못하도록! 이 여자의 가슴에 와
내 젖을 담즙 대신 빨아라, 살귀들아,
너희가 안 보이는 몸으로 어디에서
자연의 악행을 시중들든! 짙은 밤아, 오너라,
지옥의 가장 검은 연기로 네 몸을 휘감아
내 칼이 내는 상처 보이지 않도록,
하늘이 어둠의 장막 새로 엿보고 '멈춰라!'고
외치지 않도록!

맥베스 등장.

글래미스! 코도 영주!
앞으로 만세 환영 받으며 더 크게 되실 분!
당신의 편지가 무식한 이 현재 너머로
이 몸을 데려가 난 지금 이 순간
미래를 느껴요.

맥베스 오 여보, 덩컨이 오늘 저녁
여기로 온답니다.

맥베스 부인 그래서 언제 가죠?

맥베스 내일이오, 예정은 그렇소.

맥베스 부인 오! 태양은

40행 탈성 자기의 흉계를 저지할 것이 분명한 여성성에서 벗어나게 해 달라는 뜻을 전달하기 위하여 만들어 낸 말.

절대로 그 내일을 못 봐요!
영주님, 당신의 얼굴은 서책과 같아서
낯선 걸 읽을 수 있어요. 세상을 속이려면
세상처럼 보이세요. 눈과 손과 혀로써
환영을 표하세요. 순진한 꽃 같지만
그 밑에 도사린 뱀이 돼요. 오시는 그분을
대접해 드려야죠. 그리고 당신은
오늘 밤의 큰일을 내 수완에 맡기세요.
이 일로 우리는 다가오는 모든 날에
종횡무진 지배권을 가지게 될 거예요.

맥베스 더 의논해 봅시다.

맥베스 부인 밝게만 보이세요,
안색을 바꾸는 건 겁을 내는 겁니다.
그 나머진 모두 내게 맡기세요. (함께 퇴장)

1막 6장

오보에 소리와 횃불. 덩컨, 맬컴, 도널베인,
뱅쿠오, 레녹스, 맥더프, 로스, 앵거스 및
시종들 등장.

덩컨 이 성터는 기분 좋은 곳이구려. 공기가
가볍고 향긋하게 짐의 모든 감각에
몸을 맡기는구려.

67행 오늘 밤의…맡기세요
자신이 몸소 살인을 감행하겠다는 뜻이 아니라 일을 적극 추진하여 성사시키겠다는 말이다. (아든)

1막 6장 장소 맥베스의 성 앞.

뱅쿠오 사원을 즐겨 찾는
여름 길손 제비가 사랑받는 둥지로
이곳 하늘 숨결 속의 반기는 기색을
입증하고 있습니다. 추녀와 기둥머리,
버팀벽과 전망이 좋은 곳은 어디든지
잠자리와 새끼 칠 침대를 매달아 놓았는데
그들이 아주 많이 사는 곳은 관찰컨대
공기가 좋습니다.

맥베스 부인 등장.

덩컨 봐요, 봐! 우리의 안주인을 —
짐을 좇는 호의가 때로는 고통이나
호의로 고마워합니다. 따라서 내 교훈은
수고 끼친 짐에게 하늘의 보답을 명하고
고통 안긴 짐에게 고마워하란 거요.

맥베스 부인 저희가
매사에 두 번씩 두 배로 봉사해도
그것은 전하께서 이 가문에 내려 주신
깊고 넓은 영예와 맞서기엔 초라하고
미약한 일입니다. 옛 작위 또 그 위에
최근 것을 겹치시니 저희는 전하 위해
은둔 기도 하옵니다.

덩컨 코도의 영주는 어딨소?
짐은 그를 위하여 징발관이 될 의도로
바싹 좇아왔지만 그는 말을 잘 타고
게다가 박차처럼 날카로운 큰 사랑 때문에

짐에 앞서 집에 왔소. 우아한 안주인, 오늘 밤
짐은 부인 손님이오.

맥베스 부인 늘 전하의 종으로서
저희는 저희 하인, 저희 자신, 저희 것을
위탁받아 소유하며 원하실 때 결산하고
전하 것을 항상 돌려 드립니다.

덩컨 손을 주고
주인에게 안내하오. 짐은 그를 크게 아껴
그에 대한 은총은 계속될 것이오.
안주인께 키스하오. (함께 퇴장)

1막 7장

오보에 소리와 횃불. 시종장 및
여러 하인들 등장하여 무대를 가로질러
지나간 다음 맥베스 등장.

맥베스 이 일이 끝났을 때 그것으로 끝이라면
빨리 끝이 나는 게 좋겠지. 만약에 암살로
후발 사태 옭아매고 서거로 성공을
거둘 수만 있다면, 그래서 이 일격이
전부이자 종결일 수 있다면 — 여기,
바로 여기 시간이 여울지는 강변에서

21행 징발관
왕이 행차하려는 곳에 먼저 가서 여러 가지 물자를 조달하는 것이 임무인 관리.
31행 키스하오
성안으로 들어가기 전에 맥베스 부인의 뺨에 인사로 입술을 댄다.
1막 7장 장소
맥베스의 성

내세 걸고 뛰어 보리. — 그러나 이런 경우
우린 항상 이승의 심판을 받게 된다.
즉, 유혈을 가르치면 배운 자가 되돌아와
교사를 괴롭히고 공평한 정의의 법관은
우리가 탄 독배를 우리가 마실 것을
제안한다. 그는 여기 이중의 신뢰로 머문다.
첫째로 난 그의 친척이며 신하로서
그 행위를 극구 반대해야 하고, 다음으로
주인인 나 자신이 칼을 들 게 아니라
자객을 막아야 할 것이다. 게다가 이 덩컨은
너무나 겸손하게 왕권을 행사하고
권좌가 너무나 깨끗하여 그의 여러 덕행은
극도의 영벌 받을 이 암살에 맞서서
천사처럼 나팔 불어 그를 변호할 것이며
연민은 벌거숭이 갓난아기 모습으로
돌풍에 걸터앉아, 아니면 케루빔들처럼
형체 없는 기류의 말 등에 올라앉아
이 끔찍한 행위로 모든 눈을 자극하여
눈물이 바람을 잠재우리. — 내 의도의
옆구리를 찌르는 박차는 오직 하나,
치솟는 야심인데 너무 높이 뛰어올라
건너편에 떨어지 —

맥베스 부인 등장.

웬일이오! 새 소식은?

맥베스 부인 그의 식사, 곧 끝나요. 왜 방을 나갔어요?

맥베스 그가 날 찾았소?

맥베스 부인 그런 줄 몰랐어요?

맥베스 이 일을 더 이상 추진하지 맙시다.
그는 최근 나에게 영예를 내렸고
난 온갖 사람들의 금빛 찬사 받았는데
가장 환히 빛나는 지금 그걸 입고 싶지
빨리 벗고 싶진 않소.

맥베스 부인 당신이 걸쳤던
그 희망은 취했어요? 그 후로 잠잤나요?
이제야 깨어나 자진해서 했던 일을
창백하게 바라보고 있나요? 지금부터
당신 사랑 그런 줄 알겠어요. 욕망만큼
행동력과 용맹심을 같이 가진 사람이
되는 게 두려워요? 생애 최고 장식물로
생각하는 그것을 가지고 싶지요?
그런데 속담 속의 불쌍한 괭이처럼
'하고 싶어.' 해 놓고 '감히 못 해.' 대꾸하며
스스로 비겁자로 살 거예요?

맥베스 제발 그만.
남자다운 일이면 난 무엇이든 감행하오,
더할 사람 없을 거요.

맥베스 부인 그럼 무슨 짐승이
내게 이 계획을 발설하게 시켰어요?
이 일을 감행코자 했을 때 당신은 남자였고

43행 속담
'고양이가 생선은 먹고 싶으나 발을 적시기는 싫다.'는 내용. (아든)

전보다 더 과감해져 훨씬 더 큰 남자가
되려고 했어요. 당시엔 시간과 장소가
안 맞아도 당신이 맞추려 했는데
저절로 맞춰지니 이젠 그 적절함 자체가
당신 기를 꺾는군요. 난 젖 빨린 적 있어서
갓난애 사랑이 얼마나 애틋한지 알아요.
난 고것이 내 얼굴 보면서 웃더라도
이 없는 잇몸에서 젖꼭지를 확 뽑고
골을 깼을 거예요, 내가 만일 당신처럼
이 일로 맹세했더라면.

맥베스 　　　　우리가 실패하면?

맥베스 부인 실패해요?
용기의 나사를 꽉 조여 고정만 시키면
실패하지 않아요. 덩컨이 잠잘 때
(종일 힘든 여행으로 곤하게 그쪽으로
빠져들겠지만) 침실 시종 두 명을
포도주 폭음으로 쭉 뻗게 만들게요.
그러면 두뇌의 감시원인 기억력은
연기로 화하고 이성을 담아야 할 그릇은
증류기가 됩니다. 술에 전 인간들이
돼지 잠에 푹 빠져 죽은 듯이 누웠을 때
무방비인 덩컨에게 당신과 또 내가

47~48행 그럼…시켰어요
맥베스 부인이 마치 시해에 관한 논의가 둘 사이에 있었던 것처럼 말함으로써 여러 가지 해석을 낳고 있다. 1)그런 논의는 연극이 시작하기 전 혹은 잃어버린 장면에서 있었다. 2)때와 장소가 들어맞지 않았을 때 맥베스가 보낸 편지를 생각하고 있는 부인이 경황 중에 과거의 어느 불확실한 시점을 언급하고 있다. 3)부인이 편지의 내용을 과대 해석했다. (아든)

못 할 게 뭐겠어요? 엄청난 시역 죄를
만취한 시종들이 떠맡게 되도록
뒤집어씌우면 어때요?

맥베스 　　　　　　　　사내애만 낳으시오!
당신의 그 담대한 기질은 남성만을
빚어내기 때문이오. 그 방에서 졸고 있는
두 침실 시종에게 핏자국을 남기고
그들의 단검을 쓴다면 그들의 소행으로
안 받아들이겠소?

맥베스 부인 　　　　　　누가 감히 달리 받아들여요,
우리가 그의 죽음 놓고서 요란한 비탄으로
아우성을 칠 텐데?

맥베스 　　　　　　　　결정을 내렸소,
이 무서운 모험 위해 온 힘을 모으리다.
자, 가장 고운 모습으로 세상 사람 속여요.
마음속의 가식은 가면으로 가려야 한다오. (함께 퇴장)

2막 1장

뱅쿠오와 횃불을 앞에 든 플리언스 등장.

뱅쿠오 애야, 밤이 많이 깊었느냐?

플리언스 달은 지고 시계 소린 못 들었는데요.

뱅쿠오 달 지는 땐 12시다.

플리언스 　　　　　　　그보단 늦었어요.

2막 1장 장소 성의 안마당.

뱅쿠오 자, 내 검을 받아라. — 천상에도 절약이 있구나.
그들의 촛불이 다 꺼졌다. — 이것도 받아라.
무거운 졸음이 납처럼 날 눌러도
자고 싶진 않구나. 자비로운 천사들은
수면 중에 새 나오는 저주받은 생각들을
억제해 주소서! — 내 검을 이리 다오.

맥베스와 횃불 든 하인 등장.

누구냐?

맥베스 친구요.

뱅쿠오 아니 장군! 안 잤소? 국왕은 침소로 드셨소.
전하께선 유별나게 즐거워하셨으며
이 집안에 두루두루 큰 선물을 내리셨소.
부인께도 극진한 안주인이라는 이름의
다이아몬드를 주셨고 무한한 만족감에
하루를 끝내셨소.

맥베스 준비를 못 한지라
본의 아닌 허점이 많았소, 안 그러면
흡족하게 모셨을 터인데.

뱅쿠오 다 좋았소.
간밤에 난 운명의 세 자매를 꿈꿨는데
당신에겐 진실을 좀 보였지요.

맥베스 그들을 생각 않소.
하지만 우리가 한 시간을 귀히 쓸 수 있을 때

5행 이것 방패, 외투, 단검, 혹은 단검이 붙은 혁대. (아든)

그 일로 얘기 좀 했으면 합니다, 시간을
내주시면 말입니다.

뱅쿠오 　　　　　　가장 형편 좋으실 때.

맥베스 　내게 적극 동의해 주시면 그때 가서
영예를 얻으실 겁니다.

뱅쿠오 　　　　　　그것을 잃지 않고
늘리려 하면서 마음은 늘 자유롭게
충성심은 결백하게 지킬 수만 있다면
협의에 응하겠소.

맥베스 　　　　　　그럼 편히 쉬시오!

뱅쿠오 　고맙소. 장군도 그러시오. 　(뱅쿠오와 플리언스 퇴장)

맥베스 　마님께 일러라, 술이 준비되거든
종을 울리시라고. 넌 가서 자거라. — 　(하인 퇴장)
눈앞에 보이는 이것이 단검이냐,
자루가 내 손을 향했는데? 자, 잡아 보자. —
손에 넣진 못해도 여전히 보인다.
치명적인 환상이여, 널 보는 것처럼
느낄 수는 없느냐? 아니면 넌 마음의 검,
열에 들뜬 뇌가 만든 허상일 뿐이냐?
아직도 보인다, 만져 볼 수 있는 걸로,
지금 내가 뽑아 든 이것처럼.
넌 나를 내가 가고 있던 길로 인도한다,
그리고 난 그런 흉기를 쓰려 했고. —
눈이 다른 감각들의 놀림감이 되었거나
그것들의 가치를 다 지녔다. 아직도 보인다,
검의 날과 자루에 핏방울까지도,
전에는 없었는데. — 이런 건 있지 않아.

이것은 피비린 그 계획 때문에 내 눈앞에
생겨난 형상이야. — 지금 이 세상의 절반은
만물이 쥐 죽은 듯하고 편히 잠든 사람들은
악몽에 시달린다. 마녀는 창백한 헤카테의
제사 의식 올리고 깡마른 살인자는
자신의 파수꾼, 늑대 울음 암호에 깜짝 놀라
저렇게 은밀한 걸음으로, 타르퀸의
겁탈하는 걸음으로 자신의 음모 향해
유령처럼 움직인다. — 끄떡없는 대지여,
내 걸음이 어디로 향하든 듣지 마라,
행여나 돌들이 나 있는 곳 재잘거려
이 시각에 어울리는 눈앞의 공포를
앗아 갈까 두렵구나. — 협박 중에 그는 산다.
말이란 행위의 열기를 식히는 냉기일 뿐. (종이 울린다.)
가면 일은 끝난다. 종소리가 날 부르네.
듣지 마라 덩컨이여, 그것은 그대를
천국 또는 지옥으로 소환하는 조종이니까. (퇴장)

2막 2장

맥베스 부인 등장.

50행 헤카테
지옥과 마법의 여신.
51행 살인자
어떤 특정한 살인자가 아니라 일반적인 살인의 의인화.

53행 타르퀸
타르퀴니우스의 영어 이름으로 로마의 마지막 왕과 그 아들들을 가리킨다. 셰익스피어의 시 「루크리스의 강간」에서 루크리스를 욕보이는 자.

맥베스 부인　그자들은 취했는데 나는 대담해졌고
그자들은 식었는데 난 불이 붙었다. — 쉿!
올빼미가 울었어, 이 죽음의 야경꾼은
가혹한 작별을 고한다지. 그이가 일낸다.
문들은 열려 있고 만취한 시종들은 코를 골며
자기네 임무를 비웃는다. 독주를 먹였더니
사신과 조물주가 놈들을 죽일까 살릴까
다투고 있잖아.

맥베스　(안에서) 누구냐? — 여봐라!

맥베스 부인　아! 그들이 깨어나 성사되지 못했을까
걱정된다. — 우리는 행동도 못 해 보고
시도하다 망했어. — 쉿! — 그들 칼을 놔뒀는데
못 볼 리는 없겠지. — 그의 자는 모습이
아버지만 안 닮아도 내가 했어. — 서방님!

맥베스 등장.

맥베스　그 행위를 끝냈소. — 무슨 소리 못 들었소?

맥베스 부인　올빼미의 비명과 귀뚜라미였어요.
말하지 않았어요?

맥베스　언제?

맥베스 부인　방금.

맥베스　내려올 때?

맥베스 부인　예.

2막 2장 장소　성안.
3~4행 이…고한다지　사형수가 죽기 전날 밤에 올빼미가 운다는 말이 있다. 그래서 죽음을 알리는 이 새의 밤 인사가 가장 무섭다.(아든)

맥베스 들어 봐요!
두 번째 방에는 누가 있소?

맥베스 부인 도널베인.

맥베스 이건 보기 비참하오.

맥베스 부인 비참하다 말하는 건 어리석은 생각이죠.

맥베스 하난 자다 웃었고 또 하난 '살인이야.' 외쳤소,
그래서 서로를 깨웠소. 난 서서 들었소.
하지만 그들은 기도문을 말한 뒤에
다시 잠잘 채비했소.

맥베스 부인 둘은 같이 묵어요.

맥베스 하나는 '축복해 주소서.' 또 하난 '아멘.' 했소,
나의 이 망나니 두 손을 보기라도 한 듯이.
그들의 공포를 들으며 난 '축복해 주소서.'에
'아멘.' 할 수 없었소.

맥베스 부인 그리 깊이 생각지 마세요.

맥베스 그런데 어째서 난 '아멘.'을 못 했을까?
축복을 절실히 원했는데 '아멘.'이
목구멍에 걸렸었소.

맥베스 부인 이 행위를 그렇게
생각해선 안 됩니다. 그럼 우린 미쳐요.

맥베스 외치는 소리를 들은 것 같았소, '못 자리라!
맥베스는 잠을 죽여 버렸다.'고. — 순진한 잠,
엉클어진 근심의 실타래를 푸는 잠,
하루하루 삶의 죽음, 중노동을 씻는 목욕,
상한 맘의 진정제, 대자연의 일품요리,

25행 둘은 시종들이 아니라 맬컴과 도널베인을 가리킨다.

이 삶의 향연에서 주식인데 —

맥베스 부인 무슨 뜻이에요?

맥베스 계속해서 '못 자리라!' 온 집 안에 외쳤소,
'글래미스 영주가 잠을 죽여 버렸으니
코도는 못 자리라, 맥베스는 못 자리라!'

맥베스 부인 누가 그리 외쳤어요? 아이참, 영주님,
그런 미친 생각은 당신의 뛰어난 능력을
왜곡하는 겁니다. 가요, 물이나 좀 찾아서
그 더러운 증거를 손에서 씻어 내요. —
단검들은 왜 여기로 가지고 왔어요?
거기 있어야지요. 가져가고 잠든 시종들에겐
피를 칠해 놓으세요.

맥베스 더 이상 못 가겠소.
내가 했던 그 일을 생각하기 두렵고
감히 다시 못 보겠소.

맥베스 부인 의지가 약하기는!
그 단검들 이리 줘요. 자는 자들, 죽은 자들,
그림 같을 뿐인데 그림 속의 악마는
애들의 눈에나 무섭지요. 그가 피를 흘리면
시종들의 얼굴에 발라 줄 거예요,
그들 죄로 보여야 하니까. (퇴장. 안에서 노크)

맥베스 어디서 두드리지? —
소리만 들으면 오싹하니 내가 왜 이럴까?
이게 무슨 손이냐? 하! 내 눈을 뽑는구나.
저 대양의 모든 물로 내 손에서 이 피를
씻어 낼 수 있을까? 아냐, 내 손이 오히려
광대무변 온 바다를 핏빛으로 물들여

푸른 물을 다 붉히리.

맥베스 부인 다시 등장.

맥베스 부인　내 손도 당신과 색깔은 같지만 창피하게
심장이 그처럼 희지는 않아요. (노크) 남문에서
두드리는 소리가 들려요. — 침실로 물러나요.
물만 좀 있으면 혐의가 벗겨질 터이니
얼마나 쉬워요! 굳건한 마음이 당신을
홀로 두고 떠났어요. (노크) — 쉿! 더 두드려요.
잠옷을 걸쳐요, 우리가 불려 나올 경우에
깨어 있던 것처럼 안 보이게. — 그토록 초라하게
생각에만 빠져 있지 마세요.

맥베스　내 행위를 알려면 날 몰라야 할 거요. (노크)
덩컨이나 두들겨 깨워라, 그랬으면 좋겠다! (함께 퇴장)

2막 3장

문지기 등장.

(안에서 노크)

문지기　심하게 두드리네, 정말! 지옥의 문지기라도 옛날에 문

72행 내…거요
세 가지 해석이 있다. 1)만약 내가 내 행위와 직면해야 한다면 의식을 송두리째 잃어버리는 편이 나을 것이다. 2)내 행위와 직면하느니 생각에 빠져 있는 것이 낫겠다. 3)이 행위와 타협하고 살아가려면 진정한 나, 이전의 나 자신과는 결별해야만 할 것이다. (아든)
2막 3장 장소　성안.

을 열어 줬을 거다. (노크) 탕, 탕, 탕! 바알세불의 이름으로 누구요? — 풍작을 예상하고 스스로 목을 맨 농부로군. 들어와요, 계절의 머슴꾼, 손수건이나 넉넉히 준비해요, 여기서 땀 좀 흘릴 테니까. (노크) 탕, 탕. 나머지 악마의 이름으로 누구요? — 옳지, 양쪽에서 반대쪽 증언을 할 수 있었던 궤변가로군. 하느님을 위한답시고 반역죄는 족히 범했지만 궤변으로 천국엔 못 갔네. 오! 들어와요, 궤변가. (노크) 탕, 탕, 탕. 누구요? — 옳지, 프랑스 바지에서 옷감을 베어 먹은 영국 양복쟁이로군. 들어와요, 양복쟁이. 여기서 당신의 다리미를 데울 수 있을 거요. (노크) 탕, 탕. 쉴 새 없네! 당신은 직업이 뭐요? — 하지만 이곳은 지옥치고는 너무 추워. 악마 문지기 노릇은 더 이상 못해 먹겠다. 환락의 꽃길 따라 영원한 지옥 불로 들어가는 자들을 모든 업종에서 몇 명씩 들여보내려고 생각했는데. (노크) 곧 가요, 곧 가. 제발 이 문지기를 잊지 말아 주십쇼.

(문을 연다.)

맥더프와 레녹스 등장.

2행 바알세불
악마들의 괴수.
7행 궤변가
예수회의 수사들, 구체적으로는 가네트 신부를 빗대어 하는 말로 그는 1605년에 일어난 '화약 음모' 사건을 조사하는 동안 심문을 받았을 때 자신이 죄에 연루되지 않기 위하여 모호한 답변을 할 권리가 있다고 주장하였다. (리버사이드)
10행 프랑스 바지
품과 통이 크고 좁은 두 가지가 있었는데, 이 양복쟁이는 아마도 큰 바지를 만들어 달라고 가져온 옷감에서 떼어먹었거나, 너무 자기 기술을 믿은 나머지 좁은 바지를 만들 옷감에서 훔치려다 들통이 났을지도 모른다. (아든, 리버사이드)

맥더프 이보게, 잠자리에 너무 늦게 들어가
이렇게 늦잠을 잤는가?

문지기 맞습니다, 나리, 우린 둘째 닭이 울 때까지 진탕 들이켰습죠. 나리, 술이란 세 가지를 크게 자극합죠.

맥더프 술이 특히 자극하는 셋이 뭔데?

문지기 예, 나리, 딸기코와 잠과 오줌이랍니다. 색욕은 그놈이 살렸다 죽였다 하지요. 욕망은 일으켜 놓고 능력을 빼앗습죠. 그래서 과음은 색욕이란 놈에겐 궤변가라 할 수 있는데, 놈을 올렸다가 내려놓고 부추겼다가 떼어 놓으며 설득했다가 실망시키고 세웠다가 주저앉힌 다음 결론적으로 궤변으로 놈을 잠들게 하여 자빠뜨리고 떠난답니다.

맥더프 술이란 놈이 지난밤 자넬 자빠뜨렸구먼.

문지기 그랬죠, 나리, 바로 제 목을 꽉 눌러서. 하지만 전 보복했답니다. (제 생각에) 놈에겐 제가 너무 힘센지라 놈이 때론 제 다리를 잡았지만 제가 몸을 돌려 메다꽂았습죠.

맥더프 네 주인은 일어나셨느냐?

맥베스 등장.

우리가 두들겨 깨셨구나. 이리로 오신다.

레녹스 안녕하십니까!

맥베스 두 분도 안녕하십니까!

맥더프 영주님, 국왕께선 깨셨는지?

20행 둘째…때 새벽 3시쯤을 가리킨다.

맥베스 아직은.

맥더프 때맞춰 오라는 분부가 있었는데
그 시간을 놓칠 뻔했군요.

맥베스 안내해 드리겠소.

맥더프 당신껜 이것이 즐거운 고생이겠지만
그래도 고생이죠.

맥베스 기뻐서 하는 일엔 고통이 없지요.
이 문이오.

맥더프 무엄하나 불러 보겠습니다,
저에게 맡겨진 임무니까. (퇴장)

레녹스 국왕께선 오늘 떠나십니까?

맥베스 예. — 그럴 예정이셨소.

레녹스 간밤은 사나웠소. 우리 숙소에서는
굴뚝이 날아갔고 곡소리가 허공에서
들렸다고 합니다. 이상한 죽음의 비명과
비통한 시간에 새롭게 태어날
불길한 변란과 혼란스러운 사건들을
올빼미가 밤새껏 끔찍하게 예언하며
울부짖었답니다. 대지가 열에 들떠
떨었다는 말도 있고.

맥베스 난폭한 밤이었소.

레녹스 제 짧은 기억으론 그것에 견줄 밤을
못 찾겠습니다.

맥더프 다시 등장.

맥더프 아, 무섭다, 무서워!

생각도 못 하고 말도 못 할 일이다!

맥베스/레녹스 거 무슨 일이오?

맥더프 혼란이 이제야 걸작을 완성했소!
신성모독 살인마가 주님께서 기름 부은
신전을 부셔 열고 그 건물의 생명을
빼앗아 갔소이다!

맥베스 뭐라고요? 생명이요?

레녹스 전하란 말씀이오?

맥더프 침실로 다가가서 새 고르곤 쳐다보면
두 분 눈이 멀 거요. — 말하라 하지 말고
보고 나서 말하시오. — (맥베스와 레녹스 퇴장)
깨어나요! 깨어나!
경종을 울려라. — 살인이다, 반역이다!
뱅쿠오, 도널베인! 맬컴은 일어나요!
죽음의 모조품인 솜털 잠을 떨쳐 내고
죽음 그 자체를 바라봐요! — 자 어서 일어나
대심판의 모습을 보시오! — 맬컴! 뱅쿠오!
무덤에서 일어난 듯 유령처럼 걸어와
이 공포를 쳐다봐요! (종이 울린다.)

59행 걸작
부정적인 의미로 쓰였다.

60~61행 주님께서…신전
덩컨 왕의 몸을 비유하는 말. 성경에 나오는 두 가지 말, 즉 '주님께서 기름 부은 자'(사무엘상 24장 10절)와 '그대들은 살아 있는 하느님의 신전이니라.'(고린도후서 6장 16절)라는 표현을 합쳐서 만들었다. (아든)

62~63행 뭐라고요…말씀이오
맥베스와 레녹스는 동시에 말한다.

64행 고르곤
뱀 같은 머리카락을 가진 전설적인 세 여자 괴물들의 총칭. 이들을 대표하는 괴물은 메두사로 그녀를 쳐다보는 사람은 누구나 돌로 변했다고 한다. '새 고르곤'은 덩컨 왕의 시신을 가리킨다.

맥베스 부인 등장.

맥베스 부인 무슨 일이 났기에
소름 돋는 나팔로 이 집의 잠자는 사람들을
회담장에 모으죠? 말, 말 좀 해요!

맥더프 오, 부인
제 말을 당신이 들으실 순 없습니다.
여자 귀에 반복하면 내뱉는 순간에
살인날 것입니다.

뱅쿠오 등장.

오, 뱅쿠오! 뱅쿠오!
우리들의 주군께서 피살됐소!

맥베스 부인 아, 슬프다!
뭐! 우리 집에서!

뱅쿠오 어디서건 극악하오.
더프 장군, 제발 좀 그 말을 부인하고
아니라고 해 주시오.

맥베스와 레녹스 다시 등장.

맥베스 이 사건 한 시간 전에만 죽었어도
난 축복받았을 것이오, 지금 이 순간부터
삶에서 중요한 건 전혀 없을 테니까.
만사가 하찮고 명예와 미덕은 죽었소.
삶의 즙은 다 빠지고 남아 있는 자랑거린

찌꺼기들뿐이오.

맬컴과 도널베인 등장.

도널베인 무엇이 잘못됐소?
맥베스 두 분과 모른단 사실이.
두 분 피의 샘물이, 원류가, 수원이
끊어졌소. 바로 그 근원이 끊어졌소.
맥더프 부친인 국왕께서 살해됐소.
맬컴 오! 누구에게?
레녹스 전하 침실 시종들의 소행처럼 보였는데
놈들 손과 얼굴은 핏물로 다 덮였고
단검도 마찬가지, 베개 위에 있었어요,
닦지도 않은 채. 놈들은 멍청하니 바라봤죠.
누구의 생명도 맡기지 말았어야 했는데.
맥베스 아! 하지만 격분한 나머지 놈들을 죽인 게
정말로 후회되오.
맥더프 왜 그리하셨소?
맥베스 놀람 신중, 온화 격분, 충성 중립 양쪽을
한꺼번에 지킬 사람 어디 있소? 없지요.
격렬한 내 충정은 가로막는 이성을
신속하게 앞질렀소. — 여기엔 덩컨 왕이
은빛 피부 금빛 피로 채색된 채 누우셨고
깊이 베인 상처들은 파멸이 들어가는
생명 벽의 구멍과 같았소. 저기엔 자객들이
직업 색에 푹 젖었고 그들의 단검은
무례한 피 바지를 입었소. 충성심과

자신의 충성을 드러낼 용기를 가졌다면
그 누가 참았겠소?

맥베스 부인 좀 데려가 주세요!

맥더프 부인을 모셔라.

맬컴 (도널베인에게 방백) 우린 왜 입 다물지, 우리의 일이라고
주장할 수 있는데?

도널베인 (맬컴에게 방백) 무슨 말을 합니까,
여기선 못 구멍에 숨었던 우리의 운명이
튀어나와 우리를 붙잡을지 모르는데?
떠납시다. 눈물은 일러요.

맬컴 (도널베인에게 방백) 우리의 큰 슬픔도
움직이지 않는구나.

뱅쿠오 부인을 보살펴라. —

(부인이 실려 나간다.)

그리고 노출되어 고생하는 우리들의
연약한 알몸을 가린 뒤에 만나서
극도로 피비린 이 사건을 조사하고
더 알아봅시다. 공포와 혼란에 떨지라도
나는 신의 위대한 손 안에 자리 잡고
악랄한 비밀 역적 음모에 대항하여
거기에서 싸우겠소.

맥더프 나도.

모두 우리들 모두도.

맥베스 그럼 빨리 남자다운 준비를 갖추고
큰방에서 다 같이 만납시다.

모두 좋소이다.

(맬컴과 도널베인만 남고 함께 퇴장)

맬컴 어쩔 테냐? 저들과 어울리지는 말자.
거짓된 자들은 안 느끼는 슬픔도
쉽사리 보이는 법. 난 잉글랜드로 가겠다.

도널베인 전 아일랜드로. 헤어져 있는 것이
더 안전할 것입니다. 우리가 있는 곳엔
웃음 속에 비수가 들었어요, 가까운 핏줄이
더 피를 원합니다.

맬컴 살기 어린 이 화살은
날아가는 중이니 표적물이 안 되는 게
최고로 안전한 길이다. 그러니 말에 올라
작별 인사 한답시고 까다롭게 굴지 말고
살짝 빠져나가자. 자비심이 없을 땐
몰래 하는 도망도 정당성이 있단다. (함께 퇴장)

2막 4장

로스와 노인 등장.

노인 육십하고 십 년을 난 분명히 기억하오.
그 세월의 책에서 끔찍한 시절과
이상한 것들을 봐 왔지만 무서운 지난밤은
옛 지식을 무색게 만듭니다.

로스 하, 아버님,
하늘이 인간의 행위를 괘씸하게 여기는 듯
지상을 위협하고 있어요. 시간은 낮인데

2막 4장 장소 성 바깥.

검은 밤이 운행 중인 태양을 목 졸라요.
생명의 햇빛이 대지에 입 맞춰야 할 때에
무덤 같은 이 어둠은 밤의 기승 탓입니까,
낮의 창피 탓입니까?

노인 순리에 어긋나오,
저질러진 그 일처럼. 지난 화요일에는
사냥 매 한 마리가 한껏 높이 솟았다가
쥐나 잡는 올빼미에 습격당해 죽었다오.

로스 아름답고 발 빠른, 그 무리의 총아인
덩컨 왕의 말들도 (괴이하나 사실이오.)
성정이 거칠어져 마구간을 부수고
인간과 전쟁을 하려는 듯 복종을 거부하며
뛰쳐나갔답니다.

노인 서로를 물어뜯었다던데.

로스 그렇게 했지요, 전 경악한 눈으로
그것을 쳐다봤고.

맥더프 등장.

맥더프 영주가 오셨소.
세상은 어찌 돌아갑니까?

맥더프 왜, 안 보여요?

로스 잔악한 행위를 한 자가 알려졌습니까?

맥더프 맥베스가 죽인 자들이지요.

로스 아니, 저런!
무슨 이득 바라고요?

맥더프 사주를 받았다오.

맬컴과 도널베인, 국왕의 두 아들이
도피를 하였으니 그 행위의 의혹을
그들이 받게 됐죠.

로스 그 역시 순리에 어긋나오.
무절제한 야심이여, 자기 삶의 자산을
다 먹어 치우려 하다니! — 그러면 왕권은
맥베스에게 갈 가능성이 최고로 크군요.

맥더프 그는 이미 추대되어 옥좌에 오르려고
스쿤으로 떠났소.

로스 덩컨 왕의 유해는?

맥더프 콤킬로 운구됐소,
선왕들의 유골을 안전하게 지켜 주는
그 신성한 저장고로.

로스 스쿤으로 가시겠소?

맥더프 아뇨 사촌, 파이프로.

로스 음, 난 거기 가겠소.

맥더프 음, 그곳 일이 잘된 걸 보고 나서 — 잘 가요! —
새 옷보다 헌옷이 더 편하진 않기를!

로스 안녕히 계십시오, 아버님.

노인 신의 축복 받으시길, 또 악을 선으로
원수를 친구로 바꾸려는 사람들도! (함께 퇴장)

3막 1장

뱅쿠오 등장.

32행 스쿤 스코틀랜드 왕들의 대관식이 열렸던 옛 왕도.

뱅쿠오 당신은 이제 왕과 코도와 글래미스, 다 가졌다,
운명의 여인들의 약속대로. 또한 그 때문에
가장 추한 반칙을 범했다고 염려된다.
하지만 당신의 후손이 아니라 나 자신이
수많은 왕들의 시조가 될 것이란
얘기도 있었다. 그들 말이 진실이면
(맥베스 당신에게 그들의 예언이 빛나듯이)
왜 그것이 당신에게 입증된 사실에 의하여
내 신탁이 되면서 내게도 희망 주면
안 된단 말인가? 하지만 쉿, 그만두자.

트럼펫 소리. 왕이 된 맥베스,
왕비가 된 맥베스 부인,
레녹스, 로스, 귀족들 및 시종들 등장.

맥베스 이쪽이 우리의 주빈이오.
맥베스 부인 이분을 잊는다면
우리의 대향연에 커다란 허점이고
전적으로 맞지 않는 일이지요.
맥베스 오늘 밤에 짐이 공식 만찬을 여는데
장군의 참석을 요청하오.
뱅쿠오 전하께서 저에게
명령을 내리시면 제 의무는 거기에
절대로 풀지 못할 영원한 매듭으로
묶이게 되옵니다.

3막 1장 장소 포레스. 왕궁.

맥베스 오후에 말 타러 나가시오?

뱅쿠오 예, 전하.

맥베스 안 그러면 오늘의 회의에서 장군의
(항상 신중하고도 득이 되는) 도움말을
들으려고 했는데. 근데 내일 들읍시다.
멀리 가오?

뱅쿠오 전하, 지금부터 저녁 식사까지의 시간을
채울 만큼 갑니다. 제 말이 조금 못 달리면
한두 시간 정도는 이 밤의 어둠을
빌려야 할 것입니다.

맥베스 향연에 꼭 참석하오.

뱅쿠오 꼭 하겠습니다.

맥베스 듣자 하니 잔악한 짐의 사촌 두 사람이
잉글랜드와 아일랜드에 몸을 의탁하면서
잔인한 시해는 고백 않고 날조된 얘기를
퍼뜨린다지요. 그러나 그건 내일
우리 둘이 꼭 봐야 할 나랏일과 더불어
함께 처리하겠소. 어서 말 타시오. 잘 가요,
저녁에 돌아올 때까지. 플리언스도 함께 가오?

뱅쿠오 예, 전하. 정말로 시간이 됐습니다.

맥베스 말들이 빠르고 걸음이 확실하길 바라오.
그럼 정말 두 사람을 말 등에 맡기리다.
잘 가시오. (뱅쿠오 퇴장)
자, 모두들 자유로운 시간을 가지시오,
저녁 7시까지.
손님들을 더 기쁘게 맞이하기 위하여
저녁 식사 때까지 짐은 혼자 있겠소.

그럼 잘들 가시오. (맥베스와 시종만 남고 모두 퇴장)
이봐, 너와 얘기 좀 하자.
그들이 내 뜻을 기다리고 있느냐?

시종
예, 전하,
궁궐 문밖에서요.

맥베스
짐 앞으로 데려와라. (시종 퇴장)
이런 삶은 안전하지 못하다면 헛것이다.
짐에게 뱅쿠오 공포는
깊이 박혀 있으며 제왕 같은 그 성품엔
겁나는 게 군림한다. 그는 매우 과감하다.
그리고 그 불굴의 기질에 덧붙여
용맹심을 이끌면서 안전하게 행동하는
지혜 또한 가졌다. 짐에게 두려운 존재는
오직 그 하나다. 그리고 내 수호신은
안토니의 수호신이 시저에게 당했듯이
그에게 질책을 당한다. 그는 처음 마녀들이
날 왕이라 불렀을 때 그들을 꾸짖고
자기에게 말하라 명령했다. 그들은 곧
예언처럼 왕들의 시조로 그를 환영했는데
내 머리엔 자손 없는 왕관을 씌워 놓고
손에는 불모의 왕홀을 쥐어 주며
혈통 밖의 손에 의해 탈취되게 만들었다,
내 아들이 계승하지 못하고. 그럼 난
뱅쿠오의 후손 위해 마음을 더럽혔고

54~56행 내…당한다 『안토니와 클레오파트라』에 나오는 점쟁이가 2막 3장에서 안토니에게 권고하는 내용을 언급한다.

인자한 덩컨 왕을 그들 위해 죽였으며
오로지 그들을 위하여 평화의 그릇에
원한을 부었고 공공의 적 악마에게
영원한 보물인 내 영혼을 내주었다,
그들을, 뱅쿠오의 씨앗을 왕 만들기 위하여!
그럴 바엔, 자, 운명아, 결전장에 들어와
나와 한번 끝까지 겨뤄 보자! — 누구냐? —

시종이 두 자객과 함께 다시 등장.

넌 부를 때까지 문밖에서 기다려라. (시종 퇴장)
우리가 얘기한 게 어제가 아니던가?

자객 1 예 전하, 황송하옵니다.

맥베스 그렇다면 이제는
내 말을 숙고해 보았느냐? — 지난날
그렇게도 너희를 불행에 빠뜨린 자,
이 죄 없는 짐이라 생각했던 사람이
그였음을 알겠느냐? 지난번 만남에서
이 점을 입증했고 증거를 같이 살펴보았다,
너희가 어찌 속고 방해받고, 앞잡이들,
공모자들, 그 밖의 모든 것을, 그래서
반편이나 미친놈도 '뱅쿠오의 짓'이라고
말할 수 있도록.

자객 1 저희에게 알려 주셨습니다.

맥베스 그랬지. 그리고 더 나아간 게 이제는
이 둘째 만남의 목적이지. 너희가 알기에도
너희의 인내심은 이것을 눈감아 줄 만큼

우세한 성품이냐? 너희는 이 착한 사람과
그 후손을 위하여 기도하란 복음을 들었어?
너희를 강제로 무덤으로 내몰고 영원히
네 것들을 굶겼는데?

자객 1 　전하, 저희도 사냅니다.

맥베스 　암, 목록에선 너희도 사나이로 통하지.
사냥개, 회색 빛 사냥개, 잡종 개,
삽살개, 똥개, 털 개, 물개와 늑대 개를
한꺼번에 개라고 부르듯이. 하지만
감정서엔 빠른 놈, 느린 놈, 똑똑한 놈,
집개와 사냥개가 풍요로운 자연이
각자에게 넣어 준 재능 따라 모두가
구별되어 적혀 있어. 그래서 그 전체를
싸잡아 써 놓은 명단과는 별도의
호칭을 부여받지. 사나이도 그렇다.
자, 너희가 문서에서 한자릴 차지하고
사나이 말단이 아니라면 말을 해 봐.
그럼 내가 너희에게 일거리를 안겨 주고
그것이 성사되면 너희는 원수를 없애고
짐의 맘과 총애를 확고히 얻을 텐데
그가 살면 짐의 건강 상태는 병자지만
죽으면 완벽해.

자객 2 　전하, 저는 이 세상의
더러운 풍파에 너무나 격분하여
세상을 괴롭히는 일이라면 무엇이든
개의치 않습니다.

자객 1 　저 또한 너무나

재난에 지치고 불운에 시달려
생명을 운에 맡겨 팔자를 고치든지
죽든지 하렵니다.

맥베스 너희 둘은 뱅쿠오가
원수였단 사실을 알겠지.

자객 2 맞습니다, 전하.

맥베스 내게도 그렇다. 또 그는 살아 있는 매 순간
내 생명의 급소를 찌를 수 있을 만큼
가까이 서 있다. 난 물론 뻔뻔한 권력으로
내 눈에서 그자를 싹 쓸어 내 버리고
정당화시킬 수는 있지만 그건 안 돼,
그와 나 양쪽 친구 몇 명의 호의를
내가 잃지 않으려면 내가 때려눕히고도
그가 쓰러졌다고 울부짖어야만 하니까.
그래서 너희의 도움을 구하게 되었다,
몇 가지 중대한 이유로 이 일을
세상이 못 보게 숨기면서.

자객 2 전하의 명령을
실행하겠습니다.

자객 1 저희의 목숨이 —

맥베스 기개가 빛난다. 늦어도 한 시간 안으로
어디에 너희 몸을 숨길지 알려 주고
때맞추어 완벽한 시간의 염탐꾼을
소개해 주겠다, 이 일은 오늘 밤
궁 밖에서 해치워야 되니까. 내 결백이
언제나 필요함을 생각하고 그와 함께
(이 일에 빈틈이나 흠을 아니 남기려면)

동행하는 아들인 플리언스 그놈도,
아이를 없앰은 아비를 없앰만 못지않게
내게는 중요하니, 그 어두운 시각의
운명을 안아야 해. 물러가 마음을 굳혀라,
너희에게 곧 가겠다.

자객 2　저흰 굳혔습니다, 전하.

맥베스　곧바로 부를 테니 안에서 기다려라. —

(자객들 함께 퇴장)

결정됐다. 뱅쿠오, 그대의 영혼이
하늘로 날아올라 천국을 찾으려면
오늘 밤 안으로 찾아야만 할 것이다.　(퇴장)

3막 2장

맥베스 부인과 시종 등장.

맥베스 부인　뱅쿠오 장군이 궁궐을 떠났느냐?

시종　예 마마, 그러나 밤에 다시 오십니다.

맥베스 부인　전하께 몇 말씀 드릴 틈을 내가 기다린다고
여쭈어라.

시종　예, 마마.　(퇴장)

맥베스 부인　소득 없이 기진맥진,
만족 없는 욕심을 채운 자의 모습이다.
그래서 죽이고 불안한 기쁨을 느끼느니
죽임을 당하는 게 더 편한 법이다.

3막 2장 장소　포레스. 왕궁.

맥베스 등장.

전하, 어떠세요? 어째서 홀로만 계십니까?
극도로 암울한 환상들을 벗 삼고
생각하는 대상과 정말 함께 사라졌어야 할
생각들과 사귀면서. 전혀 해결 못 할 일은
고려하지 마세요. 끝난 일은 끝났어요.

맥베스 우린 뱀을 죽이진 못했소, 상처만 입히고.
그놈이 회복되면 우리의 서투른 악행은
옛 이빨의 위험을 못 벗어날 것이오.
하지만 짐이 공포 속에서 식사하고
이 무시무시한 악몽의 고통 속에
밤마다 떠느니 차라리 우주는 해체되고
천지는 무너져라. 마음의 고문대에
안절부절 얼빠진 채 누워 있는 것보다는
마음 편해 보자고 침묵시킨 죽은 자와
동거하는 편이 더 낫겠소. 덩컨은 무덤에서
인생의 발작 열이 지나간 뒤 잘 잡니다.
최악의 대역죄 덕분에 칼이나 독약이나
나라 안의 원한이나 밖의 모병, 아무것도
그를 더 건드리지 못하오!

맥베스 부인 자, 제발
고귀하신 전하, 구겨진 모습을 쭉 펴고
오늘 밤 손님들 사이에서 밝고 명랑하세요.

13행 뱀 뱅쿠오 가문의 계보를 뱀처럼 생긴 나무로 형상화한 그림에서 암시를 받았을 가능성이 있다고 한다. (아든)

맥베스 여보, 그렇게 하겠소. 당신도 그러시오.
뱅쿠오 장군을 각별히 기억하고
눈과 혀 모두로 그를 높여 주시오.
한동안은 불안하니
우리의 명예를 아첨의 냇물에 담그고
얼굴을 가면 삼아 우리의 본심을
감춰야 할 것이오.

맥베스 부인 이건 고만둬야 해요.

맥베스 아 여보, 내 마음은 전갈로 가득 찼소!
알다시피 뱅쿠오와 플리언스가 살아 있소.

맥베스 부인 그러나 그 수명은 영원하지 않아요.

맥베스 그래서 안심이오, 공격할 수 있으니까.
그러니 즐거워하구려. 수도원 박쥐가
날개를 펴기 전에, 거름 먹은 풍뎅이가
헤카테의 부름 받아 졸리는 목소리로
밤 종소리 내기 전에 몹시도 흉한 일이
벌어질 것이오.

맥베스 부인 무슨 일이 벌어져요?

맥베스 귀여운 햇병아리, 그 행위에 박수 칠 때까지
모르고 있으시오. 칠흑 밤아, 어서 와서
동정에 찬 낮님의 다정한 눈 싹 가리고
형체 없는 너의 그 피투성이 손으로
날 질리게 만드는 생명 보증 파기하고
갈기갈기 찢어라! — 빛은 점점 엷어지고
까마귀는 검은 숲에 날아든다.

49행 생명 보증 자연의 여신이 뱅쿠오와 플리언스에게 준 생명 증서.

선량한 낮 것들은 축 처지기 시작하고
밤의 검은 수족들이 먹이 찾아 일어난다.
내 말에 놀랐구려. 하지만 잠자코 있어요.
시작이 나쁜 일은 그 악화가 강화라오.
그러니 자, 같이 가요. (함께 퇴장)

3막 3장

세 자객 등장.

자객 1 근데 누가 우리와 합치랬소?
자객 3 맥베스가.
자객 2 의심할 필요 없네. 우리의 임무와
꼭 해야 할 일을 지시대로 정확히
말하고 있으니까.
자객 1 그럼 함께 일합시다.
줄무늬 석양빛이 서쪽 하늘 물들이며
길 늦은 나그네는 여관에 닿으려고
잦은 박차 가하고 우리의 표적도
가까이 오는구나.
자객 3 쉿! 말발굽 소리요.
뱅쿠오 (안에서) 여봐라, 횃불을 가져와라.
자객 2 그러면 이자요.
나머지 명단에 올라 있는 손님들은
벌써 안에 들어갔소.

3막 3장 장소 왕궁에서 멀지 않은 공원.

자객 1 말들은 돌아가네.

자객 3 거의 일 마일이오. 하지만 이자는
모두가 그리하듯 여기에서 궐문까지
평소엔 걸어가오.

뱅쿠오와 플리언스 횃불을 들고 등장.

자객 2 횃불이다!

자객 3 이자요.

자객 1 잘해 보세.

뱅쿠오 오늘 밤엔 비 오겠어.

자객 1 내리라고 하지그래.

(첫째 자객이 횃불을 꺼 버리고 나머지는 뱅쿠오를 공격한다.)

뱅쿠오 오, 배신이다! 뛰어라, 플리언스, 뛰어, 뛰어!
복수할 수 있을 거야. — 아, 비열한 놈.

(죽는다. 플리언스는 도망친다.)

자객 3 누가 불을 꺼 버렸소?

자객 1 그 방법이 아니었소?

자객 3 하나만 쓰러지고 아들은 도망쳤소.

자객 2 업무의
귀중한 절반을 놓쳤군.

자객 1 자, 우리 가서
끝낸 만큼 보고하세. (함께 퇴장)

18행 무대 지시문 플리언스의 도주는 이 극의 전환점이다.
19행 누가…아니었소 둘째 자객이 2~4행에서 말한 사실과 어긋난다.

3막 4장

향연이 준비되어 있다.

맥베스, 맥베스 부인, 로스, 레녹스, 귀족들 및 시종들 등장.

맥베스 서열을 알 테니 앉으시오. 위아래 모두를
충심으로 환영하오.

귀족들 전하께 감사드리옵니다.

맥베스 짐 자신도 여러분과 어울려
겸허한 주인 역을 해 보겠소. 안주인은
옥좌를 지키지만 적당한 때 여러분께
환영을 표하도록 청하리다.

맥베스 부인 전하, 저 대신 모든 분께 공포해 주세요,
진심으로 말하건대 환영 인사 드린다고.

첫째 자객 문간에 등장.

맥베스 보시오, 그들이 왕비에게 진심으로 감사하오.
양쪽 수가 같으니 난 여기 중간에 앉겠소.
마음껏 즐기시오. 곧 좌석에 큰 술잔을
돌리며 마시겠소. (문으로 간다.)
얼굴에 피 묻었군.

자객 그러면 뱅쿠오 겁니다.

맥베스 그의 몸 안보다 네놈 밖에 있어서 좋구나.
처치했어?

3막 4장 장소 왕궁의 연회실.

자객 예 전하, 그의 목을 잘랐는데
제가 직접 했습니다.

맥베스 너는 목 베기의 명수다.
하지만 플리언스를 처치한 사람도 훌륭해.
만약 네가 했다면 넌 천하무적이야.

자객 주상 전하…… 플리언스는 도망쳤습니다.

맥베스 그럼 내 발작이 도진다, 안 그럼 완벽한데,
티 없는 대리석, 부동의 바위처럼
자유롭고 거침없는 주위의 대기처럼.
하지만 난 지금 건방진 의심과 두려움에
구속, 감금되었다. — 뱅쿠오는 걱정 없지?

자객 예 전하, 개골창에 처박혀 머리에
큰 상처를 스무 개나 입었으니 걱정 없죠,
가장 적은 거라도 죽습니다.

맥베스 고맙구나. —
큰 뱀은 뻗었고 달아난 작은 뱀은
때가 되면 천성 따라 독을 품을 테지만
당장은 이빨이 없으리라. — 물러가라,
내일 다시 서로 얘길 들어 보자. (자객 퇴장)

맥베스 부인 주상 전하,
환대의 표시가 없으셔요, 향연 중에
잘 오셨단 말씀을 자주 않는 만찬이란
사 먹는 것이에요. 먹기야 집이 제일 낫지요.
집 밖의 식사에선 예절이 양념이며
그게 없는 모임은 초라해요.

맥베스 잘 상기시켰소! —
자, 식욕에 따르는 왕성한 소화력과

건강을 위하여!

레녹스 　부디 앉으시겠습니까?

맥베스 　자비로운 뱅쿠오 장군께서 오셨으면
지금 우린 이 나라의 귀인을 모실 텐데.

뱅쿠오의 유령 등장, 맥베스의 자리에 앉는다.

난 그의 불운을 동정하기보다는 무성의를
문제 삼고 싶소이다!

로스 　그분의 불참은, 전하,
약속을 안 지킨 탓입니다. 전하께서
자리를 같이하는 은총을 베푸시겠습니까?

맥베스 　다 찼는데.

레녹스 　비워 둔 자리가 있습니다.

맥베스 　어디에?

레녹스 　여깁니다, 전하. 어인 일로 동요하십니까?

맥베스 　이 중에 누가 이리하였소?

귀족들 　무엇을요, 전하?

맥베스 　내가 했단 말 못 한다. 피투성이 머리칼을
절대 내게 흔들지 마.

로스 　여러분 일어나요, 전하께서 편찮으십니다.

맥베스 부인 　앉으세요, 친구분들, 종종 저러십니다,
젊은 시절부터요. 제발 앉아 계십시오.
발작은 순간이고 조금만 지나면
괜찮아 지십니다. 여러분이 주목하면

41행 불운 　연회에 참석하지 못하게 된 일. (RSC)

화내실 것이고 격정은 연장될 터이니
드세요, 개의치 마시고. — 당신이 남자예요?

맥베스 암, 담대한 남자지, 악마가 오싹할 것조차
난 감히 노려봐.

맥베스 부인 오 멋진 헛소리!
이건 바로 당신의 공포가 지어낸 거예요.
허공에서 당신을 덩컨에게 데려갔던
그 단검이에요. 오! (진정한 공포를 사칭하는)
이 격정과 발작은 겨울철 불가에서
할멈 믿고 아낙네가 떠벌리는 얘기에나
잘 어울릴 겁니다. 정말로 창피해요!
왜 그런 얼굴을 하세요? 일은 다 끝났는데
당신은 의자만 쳐다봐요.

맥베스 제발 저길 보시오!
쳐다봐요! 보라고요! 자! 어떻소?
왜 내가 걱정하지? 끄덕이면 말도 해 봐. —
납골당과 무덤에서 우리가 묻은 자를
되돌려 보낸다면 솔개들의 밥통을
묘지로 써야겠다. (유령 퇴장)

맥베스 부인 허! 남자가 헛짓에 푹 빠져요?

맥베스 내가 여기 서 있듯 그를 봤소.

맥베스 부인 아이! 창피해요!

맥베스 이전에도 피는 계속 흘렸소, 그 옛날
나라가 민법으로 정화되어 평화롭기 전에도.

71~72행 솔개들의…써야겠다
솔개들이 시체를 파먹으면 죽은 자가 되살아날 수 없을 것이기 때문에. (아든)

그렇지, 그 후에도 듣기에도 끔찍한
살인이 자행됐소. 그리고 지나간 시절엔
뇌수가 터지면 사람이 죽었고 그걸로
끝이었소. 그런데 지금은 머리에 치명상을
스무 개나 입고도 또다시 일어나
한 자리를 차지하오. 그 어떤 살인보다
이게 더 괴이하오.

맥베스 부인 훌륭하신 전하,
귀빈들이 전하를 원합니다.

맥베스 잊었구려. —
놀라워 마시오, 참으로 소중한 분들이여,
나를 아는 사람에겐 별것 아닌 괴질이
나에게 있답니다. 자, 사랑과 건강을 위하여.
그럼 나도 앉겠소. — 포도주 좀 꽉 채워라. —
참석하신 모두의 기쁨과 없어서 섭섭한
짐의 절친 뱅쿠오 장군에게 건배하오.
그가 여기 있었으면!

유령 다시 등장.

모두와 그에게 이 잔을,
모두가 모두에게.

귀족들 존경을 바치며 건배.

맥베스 꺼져라! 내 눈에 띄지 마! 땅속에 들어가!
네 뼈는 골수가 없으며 핏물은 차갑고
희번덕거리며 노려보는 그 눈에는
총기도 없느니라.

맥베스 부인 여러분은 이걸 그냥
습관이라 여기시오, 다른 게 아니니까.
단지 이 즐거운 시간을 망쳐 놓을 뿐이오.

맥베스 남자가 감히 하면 나도 한다.
털북숭이 러시아 곰, 무장한 코뿔소나
히르카니아의 범처럼 다가와라.
그 모습만 아니라면 탄탄한 이 근육은
절대 떨지 않으리라. 혹은 다시 살아나
칼 가지고 나에게 사막에서 덤벼라,
그때 내가 떨거든 어린 계집애라고
딱 잘라 말해라. 저리 가, 끔찍한 망령아!
허황된 모조품아, 저리 가! — (유령이 사라진다.)
그렇지. — 가고 나니
나는 다시 남자다. — 여러분, 앉으시오.

맥베스 부인 당신은 흥을 깨고 굉장한 착란으로
이 모임을 망쳤어요.

맥베스 여름날 구름처럼
짐을 덮쳐 오는 게 있는데 짐이 어찌
대경실색 않겠소? 난 여러분 때문에
내가 가진 기질까지 낯설게 느껴지오,
지금 생각하니까 내 뺨은 겁에 질려 하얀데
그런 광경 보고도 원래의 홍옥 색을
유지할 수 있다니.

로스 무슨 광경인지요, 전하?

맥베스 부인 말 걸지 마세요, 점점 나빠지십니다.

100행 히르카니아 카스피 해 동남쪽에 있었던 페르시아 왕국의 옛 지역.

질문엔 격노하십니다. 곧바로 밤 인사를 —
나가는 순서에 상관하지 마시고
한꺼번에 나가세요.

레녹스 전하, 평안한 밤과 함께
쾌차하시기를!

맥베스 부인 모두 편히 쉬세요!

(귀족들과 시종들 함께 퇴장)

맥베스 피를 부를 거랍니다, 피는 피를 부를 거요.
돌들이 움직이고 나무가 말한 적도 있으며
까치와 갈까마귀, 떼까마귀 등을 통한
점술과 예언으로 깊이 숨은 살인자를
밝혀낸 일도 있소. — 밤은 어디 가 있소?

맥베스 부인 아침과 거의 다툴 판인데 차이가 없어요.

맥베스 어떻게 생각하오, 짐이 특명 내렸는데
맥더프가 안 오는 걸?

맥베스 부인 사람을 보냈어요?

맥베스 우연히 들었소, 하지만 보낼 거요.
매수한 내 하인을 심어 두지 않은 집은
하나도 없어요. 난 내일 (그것도 아주 일찍)
운명의 자매들을 만나러 가겠소. 그들에게
더 말하게 할 거요, 왜냐하면 난 지금
최악의 수단으로 최악을 알고자 하니까.
내 이익을 위하여 만사를 미루겠소.
난 핏속에 너무 깊이 들어가 못 건너도

122행 돌들
1)살해당한 사람의 시체를 덮어 놓았던 것들이거나, 2)고대 드루이드 교도들이 죄의 유무를 가릴 때 사용했던 흔들바위 혹은 '판결석'을 암시한다. (아든)

돌아감은 건너감만큼이나 힘들 거요.
머릿속의 놀라운 것 손으로 보낸 다음
따져 보기 이전에 행동해야 할 것이오.

맥베스 부인　당신은 뭇 생명을 지켜 주는 잠이 모자랍니다.

맥베스　자, 침실로 갑시다. 괴이한 내 망상은
풋내기의 공포이며 단련이 필요하오.
행동에는 우린 아직 철부지에 불과하오.　(함께 퇴장)

3막 5장

천둥. 세 마녀 등장, 헤카테를 만난다.

마녀 1　웬일이죠, 헤카테, 화나신 것 같아요?

헤카테　이유가 있잖아? 건방지고 뻔뻔한
할망구들 같으니. 너희가 어찌 감히
수수께끼, 죽음 등의 문제로
맥베스와 거래 왕래 트면서
너희의 마술의 여왕이요
온갖 악행 모사꾼인 이 몸은
내 몫이나 신기를 보이도록
부르지도 않았단 말이냐?
더 나쁜 건 너희의 온 노력이
심술궂은 옹고집을 위한 것
뿐이란 점이야. 남들처럼 그자도
자기 목표 사랑하지 너흰 아냐.

3막 5장 장소　황야.

하지만 이젠 고쳐. 너흰 가 봐,
그리고 지옥의 아케론 강에서
아침에 날 만나. 그자가 거기로
운명을 알고 싶어 올 테니까.
그릇들과 주문을 준비해라,
마법과 그 밖의 모든 것도.
난 하늘로 날아가 오늘 밤을
불길한 운명을 짓는 데 쓸 거야.
정오까지 큰일을 치러야 해.
저기 저 달 한구석에
신비한 증기 방울 걸렸구나,
땅 위에 떨어지기 전에 잡아
마술로 그것을 증류하면
인조 유령들을 만들 수 있는데
그들의 속임수의 힘을 빌려
그자를 파멸로 이끌 거야.
그자는 운명을 걷어차며
죽음을 비웃고 지혜, 자비, 공포보다
자신의 소망을 더 위에 둘 거야.
또 너희 모두가 알다시피
과신은 인간의 가장 큰 적이니라.

(안에서 노래. '오세요, 오세요…….')

쉿! 날 부른다. 봐, 내 꼬마 정령이

15행 아케론 강
지하 세계 하데스에 있는 강.
34행 무대 지시문, 노래
이는 셰익스피어와 동시대 작가인 토머스 미들턴의 『마녀』라는 극작품에 나오는 노래로 그 첫머리는 다음과 같다. '오너라, 오너라,/헤카테, 헤카테, 오너라!'

안개구름 속에 앉아 날 기다려. (퇴장)

마녀 1 자, 서두르자, 그녀는 곧 돌아올 테니까. (함께 퇴장)

3막 6장

레녹스와 귀족 한 사람 등장.

레녹스 앞선 제 얘기는 당신의 생각과 같았을 뿐
더 넓은 해석도 가능하오. 하지만 사태가
묘했단 말만 하죠. 자비로운 덩컨 왕이
맥베스의 동정받고 — 원 참, 돌아가셨으니까 —
용감한 뱅쿠오는 너무 늦게 다녔는데
(괜찮다면) 플리언스가 죽였다고 할 수 있죠,
도망쳤으니까. 너무 늦게 다니면 안 되죠.
맬컴과 도널베인이 부친을 시해한 게
얼마나 소름 끼칠 일인지 생각 못 할 사람이
어디 있겠습니까? 영벌받을 행위로다!
맥베스는 어찌나 슬펐던지! 충성스러운 분노로
단숨에 찢어 놓질 않았겠소, 술의 노예,
잠의 종이 돼 버린 태만 죄인 두 놈을?
고귀하게 행동했죠? 예, 그리고 현명하게.
부인하는 놈들 말에 살아 있는 누구라도
격분했을 테니까요. 그래서 제 얘기는
사태를 그가 잘 정리했고, 또한 제 생각에

36행 안개구름…기다려
당시의 극장 구조에 의하면 헤카테는 도르래로 끌어올리는 무대 차를 타고 올라가 물결처럼 주름 잡힌 휘장 안으로 숨었다고 한다.(아든)

3막 6장 장소 스코틀랜드.

덩컨 왕의 아들들이 그의 손에 들어가면
(하늘은 막으소서) 그들은 부친을 죽이는 게
어떤 건지 알게 될 겁니다. 플리언스 그 애도.
하지만 쉿! — 바른 말과 폭군의 향연에
불참했기 때문에 맥더프가 총애를 잃고서
살아간다 합니다. 거주하고 있는 곳이
어딘지 아십니까?

귀족 덩컨 왕의 아드님은
타고난 권리를 폭군에게 빼앗기고
잉글랜드 궁정에 계시는데 참으로 경건한
에드워드 국왕의 극진한 영접을 받으니
사악한 운명에도 그에 대한 큰 예우는
전혀 줄지 않았지요. 맥더프는 그곳으로
그 성왕께 간청하여 그분의 조력으로
노섬벌랜드와 시워드를 깨우려고 갔답니다.
그래서 (이 일을 승인하실 하느님과)
이분들의 도움으로 우리가 다시 한 번
식탁에 음식 얹고 저녁에 잠을 자며
향연과 잔치에서 살벌한 칼 치우고
신의 넘친 충성과 참 명예를 얻게 되길
모두가 갈망하오. 이 보고를 들은 왕은
너무나 격노하여 전쟁 한번 시도해 볼
준비하고 있답니다.

레녹스 맥더프를 불렀나요?

귀족 그랬지만 '난 안 가오.' 딱 잘라 하는 말에
찌푸린 사자는 자기 등을 돌리고
'날 욕보일 이런 대답 후회할걸.' 하듯이

중얼거렸답니다.

레녹스 그렇다면 당연히
조심해야 할 것이고 지혜로운 거리를
지키는 게 좋겠소. 잉글랜드 궁정으로
천사 한 분 날아가서 맥더프가 닿기 전에
그의 용건 밝혀 주고 저주받은 손아래
고통받는 이 나라에 축복이 재빨리
돌아오게 하소서!

귀족 나도 기도하겠소. (함께 퇴장)

4막 1장

천둥. 세 마녀 등장.

마녀 1 얼룩무늬 고양이가 삼세번 울었어.

마녀 2 세 번이지, 고슴도친 한 번 울고.

마녀 3 하피어가 울었다. — 때가 왔어, 때가 와.

마녀 1 가마솥 주위를 돌아라.
독 오른 창자를 던져라.
차가운 바윗돌 밑에서
서른에 하루와 밤낮을
몸에서 독기를 뿜어 온
잠자다 잡혀 온 두껍아,
네놈이 맨 먼저 끓어라

4막 1장 장소 포레스의 어느 집.
3행 하피어 알려지지 않은 괴물로 셋째 마녀의 영물이다.

마법의 약단지 속에서.

모두 곱으로, 곱으로, 고역과 고통을.
불은 타고 가마솥은 끓어라.

마녀 2 늪에 사는 뱀 살점아,
가마솥 안에서 익어라.
도롱뇽 눈에다 개구리 발
박쥐 털과 개 혓바닥
독사 혀, 장님 벌레 독침과
도마뱀 다리와 부엉이 날개야,
큰 고통의 마약 되게
지옥 죽 끓듯이 끓어라.

모두 곱으로, 곱으로, 고역과 고통을.
불은 타고 가마솥은 끓어라.

마녀 3 용 비늘에 늑대의 이빨과
마녀들 미라와 포식한
바다 상어 밥통과 아가리,
밤중에 캐어 낸 독 뿌리,
저주하는 유대인 간덩이,
양 쓸개, 월식 때 절취한
주목의 실가지, 터키인 코,
타타르 족속의 입술과
창녀가 개천에 내지른

30행 주목
교회 마당에 흔히 자라는 나무. 고대 사람들과 중세의 작가들 그리고 셰익스피어 당시의 사람들은 이 나무에 독이 있다고 생각하였다. (아든)

30~31행 터키인…타타르
이 두 종족들은 잔인성의 대표격일뿐만 아니라 '유대인'(28)과 '목 졸린 아기(33)'처럼 세례를 받지 않았기 때문에 마녀들이 가치를 둔다고 한다. (아든)

목 졸린 아기의 손가락이
탁하고 진한 죽을 만든다.
호랑이 내장을 더해라,
우리들 가마솥 약재로.

모두 곱으로, 곱으로, 고역과 고통을.
불은 타고 가마솥은 끓어라.

마녀 2 원숭이 핏물로 식혀라,
그러면 마약은 확실해.

헤카테와 다른 세 마녀 등장.

헤카테 오, 잘했어! 고생이 많구나,
모두가 이득을 나눌 거야.
자, 요정과 선녀처럼 원 그리고
던지는 모든 것에 마술 걸며
가마솥 주변에서 노래해라.

(음악과 노래, '검은 귀신' 어쩌고)

(헤카테와 다른 세 마녀 함께 퇴장)

마녀 2 내 엄지가 뜨끔한 걸 보니까
무언가 사악한 게 왔구나. (노크)
열려라 자물쇠야,
그 누가 두드리든.

45행 무대 지시문, 노래
토머스 미들턴의 『마녀』라는 극작품에서 인용한 것인데 처음 두 줄은 다음과 같다. '검은 귀신 흰 귀신, 붉은 귀신 회색 귀신,/ 얽히고 싶으면 얽히고설키어라.' (아든)

46행 내…보니까
대단히 오래된 미신에 의하면 모든 정상적으로 설명할 수 없는 갑작스러운 몸의 고통은 곧이어 다가올 그 무언가를 예고해 준다고 한다. (아든)

맥베스 등장.

맥베스 은밀하고 시커먼 한밤중의 마녀들아!
뭘 하고 있느냐?

모두 이름 없는 행위를.

맥베스 너희가 신봉하는 것으로 엄숙히 명하니
어떻게 알아내든 나에게 대답하라.
너희가 바람을 푼 다음 교회에 맞서서
싸우게 할지라도, 거품 이는 파도가
선박을 부수고 삼켜 버릴지라도,
익은 곡식 넘어지고 나무가 쓰러지며
성곽이 파수병들 머리 위로 무너지고
궁궐과 피라미드가 바닥으로 머리를
숙인다 할지라도, 대자연의 보배인 씨앗들이
파멸조차 지겨워질 때까지 한꺼번에
다 뒹군다 할지라도 내가 묻는 질문에
대답하라.

마녀 1 말하시오.

마녀 2 물어봐요.

마녀 3 답하리다.

마녀 1 누구한테 들을지 말해 봐요, 우리들
아님 우리 스승들?

맥베스 그들을 불러라, 좀 보게.

마녀 1 갓 난 새끼 아홉 삼킨 암퇘지의

60행 대자연의…씨앗들
하느님의 마음속에 있는 모든 만물의 견본에 해당되는 물질의 정수. (아든)

핏물을 부어라. 땀처럼 교수대에
흘러내린 기름 또한 저 불 속에
던져 넣고.

모두　　높거나 낮거나 나와서
자신과 임무를 말끔히 밝혀라.

천둥. 첫째 혼령, 무장한 머리.

맥베스　말하라, 너 귀신 —

마녀 1　　당신 생각 알고 있소.
듣기만 하시오, 아무 말도 마시고.

혼령 1　맥베스! 맥베스! 맥더프를 조심하라,
파이프 영주를 조심해. — 보내 줘. — 충분해.

(내려간다.)

맥베스　네 정체가 무엇이든 옳은 경고 고맙다.
내 근심을 잘 짚었어. — 하지만 한마디 더. —

마녀 1　명령은 안 통해요. 첫째보다 더 강력한
혼령이 왔어요.

천둥. 둘째 혼령, 피투성이 아이.

혼령 2　맥베스! 맥베스! 맥베스! —

맥베스　내 귀가 셋이라도 들어 주마.

69~70행 높거나…밝혀라
마녀들의 주문을 듣고 나타나는 세 환영 중 첫째의 무장한 머리는 맥베스 자신의 잘린 머리이거나 맥더프 혹은 맥도널드의 머리를, 둘째의 피투성이 아이는 자기 어머니의 자궁을 찢고 나온 맥더프를, 셋째의 왕관을 쓰고 손에 나무를 든 아이는 맬컴을 나타낸다는 의견이 있다. (아든)

혼령 2 잔인, 대담, 꿋꿋해라, 인간의 능력 따윈
우습게 생각해라, 여자가 낳은 자는 아무도
맥베스를 못 해칠 테니까. (내려간다.)

맥베스 그럼 살아, 맥더프. 왜 너를 두려워해야지?
하지만 난 확신을 재확신할 셈으로
운명의 보증을 받겠다. 넌 살지 못한다,
창백한 내 심장에게 두려울 것 없다 하고
천둥 쳐도 잠잘 수 있도록. —

천둥. 셋째 혼령, 왕관 쓰고 손에 나무를 든 어린이.

이건 뭐냐,
왕손인 것처럼 올라오고 있는데
어린 이마 위에는 최고 통치권자의
둥근 관을 썼잖아?

모두 들어요, 말은 걸지 마시고.

혼령 3 사자처럼 당당해라. 짜증 안달 내는 자가
누구인지, 공모자들 어딨는지 염려 마라.
버남의 큰 수풀이 던시네인 언덕으로
맥베스를 대적하여 다가오기 전에는
절대 정복 안 될 테니. (내려간다.)

맥베스 그런 일은 없으리라.
누가 숲을 징발하고 나무더러 내린 뿌리
뽑으라고 할 수 있지? 달콤한 예언이다! 좋아!
죽은 너 역적아, 버남 숲이 깨기 전엔
절대로 깨지 마라. 높이 앉은 맥베스는
천수를 누리다가 시간과 숙명 따라

숨을 거둘 것이니라. — 하지만 가슴 뛰니
한 가지만 더 알자. 말해 다오 (네 기술로
그게 가능하다면) 뱅쿠오의 후손이 언젠가
이 나라를 통치해?

모두 더 알려고 하지 마오.

맥베스 만족해야 하겠다. 이것을 거절하면
영원한 저주를 받으리라! 알려 다오. —
저 솥은 왜 내려가? 이게 무슨 소리냐? (오보에 소리)

마녀 1 보여 줘!

마녀 2 보여 줘!

마녀 3 보여 줘!

모두 보여 주고 마음을 괴롭혀라,
환영처럼 왔다가 떠나가라.

여덟 명의 왕이 보인다, 마지막 왕은 손에 거울을
들고 있고 뱅쿠오가 뒤따른다.

맥베스 넌 너무 뱅쿠오의 유령과 닮았다. 꺼져라!
그 왕관이 내 눈알을 지진다. — 금관 쓴
네 이마의 머리칼은 첫째와 닮았고. —
셋째도 비슷하네. — 더러운 요괴들아!
왜 이런 걸 보여 줘? — 넷째야? — 눈 나오네!
뭐! 그 줄이 최후 심판 그날까지 뻗쳤어?
또 있어? — 일곱째야? — 더 보지 않겠다. —
그런데도 여덟째가 거울 들고 나타나

121행 거울 자기 모습을 비춰 보는 보통의 거울이 아니라 마법의 거울.

더 많은 왕들을 보여 주네. 몇몇은
두 겹의 보주와 세 겹의 왕홀을 지녔구나.
끔찍하다! — 이제야 사실임을 알겠다,
피 엉킨 머리칼의 뱅쿠오가 나에게
제 자손을 가리키며 웃으니까. — 뭐! 사실이냐?

마녀 1 예, 모두가 사실이오. — 하지만
맥베스가 왜 저렇게 경악했지? —
자 얘들아, 즐겁게 해 드리고
최고로 좋은 걸 봬 드리자.
난 공기로 음악을 뽑을 테니
너희는 환상적 윤무를 춰 봐라,
여기 온 보답을 잘 받았노라고
대왕께서 친절히 말할 수 있도록.

(음악. 마녀들이 춤추고 사라진다.)

맥베스 어디 있지? 사라졌어? 이 사악한 시간을
저주하는 기록을 달력에 남기리라! —
밖에 누구 없느냐!

레녹스 등장.

레녹스 무슨 일이신지요?

123행 두…왕홀
잉글랜드의 제임스 1세는 스코틀랜드의 스쿤과 잉글랜드의 웨스트민스터에서 두 번 즉위식을 가졌다. 따라서 왕권을 표상하는 보주가 '두 겹'이며, 잉글랜드 왕의 대관식에는 두 겹의 왕홀을, 스코틀랜드 왕의 경우에는 홑겹을 사용함으로서 그 둘을 합쳐 '세 겹'이 되었다. '세 겹'은 또한 '대영 제국, 프랑스, 아일랜드 왕'이라는 칭호를 가리킬 수도 있다. (리버사이드) 이 극이 쓰였다고 추정되는 1606년 당시 잉글랜드는 제임스 1세 치하였으며, 그가 속한 스튜어트 왕가의 전설적인 창시자가 바로 뱅쿠오이다.

맥베스 운명의 자매들을 보았소?

레녹스 아뇨, 전하.

맥베스 지나가지 않았소?

레녹스 아뇨 전하, 참말로요.

맥베스 바람 타고 가다가 염병에나 걸리고
그들을 믿는 자는 다 저주받아라! — 분명히
말발굽 소리를 들었는데 누가 왔소?

레녹스 전하, 맥더프가 잉글랜드로 도망쳤단 소식을
두세 명이 가지고 왔습니다.

맥베스 잉글랜드로?

레녹스 예, 전하.

맥베스 (방백) 무서운 내 위업을 시간이 앞질러 막았군.
쏜살같은 목표는 행동이 없으면 절대로
못 따라잡는다. 바로 이 순간부터
마음에 떠오르는 것들은 곧바로
손으로 갈 것이다. 그래서 바로 지금
내 생각을 행위로 장식하기 위하여
생각한 걸 실천하자. 맥더프의 성을 기습,
영지를 강탈하고 그자의 처자식과
대를 이을 불운한 영혼들을 모조리
칼날에 바치겠다. 바보처럼 장담 말고
결심이 식기 전에 이 일을 끝낼 테다.
구경은 그만하고! — 그들은 어디 있소?
자, 그들이 있는 데로 안내하오. (함께 퇴장)

146행 위업 맥더프를 죽이려 했던 결심(85~86)을 아이러니하게 표현한 말.

4막 2장

맥더프 부인과 아들, 그리고 로스 등장.

맥더프 부인　그이가 뭘 했는데 도망쳤단 말입니까?

로스　참아야 합니다, 마님.

맥더프 부인　못 참은 건 그였어요.
도주는 미친 짓이에요. 행동은 않더라도
공포심에 역적이 됩니다.

로스　도주한 게
지혜인지 공포심 때문인진 모르시죠.

맥더프 부인　지혜요! 자기 처를 버리고 자식을 버리고
저택과 전 재산이 있는 데서 스스로
도망을 쳤는데요? 그이는 우릴 사랑 않아요,
타고난 애정이 모자라죠. 저 가엾은
가장 작은 굴뚝새도 둥지 안의 새끼 위해
부엉이에 맞서서 싸우는데 말입니다.
모든 것이 공포이고 사랑은 없어요.
너무나 사리에 맞지 않게 도주를 했는데
그 무슨 지혜가 있겠어요.

로스　소중한 사촌 누이,
제발 진정하세요. 하지만 당신의 남편은
고귀하고 현명하며 발작하는 현 시국을
가장 잘 아십니다. 감히 더 얘기를 못 하오.
하지만 시절은 잔인하여 우리도 모르는데
역적이 되고 있고 두려워서 풍문을 믿지만

4막 2장 장소　피이프. 맥더프의 성.

무엇을 두려워하는지도 모르는 채
거칠고 사나운 바다 위를 이리저리
떠다니는 때입니다. — 난 당신과 작별하고
머지않아 이곳으로 다시 올 것입니다.
사태가 최악에 이르면 멈추거나
원상태로 돌아가죠. — 귀여운 조카야,
복 많이 받아라!

맥더프 부인 그 애는 아비가 있지만 아비가 없어요.

로스 이런 바보 같으니, 더 이상 지체하면
내 눈물이 쏟아져 당신에게 폐 될 텐데.
곧바로 작별하죠. (퇴장)

맥더프 부인 얘, 네 아버진 죽었다.
넌 이제 어쩔래? 어떻게 살 거냐?

아들 새처럼요, 어머니.

맥더프 부인 뭐, 벌레나 파리 먹고?

아들 닥치는 대로지요. 새들도 그래요.

맥더프 부인 딱한 새야! 넌 그물도, 끈끈이도, 함정도
덫도 아니 두렵구나.

아들 왜 그래야지요, 어머니?
그런 건 딱한 새들 잡는 게 아니에요.
아버진 안 죽었죠, 말이야 그렇지만.

맥더프 부인 죽었단다. 아버지가 없어서 어떡할래?

아들 어머닌 남편이 없어서 어떡해요?

맥더프 부인 왜, 장터에 나가면 스물은 살 수 있어.

아들 그렇다면 샀다가 도로 팔 텐데요.

맥더프 부인 넌 기지를 다하여 말하고 있구나.
하긴 사실 애치고는 재치 있어.

아들 아버진 역적이었어요, 어머니?

맥더프 부인 응, 그렇단다.

아들 역적이 뭔데요?

맥더프 부인 음, 맹세하고 거짓말하는 사람.

아들 그럭하면 다 역적인가요?

맥더프 부인 그럭하면 모두 다 역적이고 목이 매달려야 해.

아들 맹세하고 거짓되면 다 목이 매달려야 하나요?

맥더프 부인 모두 다.

아들 누가 목을 매달지요?

맥더프 부인 음, 정직한 사람들이.

아들 그럼 거짓말쟁이와 맹세꾼들은 바보네요, 거짓말쟁이와 맹세꾼들은 정직한 사람들을 이기고 그들을 목매달 만큼 많은데.

맥더프 부인 참 딱하구나, 가엾은 원숭이! 하지만 아버지를 어떻게 얻을래?

아들 아버지가 죽었으면 어머닌 그 때문에 울 거예요. 울지 않으면 그건 내게 새 아버지가 빨리 생길 거라는 확실한 표시지요.

맥더프 부인 가엾은 수다쟁이, 말도 참 잘하지!

사자 등장.

사자 마님께 가호를! 당신은 절 모르셔도
전 당신의 신분을 완벽하게 압니다.
위험이 당신 곁에 왔을까 두려우니
이 못난 사람의 충고를 들으시고
여기 있지 마시고 애들과 떠나세요.

놀라게 해 드려서 너무 무례합니다만
이보다 더 나쁜 짓은 잔혹한 행위인데
당신에게 아주 가깝습니다. 하늘의 보호를!
감히 더 머물지 못합니다. (퇴장)

맥더프 부인 어디로 도망치지?
해 입힌 적은 없다. 그러나 생각하니
난 속세에 살고 있고 거기선 악행이
자주 칭찬받으며 선행이 때로는
위험한 우행으로 여겨진다. 그렇다면, 아!
해 입힌 적 없다는 여자다운 변호를
내가 왜 내세우지? 이 무슨 얼굴이야!

자객들 등장.

자객 당신 남편 어딨어?

맥더프 부인 너희 같은 놈들이 찾을 수 있을 만큼
불경한 덴 없기를 바란다.

자객 그자는 역적이야.

아들 거짓말, 이 털보 악당 놈!

자객 뭐야, 애송이가!
배신자의 새끼가! (아들을 찌른다.)

아들 그가 날 죽였어요, 어머니.
제발 달아나세요. (죽는다.)

('살인이야.' 외치면서 맥더프 부인 퇴장하고
자객들이 뒤쫓는다.)

4막 3장

맬컴과 맥더프 등장.

맬컴 자 우리 인적 없는 그늘 찾아 거기에서
슬픈 가슴 울어 비워 봅시다.

맥더프 그보다는
치명적인 칼을 잡고 올바른 사람처럼
쓰러진 조국 위해 싸웁시다. 아침마다
새 과부들 신음하고 새 고아들 울부짖고
새 슬픔이 하늘 치니 그것이 스코틀랜드와
공감하듯 반향하며 비슷한 통곡이
되울려 퍼집니다.

맬컴 난 믿는 건 통탄하고
아는 건 믿겠소. 또 시정할 수 있는 건
우호적인 때가 오면 그리할 것이오.
아마도 당신 말이 맞을지도 모릅니다.
이름만 불러도 혀가 타는 이 폭군도 한때는
정직하다 여겨졌소. 당신은 그를 많이 아꼈고
그는 아직 당신을 안 다쳤소. 난 어리나
나를 팔아 챙길 게 있을지도 모르며
노한 신을 달래려고 연약하고 순한 양을
바치는 행위 또한 현명하죠.

맥더프 저는 배신 안 합니다.

맬컴 맥베스는 합니다.
훌륭하고 덕 있는 사람도 왕명에는

4막 3장 장소 잉글랜드. 왕궁.

굴복할 수 있지요. 하지만 용서를 애원하오,
내 생각이 당신의 본성은 못 바꿀 테니까.
가장 빛난 천사가 타락해도 천사는 빛나고
더러운 것 모두가 미덕의 탈을 써도
참 미덕은 그대로죠.

맥더프 전 희망을 잃었어요.

맬컴 그 점조차 내 의심을 키웠을지 모르겠소.
당신은 왜 처자식을 (그 소중한 사람들,
그 강한 사랑의 매듭을) 무방비 상태로
작별 없이 떠났소? — 빌건대 내 의심이
당신의 불명예가 아니라 내 안전 장치가
되게 해 주시오. 당신은 내 생각이 어떠하든
올곧을 수 있으니까.

맥더프 조국이여, 피 흘려라!
거대한 폭정이여, 기반을 확립하라,
정의가 널 안 막는다! 부정을 드러내라,
네 권리는 확실하다. — 잘 계세요, 왕자님.
전 당신이 생각하는 악당은 아니 되렵니다,
이 폭군이 움켜쥔 모든 땅에 풍요로운
동방을 더해 줘도.

맬컴 노여워 마시오,
전적으로 불신해서 하는 말은 아니니까.
나 또한 조국이 압제에 짓눌리어
울고 또 피 흘리며 밝아 오는 날마다
새 상처를 입고 있다 생각하오. 나를 위해
일어날 사람 또한 있으리라 생각하오.
또 인자한 잉글랜드 왕께서 수천 명을

주신다고 합니다. 그럼에도 불구하고
내가 만약 이 폭군의 머리를 짓밟거나
내 칼에 꿰게 되면 불쌍한 내 조국은
후계자에 의하여 더 많은 악덕을 경험하고
그 어느 때보다 더 다양한 방식으로
더욱 고통받을 거요.

맥더프 그자가 누구요?

맬컴 바로 나 자신이오. 내겐 온갖 악덕들이
조목조목 너무 많이 접목되어 있어서
그것들이 싹틀 때면 저 검은 맥베스는
눈처럼 깨끗해 보일 테고 불쌍한 백성들은
그자를 한없는 내 해악과 비교하여
양으로 간주할 것이오.

맥더프 저 무서운 지옥의
악의 무리 가운데도 맥베스를 이길 놈은
나올 수 없습니다.

맬컴 나도 그가 잔인하고
음탕하고 욕심 많고 거짓되며 잘 속이고
성급하고 사악하며 온갖 죄의 냄새를
풍긴다고 인정하오. 그러나 내 색정엔
한도 끝도 없어서 당신들의 처와 딸들
기혼녀와 미혼녀를 다 불러도 그 욕조를
채울 수 없을 거요. 또한 내 욕망은
그것에 반대하며 구속하는 장애물을
다 눌러 버릴 거요. 그런 자의 통치보단
맥베스가 나을 거요.

맥더프 무절제한 방탕은

내면의 폭정으로 행운의 옥좌를
졸지에 비우게 하였고 수많은 왕들을
몰락게 했지요. 하지만 자기 것을 갖는데
두려워하지는 마십시오. 쾌락을 은밀히
충분히 즐기고도 차갑게 보일 수가 —
세상눈은 그렇게 가릴 수가 있답니다.
원하는 여자들도 넘치고요. 높은 분의
그런 뜻을 알고서 자기 몸을 바치려는
수많은 여자들을 다 삼킬 괴물은
당신 안에 없습니다.

맬컴 그와 함께 나에겐
끝없는 탐욕이 최고로 막돼먹은 내 성미
한가운데 자라고 있어서 내가 왕이 된다면
영지를 뺏으려고 귀족들을 죽이고
이 보물과 저 저택을 욕심낼 것이며
가질수록 돋우어진 내 입맛은 나를 더
배고프게 만들어 충신들을 대상으로
싸움을 날조하여 재산을 빼앗고
파멸시킬 것이오.

맥더프 그러한 탐욕은
여름 한철 색정보다 더 깊이 박혀 있고
그 뿌리는 더욱 사악합니다. 그건 또한
왕들을 벤 칼이었죠. 하지만 걱정 마오,
스코틀랜드는 왕실 재산만으로도
그 욕심엔 풍족하오. 다른 미덕 고려할 때
이 모든 건 참을 만합니다.

맬컴 근데 내겐 없소이다. 왕에게 어울리는

정의감, 진실성, 절제와 안정감,
관대함, 끈기와 자비심, 겸손함,
경건함, 인내심, 용기와 불굴의 정신은
기미도 안 보이고 각각의 죄악을
잘게 많이 쪼개 놓고 수많은 방식으로
범하고 있어요. 예, 내가 만일 집권하면
화합의 꿀물은 지옥으로 쏟아붓고
안녕을 깨뜨리며 세상 모든 조화를
파괴할 것이오.

맥더프 오, 스코틀랜드여!

맬컴 이런 자가 통치에 알맞다면 말하시오,
난 얘기한 그대로요.

맥더프 통치에 알맞아요?
살아서도 안 됩니다. — 오, 비참한 나라여!
권리 없는 폭군이 피의 왕홀 잡았으니
언제 다시 네 건강을 회복하게 되겠느냐,
네 옥좌의 진정한 후손이 자신을
금치산자라고 고발하며 자신의 혈통을
능멸하고 있으니? 당신의 부왕께선
최고 성군이셨소. 당신 낳은 왕비께선
무릎을 꿇은 때가 서 있을 때보다 많았고
매일을 죽어 가며 사셨소. 안녕히 계십시오!
당신이 가졌다고 되뇐 그 해악들 때문에
난 스코틀랜드를 버렸소. — 오, 내 가슴아,

111행 죽어 가며 참회하고 속죄하며, 바깥세상과는 인연을 끊고.(고린도전서 15장 31절 참조) (아든)

희망은 끝났다!

맬컴 맥더프, 정직성의 산물인
이 고귀한 격정으로 내 마음의 검은 의혹
말끔히 사라졌고 당신의 진심과 명예를
인정하게 되었소. 악마 같은 맥베스가
갖가지 술책으로 자신의 손아귀에
날 넣으려 하였기에 적절히 현명하게
성급한 과신을 자제했소. 그러나 하느님,
저흴 중재하소서! 왜냐하면 바로 지금
난 당신의 인도에 내 몸을 맡기고
내 험담을 취소할 테니까. 여기에서
나에게 부과했던 오점과 비난은
내 본성과 상관없다 부인하오. 난 아직
여자를 모르고 절대 위증 않았으며
내 것조차 탐내 본 적 거의 없고 한 번도
신의를 깬 적 없소. 마왕조차 그놈의
동료에게 팔지 않고 생명만큼 진실에도
기뻐할 것이오. 나의 첫 거짓말은
날 두고 한 이것이오. 참된 나는 당신과
불쌍한 내 조국의 명령을 따르겠소.
사실은 당신이 이리 오기 조금 전에
시워드 노장이 준비 갖춘 전투병
일만을 거느리고 그리로 떠나고 있었소.
그런데 우리가 합치면 성공의 가능성이
이 싸움의 정당성과 같아지길. 왜 조용하시오?

맥더프 이렇게 좋은 일과 나쁜 일을 한꺼번에
조정하기 어려워서.

어의 등장.

맬컴 그럼 좀 있다가.
국왕께서 오십니까?

어의 예, 왕자님. 한 무리의 비참한 영혼들이
치료를 바라는데 그들의 질병에는
위대한 의술조차 무력하나 하늘은
놀라운 신성을 전하 손에 내리시어
그들은 곧바로 회복하죠.

맬컴 고맙소, 어의. (어의 퇴장)

맥더프 그게 무슨 병인데요?

맬컴 연주창이랍니다.
어진 이 대왕이 행하는 기적 같은 그 일을
내가 이곳 잉글랜드에 머문 이래
여러 번 보았지요. 하늘에게 어떻게
호소를 하시는지 모르나 괴질에 걸려서
모두가 붓고 곪아 비참해 보이는
수술로는 절망적인 이들을 치유하오,
성스러운 기도로 한 닢의 금화를
그들 목에 걸어 주며. 그리고 듣자 하니
이 치유의 축복을 왕위 계승자에게
물려준다 합니다. 이러한 신통력 외에도
하늘이 준 예언의 능력도 있으시며
갖가지 축복이 옥좌의 주변에 걸렸으니
은총이 충만하단 표시죠.

로스 등장.

맥더프　보시오, 누가 왔나.
맬컴　우리 나라 사람인데 누군지 모르겠소.
맥더프　언제나 기품 있는 내 사촌, 어서 와요.
맬컴　이제야 알겠소. 선하신 하느님,
우리를 낯선 사람 만드는 이 상황을
늦기 전에 해소해 주소서!
로스　동감이오.
맥더프　스코틀랜드는 여전하오?
로스　아, 불쌍한 나라여!
알아보기 겁이 날 정도요. 어머니가 아니라
무덤이라 부를 수밖에 없는 거기에선
무지한 자 말고는 아무도 웃지 않고
탄식과 신음과 대기 찢는 비명을 토해도
아무도 주목하지 않으며 격렬한 슬픔은
흔해 빠진 감정 같소. 조종을 듣고도
누구인지 안 물으며 착한 사람 목숨이
모자 위의 꽃보다 더 빨리 시들어
병들기도 이전에 죽습니다.
맥더프　아, 그 얘긴
어김없는 사실이오!
맬컴　가장 최근 슬픔은요?
로스　한 시간이 지난 건 야유의 대상이죠,
매 순간 생기니까.
맥더프　내 아내는 어떻소?

160행 우리 나라 사람
맬컴은 로스가 스코틀랜드 사람임을 그의 옷으로 알아본다.

로스　글쎄요, 잘 지내오.

맥더프　애들도?

로스　다 잘 있소.

맥더프　이 폭군이 그들의 평화를 깨지는 않았소?

로스　그렇소, 내가 떠나 왔을 땐 평안했소.

맥더프　말을 그리 인색하게 마시오. 어떻소?

로스　이 몸이 가슴에 무거운 소식 안고
이곳으로 왔을 때 풍문에 의하면
수많은 지사들이 나섰다고 하더군요.
그 사실에 제 믿음이 더 커지는 이유는
폭군의 군 출동을 보았기 때문이오.
지금이 도울 때요. 당신 모습만으로도
스코틀랜드엔 군사들이 생기고 여자들도
고통을 벗으려고 싸울 거요.

맬컴　우리가 갈 테니
안심하라 이르시오. 잉글랜드 왕께서
시워드 장군과 일만의 병사를 주셨는데
그보다 더 노련한 명장은 기독교권에선
나온 적 없답니다.

로스　이러한 위로에
비슷하게 답할 수 있었으면! 제 소식은
사막의 허공에 소리쳐 누구도 그것을
잡아 듣지 못해야만 합니다.

맥더프　누구 거요?
만인의 관심사요, 한 사람이 안아야 할
개인적인 슬픔이오?

로스　정직한 사람이면

나눠 가질 비애지만 그 주된 부분은
당신만 해당되오.

맥더프 만약에 내 것이면
감추지 마시고 빨리 알려 주시오.

로스 그 귀로 내 혀를 영원히 경멸하지 마시오,
한 번도 못 들어 본 가장 흉한 소리를
들려줄 터이니.

맥더프 음, 짐작이 갑니다.

로스 당신 성이 기습당해 부인과 아이들이
짐승처럼 도살됐소. 그 방법을 얘기하면
죽임 당한 가족들의 시체 더미 위에다
당신 주검 더할 거요.

맬컴 자비로운 하늘이여! —
아니, 봐요! 모자 당겨 이마를 덮지 말고
슬픔을 말하시오. 비탄이 입 못 열면
미어지는 가슴에게 터지라고 속삭인답니다.

맥더프 아이들도?

로스 부인과 아이들, 하인들,
발각된 모두 다.

맥더프 근데 난 떠나야 했으니!
아내도 죽임을?

로스 말하였소.

맬컴 진정하오.
자 우리 위대한 복수의 약을 지어
치명적인 이 비탄을 치료해 봅시다.

맥더프 그에겐 자식이 없어요. — 귀여운 것 모두를?
모두라 하였소? — 오, 지옥 솔개 같으니! — 다?

아니, 귀여운 내 병아리와 암탉을 모조리
사나운 일격으로 낚아채?
맬컴 남자답게 처리하오.
맥더프 그리할 것이오.
하지만 남자처럼 느끼기도 해야겠소.
내게 그런 소중한 것들이 있었음을
잊을 수가 없소이다. — 하늘은 쳐다보고
그들 편을 안 들었소? 죄 많은 맥더프!
너 때문에 다 죽었다. 내가 사악하므로
그들의 과실이 아니라 나의 과실 때문에
참살이 떨어졌다. 이젠 고이 잠들기를!
맬컴 이 일로 칼을 갈고 비탄을 분노로 바꾸며
마음을 진정 말고 격노하게 만드시오.
맥더프 오! 저도 이 눈으로 여자처럼 울고불고
이 혀로 떠벌릴 수 있답니다. — 하지만
친절한 신께선 일각도 지체 없이 저 자신을
이 스코틀랜드의 악마와 정면 대결 시키소서.
제 칼끝에 그를 놓아 주시되 벗어나면
그도 용서하소서!
맬컴 그것 참 남자다운 곡조요.
자, 국왕께 갑시다. 우리 군은 준비됐고
작별만 남았소. 맥베스는 흔들어도 될 만큼

217행 그에겐…없어요
세 가지 설명이 가능한데, 1)'그'는 맬컴을 가리키며, 그가 만일 자기 자식이 있다면 슬픔의 치료약으로 복수를 제안하지는 않을 것이다, 2)'그'는 맥베스를 말하며, 그가 자식이 없기 때문에 맥더프는 같은 식으로 복수할 수 없다, 3)'그'는 역시 맥베스를 가리키며 그가 만일 자기 자식이 있다면 맥더프의 자식들을 죽이는 것과 같은 일은 절대 하지 않았을 것이다. (아든)

무르익은 상태이고 하늘의 천사들도
무장을 갖추었소. 기운을 차리시오,
밤이 긴 건 아침이 오지 않을 때랍니다. (모두 퇴장)

5막 1장

어의와 시녀 등장.

어의 이틀 밤을 함께 지켜보았지만 당신의 보고가 진실인지 알 수 없군요. 마지막으로 배회하신 게 언제였지요?

시녀 전하께서 싸움터로 나가신 후인데, 침대에서 일어나 잠옷을 걸치고 장롱을 연 다음 종이를 꺼내고 그걸 접어 그 위에 뭘 쓰고 읽은 다음 봉인하고 다시 침대로 돌아가시는 걸 보았습니다. 그런데 이 모든 일을 하시면서도 아주 깊은 잠에 들어 계셨어요.

어의 심신에 큰 이상이 있으십니다, 수면의 혜택을 받으면서 동시에 깨 있을 때 행동을 하시다니! 그러한 몽유 중에 걷기와 다른 실제 행동 외에 어느 때든 무슨 말씀을 들은 적은 없었소?

시녀 그건 그대로 보고하지 않겠어요.

어의 내겐 할 수 있소, 아주 마땅히 그래야 하오.

시녀 제 말을 확인해 줄 증인이 없이는 어의가 아니라 누구에게도 못 합니다.

맥베스 부인, 촛불 들고 등장.

5막 1장 장소 던시네인 성 안.

저 보세요! 오셔요. 바로 이런 식이에요. 그리고 맹세코 깊이 잠들었어요. 관찰해 보세요, 몸을 숨기고.

어의　저 불은 어떻게 가져왔소?

시녀　그야 옆에 있었으니까요. 곁에 항상 촛불을 두고 계십니다, 그리 명령하셨어요.

어의　저거 봐요, 눈은 뜨고 있는데.

시녀　예, 하지만 시각은 닫혔어요.

어의　지금 하시는 일이 뭐지요? 봐요, 저렇게 손을 싹싹 비비다니.

시녀　저렇게 손을 씻는 것 같은 행동은 습관이랍니다. 계속해서 십오 분 동안이나 저리하시는 걸 본 적도 있어요.

맥베스 부인　여기에 아직도 자국이.

어의　쉿! 말을 하십니다. 입 밖으로 나오는 걸 적어 뒀다가 기억을 보강하는 데 써야지.

맥베스 부인　저주받은 자국아, 없어져라! 제발 없어져! — 하나, 둘. 아니, 해치울 시간이 됐잖아. — 지옥은 캄캄해. — 에이, 여보, 에이! 군인이 두려워요? — 누가 알든지 두려워할 게 뭐예요, 아무도 우리의 권력을 시비할 수 없는데? — 그런데 그 늙은이 몸에 피가 그렇게 많을 줄이야 누가 상상이나 했겠어요?

어의　저 말 잘 들었어요?

맥베스 부인　파이프 영주에겐 아내가 있었죠. 지금은 어딨죠? — 아니, 이 손은 절대 깨끗해지지 않을 건가? — 그건 그만, 여보, 그건 그만. 그렇게 깜짝깜짝 놀라시면 다 망쳐요.

어의　저런, 저런, 알지 말아야 될 일을 아셨군요.

37행 파이프 영주　맥더프.

시녀　하지 말아야 될 말을 하셨어요. 그건 확실해요. 무엇을 알고 계시는지는 아무도 모릅니다.

맥베스 부인　아직도 여기에 피 냄새가 남았구나. 아라비아 향수를 다 뿌려도 이 작은 손 하나를 향기롭게 못 하리라. 오! 오! 오!

어의　저 무슨 한숨인가! 마음이 무겁게 짓눌려 있구나.

시녀　내 가슴에 저런 마음을 지니지는 않겠어요, 저 몸값 전부를 준다 해도.

어의　글쎄, 글쎄, 글쎄요.

시녀　나으시면 좋겠어요.

어의　이 병은 내 의술로는 안 됩니다. 그렇지만 자면서 걸어 다니다가 침대 위에서 경건하게 죽는 사람들도 보았소.

맥베스 부인　손을 씻고 잠옷을 입으세요. 그렇게 창백하게 응시하진 말아요. — 또다시 말하지만 뱅쿠오는 묻혔어요, 무덤에서 못 나와요.

어의　그런가?

맥베스 부인　자러 가요, 자러 가. 누가 문을 두드리네. 자, 자, 자, 자, 손을 이리 줘요. 끝난 일은 돌이킬 수 없어요. 자러 가요, 자러 가요, 자러 가요.　(퇴장)

어의　이제 자러 가십니까?

시녀　곧바로.

어의　더러운 소문이 떠돕니다. 이상한 행위는
이상한 문제를 일으키니 그걸 본 자들은
귀먹은 베개에다 비밀을 토할 거요.
그녀는 의사보다 신부가 더 필요하오.
하느님, 저희 죄를 사하소서! 돌보시오,
자해의 수단을 모조리 제거하고

언제나 지켜봐요. — 편한 밤 보내시오.
그녀 땜에 내 맘은 혼동됐고 시각은 혼란됐소.
생각은 있지만 말 못 하오.

시녀 잘 자요, 의원님. (함께 퇴장)

5막 2장

고수 및 기수와 함께 멘티스, 케이스니스,
앵거스, 레녹스 및 병사들 등장.

멘티스 잉글랜드 군대가 다가왔고 그 선봉은
맬컴과 그의 숙부 시워드 및 맥더프요.
복수에 불타는 그들의 사무친 원한이면
마비된 자라도 일으켜 무서운 혈전 속에
뛰어들게 할 겁니다.

앵거스 버남 숲 근처에서
꼭 만날 것이오, 그쪽으로 오니까.

케이스니스 도널베인이 형과 함께 있는지 아십니까?

레녹스 분명히 없습니다. 귀족들의 명단이
내게 다 있는데 시워드 장군의 아들과
바로 지금 처음으로 성년임을 선포한
젊은이가 많습니다.

멘티스 폭군은 무얼 하오?

케이스니스 던시네인 언덕을 강화하고 있소이다.
누군 그가 미쳤다 말하고 미움이 덜한 자는

5막 2장 장소 던시네인 근처.

만용의 광기라고 하지만 그는 분명
불만에 찬 이 나라를 질서라는 혁대로
묶을 수 없답니다.

앵거스 자기 손에 들러붙은
은밀한 살인을 이젠 정말 느낄 테고
탈영병은 연이어 그의 배신 행위를 꾸짖죠.
그의 하수인들은 명령에만 움직이지
충성심은 없소이다. 지금에야 그 왕권이
거인의 예복처럼 난쟁이 도둑 몸엔
헐렁함을 느끼겠죠.

멘티스 그 누가 욕하겠소,
괴로운 그 마음이 움츠리고 놀란다고?
몸 안의 모든 것이 거기 있단 사실을
자책하고 있는데?

케이스니스 자, 계속 진군합시다,
충성을 정말로 바칠 곳에 바칩시다.
병든 이 나라의 치료약을 만나서
그와 함께 우리 피를 이 나라의 정화에
남김 없이 쏟읍시다.

레녹스 또는 군주 꽃에는
이슬을 내리고 잡초는 익사할 만큼을.
버남 숲 쪽으로 진군해 갑시다. (행군하며 함께 퇴장)

27행 치료약 맬컴을 말한다.

5막 3장

맥베스, 어의 및 시종들 등장.

맥베스 보고는 그만해라. 다 도망치라고 해.
버남 숲이 던시네인 언덕으로 오기까진
난 공포에 안 졸아. 애송이 맬컴이 무언데?
여자가 안 낳았어? 인간의 결말을
다 아는 귀신들이 이렇게 공언했다.
'맥베스는 염려 마라, 여자가 낳은 자는
절대 너를 못 이긴다.' 도망쳐라, 영주 놈들,
쾌락 찾는 잉글랜드 놈들과 어울려라.
늠름한 내 기상과 심장은 절대로
의심으로 처지거나 공포에 떨지 않아.

하인 등장.

악마가 검게 태울 그 희뿌연 상판 하곤!
그따위 거위 얼굴 어디서 가져왔어?

하인 저기에 일만의 —

맥베스 거위라고?

하인 군사요.

맥베스 가, 낯이나 찔러서 너의 그 두려움을 붉혀 봐,
간덩이 작은 자식. 무슨 군사, 이 광대야?
혼 빠져 죽어라! 그 백짓장 볼때기는
겁주기 알맞구나. 무슨 군사, 흰 상판아?

5막 3장 장소 던시네인 성 안.

하인 잉글랜드군입니다.

맥베스 그 얼굴 좀 치워라. (하인 퇴장)
— 세이턴! — 쳐다보면
메스껍다. — 여봐라, 세이턴! 이 위기로
나는 늘 기쁘거나 당장 쫓겨날 것이다.
난 살 만큼 살았다. 내 인생의 결과는
시들고 노래진 낙엽으로 전락했고
늘그막에 따라야 할 명예, 사랑, 복종과
많은 친구 같은 것을 가지게 될 거라고
기대해선 안 되며, 그런 것들 대신에
낮지만 깊은 저주, 입 발린 아첨을 들으니
불쌍한 마음은 부인하고 싶으나 감히 못 해.
세이턴! —

세이턴 등장.

세이턴 부르셨습니까?

맥베스 별다른 소식은?

세이턴 보고된 건 모두 확인됐습니다, 전하.

맥베스 난 싸운다, 뼈에서 살점이 찢겨 나갈 때까지.
갑옷을 이리 다오.

세이턴 아직 필요 없습니다.

맥베스 입겠다.
기마병을 더 내보내 전국을 뒤져라.
무섭다는 놈들은 목을 매. 갑옷을 가져와.
환자는 어떻소, 어의?

어의 병환이 아니라

빽빽이 밀려오는 환상들에 시달려
휴식을 못 취하십니다.

맥베스 그걸 고치라니까.
어의는 마음 아픈 사람에게 약을 주어
기억 속에 뿌리박힌 슬픔을 뽑아내고
뇌수에 쓰여 있는 고통을 싹 지우며
망각을 불러오는 달콤한 해독제로
왕비의 심장을 짓누르는 위험한 것들을
그 답답한 가슴에서 못 씻어 내는가?

어의 그 일은
환자가 스스로 해야만 하십니다.

맥베스 의술은 개한테나 던져 줘라. 난 안 가져. —
자, 갑옷을 입혀라. 내 창을 이리 주고. —
세이턴, 내보내. — 어의, 영주들이 도망쳐. —
자 이봐, 서둘러. — 어의, 그대가 이 나라의
오줌을 검사하고 병을 찾아 몰아낸 뒤
건강한 원상태로 돌릴 수만 있다면
메아리가 그대를 다시 칭찬할 때까지
내 그대를 칭찬하리. — 벗기라니까. —
어떤 대황, 센나 또는 설사하는 약으로
잉글랜드 놈들을 쓸어 내지? — 소문은 들었나?

어의 예, 전하. 저희도 전하의 당당한 준비로
듣는 바가 있습니다.

맥베스 그건 이따 가져와. —
던시네인 언덕으로 버남 숲이 올 때까진

55행 대황, 센나 둘 다 설사약이다.

난 죽음도 파멸도 겁내지 않을 테다. (퇴장)

어의 (방백) 던시네인 이 언덕을 떠날 수만 있다면
득 보려고 여긴 다시 절대 아니 올 것이다. (함께 퇴장)

5막 4장

고수 및 기수와 함께, 맬컴,
노장 시워드와 그의 아들, 맥더프, 멘티스,
케이스니스, 앵거스, 레녹스, 로스 및
행군하는 병사들 등장.

맬컴 여러 친척들이여, 잠자리가 안전할 그날이
가깝다고 믿습니다.

멘티스 의심할 바 없습니다.

시워드 우리 앞의 이 숲은?

멘티스 버남의 숲입니다.

맬컴 병사들은 모두 다 가지를 하나씩 잘라서
각자 앞에 들라 하라. 그리하면 아군은
숫자를 감추고 적군의 정찰은 보고할 때
실수하게 될 것이다.

병사 그리하겠습니다.

시워드 우리가 아는 건 저 대담한 폭군이
던시네인 언덕을 지키며 우리의 공격을
견디리란 것뿐이오.

맬컴 그게 그의 희망이죠.

5막 4장 장소 던시네인. 버남 숲 근처.

왜냐하면 달아날 기회만 있으면
위아래 모두가 반기 들고 달아났고
마음 없이 강요당한 것들 외엔 누구도
그를 돕지 않으니까.

맥더프 그 판단이 옳은지는
결과에 맡기고 우리는 군인의 임무를
근면하게 다합시다.

시워드 곧 내려질 판결로
우리가 무엇을 얻었고 무엇을 빚졌다고
말할 수 있을 때가 다가오고 있소이다.
불확실한 희망은 추측으로 가능하나
확실한 결말은 싸워야지 날 터이니
전투를 그쪽으로 이끕시다. (행군하며 함께 퇴장)

5막 5장

고수 및 기수와 더불어 맥베스, 세이턴과 군인들 등장.

맥베스 아군의 깃발을 성벽 밖에 내걸어라.
'온다!'라고 연거푸 외친다. 우리 성의 전력에
포위 따윈 가소롭다. 여기 주둔하라 그래,
기근과 오한에 모조리 잡아먹힐 때까지.
우리 쪽에 있어야 할 자들이 그놈들과
합세하지 않았던들 수염에 수염을 맞대고

5막 5장 장소 던시네인 성 안.

격퇴시킬 터인데. 저게 무슨 소리냐?

(안에서 여자들의 울음)

세이턴 여자들이 울부짖는 소립니다, 전하. (퇴장)

맥베스 무서움의 맛을 난 거의 잊어버렸다.
한밤에 비명 듣고 내 모든 감각이
오싹했던 때도 있고 내 머리 가죽이
암울한 말 들으면 산 것처럼 일어나
꿈틀거린 적도 있다. 난 공포를 포식했어,
살기 품은 내 생각에 흔히 있는 전율에도
놀랄 수가 없으니까.

세이턴 다시 등장.

웬 울음소리였지?

세이턴 전하, 왕비께서 돌아가셨습니다.

맥베스 이다음에 죽었어야 했는데.
그런 말에 맞는 때가 있었을 테니까.
내일과 또 내일과, 내일과 또 내일이
이렇게 쩨쩨한 걸음으로, 하루, 하루,
기록된 시간의 최후까지 기어가고
우리 모든 지난날은 죽음 향한 바보들의
흙 되는 길 밝혀 줬다. 꺼져라, 꺼져라, 짧은 촛불!
인생이란 움직이는 그림자일 뿐이고
잠시 동안 무대에서 활개치고 안달하다
더 이상 소식 없는 불쌍한 배우이며
소음, 광기 가득한데 의미는 전혀 없는
백치의 이야기다.

사자 등장.

혓바닥을 놀리려고 왔을 테니 빨리 말해.
사자 자비로우신 전하,
전 봤다고 말할 것을 고해야 하오나
어떡할지 모르겠사옵니다.
맥베스 말해 봐라.
사자 제가 언덕 위에서 경계를 서면서
버남 쪽을 봤는데 그 순간 제 생각에
숲이 움직였습니다.
맥베스 거짓이다, 비열한 놈!
사자 틀렸다면 전하의 진노를 견디겠습니다.
삼 마일 안에서는 오는 것이 보이는데
움직이는 숲입니다.
맥베스 네 말이 거짓이면
굶어서 말라 죽을 때까지 가까운 나무에
산 채로 매달 테다. 네 말이 참이면
같은 만큼 내게 해도 상관치 않겠다.
내 결심은 약해지고 거짓을 진실처럼
모호하게 말했던 그 악마의 궤변이
의심되기 시작한다. '던시네인 언덕으로
버남 숲이 올 때까진 걱정 마라.' — 그런데
숲이 오고 있잖아. — 무장하고 출전하라! —
이놈이 단언하는 그게 정말 보인다면
도망을 치지도 머물러 있지도 못하리라.
난 태양이 지겹게 느껴지기 시작했고
온 우주가 이제는 끝장나면 좋겠다. —

경종을 울려라! — 바람 불고! 파멸아, 오너라!
적어도 짐은 꼭 무장한 채 죽으리라. (함께 퇴장)

5막 6장

고수 및 기수와 함께, 맬컴, 노장 시워드, 맥더프,
그 밖의 사람들과 가지를 든 군대 등장.

맬컴 자, 충분히 가까웠다. 가리개를 버리고
원래의 모습을 보여라. — 숙부님께서는
참으로 고귀한 아들인 제 사촌과 더불어
첫 전투를 이끄시고 맥더프 님과 짐은
나머지 임무를 정해진 순서 따라
처리하겠습니다.

시워드 안녕히 계십시오. —
폭군의 군대를 오늘 저녁 찾기만 하고서
싸우지 못한다면 매를 맞겠습니다.

맥더프 나팔을 다 불어라, 힘차게 불어라,
혈투와 죽음을 요란하게 예고하라.
(모두 퇴장. 경종은 계속된다.)

5막 7장

맥베스 등장.

5막 6장 장소 던시네인 성 바깥.

맥베스 놈들이 날 말뚝에 매어 놨다. 도망도 못 치고
곰처럼 한판 싸워 내야 한다. — 누구냐,
여자가 안 낳은 자? 그런 자가 없다면
난 아무도 안 두렵다.

시워드 청년 등장.

시워드 청년 네 이름은?

맥베스 들으면 두려울 것이다.

시워드 청년 아니다, 네 이름이 지옥의 누구보다
더 독하다 할지라도.

맥베스 내 이름은 맥베스다.

시워드 청년 마왕 자신이라도 내 귀에 더 미운 이름을
들려주진 못할 거다.

맥베스 암, 더 두려운 이름도.

시워드 청년 거짓이다, 가증스러운 폭군아. 내 칼로
네 거짓을 입증하마.

(둘이 싸우다가 시워드 청년이 살해된다.)

맥베스 넌 여자가 낳았어. —
칼 따위는 우습고 무기는 가소롭다,
여자가 낳은 놈이 그걸 휘두른다면. (퇴장)

나팔 소리. 맥더프 등장.

5막 7장 장소 던시네인 성 바깥.
2행 곰처럼 말뚝에 곰을 묶어 놓고 사냥개들을 풀어 싸우게 만드는 곰 놀리기는 당시 영국 사람들이 매우 즐기던 놀이였다. (아든)

맥더프 저쪽이 소란하다. — 폭군아, 나 좀 보자.
내 칼을 맞지 않고 네놈이 살해되면
처자식의 망령들이 영원히 날 좇을 거다.
돈에 팔려 창을 잡은 초라한 용병들을
찌르진 못하겠다. 맥베스 네놈이 아니라면
내 칼날은 깨끗하게 아무 일도 않은 채
칼집으로 돌아간다. 저기에 있겠구나,
큰 소리로 보아하니 거물급 한 명이
출현한 모양이다. 운명아, 그를 찾게 해 다오,
더는 애원 않을 테니. (퇴장. 경종)

맬컴과 노장 시워드 등장.

시워드 이쪽으로. — 성을 곱게 내놓았습니다.
폭군의 부하들은 양편에서 싸우고
영주들은 전투에서 용맹을 떨칩니다.
왕자님의 승리가 거의 확실해져서
할 일이 없습니다.
맬컴 우리 몸을 비켜 치는
적군들도 만났소.
시워드 성안으로 드십시오. (함께 퇴장. 경종)

17행 용병들 맥도널드가 반란에 이용했던 꼭 같은 종류의 병사들을(1.2.13) 이제는 맥베스가 쓰고 있다.

5막 8장

맥베스 등장.

맥베스 내가 왜 얼간이 로마인 행세를 하면서
내 칼로 죽어야 해? 산 놈들이 보이는 한
멋지게 베어 주자.

맥더프 다시 등장.

맥더프 돌아서라 지옥 개야!

맥베스 모든 사람 가운데 난 너를 피해 왔다.
하지만 물러서라, 내 영혼은 너의 피로
이미 너무 꽉 차 있다.

맥더프 말은 하지 않겠다.
내 목소린 칼에 있다, 너, 표현을 못 할 만큼
잔인한 놈! (둘이 싸운다.)

맥베스 네놈은 헛수고를 하고 있어.
예리한 네 칼로 허공에 자국을 내는 것이
내 피를 보기보다 더 쉬울 테니까.
그 칼로는 깰 수 있는 투구나 내려쳐라.
난 불사신, 여자가 낳은 자 그 누구에게도
굴복할 수 없느니라.

맥더프 불사신아 절망해라.
네가 항상 섬겨 왔던 수호신이 말할 거야,

5막 8장 장소 던시네인 성 바깥.
1~2행 내가⋯해
로마의 장수들인 카토, 브루투스, 안토니처럼 전쟁에 졌을 때 사로잡히는 굴욕을 면하기 위하여 자결하는 그런 바보 같은 관습을 왜 내가 따라야 하는가?

맥더프는 때 이르게 그 어미의 자궁을
찢고 나왔노라고.

맥베스 그 말 하는 혓바닥은 염병에나 걸려라,
그것이 내 기백을 꺾어 놓았으니까.
그리고 이중의 뜻으로 우리를 속이는
사기꾼 악마들은 아무도 믿지 마라,
우리들의 귓전까진 약속을 지키다가
희망하면 깨 버린다. — 난 너와 안 싸운다.

맥더프 그러면 항복해라, 비겁한 놈.
살아남아 이 세상의 구경거리 되어라.
우린 너의 그림을 희귀한 괴물처럼
장대에 매달고, 그 밑에 '폭군을 보시오,'
그렇게 쓸 거야.

맥베스 항복하지 않겠다,
나이 어린 맬컴의 발밑 땅에 키스하고
잡놈들이 욕 퍼붓는 놀림감은 안 될 거다.
던시네인 언덕으로 버남 숲이 왔지만
대적하는 네놈이 여자 소생 아니지만
난 끝까지 해 보겠다. 이 무사의 방패는
내 던져 버린다. 덤벼라, 맥더프, 그리고
'멈춰!'라고 하는 놈은 지옥에나 떨어져라!

(싸우며 함께 퇴장. 경종. 싸우며 다시 등장하고
맥베스가 살해된다.)

5막 9장

퇴각. 팡파르. 기수 및 고수들과 함께 맬컴, 노장 시워드, 로스, 영주들 및 병사들 등장.

맬컴 여기 없는 아군들이 무사하길 바랍니다.

시워드 몇은 퇴장하겠지만 이 숫자로 보건대 이만한 대성공을 값싸게 얻었군요.

맬컴 맥더프가 안 보이오, 장군의 아들도.

로스 장군님, 아드님은 군인의 빚을 갚았습니다. 성년이 되었을 때까지만 살았는데 무용으로 성년임을 입증하는 그 순간 싸우던 자리에서 물러서지 아니하고 남자답게 죽었지요.

시워드 그러면 죽었군요?

로스 예, 후송되었습니다. 장군의 슬픔을 그의 가치만으로 헤아리면 안 되지요, 그러면 끝이 없을 테니까.

시워드 상처는 앞이었소?

로스 예, 이마에.

시워드 그렇다면 하느님의 병사로다! 머리카락만큼이나 많은 아들 있다 해도 더 고운 죽음을 바라지는 않겠소. 자, 조종은 끝났소.

맬컴 그는 더 슬퍼할 만하니

5막 9장 장소 던시네인 성 안.

제가 값을 치르지요.

시워드 　값어치는 더 없지만
그 애가 잘 떠났고 자기 빚을 갚았다니
신의 가호 있기를! — 새로운 위안이 옵니다.

맥더프, 맥베스의 머리 들고 다시 등장.

맥더프 국왕 만세! 그대이시니까. 보시오, 찬탈자의
저주받은 수급이 꽂힌 곳을. — 세상은 해방됐소.
보아하니 그대를 둘러싼 왕국의 진주들은
이 사람의 환호를 맘속으로 말하는데
그들의 목소리를 제가 크게 외치지요. —
스코틀랜드 왕 만세!

모두 　스코틀랜드 왕 만세! (요란한 나팔)

맬컴 짐은 긴 시간이란 큰 비용을 쓰기 전에
여러분 각자의 충성심을 헤아려
빚 청산을 할 것이오. 친척 영주 여러분,
백작들이 되시오, 스코틀랜드 최초의
영예로운 칭호요. 앞으로 더 해야 하고
이 시대에 새롭게 시작해야 할 일과 —
예를 들면 감시하는 폭정의 덫을 피해
망명한 동지들을 고국으로 부르고
이 죽은 백정과 난폭한 손으로
스스로 목숨을 끊었다고 생각되는
악마 같은 왕비의 무자비한 앞잡이를

21행 꽂힌 곳 장대 끝.

밝혀내는 일들과 — 짐에게 요구되는
그 밖의 일들은 하느님의 은총으로
시간, 장소, 무게 따라 처리할 것이오.
그러므로 두루두루 한꺼번에 감사하고
스쿤의 대관식에 초청하는 바이오.

(요란한 나팔. 함께 퇴장)

안토니와 클레오파트라

Antony and Cleopatra

역자 서문

윌리엄 셰익스피어(1564~1616)는 『티투스 안드로니쿠스』(1593~1594)를 시작으로 『아테네의 티몬』(1607~1608)까지 총 10편의 비극을 썼다. 이들 비극은 그 내용이 다양하여 한마디로 정의하기는 어렵다. 그러나 이들이 비극으로 분류되는 이유는 적어도 두 가지 공통 요소를 갖추고 있기 때문이다. 우선 이들은 우리 관객이나 독자들에게 전체적으로 기쁨보다는 슬픔을 준다. 그 슬픔의 성격이 단순하거나 복잡할 수도 있고 그 정도가 약하거나 강할 수도 있지만 어쨌든 우리의 마음을 가라앉히지 들뜨게 하지는 않는다. 둘째, 극의 시작은 비록 가볍거나 희극적일 수 있어도 그것은 곧 타협할 수 없는 갈등으로 치닫고 결국에는 주인공의 죽음으로 마무리된다. 이것이 『셰익스피어 전집 4, 5』에 실린 일곱 극작품이 비극이란 장르로 묶여 있는 까닭이다. 그러면 이제부터 이 일곱 극작품을 비극의 두 핵심 요소 가운데 하나인 죽음이란 공통분모를 통하여 간략하게 소개해 보기로 하자.

일곱째 작품인 『안토니와 클레오파트라』(1606~1607)에서는 네 명의 등장인물이 죽는다. 그들을 죽는 순서대로 말하면 안토니, 이라스, 클레오파트라, 차미언이다. 이 가운데 4막 15장에 나오는 안토니의 죽음은 그때까지 벌어진 그와 시저간의 다툼을 끝내는 사건이자 앞으로 다가올 클레오파트라의 죽음을 이끄는 견인차 역할을 하고, 그녀의 두 시녀인 이라스와 차미언의 죽음은 그들이 섬겼던 여주인의 죽음을 앞서거니 뒤서거니 하면서 장식한다. 따라서 이 비극에서 가장 중요한 죽음은 남자 주인공 안토니와 여자 주인공 클레오파트라의 것이고, 그 핵심 주제는 그가 왜 죽는지 그리고 그녀는 왜 그를 따라 죽는지 그 원인과 과정을 펼쳐 보이는 데서 드러난다.

『안토니와 클레오파트라』의 핵심 주제는 사랑이다. 안토니는 정치적인 필요에 의해, 그리고 권력욕, 명예욕, 책임감 때문에 잠시 로마로 돌아가 옥타비아와 결혼하지만 그의 마음은 한 번도 이집트와 클레오파트라를 완전히 떠난 적이 없다. 그리고 자신의 사랑에 충실하다가 악티움 해전에서 시저에게 패하고 결국 자결로 생을 마감한다. 이런 안토니의 사랑의 여정을 로마의 시각에서 보면 그는 비극의 주인공이다. 한 이집트 여인의 요술에 홀려 위대한 로마에 대한 책임을 저버리고 제국의 절반을 호령하던 지위에서 패전하고 자결하는 한갓 군인의 위치로 전락했으니까. 그러나 이집트와 클레오파트라의 시각에서 보면, 더군다나 클레오파트라가 안토니의 죽음을 사랑으로 완성하여 그것을 고귀한 행위로 승화시켜 준다는 점에서 보면 그는 비극의 주인공이 아니다. 이 비극의 주제인 사랑은 이렇게 안토니의 죽음과 거기에 이르는 과정에서 비극성을 얻고 클레오파트라의 죽음과 거기에 이르는 과정에서 비극을 뛰어넘는 고귀함을 얻는다.

극이 열리면 필로가 드미트리우스와 대화를 주고받으면서 안토니의 정신 상태를 염려한다. 안토니는 클레오파트라에 푹 빠져 로마에서 온 시저의 사신을 철저히 무시한다, "입 다물라."(1.1.56)라는 말 한마디로. 그리고 필로는 "커다란 싸움판의/난투극 속에서 가슴 혁대 터뜨리던/지휘관의 심장"은 이제 모든 절제를 다 버리고 "풀무와 부채 되어 이집트 여인의 욕정을/식혀 주고" 있다고 한탄한다.(1.1.6~10) 로마의 장군이, 그것도 이 세상을 삼등분하여 나누어 가지는 한 사람이 로마에 대한 책임을 저버리고 저급한 욕망에 몸을 맡기고 있다고 말이다. 그러나 이는 어디까지나 로마의 군인 필로가 피력하는 개인 의견이다. 왜냐하면 안토니 본인은 삶의 가치와 의미를 전적으로 여기 이집트에서 클레오파트라와 나누는 사랑에 두고 있기 때문이다. 그가 이 사랑에 얼마나 큰 가치를 두느냐는 다음 그의 말이 입증한다.

> 로마는 테베레 강에 녹고 질서 잡힌 제국의
> 큰 아치는 무너져라! 여기가 내 영역이다!
> 왕국은 흙덩어리! 이 더러운 지구 위엔
> 짐승도 사람처럼 자란다오. 고귀한 삶이란
> 이렇게 하는 거요. 이런 원앙 한 쌍이, 우리 둘이
> 이럭할 수 있을 때 난 세상 사람들에게
> 처벌이 두렵거든 우리의 무쌍함을
> 인정하라 명령하오. (1.1.34~41)

안토니가 여기에서 천명하는 그의 사랑이 결코 허언이 아님은 앞으로 다가올 그의 죽음이 밝혀 줄 것이다. 그는 클레오파트라를 사랑하기 때문에 로마 제국을 버리고 그녀와 죽음 너머에서까지 합일하려고 자결하기 때문이다. 그리고 여기에서 안토니가 하는 말이 진심임은 그가 "이렇게 하는 거요." 하면서 보여 주는 키스로 입증될 것이다. 앞으로 안토니는 클레오파트라와 나누는 단 한 번의 키스로 그녀가 악티움 해전에서 범한 치명적인 실수를 덮어 주며, 죽기 전에 하는 단 한 번의 키스로 그녀의 배신(근거는 없지만 안토니가 의심하는)과 자신에게 거짓 죽음을 알린 실수를 다 용서해 주기 때문이다. 따라서 그에게 클레오파트라와의 사랑은 그가 추구하는 최고의 가치이자 모든 것의 절대적인 판단 기준이다.

여기에 덧붙여 1막 1장은 안토니에게 클레오파트라가 왜 절대적인 인물인지를 보여 준다. 그 이유는 한마디로 그녀의 변화

무상함에 있다. 그녀는 안토니를 끊임없이 자극하여 잠시도 지루하게 느낄 틈을 주지 않는다. 처음으로 무대에 등장하자마자 그녀는 안토니에게 "진정한 사랑이면 그 크기를 말해 봐요."라고 요구하고 그가 "헤아릴 수 있다면 그 사랑은 구걸이오."라는 다소 상투적인 대답을 하자 바로 방향을 바꿔 "사랑받을 한계를 내가 정해 볼게요."라고 하면서 그의 경쟁심을 불러일으킨 다음 드디어 기대하던 답을 얻고 만족한다. "그러려면 신천지를 찾아야만 할 것이오."(1.1.14~17) 그런 다음 로마에서 온 시저의 사자를 안토니가 귀찮다고 물리치려 하자 온갖 구실을 들면서 그를 접견하라고 부추긴다. 이 과정에서 우리는 그녀가 안토니의 아내 풀비아와 옥타비우스 시저에 대해 관심이 많음을 알 수 있다. 왜냐하면 한 사람은 자신의 안토니를 빼앗아 갈 수 있는 연적이고 또 한 사람은 그의 관심을 로마로 돌릴 수 있는 그의 정적이기 때문이다. 그래서 그녀는 "들어 봐요, 안토니./혹시나 풀비아가 화났거나 아니면/수염도 아니 난 시저가 강력한 지령을/내렸는지 몰라요."(1.1.20~23)라고 하면서 그에게 사신 접견을 요구한다. 풀비아 쪽은 그의 감정적인 반응을 알고 싶고 시저 쪽은 그의 남성성을 자극하여 그의 로마행을 막아 보려는 심산으로. 그리고 그녀의 이런 걱정에 안토니는 속 시원한 답을 내놓는다, "로마는 테베레강에 녹고 질서 잡힌 제국의/큰 아치는 무너져라!"라고. 이렇게 1막 1장은 이 비극 전체의 축소판이자 앞으로 전개될 사건의 지침 역할을 한다. 왜냐하면 안토니는 곧 풀비아가 안토니의 동생과 벌인 전쟁을 수습하고 폼페이의 위협에 대응하기 위해 로마로 돌아가며 거기에서 시저와 혈연 동맹을 맺기 위해 시저의 누나인 옥타비아와 결혼할 것이기 때문이다.

그러나 안토니의 로마행은 그의 관심과 행복이 로마에 있지 않음을 확인해 줄 뿐 그를 이집트의 클레오파트라에게서 떼어 놓지 못한다. 안토니의 몸은 로마에 있지만 그의 정신은 온통 이집트에 가 있으며 그를 둘러싸고 벌어지는 로마의 온갖 사건의 핵심 화제는 시저나 옥타비아, 또는 폼페이가 아니라 저 멀리서 그를 애타게 기다리는 클레오파트라이다. 그래서 그가 그녀를 떠나면서 했던 말은 결코 빈말이 아니다. "우리의 이별은 머물면서 떠나는 것인데/여기 있는 당신은 나와 함께 갈 것이고/난 여기를 뜨지만 당신과 여기 있소."(1.3.104~106) 그리고 마치 이를 입증이라도 하듯이 시저의 부관 아그리파와 미시너스는 공무(안토니와 옥타비아의 결혼)가 끝난 뒤 사석에서 클레오파트라에 대해 궁금해하고 안토니의 부관 이노바부스는 그에 화답하여 이 극에서 가장 아름다운 언어로 그녀를 묘사한다.

그녀가 탄 배는 물 위에서 불타는
빛의 옥좌 같았는데 선미는 금박이고
돛은 자주색으로 향수 냄새 진동하여
바람이 상사병에 걸렸죠. 피리 소리 따라서
은으로 된 노 저을 때 부딪치는 물결은
얻어맞는 애무를 받고 싶어 하는 듯
더 빨리 따라가게 되었죠. 그녀의 자태는
형용이 불가능했답니다. 천막 안에
금실로 수놓은 옷을 입고 누웠는데
실물보다 상상력이 뛰어난 그림 속의
비너스보다 더 나았지요. 그녀의 양쪽엔
귀여운 보조개 소년들이 큐피드처럼 웃으며
색색의 부채 들고 섰었는데, 그 바람은
섬세한 그녀 뺨을 식혔다가 태우는 듯
한 일을 망치는 것 같았죠. (2.2.201~215)

그녀 자신이 아니라 그녀가 탄 배와 돛과 바람, 강물과 시종들이 이토록 그녀의 주변을 금빛으로, 향기로, 사랑으로 물들인다면 그녀 자체의 아름다움은 그야말로 "형용이 불가능할" 터이다. 이노바부스의 이런 간접 화법에 아그리파는 같은 방식으로 대답한다. 클레오파트라의 아름다운 자태를 찬탄하는 것이 아니라 안토니에 대한 부러움을 드러내는 방식으로, "오, 희귀해요, 안토니!"(2.2.215)라고 하면서. 그래서 이노바부스는 단언한다, 안토니와 옥타비아의 결합은 결코 오래가지 못할 것이라고. 왜냐하면 안토니는 절대로 클레오파트라를 떠나지 않을 것이기 때문에, 또한 그녀는 세월 가도 시들지 않고 끝없는 그녀의 다양성은 "습관조차 못 없앨" 것이기 때문에.(2.2.244~246) 한마디로 그녀 앞에서 행복하지 않을 남자는 없을 것이기 때문이다. 게다가 안토니의 점쟁이조차도 자기 주인의 운세가 시저의 것보다 못하여 안토니의 신령은 시저가 곁에 있으면 "겁에 질려/기를 못 펴지만" 그가 없으면 고귀하다고(2.3.27~29) 하면서 그의 이집트행을 권유한다. 그래서 안토니는 이집트로 되돌아가야겠다고 결심한다, 그의 기쁨은 "동쪽에"(2.3.37~39) 놓여 있으니까.

결국 안토니와 시저의 혼인 동맹은 깨지고 안토니는 클레오파트라에게 돌아온다. 그러나 안토니가 이렇게 포기한 로마의 정치 상황은 그를 클레오파트라의 품에서 마냥 행복하도록 내버려두지 않는다. 삼두 가운데 한 사람인 레피두스가 시저에게 밀려나고 로마 제국은 이제 시저와 안토니 두 사람의 양극 체제로 변했으며 둘의 싸움은 피할 수 없는 현실로 다가온다. 그리고 로마 대신 클레오파트라를 택한 안토니에게도 대가를 치를 순간이 찾아온다. 그것은 바로 안토니가 악티움 해전에서 패한 일이다. 그 직접적인 원인은 클레오파트라의 도주이지만 이노바부스가 잘 설명하듯이 책임은 온전히 안토니에게 있다. 그는 "자신의 욕망을 이성의 주인으로 삼"(3.13.3)으면서 미혹된 "물오리 수컷처럼"(3.10.20) 최고조의 전투를 내팽개치고 암컷 물오리의 꽁무니를 따라가는 수치를 범했기 때문이다.

사랑 때문에 이성과 명예와 제국을 잃게 되는 그의 패전은 그의 죽음에 커다란 영향을 미치고 그를 비극의 주인공으로 만드는 데도 결정적인 역할을 한다. 악티움에서의 패전 뒤에 안토니는 시저와의 마지막 전투에서 클레오파트라가 자신을 배신했다고 믿는다. 구체적인 증거는 없지만 그는 자신이 본 전황과 — "내 함대는 적군에 항복했고 저쪽에선 그들이/모자를 던지면서 오래 못 본 친구처럼/다 같이 마시고 떠든다."(4.12.11~13) — 앞서 클레오파트라가 시저의 사자인 티디아스에게 보였던 친절을 — 그에게 그녀의 손에 키스를 허락하는 "호의"를 베푼 일(3.13.90) — 근거로 그녀가 시저와 야합해서 자기 군대를 패퇴시켰다고 생각한다. 그리고 그녀를 "더러운 이집트 계집"(4.12.10)이라 부르며 죽이려고 작정한다. 그래서 클레오파트라는 안토니의 노기를 피할 길이 없음을 알아채고 차미언의 충고를 받아들여 그에게 자기가 죽었다는 거짓말을 전한다. 그녀는 그가 아무리 화났어도 자신이 죽었다는 소식을 듣는다면 성질을 누그러뜨리고 슬퍼할 수밖에 없을 것이라고 예상한다. 그리고 그녀의 예상대로 안토니는 마디언으로부터 그녀의 죽음 소식을 들었을 때 "곧 따라잡겠소, 클레오파트라여, 그리고/울면서 용서를 빌겠소."(4.14.45~46)라고 하면서 그녀에게 분노했던 자신의 과오를 뉘우치고 죽음을 준비한다.

이렇게 안토니가 죽기 직전에 보이는 이 두 가지 행동, 즉 극도의 분노와 그에 뒤따르는 용서는 궁극적으로 한 가지 사실을 확인해 준다. 그것은 바로 그의 사랑의 깊이와 넓이가 한량없다는 점이다. 그녀를 얼마나 사랑했기에 역사적인 전투를 내던지고 그녀를 따라갔으며, 얼마나 사랑했기에 그녀가 티디아스에게 허락한 한 번의 키스에, 그것도 그녀의 입술이 아니라 손에 하는 키스에 진노하여 그에게 채찍질을 명령했으며, 얼마나 사랑했기에 자신을 배신했다고 생각하는 그녀가 죽었다는 기별에 본인의 죽음으로 그녀를 뒤따르고 그녀와 합하려고 하는가. 죽음은 안토니에게 이렇게 그가 제국을 버리고 사랑을 선택한 자연스러운 결과물로서 그에게 다가온다. 그리고 그는 죽은 뒤에 있을 기분 좋은 환상을 떠올린다.

곧 가요, 여왕이여 (중략) 기다려요.
우리는 영혼들이 누운 꽃밭 위에서 손잡고
활기찬 몸짓으로 그들이 응시하게 만들 거요.
디도와 아이네이아스에게는 사람 없고
우리에게 다 몰릴 것이오. (4.14.51~55)

안토니는 자기와 클레오파트라, 두 사람의 영혼이 천국에 도착했을 때 그곳의 혼령들은 역사에 기록된 불멸의 두 연인, 카르타고의 디도 여왕과 트로이의 아이네이아스는 아무도 쳐다보지 않고 자기들만 쳐다볼 것이라고 예상한다. 왜냐하면 그들의 사랑보다 자기들의 사랑이 더 깊고 아름답고 치열하다고 자신하니까.

그래서 그는 자기 부하 에로스에게 자신을 죽여 달라 청한다. 그러나 에로스는 자신의 주군을 죽이느니 차라리 자결을 택한다. 이 고귀한 행동에 자극받은 안토니는 스스로 자기 칼 위로 넘어져 죽으려 하지만 자기 뜻과 어긋나게 깨끗이 죽지 못한다. 그는 이 미완의 죽음을 마무리해 줄 근위병을 부르고 그때 마침 클레오파트라의 신하인 디오메데스가 와서 그녀가 살아 있다는 사실을 밝힌다. 그리고 안토니는 드디어 무덤에 숨어 있는 클레오파트라와 만나 그렇게도 소원하던 그녀의 마지막 키스를 받고 숨을 거둔다.

그렇다면 안토니의 죽음은 왜 이렇게 깔끔하지 못하고 지연되는가? 이 질문에 대해 셰익스피어는 플루타르크의 역사 기록에 충실했다고 말하면 가장 손쉬운 그리고 어느 정도 정확한 대답이 될 것이다. 그러나 우리가 아는 바처럼 셰익스피어는 필요할 경우 언제든지 역사적 사실을 재편집할 수 있고 또 그렇게 해 왔다. 따라서 안토니의 죽음도 어떤 효과를 염두에 두고 지금처럼 구성했을 것이라고 추측할 수 있다. 그렇다면 그것은 무엇일까? 안토니로 하여금 클레오파트라의 품에서 죽게 만드는 가장 커다란 이유이자 효과는 그녀의 사랑이란 화답이 없다면 그의 사랑은, 그녀를 부르며 그녀를 뒤쫓아가는 그의 죽음은 아무런 반향 없는 공허한 외침이 될 것이기 때문이다. 클레오파트라가 안토니의 사랑을 자신의 죽음을 통하여 완성해 주었을 때에야 비로소 안토니의 삶과 죽음은 실체와 의미를 가지게 될 테니까, 마치 로미오의 사랑이 줄리엣의 죽음에 의해 완성되듯이.

그에 따라 클레오파트라는 안토니를 뒤따라 죽는 과정에서 그가 얼마나 고귀하고 위대한 인물이었는지를 우리에게 상기시키고 확인해 준다. 그녀에게 그는 진정한 황제였다.

> 두 다리는 대양에 걸쳤었고 쳐든 팔은
> 이 세상을 지배했지. 목소리는 천구층의
> 노래하는 속성을 가졌었어, 친구들의 귀에는.
> 하지만 천체를 겁주어 떨게 할 생각일 땐
> 우르릉거리는 천둥과 같았지. 그분의 선심에
> 겨울이란 없었어. 그것은 수확을 함으로써
> 더 커지는 가을과 같았지. 그분의 기쁨은
> 돌고래와 같았는데, 살고 있는 물 위로

자기 등을 내보였어. 뭇 왕과 군주 들이
수행원들이었고 뭇 왕국과 섬 들이 은화처럼
그분의 주머니에서 나왔어. (5.2.81~91)

지상의 인간 가운데 가장 막강하고, 가장 부드러우면서 용기 있고, 가장 후하며, 가장 기쁨에 충만하면서 그것을 표현할 줄 알고, 가장 넓은 지역을 다스리던 이 사람을 그리워하며 클레오파트라는 자신의 죽음을 서두른다. 그녀는 "가요, 서방님"(5.2.286)이라고 외치면서 이 더러운 세상에 더 이상 머물 이유가 없다는 듯이 불처럼 꺼지고 공기처럼 사라진다. 그리고 그녀가 자신의 죽음으로 안토니와 천상에서 합류함으로써 안토니의 사랑은 정화되어 고귀해진다. 이렇게 안토니의 사랑과 죽음은 클레오파트라에 의해 비극을 넘어서는 불멸의 명성을 얻는다.

끝으로 이번 번역은 존 윌더스(John Wilders) 편집의 아든(The Arden Shakespeare) 판 『안토니와 클레오파트라(Antony and Cleopatra)』를 기본으로 하고, G. 블레이크모어 에번스(G. Blakemore Evans) 편집의 리버사이드 셰익스피어(The Riverside Shakespeare) 판과 조너선 베이트와 에릭 라스무센(Jonathan Bate and Eric Rasmussen) 편집의 RSC(The Royal Shakespeare Company) 판을 참조하였다.

등장인물

마크 안토니 옥타비우스 시저 레피두스	삼두
클레오파트라	이집트의 여왕
섹스투스 폼페이우스(폼페이)	삼두에 대한 도전자
드미트리우스 필로 도미티우스 이노바부스 벤티디우스 실리우스 에로스 카니디우스 스카루스 데르세투스 대사, 안토니가 보낸 교사	안토니의 추종자들
옥타비아	옥타비우스 시저의 누나
미시너스 아그리파 타우루스 돌라벨라 티디아스 갈루스 프로쿨레이우스	시저의 추종자들
차미언 이라스 알렉사스 마디언, 환관	클레오파트라의 시녀와 시종 들

디오메데스	
셀루쿠스	
메나스	
메네크라테스	폼페이의 추종자들
바리우스	
사자들	
점쟁이	
폼페이의 하인들	
소년 가수	
안토니 군대의 장교	
보초와 근위병들	
광대	

환관, 시종, 대장, 병사, 하인들

장소 로마 제국의 몇몇 지역

1막 1장

드미트리우스와 필로 등장.

필로　그렇긴 하지만 장군님의 이러한 미혹은
한도를 넘었어요. 잘생긴 그 두 눈은
갑옷 입은 군신처럼 전장의 병졸들을
굽어보았었는데 이제는 이리저리 돌면서
황갈색 얼굴을 쳐다보는 작업에
몰두해 있답니다. 커다란 싸움판의
난투극 속에서 가슴 혁대 터뜨리던
지휘관의 심장은 모든 절제 다 버리고
풀무와 부채 되어 이집트 여인의 욕정을
식혀 주고 있고요.

팡파르. 안토니, 클레오파트라,
그녀의 시녀 차미언과 이라스 및 수행원 일행,
그녀에게 부채를 부치는 환관들 등장.

저기 봐요, 왔습니다!
잘 보시면 이 세상의 세 기둥 중 하나가
한 창녀의 노리개로 탈바꿈한 사실을
확인하실 겁니다. 지켜만 보십시오.

클레오파트라　진정한 사랑이면 그 크기를 말해 봐요.

안토니　헤아릴 수 있다면 그 사랑은 구걸이오.

1막 1장 장소　알렉산드리아.
11행 세 기둥　삼두, 즉 안토니, 옥타비우스, 레피두스, 세 사람을 가리킨다.

클레오파트라 사랑받을 한계를 내가 정해 볼게요.

안토니 그러려면 신천지를 찾아야만 할 것이오.

사자 등장.

사자 소식이 왔습니다, 주인님, 로마에서.

안토니 귀찮다! 요점은?

클레오파트라 아뇨, 들어 봐요, 안토니.
혹시나 풀비아가 화났거나 아니면
수염도 아니 난 시저가 강력한 지령을
내렸는지 몰라요. '이리하고 저리하라,
저 왕국은 점령하고 저 왕국은 해방하라.
이행치 않으면 벌하리라.'

안토니 뭐라고요?

클레오파트라 아마도요? 아뇨, 거의 틀림없겠죠.
당신은 여기 더 있으면 안 돼요, 시저가
철수 명령 내렸으니 들어 봐요, 안토니.
풀비아의 영장은? — 시저의 것이겠지. — 둘 다?
사자들을 들여라! 내가 이 이집트 여왕이듯
당신 얼굴 붉어졌고 그 피는 시저의
가신의 것이거나 목청 큰 풀비아가 야단칠 때
당신 뺨을 창피로 붉히겠죠. 사자들!

안토니 로마는 테베레 강에 녹고 질서 잡힌 제국의
큰 아치는 무너져라! 여기가 내 영역이다!
왕국은 흙덩어리! 이 더러운 지구 위엔

21행 풀비아 로마에 있는 안토니의 부인.

짐승도 사람처럼 자란다오. 고귀한 삶이란
이렇게 하는 거요. 이런 원앙 한 쌍이, 우리 둘이
이럭할 수 있을 때 난 세상 사람들에게
처벌이 두렵거든 우리의 무쌍함을
인정하라 명령하오.

클레오파트라 뛰어난 거짓말 같으니!
풀비아와 결혼은 사랑이 없다면 왜 했죠?
난 바보인 척할게요, 아니지만. 안토니는
변함없을 거예요.

안토니 당신이 건드려 줄 때만.
자, 사랑의 여신과 그녀의 아늑한 때에 맞게
거슬리는 대화로 시간 낭비 맙시다.
우리의 삶에선 일 분도 당장의 기쁨 없이
지나가선 안 되오. 오늘 밤의 여흥은?

클레오파트라 대사를 접견해요.

안토니 허, 생트집 여왕이군,
뭘 해도 어울려. — 꾸짖거나 웃거나
울더라도 그 모든 감정들이 몸 안에서
아름답단 감탄을 받으려고 애쓰니까!
그대의 사자만 받겠소, 그리고 오늘 밤엔
단 둘이서 길거리를 떠돌며 백성들의
특성을 살핍시다. 갑시다, 나의 여왕!
어젯밤엔 그걸 원했잖아요. (사자에게) 입 다물라.

(안토니, 클레오파트라, 수행원 일행 함께 퇴장)

38행 이렇게…거요 클레오파트라를 껴안을 수도 있지만 단순한 포옹이 아니라 둘의 생활 방식 전체를 가리킨다. (아든)

드미트리우스　시저가 안토니에게 저렇게 무시당해?

필로　예, 때로는 저분이 안토니가 아닐 경우
안토니가 갖춰야 할 위대한 특질에
너무나 못 미친답니다.

드미트리우스　참 안됐네, 저분이
저렇다고 떠드는 그 흔한 로마의 거짓말이
사실임을 입증해 주시다니. 하지만 내일은
더 나은 행동을 기대하네. 편히 쉬게! (함께 퇴장)

1막 2장

이노바부스와 다른 로마 장교들, 점쟁이,
차미언, 이라스, 환관 마디언, 그리고 알렉사스 등장.

차미언　알렉사스 경, 착한 알렉사스, 아무거나 다 되는 알렉사스, 거의 최고로 완벽한 알렉사스, 자네가 여왕님께 그토록 칭찬하던 그 점쟁이 어딨어? 오, 내가 이 남편을, 자네 말로는 자기 뿔에 화환을 걸어야만 한다는 그이를 알았으면!

알렉사스　점쟁이!

점쟁이　부르셨습니까?

차미언　이게 그 남자야? 자네가 거, 뭘 좀 안다는 사람인가?

점쟁이　조물주의 무한한 비밀 장부 한구석을
제가 좀 읽지요.

1막 2장 장소　알렉산드리아.
4행 뿔　바람피우는 아내를 둔 남편의 이마에 돋는다는 상징적인 뿔.

알렉시스 당신 손을 보여 줘요.

이노바부스 주안상을 곧 들여라, 여왕에게 건배할
포도주도 충분히 가져오고.

(하인들이 포도주와 다과를 들여온 다음 퇴장한다.)

차미언 (점쟁이에게 손을 맡긴다.) 이보게, 행운을 내려 주게.

점쟁이 내다볼 뿐 만들진 못합니다.

차미언 그럼, 내다봐 줘.

점쟁이 지금보다 훨씬 더 고와지실 것입니다.

차미언 내 몸이 그렇단 말이겠지.

이라스 아냐, 늙으면 화장할 것이란 말이지.

차미언 주름살아, 막아 다오!

알렉시스 이자의 예지를 귀찮게 마시고 주목해요.

차미언 쉿!

점쟁이 사랑을 받기보다 더 많이 하실 것입니다.

차미언 그보단 차라리 술로 내 간을 데울 테야.

알렉시스 아니, 들어 봐요.

차미언 그래 좋아, 멋진 운수를 말해 봐! 아침나절에 세 명의 왕과 결혼했다가 다 홀아비 만들어 버리게 해 줘. 오십에 아기 낳고 포악한 유대의 헤롯조차 개에게 경배하게 해 줘. 옥타비우스 시저와 결혼한 다음 우리 마님과 함께할지 알아봐.

점쟁이 섬기는 마마보다 오래 사실 것입니다.

차미언 아, 멋져라! 난 오래 사는 걸 무화과보다 더 좋아해.

점쟁이 다가올 운보다 앞선 운이 더 좋았고
그렇게 경험하셨습니다.

23행 간을…테야 사랑은 술과 마찬가지로 간을 부풀린다고 여겨졌다. (아든)

차미언　그럼 내 새끼들은 이름이 없을 것 같군. 부탁인데 내가 사내애와 계집애를 몇이나 둬야 하지?

점쟁이　당신의 소망마다 자궁이 달려 있어
모든 소망 움튼다면 백만이겠지요.

차미언　관둬, 이 바보야! 신통력 없는 건 용서할게.

알렉사스　당신의 소망과 내통한 건 당신 이불밖에 없다고 생각하시는군요.

차미언　아니, 자, 이라스 차례야.

알렉사스　우리의 운수를 다 알게 될 겁니다.

이노바부스　나를 비롯한 우리 대부분의 오늘 밤 운수는 취해서 자러 가는 거겠지.

이라스　(손을 내밀며) 이 손바닥에 다른 건 몰라도 순결은 예시되어 있을 거야.

차미언　범람하는 나일 강이 기근을 예고하듯이 말이지.

이라스　저리 가, 이 야한 잠동무야, 점도 못 치면서!

차미언　그래, 축축한 손바닥이 자식 많을 조짐이 아니라면 난 수다도 못 떠는 여자야. 이보게, 얘한테는 흔한 점괘나 하나 주게.

점쟁이　두 분의 명은 같습니다.

이라스　하지만 어떻게, 어떻게? 상세히 말해 봐!

점쟁이　다 얘기했어요.

이라스　내 명이 얘보다 한 치도 더 길지 않다고?

차미언　글쎄, 네 명이 나보다 꼭 한 치가 더 길면 그걸 어디서 찾을래?

34행 이름이…같군　사생아로 태어날 것 같군. (아든)
47행 기근　반어법. 사실은 풍요를 가져왔다.

이라스 남편의 코는 말고 그 아래에서.

차미언 신들은 저희의 못된 생각을 고쳐 주소서! 알렉사스 — 자, 그의 운수, 그의 운수! 간청컨대 그를 못 하는 여자와 결혼시켜 주소서, 친절한 이시스 님, 또 그녀가 죽게도 해 주소서. 그에게 나쁜 운을 내리고 그게 점점 더 나빠져 최악의 상황이 그를 비웃으면서 오십 번 오쟁이 진 이 남편을 무덤까지 따라가게 해 주소서! 이 기도는 들어주소서, 이시스 님, 제게 좀 더 묵직한 뭣인가는 아니 주시더라도. 간청하나이다, 이시스 님!

이라스 아멘. 사랑하는 여신이시여, 우리의 기도를 들어주소서! 왜냐하면 멋진 남자가 헤픈 마누라 얻는 걸 보는 게 가슴 찢어지듯이 더러운 불한당이 오쟁이 안 지는 걸 바라보는 것도 치명적인 슬픔이니까요. 그러니 사랑하는 이시스 님, 적절히 대처하시고 그에 따라 그의 운을 매기소서!

차미언 아멘.

알렉사스 원 참, 내가 오쟁이를 지는 게 이 두 분 손에 달렸다면 이분들은 스스로 창녀가 되어서라도 날 그렇게 만드실 거야.

클레오파트라 등장.

이노바부스 쉿, 안토니가 오셨어.

차미언 그분이 아닌 여왕이신데.

61행 이시스
이집트 신화에 나오는 대지와 풍요의 여신.

65행 더…뭣인가
더 중요한 것, 더 큰 성기, 더 무거운 애인, 임신했을 때 더 큰 아기. (RSC)

클레오파트라 주인님을 보았느냐?

이노바부스 아뇨, 부인.

클레오파트라 여기에 계시지 않았어?

차미언 아뇨, 마마.

클레오파트라 마음이 기쁨으로 쏠렸다가 갑자기
로마 쪽 생각이 나셨어. 이노바부스!

이노바부스 마마?

클레오파트라 찾아서 모셔 오라. (이노바부스 퇴장)
알렉사스 어딨느냐?

알렉사스 여기 대령했습니다. 그분이 오시네요.

안토니, 사자 한 명과 함께 등장.

클레오파트라 짐은 그를 안 보겠다. 짐과 함께 나가자.
(안토니와 사자만 남고 함께 퇴장)

사자 풀비아 부인께서 전장에 먼저 오셨습니다.

안토니 내 아우 루시우스에 맞서서?

사자 예,
하지만 전쟁은 곧 끝났고 두 분은 사정상
아군으로 힘을 합쳐 시저와 맞섰는데
그가 더 잘 싸웠기에 첫 번째 교전에서
이탈리아 밖으로 쫓겨나게 되셨지요.

안토니 그래, 최악은 무엇이냐?

사자 좋지 않은 소식은 전달자를 해칩니다.

77행 안토니 이노바부스가 클레오파트라를 안토니로 착각할 것 같지는 않으므로 아마도 그녀에게 완전히 장악당한 그를 이렇게 묘사했을 것이다. (아든)

안토니　바보나 겁쟁이가 들으면 그렇지. 계속해!
과거사는 나에게 상관없다. 그래서 난
진실을 말해 주면 거기에 죽음이 있더라도
아첨처럼 듣겠다.

사자　라비에누스가 —
좀 험한 소식인데 — 파르티아 군사로
아시아를 압류했답니다. 유프라테스에서
그리고 시리아에서 리디아와 이오니아까지
그의 정복 깃발은 휘날리고 있는데
우리의 —

안토니　안토니는, 그 말이지.

사자　오, 주인님!

안토니　솔직히 말하라, 여론을 왜곡 말고.
클레오파트라를 로마에서 부르듯 불러라.
풀비아의 말투로 욕하고 내 약점을 비웃어라,
진실, 악의, 양쪽으로 내뱉을 힘 있는 한
최대한 자유롭게. 오, 그러면 활기찬 마음은
묵혔을 땐 잡초가 나지만 결점을 들으면
갈아엎은 땅과 같다. 잠시 나가 있어라.

사자　분부를 따르겠습니다.　(사자 퇴장)

다른 사자 등장.

안토니　시키온 소식은 어떠냐? 그걸 말해!

사자 2　시키온에서 온 자가 —

안토니　그런 자가 있느냐?

사자 2　대령하고 있습니다.

안토니 나타나라고 해. (사자 2 퇴장)
내가 이 단단한 이집트 족쇄를 못 끊으면
미혹으로 자멸할 것이다.

또 다른 사자 편지 들고 등장.

넌 누구냐?

사자 3 풀비아 부인께서 돌아가셨습니다.

안토니 어디에서 죽었지?

사자 3 시키온에서요.
병드셨던 기간과 당신께서 아셔야 할
더 중대한 일들은 여기에. (편지를 준다.)

안토니 물러가라. (사자 3 퇴장)
큰 인물이 갔구나! 내가 그걸 원했었지.
우린 종종 경멸하며 팽개쳤던 물건을
다시 갖고 싶어 한다. 눈앞의 쾌락도
때가 되면 잦아들어 그것과 정반대의
감정이 되고 만다. 그녀는 갔기에 훌륭하다.
그녀를 떠밀었던 이 손으로 되찾아왔으면.
매혹적인 이 여왕을 난 떨쳐 버려야 해.
나의 게으름으로 내가 아는 재난보다 더 많은
수만 가지 해악이 생겨난다. 거기, 이노바부스!

이노바부스 등장.

이노바부스 어인 일이십니까?

안토니 난 황급히 여기를 떠나야 되겠다.

이노바부스 그럼 우린 우리 여자들을 다 죽입니다. 불친절 행위가 그들에게 얼마나 치명적인지 우린 알죠. 우리의 출발을 견디는 건 죽음이란 말입니다.

안토니 난 가야 되겠어.

이노바부스 어쩔 수 없는 상황에선 여자들이 죽으라고 하죠. 그들을 헛되이 버리는 건 애석한 일이지만 그들과 대의명분 둘 중에선 그들이 헛것으로 간주되어야 하겠죠. 클레오파트라가 이 소문을 가장 희미하게라도 듣는다면 곧바로 죽습니다. 전 그녀가 이보다 훨씬 하찮은 일로 스무 번이나 죽는 걸 봤어요. 제 생각엔 죽음이란 놈은 정말 혈기 왕성해서 그녀에게 모종의 애정을 표시하는데, 그녀는 죽는 일엔 아주 민첩합니다.

안토니 그녀는 인간이 생각도 못 할 만큼 간사해.

이노바부스 아이고, 아닙니다. 그녀의 감정은 최고급 순수 사랑으로만 빚어졌어요. 그녀의 바람과 물을 한숨과 눈물이라 부를 순 없답니다, 책력에 적힌 것보다 더 큰 폭풍우와 태풍이니까요. 이게 그녀의 간사함일 순 없습니다. 만약 그렇다면 그녀는 조브 못지않게 소나기를 내리는 셈이죠.

안토니 그녀를 보지 않았으면 좋았을걸!

이노바부스 아, 그럼 당신께선 놀라운 걸작을 못 보고 떠났을 텐데, 그걸 손에 넣는 축복이 없었다면 당신의 여정에 불명예가 되었겠지요.

안토니 풀비아가 죽었어.

153행 조브
주피터라고도 불리는 로마 신계의 주신. 그리스 신화의 제우스에 해당한다.

이노바부스 예?

안토니 풀비아가 죽었어.

이노바부스 풀비아 부인께서?

안토니 죽었어.

이노바부스 그럼 신들에게 감사의 제물을 바치십시오. 신들이 황공하게도 인간 남편의 아내를 빼앗아 간다면 그건 그들이 지상의 양복장이임을 보여 주죠, 낡은 옷이 닳아 없어져도 새것을 만들 연장은 남아 있다는 위안을 주니까요. 풀비아 말고 여자가 하나도 없다면 당신은 진짜로 상처를 입었고 신세를 한탄해야겠지요. 이번 비탄은 멋진 위안으로 마무리되는데, 당신의 낡은 속곳이 새 치마를 데려오니 정말이지 이 슬픔을 적실 눈물은 양파가 있어야 나겠지요.

안토니 그녀가 본국에서 벌인 일은 내가 없인
해결이 어려워.

이노바부스 당신이 여기에서 벌인 일, 특히 클레오파트라를 벌리는 일은 당신 없이는 불가능하답니다. 그건 전적으로 당신의 체류에 달렸어요.

안토니 상스러운 대답은 관두게. 짐의 부하들에게
짐의 뜻을 통보하라. 서두르는 이유를
여왕에게 털어놓고 떠나도 좋다는
허락을 받겠다. 왜냐하면 풀비아의 죽음이
더 긴급한 사안과 더불어 짐을 크게
움직일 뿐 아니라 로마에서 일 꾸미는
짐의 친구 여러 명이 귀국을 간청하는
편지를 보내 왔다. 섹스투스 폼페이우스가
시저에게 감히 도전했으며 온 바다를

황제처럼 호령한다. 배알 없는 백성들은
쌓은 공이 없는 자를 그 가치만 보고는
절대 사랑 않는데도 폼페이 대장군 칭호와
그의 모든 훌륭한 자질을 다 그의 아들에게
퍼붓기 시작했고, 명망과 권세 높고
기백과 열정은 더욱 높은 그 아들은
최고 군인 행세를 하는데 그 재능을 뻗치면
온 세상이 위험할지 모른다. 많은 일이
꿈틀대고 있지만 말 털처럼 생기만 돌 뿐이지
뱀의 독은 아직 없다. 아랫사람들에게
짐이 여길 신속히 떠나야 할 필요가 있다는
짐의 뜻을 일러 줘라.

이노바부스 그리하겠습니다. (함께 퇴장)

1막 3장

클레오파트라, 차미언, 알렉사스, 이라스 등장.

클레오파트라 그이는 어디 있지?

차미언 그 뒤론 뵙지를 못했어요.

클레오파트라 (알렉사스에게) 어디에 있는지 알아봐, 누구와 뭘 하는지.
내가 널 보냈다고 하지 마. 그가 우울하거든
난 춤을 추고 있고 기쁘거든 갑자기
아프다고 전해라. 빨리 갔다 돌아와. (알렉사스 퇴장)

195행 말 털처럼
말의 털을 강물 바가지에 담그면 머지않아 꿈틀거리면서 생명체가 된다는 속설이 있었다.(아든)

1막 3장 장소 알렉산드리아.

차미언 마마, 그분을 정말로 지극히 사랑하신다면
그분도 꼭 그리하시도록 강제하는 방법을
안 쓰시는 것 같군요.

클레오파트라 뭘 해야 하는데 안 했지?

차미언 모든 걸 양보하고 거스르지 말아야죠.

클레오파트라 바보처럼 그를 잃는 방법을 가르치네.

차미언 이처럼 너무 자극 마세요. 삼가시길 바라요.
뭐가 자주 두려우면 미워하게 된답니다.

안토니 등장.

하지만 안토니가 오셨어요.

클레오파트라 난 아프고 우울해.

안토니 내 의도를 말하게 되어서 미안하오. —

클레오파트라 차미언, 나가게 도와줘! 쓰러질 지경이야!
이렇겐 오래 못 가. 더 이상은 몸으로
감당하지 못하겠어.

안토니 자, 애모하는 여왕이여 —

클레오파트라 제발 좀 물러서요!

안토니 어찌된 일이오?

클레오파트라 좋은 소식 있다는 걸 그 눈으로 알겠어요.
뭐, 결혼하신 그 여자가 당신더러 떠나래요?
그녀가 당신을 보내 주질 말았으면!
당신을 붙잡는 게 나라고 하지 말라 그래요.
난 영향력 없어요. 당신은 그 여자 거니까.

안토니 신들이 가장 잘 알겠 —

클레오파트라 오, 이렇게 처참하게

배신당한 여왕은 없었어! 근데 난 애초에
배신의 싹을 봤어.

안토니　　클레오파트라여 —

클레오파트라　　옥좌 위의 신들은 당신이 맹세로 흔들지만
내가 왜 풀비아를 저버린 당신을 내 것이고
내게 충실하다고 생각해야 하나요?
다짐하며 깨지는 헛맹세에 걸려든 건
날뛰는 광기였지!

안토니　　참으로 친절한 여왕이여, —

클레오파트라　　아뇨, 가기 위한 구실은 제발 찾지 마세요.
하직하고 그냥 가요. 남기를 청했을 땐
말이 필요했었고 그땐 갈 일 없었어요.
짐의 입술, 두 눈엔 영원이, 눈썹엔 지복이
깃들어 있었고 아무리 하찮은 부위라도
천국의 산물이었어요. 지금도 마찬가지,
아니라면 이 세상 최고의 군인인 당신이
거짓말쟁이가 됐어요.

안토니　　거 무슨 말이오?

클레오파트라　　내 무게가 당신만큼 나갔으면! 이집트도
용기가 있다는 걸 아셔야죠!

안토니　　들어 봐요.
이 시대의 강력한 요구에 짐이 잠시
따라야만 하겠지만 내 심장은 전적으로
당신이 쥐고 있소. 내란의 창검으로
이탈리아가 번쩍이오. 섹스투스 폼페이가

41행 이집트　나라 또는 그 여왕. (아든)

로마의 관문으로 다가가고 있는데
나라 안의 두 세력이 대등하면 작은 일로
편싸움을 한답니다. 미움받던 사람들이
강해져서 사랑받고 죄인인 폼페이는
아비의 영예를 잔뜩 업고 현 정부 치하에서
성공하지 못했던 자들의 마음속에
재빨리 파고들어 그 숫자가 위협적이라오.
게다가 평화는 안정에 식상해 격변으로
정화되길 원한다오. 보다 더 사적인 이유는
또 당신이 내가 가도 가장 안심할 점은
풀비아의 죽음이오.

클레오파트라 내가 나이 들면서 우둔함은 못 벗어났지만
유치함은 벗었어요. 풀비아가 죽을 수가?

안토니 죽었소, 여왕이여. (편지를 준다.)
이걸 보고 여유가 있을 때 그녀가 일으킨
소동을 읽으시오. 마지막이 백미요,
죽은 때와 장소를 보시오.

클레오파트라 오, 최악의 거짓 사랑!
당신의 슬픈 눈물 채워 줄 신성한 유리병은
어디에 있나요? 이제야 알겠다, 알겠어,
풀비아의 죽음에서 내 것이 받게 될 대접을.

안토니 더 다투려 하지 말고 내가 품은 의도를
알아들을 준비하오. 당신 충고 따라서
실천 또는 중단 할 것이오. 나일 강 진흙으로

64행 신성한 유리병
눈물을 담는 병. 고대 로마 묘지에서 발견되는, 아마도 향수병으로 고안된 이런 작은 용기는 문상객들이 그들의 눈물을 담아 고인에게 바쳤던 것으로 보인다. (아든)

생명 빚는 태양 걸고 난 당신의 취향 따라
평화 또는 전쟁 찾는 군인이자 종으로서
이곳을 떠나겠소.

클레오파트라 이 끈 잘라, 차미언, 어서!
하지만 관둬라, 난 빨리 나빠졌다 좋아져. —
안토니의 사랑처럼.

안토니 소중한 여왕은 참아요,
그리고 명예를 시험받을 내 사랑이 참됨을
증언해 주시오.

클레오파트라 풀비아가 말해 준 대로네.
원컨대 돌아서서 그녀 위해 운 다음
나와 작별한 뒤에 그 눈물은 이집트 때문에
흘렸다고 하세요. 자, 좋아요, 빼어난
가짜 연기 한 다음 완벽한 명예처럼
보이게 하세요.

안토니 이러다 열받겠소. 그만.

클레오파트라 더 잘할 수 있겠지만 이것도 괜찮네요.

안토니 이제 내 칼을 걸고 —

클레오파트라 방패도. 계속 좋아지지만
최고는 아닙니다. 잘 봐 둬라, 차미언,
이 로마의 헤라클레스가 자신의 짜증을
어떻게 행동에 옮기는지.

안토니 난 그대를 떠나겠소.

클레오파트라 예의 바른 그대여, 한마디만.

85행 헤라클레스
플루타르크에 의하면 안토니 가문은 헤라클레스로부터 내려왔다는 전승이 있고 안토니도 자기가 입는 옷과 신체상의 유사성을 통해 이를 영속화하려고 하였다. (아든)

저, 당신과 난 헤어져야 하지만 문제없죠,
저, 당신과 난 사랑을 했지만 상관없죠,
그건 잘 아시니까. 내가 뭔가 하고픈 게 —
오, 내 망각은 안토니란 사람과 꼭 같고
나는 싹 잊혔다!

안토니 여왕이 자신의 경박함을
호령하지 않으면 난 당신을 경박함
그 자체로 알겠소.

클레오파트라 클레오파트라가
너무나 가슴 아픈 경박함을 이처럼 참는 건
땀 흘리는 산고예요. 하지만 용서해요,
나의 미덕조차도 당신 눈에 잘못 들면
날 죽일 테니까. 명예가 당신을 부르네요.
그러니 동정도 못 받는 내 헛짓엔 귀 막고
모든 신과 함께하길! 승리의 월계관이
당신 칼에 내려앉고 순조로운 성공이
그 발 앞에 쭉 펼쳐지기를!

안토니 갑시다. 자.
우리의 이별은 머물면서 떠나는 것인데
여기 있는 당신은 나와 함께 갈 것이고
난 여기를 뜨지만 당신과 여기 있소.
출발하라! (함께 퇴장)

1막 4장

옥타비우스 시저는 편지를 읽으면서,
레피두스는 수행원들과 함께 등장.

시저 레피두스, 시저가 우리의 큰 동료를 미워함은
천성이 악해서가 아님을 보고 또 앞으로
알게 될 것이오. 알렉산드리아에서 온
소식에 의하면 안토니는 낚시하고 마시며
향연으로 밤 등불 태우고, 클레오파트라보다도
남자답지 못하며 톨레미의 여왕 또한
그보다도 여자답지 못하오. 알현도 뚝 끊고
동업자 생각도 해 주지 않았소. 거기에서
당신은 남자들이 다 본뜨는 모든 죄의
전형을 볼 것이오.

레피두스 그의 모든 미덕을
다 지울 만큼의 악행은 없다고 생각하오.
그의 죄는 밤의 어둠 속에서 더 빛나는
하늘의 오점 같고 습득했다기보다는
물려받은 것이며 선택했다기보다는
못 바꾸는 것이오.

시저 당신은 너무 너그럽습니다. 톨레미의
침대에서 뒹굴고 왕국을 재미로 줘 버리며
노예와 같이 앉아 술잔 돌려 마시고
대낮에 거리를 비틀대고 걸으며
땀내 나는 상놈들과 권투를 하는 건
괜찮다고 칩시다. 어울린다 합시다. —

1막 4장 장소 로마.
6행 톨레미
톨레미 14세(기원전 약 59~44년)를 가리키는데 클레오파트라는 이집트의 관습에 따라 이 남동생과 결혼했고 그의 형 톨레미 13세 또한 그녀와 결혼했다. 이 극이 시작할 즈음(기원전 40년)에 그녀의 오빠는 이미 죽었고(그녀의 지령에 의해), 따라서 그녀는 '이집트의 과부'(2.1.38)로 불린다. (아든)

이러한 일에도 끄떡없는 그 성품은
참으로 희귀할 테지만. — 그래도 안토니는
자신의 가벼움이 우리에게 큰 짐이 될 때는
자신의 결함을 절대 변명 못 합니다.
그가 자기 여가를 방탕으로 채운다면
과식해서 배탈 나고 뼈 마르는 성병에나
걸리라고 하지요. 하지만 놀이를 그만두고
자신과 우리의 위치를 천명해야 할 때에
시간을 낭비하면 꾸지람을 들어야죠,
지식은 충분한데 눈앞의 쾌락 위해
경험을 잡히고 철없이 반항하는 애들을
우리가 야단칠 때처럼.

사자 등장.

레피두스 소식이 더 왔군요.

사자 분부대로 시행했고 해외의 상황은
고귀한 시저여, 시간마다 보고를
드리겠습니다. 폼페이는 바다에서 강하고
시저를 두려워만 해 왔던 자들의
사랑을 받는 것 같습니다. 항구까지
불만이 번졌고 폼페이가 매우 학대받았단
소문이 있습니다.

시저 그쯤은 알았어야 하는데.
원시 정부 때부터 우리가 배운 것은
집권자는 집권했던 때까지만 지지를 받았고
밀려나는 사람은 사랑받을 가치가

전혀 없을 때까지 전혀 사랑 못 받기에
안 보이면 소중해진다는 점이지. 대중이란
물 위에 떠도는 한 줄기 갈대처럼
왔다 갔다 하면서 변화하는 조수 따라
움직이는 도중에 썩는다네.

다른 사자 등장.

사자 2 시저여, 소식을 전합니다.
악명 높은 해적인 메네크라테스와 메나스가
배란 배는 다 이끌고 바다를 마음대로
휘젓고 다닙니다. 그들은 이탈리아 곳곳을
맹렬히 덮치고 — 해안에선 그 생각만으로도
핏기가 가시는데 — 활기찬 청년들은 반역하죠.
머리를 내미는 배들은 보이는 그 순간
다 잡힌답니다, 폼페이란 이름의 파괴력이
그에 맞선 전쟁보다 크니까요.

시저 안토니여,
그 음란한 술잔치를 버리시오! 한번은 당신이
집정관 히르티우스와 판자를 살해했던
모데나 읍에서 패퇴할 때 기근이 당신을
바싹 따라왔지만 호사하며 자랐던 당신은
노예보다 더 많은 인내심을 가지고
맞서서 싸웠소. 짐승들도 토해 낼
말 오줌과 웅덩이의 누렇게 썩은 물을
정말로 마셨고, 가장 험한 산울타리의
가장 거친 열매를 정말로 맛보았소.

예, 눈 이불이 초원을 덮었을 땐 사슴처럼
나무의 껍질을 씹었소. 알프스 산 위에선
보기만 하여도 죽는다는 이상한 고기를
정말로 먹었다고 하였소. 이 모든 걸 —
지금 내가 말하는 게 명예 훼손이지만 —
당신은 너무나 군인답게 견디어 두 뺨이
조금도 축나지 않았었소.

레피두스　애석한 일이오.

시저　창피해서라도 재빨리
로마로 달려와야겠지요. 우리 둘은
전장으로 나가야 할 시간이 넘었으니
회의를 바로 소집합시다. 우리의 게으름은
폼페이의 번영이오.

레피두스　시저여, 내일이면
지금 이 시각에 대처할 육해군 양쪽의
동원 가능 숫자를 올바로 당신에게
알려 줄 수 있을 거요.

시저　교전이 있기까지
같은 일을 나도 할 것이오. 잘 가시오.

레피두스　잘 가시오. 그동안에 해외의 동태를
알게 될 경우에는 내게도 들려주길
간청할 것이오.

시저　걱정하지 마십시오,
그건 내 의무로 알고 있소.　(다른 문으로 함께 퇴장)

1막 5장

클레오파트라, 차미언, 이라스, 마디언 등장.

클레오파트라 차미언!

차미언 마마?

클레오파트라 (하품한다.) 하, 아.
만드라고라 즙 한 잔 줘라.

차미언 왜요, 마마?

클레오파트라 안토니가 가고 없는 이 거대한 시간의 틈,
잠으로 매워 보게.

차미언 그분 생각 너무 많이 하셔요.

클레오파트라 오 그건 배신이야!

차미언 마마, 그렇지 않아요.

클레오파트라 환관인 너, 마디언!

마디언 어인 분부시옵니까?

클레오파트라 네 노래를 듣자는 건 아니다. 환관이
내게 줄 기쁨은 전혀 없어. 넌 거세됐으니까
고삐 풀린 네 생각이 이집트 밖으로
달아나지 않아서 좋겠다. 애욕은 있겠지?

마디언 예, 여왕 마마.

클레오파트라 진짜?

마디언 진짜론 못 채우죠, 마마. 진짜로 순결한 짓,
그것 말곤 아무것도 할 수 없으니까요.
하지만 격렬한 애욕은 있어서 비너스가

1막 5장 장소 알렉산드리아.

4행 만드라고라 셰익스피어는 맨드레이크라고도 불리는 이 약초의 마취 효과를 아풀레이우스로부터 배웠을지 모른다.(아든)

마르스와 한 일을 생각한답니다.

클레오파트라 오, 차미언,
그는 지금 어딨다고 생각해? 서 있을까,
앉았을까, 걸을까? 아니면 말 타고 있을까?
오, 행복한 말, 안토니의 무게를 받치다니!
말아, 멋있게 해. 누굴 움직이는지 넌 아니?
이 지구의 절반을 떠받치는 아틀라스,
완벽한 군인이셔! 지금쯤 이렇게 말하거나
중얼거리시겠지, '오래된 나일 강의 내 뱀은?'
나를 그리 부르니까. 난 지금 최고로 맛있는
독약을 먹고 있다. 태양신이 반해서
꼬집어 검어졌고 시간의 깊은 주름 속에 든
날 생각하실까? 이마가 넓었던 시저여,
그대가 여기 이 땅 위에 있었을 때
난 군주가 탐내는 요리였죠. 위대한 폼페이도
내 얼굴에 눈을 박고 움직이지 못했으며
시선을 고정하고 자기 생명 쳐다보며
죽고 싶어 했어요.

안토니에게서 온 알렉사스 등장.

알렉사스 이집트의 군주님, 만세!

18~19행 비너스가…일
마르스와 비너스는 서로에게 뿌리칠 수 없는 욕정을 품고 있었다. 비너스의 남편인 불카누스는 이 연인들이 누울 침대에 그물을 설치하고 그들을 잡아 신들의 조롱거리로 내놓았다. (아든)

24행 아틀라스
고전 신화에서 아틀라스는 어깨로 지구를 떠받치고 있다고 한다. 클레오파트라는 안토니가 옥타비우스와 함께 이 세상에 대한 책임을 나눠 가지기 때문에 그를 이렇게 묘사한다. (아든)

클레오파트라 넌 마크 안토니와 참으로 다르구나!
하지만 그에게서 왔기에 그 연금술 묘약의
금빛이 묻었구나.
용감한 내 안토니는 어떻게 지내시냐?
알렉사스 여왕님, 그분은 끝으로 키스를 —
여러 번의 키스 끝에 — 이 빛나는 진주에
해 주셨답니다. 말씀은 제 가슴에 박혔고요.
클레오파트라 뽑아내어 들어야겠구나.
알렉사스 그분은 '이보게,
확고한 로마인이 대 이집트 여왕에게
굴에서 캔 보석을 보내고 이 작은 선물을
보완하기 위하여 그녀의 발치에 왕국들을
풍요로운 옥좌에 더하겠다. 그녀는 전 동방의
안주인이 되리라.'고 하셨어요. 그렇게 명하고
전투로 여윈 말에 엄숙하게 올랐는데
그것이 너무나 크게 울어 제 할 말은
그 짐승 때문에 묻혀 버렸답니다.
클레오파트라 그래, 그이는 슬펐어, 기뻤어?
알렉사스 일 년 중 더위 추위 양극단의 중간처럼
슬프지도 기쁘지도 않으셨답니다.
클레오파트라 오, 마음 배분 잘하셨어! 그이를 주목해,
주목해, 차미언, 그이다워. 하지만 주목해!
안 슬펐어, 자기 표정 따라하는 이들에게
환하게 빛나려 했으니까. 안 기뻤어,
자신의 기억은 환희와 더불어 이집트에 있다고
말하는 것 같았기에. 그래서 중간이야.
오, 천상의 배합이여! 슬퍼하든 기뻐하든

양쪽의 격렬함은 다른 누구도 아닌
당신께만 맞아요. 내 파발마들을 만났어?

알렉사스 예, 마마, 스무 명의 사자를 하나씩요.
왜 그렇게 많이 보내셨어요?

클레오파트라 내가 안토니에게
사자를 잊고 아니 보낸 날 태어난 자,
거지로 죽을 거야. 잉크와 종이 다오, 차미언!
잘 왔어, 알렉사스! 차미언, 이 몸이 시저를
이토록 사랑한 적 있었어?

차미언 오, 그 멋진 시저여!

클레오파트라 다시 한 번 강조하다 목이나 막혀라!
'그 멋진 안토니'라고 해.

차미언 그 용감한 시저여!

클레오파트라 이시스에 맹세코, 남자 중의 내 남자를
다시 한 번 시저와 비교하면 네 이를
깨뜨려 놓겠다.

차미언 전 마마를 따라한 것뿐이니
용서를 빕니다.

클레오파트라 내가 그리 말한 건
풀만 먹던 어린 시절, 판단은 미숙하고
피는 차가웠을 때지. 하지만 어서 가서
잉크와 종이를 가져와라!
그이가 하루에도 몇 번씩 인사를 받든지
이집트 사람 씨를 말리든지 하겠다! (함께 퇴장)

2막 1장

폼페이, 메네크라테스, 메나스, 전투태세로 등장.

폼페이 위대한 신들이 옳다면 가장 옳은 사람들의
행위를 도우리라.

메네크라테스 훌륭한 폼페이여,
신들의 지체가 거절은 아님을 아십시오.

폼페이 우리가 그들의 옥좌에 소원을 비는 동안
원하는 건 썩어 버려.

메네크라테스 우린 자주 해로운 걸
그런 줄도 모르면서 바라는데 현명한 신들은
우릴 위해 거절하죠. 그래서 소용없는 기도로
우리는 득을 보죠.

폼페이 나는 잘 해낼 거야.
사람들은 날 아끼고 바다는 내 차지다.
내 세력은 상승하고 최정상에 이르리란
예견을 할 수 있다. 이집트의 안토니는
식탁에 앉아 있고 문밖의 전쟁은
하지 않을 것이며, 시저는 돈을 얻는 곳에서
민심을 잃고 있고 레피두스는 둘에게
아첨하고 또 아첨받지만 둘 다 사랑 않으며
둘은 그를 안 좋아해.

메나스 시저와 레피두스는
전장에 가 있고 막강한 군대를 가졌어요.

폼페이 어디서 들었어? 거짓이야.

2막 1장 장소 시칠리아.

메나스 실비우스한테서요.

폼페이 꿈꾸는군. 난 알아, 둘은 함께 로마에서
안토니를 기다려. 하지만 발정 난 클레오파트라여,
온갖 사랑 주문으로 시든 입술 되살려라!
마술은 미모와, 욕정은 이 둘과 협력하여
방탕한 이자를 향연의 전장에 잡아 두고
혼미하게 만들어라. 진미 빚는 요리사는
안 물리는 양념으로 그의 식욕 자극하여
먹고 또 자느라고 명예심이 지연되어
심지어 망각의 우둔함이 —

바리우스 등장.

왜 그래, 바리우스?

바리우스 제가 전달하는 건 아주 확실합니다.
안토니가 어느 때든 로마에 올 거라고
예상하고 있습니다. 이집트를 떠난 뒤로
더 먼 길도 왔을 시간입니다.

폼페이 그보다 못한 일이었으면 더 열심히 듣겠는데.
메나스, 나는 이 색탐에 빠진 자가
이처럼 시시한 전쟁으로 투구를 쓰리라곤
생각지도 못했어. 그의 군인 정신은
나머지 두 사람의 두 배야. 하지만 우리는
자신을 더 높이 평가하자. 우리가 움직여
욕정 불사 안토니를 이집트 과부의 무릎에서
빼낼 수 있었다고.

메나스 시저와 안토니가

좋은 인사 나누는 건 기대할 수 없는데요.
죽은 그의 아내는 시저에게 잘못했고
그 동생도 안토니의 재촉은 없었던 것 같지만
시저와 전쟁을 벌였어요.

폼페이 큰 반목 때문에
조그만 것들이 묻힐지는 모르겠네, 메나스.
우리가 그들과 맞서는 상황이 아니라면
둘 사이에 싸움이 일어날 건 분명해,
왜냐하면 각자가 칼을 뽑을 명분은
충분히 있으니까. 하지만 우리가 두려워서
그들이 분열을 얼마나 단단히 메우고
소소한 견해차를 좁힐지 우린 아직 모르네.
그것은 신들에게 맡기세! 우리는 목숨 걸고
최고로 강한 손을 써 보는 것뿐이야.
가자, 메나스. (함께 퇴장)

2막 2장

이노바부스와 레피두스 등장.

레피두스 이노바부스, 대장에게 온화한 말 쓰도록
간청해 준다면 훌륭한 행동이며
잘 어울릴 것이네.

이노바부스 그분답게 답하라고
간청할 것입니다. 시저가 그분을 건드리면

2막 2장 장소 로마.

안토니는 시저를 굽어보며 군신처럼
크게 말을 하라지요. 주피터에 맹세코
만약 제게 안토니의 수염이 달렸다면
오늘은 깎지 않을 겁니다!

레피두스 사적인 원한은
이 시간엔 맞지 않네.

이노바부스 시간이 낳은 일은
아무 때나 처리해도 괜찮을 겁니다.

레피두스 하지만 작은 일은 큰 일에 밀려야지.

이노바부스 작은 게 먼저라면 안 되죠.

레피두스 감정 섞인 말이군.
하지만 불씨를 건들지는 말게나. 여기에
고귀한 안토니가 오는군.

안토니와 벤티디우스 등장.

이노바부스 시저는 저쪽에서.

시저, 미시너스, 아그리파 등장.

안토니 여기에서 합의가 잘 되면 파르티아로 가.
잘 들어, 벤티디우스.

시저 모르겠네, 미시너스. 아그리파에게 물어봐.

레피두스 고귀한 두 친구여,
우리가 중대사로 합쳤으니 사소한 행동으로
갈라서진 맙시다. 잘못된 게 있다면
조용히 들읍시다. 하찮은 견해차를

큰 소리로 논박하면 상처를 고치려다
살인을 범하는 셈이오. 그러니 더더욱
두 동료 분에게 진정으로 간청컨대
가장 아픈 문제엔 가장 고운 말을 쓰고
이 일에 심술을 더하진 마시오.

안토니 좋은 말씀.
우리가 우군들 앞에 서서 싸우게 된다면
난 이렇게 할 것이오. (팡파르)

시저 로마에 잘 오셨소.

안토니 고맙소.

시저 앉으시죠.

안토니 앉으시오.

시저 그렇다면. (시저가 앉은 다음 안토니가 앉는다.)

안토니 당신은 좋은 일도, 나쁜데 무관한 일도 다
나쁘게 본다고 알고 있소.

시저 비웃음을 살 거요,
아무것도 아니거나 작은 일에 내 비위가
상했다고 말하면, 게다가 세상 누구보다도
당신에게 말이오. 비웃음을 더 살 거요,
당신 이름 말하는 게 나와는 무관한데 그 이름을
깔보며 들먹인 적 있다면.

안토니 이집트에 머문 나를
시저는 어떻게 생각했소?

시저 로마에 있는 나를 이집트의 당신이 생각하는
그 이상은 안 했소. 하지만 당신이 거기에서
음모를 꾀했다면 이집트에 머물어도
내 문제가 될 수 있소.

안토니 꾀했단 말의 뜻은?

시저 그 뜻은 여기서 나에게 분명히 생긴 일로
족히 짐작할 것이오. 당신의 부인과 동생이
내게 도전했는데 그들에게 싸움의 동기는
당신이었으며 당신이 전쟁의 구호였소.

안토니 당신의 착각이오. 내 동생은 행동할 때
내 핑계를 댄 적 없소. 난 그걸 조사했고
당신에게 칼 뽑았던 자들의 진솔한 보고를
듣고서야 알았소. 오히려 그가 내 권위를
당신 것과 함께 훼손하였고 내 소망이
당신 것과 꼭 같았기 때문에 내 뜻까지
거스르며 전쟁한 게 아닐까요? 이 점은
먼젓번 편지로 해명했소. 싸움을 덮으려면
일으킬 일이야 당신에게 많겠지만
이걸로는 안 되겠소.

시저 당신은 판단의 결함을
나에게 전가하여 자화자찬했지만
변명은 잘 꾸며 내었소.

안토니 그게 아뇨, 그게 아뇨!
당신에게 이 생각이 필연코 — 확신컨대 —
안 들 수 없었을 것이오, 즉 동생이 맞서 싸운
바로 그 명분을 당신과 함께하는 동료로서
나는 나 자신의 안전에 반하는 이 전쟁들을
곱게 볼 순 없었소. 내 아내에 대해선
그런 기백 가진 여자 당신도 가졌으면 좋겠소.
이 세상 삼분의 일 당신 거고 그건 쉽게
이끌 수 있겠으나 그런 아낸 안 될 거요.

이노바부스 우리 모두에게 그런 아내가 있어서 남자들이 여자들과 함께 전쟁에 나갈 수 있었으면!

안토니 시저여, 억제 불능이었던 그녀의 소란은
안달에서 생겼고 — 약삭빠른 계략 또한
없지도 않았기에 — 당신을 너무 크게
불안케 했음을 한탄하며 인정하오. 그 일은
나도 별수 없었다고 해 주시오.

시저 당신은
알렉산드리아에서 방탕 생활 했을 적에
내가 보낸 편지를 주머니에 처박았고
사자를 조롱하며 알현 없이 내쫓았소.

안토니 보시오,
그자는 내 허락도 안 받고 닥쳤소, 그때는.
왕 셋에게 새 잔치를 벌였으니 내 정신이
아침처럼 맑지는 않았소. 그다음 날 그에게
내 상태를 말했는데 용서를 구한 거나
진배없었답니다. 이 친구가 우리의 분쟁과
아무 관련 없게 하고 우리가 싸운대도
그를 문제 삼지는 맙시다.

시저 맹세의 조건을
당신이 어겼으니 그 입으로 나를 절대
비난하진 못할 거요.

레피두스 시저여, 잠깐만!

안토니 아뇨, 레피두스, 말하게 두시오.
지금 그가 말하는 명예는 신성하오,
내게 없는 것이라면. 하지만 계속하오, 시저.
'맹세의 조건'이란 —

시저 무기와 원조를 내가 요청했을 때 주는 건데
두 가지 다 거절했소.
안토니 소홀히 했다고 봐야죠,
그것도 중독된 세월로 정신을 조금도
못 차리고 있었을 때. 가능한 한 당신에게
참회할 테지만 내가 정직하다고 내 대권이
깎이진 않을 테고 정직 없는 내 권한은
효력도 없을 거요. 사실은 풀비아가
이집트에 있는 날 빼내려고 여기서 전쟁했고
그에 대해 모르는 채 동기가 된 나 자신이
이런 경우 내 명예에 맞을 만큼 허리 굽혀
사과하는 바이오.
레피두스 고상한 말씀이오.
미시너스 두 분께서 불만을 더 이상 강요하지
않으실 작정이고 싹 잊어버리려면
두 분의 화해가 당장 필요하다는 사실을
기억하셔야지요.
레피두스 훌륭한 말이네, 미시너스.
이노바부스 또는 두 분께서 바로 지금 서로의 호의를 빌리시려면
그렇게 했다가 폼페이 얘기를 더 듣지 않게 되었을 때
되돌려 드리시죠. 달리 할 일이 없을 때가 오면 말다툼
할 시간은 많으실 겁니다.
안토니 자넨 한갓 군인일 뿐이야. 그만 말해.
이노바부스 진실은 조용해야 한다는 걸 제가 하마터면 잊을 뻔했
군요.
안토니 윗분들께 잘못했어, 그러니 그만 말해.
이노바부스 그럼, 그만! 사려 깊은 돌이 되죠.

시저 이 사람의 말투만 아니라면 내용을 그렇게
싫어하진 않습니다. 우리 둘의 성품이
행동에서 너무 달라 우정을 유지할 수
없으니까 말입니다. 물 샐 틈 하나 없이
결속하는 방법이 있다면 이 세상 끝까지
뒤쫓을 것이오.

아그리파 죄송합니다만 시저여.

시저 말하게, 아그리파.

아그리파 당신께는 어머니 쪽 누님이 계십니다.
감탄할 옥타비아 말입니다. 위대한 안토니는
이제 홀아비시고.

시저 그런 말 말게나, 아그리파.
클레오파트라가 자네 말을 듣는다면
성급하단 꾸중 들어 마땅할 것이야.

안토니 시저, 난 결혼 안 했소. 아그리파 얘기를
더 듣게 해 주시오.

아그리파 두 분을 영원한 우애 속에 잡아 두고
서로를 형제로 만들며 두 분의 마음을
안 풀리는 끈으로 묶기 위해 안토니가
옥타비아를 아내로 맞으시죠. 그녀의 미모는
최고의 남자를 남편으로 요구하고
그녀의 미덕과 뭇 장점은 그 누구도
말로 표현 못합니다. 이 결혼에 의하여
지금은 커 보이는 조그마한 의심들과
위험을 내포하는 커다란 두려움 모두가
없어질 것입니다. 지금은 헛소문이 진실이나
진실이 소문이 되겠지요. 그녀의 두 분 사랑

두 분을 붙여 주고, 모두의 두 분 사랑
그녀를 뒤따를 것입니다. 용서해 주십시오,
제 말은 급조한 게 아니라 의무로 되씹어 본
깊은 생각이니까요.

안토니　시저는 답할 거요?

시저　지금까지 나온 말에 안토니의 마음이
어찌 움직였는지 알기까진 않을 거요.

안토니　내가 만약 '아그리파, 그리하라.' 했을 때
그것을 실현할 아그리파의 능력은
무엇이오?

시저　시저의 능력과 그가 옥타비아에게
행사할 능력이죠.

안토니　이토록 아름다워 보이는
이 훌륭한 목적을 내가 방해하는 일은
꿈에도 없기를 바라오! 그 손 좀 주시오.
이 고상한 결의를 추진하고 지금부터
형제의 마음이 우리의 우애와 큰 기획을
지배토록 하소서!

시저　내 손은 여기 있소. (둘이 악수한다.)
그 어떤 동생도 더 극진히 사랑 못 한
누님을 넘깁니다. 그녀가 있어서 우리의
두 왕국과 마음이 합쳐지고 우애는 절대로
다시 도망 못 가기를!

레피두스　행복하게 아멘 하오!

안토니　내 칼을 폼페이에 맞서서 뽑을 줄은 몰랐소.
그는 최근 나에게 유별나게 큰 친절을
보여 줬기 때문이오. 감사해야겠지만

그건 단지 내 평판이 나쁠까 봐 그렇고
곧이어 도전이오.

레피두스 시간이 없소이다.
우리가 폼페이를 곧바로 찾거나
그가 우릴 찾을 거요.

안토니 그는 어디 있습니까?

시저 미세눔 산 근처에요.

안토니 그의 지상 세력은 어떻소?

시저 큰 데다가 늘고 있소. 하지만 바다에선
절대자로 군림하오.

안토니 풍문도 그러하오.
우리가 같이 얘기했더라면! 서두르죠.
하지만 무장에 앞서서 우리가 의논했던
그 일을 매듭짓죠.

시저 흔쾌히 그러지요,
그리고 당신이 누님을 보도록 초대하고
그리로 곧장 안내하리다.

안토니 레피두스, 당신도 함께 가기 원합니다.

레피두스 고귀한 안토니여, 병조차 날 붙잡지 못하오.

(팡파르. 이노바부스, 아그리파,
미시너스만 남고 모두 퇴장)

미시너스 이집트에서 잘 오셨소.

이노바부스 시저 마음 절반 가진 훌륭한 미시너스! 존경하는 내 친구 아그리파!

아그리파 친절한 이노바부스!

미시너스 사태가 너무 잘 정리되어 우리가 기뻐할 이유가 있군요. 당신은 이집트에서 잘 버티었소.

이노바부스 그럼요, 우린 낮이 무색하도록 잠을 잤고 술 마시며 밤을 밝혔지요.

미시너스 아침 식사로 멧돼지 여덟을 통째로 구웠는데 사람은 열둘밖에 없었다, 그게 참말이오?

이노바부스 그건 새 발의 피에 지나지 않았죠. 우린 그보다 훨씬 더 무지막지한 잔치를 벌였는데 주목할 만한 가치가 있었지요.

미시너스 그녀는 굉장한 여인이라지요, 소문이 정확하다면 말입니다.

이노바부스 그녀가 마크 안토니를 처음 만났을 때는 시드누스 강 위에서 그의 마음을 사로잡았지요.

아그리파 진짜로 거기 나타났었군요! 아니라면 내게 보고한 자가 그녀를 잘도 꾸며 댔네요.

이노바부스 내가 얘기하지요.
그녀가 탄 배는 물 위에서 불타는
빛의 옥좌 같았는데 선미는 금박이고
돛은 자주색으로 향수 냄새 진동하여
바람이 상사병에 걸렸죠. 피리 소리 따라서
은으로 된 노 저을 때 부딪치는 물결은
얻어맞는 애무를 받고 싶어 하는 듯
더 빨리 따라가게 되었죠. 그녀의 자태는
형용이 불가능했답니다. 천막 안에
금실로 수놓은 옷을 입고 누웠는데
실물보다 상상력이 뛰어난 그림 속의
비너스보다 더 나았지요. 그녀의 양쪽엔
귀여운 보조개 소년들이 큐피드처럼 웃으며
색색의 부채 들고 섰었는데, 그 바람은

섬세한 그녀 뺨을 식혔다가 태우는 듯
한 일을 망치는 것 같았죠.

아그리파 오, 희귀해요, 안토니!

이노바부스 그녀의 시녀들은 바다의 요정처럼
수많은 인어처럼 눈앞에서 시중들며
허리 굽혀 그녀를 장식했죠. 키잡이로
인어 같은 아가씨가 앉았어요. 비단 돛은
맡은 일을 날래게 해내는 꽃 같은 손들이
닿았을 때 부풀었고 무형의 이상한 향내가
배에서 강변까지 퍼졌지요. 사람들이
그녀를 보려고 도시를 비웠어요. 시장에서
옥좌에 올라 있던 안토니는 홀로 앉아
허공에 휘파람을 불었는데 그 소리조차도
진공이 생기지만 않는다면 클레오파트라를
쳐다보러 갔을 테고 그 때문에 자연계에
틈이 벌어졌을 거요.

아그리파 희귀한 이집트 여자여!

이노바부스 그녀가 내리자 안토니가 사람을 보내어
저녁으로 초대했고 그녀는 대답했죠,
그가 자기 손님이 되는 게 좋겠다고,
그렇게 간청했죠. 예의 바른 우리의 안토니는
여자에게 '아뇨.'라고 말한 적이 없는지라
열 번 넘게 머리를 다듬고 만찬에 참석한 뒤
밥값으로, 눈으로만 먹은 것의 대가로
마음을 내주었죠.

아그리파 고귀한 계집이야!
그녀는 위대한 시저가 칼을 놓게 만들었소.

그는 밭을 갈았고 그녀는 낳았지요.

이노바부스 한번은
그녀가 큰길에서 마흔 걸음 뛰어간 뒤
숨 못 쉬는 상태에서 말을 하며 헐떡거려
결함을 완벽으로 바꾸는 걸 보았는데
숨을 못 쉬면서도 숨을 내쉬었지요.

미시너스 이제는 안토니가 그녀를 떠나야 합니다.

이노바부스 절대로! 안 그럴 것이오.
세월 가도 그녀는 안 시들고 끝이 없는
그녀의 다양성은 습관조차 못 없앨 것이오.
다른 여잔 욕망의 배를 불려 물리게 하지만
그녀는 가장 큰 만족에도 배고프게 만들지요.
가장 천한 것들도 그녀에겐 어울려서
사제들은 그녀가 음탕할 때 축복해 준답니다.

미시너스 미모, 지혜, 겸양으로 안토니의 마음을
달랠 수 있다면 옥타비아는 그에게
축복받은 배당금인 셈이오.

아그리파 갑시다.
친절한 이노바부스, 여기에 머물 동안
내 손님이 돼 주시오.

이노바부스 머리 숙여 감사하오. (함께 퇴장)

2막 3장

옥타비아의 양쪽에서 안토니와 시저 함께 등장.

안토니 이 세상과 높은 직위 때문에 난 가끔씩

당신의 가슴에서 멀어질 것이오.

옥타비아 그럴 때면
신들에게 무릎 꿇고 당신을 위하여
기도드릴게요.

안토니 시저여, 좋은 밤 보내시오.
옥타비아, 소문에서 나의 흠을 읽진 마오.
난 제대로 못 살았소, 하지만 앞으로는
모든 것을 규칙 따라 할 것이오. 잘 자요.

옥타비아 좋은 밤 보내세요.

시저 좋은 밤 보내시오. (시저와 옥타비아 함께 퇴장)

점쟁이 등장.

안토니 야, 이봐! 이집트에 있는 게 네 소원이냐?

점쟁이 전 거길 안 떠났고 당신은 거기로 안 왔으면!

안토니 설명 가능하다면 그 이유는?

점쟁이 제 육감입니다. 말로는 못 하고요.
하지만 이집트로 서둘러 돌아가요.

안토니 말해 봐,
나와 시저 가운데 누구 운이 더 좋으냐?

점쟁이 시저요.
그러니, 오, 안토니여, 그의 곁에 있지 마오.
그대의 수호신은 — 그대를 지켜 주는 신령은 —
시저가 없을 때면 고귀하고 용감하며
대적할 자 없지요. 하지만 그가 옆에 있으면

2막 3장 장소 로마.

그대의 천사는 제압된 듯 겁먹어요. 그러니
멀찌감치 떨어져요.

안토니 그 얘긴 그만해라.

점쟁이 오로지 그대에게, 그대와 말할 때만 하지요.
시저와는 어떤 게임 하시든지 분명히
지게 돼 있습니다. 시저는 타고난 운으로
가망성이 없어도 이기지요. 그대의 광채는
그의 빛엔 죽습니다. 반복건대 그대의 신령은
그가 곁에 있으면 완전히 겁에 질려
기를 못 펴지만 없으면 고귀하오.

안토니 가 봐라.
벤티디우스에게 할 말이 있다고 전하라. (점쟁이 퇴장)
파르티아로 보내야지. 재주든 우연이든
놈의 말은 맞았다. 주사위도 그에게 복종하고
우리 둘의 경기에선 내 솜씨가 나은데도
그의 운에 나는 진다. 제비도 그가 뽑고.
투계에서 그의 닭은 승산이 없는데도
항상 내 걸 이기고 메추리도 장 속에서
내 걸 싸워 물리친다. 이집트로 가야겠다.
내가 편해지려고 이 결혼을 하지만
내 기쁨은 동쪽에 놓여 있다.

벤티디우스 등장.

오, 벤티디우스.
파르티아로 가야겠네. 임명장은 준비됐어.
따라와서 받아 가게. (함께 퇴장)

2막 4장

레피두스, 미시너스, 아그리파 등장.

레피두스 더 이상 고민 말고 각자의 장군 뒤를
서둘러 좇아가게.

아그리파 예, 안토니가 옥타비아와
키스를 하자마자 우린 따라갑니다.

레피두스 군복 입은 자네들을 볼 때까지 잘 있게,
둘에겐 그게 잘 어울릴 것이네.

미시너스 레피두스,
여정을 제가 그려 보건대 저희가 그 산에
먼저 갈 것입니다.

레피두스 자네 길이 짧으니까.
몇 가지 목적으로 난 많이 둘러 가네.
자네들이 이틀 먼저 닿을 거야.

미시너스·아그리파 성공을 빕니다!

레피두스 잘 가게. (함께 퇴장)

2막 5장

클레오파트라, 차미언, 이라스, 알렉사스 등장.

클레오파트라 음악 좀 들려줘. — 사랑을 거래하는
우리들의 감성 식사, 음악을.

2막 4장 장소 로마.
2막 5장 장소 알렉산드리아.

모두 여봐라, 음악이다!

마디언 환관 등장.

클레오파트라 관둬라. 당구나 쳐 보자. 자, 차미언.

차미언 전 팔이 아파요. 마디언이 최고예요.

클레오파트라 여자가 환관과 노는 건 여자와 노는 것과
꼭 같잖아. 이보게, 나와 놀아 보겠어?

마디언 힘닿는 데까지요, 마마.

클레오파트라 의도가 좋을 땐 부족하게 하더라도
용서받을 수 있단다. 이제는 관둘 테다.
낚싯대 줘, 강으로 갈 거야. 거기에서
저 멀리 연주를 시켜 놓고 누런색 고기를
속여서 잡을 거야. 구부러진 바늘로
미끄러운 턱 꿰뚫어 놈들 잡아 올릴 때
난 한 놈 한 놈을 안토니라 생각하고
'아 하, 잡혔지!' 그럴 거야.

차미언 마마께서
낚시 내기 하셨을 땐 즐거웠죠. 잠수부가
그분의 바늘에 자반을 매달자 그분은
열심히 당기셨죠.

클레오파트라 그때였어? 오, 시간이여!
난 그이를 못 견디게 웃겼고 그날 밤엔
견디게끔 웃겼는데 그다음 날 아침엔
9시 전에 벌써 그이를 술 먹여 재웠고
내 가발과 외투를 입혔어, 난 그이의
빌립보 칼을 차고.

사자 등장.

오, 이탈리아에서 왔구나!
풍성한 네 기별을 오랫동안 불모였던
내 귀에 쑥 밀어 넣어 봐.

사자 마마, 마마 —

클레오파트라 안토니가 죽었어요! 그 말 하면 악당아,
너는 네 여주인을 죽일 거야. 하지만 그이의
안녕과 자유를 말하면 금을 주고 여기에
왕들이 입 대고 키스하며 벌벌 떨던 이 손의
가장 푸른 핏줄에 키스하게 해 주마.

사자 우선, 마마, 안녕하십니다.

클레오파트라 그럼 금을 더 주마.
하지만, 너, 주목해, 죽은 자도
안녕하다 말하잖아. 그런 일이 벌어지면
네게 준 금을 녹여 그 나쁜 말 뱉어 내는
목구멍에 부을 테다.

사자 제 말 좀 들으십쇼.

클레오파트라 그래 해 봐, 듣겠다.
하지만 안토니가 자유롭고 건강한 셈치곤
네 얼굴이 좋지 않아. 그 역겨운 상판으로
그 좋은 기별을 노래해! 안녕치 못하다면
정상인이 아니라 머리에 독사 감은
원귀처럼 왔어야지.

23행 빌립보 칼 안토니가 옥타비우스와 함께 브루투스와 카시우스를 물리쳤던 빌립보 전투에서 찼던 칼. (아든)

사자 제발 들으시겠어요?

클레오파트라 네놈 말에 앞서서 때려 주고 싶구나.
하지만 안토니가 살았다면 잘됐고 시저와
친구로 지내거나 그에게 잡힌 게 아니라면
너에게 금 세례를 내리고 값비싼 진주를
우박처럼 뿌려 주마.

사자 잘 지내십니다.

클레오파트라 잘 말했다!

사자 시저와 친구시고.

클레오파트라 넌 훌륭한 사람이야!

사자 시저와 그분은 어느 때보다 더 친구세요.

클레오파트라 한 재산 챙겨 가라!

사자 하지만 마마 —

클레오파트라 '하지만'은 좋지 않아. 그 말은 그에 앞선
좋은 소식 흐린다. 그놈의 '하지만!'
'하지만'이란 놈은 간수처럼 흉측한 범인을
끌고 나올 것이야. 친구여, 부탁인데
사태를 통째로 내 귀에 넣어 줘, 좋은 것과
나쁜 것을 합쳐서. 그분은 시저와 친구이며
건강한 상태라 말했고 자유롭다 말했지.

사자 자유요, 마마? 아뇨. 그런 말씀 안 드렸죠.
그분은 옥타비아에게 가셨어요.

클레오파트라 식사하러?

사자 같은 침대 쓰려고요.

클레오파트라 난 창백해, 차미언.

사자 마마, 그분은 옥타비아와 결혼하셨습니다.

클레오파트라 최고로 빨리 옮는 역병에나 걸릴 놈! (그를 때려눕힌다.)

사자 마마, 참으십시오!

클레오파트라 뭐라고? (그를 때린다.)
썩 꺼져라,
끔찍한 악당 놈아, 안 그러면 네 눈알을
공처럼 찰 거야! 머리를 다 뽑아 버릴 거야!
(그를 잡아 올렸다 내렸다 한다.)
쇠줄로 때리고 소금물로 삶은 뒤에
오래 절여 쓰리게 만들겠다!

사자 여왕 마마,
소식 전한 이 몸이 그 둘을 짝짓진 않았어요.

클레오파트라 아니라고 말하면 한 지역을 네게 주고
재산을 자랑하게 해 주겠다. 맞은 일은
내 분노를 터뜨린 것으로 상쇄될 것이고
네가 조심스럽게 요청할 선물 외에 뭐든지
더하여 주겠다.

사자 결혼을 하셨어요, 마마.

클레오파트라 나쁜 놈, 넌 지금 죽어야 해! (칼을 뽑는다.)

사자 아 그럼, 도망이다.
마마, 왜 이러십니까? 전 잘못 없습니다. (퇴장)

차미언 마마, 자제력을 잃지 마시옵소서.
저자는 무죄예요.

클레오파트라 무죄인 자들도 일부는 벼락을 못 피해.
이집트는 나일 강 속에 녹고 정상적인 것들은
다 독사로 변해라! 그 잡놈을 다시 불러!
난 비록 미쳤지만 깨물진 않겠다. 불러라!

차미언 무서워서 못 와요.

클레오파트라 해치진 않겠다. (차미언 퇴장)

이 손으로 아랫것을 때린다면 위엄이
정말로 모자랄 것이다, 그 원인 제공을
나 자신이 했으니까.

사자, 차미언과 함께 다시 등장.

이보게, 이리 오게.
나쁜 소식 전하는 건 정직한 일이지만
절대로 좋진 않아. 행복한 전갈은
줄지어 내뱉어라. 하지만 기별이 나쁘거든
느낌으로 알도록 해.

사자 전 임무를 다했어요.

클레오파트라 그이가 결혼했어?
다시 한 번 '예.'라고 답해도 더 이상은
미워할 수 없구나.

사자 결혼하셨습니다, 마마.

클레오파트라 저런 천벌받을 놈! 그걸 계속 고집해?

사자 거짓을 말할까요, 마마?

클레오파트라 오, 그랬으면 좋겠다,
내 나라 이집트의 절반이 물에 잠겨
뱀들의 웅덩이가 된다 해도! 가, 썩 꺼져라!
네 얼굴에 수선화가 피었대도 넌 내게
가장 추한 자일 거다. 그가 결혼했느냐?

사자 전하의 용서를 빕니다.

클레오파트라 그가 결혼했다고?

사자 화 돋우지 않는다고 화내진 마십시오.
시킨 일 했다고 저를 벌하시는 건 대단히

불공평해 보여요. 옥타비아와 결혼하셨습니다.
클레오파트라 오, 그이의 실수로 네놈이 확신하는 그 일을
네가 하지 않고도 악당이 됐구나! 썩 꺼져라!
네놈이 로마에서 가져온 그 상품은
내겐 너무 비싸다. 손에 쥐고 있다가
그 때문에 망해라. (사자 퇴장)
차미언 여왕 전하, 참으소서.
클레오파트라 안토니를 칭찬하며 난 시저를 헐뜯었지.
차미언 여러 번 그러셨죠.
클레오파트라 이제 그 대가를 치르네.
날 데리고 나가라.
어지러워! 오, 이라스, 차미언! 별것 아냐.
그놈에게 달려가서, 알렉사스, 옥타비아의
생김새를 보고하라고 해, 그녀의 나이며
그녀의 기질까지. 머리칼 색깔도
빼놓지 말라고 해. 빨리 답을 가져와. (알렉사스 퇴장)
그이를 영원히 가게 해 줘! 못 가게 해, 차미언.
그이를 그린다면 한편으론 고르곤 같은데
한편으론 군신과 같을 거야. (이라스에게) 알렉사스에게
그녀 키도 전하라 해. 동정해 줘, 차미언,
그러나 말 걸진 마. 내 방으로 데려가 줘. (함께 퇴장)

116행 고르곤 그리스 신화에서 그 머리카락은 뱀이며, 쳐다보는 것은 무엇이든 돌로 변한다는 괴물 세 자매. 그 가운데 하나가 메두사이다.

2막 6장

팡파르. 폼페이와 메나스가 고수와 나팔수를 데리고
한쪽 문에서, 시저, 레피두스, 안토니,
이노바부스, 미시너스, 아그리파가
행군하는 병사들과 함께 다른 쪽 문에서 등장.

폼페이 나와 당신에게는 각자의 인질이 있으니
싸우기에 앞서서 얘기하죠.

시저 우리가
말을 먼저 하는 건 참으로 적절하고 그래서
우리의 제안을 서면으로 미리 보냈었는데
고려해 봤다면 알려 주오, 그것으로 당신이
불만에 찬 칼을 묶고 여차하면 여기에서
사라질 수밖에 없는 많은 젊은이들을
시칠리아로 데려갈 수 있는지.

폼페이 세 분께
이 넓은 세상의 유일한 원로원 의원들께
신들의 대리인께 묻건대, 왜 나의 부친은
아들과 친구가 있는데 복수해 줄 사람이
없는지 모르겠소, 줄리어스 시저는
빌립보의 유령으로 브루투스에게 나타나
자기 위해 애쓰는 당신들을 봤는데.
창백한 카시우스, 왜 모반하였죠? 그리고 왜
온갖 존경 다 받는 정직한 로마인 브루투스가
무기 든 나머지 사람들, 아름다운 자유를

2막 6장 장소 이탈리아 남부의 항구인 미세눔 근처.

갈구하는 이들과 더불어 카피톨 신전을
물들이게 되었죠? 한 인간을 그냥 한 인간으로
놔두고자 했던 게 아니라면? 그게 내가
해군을 정비하여 — 배 무게에 파도가 화내며
거품을 내뿜는데 — 얄미운 로마가
고귀한 내 부친께 보였던 배은망덕
벌주고자 벼르는 이유요.

시저 천천히 하시지.

안토니 폼페이여, 배로 우릴 겁주진 못한다네.
바다에서 대화하세. 육지에선 우리가
얼마나 우세한지 알 테고.

폼페이 육지에선 정말로
당신이 우세하여 내 부친의 저택을 사취했지.
하지만 뻐꾸기가 자기 집을 짓지는 않으니
가능한 한 살아 봐요.

레피두스 말씀 좀 해 주시게 —
딴 얘긴 하지 말고 — 우리가 보낸 제안
어찌 받아들이는지.

시저 바로 그게 요점이오.

안토니 간청을 받아서가 아니라 껴안을 가치가
있는지 헤아려 보시지.

시저 더 큰 행운 노릴 때
뒤따르는 일들도.

폼페이 당신들은 나에게

19행 한…인간으로
왕이나 독재자가 아닌 상태. 브루투스와 카시우스가 시저 암살을 공모한 것은 그가 절대권을 가지려는 야심을 품었다고 믿었기 때문이었다. 『줄리어스 시저』 1.2.151~160과 2.1.12~17 참조. (아든)

시칠리아, 사르디니아를 내놓았고 난 바다의
해적을 모조리 소탕한 뒤 많은 밀을
로마로 보내야만 합니다. 여기에 합의하면
우리는 온전한 칼날과 안 깨진 방패 들고
헤어지오.

시저 · 안토니 · 레피두스 그게 우리 제안이오.

폼페이 그렇다면
난 여기서 그 제안을 받아들일 준비를
하고 왔단 사실을 아시오. 근데 마크 안토니가
나를 좀 못 참게 만들었소. 말을 해서
칭찬을 놓치긴 하겠지만 이건 알아 두시오,
시저와 당신의 동생이 싸우고 있었을 때
당신의 어머니가 시칠리아로 오셨고
환대를 받으셨소.

안토니 그 얘긴 들었소, 폼페이,
당신에게 갚아야 할 아낌없는 감사를
잘할 준빈 되어 있소.

폼페이 당신 손을 잡겠소. (둘이 악수한다.)
당신을 여기에서 만날 줄은 몰랐어요.

안토니 동방의 침대는 부드럽소. 그리고 고맙소,
나의 귀국 의도보다 더 빨리 불러 줘서
내겐 득이 됐으니까.

시저 마지막 만남 뒤로
사람이 좀 바뀌었소.

폼페이 글쎄요, 가혹한 운명이
내 얼굴에 무슨 금을 그었는진 모르나
가슴속 내 마음을 자기 노예 만들지는

절대 못할 것이오.

레피두스 여기에서 잘 만났소!

폼페이 그렇길 바라오, 레피두스. 우리가 이렇게
합의를 봤으니 협약을 적어서 날인하길
간곡히 청합니다.

시저 다음 일이 그것이오.

폼페이 떠나기 전 서로에게 잔치를 베풀 텐데
시작할 사람을 뽑읍시다.

안토니 내가 먼저, 폼페이.

폼페이 아뇨, 안토니, 제비로 합시다. 하지만
첫째든 꼴찌든 그 빼어난 이집트 요리법은
명성을 얻을 거요. 줄리어스 시저가 거기서
잔치 살이 쪘다고 들었소.

안토니 많이도 들었군요.

폼페이 좋은 의미입니다.

안토니 표현도 좋군요.

폼페이 그렇다면 그만큼 들었소.
또 들은 건 아폴로도루스가 들고 갔다 —

이노바부스 그만둬요! 그가 들고 갔어요.

폼페이 뭘 말인가?

이노바부스 아무개 여왕을 침대보에 말아서 시저에게.

폼페이 이제야 알겠네. 군인은 어찌 지내?

이노바부스 잘 지내고
쭉 그럴 것 같습니다, 잔치가 네 번이나

69행 아폴로도루스 클레오파트라의 시칠리아 친구로 플루타르크에 의하면 그녀를 침대보에 말아 시저에게 비밀리에 데려갔다고 한다. (RSC)

임박한 줄 아니까요.

폼페이 우리 악수하세나. (둘이 악수한다.)
자네를 미워한 적 없다네. 싸울 때 봤는데
자네의 활약상이 부러웠지.

이노바부스 이보시오,
당신에게 큰 호감은 없었지만 당신의 가치가
내가 말한 것보다 열 배나 더 많았을 때
칭찬은 했답니다.

폼페이 솔직한 말투를 즐기게,
안 어울리지는 않으니까.
여러분 모두를 제 함선에 초대하오.
앞서시겠습니까?

시저·안토니·레피두스 안내하오.

폼페이 가시지요.

(이노바부스와 메나스만 남고 함께 퇴장)

메나스 (방백) 폼페이여, 당신 부친이었더라면 이 협정은 절대로 맺지 않았을 것이오. (이노바부스에게) 우린 서로 만난 적 있지요.

이노바부스 바다였던 것 같소.

메나스 그렇지요.

이노바부스 당신은 물 위에서 잘 싸웠소.

메나스 당신은 뭍에서.

이노바부스 난 나를 칭찬하는 사람은 아무나 칭찬할 거요, 뭍에서
내가 한 일을 부인할 순 없지만.

메나스 내가 물 위에서 한 일도 마찬가지죠.

이노바부스 예, 그건 자신의 안전을 위해서라면 부인할 수도 있죠.
당신은 바다에서 큰 도둑이었소.

메나스 당신은 육지에서.

이노바부스 그 점에서 난 육지 근무를 부인하오. 하지만 악수합시다, 메나스! (둘이 악수한다.) 만약 우리의 눈에게 권한이 있다면 키스하는 두 도둑을 여기에서 붙잡을 수 있을 거요.

메나스 모든 사람의 얼굴은 진짜랍니다, 손으로야 뭘 하든지 간에.

이노바부스 하지만 아름다운 여자가 진짜 얼굴을 보인 적은 한 번도 없지요.

메나스 악의는 없지만 그들은 마음을 훔치지요.

이노바부스 우린 당신들과 싸우러 여기 왔소.

메나스 나로서는 싸움이 음주로 바뀐 게 애석하오. 폼페이는 오늘 자신의 행운을 웃으며 날려 버렸어요.

이노바부스 그랬다면 분명코 울어서 되찾을 순 없지요.

메나스 맞습니다. 우린 마크 안토니가 여기로 오리라고는 예상치 못했소. 말해 봐요, 그가 클레오파트라와 결혼했소?

이노바부스 시저의 누님은 옥타비아라고 하죠.

메나스 맞아요, 그녀는 카이우스 마셀루스의 아내였죠.

이노바부스 근데 지금은 마르쿠스 안토니우스의 아내랍니다.

메나스 뭐라고요?

이노바부스 사실이오.

메나스 그럼 시저와 그는 영원히 서로 묶이게 됐군요.

이노바부스 내가 이 결합을 점칠 운명이라면 그렇게 예언하진 않

98행 키스하는 머리를 맞대는, 또는 서로의 손을 꽉 잡은. (리버사이드)
102~103행 아름다운…없지요 화장을 하기 때문에.

겠소이다.

메나스 내 생각에 그 일의 정략적인 목표는 양쪽의 사랑보다는 결혼과 더 관련이 있는 것 같소.

이노바부스 나도 그리 생각하오. 하지만 그들의 우정을 묶어 주는 것처럼 보이는 그 끈이 실은 그들의 친화를 목 조르게 되리란 걸 알게 될 거요. 옥타비아는 성스럽고 차가우며 조신하는 여자요.

메나스 그런 아내를 누가 원치 않겠소?

이노바부스 본인이 안 그러면 원치 않지요, 마크 안토니처럼. 그는 자신의 이집트 음식으로 돌아갈 것이오. 그리 되면 옥타비아의 한숨은 시저를 불타오르게 만들고 내가 앞서 말했듯이 그들 사이의 친화력이 불화의 직접적인 원인임이 밝혀질 것이오. 안토니는 자신의 욕정을 그것이 생기는 데서 채울 거요. 결혼은 여기 상황과 했을 뿐이고.

메나스 그럴 수도 있겠네요. 자, 배에 오르겠소? 당신을 위하여 건배를 준비했답니다.

이노바부스 마시지요. 우린 이집트에서도 목을 놀리진 않았답니다.

메나스 자, 갑시다. (함께 퇴장)

2막 7장

음악. 두세 명의 하인이 성찬을 가지고 등장.

하인 1 이봐, 그들이 여기로 올 거야. 몇 사람은 이미 발을

2막 7장 장소 폼페이의 함선.

헛디디고 있어, 바람이 한 점만 불어도 곧 쓰러질 판이야.

하인 2 레피두스는 벌게졌어.

하인 1 그들이 화합주를 마시게 만들었어.

하인 2 그들이 성질나서 서로를 꼬집으면 그가 '그만하시오!' 라고 외치고 그들에게 사정하여 화해시킨 다음 자기도 마셔서 그렇지.

하인 1 하지만 그 때문에 그 자신과 판단력 사이에 더 큰 전쟁이 벌어졌어.

하인 2 그야, 큰 사람들의 모임에 이름만 넣어서 그렇지. 나 같으면 들어 올리지도 못하는 긴 창을 갖느니 아무 도움도 안 되는 갈대를 가지겠어.

하인 1 엄청나게 큰 판에 불려 들어갔는데 그 안에서 움직임을 보이지 못하는 건 눈이 있어야 할 자리에 구멍이 생긴 셈인데, 두 뺨에겐 가엾은 재앙이지.

나팔 소리. 시저, 안토니, 폼페이, 레피두스, 아그리파,
미시너스, 이노바부스, 메나스,
다른 대장들 및 소년 가수와 함께 등장.

안토니 이렇게 한답니다. 그들은 나일 강 수위를
피라미드 눈금으로 재지요. 높낮이와
중간치에 따라서 풍년 또는 흉년을
알아낸답니다. 나일 강이 더 높이 부풀수록

18행 피라미드 눈금
이집트인들은 나일 강의 수위를 지하로 연결된 관을 통하여 끌어 들인 물탱크 안에 세워 둔 기둥의 눈금으로 쟀다고 한다. 여기에서 피라미드는 우리가 아는 건축물이 아니라 오벨리스크를 말한다. (아든)

기대는 더 커지지요. 물 빠질 때 농부는
찰흙과 진흙 위에 씨앗을 흩뿌리고
머지않아 수확하게 된답니다.

레피두스 이상한 뱀들이 있다던데?

안토니 예, 레피두스.

레피두스 그 이집트의 뱀은 그런데 그 태양의 작용으로 그 진흙에서 생긴다던데, 그 악어도 그렇고.

안토니 그렇답니다.

폼페이 앉아서 포도주를 듭시다! 레피두스에게 건배!

(그들은 앉아서 마신다.)

레피두스 내 상태가 아주 좋진 않지만 그래도 난 절대 안 뻗어요.

이노바부스 (방백) 잠들 때까지는 안 그러겠죠. 그때까지 앉아 있을까 봐 걱정이오.

레피두스 아니, 분명히, 톨레미의 피래미들이 아주 멋진 물건이라 들었소. 분명히 그렇게 들었어요.

메나스 (폼페이에게 방백) 폼페이, 한 말씀 드릴까요.

폼페이 (메나스에게 방백) 무엇인지 귀에 대고 말하게.

메나스 (그의 귀에 속삭인다.) 간청컨대 자리에서 나와요, 대장님, 그리고 제 말 좀 들어 봐요.

폼페이 (메나스에게 방백) 잠시만 기다리게. — 레피두스에게 이 잔을!

레피두스 그 악어란 건 어찌 생긴 물건이오?

안토니 그것의 형체는 그것과 같고 그 넓이는 그것이 넓은 만큼이랍니다. 키는 바로 지금 만큼 크고 자신의 사지를

33행 피래미들
술 취한 레피두스가 잘못 발음한 피라미드의 복수 형태.

이용하여 움직이지요. 영양분을 주는 것에 의해 살아 가고 일단 자신의 구성 원소들이 빠져나가면 환생한답니다.

레피두스 색깔은 어떻소?

안토니 그 자신의 색깔이죠.

레피두스 그거 이상한 뱀이군요.

안토니 그렇소, 그리고 그 눈물은 축축하지요.

시저 이런 설명으로 그가 만족할까요?

안토니 폼페이가 주는 술을 마시면 그럴 테고 안 마시면 그는 아주 미식가요. (메나스가 다시 속삭인다.)

폼페이 (메나스에게 방백) 어허 자네, 제기랄! 그런 말을? 저리 가게!
시킨 대로 하게나. — 내가 달란 술잔은 어딨지?

메나스 (폼페이에게 방백) 제 공로 때문에 제 말을 들으시겠다면
의자에서 일어나요.

폼페이 (메나스에게 방백) 미친 것 같구먼. 뭐지?

(일어나서 메나스와 한쪽으로 걸어간다.)

메나스 전 언제나 당신의 행운에 예를 표했습니다.

폼페이 굳은 신념 가지고 날 섬겼네. 더 할 말은? —
여러분, 즐기시오.

안토니 이런 모래 수렁은 레피두스,
피해야 합니다, 가라앉게 되니까요.

메나스 이 세상 전체의 주인 되시렵니까?

폼페이 뭐라고?

메나스 이 세상 전체의 주인 되시렵니까?
두 번째요.

폼페이 어떻게 가능하지?

메나스 생각만 품으시죠,

그러면 하찮다고 여기시는 제가 바로
온 세상을 드릴 사람입니다.

폼페이 술을 잘못 마셨나?

메나스 아뇨, 폼페이, 전 술잔을 멀리했습니다.
감행만 하신다면 당신은 지상의 조브로서
바다가 감싸거나 하늘이 담는 것 모두가
원한다면 당신 것입니다.

폼페이 그 길을 보여라.

메나스 이 세상을 나눠 갖는 경쟁자 세 사람이
당신 배에 있습니다. 제가 밧줄 자르고
저만치 갔을 때 그들 목을 치게 해 주십쇼.
그럼 모두 당신 거요.

폼페이 아, 자네가 그리하고
말은 말았어야지. 내겐 그게 악행이나
자네에겐 훌륭한 봉사니까. 내 이익이
내 명예를 이끄는 게 아니라 명예가 이익을
이끈다는 사실을 알아야지. 자네 혀가 이렇게
행동을 누설한 걸 뉘우치게. 모른 채 끝났으면
난 나중에 그 일이 잘된 것을 알았겠지.
하지만 이제는 책망할 수밖에. 관두고 마시게.
(다른 사람들에게 돌아간다.)

메나스 (방백) 이번 일로
시시해진 당신 운세 더 따르진 않겠소.
뭔가를 찾으면서 주는데도 안 받는 사람은
절대 다시 못 얻으리.

폼페이 레피두스에게 건배!

안토니 그를 뭍에 올려라. 내가 대신 마시겠소, 폼페이.

이노바부스　메나스, 자네에게!

메나스　환영하네, 이노바부스!

폼페이　꽉꽉 눌러 채워라.

이노바부스　저 친구 참 힘도 좋아, 메나스.

(레피두스를 데리고 나가는 시종을 가리키며)

메나스　왜?

이노바부스　이 세상 삼분의 일 없었잖아. 안 보여?

메나스　그러면 삼분의 일인 그가 취했네. 다 그래서
빙빙 돌면 좋을 텐데!

이노바부스　마시게! 취흥을 돋우라고!

메나스　자!

폼페이　이건 아직 알렉산드리아식 연회가 아니오.

안토니　그쪽으로 무르익어 가는군요. 자, 쨍그랑!
시저에게 건배!

시저　난 그만 마시겠소.
술로 뇌를 씻는 건 엄청난 고역인데
더 나빠지고 있소.

안토니　상황에 따르시오.

시저　'장악'이 내 답이오.
하루에 이만큼 마시느니 나흘 동안
금식이 더 낫겠소.

이노바부스　(안토니에게) 하, 멋진 나의 황제시여,
이집트의 바커스 축제 춤을 추면서
음주를 찬양해 볼까요?

폼페이　해 보게, 군인이여.

안토니　자, 모두 손을 잡읍시다,
정복자 포도주가 우리의 감각을

아늑하고 향긋한 망각의 강물 속에
폭 빠뜨릴 때까지.

이노바부스 모두 손을 잡으시죠.
요란한 음악을 연주하라, 저는 그동안에
자리를 정하지요. 다음엔 소년의 노랩니다.
후렴은 모두들 튼튼한 옆구리가 터지도록
큰 소리로 내질러요.

(음악. 이노바부스는 그들이 서로 손잡도록 앉힌다.)

노래.

소년 오라 그대 포도 넝쿨 제왕이여,
분홍 눈에 오동통한 바커스여,
그대의 술통에 우리 근심 다 잠기고
그대의 포도로 우리 머리 장식하리.

모두 이 세상 돌 때까지 우리 잔 채워 주오!
이 세상 돌 때까지 우리 잔 채워 주오!

시저 무얼 더 원하오? 폼페이여, 잘 자요. 매형,
요청컨대 떠납시다. 더 심각한 일 앞두고
이런 경망, 욕먹어요. 여러분, 헤어져요.
우리 뺨이 탄 거 봐요. 튼튼한 이노바부스도
술처럼 약해졌고 내 혀도 꼬부라져
말이 깨진답니다. 광란의 가면극에 모두가
우습게 되었소. 뭔 말이 더 필요하죠? 잘 자요.
안토니 형, 손을 이리 주시오.

폼페이 뭍에 가서 당신을 시험해 보겠소.

안토니 그러시오. 손을 이리 주시오.

폼페이 오, 안토니, 당신이 내 부친의 저택을 가졌소.
근데 어째? 우리는 친구라네! 배에 타요.

이노바부스 조심해요, 넘어져요.

(이노바부스와 메나스만 남고 모두 퇴장)

메나스, 난 뭍에 안 가네.

메나스 암, 내 선실로! 북, 나팔, 피리꾼들! 뭐 하느냐!
우리가 이분들께 고하는 요란한 작별을
넵튠이 듣게 하라. 울려라, 제기랄! 울려라!

(북소리와 팡파르)

이노바부스 후, 야호! 내 모자 날아간다! (모자를 공중에 던진다.)

메나스 후! 귀한 대장, 갑시다! (함께 퇴장)

3막 1장

벤티디우스, 실리우스와 다른 로마인들,
장교 및 병사들과 함께 파코루스의 시체를 앞세우고
개선하는 것처럼 등장.

벤티디우스 활 쏘는 파르티아, 넌 이제 쓰러졌고
또 이제 흡족한 운명은 크라수스의 죽음을
내가 복수하게끔 해 줬다. 왕자의 시신을
우군 앞에 내놔라. 오로데스여, 파코루스가

130행 배
함선에서 육지로 사람을 실어 나르는 작은 배.
3막 1장 장소 시리아.
1행 활…파르티아
카스피 해 동남쪽에 있는 왕국인 파르티아의 기병은 독특한 전술로 명성을 떨쳤다. 그들은 적을 향해 돌진하며 화살을 날리다가 근접전을 피해 후퇴하면서 안장 위에서 몸을 돌려 화살을 쏘았다. (아든) 여기에서 파르티아는 그 나라 사람 전체를 단수형으로 가리킨다.

크라수스의 죽음 값을 치른다.

실리우스 벤티디우스 님,
파르티아 핏물로 당신 칼이 따뜻할 때
도망자들 쫓읍시다. 메디아, 메소포타미아와
궤주하는 자들이 도망가는 은신처로
박차를 가하면 안토니 대장군은 당신을
개선의 전차에 앉히고 그 머리엔 화환을
올려 주실 것입니다.

벤티디우스 오, 실리우스, 실리우스,
난 이걸로 충분해. 하급자는 잘 새기게,
지나치게 큰 일 하면 안 되네. 배우게, 실리우스,
우리가 섬기는 상관이 없을 땐 행동으로
지나친 명성을 얻기보단 관두는 게 낫다네.
시저와 안토니는 본인보다 대리를 썼을 때
더 많이 이겼다네. 시리아의 소시우스는
나와 같은 계급으로 그분의 부관이었는데
자기가 시시각각 얻어 낸 명성을
급속히 쌓았다가 그분의 총애를 잃었어.
전쟁에서 지휘관보다 더 잘 싸우는 사람은
지휘관의 지휘관이 되는 거야. 그리고
군인의 가장 큰 미덕인 야심은 제 얼굴에
먹칠하는 승리보다 차라리 패배를 선택해.
안토니 장군께 좋은 일을 더 할 순 있지만

4행 오로데스, 파코루스
파르티아 왕과 그의 큰아들. 파코루스의 군대는 마르쿠스 크라수스의 부대를 이겼으나(기원전 53년) 파코루스는 한참 뒤 크라수스가 패했던 바로 그날(기원전 39년 6월 9일) 벤티디우스와의 전쟁에서 죽었다. (아든)

그것은 그분의 불쾌감을 일으킬 것이고
내 업적은 그 속에서 사라질 것이야.

실리우스 벤티디우스 당신에겐
군인과 그의 칼을 뚜렷이 갈라놓는
뭔가가 있어요. 안토니께 보고하실 거지요?

벤티디우스 마력적인 전쟁 구호, 그분의 이름으로
우리가 성취한 걸 겸손하게 알려야지,
어떻게 그분의 깃발과 보수 후한 군대로
한 번도 진 적 없는 파르티아 기병을
내쫓아 버렸는지.

실리우스 지금 어디 계시지요?

벤티디우스 아테네가 목적진데, 우리가 옮겨야 할
짐이 허락하는 한 서둘러 거기 가서
그분 앞에 설 것이다. 자, 앞으로! 지나가라! (함께 퇴장)

3막 2장

한쪽 문에 아그리파, 다른 쪽에 이노바부스 등장.

아그리파 아니, 형제들은 헤어졌소?

이노바부스 그들은 폼페이와 일 끝냈고 그는 갔소.
다른 셋은 도장을 찍고 있고. 로마를 떠나는
옥타비아는 울어요. 시저는 슬프고 레피두스는
폼페이의 잔치 뒤론 메나스가 말하듯이
빈혈증을 앓고 있소.

3막 2장 장소 로마.

아그리파 장하신 레피두스.

이노바부스 아주 멋진 분이오. 시저를 얼마나 아끼는지!

아그리파 예, 하지만 안토니를 극진히 숭배하오!

이노바부스 시저요? 그분이야 인간 중의 주피터요!

아그리파 안토니는 어떻소? 주피터의 신이지요!

이노바부스 시저 말씀입니까? 후! 유래가 없지요!

아그리파 오, 안토니! 오 그대, 아라비아 불사조여!

이노바부스 시저의 칭송은 '시저'면 됩니다, 더도 말고.

아그리파 실은 그가 두 사람을 아주 칭찬했답니다.

이노바부스 하지만 시저를 가장 아끼죠. 안토니도 아끼고.
후! 마음, 혀, 숫자와 필경사, 가수와 시인도
생각, 말, 계산 하고, 글씨, 노래, 운 못 맞춰 — 후 —
그분의 안토니 사랑을! 하지만 시저로 말하면
무릎 꿇고 또 꿇고 감탄하라!

아그리파 그는 둘 다 아끼오.

이노바부스 둘은 그의 소똥이고 그는 둘의 풍뎅이요.

(안에서 나팔 소리)

자,
말 타라는 신호요. 잘 가요, 아그리파 님.

아그리파 훌륭한 군인이여, 잘 가요, 무운을 빕니다.

시저, 안토니, 레피두스, 옥타비아 등장.

6행 빈혈증
대부분 사춘기 소녀에게 나타나는 병으로 창백하거나 푸른 낯빛을 보인다. 이노바부스는 레피두스의 숙취 증세를 농담조로 그의 안토니와 시저 사랑 탓으로 돌린다. (아든)

14행 그 레피두스를 말한다.

20행 둘은…풍뎅이요
어떤 종류의 풍뎅이들은 소똥 속에 산다. (RSC)

안토니 더 나오진 마시오.

시저 당신은 나 자신의 큰 일부를 가져간답니다.
내게 하듯 잘하시오. 누님은 내가 생각해 왔고
행실 입증 약속을 가장 굳게 할 수 있는
그런 아내 되어요. 참으로 고귀한 안토니여,
우리 둘 사이의 우정을 지켜 주는 접착제,
이 미덕의 걸작이 그 우정의 요새 깨는
공성퇴가 되지는 않도록 하시오. 양쪽에서
이 수단을 소중히 여기지 않을 바엔
차라리 그것 없이 서로를 아끼는 게
더 나을 것이오.

안토니 불신으로 날 화나게
만들진 마시오.

시저 이젠 됐소.

안토니 아무리 캐물어도
당신이 걱정하는 것처럼 보이는 이유는
하나도 못 찾을 것이오. 신들의 가호 받고
로마인의 마음 얻어 목적을 이루시오.
여기서 헤어지죠.

시저 잘 가요, 가장 귀한 나의 누님, 잘 가요.
비바람은 누님에게 친절하고 그 때문에
기분이 최대한 편안해지기를! 잘 가요.

옥타비아 고귀하신 동생님! (그녀가 운다.)

안토니 그녀 눈엔 사월이 왔는데 사랑의 봄이고
이건 그걸 불러오는 소나기군. 기운 내요.

옥타비아 저, 남편 집을 잘 보살펴 주세요, 또 —

시저 뭐라고요, 옥타비아?

옥타비아 귀엣말로 할게요.

(시저에게 속삭인다.)

안토니 그녀 혀는 마음에 복종 않고 마음 또한
그녀 혀를 가르치지 못하는군. — 조수가
다 밀려왔을 때 물에 뜬 백조의 깃털처럼
꼼짝 않고 가만있네.

이노바부스 (아그리파에게 방백) 시저가 울까요?

아그리파 (이노바부스에게 방백) 얼굴에 구름이 끼었네요.

이노바부스 (아그리파에게 방백)
그건 그가 말이라면 값을 떨어뜨릴 테고
사람일 때에도 그렇죠.

아그리파 (이노바부스에게 방백) 허 참, 이노바부스,
안토니는 줄리어스 시저가 죽은 걸 알았을 땐
포효 같은 비명을 질렀고 빌립보 벌에서
브루투스가 살해된 걸 알았을 땐 울었어요.

이노바부스 (아그리파에게 방백) 그해에 그는 정말 분비물로 고생했소.
자기가 기꺼이 파괴한 걸 나도 울 때까지
참말이오, 애도했답니다.

시저 아뇨, 옥타비아,
항상 소식 전할게요. 누님 생각 않는 시간
남아 있지 않을 거요.

안토니 이봐요, 자, 이봐요,
우정의 힘으로 당신과 씨름해 보겠소.
자, 이렇게 잡았고 (그를 껴안으며) 이렇게 놔주면서
신들에게 맡기오.

시저 잘 가요. 행복하고!

레피두스 저 하늘의 모든 별은 그대 가는 고운 길을

밝히소서!

시저 잘 가요, 잘 가요! (옥타비아에게 키스한다.)

안토니 잘 있어요!

(나팔 소리. 함께 퇴장)

3막 3장

클레오파트라, 차미언, 이라스, 알렉사스 등장.

클레오파트라 그 녀석 어디 있어?

알렉사스 겁나서 못 옵니다.

클레오파트라 저런, 저런.

사자, 앞서처럼 등장.

이리 오라.

알렉사스 여왕 전하,
유대인 헤롯 왕은 전하의 기분이 좋을 때도
감히 못 쳐다봤죠.

클레오파트라 그 헤롯의 머리를
내가 가질 것이다! 근데 어째, 안토니가 없는데
누굴 통해 명령하지? — 가까이 다가오라.

사자 황공하옵니다!

3막 3장 장소 알렉산드리아.

3행 헤롯 왕
이 극의 사건들이 벌어지는 때(기원전 73~74년)의 유대 지배자는 헤롯 대왕이었다. 셰익스피어는 그를 예수의 탄생 때 유대를 다스렸던 그의 후계자, 즉 같은 이름의 헤롯 왕과 혼동한 것처럼 보인다. (아든)

클레오파트라 옥타비아를 바라본 적
있느냐?

사자 예, 여왕 전하.

클레오파트라 어디에서?

사자 로마에서
얼굴을 쳐다봤고 그녀의 오빠와 안토니 님
둘 사이에 걸어가는 그녀를 봤습니다.

클레오파트라 나만큼 키가 크냐?

사자 아닙니다, 마마.

클레오파트라 말하는 걸 들어 봤어? 목청이 커, 낮으냐?

사자 마마, 말하는 걸 들었는데 낮았어요.

클레오파트라 그건 별로 좋지 않아. 그가 오래 못 좋아해.

차미언 좋아해요? 오, 이시스여, 불가능한데요.

클레오파트라 내 생각도 그렇다. 무딘 혀에 난쟁이야.
걸음걸인 위엄이 있던가? 기억해 봐,
위엄을 쳐다본 적 있다면.

사자 기어가요.
그녀의 동작과 정지한 상태는 같습니다.
그녀는 생명체보다는 몸을 보여 주는데
숨 쉰다기보다는 동상 같죠.

클레오파트라 확실하냐?

사자 아님 전 관찰력이 없지요.

차미언 이집트인 셋이라도
더는 주목 못 해요.

클레오파트라 아는 게 아주 많아,
느낌이 확 온다. 그녀가 가진 건 아직 없어.
이 친구의 판단력은 훌륭해.

차미언 뛰어나죠.
클레오파트라 부탁인데, 나이를 추측해 봐.
사자 마마,
그녀는 과부였고 —
클레오파트라 과부? 차미언, 잘 들어 봐!
사자 게다가 제 생각에 분명 서른입니다.
클레오파트라 얼굴은 생각나? 기다래, 둥글어?
사자 둥급니다, 결점이라 할 만큼.
클레오파트라 대부분 어리석어, 그렇게 생겼으면.
머리칼은 무슨 색?
사자 갈색이요, 마마, 그리고
이마는 낮을 만큼 낮아요.
클레오파트라 이 금을 받아라.
앞서 당한 학대를 나쁘게 생각 마라.
널 다시 쓸 테다. 이런 일이 너에게 아주 잘
어울린다는 걸 알았다. 가, 채비를 갖춰라.
짐이 보낼 편지가 준비됐다. (사자 퇴장)
차미언 빼어난 자예요.
클레오파트라 참말로 그렇구나. 내가 그를 너무나
괴롭힌 게 후회된다. 그의 말을 듣고 보니
별것 아닌 여자 같아.
차미언 아무것도 아녜요, 마마.
클레오파트라 위엄이 무엇인지 보았으니 알 테지.
차미언 위엄을 봤냐고요? 이시스 님 맙소사,
마마를 그리 오래 섬겼는데!
클레오파트라 물어볼 게 아직 하나 더 있는데, 차미언.
하지만 상관없어. 내가 편지 쓰는 곳에

그자를 데려와. 모든 게 흡족할 수도 있어.

차미언 장담해요, 마마. (함께 퇴장)

3막 4장

안토니와 옥타비아 등장.

안토니 아뇨, 아뇨, 옥타비아, 그뿐만이 아니오.
그건 용납됩니다. — 그것과 그 비슷한 내용의
수천 가지 일들은 — 근데 그는 폼페이와
새 전쟁을 일으켰고 유언장을 만들어
대중에게 읽었는데
나에게는 인색했고 명예로운 언사를
쓸 수밖에 없었을 땐 차갑고 메스껍게
내뱉었답니다. 극히 좁게 나를 평가했으며
좋게 말할 최적의 기회는 안 잡거나
억지로 잡았어요.

옥타비아 오 나의 주인님.
다 믿지는 마세요. 믿어야만 하더라도
모든 걸 원망하진 마세요. 분란이 생기면
양쪽 위해 기도하며 가운데 선 나보다
더 불행한 여인은 없을 테죠.
신들은 곧바로 날 조롱하실 거예요,
'오, 동생에게 축복을!' 기도한 뒤 꼭 같이
'오, 주인이신 남편에게 축복을!' 크게 외쳐

3막 4장 장소 아테네.

그 기도를 망친다면. 남편 이겨, 동생 이겨,
기도하며 기도를 깨는데 이 양극 사이에
중도는 도무지 없어요.

안토니 친절한 옥타비아,
당신의 가장 귀한 사랑을 가장 잘
지켜 줄 곳 찾으시오. 난 명예를 잃으면
나 자신을 잃어요. 그렇게 초라한 남편보단
없는 게 더 나을 거요. 하지만 당신이 요청했듯
스스로 중재해 보시오. 그동안에 부인,
난 전쟁을 하기 위해 군대를 모을 테고
오빠는 빛을 잃을 것이오. 최대한 서둘러
소원을 이루시오.

옥타비아 당신에게 고마워요.
막강한 조브시여, 참 약하고 약한 저를
화해자로 삼으소서! 둘 사이에 전쟁 나면
그건 마치 이 세상이 쪼개지고 그 빈틈을
시체들로 메우는 것 같겠죠.

안토니 당신에게 이 일의 시발점이 드러나면
불쾌감을 거기로 돌려요, 우리 둘의 결점은
당신이 사랑으로 꼭 같이 감쌀 만큼
결코 같진 않을 테니. 갈 채비를 하시오.
일행을 선택하고 비용은 얼마든지 맘대로
명령 내려 쓰시오. (함께 퇴장)

34행 우리 둘 안토니 자신과 옥타비우스.

3막 5장

이노바부스와 에로스 만나면서 등장.

이노바부스 잘 지냈나, 내 친구 에로스?

에로스 이상한 소식이 왔습니다.

이노바부스 뭔데 그러나?

에로스 시저와 레피두스가 폼페이와 전쟁을 일으켰답니다.

이노바부스 낡은 소식이야. 결과가 뭔데?

에로스 시저는 폼페이와의 전쟁에서 레피두스를 이용한 다음 곧바로 그에게 동등권을 거부했답니다. 영광스러운 전투에 참여시키지 않으려 했으며 거기에서 멈추지 않고 그가 전에 폼페이에게 보낸 편지를 비난했으며 그를 직접 고발하여 체포했답니다. 그래서 그 불쌍한 셋째는 죽음이 그를 감옥에서 풀어 줄 때까지 갇혔어요.

이노바부스 그렇다면 세상이여, 너에겐 두 턱만 남았으니
네가 가진 음식을 그 사이에 다 던져도
이쪽이 저쪽을 갈아 없앨 것이다. 안토니는?

에로스 정원에서 걸으면서, 이렇게요, 앞에 놓인
갈대를 차면서 '이 바보 레피두스!' 외치고
폼페이를 살해한 자신의 장교 목을
위협하고 계십니다.

이노바부스 우리의 대해군은 준비됐어.

에로스 이탈리아와 시저 향해. 더 있어요, 도미티우스,
주인님이 곧장 보자십니다. 제 소식은

3막 5장 장소 알렉산드리아.

나중에 말했어야 하는데.

이노바부스 그럼 헛방 됐겠지,
하지만 관두게. 안토니께 날 데려가.

에로스 가시지요. (함께 퇴장)

3막 6장

아그리파, 미시너스, 시저 등장.

시저 로마를 모독하며 그가 이 모든 걸 다 했고
알렉산드리아에서는 더 했다네. 이렇게.
시장 안 은빛의 단상에서 클레오파트라와
그 자신이 황금 의자 위에 앉아 공공연히
황위에 올랐다네. 그들의 발아래엔
내 부친의 아들이라 불리는 시자리온과
그들의 욕망이 그 이후에 만들어 낸
사생아 모두가 앉았다지. 또 그는 그녀에게
이집트의 소유권을 내주었고 그녀를
시리아 아래쪽과 키프로스, 리디아의
절대자로 만들었어.

미시너스 대중들 앞에서요?

시저 사람들이 운동하는 공공 경기장에서.
거기서 아들들을 왕 중의 왕들로 공포했고
대 메디아, 파르티아, 아르메니아를
알렉산더에게 주었고 톨레미에게는 시리아,

3막 6장 장소 로마.

실리시아, 페니키아를 할당했어. 그녀는
이시스 여신의 복장으로 그날 나타났는데
보고에 의하면 알현을 전에도 여러 번
그렇게 받았더군.

미시너스 로마에 그렇게 알리시죠.

아그리파 로마는 그가 준 모욕에 이미 신물 났으니까
그에 대한 호평을 거둬들일 것입니다.

시저 사람들은 그 사실을 아는 데다 이젠 그의
고발장을 받았어.

아그리파 그가 누굴 고발하죠?

시저 시저야. 시칠리아에서 섹스투스 폼페이를
짐이 약탈한 다음 그 섬의 자기 몫을
안 줬다고 하는군. 다음엔 내게 빌려 줬다가
못 받은 배 몇 척이 있다고 해. 끝으로
삼두 중 레피두스는 퇴위가 마땅하고 그럴 때
짐이 그의 재산을 다 억류한다고
안달하고 있다네.

아그리파 대응해야 합니다.

시저 이미 했어, 그리고 사자가 떠났어.
난 그에게 레피두스는 너무 잔인해졌고
자신의 드높은 권한을 오용해서 변경이
당연하다 말했어. 그에게 내가 정복한 것의
일부를 허락하되 그의 아르메니아와
그가 이미 정복한 다른 몇 왕국의 일부도
같은 만큼 요구했어.

미시너스 그건 절대 안 줄걸요.

시저 그러면 이쪽 것도 받지를 말아야지.

옥타비아 시종들과 함께 등장.

옥타비아 주인님 시저시여! 경애하는 시저시여!
시저 버림받은 누님이라고 말할 일이 생기다니!
옥타비아 그런 말 안 하셨고 할 이유도 없어요.
시저 왜 이렇게 몰래 다가왔어요? 시저의
누님처럼 못 왔군요. 안토니의 아내라면
안내인이 하나의 군대쯤은 돼야 하고
나타나기 훨씬 전에 말 울음소리가
접근을 알려야죠. 길가의 나무들엔
사람들이 매달리고 못 본 걸 보려다가
기대감에 기절을 했어야죠. 그렇지,
수많은 수행원이 일으키는 먼지가 천장까지
치솟아 올라야지. 하지만 누님은 로마에
저자거리 처녀로 오면서 짐의 사랑 과시를
사전에 막았는데, 그것은 눈에 띄지 않으면
대개는 사랑받지 못해요. 이 짐은 누님을
바다와 땅 위에서 만나고 길어지는 인사를
모든 휴식처에서 나눴어야 했어요.
옥타비아 주인님,
이렇게 오도록 강요를 받은 게 아니라
제 자유 의지로 왔어요. 남편인 안토니가
당신의 전쟁 준비 소식 듣고 그것을
슬퍼하는 이 귀속에 넣어 줬고 그때 제가
귀향 허락 부탁했답니다.
시저 그는 곧 응했겠죠,
색욕을 막고 있는 장애물을 치우니까.

옥타비아 그런 말 마세요.

시저 나도 그를 감시하고
그의 일은 나에게 바람 타고 온답니다.
지금은 어디 있죠?

옥타비아 아테네요.

시저 아닙니다,
최고로 학대받은 누님이여. 클레오파트라가
고갯짓해 불렀어요. 그는 자기 제국을
창녀에게 주었고 이제는 이 세상의 왕들을
전쟁을 벌이려고 소집하고 있답니다.
리비아 왕 바쿠스, 카파도키아의 아켈라우스,
파플라고니아의 필라델포스 왕,
트라키아의 아달라스 왕, 아라비아의
만쿠스 왕, 폰트의 왕, 유대 족의 헤롯과
코마지나의 미스리다테스 왕 그리고
메데와 리카오니아의 왕들인
폴레몬과 아민타스를 다 불러 모았는데
여러 홀의 명단은 이보다 더 길어요.

옥타비아 아아, 참으로 불행해라,
서로에게 상처 주는 두 친구 사이에서
내 마음이 깨지다니!

시저 이리로 잘 왔어요.
누님은 편지로 폭발하는 짐을 정말 막았어요,
누님은 어떻게 오도됐고 짐은 어떤 위험을
태만으로 불렀는지 알아챌 때까지. 기운 내요.
이런 사태 강요하여 누님 행복 앗아 가는
이 시절에 괴로워하지 말고 결정된 일들은

통곡 소리 못 들은 채 운명을 향하여
제 갈 길을 가게 해요. 로마로 잘 왔어요,
내게 최고 소중한 분! 누님은 생각도 못 할 만큼
사기를 당했고 그래서 저 높은 신들은
공평하게 짐과 또 누님을 아끼는 이들을
자기네 대리인 삼았어요. 최고 위안 받아요,
짐은 항상 환영이오.

아그리파 잘 오셨습니다, 부인.

미시너스 잘 오셨습니다, 마마.
로마인 모두가 당신을 아끼고 동정하오.
간통하는 안토니만 참으로 거침없이
추태를 부리면서 당신을 쫓아내고
자신의 강력한 권한을 우리에게 소란 떠는
잡년에게 준답니다.

옥타비아 이게 정말입니까?

시저 아주 분명합니다. 누님, 잘 왔어요. 언제나
인내심을 가져요. 최고로 사랑하는 누님! (함께 퇴장)

3막 7장

클레오파트라와 이노바부스 등장.

클레오파트라 너에게 앙갚음할 테니까, 분명히 해.

이노바부스 하지만 왜, 왜, 왜지요?

클레오파트라 넌 내가 이 전쟁에 나가는 걸 반대했고

3막 7장 장소 악티움.

적절치 않다 했어.

이노바부스 그럼, 적절해요, 그래요?

클레오파트라 짐에게 선포된 전쟁이 아니냐? 왜 짐이 몸소 거길 못 가지?

이노바부스 글쎄요, 제 대답은 수말과 암말을 함께 붙여 놓으면 수말은 완전히 미친단 겁니다. 암말은 자기 등에 군인과 수말을 태우고 싶지요.

클레오파트라 뭔 말이야?

이노바부스 당신의 존재는 안토니를 혼란에 빠뜨리고 그의 마음, 그의 머리, 그가 가진 시간에서 없어선 안 되는 걸 뺏어 가죠. 그는 이미 경박하단 욕을 먹고 로마에선 이 전쟁을 포티누스 환관과 당신의 시녀들이 꾸려 간단 말도 있죠.

클레오파트라 짐에게 욕하는 로마는 가라앉고 그 혀는 썩어져라! 전쟁 비용 짐이 댄다, 그리고 왕국의 영수로서 한 남자를 위하여 난 거기 나타날 것이다. 반대 말 하지 마라! 뒤에 남진 않겠다.

안토니와 카니디우스 등장.

이노바부스 예, 제 얘긴 끝났고 황제께서 오셨어요.

안토니 거 이상하잖아, 카니디우스, 그가 저 타렌툼과 브룬두시움에서 그리 빨리

이오니아 바다 건너 토린 읍을 취하다니?
여보, 당신도 그 얘기 들었지요?

클레오파트라 게으른 자들이 기민함에 가장 크게
놀라워하지요.

안토니 느슨함을 조롱하는
훌륭한 질책으로 아마도 최고의 남자에게
어울릴 것이오. 카니디우스, 짐은 그와
바다에서 싸우겠다.

클레오파트라 바다 말고 — 뭐가 있죠?

카니디우스 왜 그리하시지요?

안토니 그러자고 대드니까.

이노바부스 그래서 단둘이 결투하자, 대드셨죠.

카니디우스 예, 또한 이 싸움을 시저가 폼페이와 싸웠던
파살리아에서 하자고도 하셨죠. 근데 그는
그 제안이 불리해서 차 버렸고 당신도
그렇게 하셔야죠.

이노바부스 당신 배는 사람이 부족하고
선원들은 노새 마부, 농사꾼, 신속히 징집해
끌어모은 사람들이지요. 시저의 함대에는
폼페이와 여러 번 싸웠던 자들이 있으며

20행 황제
플루타르크에 의하면 옥타비우스는 클레오파트라에게 전쟁을 선포했을 때 안토니에게서 이 칭호를 박탈했다고 한다. 하지만 안토니는 이 장면에서 세 번 황제로 불리고 그의 지위는 이런 식으로 그의 몰락 직전에 강조된다. (아든)

21~22행 타렌툼…토린
시저는 군대를 이끌고 이탈리아 남쪽 끝으로 내려가 아드리아 해를 건넜고 그리스 남부 해안에 도착했다. 여기에 나오는 이름들은 그 경로에 있는 지명과 바다이다. (아든)

32행 파살리아
테살리아의 평원으로 줄리어스 시저가 대 폼페이와 결정적인 전투를 벌인 곳이다. (아든)

그들 배는 가벼운데 당신 건 무거워요.
육상전에 대비해 왔으므로 해전을 거부해도
불명예는 아닙니다.

안토니　　바다야, 바다라고.

이노바부스　　지존이여, 그러면 당신은 땅 위에서 가졌던
신기의 용병술을 내던지게 될 것이고
전투를 경험한 당신의 보병 중심 군대의
전열을 깨뜨리며 그 유명한 당신의 지식을
펼치지도 못하고 승리를 약속하는 방식을
완전히 포기한 채 든든한 안전 대신
우연과 위험에 자신을 전적으로
맡기게 되십니다.

안토니　　바다에서 싸우겠다.

클레오파트라　　내 배는 육십 척에 시저의 것보다 나아요.

안토니　　짐의 배 가운데 초과분은 불태워 버리고
나머지를 무장시켜 악티움 곶에서
다가오는 시저를 깨겠다. 그래도 실패하면
육지에서 깰 수 있어.

사자 등장.

볼일이 무어냐?

사자　　소문이 맞습니다, 폐하. 시저가 보였고
토린 읍을 점령했습니다.

안토니　　직접 거기 올 수 있어? 불가능한 일이다.
이상해, 그 병력이 오다니. 카니디우스,
짐의 군단 열아홉과 일만이천 기병을

육지에 잡고 있게. 짐은 배에 오르겠다.
갑시다, 나의 테티스여!

병사 등장.

병사가 웬일이냐?

병사 오, 황제시여, 바다에서 싸우지 마십시오.
썩은 나무 믿지 마요. 이 칼과 제 상처를
의심하십니까? 이집트인, 페니키아인들이나
물질하라 그래요. 우린 줄곧 땅 위에서
발을 딛고 정복했고 한 발짝 한 발짝씩
싸우곤 했습니다.

안토니 좋아, 좋아, 출발한다!

(안토니와 클레오파트라, 이노바부스 퇴장)

병사 헤라클레스에 맹세코 내 말이 맞는데.

카니디우스 그렇다네, 병사여. 근데 그는 병법을 잊은 채
작전을 다 짰어. 그래서 대장은 끌려가고
우리는 여자들의 부하야.

병사 당신께선 육지에
군단과 기병을 다 붙잡고 계실 거죠?

카니디우스 마르쿠스 옥타비우스, 마르쿠스 유스테이우스,
푸블리콜라와 켈리우스는 바다로 가지만
우린 전부 땅에 남아. 시저의 이 속도는
믿을 수 없다네.

병사 로마에 있었을 동안에도

60행 테티스 바다의 여신이며 아킬레우스의 어머니.

그 병력은 첩자들이 다 속을 정도로
나누어 나갔어요.

카니디우스　부관은 누군가, 들어 봤나?

병사　타우루스란 자라고 합니다.

카니디우스　난 그를 잘 안다.

사자 등장.

사자　황제께서 카니디우스를 부르셔요.

카니디우스　시간은 산고를 겪으며 매 순간 소식을
조금씩 낳는구나. (함께 퇴장)

3막 8장

시저와 타우루스, 군대와 더불어 행군하며 등장.

시저　타우루스!

타우루스　주인님?

시저　육지로는 치지 마라. 대오를 유지해. 우리가
해전을 다 마칠 때까진 싸움을 걸지 마라.
이 문서의 지시를 넘지 말고.
(문서를 준다.) 우리의 운명은
이 모험에 달렸다. (함께 퇴장)

3막 8장 장소　악티움.

3막 9장

안토니와 이노바부스 등장.

안토니　시저의 주력이 보이는 저기 저편 언덕에
부대를 배치하자, 그곳에선 우리가
전함들의 숫자를 바라보고 그에 따라
작전할 수 있으니까. (함께 퇴장)

3막 10장

카니디우스, 자신의 육군과 함께
무대 위를 한쪽으로 행군하고,
시저의 부관인 타우루스, 다른 쪽으로 행군한다.
그들이 지나가고 난 뒤 바다의 싸움 소리가 들린다.

경종. 이노바부스 등장.

이노바부스　글렀어, 다 글렀어! 난 더 이상 못 버텨!
이집트의 기함인 안토니아드가 그에 딸린
육십 척 모두와 달아나며 방향을 돌렸어.
그걸 보고 내 눈이 확 갔지.

스카루스 등장.

3막 9장 장소　악티움.
3막 10장 장소　악티움.

스카루스 신과 여신들이여,
총집합한 신들이여!

이노바부스 왜 그렇게 흥분했나?

스카루스 이 세상의 더 큰 쪽이 순전한 무식으로
사라져 버렸어요. 우리가 여러 왕국, 지역을
날려 버렸답니다.

이노바부스 전투는 어때 보여?

스카루스 우리 편의 처지는 죽음이 확실한 역병의
발진과 같습니다. 저 이집트 화냥년이 —
문둥병에 걸려라! — 싸움하는 중간에
이점이 쌍둥이 한 쌍처럼 양편에 꼭 같게 —
아니죠, 우리에게 더 크게 보였을 때 —
유월의 암소처럼 쇠파리가 깨무니까
돛 올리고 도망쳤소.

이노바부스 그건 나도 보았다.
그 광경에 내 눈은 병들었고 더 이상은
바라볼 수 없었어.

스카루스 그녀가 멀어지니
그녀의 마술로 고귀한 폐허가 된 안토니는
미혹된 물오리 수컷처럼 돛 날개 퍼덕이며
최고조의 전투를 관둔 채 뒤따라 날아갔죠.
그토록 창피한 행동은 본 적이 없답니다.
경험과 남자다움, 명예가 그렇게 스스로를
저버린 적 없었어요.

이노바부스 슬프다, 아, 슬프다!

카니디우스 등장.

카니디우스 우리의 바다 쪽 행운은 숨을 멎고
참으로 애통하게 침몰했소. 장군님이
과거의 그였으면 잘 풀렸을 것이오.
오, 그는 너무 뚜렷하게 도망치는 본보기를
우리에게 보였어요!

이노바부스 예, 당신도 그럴 거요?
그럼 진짜 작별이오.

카니디우스 그들은 펠로폰네소스 쪽으로 도망갔소.

스카루스 거기 가긴 쉬우니까 전 거기서 앞일을
기다려 보렵니다.

카니디우스 나는 내 군단과 기병을
시저에게 넘기겠소. 여섯 왕이 이미 내게
항복하는 길을 보여 주었소.

이노바부스 하지만 난 아직
안토니의 상처 입은 운세를 따를 거요,
이성의 만류에도 불구하고. (한쪽 문으로 카니디우스,
다른 쪽 문으로는 스카루스와 이노바부스 퇴장)

3막 11장

안토니, 시종들과 함께 등장.

안토니 들어 봐! 땅이 내게 더는 밟지 마라 한다,
창피해서 못 받아들인다고. 친구들, 이리 와.
세상에서 나의 날은 너무나 저물어

3막 11장 장소 알렉산드리아. 클레오파트라의 궁정.

난 영원히 길을 잃어버렸다. 금으로 가득한
배 한 척이 있으니 가져가서 나누게. 도망쳐
시저와 화해하게.

모두 도망이요? 저희는 안 가요.

안토니 난 스스로 도망쳐 등 돌려 내빼는 법
겁쟁이들에게 가르쳤어. 친구들은 가 보게.
나 자신은 자네들이 필요 없는 진로를
택하기로 결심했어. 가 보게나.
내 보물은 항구에 있으니 가져가게.
오, 난 쳐다보기도 창피한 걸 따라갔어.
내 머리칼조차도 반역해, 흰머리는 갈색에게
성급함을 책망하고 갈색 머린 두려움과
미혹을 책망해. 친구들, 가 보게. 자네들의
길을 활짝 열어 줄 내 친구 몇 명에게
부탁 편지 써 주겠네. 제발 슬퍼한다거나
싫다는 반응은 말게나. 절망으로 공표하는
이 기회를 받아들여. 스스로를 버리려는
그자를 버려두고 곧바로 바다 쪽을 향하게.
그 배와 보물을 소유하게 해 주겠네.
나를 좀 버려두게, 부탁이야. — 제발, 지금.
아냐, 그렇게 해. 난 정말 통솔을 못 하니까.
그러니 부탁하네. 자네들을 곧 볼 걸세.

(시종들 함께 퇴장. 안토니는 앉는다.)

클레오파트라, 차미안과 이라스 및
에로스의 도움을 받으며 등장.

에로스 아뇨, 마마, 저분을! 위로해 드리세요.

이라스 그러세요, 여왕 마마.

차미안 그러세요? 참, 달리 뭘 해?

클레오파트라 날 앉혀 줘. 오, 주노여!

안토니 안 돼, 안 돼, 안 돼!

에로스 저, 여길 보시겠어요?

안토니 오, 퉤, 퉤, 퉤!

차미언 마마!

이라스 마마! 오, 착하신 여제시여!

에로스 저, 여기요!

안토니 예, 맞아요, 예. 그는 빌립보에서 춤꾼처럼
자기 칼을 뽑지도 않은 반면 내가 그
여위고 주름 잡힌 카시우스 찔렀고 내가 그
미친 브루투스를 끝장냈죠. 그만 혼자
부하들을 이용했고 멋진 전쟁판에서도
아무 경험 없었지요. 근데 이젠 — 상관없어.

클레오파트라 아, 비켜서 줘.

에로스 보세요, 여왕이에요! 여왕!

이라스 마마, 가 보세요. 말 거세요. 저분은
완벽한 수치심에 기가 죽은 상태예요.

클레오파트라 그렇다면 부축해 줘. 오!

28행 주노
로마 최고의 여신.

30~31행 저…퉤
안토니는 너무 심한 자책감에 빠져 클레오파트라의 존재를 알아보지 못하고 에로스의 질문도 듣지 못한다. 35행에서 그는 에로스가 누군지도 알지 못하는 것 같다. (아든)

36~38행 내가…끝장냈죠
옥타비우스를 헐뜯는 와중에 안토니는 자신의 업적을 과장한다. 그가 카시우스와 브루투스를 죽인 것은 아니었고, 둘은 자결했다. (아든)

에로스 참으로 고귀한 분, 일어나요. 여왕이 다가와요.
고개를 푹 숙였고 죽음이 잡아갈 거예요,
위로해서 구조하지 않으시면.

안토니 난 명성을 해치는 죄를 졌다, 참으로
비겁하게 이탈했다.

에로스 저, 여왕이십니다!

안토니 오, 날 어디로 이끌었소, 이집트여? 보시오,
당신 눈에 나의 이 치욕을 안 띄게 하려고
오욕 속에 파괴된 내 행적을 이렇게
돌아보고 있는 나를.

클레오파트라 오, 주인님, 주인님,
겁먹은 제 돛을 용서해요! 따라오실 거라곤
생각도 못 했어요.

안토니 당신은 너무 잘 알았소,
내 마음은 당신 배에 끈으로 묶여 있고
당신이 날 끈다는 사실을. 내 정신을
완벽하게 장악했고 손짓 하나만으로
신들의 지시를 어기라고 명할 수도 있음을
알았어요.

클레오파트라 오, 용서해요!

안토니 난 이제 이 젊은이에게
겸허한 탄원서를 보내야만 합니다. 행운을
주었다 뺏었다 하면서 이 세상 절반을
맘대로 주물렀던 사람이 비천한 속임수로
발뺌과 홍정을 해야만 합니다. 당신은
당신이 날 얼마큼 정복했고 내 애정 때문에
약해진 내 칼은 무조건 복종할 것임을

잘 알고 있었소.

클레오파트라 용서해요, 용서해요!

안토니 눈물은 한 방울도 안 되오. 그 가운데 하나면
이기고 진 모든 것과 맞먹소. 키스해 주시오.
(둘이 키스한다.)
이걸로 다 갚았소.
애들의 선생을 보냈어요. 그 사람, 돌아왔어?
여보, 내 마음은 납덩이요. 포도주와
음식 좀 내와라! 운명은 가장 큰 시련 줄 때
우리가 그녀를 가장 멸시한다는 걸 안다오. (함께 퇴장)

3막 12장

시저, 아그리파, 돌라벨라, 티디아스,
다른 사람들과 함께 등장.

시저 안토니가 보낸 자를 들라 하라.
이자를 아는가?

돌라벨라 시저여, 자기 애들 선생인데
털이 다 뽑혔다는 증거지요, 이렇게도
형편없는 깃털을 이리로 보내다니.
몇 달 전만 하더라도 남아도는 왕들을
사자로 썼었는데.

75행 그녀 운명의 여신.
3막 12장 장소 알렉산드리아 외곽의 시저 진영.

안토니의 사신 등장.

시저 다가와서 말하라.

사신 변변치 못하오나 안토니가 보내셨습니다.
전 원래 그분의 목표에 비하면 좁쌀 같고
큰 바다인 그분에 비하면 도금양 잎 위의
이슬 같았습니다.

시저 됐으니 임무를 밝혀라.

사신 그는 자기 운명의 주인으로 당신께 절하고
이집트에 살기를 청합니다. 안 된다면
간청을 줄여서 아테네의 평민으로
하늘과 땅 사이에서 숨 쉬게 해 주시길
원하는 바입니다. 이것은 본인을 위해서고.
그다음, 클레오파트라는 당신의 위대함을
인정하고 당신 힘에 복종하며 이제는
당신의 은총에 달려 있는 톨레미의 왕관을
후손 위해 청합니다.

시저 안토니에게는
요청을 들어줄 뜻이 없다. 여왕의 알현과
소원은 받아들여질 것이다, 그녀가 이
개망신한 친구를 이집트 밖으로 내치거나
거기서 목숨을 취하면. 이를 시행한다면
그녀는 헛된 청을 않으리라. 양쪽에 전하라.

사자 행운을 빕니다!

시저 부대들 사이로 호송하라.

(사자, 호위받으며 퇴장)

(티디아스에게) 네 화술을 시험할 때가 됐다. 서둘러라.

안토니에게서 클레오파트라를 얻어 오게. 짐의 이름 걸고서 요구 사항 약속해 줘. 딴 제안도 덧붙여, 자네가 꾸며 내서. 여자란 가장 운이 좋을 때도 약한데 궁하면 지순한 수녀라도 위증해. 꾀를 좀 부려 봐. 칙령으로 수고비를 정하면 짐이 그걸 법으로 알고서 보답하지.

티디아스 시저여, 갑니다.

시저 안토니가 불운을 어떻게 견디나 살피고 그의 모든 동작에서 그 행동이 뭔 뜻인지 생각해 보게나.

티디아스 시저여, 그리하겠습니다. (함께 퇴장)

3막 13장

클레오파트라, 이노바부스, 차미언, 이라스 등장.

클레오파트라 어떡하지, 이노바부스?

이노바부스 생각하고 죽으세요.

클레오파트라 잘못한 사람은 안토닌가, 짐인가?

이노바부스 자신의 욕망을 이성의 주인으로 삼으려던 안토니일 뿐이지요. 상대방의 전열에 서로가 놀라는 전쟁의 대단한 모습 보고 당신이 달아나면 어때서요? 왜 그가 따라야죠? 그럴 때는 충동적인 애정이 지휘권을

3막 13장 장소 알렉산드리아.

꺾어선 안 되죠, 세상의 두 절반이 맞서고
그 자신이 유일한 문제가 되어 버린
바로 그 순간에. 도망치는 당신 깃발 좇으며
자신의 해군을 바라만 보도록 놔둔 건
패배에 못지않은 수치였죠.

클레오파트라 제발 그만.

사신, 안토니와 함께 등장.

안토니 그게 그의 대답인가?

사신 예, 주인님.

안토니 그렇다면 여왕은 관대한 처분을 받겠군,
날 내주면.

사신 그렇게 말합니다.

안토니 알려 드려.
시저 그 애에게 이 잿빛 머리를 보내시오,
그리하면 그대의 소원을 공국들로
꽉 채워 줄 것이오.

클레오파트라 그 머리요, 주인님?

안토니 다시 가! 장미 같은 젊음 갖춘 그에게서
이 세상은 특별한 걸 기대해야 한다고
그에게 말하라. 그의 돈과 군함과 군단은
겁쟁이도 가질 수 있으니 그의 대리인들은
어린이를 섬겨도 시저가 명령할 때만큼
쉽게 이길 것이다. 그래서 난 그에게
자신의 화려한 치장은 다 벗어 버리고
몰락한 이 몸과 단 둘이서 칼에 칼을

맞대자고 도전한다. 써 줄 테니 따라와.

(안토니와 사신 함께 퇴장)

이노바부스 (방백) 예, 대군을 거느린 시저가 행운을 버리고
칼잡이에 맞서는 구경거리 되려고
무대 위로 나오고말고요! 인간의 판단력은
그들의 운세의 일부이고 외적인 상황이
내적인 성품을 끌어내어 다 같이
피해를 보는구나. 산전수전 다 겪었으면서
행운 꽉 찬 시저가 속이 텅 빈 자기에게
응답할 거라고 꿈꾸다니! 시저여, 그대는
그의 판단력까지도 정복했소.

하인 등장.

하인 시저의 사자가 왔습니다.

클레오파트라 뭐, 예도 더 안 갖추고? 얘들아, 보아라,
꽃망울엔 무릎 꿇던 자들이 철 지난 장미에겐
코를 막을지도 몰라. 그를 받아들여라. (하인 퇴장)

이노바부스 (방백) 나는 내 명예와 다투기 시작했다.
바보에게 충성을 잘 바칠 때 우리의 신의는
어리석은 짓이 될 뿐이다. 하지만 망한 주인
참아 주며 충실하게 따를 수 있는 자는
주인을 정복한 자 정복하고 역사에서
한자리를 차지한다.

티디아스 등장.

클레오파트라 시저의 뜻은 뭔가?

티디아스 딴 데서 들으시죠.

클레오파트라 친구들뿐이다. 과감히 말하라.

티디아스 이들은 안토니의 친구들일 수도 있죠.

이노바부스 그분은 시저만큼 그들이 많이 필요하거나
우리도 필요 없소. 시저만 좋다면 주군께선
잽싸게 그의 친구 될 거요. 우리는 알다시피
그분 친구 친구인데, 그건 시저 친구죠.

티디아스 그래요.
그렇다면 고명하신 그대여, 시저는 그대가
자신의 처지를 시저를 벗어나서 고려하진
않기를 간청하오.

클레오파트라 계속하라. 참 너그럽구나.

티디아스 그분이 알기로 당신은 안토니를
사랑 아닌 두려움 때문에 안았어요.

클레오파트라 오!

티디아스 그러므로 당신의 순결에 남은 그 상처를
당연한 게 아니라 강제된 오점으로
정말 동정하십니다.

클레오파트라 그분은 신이시고
가장 옳게 아시네. 난 순결은 안 바쳤고
순전히 정복만 당했다네.

이노바부스 (방백) 확실히 하시오, 안토니께 물어볼 것이오.
아, 그대는 물이 너무 새니까
가라앉게 둬야만 하겠소, 최고의 애인이
그대를 버리니까. (이노바부스 퇴장)

티디아스 당신이 요청한 것들을

시저에게 말할까요? 해 달라는 요구를 좀
받고 싶어 하시니까. 그의 운을 당신의
지팡이로 만들어 기대면 그가 아주
좋아하실 것입니다. 하지만 당신이
안토니를 떠나서 천하의 주인이신 그에게
자신을 맡겼다는 얘기를 제게서 들으면
기뻐하실 것입니다.

클레오파트라　　자네의 이름은?

티디아스　　티디아스입니다.

클레오파트라　　참 친절한 사자여,
위대한 시저에게 나 대신 이렇게 말하라.
정복하는 그 손에 난 키스한다. 난 즉시
왕관을 그 발치에 내려놓고 이집트의 운명을
모두가 복종하는 그의 말로 듣기까지
거기서 무릎을 꿇겠다.

티디아스　　가장 장한 길입니다.
지혜와 운명이 서로 싸움 벌였을 때
전자가 과감히 능력에 닿는 일을 한다면
우연에 흔들리진 않겠지요. 당신 손에
경의를 표하게 해 주시오.

클레오파트라　　(손을 주면서) 자네 주인 시저의 아버지는
왕국들을 접수하는 상념에 빠졌을 때
가치 없는 그곳에 여러 번 입술 내려
키스를 퍼부었네.

안토니와 이노바부스 등장.

안토니 호의를? 천둥 치는 조브여!
넌 뭐냐, 이 자식아?

티디아스 가장 행운 가득하고
명령에 복종할 가치가 가장 큰 분의 지시를
실행하는 사람일 뿐입니다.

이노바부스 (방백) 넌 채찍 맞을 거야.

안토니 (하인들을 부른다.)
게 있느냐! — 오, 이 솔개야! — 신과 악마들이여,
내 권위가 죽었다. 최근 내가 '여봐라!' 외치면
쟁탈전의 애들처럼 왕들이 뛰쳐나와
'왜 그러죠?' 외쳤었다.

하인들 등장.

귀 먹었어? 난 아직
안토니다. 저 자식을 데려가 채찍질해!

이노바부스 (방백) 늙어서 죽어 가는 사자와 노는 것보다는
새끼와 노는 게 더 낫지.

안토니 달과 별들이여!
채찍질해! 시저를 인정하는 스무 명의
위대한 조공자라 할지라도 여기 이 여자의 —
이름이 뭐더라, 클레오파트라였는데? —
손을 갖고 버릇없는 짓 하다가 들키면
얘들아, 채찍질해, 소년처럼 인상 쓰며

94행 솔개
여기에서는 맹금류가 아니라 비유적으로 창녀라는 뜻으로 쓰였다. (아든)

큰 소리로 자비를 애원할 때까지. 데려가!

티디아스 마크 안토니 —

안토니 끌고 가! 채찍을 친 다음
다시 데려오너라. 시저의 잡놈을 그에게
심부름 보낼 테다. (하인들 티디아스와 함께 퇴장)
당신은 내가 알기 전에도 반쯤 갔어. 하?
로마에서 내가 나의 잠자리에 안 들고
적법한 후손의 생산을 그것도 보석 같은
여자의 몸에서 마다한 게 기생충들이나
바라보는 것에게 속으려고 그랬나?

클레오파트라 주인님 —

안토니 당신은 언제나 기회주의자였소.
하지만 우리의 사악함이 굳어져 갈 때면 —
오, 비참하다 — 현명한 신들은 우리 눈을 꿰매고
해맑은 판단을 우리의 오물에 빠뜨리며
실수를 경배하게 만들고 혼란을 향하여
뽐내며 걷는 우릴 비웃소.

클레오파트라 오, 이렇게 됐어요?

안토니 난 당신을 죽은 저 시저의 상에 오른
차가운 요리로 만났소. — 아니, 네이우스 폼페이의
밥찌꺼기였지요, 당신이 음탕하게 보냈으나
뭇 소문엔 기록 안 된 화끈한 시간과는
별도로 말이오. 왜냐하면 확신컨대 당신은
절제가 뭐이어야 하는지 추측할 순 있으나
무엇인진 모르기 때문이오.

클레오파트라 왜 이러십니까?

안토니 보상받고 '복받으십시오!'라고 할 녀석을

이 고귀한 마음의 당당한 징표이자
서약서이면서 나의 놀이 친구인 당신 손과
친하게 해 주다니! 오, 내가 바산 언덕에서
뿔 달린 짐승보다 더 큰 소리 질렀으면!
왜냐하면 난폭해질 이유가 있는데
점잖게 말하는 건 목매달려 죽을 자가
그의 망나니에게 잽싸게 해 줘서 고맙다고
하는 것과 같으니까.

하인, 티디아스와 함께 등장.

채찍질을 했느냐?

하인 예, 늘씬하게.

안토니 울면서 용서를 구했느냐?

하인 봐 달라고 했습니다.

안토니 (티디아스에게) 네 아비가 살았거든 네가 딸이 아닌 걸
후회하라고 해. 그리고 넌 승전하는 시저를
따른 것을 슬퍼해라, 따랐기 때문에
채찍 맞았으니까. 지금부터 귀부인의
흰 손을 보거든 열병을 일으켜라,
벌벌 떨란 말이다. 시저에게 돌아가
네 대접을 말해 줘라. 분명히 말해 줘,
그는 날 화나게 한다고. 그가 알던 내가 아닌

131행 바산 언덕
성경의 시편 68장 15절에 높은 언덕으로 묘사된 구절과 22장 12절에 '많은 황소들이 내게로 다가온다. 바산의 살찐 황소들이 사방에서 내게 밀려온다.'는 구절이 있다. 안토니는 자신을 오쟁이 진 남편, 즉 바산의 황소처럼 뿔난 짐승으로 보고 있다. (아든)

지금의 날 곱씹으며 오만하고 경멸에 찬
사람처럼 보이니까. 그는 날 화나게 해,
근데 나를 지금 그리 만드는 건 아주 쉬워,
앞서 나를 인도했던 행운의 별들이
궤도를 비우고 그 불꽃을 지옥의 심연으로
쏘아 버린 때니까. 그가 만약 내 언사와
다 끝난 이 일이 싫다면 풀어 준 내 노예
히파쿠스 녀석이 그에게 있으니까
앙갚음할 만큼 마음대로 때리거나
매달거나 고문하라고 해. 그렇게 강권해라.
채찍 자국 지낸 채 떠나라! 가!

(티디아스, 하인과 함께 퇴장)

클레오파트라 아직 안 끝났어요?

안토니 아, 이제 우리 지상의 달님은 월식으로
안토니의 추락을 홀로 예고하는구나.

클레오파트라 끝날 때를 기다려야 하는구나.

안토니 시저 추어주려고 그의 구두닦이와
눈짓 주고받고 싶소?

클레오파트라 아직도 날 몰라요?

안토니 나에게 매정해?

클레오파트라 아 여보, 만약에 그렇다면
차가운 내 마음속에 하늘은 우박 심고
그것이 생길 때 독을 넣어 첫 번째 얼음 돌이
내 머리에 떨어져라. 또 그것이 녹으면서
생명도 사라져라! 나의 다음 아들을 내리쳐라,
그래서 내 자궁의 기억물인 자식들이 점차로
나의 멋진 이집트인 모두와 더불어

이 알갱이 폭풍의 해빙으로 무덤 없이
땅에 누울 때까지, 나일 강 파리와 등에가
그들을 덮쳐서 먹어치울 때까지!

안토니 만족하오.
시저는 알렉산드리아에 진을 쳤고 난 거기서
그자의 운명에 맞설 거요. 육지의 아군은
멋지게 버텼소. 쪼개진 해군 또한 다시 모여
항해하기 가장 좋게 위협하며 떠 있소.
님이여, 어디에 있었소? 듣고 있소, 부인?
이 입술에 키스하기 위하여 다시 한 번
전장에서 돌아올 때 난 혈기 가득할 것이오.
나와 칼은 역사의 한자리를 얻을 거요.
아직은 희망이 있어요.

클레오파트라 당신 정말 멋있어요!

안토니 난 세 겹의 근육과 심장과 호흡으로
악독하게 싸우겠소. 편하고 운 좋던 시절엔
사람들이 장난을 치려고 내게서 목숨을
사 가곤 했지요. 근데 이젠 이 악물고
날 막는 모든 것을 어둠으로 보내겠소.
자, 현란한 밤 또 한 번 보냅시다. 슬퍼하는
대장들을 다 불러라. 다시 한 번 잔을 채워
자정 종을 놀려 보자.

클레오파트라 오늘은 내 생일이에요.
간소하게 치르려고 했으나 주인님이
안토니가 됐으니 나도 클레오파트라 되지요.

안토니 우린 아직 잘할 수 있어요.

클레오파트라 (차미언과 이라스에게) 그의 멋진 대장들을 다 불러오너라!

안토니 그리하라. 그들에게 말을 걸고 오늘 밤엔
그들의 상처에서 술이 새게 하겠다. 여왕이여,
아직은 생기가 있어요! 다음번에 싸울 땐
죽음이 날 좋아하게 만들 거요, 놈이 가진
바로 그 흑사병 낫으로 분투할 테니까.

(이노바부스만 남고 모두 퇴장)

이노바부스 이제 그는 벼락도 노려볼 것이다. 격분하면
놀라서 무서움을 잊게 되고 기분이 그럴 땐
비둘기도 타조를 쫄 것이다. 우리의 대장님은
머리가 축소되면 심장이 회복된단 사실을
난 항상 봐 왔다. 용기가 이성을 강탈하면
들고 싸울 칼 또한 망가진다. 그를 떠날
방법을 찾아야지. (퇴장)

4막 1장

시저, 아그리파와 미시너스, 군대와 더불어 등장.
시저는 편지를 읽고 있다.

시저 그는 날 애라고 부르고 이집트 밖으로
물리칠 수 있다는 듯 꾸짖는다. 내 사자를
회초리로 때렸고 시저와 안토니 둘이서
결투하자 대들었어. 이 늙은 깡패야, 알아 둬,
내가 죽는 방식은 많이 있고 그동안은

199행 흑사병 낫 죽음의 신이 흑사병으로 수많은 사람을 낫으로 풀 베듯 쓰러뜨리는 모습을 형상화한 것이다.

4막 1장 장소 알렉산드리아 외곽.

이 도전을 비웃는다.

미시너스 시저는 생각해야 하십니다, 이정도 위인이 광분하기 시작하면 쫓겨서 쓰러지기 직전임을. 숨 못 쉬게 바로 지금 그 광기를 이용해요. 분노하면 절대로 자기 방어 잘 못하죠.

시저 주요 지휘관들에게 짐이 내일 많은 전투 가운데 마지막을 치른다고 일러라. 우리의 대열엔 최근까지 안토니를 섬긴 자가 그를 잡아 올 만큼 충분히 들어 있다. 이 일을 조처하고 군대를 잘 먹여라. 우리의 보급은 넉넉하고 그들은 낭비할 자격 있다. 불쌍한 안토니! (함께 퇴장)

4막 2장

안토니, 클레오파트라, 이노바부스, 차미언, 이라스, 알렉사스, 다른 사람들과 함께 등장.

안토니 그가 나와 싸우진 않겠다고, 도미티우스?

이노바부스 예.

안토니 왜 그러지?

이노바부스 그는 지금 스무 배나 운 좋으니 이십 대 일이라고 생각하죠.

안토니 이봐 군인, 난 내일

4막 2장 장소 알렉산드리아.

바다와 땅에서 싸울 테다. 난 살아남거나
죽어 가는 명예를 피 속에 담근 다음
다시 살려 낼 거야. 자넨 잘 싸울 테지?

이노바부스 칼로 치며 '막판이다!' 외치죠.

안토니 좋았어! 자!
집 안의 하인들을 불러라. (알렉사스 퇴장)
오늘 밤은
풍성하게 먹어 보자.

하인 서넛 등장.

자네 손을 이리 주게.
자네는 참말로 충실했네. 자네도 그랬어,
자네, 자네, 자네도. 나를 잘 섬겼고
왕들이 자네들의 친구였어.

클레오파트라 (이노바부스에게 방백) 이게 뭐지?

이노바부스 (클레오파트라에게 방백)
마음속의 슬픔이 토해 내는 좀 이상한
변덕 중의 하나지요.

안토니 또 자네도 충실했어.
나는 내가 수많은 사람으로 쪼개지고
자네들 모두는 하나의 안토니로 합쳐져서
자네들이 내게 했던 훌륭한 봉사를
나도 할 수 있으면 좋겠네.

하인들 모두 신들은 막으소서!

안토니 자, 동료들, 오늘 저녁 시중을 들어 주게,
술잔을 꽉 채우고 날 소중히 여겨 주게,

내 제국이 자네들의 동료였고 내 명령을
들었을 때처럼.

클레오파트라 (이노바부스에게 방백) 어떡할 작정이셔?

이노바부스 (클레오파트라에게 방백)
추종자들 울리시겠지요.

안토니 오늘 밤 날 돌보게.
자네들 임무의 종점이 될지도 모르네.
아마 나를 더는 보지 못하거나 본다 해도
망가진 그림자일 것이야. 아마도 내일은
딴 주인을 섬기겠지. 난 작별을 고하듯
자네들을 보고 있네. 충실한 친구들,
난 자네들을 버리는 게 아니라 죽기까지
자네들의 시중과 결혼한 주인처럼 지낼 거야.
오늘 밤 두 시간만 돌봐 주면 — 더도 말고 —
신들이 보답해 주실 거야!

이노바부스 무슨 말씀입니까,
이들을 불편케 하시다니? 울고들 있잖아요,
저 또한 바보처럼 눈물 나요. 창피해라!
우리를 여자로 만들진 마십시오!

안토니 호, 호, 호!
마법에 걸리지 않고서야 그럴 뜻이었겠어!
그 눈물이 지는 곳에 운향꽃 피어라!
정겨운 친구들, 내 말 너무 애절하게 들었어.
자네들 편하라고, 이 밤을 횃불로 밝혀 주길

38행 운향꽃 은혜초라 불리는 꽃으로 꽃말은 뉘우침 또는 여기에서처럼 슬픔 혹은 동정이다. (아든)

바라서 한 말인데. 자네들은 알아 두게,
난 내일 큰 희망을 가지고 죽음과 명예보다
승리의 삶이 있으리라 기대하는 곳으로
자네들을 이끌 거야. 자, 저녁 하러 가자고,
고민은 묻어 두고. (함께 퇴장)

4막 3장

한쪽 문으로 첫째 병사와 그의 부대,
다른 쪽 문으로 둘째 병사 등장.

병사 1 형님, 잘 자요. 내일이 그날이오.
병사 2 한쪽으로 결판이 나겠지. 잘 가게.
거리에서 이상한 말 들은 거 전혀 없어?
병사 1 아뇨. 무슨 소식인데요?
병사 2 소문일 뿐인 것 같구먼. 좋은 밤 보내게.
병사 1 예, 형님. 좋은 밤 보내세요.

다른 병사들이 등장하여 둘째 병사와 합류한다.

병사 2 이보게 병사들, 경계를 잘 서게.
병사 3 자네도. 좋은 밤, 좋은 밤 보내게.
(그들은 무대의 모든 구석에 자리를 잡는다.)
병사 2 우린 여기. 그런데 만약 내일
해군이 승리하면 난 우리 육군도

4막 3장 장소 알렉산드리아.

일어설 것이란 확고한 희망이 있다네.

병사 1 용감한 군대이고 목적의식 가득해요. —

(오보에 소리가 무대 밑에서 들린다.)

병사 2 쉿! 이게 무슨 소리야?

병사 1 들어 봐요, 들어 봐!

병사 2 잘 들어!

병사 1 공중의 음악이요.

병사 3 땅 밑인데.

병사 4 이건 좋은 의미지, 안 그래?

병사 3 좋지 않아.

병사 1 쉿, 조용! 이게 무슨 뜻이죠?

병사 2 안토니가 사랑했던 헤라클레스 신인데
이젠 그를 떠났어.

병사 1 걸어요. 다른 경계병들도
우리와 같은 걸 들었는지 봅시다.

병사 2 여보게들, 뭔 일이야? (같이 얘기한다.)

모두 뭔 일이야? 뭔 일이야? 이게 들려?

병사 1 예. 이상하지 않아요?

병사 3 들리는가? 여보게들, 들리는가?

병사 1 경계 지역 끝까지 소리를 따라가요.
어떻게 끝나는지 봅시다.

모두 알았어. 이상해. (함께 퇴장)

21행 헤라클레스 1막 3장 85행의 주 참조.

4막 4장

안토니와 클레오파트라,
차미언 및 다른 사람들과 함께 등장.

안토니 에로스! 갑옷 줘, 에로스!

클레오파트라 좀 더 자요.

안토니 아뇨, 햇병아리. 에로스! 어서, 갑옷, 에로스!

에로스 갑옷을 가지고 등장.

자, 이 녀석, 가져온 철갑옷을 입혀 줘.
운명이 오늘은 우리 편이 아니라면 우리가
도전하기 때문이야. 자!

클레오파트라 아니 나도 도울게요.
이건 뭐죠?

안토니 아, 됐어, 됐어! 당신은 내 마음에
갑옷을 입힌다오. 틀렸소, 틀렸소! 이거, 이거!

클레오파트라 정말, 참, 도울래요. 이렇게 해야죠.

안토니 좋아, 좋아!
우린 이제 이길 거요. 알겠어, 녀석아?
너도 네 장비를 갖추러 가.

에로스 곧 그러죠.

클레오파트라 혁대를 잘 채웠죠?

안토니 희귀하게, 희귀하게!
쉬려고 짐이 이 혁대를 일부러 벗기 전에

4막 4장 장소 알렉산드리아.

이것을 푸는 자는 태풍 소리 들을 거요.
에로스, 넌 더듬거리는데 여왕께선 너보다
더 능숙한 시종이야. 서둘러요. 오, 여보,
당신이 오늘 나의 전쟁을 볼 수 있고
왕들의 직업을 이해할 수 있다면 그 방면의
전문가를 볼 것이오.

무장한 병사 등장.

좋은 아침이구나! 어서 와!
자네는 전령병의 책무를 아는 것 같구나.
우리는 좋아하는 일 하려고 일찍이 일어나
기쁘게 시작하지.

병사 장군님, 일천 명이
이른 시간인데도 갑옷 무장 갖추고
항구에서 기다리고 있습니다. (함성. 나팔 소리)

대장들과 병사들 등장.

대장 고운 아침입니다. 좋은 아침, 장군님!

모든 병사 좋은 아침, 장군님!

안토니 나팔 소리 좋구나!
오늘 이 아침은 주목받기 원하는
청년의 마음처럼 제때 시작되는구나.
(클레오파트라에게)
거기, 거기. 자, 이리 줘요. 이렇게. 잘했소.
잘 있어요, 마님. 내가 어찌 되든 간에

이것은 군인의 키스요. (키스한다.) 형식적인 예의를
더 많이 차린다면 욕먹고 창피당해 마땅할
비난이 될 것이오. 쇠로 된 인간처럼
난 이제 당신을 떠나겠소. — 싸울 자는
나를 바싹 따르라, 데려갈 테니까. 잘 있어요.

(클레오파트라와 차미언만 남고 모두 퇴장)

차미언 마마의 방으로 가실 거죠?

클레오파트라 인도하라.
용감하게 가시네. 그와 시저 단둘이서
이 커다란 전쟁을 결판내면 좋으련만!
그러면 안토니가 — 근데 이젠 — 됐다, 가자.

(함께 퇴장)

4막 5장

나팔 소리. 안토니와 에로스,
한 병사를 만나면서 등장.

병사 오늘은 신들이 안토니께 행운을 내리소서!

안토니 자네가 그 상처와 더불어 일찍이 날 설득해
육지에서 싸움했더라면!

병사 그리하셨더라면
반역한 왕들과 오늘 아침 당신 곁을
떠나간 그 군인은 언제나 그대의 발길을
따랐을 것입니다.

4막 5장 장소 알렉산드리아.

안토니 아침에 누가 갔어?

병사 누가요?
그대의 측근이요. 이노바부스 부르시면
그는 듣지 못하거나 시저의 진영에서
'당신 편 아니오.' 할 겁니다.

안토니 뭐라고?

병사 예,
그는 시저 편입니다.

에로스 자신의 상자와 보물은
가져가지 않았어요.

안토니 그가 갔어?

병사 분명히요.

안토니 에로스, 그 보물을 보내 줘라. 그렇게 해.
하나도 안 남기고, 명령이야. 편지를 써 —
서명할 테니까 — 온화한 작별과 인사 하며.
주인 바꿀 이유를 다시는 찾지 않길
바란다고 전하라. 오, 내 운명 때문에
충실한 이들이 타락해! 서둘러. — 이노바부스!

(함께 퇴장)

4막 6장

팡파르. 아그리파, 시저, 이노바부스 및
돌라벨라와 함께 등장.

시저 앞서 가라, 아그리파, 싸움을 시작하라.
짐의 뜻은 안토니를 생포하는 것이다.

그렇게 알려라.

아그리파 예, 시저. (퇴장)

시저 천하가 평화로운 시절이 가깝구나.
오늘 성공한다면 삼등분된 이 세상은
올리브 나무로 풍성하리.

사자 등장.

사자 안토니가
전장에 나왔어요.

시저 아그리파에게 명하라,
그에게 반역한 자들을 전방에 배치하여
안토니가 자신에게 광분하는 것처럼
보이게 하라고. (이노바부스만 남고 모두 퇴장)

이노바부스 알렉사스가 반역한 뒤 안토니의 일을 보러
유대로 갔는데 거기서 헤롯 왕을 설득하여
자기 주인 안토니를 버리고 시저에게
기울도록 만들었다. 그 수고의 대가로
시저는 그의 목을 매달았다. 떨어져 나왔던
카니디우스와 나머지도 고용은 됐지만
명예로운 신뢰는 못 받는다. 난 잘못하였고
그 때문에 자책이 너무 심해 더 이상은
기뻐하지 않으리라.

4막 6장 장소 알렉산드리아 외곽의 시저 진영.
7행 올리브 나무 평화의 상징.

시저의 병사 등장.

병사 이노바부스, 안토니가
당신 보물 모두를 선물까지 얹어서
뒤따라 보내왔소. 내가 경계 섰을 때
그 사자가 왔었고 지금 내 천막에서
노새 짐을 부립니다.

이노바부스 당신에게 주겠소.

병사 놀리지 마시오, 이노바부스.
사실이오. 가져온 사람을 진중에서 무사히
내보내면 최고겠죠. 임무만 없었어도
내가 직접 했을 거요. 당신의 황제는
여전히 조브 같은 분이오. (퇴장)

이노바부스 내가 이 세상에서 유일한 악당이고
그 사실을 가장 깊이 느낀다. 오, 안토니,
선심의 광산이여, 비열한 내 행동도
이렇게 금으로 덮는데 내가 잘 섬겼으면
어찌 보답했겠소! 그래서 내 심장은 부풀고
재빠른 상심에 안 터지면 더 빠른 방법으로
상심 앞서 깨뜨리겠지만 상심이면 될 것 같다.
이 몸이 당신과 싸워요? 아뇨, 빠져 죽을
도랑이나 찾으리다. 내 인생 막바지엔
최고로 더러운 게 최적이죠. (퇴장)

4막 7장

경종. 북소리와 나팔 소리.

아그리파와 다른 사람들 등장.

아그리파 퇴각하라! 적진으로 너무 깊이 들어왔다.
시저도 할 일이 많은 데다 적군의 압박이
예상치를 넘었다. (함께 퇴장)

경종. 안토니와 상처 입은 스카루스 등장.

스카루스 오, 용감한 황제시여, 진짜 싸움이었어요!
우리가 처음에 이랬으면 머리 싸맨 놈들을
집으로 쫓았을 겁니다.

안토니 출혈이 심하구나.

스카루스 여기에 상처가 일자로 났었는데 이제는
열십자가 됐군요. (멀리서 퇴각 나팔)

안토니 그들이 퇴각한다.

스카루스 똥통에 처박아 줄 겁니다. 전 아직도
큰 상처를 여섯 개는 더 입을 수 있답니다.

에로스 등장.

에로스 장군님, 그들을 격퇴했고 우리의 우위로
낙승이 될 겁니다.

스카루스 놈들의 등을 찢고

4막 7장 장소 알렉산드리아 외곽의 전장.

토끼 잡듯 낚아채어 버립시다. — 뒤에서!
도망자를 빼개는 건 즐거워요.

안토니 난 자네의
기운찬 위안은 한 번에, 훌륭한 용기는
열 배로 보답할 것이네. 자, 진격하라!

스카루스 절뚝이며 따릅니다. (함께 퇴장)

4막 8장

경종. 안토니 행군하며 다시 등장.
스카루스, 다른 사람들과 함께 등장.

안토니 우린 그를 막사까지 물리쳤다. 앞서 달려
여왕에게 우리의 공적을 알려라. (병사 퇴장)
내일은
아침 해가 뜨기 전에 오늘 피한 자들의
피를 볼 것이다. 모두들 고맙다, 왜냐하면
그대들은 용맹했고 각자가 명분이 아니라
내가 가진 동기를 가진 듯이 나를 위해
싸워 줬기 때문이다. 모두 다 헥토르 같았다.
도시로 들어가 아내와 친구를 껴안아라.
그들이 기쁨의 눈물로 엉긴 상처 닦아 내고
명예로운 부상을 키스로 치유하는 동안에
이 위업을 말해 줘라.

4막 8장 장소 알렉산드리아.
7행 헥토르 트로이 전쟁에서 그리스군의 아킬레스와 쌍벽을 이루는 트로이의 전사.

클레오파트라 등장.

(스카루스에게) 그 손을 이리 줘라.
이 위대한 요정에게 네 행위를 추천하고
감사를 베풀게 하겠다.
(클레오파트라에게) 오, 이 세상의 빛이여,
무장한 내 목을 안아 주오! 옷 입은 그대로
철통 같은 갑옷 뚫고 내 심장에 뛰어올라
고동치는 개선 마차 몰아요! (둘이 포옹한다.)

클레오파트라 왕 중의 왕이시여!
오, 끝없는 미덕이여! 이 세상의 큰 덫 피해
웃으면서 오셨어요?

안토니 오 나의 꾀꼬리여,
우린 적을 그들의 침대까지 내쳤소. 허, 여보!
새치가 짐의 젊은 갈색과 좀 섞였지만
짐에겐 근육을 키우는 뇌가 있고 청년만큼
많은 목표 이룰 수 있다오. 이 사람을 보시오.
그 손으로 그의 두 입술에 호의를 보여요.
(그녀가 스카루스에게 손을 내민다.)
키스하게, 전사여. 그는 오늘 어떤 신이
인류가 미워서 그와 같은 모습으로
파괴하는 것처럼 싸웠소.

클레오파트라 친구여, 너에게
순금의 갑옷을 주겠노라. 그건 왕의 것이었다.

안토니 그것이 태양신의 마차처럼 보석으로
장식돼 있어도 그는 자격 있어요. 손을 주오.
알렉산드리아 시내를 기쁘게 행군해요,

짐의 깨진 방패를 주인인 양 앞에 들고.
짐의 큰 궁정이 이 대군을 수용할
능력이 된다면 우리 모두 저녁을 함께하고
극도의 위험을 약속하는 내일의 운명에
건배를 할 텐데. 나팔수들이여,
금속성 소음으로 도시의 귀를 찢어 놓아라,
시끄럽게 울리는 작은 북과 뒤섞여
우리의 도착을 찬양하는 소리가 온 천지에
한꺼번에 울리도록. (나팔 소리. 함께 퇴장)

4막 9장

보초 한 명과 동료 경계병들 등장.
이노바부스가 뒤따른다.

보초 우리는 이 시간 안으로 교체되지 않으면
근위병 숙소로 되돌아가야 해.
밤은 밝게 빛나고 우리는 전투 준비
내일 새벽 2시까지 할 거란 소문이야.
경계병 1 어제는 우리에게 어려운 날이었어.
이노바부스 오, 밤이여, 내 증인이 되어 주오. —
경계병 2 이 사람은 누구야?
경계병 1 곁에서 들어 보자. (그들은 옆으로 비켜선다.)
이노바부스 증언해 주시오, 오, 축복받은 달님이여,
역도들이 역사에 미움으로 기억될 때

4막 9장 장소 알렉산드리아 외곽의 시저 진영.

이 불쌍한 이노바부스는 그대 얼굴 앞에서
뉘우쳤단 사실을.

보초 이노바부스?

경계병 2 쉿! 더 들어 봐.

이노바부스 오, 진정한 우울증의 여주인이시여,
밤의 독한 습기를 나에게 뿌려 주오,
내 뜻을 거역하는 생명이란 역적 놈이
내게 더 붙어 있지 못하도록, 내 심장을
철석같이 단단한 내 과오에 패대기쳐
그것이 슬픔으로 마르고 가루가 되면서
모든 추한 생각이 끝나도록. 반역한
나의 악명보다 더 고귀한, 오, 안토니여,
사적인 관계에선 날 용서해 주시오,
하지만 세상더러 내 등급을 매기게 하시오,
주인을 버린 자 그리고 도망자로.
오, 안토니! 오, 안토니여! (그는 주저앉는다.)

경계병 1 그에게 말을 걸자.

보초 말을 좀 들어 보자, 그가 하는 말이 시저와 상관 있을
지도 모르니까.

경계병 2 그러자. 하지만 잠들었네.

보초 기절했다고 봐야겠지, 그의 기도처럼 나쁜 말은 절대
잠들려고 한 게 아니니까.

경계병 1 그에게 가 보자.

경계병 2 일어나요! 일어나! 말해 봐요!

경계병 1 들려요?

보초 죽음의 손아귀에 잡혔어. (먼 데서 북소리)
들어 봐! 북소리가

자는 사람 엄숙히 깨운다. 근위병 숙소로
이 사람을 데려가자. 중요한 사람이야.
우리 시간 다 찼어.

경계병 2 그럼 가자. 그는 아직 회복될 수도 있어.

(시체 들고 함께 퇴장)

4막 10장

안토니와 스카루스, 그들의 군대와 함께 등장.

안토니 그들이 오늘은 해전을 준비했어. 육지에선
그들이 우리를 못 반기지.

스카루스 양쪽 다 못 그러죠.

안토니 불 속이나 공중에서 싸우자면 좋겠어,
거기서도 싸워 줄 테니까. 하지만 이러한다.
우리의 보병은 이 도시에 인접한 언덕 위에
짐과 함께 남는다. — 바다 쪽 명령은 내렸고
그들은 항구에서 나갔어. — 거기에서
아군의 전열을 가장 잘 살피고 그들의 분투를
바라볼 수 있을 거다. (함께 퇴장)

4막 11장

시저와 그의 군대 등장.

4막 10장 장소 알렉산드리아 외곽의 전장.

시저 공격이 없는 한 우리는 땅 위에 가만있고
내 생각엔 그리될 것이다, 그의 정예 부대는
해상 근무 갔으니까. 계곡으로 내려가서
최고로 유리한 곳 지키자. (함께 퇴장)

4막 12장

해전에서 들리는 것 같은 먼 경종.

안토니와 스카루스 등장.

안토니 교전은 아직 없다. 저기 솔이 있는 데서
모든 걸 살펴보마. 어떻게 돼 가는지
곧장 소식 전하겠다. (퇴장)

스카루스 클레오파트라의 범선에
제비들이 둥지를 틀었다. 점치는 자들은
모른다며 알 수가 없다 하고 어두워 보이며
그들의 지식을 감히 말 못 한다. 안토니는
용감한데 낙심했고, 헝클어진 운 때문에
자신이 가진 것과 안 가진 것에 대해
희망과 공포를 번갈아 느낀다.

안토니 등장.

안토니 다 잃었다!

4막 11장 장소 알렉산드리아 외곽의 전장.
4막 12장 장소 양 진영 사이의 전장.

이 더러운 이집트 계집이 날 배신했어.
내 함대는 적군에 항복했고 저쪽에선 그들이
모자를 던지면서 오래 못 본 친구처럼
다 같이 마시고 떠든다. 세 번 돈 창녀야!
이 초짜 놈에게 나를 판 건 바로 너고 내 마음은
오직 너와 전쟁할 뿐이다. 다 도망치라고 해!
내가 이 마녀에게 복수하면 모든 게
다 끝날 테니까. 다 도망치라고 해! 가 봐!

(스카루스 퇴장)

태양이여, 그대의 오름을 나는 더 못 본다.
운명과 안토니는 여기서 헤어진다. 우린 바로
여기에서 악수한다. 다 이렇게 되다니!
나를 졸졸 따르던, 소원을 들어줬던 자들이
꽃피는 시저에게 받아먹은 사탕으로
침을 질질 흘리는데 그들 모두보다도 높았던
이 솔은 껍질이 벗겨졌다. 난 배신당했다.
오, 이 못 믿을 이집트 영혼아! 이 무서운 마녀가
눈으로 내 전쟁을 불러낸 뒤 집으로 보냈고
그녀의 가슴은 나의 왕관, 주목표였는데도
진짜배기 집시처럼 야바위로 날 속여
패전의 바로 그 중심부로 끌고 갔다.
허, 에로스, 에로스!

클레오파트라 등장.

아, 이 마법아! 썩 꺼져라!

클레오파트라 주인님은 애인에게 왜 격노하셨어요?

안토니 사라져라, 안 그러면 응분의 벌을 줘
시저의 개선식을 해치겠다. 그가 널 데려가
고함치는 평민들 쪽으로 쳐들어 보이라 해!
여성 최대 오점처럼 시저의 전차를 따르고
최고로 불쌍한 난쟁이, 등신들을 대신해
최악의 괴물처럼 전시되며 참고 있던
저 옥타비아가 네 면상을 준비된 손톱으로
확 긁으라고 해! (클레오파트라 퇴장)
사는 게 잘하는 일이라면
넌 가길 잘했다. 하지만 내 광분에 걸리는 게
더 나앗을 것이다, 한 번의 죽음으로
많은 죽음 막았을 테니까. 여봐라, 에로스!
난 네수스 그놈의 셔츠를 입었다. 나의 선조
헤라클레스여, 그대의 광란을 가르쳐 주시오.
리카스 종놈을 달의 뿔에 걸게 해 주시고
가장 큰 곤봉 잡던 그 손으로 가장 죽어 마땅한
이 몸을 제압해 주시오. 이 마녀는 죽을 거다.
그녀는 어린 로마 애에게 날 팔았고 나는 그
계략에 걸렸다. 그래서 그녀는 죽는다. 에로스! (퇴장)

43~47행 난…주시오
안토니는 자기 조상이라고 주장한 헤라클레스의 죽음을 회상한다. 헤라클레스의 독화살을 맞은 네수스(켄타우로스)는 자신의 피 묻은 셔츠를 사랑의 마법이 있을 것이라면서 헤라클레스의 아내에게 준다. 그녀는 이것을 헤라클레스의 하인 리카스를 시켜 남편에게 보냈고, 그가 그것을 입었을 때 불붙어 그를 태워 죽인다. 그는 극심한 고통 속에서 리카스를 바다로 던졌는데 신들이 그를 동정하여 바위로 변신시켜 주었다. (아든)

4막 13장

클레오파트라, 차미언, 이라스, 마디언 등장.

클레오파트라 얘들아, 도와줘! 오, 그이는 방패를 원했던
아이아스보다 더 미쳤어. 테살리아 곰보다
더 궁지에 몰렸어.

차미언 무덤으로 가세요!
거기서 문 걸고 그분에겐 죽었다고 하세요.
영육이 찢어져도 큰 인물이 가시는 것만큼
아프지는 않답니다. 그 골이 더 깊진 않아요.

클레오파트라 무덤으로 가겠다!
마디언, 내가 자결했다고 그이에게 얘기해.
마지막 나의 말은 '안토니'라고 하되
애처롭게 말해 줘. 어서 가, 마디언, 그이가
내 죽음을 접한 모습 알려 줘. 무덤으로! (함께 퇴장)

4막 14장

안토니와 에로스 등장.

안토니 에로스, 내가 아직 보이느냐?

에로스 예, 주인님.

안토니 우린 때로 용 같이 구부러진 구름 보고

4막 13장 장소 알렉산드리아.
2행 아이아스
아이아스는 트로이가 함락되었을 때 죽은 아킬레스의 방패와 갑옷을 자기가 아닌 율리시스가 차지하게 됐을 때 미쳐서 자살했다. (아든)
4막 14장 장소 알렉산드리아.

때로는 곰이나 사자 같은 수증기,
높이 솟은 성채나 허공에 걸린 바위,
갈라진 산이나 나무가 자라는 푸른 곶이
세상에게 고갯짓하면서 공기로 우리 눈을
현혹하는 것을 보지. 이런 형체 보았겠지?
어두운 저녁에 나타나는 장관이야.

에로스 예, 주인님.

안토니 지금은 말 같은데 한 생각만 지나면
구름은 흩어지고 그 모습은 물속의 물처럼
분간할 수 없게 되지.

에로스 그렇게 됩니다.

안토니 이 녀석 에로스야, 지금 너의 대장은
바로 그런 형체란다. 여기 난 안토니다.
하지만 보이는 이 모습을 못 지켜, 이 녀석아.
이집트 때문에 이 전쟁을 벌였는데 여왕이 —
그녀 맘 가졌다 여겼지, 그녀가 내 것을 가져서.
내가 그걸 가졌을 땐 거기에 백만 개가
더 달려 있었어, 이제는 없지만. — 그녀가 에로스,
시저와 카드를 조작하고 내 영광의 패를 속여
적군의 승리를 끌어냈다.
아냐, 울지 마, 에로스. 우리에겐 우리를
끝낼 일이 남아 있어.

마디언 등장.

오, 더러운 네 여주인!
그녀가 내 칼을 앗아 갔어.

마디언 아뇨, 안토니여,
마마는 당신을 사랑했고 운명을 완전히
같이하셨습니다.

안토니 꺼져라, 이 환관 놈! 입 닥쳐!
그녀는 날 배신했고 그에 맞게 죽을 거다.

마디언 누구든지 죽음 값은 한 번만 치르고
그녀는 갚았어요. 당신이 하려는 그 일은
이미 행해졌습니다. 그녀의 마지막 유언은
'안토니! 참으로 고귀한 안토니!'였어요.
그런데 그 중간에 신음이 터져 나와
안토니란 이름은 깨어졌고 심장과 입술의
양쪽으로 갈라졌죠. 그녀는 숨졌고
당신 이름 그녀 안에 묻혔어요.

안토니 죽었어?

마디언 죽었어요.

안토니 무장 풀어, 에로스. 긴 날의 임무가 끝났고
짐은 잠을 자야 해. (마디언에게) 네겐 무사 귀환이
아주 후한 수고비다. 가. (마디언 퇴장)
떼 내라! 다 떼 내! (에로스가 그의 무장을 벗긴다.)
일곱 겹의 아이아스 방패도 내 심장에 가해진
이 타격을 못 막는다. 오, 찢어져라, 옆구리여!
심장이여, 한 번만 이 몸보다 강해져서
이 약한 틀 깨뜨려라! 빨리해, 에로스, 빨리해!
더 이상 군인이 아니다. 파편들은 떠나라,

23행 칼…갔어
군인 정신의 상징인 칼을 가져갔어, 즉 그녀가 날 거세했어. (아든)

장하게 견디었다. 잠시 나가 있어라. (에로스 퇴장)
곧 따라잡겠소, 클레오파트라여, 그리고
울면서 용서를 빌겠소. 그래야지, 이제는
긴 것은 다 고문이니까. 횃불이 꺼졌으니
방황 말고 드러눕자. 이제 모든 노력은
수포로 돌아간다. — 암, 힘쓸수록 더 강하게
뒤엉켜 버린다. 그럼 닫자, 그럼 다 끝난다.
에로스! — 곧 가요, 여왕이여. — 에로스! — 기다려요.
우리는 영혼들이 누운 꽃밭 위에서 손잡고
활기찬 몸짓으로 그들이 응시하게 만들 거요.
디도와 아이네이아스에게는 사람 없고
우리에게 다 몰릴 것이오. 들어와, 에로스!

에로스 등장.

에로스 어인 일이십니까?

안토니 클레오파트라가 죽은 뒤
난 너무 불명예스럽게 살아서 신들이
저급한 날 혐오한다. 칼로써 이 세상을
쪼개어 놓았고 푸른 넵튠 등 위에 배를 모아
도시를 만든 내가 여자의 용기도 없다고
나 자신을 힐난한다, 스스로 죽어서 시저에게
'나는 나의 정복자다.'라고 하는 그녀보다
마음이 더 고귀하지 못하다고. 에로스,

54행 디도와 아이네이아스 디도는 카르타고의 여왕으로 자기 나라에 들른 아이네이아스를 사랑했으나 그가 그녀를 버리고 떠났을 때 스스로 타 죽었다.

넌 절박한 때가 오면 — 지금 정말 왔는데 —
내가 등 너머로 피치 못할 오욕과 공포가
추적해 오는 걸 봤을 때 명령에 따라서
날 죽이겠다고 맹세했다. 그걸 해. 때가 왔어.
넌 나를 찌르는 게 아니라 시저를 꺾는다.
창백해하지 마.

에로스 신들은 저를 막아 주소서!
파르티아의 뭇 화살도 비록 적군이지만
다 빗나가 못한 일을 제가 해요?

안토니 에로스,
넌 위대한 로마의 창가에 앉아서 네 주인이
이렇게 팔 묶인 채, 벌받을 목을 푹 숙이고
그 얼굴은 파고드는 치욕에 굴복한 걸
보고 싶단 말이냐? 반면에 운 좋은 시저는
앞서 가는 전차로 뒤따르는 그 인간의 천함을
낙인찍듯 보여 줄 터인데?

에로스 그런 건 못 봅니다.

안토니 그럼, 어서! 난 상처로 치유돼야 하니까.
조국 위해 가장 쓸모 있도록 차고 다닌
충실한 네 칼을 뽑아라.

에로스 오, 용서를 빕니다!

안토니 너를 풀어 줬을 때 내가 이걸 시키면
하겠다고 맹세하지 않았느냐? 곧장 해라,
안 그러면 너의 앞선 봉사는 모두 다
목적 없는 우연이야. 칼을 뽑고 달려들어!

에로스 그러면 세상 모든 숭배물이 들어 있는
그 고귀한 얼굴을 제게서 돌리세요.

안토니 (그에게서 돌아선다.) 자, 봐라!

에로스 칼을 뽑았습니다.

안토니 그러면 그것을 뽑아서
하려고 했던 일, 바로 시켜.

에로스 사랑하는 주인님,
나의 대장 황제시여, 피비린 이 일격을
가하기 이전에 작별하게 해 주십쇼.

안토니 이봐, 했잖아, 잘 있어.

에로스 잘 가십쇼, 대장님. 지금 쳐요?

안토니 지금이다, 에로스.

에로스 그럼, 여기! (자결한다.)
안토니가 죽는 슬픔 난 이렇게
확실히 피한다.

안토니 나보다 세 배는 더 장하다!
오, 용맹한 에로스, 네가 못한 내 할 일이 뭔인지
넌 내게 가르쳐 주는구나! 여왕과 에로스는
용감한 교훈으로 고귀한 행적에서
나를 뛰어넘었다. 하지만 난 죽으면서
신랑이 된 다음 연인의 침실로 달려가듯
죽음으로 달려가리. 자 그럼! 그리고 에로스,
네 주인은 학생으로 죽는다. 이렇게 하는 건
(자신의 칼 위로 넘어진다.)
네게서 배웠어. 어? 안 죽어? 안 죽었어?
여봐라, 근위병! 오, 날 처치해.

데르세투스를 포함한 여러 명의 근위병 등장.

근위병 1 웬 소리야?

안토니 이보게, 내가 일을 잘 못했어. 시작한 걸
자네들이 끝내 주게.

근위병 2 하늘의 별이 졌다.

근위병 1 시간은 끝났고.

근위병 모두 슬프고 비통하다!

안토니 날 아끼는 사람이 죽여 줘.

근위병 1 전 못 해요!

근위병 2 저도 못 합니다!

근위병 3 누구도 못 합니다! (데르세투스만 남고 모두 퇴장)

데르세투스 당신의 죽음과 운명이 추종자들 쫓는군요.
이 칼을 이 기별과 시저께 보이는 것만으로
난 그의 일원이 될 것이다. (안토니의 칼을 집어 든다.)

디오메데스 등장.

디오메데스 안토니는 어디 계셔?

데르세투스 저기, 디오메드, 저기에!

디오메데스 살아 계셔? 이봐요, 왜 대답 않으세요?
(데르세투스, 안토니의 칼을 가지고 퇴장)

안토니 자네야, 디오메드? 칼을 뽑아 날 내리쳐,
죽을 만큼 힘차게.

디오메데스 완벽하신 주인님,
클레오파트라 마마가 저를 보내셨어요.

안토니 언제 너를 보냈는데?

디오메데스 지금요.

안토니 어디 있나?

디오메데스 무덤 속에, 문 걸고요. 벌어진 일에 대해
두려움을 예감한 그녀는 당신께서 자기가
시저와 합의했다 의심하고 — 그런 일은
절대로 없겠지만 — 당신의 격분이 해소되지
않을 것을 알았을 때 자기가 죽었다는
전갈을 보냈고, 그 결과가 어떨지 겁나서
진실을 밝히라고 절 보내셨는데 제가 너무
늦게 온 것 같군요.

안토니 넌 너무 늦었다, 디오메드. 근위병 불러 줘.

디오메데스 여봐라! 황제의 근위병! 여봐라, 근위병!
이리 와, 주인님이 부르신다!

안토니의 근위병 네댓 명 등장.

안토니 친구들, 클레오파트라 있는 곳에 날 데려가.
내가 명한 마지막 시중이 될 것이다.

근위병 1 비통, 비통합니다! 참된 부하 다 없어질 때까지
못 사실 것 같습니다.

근위병 모두 최고로 우울한 날이다!

안토니 아니, 이 착한 사람들아, 가혹한 운명을
자네들의 슬픔이란 영예로 기쁘게 만들지 마.
우리를 벌하러 오는 걸 환영하면 우린 그걸
가볍게 견디는 것처럼 보여서 벌하네. 날 들게.
난 자주 자네들을 이끌었어. 이젠 날 옮기고
모든 것에 고맙단 말을 듣게.

(안토니와 에로스를 들고 함께 퇴장)

4막 15장

클레오파트라와 시녀들이 위에서
차미언 및 이라스와 함께 등장.

클레오파트라 오 차미언, 난 절대 여기서 안 나가.

차미언 안심하세요, 마마.

클레오파트라 아냐, 난 그리 못 한다.
이상하고 끔찍한 모든 사건 다 환영하지만
안심은 짐이 경멸한단다. 짐의 슬픔, 그 크기는
그 이유에 비춰볼 때 그것의 원인만큼
거대함에 틀림없어.

디오메데스 아래에 등장.

어찌 됐어? 가셨어?

디오메데스 죽음이 닥쳤지만 가시진 않았어요.
마님 계신 무덤의 다른 쪽을 보십시오.
그의 근위병들이 그리로 모셔 왔습니다.

근위병들이 안토니를 들고 아래에 등장.

클레오파트라 오, 태양이여,
그대를 움직이는 천구층을 태워라! 이 세상의

4막 15장 장소
클레오파트라의 무덤 바깥.
11행 천구층
고대인들은 행성, 별, 천체가 여기에 붙어 함께 움직이는 것으로 믿었다. 따라서 태양의 천구층이 타 버리면 태양은 궤도를 벗어나고 지구는 어둠에 휩싸일 것이다.

뭇 해안은 어둠 속에 서 있다! 오, 안토니,
안토니, 안토니! 도와 줘, 차미언! 이라스, 도와줘!
도와줘, 아래쪽 친구들! 그를 이리 당기자.

안토니 쉿!
시저의 용맹이 안토니를 타도한 게 아니라
안토니의 용맹이 스스로 승리했소.

클레오파트라 안토니만 안토니를 정복해야 하는 게
마땅한 일이지만 그리된 건 비통해요.

안토니 난 죽어요, 이집트여, 죽어요. 난 오로지
수천 번 가운데 마지막 불쌍한 키스를
그 입술에 할 때까지 죽음에게 시간 달라
사정하고 있다오.

클레오파트라 난 감히 못 가요, 여보.
사랑하는 당신이 용서해요. 잡힐까 봐
난 감히 못 가요. 행운이 가득한 시저의
장엄한 볼거리도 장식으로 날 쓰지는
절대 못할 거예요. 칼과 약과 독사가
날과 침과 효과가 있다면 난 안전합니다.
당신 아내 옥타비아가 단정한 두 눈으로
조용히 판결하며 새치름히 쳐다봐도 존경은
못 받을 거예요. 하지만 와요 와, 안토니여 —
얘들아, 도와줘 — 당신을 올려야겠어요.
친구들은 거들어 줘! (올리기 시작한다.)

안토니 오, 빨리 해, 죽겠어!

클레오파트라 이거 진짜 재밌네! 당신 정말 무겁군요!
우리 힘이 무거운 슬픔에 모두 다 모이니까
무거워지네요. 나에게 주노의 힘 있다면

튼튼한 날개 달린 머큐리가 당신 집어 올려서
조브 곁에 앉힐 텐데. 하지만 조금만 더.
소원은 항상 어리석었죠. 오, 와요, 와요,

(안토니를 클레오파트라에게 들어 올린다.)

잘 왔어요, 잘 왔어! 살아나서 죽으세요.
키스로 소생해요. 이 입술에 그런 힘이 있다면
이렇게 비벼 댈 거예요. (그에게 키스한다.)

근위병 모두 아, 우울한 광경이다!

안토니 난 죽어요, 이집트여, 죽어요.
포도주 좀 주고 몇 마디 더 하도록 —

클레오파트라 아뇨, 말은 내가 할게요, 내 욕설이 너무 심해
배신하는 운명 계집, 그 모욕에 약이 올라
자기 물레 부수게요.

안토니 여왕님, 한마디만.
시저에게 안전과 더불어 명예를 구해요. 오!

클레오파트라 그 둘은 같이 가지 않아요.

안토니 귀한 당신,
시저 사람, 믿지 마오, 프로쿨레이우스 말고는.

클레오파트라 시저의 사람이 아니라 내 결심과
내 손을 믿겠어요.

안토니 내 인생의 끝에 온 이 불행한 변화에
한탄이나 슬픔 말고 기쁜 생각 가져요,
나의 앞선 행운을 되새기며 말이오. 그때 난

35~37행 주노…조브
주노는 로마 최고의 여신이고 머큐리는 신들의 심부름꾼이며 조브는 로마 최고의 신이다.

46행 계집
여기에서 운명의 여신은 한갓 계집으로 전락한다.

세상에서 가장 크고 고귀한 군주로 살았고
또 이제는 천하게 죽는 게 아니라,
비겁하게 동포에게 투구를 벗는 게 아니라
로마인이 로마인에 의하여 용감하게
정복당해 죽는 거요. 정신이 혼미하오.
더는 못 버티겠소.

클레오파트라 최고로 고귀한 분, 죽나요?
내 걱정은 안 해요? 이 지겨운 세상에
남아야만 하나요? 당신 없는 이곳은
돼지우리보다도 못한데? 오, 애들아, 이것 봐,
이 세상의 왕관이 정말로 녹았다. 주인님!

(안토니가 죽는다.)

오, 전쟁의 큰 화관은 시들어 버렸고
군인의 잣대는 쓰러졌다. 소년과 소녀들이
어른과 동급으로 차이가 없어졌고
우릴 찾는 달님 아래 주목할 만한 것은
아무것도 안 남았어. (그녀는 졸도한다.)

차미언 오, 마마, 진정하세요!

이라스 우리의 군주이신 그녀도 가셨어.

차미언 마님!

이라스 마마!

차미언 오, 마마, 마마, 마마!

이라스 이집트 여왕이여! 여제시여! (클레오파트라가 움직인다.)

차미언 쉿, 쉿, 이라스.

클레오파트라 난 젖 짜고 가장 천한 잡일하는 처녀처럼
하찮은 감정에 지배받는 한 사람의
여자일 뿐, 그 이상은 아니다. 내 할 일은

상처 주는 신들에게 왕홀을 던지면서
이 세상도 그들이 우리 보석 훔쳐 갔을 때까진
그들 것과 같았다고 하는 거야. 다 헛되다.
인내심은 바보 같고 성마름은 미친개에
정말로 어울린다. 그렇다면 죽음이 과감히
우리에게 오기 전에 그 죽음의 밀실로
달려가면 죄가 될까? 어떡할래, 너희는?
뭐야, 뭐, 기운 내! 아니, 왜 그래, 차미언?
고귀한 처녀들아! 아, 여자란, 여자란! 이봐,
우리의 등불은 다 탔고 꺼졌어. 자, 기운 차려.
이분 묻고 그다음엔 용감한 일, 고귀한 일,
고상한 로마의 방식으로 해 보자. 그리고
죽음이 으스대며 우릴 받게 만들자. 자, 가자.
거대한 정신을 담았던 이 그릇이 이젠 차다.
아, 여자란, 여자란! 자, 우리에겐 결심과
가장 짧은 결말밖엔 친구가 없단다.

(안토니의 시신 들고 함께 퇴장)

5막 1장

시저, 그의 전쟁 참모들인 아그리파, 돌라벨라,
미시너스, 프로쿨레이우스, 갈루스와 함께 등장.

시저 돌라벨라, 그에게 어서 가서 항복하라고 해.
그렇게 무력한데 망설이는 그 자체가

5막 1장 장소 알렉산드리아 외곽의 시저 진영.

웃음거리 될 거라고 말해 줘.

돌라벨라 예, 시저. (퇴장)

데르세투스, 안토니의 칼을 가지고 등장.

시저 그건 왜? 그리고 넌 누군데 짐에게 이렇게
감히 나타났느냐?

데르세투스 저는 데르세투스입니다.
안토니를 섬겼는데 최고로 섬길 만한
최고의 분이셨죠. 그가 서서 말했을 땐
제 주인이셨고 그분을 미워하는 자들에게
제 생명을 다 썼지요. 저를 받아 주신다면
그분에게 했던 대로 시저에게 꼭 같이
하려고 합니다. 안 받아 주신다면 제 생명을
당신에게 맡깁니다.

시저 그게 무슨 말이냐?

데르세투스 제 말은 시저여, 안토니가 죽었어요.

시저 그렇게 큰 일을 터뜨리는 데에는
보다 큰 폭발이 있어야지. 이 둥근 세상은
사자들을 흔들어 도시의 길거리로, 시민들은
사자 굴로 내몰았어야지. 안토니의 죽음은
한 개인의 파멸이 아니다. 세계의 절반이
그 이름에 들어 있다.

데르세투스 그는 죽었습니다.
공적인 법의 대리인이나 고용된 자객에
의해서가 아니라 자신의 명예를
자신의 행위로 기록했던 바로 그 손으로

심장이 빌려 준 용기와 힘을 합쳐
그 심장을 쪼갰어요. 이게 그의 칼입니다.
상처에서 빼앗았죠. 보십시오, 귀한 피로
물들어 있습니다.

시저 (칼을 가리키며) 보게나, 슬픈 친구들이여.
신들은 날 책망하지만 이것은 왕들의
눈을 적실 기별이야.

아그리파 그런데 우리가
최고로 추구했던 행위를 본성이 강요하여
한탄하니 이상하죠.

미시너스 그 사람의 오점은
영예와 대등했소.

아그리파 더 희귀한 정신이 한 인간을
조종한 적 없었소. 하지만 신들은 우리를
결점으로 사람 만들겠지요. 시저가 감동했소.

미시너스 이토록 폭넓은 거울 앞에 섰을 땐
자신을 볼 수밖에 없지요.

시저 오, 안토니여,
난 그대를 예까지 뒤쫓았소. 하지만 우리는
몸 안에 생긴 병을 잘라 내오. 난 강제로
이러한 종말의 날이나 모습을 그대에게
제시했을 것이오. 우리는 이 세상 어디서도
동거하지 못합니다. 하지만 심장의 피만큼
효험 있는 눈물로 그대, 매형, 최상의 기획에선
나의 최고 동료이며 제국에선 나의 짝
최전선에서는 친구이자 동지였고
이 내 몸의 팔이며 그 자신의 생각으로

내 심장의 불 지핀 심장이던 그대여,
동등했던 우리의 화해 못 할 운세로
우리가 이렇게 갈라지게 되었다는 사실을
한탄하게 해 주시오. 들어보게, 친구들 —

이집트인 등장.

하지만 조금 더 적절한 시기에 말하겠네.
이 사람의 일이 매우 급한 것 같으니
그의 말을 들어 보자. 어디에서 왔느냐?

이집트인 아직은 하찮은 이집트인인데 제 여주인
여왕께서 전 재산인 무덤에 머무시며
당신의 의중에 대하여 지도 바라십니다.
준비를 갖추고 자신을 강요된 방식에
맞출 수 있도록요.

시저 마음을 편히 하라 일러라.
그녀는 곧 짐이나 짐의 사람으로부터
그녀 위해 이 짐이 얼마나 명예롭고 친절한
결정을 했는지 알 것이다. 시저는 온화하지
않을 수 없으니까.

이집트인 신들의 가호를 빕니다! (퇴장)

시저 이리 오게, 프로쿨레이우스. 가서 말해,
그녀에게 창피 줄 의도는 없다고. 그녀의
특별한 심정에 위안되면 뭣이든 해 줘라,
고결한 그녀가 치명적인 일격으로
짐을 꺾지 않도록. 로마에서 그녀의 존재는
짐의 개선식에서 영원할 테니까. 가라,

그리고 최대한 빠르게 그녀가 한 말과
근황을 알아 오라.

프로쿨레이우스 시저여, 그리하겠습니다.

시저 갈루스, 함께 가라. (프로쿨레이우스와 갈루스 함께 퇴장)
프로쿨레이우스를
지원해 줄 돌라벨라 어디 있나?

시저 외 모두 돌라벨라!

시저 내버려 둬, 무슨 일을 시켰는지 이제야
기억이 났으니까. 앞으로 준비시킬 것이다.
내 막사로 같이 가면 내가 이 전쟁에
얼마나 마지못해 끌려 들어왔는지
내가 항상 얼마나 온화하게 나갔는지
내 모든 글에서 알게 될 것이다. 같이 가서
내가 보여 줄 수 있는 걸 보라. (함께 퇴장)

5막 2장

클레오파트라, 차미언, 이라스 등장.

클레오파트라 황폐해지고 나서 나는 더 나은 삶을
정말 살기 시작했다. 시저가 되는 건 시시해.
운명의 여신이 아닌 그는 운명의 종, 그녀 뜻의
대리인일 뿐이다. 다른 모든 행위를 끝막고
우연을 속박하며, 변화에 빗장을 지르고
거지와 시저까지 기르는 개똥 세상 싹 잊게,

5막 2장 장소 클레오파트라의 무덤 안.

그 맛을 절대로 더 안 보게 해 주는
그 일을 하는 건 위대하다.

프로쿨레이우스 등장.

프로쿨레이우스 시저가 이집트 여왕에게 인사하고
어떤 고운 요구를 허락받으시려는지
본인이 검토하라 하셨어요.

클레오파트라 자네의 이름은?

프로쿨레이우스 프로쿨레이우스입니다.

클레오파트라 안토니가
자네 이름 말해 줬고 신뢰하라 명했어.
하지만 신뢰가 소용없는 나로선 속아도
크게 걱정 않는다네. 자네의 주인이
여왕더러 그에게 구걸하길 원하시면
군주는 품위를 지키려고 왕국 하나 정도는
구걸해야 된다고 말씀드려. 정복한 이집트를
내 아들을 위하여 내게 하사하신다면
내 것을 너무 많이 주셔서 무릎 꿇고
감사드릴 것이네.

프로쿨레이우스 기운을 내십시오.
당신은 고결한 손 안에 있으니 두려워 마시고
제 주인께 자유로이 완전히 의탁하십시오,
어려운 사람들 모두에게 넘쳐흐를 만큼의
은혜가 가득한 분입니다. 이 온순한 복종을
제가 보고드리면, 은혜는 엎드려 얻지만
친절은 베풀게 도와 달라 간청하는 군주를

보시게 될 겁니다.

클레오파트라　말씀드려 주게나,
난 그의 행운의 종이고 그가 얻은 대권을
인정해 드린다고. 매시간 순종의 교훈을
배우고 있으며 기꺼이 그분의 얼굴을
쳐다보고 싶다고.

프로쿨레이우스　마마, 이걸 보고 드리죠.
안심하십시오. 당신의 곤경을 초래한 분께서
동정하고 있음을 전 아니까요.

갈루스와 로마 병사들 등장.

(병사들에게) 그녀가 아주 쉽게 놀라는 걸 보았지.
시저가 올 때까지 호위하라.

이라스　여왕 마마!

차미언　오, 클레오파트라, 붙잡히셨어요, 마마!

클레오파트라　내 손아, 빨리, 빨리. (칼을 뽑는다.)

프로쿨레이우스　멈춰요, 마마, 멈춰요! (칼을 뺏는다.)
자해하지 마십시오. 이것은 배신이 아니라
구원이랍니다.

클레오파트라　뭐, 앓던 개도 편해지는
죽음까지 앗아 가?

프로쿨레이우스　클레오파트라여,
자신을 망가뜨려 제 주군의 선심을
잘못 쓰지 마십시오. 당신이 죽으면
절대로 못 드러날 그분의 고귀한 행동을
이 세상이 보게 해 주십시오.

클레오파트라 죽음아, 어딨느냐?
이리 와, 자! 자 와서 수많은 아기와 거지 값의
여왕 하나 잡아가라!

프로쿨레이우스 오, 진정하십시오!

클레오파트라 이보게, 난 음식을 안 먹고 마시지도 않겠다.
실없는 얘기가 한 번쯤 필요한 때가 와도
잠을 자지 않겠다. 난 시저가 어떠하든
덧없는 이 집을 부술 테다. 알아 두게,
나는 네 주인의 집에서 팔 꺾인 채 안 기다려.
둔감한 옥타비아의 엄숙한 눈 징계는
한 번도 받지 않을 터이고. 그들이 나를 들어
비난하는 로마의 고함치는 뭇 잡것들에게
보여 줄 거라고? 차라리 이집트의 개골창이
편한 무덤이리라! 차라리 나일 강 진흙에
발가벗겨 눕혀 놓고 쉬파리가 알을 까
날 역겹게 만들어라! 차라리 저 드높은
우리 나라 피라미드로 교수대를 만들고
쇠사슬로 매달아라!

프로쿨레이우스 당신의 이 공포심은
당신이 시저에게 찾을 만한 근거를
훨씬 넘어섰습니다.

돌라벨라 등장.

돌라벨라 프로쿨레이우스,
주군이신 시저께서 자네가 한 일을 아시고
자네를 부르셨어. 여왕의 호위는

내가 맡을 것이네.

프로쿨레이우스 그러시죠, 돌라벨라,
난 최고로 만족하오. 부드럽게 대하시요.
(클레오파트라에게) 저에게 심부름을 시키시면 바라는 걸
시저에게 전할게요.

클레오파트라 죽겠다고 전하게.

(갈루스 및 병사들과 함께 프로쿨레이우스 퇴장)

돌라벨라 여제시여, 제 얘기 들으신 적 있지요?

클레오파트라 모르겠네.

돌라벨라 분명히 저를 알고 계십니다.

클레오파트라 내가 들었다거나 아는 건 상관없네.
애들이나 여자들의 꿈 얘기에 자넨 웃지.
그게 습관 아닌가?

돌라벨라 못 알아듣겠습니다, 마마.

클레오파트라 안토니란 황제가 있었던 꿈을 꿨어.
오, 그런 꿈을 또 한 번 꾼다면 그런 분을
또 한 번 보련만!

돌라벨라 황공하옵니다만 —

클레오파트라 그 얼굴은 하늘이고 그 안에서 해와 달이
궤도를 유지하며 이 작은 지구 동그라미를
비춰 주고 있었어.

돌라벨라 지고의 여인이여 —

클레오파트라 두 다리는 대양에 걸쳤었고 쳐든 팔은
이 세상을 지배했지. 목소리는 천구층의
노래하는 속성을 가졌었어, 친구들의 귀에는.
하지만 천체를 겁주어 떨게 할 생각일 땐
우르릉거리는 천둥과 같았지. 그분의 선심에

겨울이란 없었어. 그것은 수확을 함으로써
더 커지는 가을과 같았지. 그분의 기쁨은
돌고래와 같았는데, 살고 있는 물 위로
자기 등을 내보였어. 뭇 왕과 군주 들이
수행원들이었고 뭇 왕국과 섬 들이 은화처럼
그분의 주머니에서 나왔어.

돌라벨라　　클레오파트라 —

클레오파트라　　내가 꿈꾼 그이와 같은 사람 있었거나
있으리라 생각해?

돌라벨라　　없습니다, 마마.

클레오파트라　　신들도 듣고 놀랄 새빨간 거짓말!
하지만 그런 분은 있거나 있은 적이 없거나
꿈보다 더 클 거야. 자연은 놀라운 형체로써
환상과 다투기엔 물건이 부족해, 하지만
안토니 같은 이를 상상해 낸다면 그 인물은
환상에 대항한 자연의 걸작으로 가짜들을
확 죽여 버리겠지.

돌라벨라　　마마, 제 말 들어 보십시오.
당신은 당신만큼 큰 상실을 그 무게에 맞게끔
견디고 계십니다. 제 가슴의 뿌리를
후려치는 이 슬픔을 당신 것의 반향으로
분명히 느끼지 않는다면 전 뒤쫓던 성공을
절대로 따라잡지 못했으면 합니다.

83행 노래하는 속성
피타고라스에서 유래한 믿음에 의하면 일곱 행성의 천구층 각각은 지구 둘레를 돌면서 아름다운 소리를 내고 그것들이 합쳐져 완벽한 화음을 만들어 내지만 인간의 귀에는 들리지 않는다고 한다. 『베니스의 상인』 5.1.60~65 참조. (아든)

클레오파트라 고맙네.
시저가 날 어떻게 하려는지 아는가?
돌라벨라 아셨으면 하는 걸 말하긴 싫습니다.
클레오파트라 해 주게, 제발 좀.
돌라벨라 그가 비록 고결하나 —
클레오파트라 그렇다면 개선식에 데려간다, 그거지.
돌라벨라 마마, 분명히 그리할 것입니다.

팡파르. 프로쿨레이우스, 시저, 갈루스,
미시너스 및 다른 수행원들 등장.

모두 물러나라! 시저시다!
시저 어느 쪽이 이집트 여왕인가?
돌라벨라 마마, 황제이시옵니다. (클레오파트라, 무릎을 꿇는다.)
시저 일어나요! 무릎 꿇지 마시오.
제발 일어나시오. 자, 이집트여.
클레오파트라 폐하, 신들도
이걸 원할 것입니다. 저는 주군 폐하께
복종해야 합니다. (그녀는 일어선다.)
시저 나쁜 생각 마시오.
당신이 짐에게 끼쳤던 상처의 기록은
짐의 몸에 남았지만 그건 그냥 우연으로
기억할 것이오.
클레오파트라 이 세상의 유일한 지배자여,
저는 그 원인을 또렷이 제시하여 깨끗이
지우진 못하나 저에겐 여성을 전에도 여러 번
부끄럽게 만들었던 약점이 가득함을

고백하옵나이다.

시저 클레오파트라여, 알아 두오,
짐은 그걸 강조 않고 변명해 줄 것이오.
당신에겐 대단히 부드러운 짐의 뜻에
자신을 맞춘다면 이번의 변화로 혜택을
받게 될 것이오. 하지만 안토니의 길을 택해
나에게 잔인성을 부여하려 한다면
당신은 나의 선한 동기를 스스로 앗아 가고
당신의 자식들을 파멸시킬 것이지만
만약에 당신이 내 선의에 기댄다면
내가 막아 주겠소. 난 작별을 고하겠소.

클레오파트라 세상 어디서든지 고하시길! 그것은 당신 거고
우리는 당신의 방패이며 정복의 표식으로
원하시는 아무 데나 걸립니다. 폐하, 여기.

(그에게 서류를 준다.)

시저 클레오파트라에 관한 건 다 의논하겠소.

클레오파트라 이것은 제 소유로 돼 있는 돈과 접시,
보물 목록입니다. 정확하게 가격을 매겼고
소소한 건 뺐습니다. 셀루쿠스 어딨느냐?

셀루쿠스 등장.

셀루쿠스 마마, 여기요.

클레오파트라 제 보물 담당관입니다. 그에게, 폐하,
목숨 걸고 말하라 하십시오, 저 자신에게는
남긴 게 없다고. 진실을 말하라, 셀루쿠스.

셀루쿠스 마마,

사실이 아닌 걸 목숨 걸고 말하느니
제 입술을 꿰매지요.

클레오파트라 내가 뭘 숨겼는데?

셀루쿠스 알린 것을 매입하기 충분할 만큼이요.

시저 아뇨, 부끄러워 마시오, 클레오파트라. 그럭한
지혜를 인정하오.

클레오파트라 시저여, 보십시오! 오, 주시해요,
권력 좇는 방법을! 제 것이 이제는 당신 거고
처지가 바뀌면 당신 것이 제 것이 되겠죠.
셀루쿠스 이자의 배은망덕, 저를 정말
미치게 만드네요. 너 이놈, 매수된 애인보다
더 신뢰 못 할 놈! 뭐, 뒤로 가? 장담컨대
뒤로 가게 해 주지! 하지만 네놈 눈에
날개가 달렸대도 잡겠다! 얼빠진 놈! 개! 노예!
오, 지독히 천하다!

시저 여왕은 짐의 간청 들어요.

클레오파트라 오, 시저여, 이 얼마나 아픈 치욕입니까. —
그대가 황공하게 여기로 절 방문하여
이토록 온순한 사람에게 군주의 영예를
베풀고 있는데 — 저 자신의 하인이
제 불명예 전체를, 자신의 악의를 더하여
조목조목 밝히다니! 시저여, 제가 설령
부인들 노리개 몇 개를, 별것 아닌 장난감,
평범한 친구에게 인사나 할 정도로
값나가는 것들을 남겨 뒀다 칩시다. 또,
리비아와 옥타비아의 중재를 얻기 위해
좀 고상한 정표를 떼어 뒀다 칩시다.

그렇다고 이 몸이 제가 키운 자에 의해
들통 나야 합니까? 맙소사! 이건 내 추락보다
더한 타격입니다. (셀루쿠스에게) 제발 여길 떠나라,
안 그러면 내 운명의 재 안에 담긴 내 기백의
불씨를 보여 줄 것이다. 네가 남자였더라면
날 가엽게 여겼겠지.

시저 물러가라, 셀루쿠스.

(셀루쿠스 퇴장)

클레오파트라 잘 아시겠지만 가장 높은 우리들은
남들이 한 일로 오판받고 추락할 땐
남들의 공과를 우리의 이름으로 책임지니
동정을 받아야 합니다.

시저 클레오파트라여,
짐의 정복 목록에는 당신이 남긴 것도
인정한 것들도 없답니다. 늘 당신 것이니
마음대로 하사하고 시저는 당신을
상인들이 판매한 물건처럼 흥정하는 상인은
아니란 걸 믿어 주오. 그러니 기운 내요,
생각의 감옥에 갇히지 마시오, 여왕이여,
당신 일을 당신이 조언하는 그대로
처리할 테니까. 밥을 먹고 잠을 자요.
당신을 너무나 걱정하고 동정하는
짐은 당신 친구요. 그러니, 잘 지내요.

클레오파트라 저의 주군 폐하시여!

시저 그렇잖소. 잘 지내요.

(팡파르. 시저와 수행원들 함께 퇴장)

클레오파트라 그는 내가 자신에게 고귀하면 안 된다고

구슬린다, 애들아, 구슬려. 하지만 쉿, 차미언.
(차미언에게 속삭인다.)

이라스 끝을 내요, 마마. 빛나던 날 지나갔고
우리 앞은 어두워요.

클레오파트라 어서 빨리 돌아와.
내가 미리 말해 놨고 준비되어 있을 거다.
가서 일을 서둘러 처리해.

차미언 예, 마마.

돌라벨라 등장.

돌라벨라 여왕은 어딨소?

차미언 쳐다봐요. (퇴장)

클레오파트라 돌라벨라!

돌라벨라 마마, 제가 충성 다하여 종교처럼 복종하는
당신의 명령 두고 맹세를 하였기에
이 말씀을 드립니다. 시저는 시리아를 통하여
여행할 작정이고 사흘 안에 당신과
당신의 자식들을 앞서 보낼 것입니다.
최대한 이걸 활용하십시오. 당신의 명령과
제 약속을 이행하였습니다.

클레오파트라 돌라벨라,
그대에게 빚을 졌네.

돌라벨라 전 당신의 종입니다.
여왕님, 안녕히. 전 시저를 시중해야 합니다.

클레오파트라 잘 가게, 고맙네. (돌라벨라 퇴장)
자, 이라스, 어떻게 생각해?

이집트 인형이 될 너는 나와 함께 로마에서
공연될 것이다. 기름 절은 앞치마에
줄자와 망치 든 천한 직공 놈들이 우리를
치켜들고 보여 줄 것이고. 우리는 그들의
조잡한 음식 악취 풍기는 탁한 숨에 휩싸여
그 증기를 강제로 마셔야 해.

이라스 신들은 맙소사!

클레오파트라 암, 확실해, 이라스. 뻔뻔한 별배들은
우리를 갈보처럼 만지고 비열한 시인들은
우리를 멋대로 노래하며 약빠른 광대들은
즉석에서 우리를 무대에 올리고 우리의
알렉산드리아식 잔치를 열 텐데, 안토니는
취한 채로 나오고 웬 악쓰는 클레오파트라가
창녀 꼴로 내 위엄을 소년으로 낮추는 걸
난 보게 될 거야.

이라스 오, 착하신 신들이여!

클레오파트라 암 그건 확실해.

이라스 저는 그거 절대로 못 봐요, 제 손톱은
제 눈보다 강하니까!

클레오파트라 아, 그게 바로 그들의
준비를 놀려 먹고 그들의 가소로운 의도를
깨부수는 길이야.

208행 인형
무언극의 배우, 옷 입힌 인형으로 여성에 대한 모욕적인 말. (RSC)
220행 소년
당시의 여자 역할은 변성기 이전의 소년들이 하였다. 따라서 클레오파트라는 로마의 한 소년이 자기 역을 하는 장면을 상상하면서 이 말을 한다.

차미언 등장.

왔구나, 차미언!
얘들아, 나를 여왕 만들어 줘. 최고 의상,
어서 가서 가져와. 난 다시 시드누스 강으로
안토니를 만나러 가. 이라스야, 가자꾸나.
자, 고귀한 차미언, 정말로 서두르자.
이 임무를 끝내면 난 너를 종말의 날까지
놀게 해 줄 테다. 짐의 관과 모두를 가져와. (이라스 퇴장)
(안에서 소리)
이게 무슨 소리냐?

근위병 등장.

근위병 시골뜨기 하나가
마마 앞에 아니 서면 안 된다고 합니다.
무화과를 가져왔습니다.

클레오파트라 들라 하라. (근위병 퇴장)
하찮은 수단이 얼마나
귀한 일을 하는가! 그는 내게 자유를 가져왔다.
내 결심은 확고하고 내 안에 여성성은
전혀 없다. 난 이제 머리에서 발까지
대리석 조각처럼 변함없다. 덧없는 달은 이제
내 행성이 아니다.

근위병과 광주리 든 시골뜨기 등장.

근위병 이 사람입니다.

클레오파트라 그를 두고 나가거라. (근위병 퇴장)

죽이되 아프지 않게 하는 나일 강의 예쁜 뱀을 가져왔어?

시골뜨기 참말로 가져왔어요. 하지만 전 당신에게 놈을 만져 보라고 하는 편은 되지 않을 겁니다, 놈이 깨물면 불멸하니까요. 그놈 때문에 죽는 사람들은 거의 또는 절대로 못 깨어난답니다.

클레오파트라 그놈 때문에 죽은 사람 누구 기억나느냐?

시골뜨기 아주 많지요, 남자에다 여자도요. 그 가운데 하나가 멀지도 않은 어제 — 아주 깨끗하지만 약간 바람기 있는 여자가, 여자는 깨끗한 물이 아니면 놀아선 안 되지요 — 그놈한테 물려서 어떻게 뻥 갔는지, 무슨 고통을 느꼈는지 들었답니다. 참말로 그 여자는 뱀이 아주 좋다는 얘기를 한 거죠. 하지만 여자들 말을 다 믿는 자는 그들이 하는 짓의 절반만으로는 절대 구원 못 받죠. 하지만 이놈은 절대 실수해요, 이 뱀은 이상한 뱀이에요.

클레오파트라 자네는 나가 봐. 잘 가게.

시골뜨기 이 뱀을 한껏 즐기시기 바랍니다.

(바구니를 내려놓는다.)

클레오파트라 잘 가게.

시골뜨기 이걸 생각하셔야 합니다, 보세요, 뱀은 생긴 대로 놀 거라고요.

246행 불멸하니까요 필멸하니까요.
257행 실수해요 실수 안 해요.

클레오파트라 그럼, 그럼. 잘 가게.

시골뜨기 보세요, 이 뱀은 조심스러운 사람이 아니면 맡겨선 안 됩니다. 정말이지, 이 뱀에겐 착한 점이 없으니까요.

클레오파트라 걱정 말게, 주의할 테니까.

시골뜨기 아주 좋습니다. 부탁인데 놈에게 아무것도 주지 마십시오, 먹일 가치가 없으니까요.

클레오파트라 그놈이 나는 먹을까?

시골뜨기 제가 너무 순진해서 악마도 여자는 안 먹는다는 걸 모를 거라 생각하시면 안 됩니다. 전 여자가 신들의 음식이란 걸 압니다, 악마가 그걸 요리하지만 않으면요. 하지만 참말로 이 상놈의 악마들이 여자들 일로 신들에게 큰 해를 끼치는데, 그들이 만드는 열 명마다 다섯은 악마들이 망쳐 놓으니까요.

클레오파트라 알았다, 가 봐. 잘 가게.

시골뜨기 예, 참말로. 이 뱀을 즐기시기 바랍니다. (퇴장)

이라스가 예복, 왕관과
다른 보석들을 가지고 등장.

클레오파트라 내 예복 이리 줘. 왕관을 씌워라.
난 불멸을 열망한다. 이집트의 포도즙은
이제 이 입술을 더 이상 축이지 않으리라.
(여자들이 그녀에게 옷을 입힌다.)
싸게, 싸게, 이라스! 빨리 해! 안토니의 외침이
들리는 것 같아. 장한 내 행동을 칭찬하러
일어나는 모습 보여. 그이가 시저의 행운을
조롱하는 소리 들려, 신들이 나중에 인간에게

분노할 꼬투리로 준 거니까. 가요, 서방님!
그리 부를 내 권리를 용기 있게 보이리라!
난 불과 공기이다. 나의 다른 원소들은
비천한 생명에게 주겠다. 그래, 다 끝났어?
자 그럼, 내 입술의 마지막 온기를 가져가.
잘 있어, 차미언. 이라스, 긴 이별이구나.

(그들에게 키스한다. 이라스가 쓰러져 죽는다.)

내 입술에 독사가 붙었나? 왜 쓰러져?
너와 네 생명이 그토록 잘 헤어질 수 있다면
죽음의 일격은 애인이 꼬집은 것처럼
아픈데도 원하는 바이다. 꼼짝 않고 누웠어?
이렇게 사라지는 것으로 너는 이 세상이
작별할 가치도 없다고 얘기하고 있구나.

차미언 신들이 운다고 말할 수 있도록 먹구름아
녹아서 내려라!

클레오파트라 이건 내가 천하다는 증거다.
이 애가 곱슬머리 안토니를 먼저 보면
그이는 얘에게 물어보고 나에겐 천국 같은
키스를 해 주리라. (독사를 가슴에 갖다 댄다.)
자, 치명적인 녀석아,
날카로운 네 이빨로 복잡한 이 생명 줄,
단박에 끊어라. 가여운 이 바보 독사야,
화낸 다음 해치워. 오, 네가 말을 할 수 있어
대 시저를 농락당한 바보라고 부르는 걸
들을 수 있었으면!

차미언 오, 샛별이여!

클레오파트라 쉿, 쉿!

내 아기가 가슴의 젖 빨며 제 유모를
재우는 게 안 보여?

차미언　　오, 터져라! 오, 터져!

클레오파트라　　방향처럼 달콤하고 공기처럼 부드럽고 사 —
오, 안토니! — 음, 너도 같이 붙여 주마.
(다른 독사를 팔에 갖다 댄다.)
내가 왜 머물러야 —　(죽는다.)

차미언　　이 더러운 세상에요? 그럼 잘 가세요.
이제 너 죽음은 견줄 데 없는 애인 하나를
가졌다고 뽐내라. 솜털 창문 닫히고
이렇게 늠름한 두 눈은 황금빛 태양신을
다시 보지 못하리라! 왕관이 좀 삐딱해요.
고쳐 놓고 난 놀아 볼 거예요.

근위병, 갑옷 소리 내면서 등장.

근위병 1　　여왕은 어디 계셔?

차미언　　소리 낮춰. 깨우지 말게나.

근위병 1　　시저가 사자를 —

차미언　　너무 늦게 보냈어. (독사를 갖다 댄다.)
오, 냉큼 와! 서둘러! 느낌이 좀 오는데.

근위병 1　　다가와! 모든 게 안 좋아. 시저는 속으셨어.

근위병 2　　시저가 보냈던 돌라벨라 여깄어. 불러라.
(근위병 한 명 퇴장)

근위병 1　　이게 어쩐 일이요, 차미언? 잘된 거요?

차미언　　잘됐고 그토록 수많고 위엄 있는 왕들의
후손인 공주님께 어울리는 일이지.

아, 병사여! (차미언이 죽는다.)

돌라벨라 등장.

돌라벨라 여긴 어때?
근위병 2 다 죽었습니다.
돌라벨라 시저여, 이것은
그대가 생각했던 결괍니다. 직접 와서
그렇게도 막고 싶던 그 무서운 행위가
완료된 걸 보시지요.

시저와 수행원들 행진하며 등장.

시저 외 모두 길을 열라! 시저에게 길을 열라!
돌라벨라 폐하, 당신이 친 점은 너무 정확했습니다,
걱정하신 그 일이 났습니다.
시저 마지막 순간에
짐의 의도 알아채고 왕족답게 자기 길을
최고로 용감하게 택했다. 죽음의 방식은?
피는 아니 흘리는데.
돌라벨라 끝으로 누가 함께 있었지?
근위병 1 무화과를 가져온 무식한 촌사람입니다.
이게 그 광주리고.
시저 그러면 독이군.
근위병 1 오, 시저여,
차미언은 방금도 살아서 서 있고 말했어요.
죽은 자기 여주인의 보관을 만지는 걸

제가 발견했습니다. 떨면서 서 있다가
갑자기 쓰러졌죠.

시저 오, 고귀하게 약하도다!
그들이 음독을 했다면 외부의 종기로
나타날 터인데 그녀는 잠자는 것 같구나,
강력한 매력의 덫으로 또 하나의 안토니를
잡으려 하는 듯이.

돌라벨라 여기 그녀 가슴 위에
피 난 곳이 있는데 좀 부은 것 같습니다.
팔에도 같은 게 있고요.

근위병 1 이것은 독사의 자국이고 이 무화과 잎에는
독사가 나일 강의 굴 위에 남기는 것과 같은
진흙이 있습니다.

시저 그 때문에 죽었을
가능성이 가장 크다, 그녀가 쉬 죽는 방법을
끝없이 실험해 봤다고 그녀의 의사들이
내게 말했으니까. 그녀의 침상을 집어 들고
그녀의 시녀들을 무덤에서 데리고 나가라.
그녀는 그녀의 안토니 곁에 묻힐 것이다.
이 세상 어디에도 이처럼 유명한 한 쌍을
넣은 무덤 없으리라. 이 같이 중대한 결과는
그것을 불러온 자들의 가슴을 때리고
이들의 얘기는 이들이 애도받게 만들었던
그의 영광 못지않은 동정을 자아낸다.

361행 이들 안토니와 클레오파트라.
362행 그 시저를 가리킨다.

아군은 엄숙한 모습으로 장례에 참석하고
그다음엔 로마다. 자 그럼, 돌라벨라,
이 성대한 의식의 고귀한 절차를 살피라.

(모두 퇴장. 병사들은 시신들을 들고 나간다.)

작가 연보

1564년	아버지 존 셰익스피어와 어머니 메리 아든의 장남으로 스트랫퍼드어폰에이번에서 태어남. 4월 26일 세례 받음.
1582년	11월 여덟 살 연상의 앤 해서웨이와 결혼.
1583년	딸 수재너 태어남. 5월 26일 세례 받음.
1585년	아들 햄닛과 딸 주디스(쌍둥이) 태어남. 2월 2일 세례 받음.
1588–1589년	런던에서 최초의 극작품들이 공연됨.
1588–1590년	식구들을 두고 런던으로 감.
1590–1591년	3부작 『헨리 6세(Henry VI)』.
1592–1594년	시집 『비너스와 아도니스(Venus and Adonis)』, 『루크리스의 강간(The Rape of Lucrece)』 출간. 두 시집 모두 사우샘프턴 백작에게 헌정. 로드 체임벌린스 멘 극단의 주주가 됨. 『리처드 3세(Richard III)』, 『실수 희극(The Comedy of Errors)』, 『티투스 안드로니쿠스(Titus Andronicus)』, 『말괄량이 길들이기(The Taming of the Shrew)』, 『베로나의 두 신사(The Two Gentlemen of Verona)』.

1595–1597년 『사랑의 헛수고(Love's Labour's Lost)』,
『존 왕(King John)』, 『리처드 2세(Richard II)』,
『로미오와 줄리엣(Romeo and Juliet)』,
『한여름 밤의 꿈(A Midsummer Night's Dream)』,
『베니스의 상인(The Merchant of Venice)』,
『헨리 4세 1부(Henry IV, Part 1)』,
『윈저의 즐거운 아낙네들(The Merry Wives of Windsor)』.

1596년 아들 햄닛 사망.
부친의 문장을 사용하는 것을 허가받음.

1597년 스트랫퍼드에서 뉴 플레이스 저택 구입.

1598–1599년 『헨리 4세 2부(Henry IV, Part 2)』,
『대단한 헛소동(Much Ado About Nothing)』,
『헨리 5세(Henry V)』, 『줄리어스 시저(Julius Caesar)』,
『좋으실 대로(As You Like It)』.
셰익스피어의 극단이 새로운 글로브 극장으로 옮겨 감.

1600년 『햄릿(Hamlet)』.

1601–1602년 시집 『불사조와 산비둘기(The Phoenix and the Turtle)』 출간.
『십이야(Twelfth Night, or What You Will)』,
『트로일로스와 크레시다(Troilus and Cressida)』,
『끝이 좋으면 다 좋다(All's Well That Ends Well)』.

1601년 부친 사망. 9월 8일 장례.

1603년 엘리자베스 여왕 사망. 스코틀랜드의 제임스 6세가
영국의 제임스 1세가 됨.
셰익스피어의 극단이 킹스 멘이 됨.

1604년 『잣대엔 잣대로(Measure for Measure)』, 『오셀로(Othello)』.

1605년 『리어 왕(King Lear)』.

1606년 『맥베스(Macbeth)』,
『안토니와 클레오파트라(Antony and Cleopatra)』.

1607년 6월 5일 딸 수재너 결혼.

1607–1608년 『코리올레이너스(Coriolanus)』,
『아테네의 티몬(Timon of Athens)』,
『페리클레스(Pericles)』.

1608년 모친 사망. 9월 9일 장례.

1609–1610년 『심벌린(Cymbeline)』, 『겨울 이야기(The Winter's Tale)』.
『소네트(Sonnets)』 출간.
셰익스피어의 극단이 블랙프라이어스 극장을 매입.

1611년 『태풍(The Tempest)』.
스트랫퍼드로 은퇴.

1612–1613년 『헨리 8세(Henry VIII)』, 『카르데니오(Cardenio)』,
『두 귀족 친척(The Two Noble Kinsman)』.

1616년 2월 10일 딸 주디스 결혼.
스트랫퍼드에서 4월 23일 사망.

1623년 글로브 극장 시절의 동료 배우 존 헤밍과 헨리 콘델이 편집한 셰익스피어의 극작품들이 이절판으로 출판됨.
부인 앤 해서웨이 사망.

셰익스피어 전집 5
비극 II

1판 1쇄 펴냄. 2014년 6월 10일
1판 3쇄 펴냄. 2024년 10월 2일

지은이. 윌리엄 셰익스피어
옮긴이. 최종철
발행인. 박근섭 · 박상준

펴낸곳. (주)민음사
출판등록 1966. 5. 19. 제16-490호
주소. 서울시 강남구 도산대로1길 62(신사동)
강남출판문화센터 5층(우편번호 06027)
대표전화. 02-515-2000 | 팩시밀리 02-515-2007
홈페이지. www.minumsa.com

978-89-374-3125-8 04840
978-89-374-3120-3 (세트)

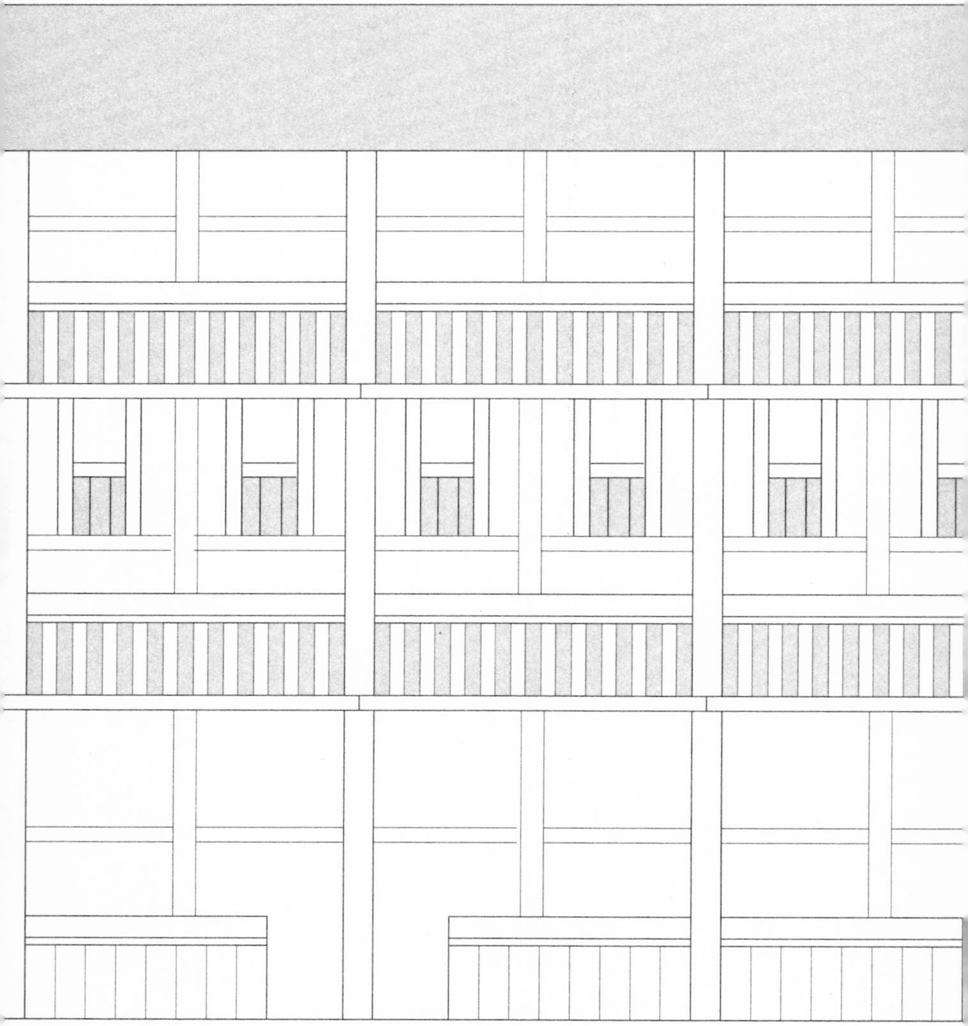